हिन्द पॉकेट बुक

जय-यात्रा

रामकुमार भ्रमर प्रसिद्ध हिन्दी साहित्यकार थे। मूलतः उपन्यासकार के नाते प्रसिद्ध रहे रामकुमार भ्रमर ने साहित्य की हरेक विधा में जमकर कलम चलाई। कहानियाँ, नाटक, व्यंग्य, रिपोर्ताज, यात्रा-विवरण, निबंध, सत्यकथाएँ, संस्मरण, डायरी, जीवनी-अंश, इंटरव्यूज, फिल्म पटकथाएँ, वार्ताएँ, भाषण, बाल-साहित्य, महत्त्वपूर्ण पत्र-व्यवहार, राजनीतिक-वैचारिक दिशादृष्टि आदि विषयों पर उनका विपुल साहित्य आज भी लोकप्रिय है। उनके कई उपन्यासों पर सफल फिल्मों का निर्माण हुआ। उन्होंने स्वयं भी कई फिल्मों की पटकथाएं लिखी।

श्रीकृष्ण–कथा पर आधारित उपन्यास

जय–यात्रा

रामकुमार भ्रमर

हिन्द पॉकेट बुक्स
पेंगुइन रैंडम हाउस इम्प्रिंट

हिन्द पॉकेट बुक्स

यूएसए। कनाडा। यूके। आयरलैंड। ऑस्ट्रेलिया। सिंगापुर
न्यू ज़ीलैंड। भारत। दक्षिण अफ्रीका। चीन

हिन्द पॉकेट बुक्स, पेंगुइन रैंडम हाउस ग्रुप ऑफ़ कम्पनीज़ का हिस्सा है,
जिसका पता global.penguinrandomhouse.com पर मिलेगा

पेंगुइन रैंडम हाउस इंडिया प्रा. लि.,
चौथी मंजिल, कैपिटल टावर -1, एम जी रोड,
गुड़गांव 122 002, हरियाणा, भारत

प्रथम हिन्दी संस्करण हिन्द पॉकेट बुक्स द्वारा 2008 में प्रकाशित
यह हिन्दी संस्करण हिन्द पॉकेट बुक्स में पेंगुइन रैंडम हाउस द्वारा 2022 में प्रकाशित

10 9 8 7 6 5 4 3 2

ISBN 9789353495176

मुद्रकः रेप्रो इंडिया लिमिटेड

www.penguin.co.in

क्रम

जन-जन हिताय

सब कुछ अविश्वसनीय लगता है!...एक ओर शिशुपाल सोच रहे थे, दूसरी ओर यही कुछ सोचा था भरतखंड की उन शक्तियों ने, जो महाराज जरासंध की मित्रता का खोल ओढ़े हुए, वस्तुस्थिति में उनकी सेवक थीं।

इस सबसे अधिक अविश्वसनीय लगा था गद्काल को! जिस क्षण श्री कृष्ण, सात्यकि, उद्भट आदि ने कुशस्थली में तटक्षेत्र से असुर जलपोत को विदाई दी, गद्काल सोचने-समझने की शक्ति खो चुका था।

वैसे हुआ?...या जो हुआ है क्या वह सत्य है? जी होता था कि अपने को ही थप्पड़ मारकर चैतन्य करे! अविश्वसनीय सत्य को कुछ ही पहरों के बीच घटते पाकर उसकी चेतन-शक्ति विलुप्त हो गई थी। महाराज अतिसुर तो इस तरह स्तब्ध हुए कि बिना सुरापान किए ही लगता था जैसे गहरे नशे में डूबे हुए हैं। शब्दहीन। फटी-फटी आंखों से परिवर्तन का वह विचित्र क्षण देखते रह गए।

मदासुर प्रारंभ में बौखला उठे थे, किंतु जल्दी ही समझ लिया था—सब कुछ सत्य है! अपने विशाल असुर देश के राजनीतिक उलटफेरों के समय-साक्षी थे वह, अतः चकित और स्तब्ध कर देनेवाले आर्यावर्त के इस गुप्तयुद्ध ने बिल्कुल भी प्रभावित नहीं किया। केवल एक ही चिंता व्यक्त की थी गद्काल से—"सेनापति!...क्या विजेता आर्यों का नेतृत्व भी हमारी ही तरह कठोर दंड देने में विश्वास करता है?"

गद्काल तय नहीं कर सका—क्या उत्तर दे? जिसने जीवन भर केवल खंग को ही सत्य समझा है, जिसके संस्कार में क्षमा और दया शब्द कभी भी न रहे हों, भला वह वैसे निर्णय करे कि विजेता आर्यशक्ति का नेतृत्व कैसा होगा? क्या दंड प्रक्रियाएं होंगी उसकी?

मदासुर की चिंता बढ़ गई थी। पराजय से अधिक जीवनमोह के भय ने आतंकित कर दिया था असुर सम्राट को। अतिसुर स्तब्ध थे। चेहरा ऐसा, जैसे धुएं से नहाया हुआ हो। न दिखने के लिए देखनेवाले की दृष्टि स्पष्ट देख पाती थी, न ही वह स्वयं कुछ देखने-समझने की स्थिति में रहे थे।

भव्य राजभवन के एक विशेष कक्ष में उन सभी असुर-प्रमुखों को एकसाथ बंदी बना लिया गया था। समारोह स्थल से इधर-उधर तो हुए थे वे, किंतु जिस शक्ति-संयोजन के लिए हुए वह शक्ति ही गुम हो चुकी थी। इस तरह पकड़े गए थे, जैसे साधारण चोर पकड़ लिए जाते हैं। जब सभी ओर आर्य सैनिकों के उत्तेजित और हिंस्र समूहों को पाया तो सिट्टी-पिट्टी गुम हो गई। समझ ही नहीं आया कि किस तरह, क्या हुआ?...

तभी आ पहुंचे थे उन टुकड़ियों के नेतृत्वकर्ता। किसी का नाम सात्यकि था, किसी का उद्धव। सभी तेजस्वी थे। उससे कहीं अधिक शांत। कहा था—"सेनानायक गद्काल को ससम्मान उस राजनिवास में पहुंचा दिया जाए, जिसमें अन्य असुरश्रेष्ठ हैं। असुर राज-परिवारों के स्त्री-पुरुष और बालक बंद हैं!"

किंतु अनेक सैनिकों में आर्य दासों का भी समूह था। गद्काल से घोर घृणा करते थे वे सब। लगता था कि हर आंख के सामने विगत में घटी असुर सेनानायक की क्रूरताओं के दृश्य उभर रहे हैं। हर दृश्य गद्काल को बुरी तरह हत कर देने की उत्तेजना देता हुआ। कुछ तो गालियां बकते और धिक्कारते हुए असुर सेनापति तक पहुंच ही चुके थे, किंतु ऐसे मौकों पर यादव सैनिक या उनके नायक गद्काल के सुरक्षा-कवच बने। चीखकर अपने ही सैनिकों को चेतावनी दी थी उन्होंने—"नहीं!...यादवेंद्र कृष्ण का निर्देश स्मरण रहे!...असुरों से मुक्ति पाना ही हमारा उद्देश्य था,

उनकी हत्या करना नहीं!...न्याय व दंड-निर्णय महाराज उग्रसेन ही कर सकेंगे।"

थम गए थे वे। अनेक जगहों पर और अनेक जगह यही स्थिति उत्पन्न हुई। किसी बार आर्य दासों की भीड़ ने घेरा था गद्काल को, किसी बार आर्य स्त्रियों ने और गद्काल को हर बार लगा था कि उसकी जीवनयात्रा पूर्ण हुई...पर पूर्ण नहीं हुई थी। मानसिक रूप से अर्धमृतावस्था में वह राजनिवास आ पहुंचा था। राजा अतिसुर और मदासुर आदि वहां पहले ही लाए जा चुके थे।

क्षण बीते, फिर प्रहर...वे शब्दहीन बैठे रहे। भवन से बाहर जिस ओर दृष्टि जाती, आर्य दास और यादव सैनिक अस्त्रास्त्र लिए घूमते दीखते। असुर सैनिकों का कहीं पता नहीं था। जो थे, वे बंदी हो चुके थे। अधिकतर मारे गए थे। असुर प्रजा को उसके अपने-अपने घरों में रहने के लिए कह दिया गया था। अनेक धनिक असुर व्यापारियों के घर पर आर्य दासों ने आक्रमण कर दिया था। कुछ का वध कर डाला गया, कुछ को उन्हीं के सामने अपमानित किया गया, पर जल्दी ही यादव सैनिकों ने कठोरता से उग्र दासों को संयत किया, स्वयं आर्य उद्भट ने अपने धर्म, शक्ति और श्री कृष्ण का नाम लेकर उनके आवेश को संभाला। फिर भी लगता था कि समूचा नगर और नगर के बाहर तक का संपूर्ण कुशस्थली क्षेत्र एक विस्फोट के बहुत पास बैठा हुआ है। ऐसे जैसे ज्वालामुखी उसके कगार पर ही मौजूद हो।

इस ज्वालामुखी को शांत होते-होते समय लगेगा...पर उस बीच क्या अतिसुर, मदासुर, सेनापति गद्काल, उनके विश्वस्त सेवक, रानियां और परिजन आदि बच सकेंगे?...सभी अनुभव कर रहे थे नए शासकों का अदृश्य भय! यह भय, आतंक बनकर कभी-कभी किसी स्त्री को अचानक रुला देता। कोई चीख उठती—"नहीं!...क्षमा कर दो हमें?...हम आश्रित हैं तुम्हारे!..."

पास वाला उसे संयत करता, "शांत हो, शांत हो असुर सुंदरी!...क्या हुआ तुम्हें?" और असुर स्त्री फैली, भयभीत निगाहों से उस संयत करते असुर स्त्री या पुरुष को देखती। अवाक् हो जाती! पल भर पहले उसे जागृत

स्वप्न दीखा था। जो आर्य दास हर क्षण उसका तिरस्कार और अपमानित शब्द यहां तक कि गालियां सुनता आया था, वही अब खंग लिए उसका और उसके बालक का वध करनेवाला था...

इसी स्वप्नाधार पर चीख़ पड़ी थी वह!

किंतु अब तो वह स्वप्न कहीं दीख नहीं रहा? थूक का घूंट निगलकर सन्नाटे में डूब गई थी वह। किसी ने कहा था, "इस क्षण तक हम सुरक्षित हैं देवी!..."

और तभी किसी ने प्रश्न किया, "कब तक सुरक्षित रह सकेंगे?"

"जैसी भगवान अशूर की इच्छा!..." किसी वृद्ध ने कराहकर उत्तर दिया।

अशूर!...अशूर!...अशूर!...लगता था कि ऐसा कोई भगवान है ही नहीं! यदि है तो वह कहां है? क्यों नहीं उनकी रक्षा करता? पंखोंवाली महाशक्ति है अशूर। भला उसे क्या कठिनाई?...

पर कुछ नहीं किया उसने! राजनिवास में अशूर की विशाल प्रतिमा भी लगी हुई थी। वे उसके गिर्द कितनी देर तक बैठे रहे? विशाल चोंच, पंखोंवाली मनुष्याकृति, तीखी, क्रोधित आंखें...उन्होंने माथे टेके। कितनी ही बार स्त्री, पुरुष, बालक, वृद्ध सभी ने चुप रहकर या पुकारकर प्रार्थनाएं कीं—"रक्षा! आर्यों से हमारी रक्षा कर, ईश्वर!..."

बहुत समय बीत गया। हर पल आतंक, भय और आशंकाओं की आंधियों के असंख्य थपेड़े खाते हुए मन सूखे पत्तों की तरह यहां-वहां उछलते-बिखरते रहें...सब बंदी! सब या तो शांत या फिर रह-रहकर एक-दूसरे पर बौखलाते हुए!

सहसा आंधी थम गई थी। आर्य सैनिकों ने राजनिवास का द्वार खोला और फिर अनेक आर्य स्त्री-पुरुष उनके लिए भोजन ले आए। उत्तम और स्वादिष्ट भोजन। वे विक्षिप्तों की तरह टूट पड़े थे भोजन पर। सामिष-निरामिष का भी किसी ने कोई भेद नहीं किया था। वे भूखे थे, थके हुए थे और निराश भी थे।

पर सबसे ज्यादा चकित! विचित्र हैं ये विजेता? बंदियों को, भले ही वे राज-परिवार के क्यों न हों, इतना दिव्य भोजन कराते हैं? कैसा मूर्ख है इनका ईश्वर?...किस की आराधना करते हैं वे?

एक ने हंसकर उत्तर दिया था, "आर्य परम मूर्ख हैं!...संयोग से कुशस्थली पर जय तो प्राप्त कर ली है उन्होंने, किंतु नीति नहीं जानते वे। ...जान भी कैसे सकते हैं? गौ की रक्षा और पूजा करनेवाली यह जाति मूर्ख नहीं तो और क्या है?"

बहुतेक ने हंसे थे। भोजन ने उनमें अब हंसने की शक्ति पैदा कर दी थी, पर बहुतेक गंभीर ही बने थे। एक बोला था—"यही उनकी नीति है!..."

"क्या कहते हो तुम?" किसी स्त्री ने प्रश्न किया, फिर कटाक्ष भी—"भला शत्रु को दिव्य भोजन देनेवाले, स्नेहादर सहित रखनेवाले लोग मूर्ख नहीं हैं तब क्या हैं?"

पहले ने उत्तर दिया था, "शत्रु को पराजय देकर उसे जीवन दान देनेवाले मूर्ख नहीं होते स्त्री!...बल्कि वे अधिक नीतिज्ञ होते हैं। आर्य हम सभी को जीवित छोड़ देंगे, किंतु अपमानित, लांछित और ग्लानियुक्त जीवन जीने के लिए!...हमें यहां रहने दिया जाए या कुशस्थली से निकालकर महान असुरदेश जाने दिया जाए—किंतु हम जहां जाएंगे, जीवन भर मृतवत जिएंगे!...आर्यों की नीति यही है!..."

"विक्षिप्त हो तुम!..." एक अन्य असुर ने तर्क दिया था, "असुर संस्कृति में ग्लानि जैसा कोई शब्द है ही नहीं और न अनुभूति है। हम केवल जय में विश्वास करते हैं। आज आर्यों ने छलपूर्वक हमें पराजित कर दिया है, किंतु किसी दिन हम उन्हें फिर विजित कर लेंगे!..."

कुछ हंसी उठीं...सहसा थम गईं!...द्वार खुला। यादव नायक वसुहोम सामने थे। सहसा हर हंसता हुआ असुर स्त्री-पुरुष चेहरा कुम्हला गया। अनेक ने उस असुर को देखा जो नीति के नाम पर असुर सभ्यता और शक्ति का बखान कर रहा था...कहीं इस आर्य नायक ने सुन न लिया हो? मूर्ख साथी के उद्दंड शब्दों से उत्तेजित होकर आर्य नायक सभी को मृत्यु न दे डाले?...

वसुहोम आगे बढ़े। पदचाप सहज थी, किंतु हर किसी को लगा जैसे उनका हर पद किसी विशाल मदमत्त हाथी का पद हो।

वसुहोम सीधे महाराज अतिसुर के पास पहुंचे। सम्मानपूर्वक सिर झुकाया, कहा, "महाराज की जय हो!...यादवेंद्र श्री कृष्ण ने स्मरण किया है आपको?"

अतिसुर असहज थे। उत्तर पूर्व कभी मदासुर को देखते, कभी गद्काल को। गद्काल ने आगे बढ़कर कहा था, "आप चलें, सेनानायक!...सम्राट मदासुर के साथ महाराज अतिसुर और मैं स्वयं आर्यश्रेष्ठ के सामने उपस्थित होंगे।"

"मैं बाहर प्रतीक्षा करता हूं मद्काल!" वसुहोम ने तनिक कठोर और आदेशपूर्ण स्वर में कहा था, "देव श्री कृष्ण तक पहुंचाने का दायित्व मुझी पर है।"

"जैसी तुम्हारी इच्छा!" गद्काल ने कहा।

वसुहोम वापस हो गए।

बहुत देर सेनानायक को प्रतीक्षा नहीं करनी पड़ी। कुछ ही क्षणों बाद सम्राट मदासुर, राजा अतिसुर और असुर सेनापति उनके पास जा पहुंचे।

वसुहोम अपने अंगरक्षकों सहित आगे हो लिए। सशस्त्र सैनिकों के बीच घिरे तीनों असुर पीछे।

श्री कृष्ण अकेले नहीं थे। सभा में उच्चासन पर विराजमान थे वृद्ध यादव। नाम ज्ञात हो गया था गद्काल को। पहली बार देखा वृद्ध का चेहरा। आश्चर्य हुआ। कृशकाय, किंतु प्रभावशाली उग्रसेन को वे सभी आर्य योद्धा अपना नेतृत्व सौंपे हुए थे? आश्चर्य हुआ! उससे अधिक अनुभव हुआ जैसे आर्यों का धर्म अनावश्यक मूल्यवाद से भरा हुआ है। भला इस आयु के वृद्ध राजा को सिर-माथे उठाए रहने का उपयोग?...यह स्वयं क्या राजसुख लेगा और किसी को क्या राजसुख दे सकेगा?...राज्य, सत्ता और शक्ति का अर्थ होता है—संपूर्णता में जीवन भोगना...पर इस वृद्ध को राजा बनाकर क्या आनंद मिलेगा इन युवकों को?

श्री कृष्ण ने नहीं, सभी यादव युवकों ने सम्मान सहित उचित आसन दिया था तीनों असुर प्रमुखों को। फिर श्री कृष्ण बोले थे, "आप सभी असुर देश जा सकते हैं। सम्राट मदासुर के लिए अलग और महाराज अतिसुर आदि के लिए अलग जलपोतों की व्यवस्था कर दी गई है!...यही हमारे पूज्य महाराज उग्रसेन का निर्णय है और यही हम सबकी सम्मति!"

तीनों ने भौंचक्के होकर एक-दूसरे को देखा।

श्री कृष्ण मुस्कुरा रहे थे।

मदासुर ने धन्यवाद दिया था राजा को। झुककर प्रणाम किया। ऐसा करते समय आंखें छलछला आई थीं उसकी। इसलिए कि नेतृत्व का यह नया ही रूप देखा था उसने। आर्यों की राजनीति का वह विलक्षण सत्य, जिससे असुर सभ्यता का जरा भी मेल नहीं था। क्या वह (असुर) अपने विजित राजाओं और स्त्री-पुरुषों को इस तरह क्षमा कर सकते हैं?...

कभी नहीं हुआ असुर देश में! संभव भी नहीं है! उनकी तो संस्कृति में ही नहीं है यह विचार! निरंतर एक-दूसरे का वध करके राज्य प्राप्ति का सत्य ही उनका इतिहास है, पर यह आर्य इतिहास-सत्य?...नितांत विचित्र अनुभव!

और यह अनुभव उस क्षण सत्य हो गया था, जब कुशस्थली के जलपोत-क्षेत्र से मदासुर और अतिसुर के विशाल पोतों को उचित खाद्य सामग्री, सेवक-सेविकाओं सहित स्वयं श्री कृष्ण और उनके यादव प्रमुख विदा करने आए।

वे समुद्र में थे। सम्राट मदासुर का पोत तीव्रगति वाला था। नाविकों ने उसे अधिक गति से सागर के वक्षस्थल पर दौड़ाना प्रारंभ कर दिया, किंतु अतिसुर के पोत चालकों ने समुद्र में, कुछ दूर पहुंचकर ही आश्वस्ति की श्वास ली। गति धीमी हुई।

महाराज अतिसुर ने सेवकों से पूछा था, "क्या हुआ पोत की गति को?..."

"प्रभु की जय हो!..." सेवक ने समाचार दिया था, "सेनानायक गद्काल ने नाविकों को आदेश दिए हैं कि वह असुर देश जाने के पूर्व

महाराज से कुछ आवश्यक विचार-विमर्श करेंगे। उसके पश्चात् ही दिशा निर्णय होगा।"

अतिसुर, गद्काल के बहुत प्रभाव में थे। प्रतीक्षा करने लगे। थोड़ी ही देर पश्चात् सेनापति गद्काल सामने आ पहुंचा।

"असुरपति की जय हो!" उसने सिर झुकाकर निवेदन किया था, "पोत की गति कुछ क्षण के लिए सागर में मद्धिम करने के लिए क्षमाप्रार्थी हूं, प्रभु!...पर एक निवेदन था, सोचता हूं उस पर आप भी विचार करें तो हम सभी का शुभ होगा।"

राजा ने संकेत से गद्काल को आसन पर बैठने के लिए कहा, फिर आस-पास खड़ी सुंदर अर्धनग्न वेशभूषावाली असुर सुंदरियों को वहां से जाने के आदेश दिए, फिर पूछा, "कहो सेनापति! क्या विशेष सम्मति है?"

गद्काल ने जो कुछ, जिस तरह कहना था पूर्व में ही विचार रखा था। यह भी भली-भांति जानता था कि असुरराज सत्ताच्युत होना सह नहीं पा रहे हैं। उसी दुखती रग पर चोट की थी उसने। बोला, "प्रभु!...सम्राट मदासुर हम लोगों के कारण केवल अपमानित ही नहीं, क्रुद्ध भी हुए हैं। यह अलग बात है कि उन्होंने अपना आवेश अब तक प्रकट नहीं किया, किंतु मुझे विश्वास है कि असुरदेश में पहुंचते ही हम सबको उनके क्रोध का शिकार होना पड़ सकता है!...विशेषकर आपको और मुझे!..."

अतिसुर ने शांत होकर सुना। लगा कि गद्काल दूरदर्शिता की बात कर रहा है। असुरेंद्र का क्रोध वैसा है और असुर नीति में दंड प्रणाली कितनी भयावह है—भली-भांति जानते थे अतिसुर! चिंतित से अधिक भयग्रस्त हुए। गद्काल ने उनके चेहरे की उड़ी रंगत पहचानी। लगा कि प्रस्ताव-पूर्व राजा की जिस मनःस्थिति की आवश्यकता थी—वह बन चुकी है।

एक गहरा श्वास लेकर गद्काल ने नीति के नाम पर एक धूर्ततापूर्ण छल प्रस्ताव किया, "क्षमा दान मिले, तो एक निवेदन करूं, महाप्रभु?"

"निस्संकोच कहो, गद्काल!..."

और गद्काल ने कहना शुरू कर दिया, ''आर्य श्री कृष्ण योद्धा से अधिक छली हैं। जिस नीति से उसने कुशस्थली से असुरों को सत्ता निर्वासन किया है, उसी नीति से हम आर्यों को भी विभिन्न भारतीय भूखंडों से पुनः हटा सकते हैं!''

''सो किस तरह?'' चकित हो उठे अतिसुर।

''वही निवेदन करता हूं राजन्!...'' गद्काल ने स्वर तनिक मद्धिम किया—मुख-मुद्रा रहस्यमय बना ली! बोला, ''करवीरपुर और गोमंत क्षेत्र के महाराज शृंगलव, पणिराज पुणजन के प्रभाव में हैं और पुणजन भी हमारी ही तरह अनार्य है। यदि हम किसी तरह उससे संपर्क साध सकें तो हो सकता है कि श्री कृष्ण और उनकी विरोधी खंड-खंड शक्ति फिर से सहेजी जा सके! इस तरह आर्यों की सहायता से ही आर्य देश के अंश पर पुनः असुर सत्ता स्थापित की जाए!''

अतिसुर के माथे पर बल पड़े। अधिकतर गद्काल के सोच-समझ पर आश्रित रहा करते थे असुरराज, किंतु कुशस्थली हाथ से निकल जाने के बाद गद्काल की बुद्धि के प्रति संशयगस्त हो उठे थे। एक बार तो क्रोधित होकर गद्काल को ही दंडित करने का विचार कर डाला था, किंतु बाद में अनुभव हुआ कि यह उचित नहीं होगा। दिव्या ने सम्मति दी थी उन्हें, ''ऐसी भूल न करें असुरेंद्र!...गद्काल का प्रभाव असुर सेना पर बहुत अधिक है। निरंतर संपर्क भी उसी का रहता है। उसे दंडित करने का अर्थ होगा, असुरों में विद्रोह पैदा करना!...अनेक बार राजा को भी अपनी स्थिति के साथ ऐसा समझौता किए रहना होता है, जो उसके सम्मान के अनुकूल न हो। किंतु नीति यही है।''

राजा ने सोचा। लगा कि दिव्या ने उचित सम्मति दी है। सचमुच गद्काल को दंडित करने का अर्थ होता—राजविद्रोह! अतिसुर सत्ताच्युत भी हो सकते थे! दिव्या बोली थी, ''उचित अवसर पर ही शत्रुसंहार ठीक रहता है महाराज—उससे पूर्व नहीं।''

यही किया था अतिसुर ने! गद्काल को दंडित करने का इरादा छोड़ दिया था, किंतु तर्कातर्क अवश्य किए जा सकते थे उसने। अतिसुर कहीं-न-कहीं

अपने आपको उसका आश्रित भी अनुभव करते थे। पूछा, "पुणजन हमारा साथ क्यों देगा?...यह ठीक है कि वह अनार्य है। हमारी ही तरह भरतखंड में सत्ता फैलाने के विचार से ही आया भी है, किंतु यह कैसे भूलते हो सेनापति कि एक ही उद्देश्य में कुटिल भाव से लगे हुए दो व्यक्ति परस्पर मित्र नहीं अंततोगत्वा शत्रु ही होते हैं।"

गद्काल के चेहरे पर धूर्ततापूर्ण मुसकान आई। उत्तर दिया, "नहीं, महाप्रभु!...आपत्तिकाल में एक स्वार्थपूर्ति के लिए जुटे हुए दो शत्रु भी परस्पर मित्र होते हैं। पुणजन भी कुशस्थली की दुर्गति का समाचार सुनकर भली प्रकार समझ गया होगा कि यदि असुर-नाश का कारण श्री कृष्ण बन सकते हैं, तब वह भविष्य में पणियों की समाप्ति के कारण भी हो सकते हैं!"

अतिसुर निरुत्तर हुए।

गद्काल ने कहा था, "पुणजन न चाहते हुए भी इस समय हमें सहयोग करेगा, महाराज!...राजा शृंगलव शक्तिहीन हैं। उनकी शक्ति केवल पुणजन है और पुणजन भी श्री कृष्ण से भयभीत हो चुका होगा। ऐसे अवसर पर हम दोनों एक-दूसरे के उद्देश्य में शत्रु होते हुए भी, एक उद्देश्य के मित्र हो सकेंगे।"

अतिसुर की दृष्टि में चमक पैदा हुई।

गद्काल की सम्मति उचित थी। सुझाव पर अंतिम टिप्पणी लगाई थी उसने, "श्री कृष्ण की शक्ति का नाश केवल हम ही नहीं चाहते हैं महाप्रभु! ...श्री कृष्ण के अपने अनेक देशवासी भी यही चाहते हैं। करुषपति, दंतवक्र, महाराज जरासंध, पौंड्रक, शिशुपाल और स्वयं महाराज शृंगलव के अतिरिक्त सौभराज शाल्व भी इन यादवों का उद्भव नहीं सह पा रहे हैं!"

"संभवतः तुम उचित ही कहते हो, गद्काल!..." अतिसुर ने उत्तर दिया था, "तब क्या कुछ किस तरह करना होगा, इस पर विचार करो!"

"मैं वह सब निश्चित कर चुका हूं राजन्!..." गद्काल ने उत्तर दिया फिर उठ पड़ा। आदरपूर्वक राजा को शीश झुकाकर बोला था, "...मैं पुणजन तक संपर्क-सूत्र जुटाने का प्रयत्न करता हूं। आप आश्वस्त हों।"

अतिसुर प्रसन्न हुए। जलपोत का रुख सागरक्षेत्र पर ही मुड़ गया। अब वह असुर देश न जाकर तीव्र गति से गोमंत की ओर बढ़ रहा था।

विशाल जलपोत के मुड़ाव ने असुर स्त्री-पुरुषों से लेकर गिने-चुने आर्य स्त्री-पुरुषों में भी आशंकाग्रस्त फुसफुसाहटें फैला दीं। क्यों और किसलिए? ...अनेक स्वर उठे, अनेक आंखों ने परस्पर प्रश्न उगा लिए।

किंतु उत्तर किसी के पास न था! उत्तर था केवल सेनापति गद्काल और महाराज अतिसुर के पास और यही उत्तर रात्रि ढले राजा को सुरापान करवाते हुए आर्य रानी दिव्या ने उनसे उगलवा लिया था, "ऐसा निर्णय क्योंकर किया, राजेंद्र?...क्या जानते नहीं कि श्री कृष्ण और पुणजन दोनों ही आपके मित्र नहीं-शत्रु हैं? श्री कृष्ण ने तो फिर भी एक सीमा तक सहृदयता दर्शाई है, जबकि पुणजन?..." दिव्या का स्वर थर्रा गया था, "वह हिंस्र पशु की तरह है!...वह असुरों का मित्र कभी नहीं हो सकता!"

अतिसुर बहुत विश्वास करते थे दिव्या पर। वह क्षण स्मरण आया था उन्हें, जब असुर देश की ओर विदा होते समय उन्होंने अपने साथ आ रही असुर रानियों की ओर देखा था—थम गए थे...उनमें दिव्या भी थी? पास पहुंचकर पूछा था, "क्यों देवी, क्या तुम अपने देश में नहीं रहना चाहोगी?"

"क्षमा करें, महाराज!..." दिव्या ने शालीनतापूर्वक पीड़ामय स्वर में उत्तर दिया, "आर्य स्त्री के लिए एक बार पतिरूप में ग्रहण किए गए पुरुष का देश ही उसका स्वदेश होता है!...मैंने आपको केवल अपना पति ही नहीं माना, पतिरूप में पूजित भी किया है। अब आपका देश ही मेरा देश हुआ!"

अतिसुर प्रसन्न हुए। टकटकी बांधे देखते रह गए आर्य उद्भट की सुंदर पुत्री को किंतु गद्काल को नहीं रुचा था यह। कहा, "महाराज!... उद्दंडता के लिए क्षमा करें, किंतु मुझे पूरा विश्वास है कि महारानी दिव्या असुर संस्कृति का शुभ नहीं चाहतीं। उन्हें अपने साथ ले जाना उचित नहीं होगा।"

"चुप रहो सेनापति!" उखड़ गए थे असुरेंद्र। बोले—"महारानी को तुमसे अधिक हम जानते हैं। वे गौरवमयी, नारी गुणों से संपन्न और हमारे प्रति प्रेम-समर्पिता हैं। उन पर संदेह करना, अपने आप पर संदेह करने की तरह है।" मुड़कर दिव्या से कहा था उन्होंने, "देवी!...सेनापति की धृष्टता को क्षमा करना!...आप अवश्य ही असुरदेश चलें।"

श्री कृष्ण, उद्‌भट आदि ने दिव्या को रोकना चाहा था। देश-विदेश और आर्य-असुर संस्कृति के भेद को लेकर बहुत कुछ कहा सुना भी, किंतु दिव्या ने उनके हर तर्क का उत्तर दिया और अतिसुर के साथ जाना भी पंसद किया। बोली थी—"मैंने इस संपूर्ण भूखंड पर राजरानी रहकर आदेश दिए हैं, पूज्य!...अब यह कैसे संभव है कि मैं किसी के आदेश सहूं? मेरा पतिगृह जाना ही उचित होगा!..."

फिर वह जलपोत पर आ गई थीं। अतिसुर ने गौरव से सीना फुला लिया था अपना। कम-से-कम एक तो है, जिसे वह हृदय से इस सीमा तक समर्पित करवा सके? एक सीमा तक उन्हें स्वयं पर भय भी हुआ था, किंतु गद्‌काल शंकित...

इस शंका के कारण ही उसने असुर सेविकाओं को एकांत में बुलाकर सतर्क किया था, "राजरानी दिव्या पर प्रतिपल दृष्टि रखना तुम लोग। ऐसा न हो कि असुर शक्ति को लेकर दिव्या गुप्तचर-धर्म पूरा करती रहें। श्री कृष्ण चतुर राजनीतिज्ञ ही नहीं, चपल और धूर्त व्यक्ति भी हैं।"

इस तरह असुर जलपोत में ही गुप्तचरी का एक सिलसिला लगा हुआ था। गुप्तचर एक-दूसरे को जानते थे, किंतु विलासी अतिसुर उस सबसे अनजान। सत्ता खोकर भी वह पूरी तरह चैतन्य नहीं हो सके। बहुत सीमा तक दिव्या ने ही उनकी चेतनता को गुम किए रखा। इसी तरह वह उस सबका प्रतिशोध ले सकती थी, जो असुरराज ने उसके साथ किया। कुशस्थली से आसुरी शक्तियों को धकेल देने भर ने दिव्या का मन शांत नहीं किया था। लगता था कि कभी कुंवारे रहे उसके शरीर पर अतिसुर के स्पर्श के अनेक फफोले ऐसे हैं, जो अब भी पूर्ववत् जल रहे हैं...इनकी जलन उस क्षण मिटेगी, जिस क्षण अतिसुर और उसके साथियों का सर्वनाश हो जाएगा!...फिर दिव्या

को अपने जीवन-मरण की भी चिंता नहीं रहेगी!...प्रतिशोध की ज्वाला में धधकता हृदय, जब अतिसुर की सत्ता-शक्ति और तड़पकर मृत होती काया देख लेगा, तब दिव्या बर्फीली शांति से नहा जाएगी!...

पर इस मनःस्थिति को न आर्य उद्भट जानते थे, न श्री कृष्ण। जान रही थी—चतुरिका। असुर नारी होते हुए भी उसने जो कुछ भोगा था, वह आर्यकन्या दिव्या की पीड़ा से कम नहीं था। जिस क्षण राजरानी ने असुरराज के साथ मद्यपान करते हुए रहस्य कुरेदा, उस क्षण संयोग से सेवाकार्य चतुरिका ही कर रही थी!...

और राजा अतिसुर ने उगल दिया था सब कुछ! किस तरह पणिराज पुणजन से मैत्री करेंगे वे, कैसे दो शत्रु—उस समय मित्र हो जाते हैं, जिस समय उन दोनों का कोई तीसरा प्रबल शत्रु सामने हो?...

दिव्या गंभीर हुई। उससे कहीं अधिक चिंतित! श्री कृष्ण तक समाचार पहुंचना आवश्यक था, पर किस तरह पहुंच सकेगा?...इस विशाल जलपोत पर चतुरिका के अतिरिक्त अन्य कोई उसका सूत्र-सहयोग न था...और चतुरिका भी बाध्य है। सागर के विशाल वक्षस्थल पर यात्रा करता जल पोत धीमे-धीमे गोमंत की ओर बढ़ता जा रहा है।...

और उसके साथ ही बढ़ता जा रहा है, आर्यावर्त की राजनीति में विस्फोट की तरह घटनेवाला नया षड्यंत्र-सूत्र!...

अतिसुर सो गए, किंतु दिव्या जागती रही। चतुरिका भी। कोई-न-कोई राह तो निकालनी ही होगी...भले ही गोमांतक के तट-क्षेत्र पर पहुंचकर ही निकले!

कोई-न-कोई राह तो निकालनी ही होगी!...दंतवक्र, रुक्मी, शिशुपाल और कर्ण आदि सभी ने विचार किया। द्वारका का अभ्युदय नहीं हुआ था, आर्यावर्त में एक नई और महान् शक्ति का उदय हुआ था—श्री कृष्ण!... और इन श्री कृष्ण को वेदव्यास और परशुराम जैसे श्रेष्ठ ज्ञानियों और तपस्वियों का सहयोग प्राप्त है।

सबसे अधिक चिंतित थे—स्वामी!...विदर्भराज भीष्मक वृद्ध हो चुके थे। राजकुमार के हाथों में सत्ता का केंद्रीकरण हो गया था, किंतु जन-समाज के बीच आज भी भीष्मक ही राजा थे। रुक्मी केवल राजपुत्र!...

रुक्मिणी उनसे आयु में छोटी थी, पर जिस क्षण उनके विवाह को लेकर परिवार में चर्चा उठी, उस क्षण विद्रोही भाव से बोली थीं, "क्षमा करें पूज्य!...मैंने पतिरूप में मन-ही-मन यादवेंद्र श्री कृष्ण को चुन लिया है, अतः अन्य किसी को लेकर विचार करना भी मेरे लिए अब महापाप होगा!"

वृद्ध भीष्मक और राजरानी ही नहीं, क्रोधी स्वभाव के भाई रुक्मी भी स्तब्ध हो गए थे। विश्वास नहीं हो रहा था कि रुक्मिणी बोली है!...यह बालिका तो कभी प्रत्युत्तर देना सीखी ही नहीं, तब आज ही किस तरह इतनी उद्‍दंड हुई?...विश्वास नहीं हो रहा था।

स्वर में संपूर्ण मिठास और मृदुता के बावजूद रुक्मिणी के निर्णय की कठोरता झलक रही थी। रुक्मी तनिक व्यग्र हो उठे। कुछ समय पूर्व ही मित्र शिशुपाल से रुक्मिणी का संबंध करेंगे—वचनबद्ध हो चुके थे वह। अब क्या करें? उस क्षण रुक्मिणी पर ही बरस पड़े, "यह अभद्रता अक्षम्य है राजकन्या!...जानती हो न?"

रुक्मिणी ने निस्संकोच होकर उतना ही तार्किक उतर दे दिया था, "जानती हूं भैया, किंतु यह भी जानती हूं कि पूज्यों के समक्ष मन को सहज और शांत रूप में व्यक्त करना भी परिवार की मर्यादा होती है।"

"उस छली और धूर्त कृष्ण से प्रेम कल्पना आश्चर्यजनक है कुमारी?" रुक्मी और भड़क गए थे, "एक साधारण ग्वाला क्या महान् विदर्भ राज्य का जामात्र बनने के योग्य हो सकता है?"

"आप जिसे साधारण कह रहे हैं भाई, उसी ने असुरेंद्र से कुशस्थली को मुक्त करवाया है।" उसी ने महाशक्ति जरासंध के आक्रमणों को विफल किया है। वही था, जिसने कालयवन जैसे आर्य संस्कृति के विरोधी का सर्वनाश किया! क्या ऐसा व्यक्ति विदर्भकुमारी का पति बनने के योग्य नहीं हो सकता?

"छल, नीचता और षड्यंत्रों से सफलता प्राप्त करनेवाला वीर नहीं होता रुक्मिणी!" रुक्मी अधिक चिढ़ गए थे। चिढ़ इस बात से नहीं थी कि बहिन श्री कृष्ण की प्रशंसा कर रही है, अपितु कष्ट इस बात से हो रहा था कि उनका वचन शिशुपाल-जैसे मित्र के सामने असत्य होने जा रहा था।

रुक्मिणी ने भाई से अधिक तर्कातर्क करना उचित नहीं समझा। ज्ञात था कि रुक्मी केवल हठी ही नहीं, उग्र भी है। वे संपूर्ण राजमर्यादा छोड़कर छोटी बहिन से भी उग्र व्यवहार कर सकते थे। अतः पिता-माता को प्रणाम किया, रुक्मी के सामने झुककर निवेदन किया, "भइया!...नीतिकर्ताओं ने साम, दाम, दंड, भेद चारों ही उक्तियों को राजधर्म में उचित ठहराया है। अब क्या छल है, क्या षड्यंत्र और कहां होती है वीरता—यह निर्णय करने का दायित्व विद्वानों पर ही छोड़ देना उचित है और इस समय अधिकतर ऋषियों, ज्ञानियों और तार्किकों ने श्री कृष्ण की नीति को ही उचित ठहराया है।"

भाई अधिक बिगड़ सकें, इसके पूर्व ही राजकुमारी अपने कक्ष की ओर चली गई थीं। सुदेव की प्रतीक्षा थी उन्हें क्या संदेश लाएगा?...

रुक्मिणी के उत्तर ने रुक्मी को श्री कृष्ण के प्रति अधिक कटुता से भर दिया। अब वह किसी भी प्रकार शिशुपाल को दिए अपने वचन की पूर्ति हेतु कृतसंकल्प हुए। वृद्ध पिता भीष्मक को बाध्य करना प्रारंभ किया था उन्होंने, "जितनी शीघ्र हो सके, देवी रुक्मिणी का स्वयंवर आयोजित किया जाना चाहिए! विदर्भ के राजसम्मान हेतु यह आवश्यक ही नहीं, अनिवार्य हो गया है!..."

और भीष्मक समझ गए थे कि बहुत दिनों प्रभावी राजकुमार की सम्मति टाली नहीं जा सकेगी। फिर रुक्मी का स्वभाव भी भलीभांति जानते थे वह। महाराज जरासंध के प्रभाव में भरतखंड के अधिकतर राज्यों के राजकुमार उलझे हुए थे। रुक्मी उन्हीं में से एक।

ब्राह्मण सुदेव को करवीरपुर में समाचार मिला था—कृष्ण राजकुमारी शैव्या के अतिथि हुए हैं। करवीपुर के राज्यवासी श्री कृष्ण नाम के प्रति श्रद्धालु

थे। कितना कुछ सुना था उन्होंने? बहुत आयु नहीं है उनकी, पर वे संपूर्ण आर्य जाति के उद्धारक सिद्ध हुए हैं! चमत्कारपूर्ण ढंग से उन्होंने कंस वध किया, कितने ही असुर मारे, कालयवन का संहार करके आर्यावर्त के एक सीमाखंड को मुक्ति दिलाई और अब स्वयं असंख्य मथुरावासियों और कुशस्थली के आर्य दासों को उनका अधिकार दिलाया!...अधिक चमत्कारपूर्ण इस कारण लगते थे कि किसी भी जगह राज-सिंहासन या सत्ता की अपेक्षा नहीं की उन्होंने!...

पर वे राजा से बड़े हैं! मोहहीन! किसी ऋषि की तरह! यह सब किसी तपस्वी साधु के लिए ही संभव है, जो सहज भाव से श्री कृष्ण करते आए हैं। अतः पूजनीय हैं!

वे कृष्ण-दर्शन में ईश्वरत्व का बोध करने लगे थे। देखा नहीं था उन्हें, पर अनुभव होता था कि कृष्ण नाम से संपूर्ण आत्मा में शक्ति-संचार होता है। जिस-जिस ऋषि, महर्षि से चर्चा होती—श्री कृष्ण ईश्वर हैं—यही सुनने को मिलता!...

भगवान् परशुराम ने तो यहां तक कह दिया था—"भला जो शरीर, राजवैभव और गृहस्थ-संसार में रहकर भी योगसाधक है, ऋषिवत् मोहहीन है, वह साधारण मनुष्य कैसे हो सकता है?"

प्रश्न हुए थे—"तब क्या हैं यशोदासुत?"

उत्तर भी उलझा हुआ मिला, पर समझनेवालों के लिए बहुत स्पष्ट भी था—"मनुष्य से इतर यदि कुछ होता होगा, तो वही हैं कृष्ण!"

पर कुरेदनेवाले उतने पर भी शांत न होते। प्रश्न उछल आता, "मनुष्य से इतर क्या होता है भगवन्?"

"श्रद्धा!..."

"और श्रद्धा क्या है?"

"ईश्वर!"

तब कृष्ण ईश्वर हैं?...एक रोमांच अनुभव होता था सुनकर! परशुराम हों या वेदव्यास, महात्मा विदुर हों या धर्मराज युधिष्ठिर—उत्तर में केवल रहस्यमय मुस्कान बिखेरकर रह जाते। चेदि, विदर्भ, अंग, बंग, प्राग्ज्योतिषपुर,

अवंती, सौभ, कुरुराज्य, पांचाल सभी स्थानों पर श्री कृष्ण को इसी रूप में देखा जाने लगा। बहुतेक राजा और राजसत्ताएं उनसे अप्रसन्न थीं, किंतु जन-साधारण के लिए कृष्ण श्रद्धापात्र हुए!...यह भी अविश्वसनीय-सा लगता था, किंतु हो रहा था।

और यदि ऐसा हो रहा है, तब भी यही सिद्ध होता है कि कृष्ण ईश्वर हैं!...मनुष्येतर और महान्!

किसी संयोग या कारणवश अनेक लोगों ने उन्हें देखा था। वे अनेक लोग—स्त्री हों या पुरुष जहां-तहां, हाट-बजारों में बहुतेक श्रद्धालुओं और उत्सुकों की भीड़ से घिर जाया करते। अनेक प्रश्न, अनेक तरह...

"कैसे हैं वह?"

"हम सबकी तरह!"

"पर यह कैसे संभव है?"

"सत्य यही है।"

"फिर हममें और उनमें अंतर क्या है?"

"शरीर भर एक-सा है, पर शेष सब अंतर ही अंतर है।"

"सो कैसे?"

"वे मोहक हैं। सम्मोहन की सीमा तक।"

"और?"

"वे सुंदर हैं, सलोने और सुदेह।"

"और?"

"उनके स्वर में अद्भुत माधुर्य है। वैसा मनुष्य में संभव नहीं!"

"...?"

"रणस्थल में अप्रतिम योद्धा होते हैं वह और ज्ञानियों में ज्ञानी। उस क्षण उनका तेजस्वी रूप सहसा सहन नहीं होता।"

"उन्हें देखकर कैसा अनुभव होता है?"

"मोह पैदा होता है। किंतु वे स्वयं तुम्हारे प्रति मोहमुक्त होते हैं।"

"आश्चर्य!"

"हां, आश्चर्य ही हैं वह!...न होते तो भला उनकी वाणी-मात्र से छोटी-सी यादव सेना महाशक्तिशाली जरासंध का अठारह बार सामना कर पाती? बतलाओ तो?"

"...!"

"क्या यह संभव था कि कुशस्थली में असुर-दमन से आक्रांत, लगभग मृत हो चुके आर्य दास विद्रोही हो जाते?"

"हां...संभवतः तुम उचित ही कहते हो?"

"और...और यह सब न होता तो क्या तुम यह सारे प्रश्न करते?"

"निश्चय ही! कृष्ण अद्भुत हैं!...अद्भुत से अधिक अविश्वसनीय! ..."

सुदेव को भी कितनी ही बार, कितने ही लोगों से ऐसे ही प्रश्नों का सामना करना पड़ा। अंत में उसने निश्चय किया था कि कृष्ण-दर्शन का भूलकर भी किसी से चर्चा नहीं करेंगे। चर्चा का अर्थ होगा प्रश्नों की बाढ़. ..और उस बाढ़ से बचकर निकल पाना असंभव होगा।

किंतु श्री कृष्ण से मिलना आवश्यक था। कैसे मिलें?...शब्द स्मरण थे रुक्मिणी के—"जैसे भी हो आर्यपुत्र तक मेरा यह पत्र अवश्य पहुंचा दें, ब्राह्मणश्रेष्ठ!..."

वचन दिया था सुदेव ने।

किंतु करवीरपुर आकर अनुभव हुआ जैसे श्री कृष्ण से मिलना असंभव है। पणि सैनिक हों या नागरिक—उनसे कृष्ण-चर्चा का अर्थ था उलझन में पड़ना। आर्य भी बहुत विश्वसनीय नहीं थे। पता नहीं कितने महाराज श्रृंगलव के प्रभाव में हों या किसी पणि सेना नायक की सेवा में हों?

तब क्या करे सुदेव?

एक ही राह थी। सीधे राजकुमारी शैव्या से भेंट करें। नगर में यही चर्चा सुना था उन्होंने। करवीरपुर नरेश श्री कृष्ण को आतिथ्य प्रदान नहीं करना चाहते थे, पणिराज पुणजन की भी यही सम्मति थी, किंतु देवी शैव्या के प्रभाव ने बाध्य किया था पिता को। शैव्या ने नीतिज्ञान दिया था उन्हें—"श्री कृष्ण का विरोध उचित नहीं है राजन्!...असुरेंद्र के नाशकर्ता

के अद्भुत संगठन शक्ति को यों अस्वीकार नहीं किया जा सकता। फिर हमारा राज्य, द्वारका का पड़ोसी राज्य है देव!...इस दृष्टि से भी विचार करें।"

बाध्य होकर श्रृंगलव ने स्वागत किया था कृष्ण का पर विशेष महत्व नहीं दिया।

श्री कृष्ण, बलभद्र आदि के राजकीय सेवा-सम्मान की व्यवस्था राजकुमारी ने ही करवाई। यही नहीं, उनकी सुरक्षा व्यवस्था भी शैव्या ने ही की। सुदेव को ज्ञात हुआ था कि शैव्या की विश्वस्त सेविकाओं और सेवकों के अतिरिक्त श्री कृष्ण भी अपने विश्वस्त व्यक्तियों के बीच सुरक्षित थे।

उनसे सीधे मिल पाना असंभव!

तब एकमात्र राह थीं—राजकुमारी। सुदेव उन्हीं के निवास पर जा पहुंचा था। परिचय दिया फिर कहा—"देवी!...वस्तुसत्य में मैं यादवराज कृष्ण के लिए विदर्भकन्या रुक्मिणी का संदेश लेकर आया हूं।"

एक पल के लिए शैव्या का चेहरा कुम्हला गया। विदर्भकन्या रुक्मिणी का संदेश? लगा कि शैव्या के अपने मन में कहीं कुछ गड़ा है, पर स्वयं को संयत किया। बोलीं, "ब्राह्मण श्रेष्ठ!...आपने मुझ तक आकर उचित ही किया। मैं स्वयं आपको यादवसुत के पास लेकर जाऊंगी।" फिर उन्होंने सेविकाओं से कहा था, "यशोदानंदन को सूचना दो कि देवी शैव्या भेंट करना चाहती हैं।"

सूचना भेजकर बहुत देर प्रतीक्षा नहीं करनी पड़ी उन्हें। तत्काल श्री कृष्ण की स्वीकृति आ गई थी—"राजकुमारी का स्वागत है।"

वसुहोम, उद्धव और विवर्त अपने-अपने आसानों से उठ खड़े हुए। श्री कृष्ण ने आगे बढ़कर राज कन्या का स्वागत किया। एक दृष्टि ब्राह्मण सुदेव पर डाली, फिर मुसकुरा दिए। ऐसे, जैसे परिचय की आवश्यकता न रही हो।

शैव्या ने कहा था, "असमय कष्ट देने के लिए क्षमाप्रार्थी हूं गोपाल! ...किंतु यह युवा ब्राह्मण..."

"प्रणाम करता हूं आपको।" श्री कृष्ण झुके थे।

"आयुष्मान् भवः!" सुदेव ने कहा। मन हल्का हो गया था उनका। जिस क्षण राजकुमारी रुक्मिणी का पत्र निकालकर उनकी ओर बढ़ाया, उस क्षण लगा कि भारमुक्त ही हो गए हैं कहा, "प्रभु!...मैं अनेक दिनों की यात्रा करके विदर्भ से यहां आया हूं। भीष्मकसुता रुक्मिणी ने यह पत्र आपके नाम पठाया है।"

शैव्या शांत थीं, किंतु सुदेव ने अनुभव किया कि इस शांति के भीतर समुद्रवत् ज्वार थमा हुआ है। आसन ग्रहण कर लिया था उन्होंने, पर सुदेव को यह भी अनुभव हुआ जैसे उस आसन पर भी सहज और स्वाभाविक नहीं हो पा रही है।

श्री कृष्ण पत्र पढ़ रहे थे। एक बार पढ़ा, फिर दूसरी बार...एक गहरा श्वास लेकर कहा था, "आपकी कृपा है ब्राह्मण!... विदर्भकुमारी का संदेश पढ़ा। आप कृपया उन तक मेरा एक आश्वासन पहुंचाने का कष्ट करें।"

सुदेव ने उत्सुक होकर कृष्ण को देखा। उससे कहीं अधित उत्सुकतापूर्वक देख-सुन रही थीं शैव्या।

श्री कृष्ण बोले थे, "देवी रुक्मिणी आश्वस्त हों। माता देवकी और यशोदा का यह पुत्र वचनबद्ध होता है कि उनका कष्ट हरण करेगा। शीघ्र ही मैं उनसे भेंट करने पहुंचूंगा।" वह उद्धव की ओर मुड़ गए थे—"ब्राह्मणदेवता के साथ तुम जाओगे, उद्धव। मुझे विश्वास है कि तुम करुणामयी भीष्मकसुता को मेरी ओर से विश्वास दिला सकोगे कि श्री कृष्ण अवश्य ही उनसे भेंट करने आएंगे। यही नहीं, उनका मनोवांछित भी पूर्ण करेंगे।"

उद्धव चुपचाप सुनते रहे। कृष्ण ने सुदेव की पूजा-सेवा करने का आदेश देकर शैव्या की ओर देखा। वह शांत, किंतु उद्वेलित-सी खड़ी थीं। शब्दहीन होते हुए भी कितना कुछ कह रही हैं वह?...

और कृष्ण? उन्होंने भी जैसे बहुत कुछ सुना है।

"आइए ब्राह्मण!" उद्धव आगे हो लिए। सुदेव उनके पीछे। वसुहोम उनके साथ। अब राजभवन के विशाल कक्ष में केवल शैव्या और श्री कृष्ण भर रह गए थे। बलभद्र अन्य कक्ष में ठहरे हुए थे।

एक ओर शांत भाव से खड़ा हुआ था विवर्त। उसकी दृष्टि झुकी हुई थी, जैसे वह किसी आदेश की प्रतीक्षा कर रहा हो।

"राजसुता!..." श्री कृष्ण बोले। स्वर जितने माधुर्य से भरा हुआ था, उससे कहीं अधिक गांभीर्य भी था उसमें। "विवर्त ने अभी-अभी बहुत महत्वपूर्ण समाचार दिया है। मेरा विचार है कि उसे सुनकर आप भी सचेत होंगी।"

शैव्या सब कुछ भूलकर चैतन्य हो गईं। केवल वर्तमान से आ जुड़ीं। एक दृष्टि विवर्त की ओर डाली, फिर गोपाल को देखा।

श्री कृष्ण ने उन्हें आसन पर बैठने का संकेत किया, बोले, "जैसी मुझे आशंका थी, वही हुआ। असुरराज अतिसुर का विशाल जलपोत असुर देश की ओर न जाकर अब गोमंत-क्षेत्र की ओर बढ़ आया है। विवर्त को सूचना मिली है कि इस जलपोत के साथ वे छोटे-छोटे पोत भी हैं, जिनमें बंदी बनाए गए असुर सैनिकों को जीवनदान देकर कुशस्थली वासियों ने उन्हें उनके देश भिजवाया था...अब वे सभी गोमंत की ओर बढ़े आ रहे हैं..."

"किंतु...?" शैव्या बुदबुदाईं चिंता उभर आई थी उनके चेहरे पर। उससे कहीं अधिक आश्चर्य झलक रहा था।

श्री कृष्ण ने मुसकुराकर उन्हें देखा, फिर उतनी ही शांत आवाज में कहे गए, "इसमें चिंता और आश्चर्य की कोई बात नहीं है राजकुमारी!... आपके पूज्य पिता पणिराज के प्रभाव में हैं...और पणिराज से असुरों को आश्रय मिल सकता है। "मैं अनुमान कर पा रहा हूं कि अतिसुर की जलयात्रा में यह मोड़ सहसा क्योंकर आया होगा?"

"किंतु पणिराज पुणजन और अतिसुर राजनैतिक दृष्टि से भले ही मित्र हो रहे हों, पर वे परस्पर विरोधी हैं देवकीनंदन!...दोनों का लक्ष्य आर्यावर्त में सत्ता विस्तार रहा है, अतः उनकी शत्रुता स्वाभाविक है। मैं समझ नहीं पा रही हूं कि अतिसुर, कम-से-कम अपनी पराजित स्थिति में पुणजन से कैसे सहायता चाह सकते हैं?..." शैव्या अधिक चकित हो रही थीं।

"इसी स्थिति में उनकी मित्रता संभव है, राजकन्या!" कृष्ण ने कहा था, "अतिसुर और पुणजन दोनों ही अनार्य हैं, दोनों का ही लक्ष्य एक है।

एक की पराजय दूसरे के लिए भय और आशंका का कारण बन सकती है अतः उनकी लक्ष्य एकता ही इस समय उनकी मित्रता का कारण बनेगी। वे आर्य शक्ति को परस्पर मित्रता करके क्षीण करेंगे बाद में अपनी शत्रुता का निर्णय कर लेंगे।'' श्री कृष्ण उठे, विचारमग्न। कुछ पल चुपचाप चहलकदमी करते रहे। सहसा मुड़कर बोले थे–''स्मरण रहे देवी, जब-जब किसी एक शक्ति के दो विरोधी परस्पर शत्रु होते हैं, तब-तब परिस्थिति उनमें परस्पर मित्रता को जन्म दे देती है। पुणजन और अतिसुर की मित्रता इसी आधार पर होगी।''

''किंतु महाराज शृंगलव अतिसुर का इस तरह गोमंत और करवीरपुर क्षेत्र में आगमन शायद ही पंसद करें?'' शैव्या ने कहा।

कृष्ण रुके! टकटकी लगाकर राजकुमारी को देखा, फिर तनिक करीब पहुंचे, ''मैं चाहता हूं देवी कि महाराज, अतिसुर का स्वागत करें...इस तरह करें कि पुणजन से मैत्री-पूर्व ही अतिसुर उसके लिए आशंकित भय का कारण बन जाए...और मेरा विचार है कि महाराज शृंगलव से यह करवाना आपके लिए कठिन नहीं होगा!''

शैव्या ने विस्मय से कृष्ण को देखा।

वह कह गए–''पुणजन के पूर्व ही यदि महाराज शृंगलव का सहयोग अतिसुर को मिल गया तो हो सकता है पुणजन, अतिसुर के लिए आर्यों से पहले कष्ट का कारण बन जाएं! वैसी स्थिति में आर्यशक्ति को पुणजन और अतिसुर की सम्मिलित शक्ति का सामना नहीं करना पड़ेगा।'' शैव्या सहज भाव से सुनती गईं। श्री कृष्ण जितने शांत थे, स्वर से भी उतने ही सहज। मुसकुराकर केवल देखते रहे थे शृंगलव की पुत्री को। नीतिमती हैं, जान रहे थे और उससे अधिक जानते थे कि स्वदेशगरिमा से ओतप्रोत आर्यकन्या हैं।

शैव्या ने एक क्षण की चुप्पी के बाद कहा था, ''जैसी यादवेंद्र की इच्छा!''

ब्राह्मण सुदेव चुपचाप खड़े थे। श्री कृष्ण उठे। धीमे-धीमे चलते हुए एक प्रज्ज्वलित मशाल के पास जा खड़े हुए। कहा, ''राजकन्या नीतिज्ञ हैं

और मुझे विश्वास है कि वह पुणजन और अतिसुर को मैत्रीवत् शत्रुता का पूरा-पूरा अवसर देगी!"

"आप निश्चिंत हों, यादवेंद्र!" शैव्या ने कहा।

श्री कृष्ण ने एक दृष्टि सुदेव पर डाली, फिर प्रश्न किया, "क्या मैं उस समय तक के लिए निश्चिंत हो सकता हूं—जिस समय तक विदर्भकन्या का कष्ट दूर न हो जाए?"

शैव्या के मुख पर हल्की-सी धुएं जैसी छाया उतरी, जैसे श्री कृष्ण के शब्दों ने उसे आहत किया हो, किंतु तुरंत स्वयं को सहेजकर उसने कह दिया था, "निस्संदेह!...इस बीच आप भीष्मक-पुत्री के कष्टनिवारण का समय पा सकेंगे—विश्वस्त हों।"

श्री कृष्ण मुसकुराए। यह मुसकान शैव्या को अपने अंतर में दबाई हुई छाया को चीरकर भीतर तक जाती हुई अनुभव हुई। शैव्या ने दृष्टि झुकाकर विदा चाही थी, "अब मुझे आज्ञा दें, वासुदेव?"

श्री कृष्ण ने पलकों से ही स्वीकृति प्रदान की। शैव्या तेज चाल में लौट गई। कृष्ण, सुदेव की ओर मुड़े। कहा, "बिराजिए, ब्राह्मण!..."

श्री कृष्ण पर आक्रमण के लिए चेदिराज शिशुपाल बढ़े तो सही, किंतु मित्र राजाओं, यथा—रुक्मी, करुषपति, दंतवक्र आदि को सूचनाएं भिजवाईं, उनमें से एक के उत्तर ने बाधा उपस्थित कर दी। यह सूचना थी—विदर्भकन्या रुक्मिणी के स्वयंवर का आयोजन!

चेदि और विदर्भ की सीमाएं मिली हुई थीं। शिशुपाल को तुरंत संपर्क साधने में कठिनाई नहीं हुई महाराज भीष्मक ने बांहें फैलाकर राजा शिशुपाल का स्वागत किया। एक तो जरासंध के सर्वाधिक विश्वसनीय मित्र होने के कारण मन में आद था, दूसरे शिशुपाल रुक्मी का मित्र भी था। वृद्ध भीष्मक इस मैत्री की राजनीतिक महत्ता स्वीकारते थे। शिशुपाल की शक्ति-संपन्नता का समूचे आर्यावर्त में दबदबा था। वह कुरुराज दुर्योधन का मित्र होने के अतिरिक्त संपूर्ण मध्य आर्यावर्त का सर्वाधिक शक्तिसंपन्न राजपुरुष था।

रुक्मी ने इधर एक नया विचार भी रखा था पिता के सामने। कहा था, "पितृ! चेदिपति यदि किसी प्रकार विदर्भ के संबंधी बन जाएं तो निश्चय ही इससे हमारी राजशक्ति और सत्ता का विकास होगा।"

भीष्मक समझ गए थे। पूछा, "तुम संभवतः कुमारी रुक्मिणी से उनके विवाह को लेकर विचार कर रहे हो?"

"हां, पूज्य?"

"यह संभव हुआ तो हम भी प्रसन्न होंगे, रुक्मी!"

रुक्मी ने इसी आधार पर शिशुपाल से चर्चा की। शिशुपाल प्रसन्न हुए, पर रुक्मी ने सावधान भी किया उन्हें, "एक विघ्न है चेदिराज?"

शिशुपाल ने सिर उठाया। आश्चर्य हुआ कि विवाह-जैसी साधारण स्थिति में कोई विघ्न आ सकता है? आश्चर्य व्यक्त किया, "कैसा विघ्न?"

"देवकीपुत्र कृष्ण!" रुक्मी बोले थे।

"भला श्री कृष्ण से देवी रुक्मिणी का क्या संबंध?"

"अब तक नहीं है राजन्, किंतु हो जाएगा!" रुक्मी ने उत्तर दिया, फिर सारी बात कह सुनाई। किस तरह रुक्मिणी ने मन-ही- मन यादवपति श्री कृष्ण को वर लिया है?

सुनकर शिशुपाल जैसे अग्नि में नहा उठे। कृष्ण!...शब्द मन से उभरा और कुंठाग्रस्त होकर दांतों में ही भींच डाला। यादवपुत्र न केवल राजनीतिक प्रभाव बढ़ाए जा रहा है अपितु अपनी सम्मोहनशक्ति से अनुपस्थित रहकर भी सुंदरियों के मन में समाता जा रहा है। शिशुपाल कितनी ही बार सोचते थे कि वे श्री कृष्ण से इतनी घृणा क्यों करते हैं? कारण समझ नहीं आता था। इसके विपरीत लगता कि वसुदेव-पुत्र ने उनका शुभ ही किया है, किंतु विचित्र था मन। बार-बार श्री कृष्ण के प्रति क्रोधाभाव से भर उठता। शिशुपाल के मौन ने रुक्मी को कुरेदन पर बाध्य किया। पूछने लगा, "क्या हुआ, चेदिनरेश?"

"हां?" वह चौंके, पर शांत हो गए। एक पल मौन के बाद कहा था, "कुछ नहीं, विचारने लगा हूं कि विदर्भकन्या के मन में यह असंस्कृत विचार कैसे आया?"

"ब्राह्मणों और ऋषियों के चाटुकारिता करनेवाला कृष्ण अपरोक्ष रूप से ही सही, किंतु अपना प्रचार करवाता रहता है।" रुक्मी ने जल-भुनकर उत्तर दिया। लगा था कि शिशुपाल ने रुक्मी की बहन को लेकर जिस तरह वाक्चातुर्य के साथ समूचे विदर्भवासियों को ही असंस्कृत कह दिया है, स्वयं को अपमानित भी अनुभव किया। उत्तेजित होकर बात पूरी की थी, "राजन्!...भगिनी के इस असंस्कृत विचार का परिष्कार मैं करूंगा! और इस तरह करूंगा कि मैत्री का भी अद्भुत प्रमाण बने!"

"किस तरह?" शिशुपाल ने पूछा।

"रुक्मिणी-स्वयंवर में श्री कृष्ण आमंत्रित नहीं होगा!" रुक्मी ने कठोरतापूर्वक उत्तर दिया।

शिशुपाल शांत रहे, चेहरे पर गांभीर्य बनाए रखा किंतु मन-ही-मन प्रसन्न थे कि सुंदरी रुक्मिणी अब उनकी होगी।

रुक्मी ने अंतिम बात कहकर जैसे घोषणा ही कर दी थी कि रुक्मिणी उनकी है। बोले, "चेदि से उपयुक्त राजगृह मेरी बहिन के लिए अन्य नहीं हो सकता!"

"यह मेरा सौभाग्य होगा, मित्र!" शिशुपाल ने उन्हें गले लगा लिया था। रुक्मी मैत्री संबंध के लिए वचनबद्ध हो गए।

स्वयंवर आयोजित हुआ। श्री कृष्ण अनामंत्रित थे। दंतवक्र, जरासंध आदि अनेक राजाओं को सूचना भिजवाई गईं। सभी समय पर आ पहुंचे। कर्ण आदि आ रहे थे...

कौन-कौन आ चुका है?...कौन-कौन आ रहा है?...रुक्मिणी को सभी सूचनाएं मिल रही थीं। आगत-भय ने विदर्भकन्या को पीड़ित कर रखा था। राजधानी कुंडिननगर के राजनिवास से निकलकर विश्वस्त सखियों के साथ प्रतिदिन अंबा-पूजन के लिए जाया करती थीं। हर दिन प्रार्थना करती, "माते!...क्या मेरी पूजा का यही प्रतिफल दोगी तुम?" शब्द गले तक आते और मन-ही-मन इस तरह दब जाते, जैसे किसी दलदल में धंस गए हों। मन

पीड़ाक्रांत था। उससे कहीं अधिक बर्फ की तरह रिसता हुआ और तभी ज्ञात हुआ था कि श्री कृष्ण ही नहीं द्वारका के यादवों को ही राजकुमार रुक्मी ने स्वयंवर के अयोग्य समझा है। निद्रा विद्रोहिणी हो उठी। उससे कहीं अधिक मन-शरीर के प्रति विद्रोही हो रहा था। जी होता कि पिता के पास पहुंचे और सिसक-सिसकर रो उठें। सारा मन उंडेल डाले। कहें कि 'पूज्य!.. ..इसी तरह अपनी पुत्री का त्याग करना चाहते हैं तो उसे विष क्यों नहीं दे डालते? पर लगता कि अशिष्टता होगी। महाराज भीष्मक, पिता होने के साथ-साथ राजपुरुष भी हैं। भावुकता और हृदय जैसे कोमल तत्व महत्व तो रखते हैं, पर इतना नहीं जो उन्हें संततिमोह में उलझाकर साधारण मनुष्य बना दे? रुक्मिणी के निवेदन का एक ही उत्तर होगा उनके पास। कहेंगे, "पुत्री!...यह विस्मृत न करो कि तुम विदर्भ की राजकुमारी हो और राज-संबंध केवल भावना से नहीं, नीति से भी जुड़े होते हैं।"

स्वयंवर में समय शेष न था। सभी राजाओं ने अपने-अपने शिविर डाल दिए। नदी-किनारे विशाल चट्टानें थीं। कुछ दूर घना वन। कर्ण, दंतवक्र, शिशुपाल, जरासंध, पौंड्रक आदि ने यही क्षेत्र चुना। वे तनिक-तनिक फासले पर वैभवपूर्वक ठहर गए। विशाल सैन्य टुकड़ियां उनके साथ थीं। संहारक अस्त्रों के भंडार भी थे। स्वयंवर एक औपचारिकता की तरह पूरा होना था। विवाह शिशुपाल से होगा—सभी जान-समझ चुके थे। परस्पर मित्र राजा भी थे वह। श्री कृष्ण से सभी रुष्ट।

"वे सभी तुमसे रुष्ट हैं, कान्हा!" बलभद्र बोले थे। श्री कृष्ण हंस पड़े। कहा, "जानता हूं, भैया!"

बलभद्र सहज भाव से कहने लगे, "जानते हो, तब यह भी जानते होगे कि वे सब मिलकर तुम पर आक्रमण कर सकते हैं?"

"सो भी जानता हूं!" रथों को तीव्रगतिं से विदर्भ की दिशा में दौड़ाए चले जा रहे थे वे। एक सैनिक टुकड़ी भी साथ थी। देखभाल के लिए उद्धव। उनके साथ ब्राह्मण सुदेव।

"जानकर भी जा रहे हो?" बलराम ने प्रश्न किया, "भय न भी हो तो भी सावधान रहना श्रेयस्कर रहता है, कन्हैया! यह गोकुल नहीं, जहां तुम मनमानी कर लिया करते थे। विदर्भ कुमार रुक्मी तुम्हारे ही नहीं, सभी यादवों के शत्रु हैं!"

"पर हम किसी के शत्रु नहीं हैं, पूज्य!" श्री कृष्ण ने कहा, "अतः शत्रुभाव से जा भी नहीं रहे हैं।"

चिढ़ गए बलराम। कौंधकर कहा था उन्होंने, "तुम उलझी-उलझी बातें क्यों करते हो? शत्रु के यहां शत्रुभाव से न जाना कौन-सी बुद्धिमत्ता है?"

"और शत्रुभाव से जाना ही कौन-सी नीतिज्ञता होगी, भइया?..." कृष्ण ने प्रश्न किया।

बलराम ने उत्तर न देकर क्रोधित भाव से देखा उन्हें। श्री कृष्ण ने कहा, "मुझे क्षमा करें पूज्य!"

हलधर ने कुछ नहीं कहा। यही था उनका स्वभाव। जब-जब श्री कृष्ण के शब्द-जाल में उलझते, इसी तरह चुप होकर रह जाते। श्री कृष्ण ने भी शब्द-संयम बरतना स्वभाव बना लिया था। कम-से-कम बलराम के साथ यह बहुत आवश्यक था। जानते थे कि बहुत सरलता पर विजय शब्दों से तो पाई जा सकती है, किंतु कुतर्क से नहीं। बलराम को यों भी बहुत शीघ्र क्रोध आता था। बचपन से यही देखा-जाना था नंदकुमार ने।

निरंतर यात्रा ने उन्हें थका दिया था, पर श्री कृष्ण कहा करते थे कि थकान मन से होती है। जहां मन हारा, वहीं पराजय! यह तत्वज्ञान कब कैसे यादव सेना के संस्कार में भी रच-बस गया था, कोई नहीं जानता। यही तत्वज्ञान था, जिसने यादवों को निरंतर दुस्साहसी और शक्ति-संपन्न बनाया था।

यही तत्वज्ञान आज काम आया। विदर्भ के सीमाक्षेत्र में पहुंचे, वैसे ही एक ग्राम में समाचार मिला कि देवी रुक्मिणी का स्वयंवर आयोजित है। उस स्वयंवर में भी वर निश्चित हैं—चेदिपति शिशुपाल!

गांव में थमे थे उद्धव। चकित भाव से पूछा था, "ऐसा कैसा स्वयंवर? जब वर पहले ही निश्चित है, तब स्वयंवर शब्द से क्या अभिप्राय?"

ग्रामीण ने भी सहज-सा उत्तर दे दिया, "पथिक! यह सब तो राजकीय चोचले हैं। बेचारी विदर्भकन्या के स्वर्णिम स्वप्नों को राजकुमार रुक्मी अपने राजनीतिक स्वार्थ की बलि चढ़ा रहे हैं।"

उद्धव ने ग्रामीण से भी अधिक सहज-सरल बनकर प्रश्न किया, "बलि!...राजकुमार का राजनीतिक स्वार्थ?...और विदर्भकन्या के स्वर्णिम स्वप्न?...ग्रामवासी बंधु! मैं तो कुछ समझ ही नहीं पा रहा हूं।"

जो कुछ ग्रामीण ने समझाया, वह समझकर दौड़े-दौड़े उद्धव—श्री कृष्ण के पास जा पहुंचे। सब कुछ संक्षेप में कह सुनाया। आशा थी कि कृष्ण पर एक क्रोधित प्रतिक्रिया होगी, पर वैसा कुछ भी नहीं हुआ। शांत स्वर में उद्धव की ओर उनका प्रश्न आया, "...कब है स्वयंवर?"

"कल प्रातः!..."

"तो कुंडिनपुर पहुंचने में तो अब अधिक समय है नहीं?" श्री कृष्ण ने कहा।

उद्धव ने पूछा, "पर ठीक समय वहां पहुंचने से क्या लाभ होगा, कान्हा?"

"और समय के पूर्व पहुंच जाने से ही कौन-सा लाभ होगा?" श्री कृष्ण ने प्रत्युत्तर में प्रश्न कर दिया।

उद्धव ने बहस नहीं की। समझ लिया था कि कृष्ण किसी दूर की सूझ में उलझ गए हैं। थोड़ी देर तक शांत खड़े रहकर कृष्ण ने कहा, "ब्राह्मण सुदेव को भिजवाओ, मित्र!" उद्धव चले गए। थोड़ी देर बाद सुदेव पहुंचे, "मुझे स्मरण किया यशोदानंदन?"

श्री कृष्ण मुसकुराए, कहा, "बिराजिए, ब्राह्मण...आप विदर्भ क्षेत्र ही नहीं, राज-निवास से भी भलीभांति परिचित हैं।"

सुदेव ने उत्तर दिया, "हां, यादवेंद्र!...महाराज भीष्मक की सेवा में तो अनेक बार पहुंचा हूं।"

"विदर्भकन्या ने आप पर बहुत बड़ा विश्वास सौंपा था, ब्राह्मणश्रेष्ठ!" श्री कृष्ण ने कहा, "क्या हम भी आप पर अपनी सहायता का एक दायित्व सौंपें?"

"मुझे प्रसन्नता होगी, श्री कृष्ण!..." सुदेव ने उत्तर दिया, "निस्संदेह आपका सौंपा गया दायित्व, कुमारी रुक्मिणी के विश्वास-दायित्व का ही अंग होगा।"

"आनंद हुआ, ब्राह्मणदेवता!" श्री कृष्ण बोले फिर तनिक सोचने लगे।

सुदेव उनके शब्द सुनने के लिए उन्हें देख रहा था। उससे कहीं अधिक वह श्री कृष्ण की मोहक छवि में डूबा हुआ था।

कुंडिनपुर नगर-क्षेत्र से कुछ दूर पड़ाव डाल दिया था श्री कृष्ण और बलभद्र की सेनाओं ने। रात का तीसरा पहर। सुदेव और उद्धव जागते रहे। श्री कृष्ण से जो निर्देश मिले थे, उनके अनुसार सुदेव के साथ-साथ उद्धव को भी बहुत सावधान रहकर काम करना था।

वे निश्चित समय पर ही निकल पड़े। कुंडिनपुर नगर परकोटे में था। सुदेव ने उद्धव को भी ब्राह्मण-वेष धारण करवाया। व्यवहार के बारे में सतर्क किया। ब्राह्मणत्व का श्रेष्ठ तत्व उसकी शांति होता है। बहुत कुछ समझा-बुझा दिया था उद्धव को। कहा था, "व्यक्ति जितना छोटा होता है, उसका अहं उतना ही बड़ा होता है, अतः सावधान रहें। सामान्य सैन्य अधिकारियों के व्यवहार में उद्‌दंडता मिले तो शांति से काम लें।"

उद्धव ने गांठ बांध ली। ब्राह्मण देवता निस्संदेह नीतिज्ञ भर नहीं, परम विद्वान् भी थे। श्रद्धा हुई उन पर, पर मन सशंक था। जिस कार्य में श्री कृष्ण ने सुदेव को लगाया था वह ब्राह्मण-बुद्धि का तो था, किंतु क्षत्रियत्व की भी आवश्यकता पड़ सकती थी। सुदेव को राजनिवास भर में प्रवेश नहीं करना था, अपितु एकदम भोर हुए राजकन्या से भी संपर्क साध लेना था। काफी दुष्कर काम!

पर सुदेव निश्चिंत! अद्‌भुत आत्मबल और साहस से काम लिया उन्होंने। उद्धव केवल अनुगत भाव से पीछे चलते रहे।

मुख्यद्वार पर पहुंचकर नगर प्रतिहारों को आशीष दिया था सुदेव ने, फिर इच्छा व्यक्त की, "राजसभा पहुंचना है सेवक!...इसके पूर्व नगर-भ्रमण भी करना चाहते हैं।" पूछा गया था, "कहां से आ रहे हैं ब्राह्मणश्रेष्ठ?"

"गोमंत से!" सुदेव ने इतनी शीघ्र उत्तर दिया कि सेवक तनिक भी संदेह नहीं कर सके। कहा था, "बहुत लंबी यात्रा की, प्रभु?"

"यात्रा ही हमारा धर्म है, सैनिक!...ब्राह्मण को ज्ञान पर्यटन से ही प्राप्त होता है। पर्यटन मानव-चरित्रों के साथ-साथ भूगोल का चित्ररूप ग्रंथ होता है।"

उद्धव शांत थे, किंतु लगता था कि श्री कृष्ण सेवा का समग्र अवसर ब्राह्मण सुदेव लिए जाता है, अतः सोच रहे थे कि कुछ कहें, पर क्या?...तभी एक युक्ति आई। देखा कि कुंडिनपुर का परकोटा ही नहीं, नगर-द्वार, राहें और गलियारे आदि सभी सुसज्जित किए जा रहे हैं। पूछ लिया, "सैनिक, विदर्भ में क्या इसी भांति सदा साज-सज्जा होती रहती है? हम देख रहे हैं कि मार्ग में भी सभी जगह लोग प्रसन्न हैं। यह आनंद और प्रसन्नता का अतिरेक सदा ही तो नहीं हो सकता?"

सैनिक ने कहा, "नहीं ब्राह्मण!...यह सब राजकुमारी रुक्मिणी के स्वयंवर की तैयारी है। संपूर्ण विदर्भवासी प्रसन्न हैं। अनेक राजा, यथा—चेदिपति, शिशुपाल, दंतवक्र, जरासंध, कर्ण आदि आ रहे हैं। सहज ही है कि उन सभी के स्वागत के साथ-साथ आनंदोत्सव का भी प्रभावी आयोजन हो। यह वही सब चल रहा है।"

सुदेव ने फौरन बात पकड़ ली, "तब तो अत्यधिक उचित समय पर हम आ गए हैं, भाई! क्या इस अवसर पर महाराज भीष्मक की ओर से ब्राह्मणों को दान और आदर-सत्कार भी मिलेगा?"

"अवश्य, ब्राह्मणदेवता!" दूसरा सैनिक श्रद्धापूर्वक आगे बढ़ा। उसने द्वार खोलते हुए कहा, "आप प्रस्थान करें। महाराज के दर्शन करके आप उन्हें और कन्या को आशीर्वाद दें।"

"परमसुखी भवः!..." एक साथ उद्धव और सुखदेव ने कहा और तुरंत कुंडिनपुर नगर-द्वार में प्रवेश कर गए।

समूचा नगर चहल-पहल और रास-रंग से रचा-बसा था। भांति-भांति की सुगंधियां वातावरण में बिखरी हुई थीं। उद्धव और सुदेव चमत्कृत भाव से जहां-तहां देखते जा रहे थे। उन्होंने पाया कि सब अपने आपमें व्यस्त हैं। एक-दो स्त्री-पुरुष स्वर 'प्रणाम ब्राह्मण! के रूप में सुनने भी मिले, किंतु इससे अधिक कुछ नहीं। उद्धव ने बुदबुदाकर प्रश्न किया, "ब्राह्मण देवता?"

"हूं?" बिना उसके मुख की ओर देखे सुदेव ने धीमे से पूछा।

"आपको स्मरण है ना कि संध्या-पूर्व ही सब कुछ ज्ञात कर लेना है?"

"हां, स्मरण है।"

"किंतु यदि इसी भांति हम घूमते रहे तब क्या यह संभव होगा?"

"नहीं।" सुदेव ने सहजता से कहा।

उद्धव को तनिक चिढ़ हुई। समय की कमी और स्थिति की जटिलता जानते हुए भी यह ब्राह्मण कितने शांत भाव से कह रहा है सब कुछ। पूछा, "फिर मेरे लिए कोई आदेश क्यों नहीं करते, प्रभु? यादवेंद्र श्री कृष्ण ने इस सारे प्रकरण का आपको ही नेतृत्व सौंपा है।"

"मुझे ज्ञात है, उद्धव!..." सुदेव ने उतने ही शांत स्वर में उत्तर दिया, फिर बोला, "तनिक शांति से काम लो।...धैर्य भी आवश्यक है।"

उद्धव कुछ पूछें, इसके पूर्व ही सुदेव एक घर के सामने जा रुके। पुकारना प्रारंभ किया, "सुकन्या?...पुत्री?"

उद्धव चुप हो रहे। पता नहीं, ब्राह्मण अपने मन में कैसी किस तरह योजना बनाए हुए है?

उत्तर में भीतर से सुकोमल स्वर आया, "कौन?"

"मैं ब्राह्मण सुदेव हूं, बेटी..." सुदेव ने भी चीखकर कहा और अगले ही क्षण एक सुंदरी कन्या सामने आ खड़ी हुई। सुदेव को देखकर प्रसन्नतापूर्वक पूछा, "आप?...कब आए यात्रा से?"

"सीधा तुम्हारे पास ही चला आ रहा हूं सुकन्ये!..." सुदेव ने कहा, "बैठने के लिए नहीं कहोगी?"

"आप केवल बैठेंगे नहीं, पूज्य!...विश्राम भी करेंगे!" सुकन्या अधिकारपूर्वक बोली, फिर द्वार से एक ओर हटकर दोनों हाथों से स्वागत किया, "पधारिए!..."

सुदेव आगे बढ़े। पीछे-पीछे उद्धव। उनकी समझ में कुछ नहीं आ रहा था। क्या यह ब्राह्मण विश्राम करने आया है? अगर विश्राम ही करने लगा, तब श्री कृष्ण के आदेश का क्या होगा? कहीं कोई छल-बल तो नहीं किया जा रहा? शंकित हो उठा था मन।

सुकन्या ने आसन बिछाया। सुदेव और उद्धव बैठे रहे। लपकी हुई वह भीतर गई, दो पात्रों में जल भर लाई। श्रद्धापूर्वक जलपात्रों को अतिथियों के हाथ में थमाकर वह उनके सामने बैठी? उद्धव की ओर दृष्टि भी नहीं डाली थी उसने। पूछा, "पूज्य?...कैसे हैं नंदकिशोर?...क्या सच ही वह उतने मोहक हैं, जितने मेरी सखी की कल्पना में हैं?" स्वर, शब्द सभी कुछ उतावलेपन से भरे हुए थे। उद्धव को लगा कि सारे मामले का कहीं कुछ तारतम्य अवश्य है।

सुदेव ने शांत भाव से जल पिया फिर पात्र धरती पर रखते हुए कहा, "तुम्हारी सखी की कल्पना भी कृपणता बरत सकती है, देवी?" ब्राह्मण के चेहरे पर एक रहस्यमय मुसकान थी।

सुकन्या जैसे समझी नहीं। बहुत भोलेपन से पूछा, "आप क्या कहना चाहते हैं, प्रभु?"

"श्री कृष्ण विदर्भकुमारी की कल्पना से कहीं अधिक सुंदर, मृदु, चतुर, वीर और ज्ञानी हैं। वह निस्संदेह ही विष्णु का अंश हैं। मुझे उनसे साक्षात् भेंट कर आनंद ही नहीं, तृप्ति भी मिली है, पुत्री!"

सुकन्या ने अब एक दृष्टि उद्धव पर डाली। यह इतनी तीखी और गहरे तक भेद जाने वाली थी कि एक क्षण के लिए उद्धव सकपका गए। सुदेव ने जैसे बहुत कुछ समझ लिया था। बोले, "सुकन्ये!...यह श्री कृष्ण के बालसखा हैं। उद्धव!...उनका अपरिमित स्नेह है इन पर।"

सुकन्या की दृष्टि सहसा श्रद्धालु हो उठी। उद्धव को अनुभव हुआ जैसे इस ब्राह्मण कन्या के भीतर ज्वाला और जल एक साथ समाए हुए हैं।

तभी सुकन्या के चेहरे पर जैसे बदली घिर आई। ओसबिंदुओं की तरह शब्द झरे, बोली, "विप्रवर!...क्या मेरी सखी का अनुनय उन्होंने स्वीकार लिया?"

सुदेव सहज स्वर में कहे गए। "अनुनय स्वीकारा, इसी कारण तो मुक्ति के लिए वह विदर्भ क्षेत्र में आ पहुंचे हैं।"

"वह यहीं हैं?" सुकन्या आनंदातिरेक से जैसे चीख उठी।

"हां!"

"कहां?"

"तुम्हें शीघ्र ही उनके दर्शन होंगे, ब्राह्मणसुता!" सुदेव बोले, "पर उसके पूर्व मैं राजनिवास के समाचार जानना चाहता हूं और उससे भी पहले यह व्यवस्था चाहता हूं कि श्री कृष्ण के सखा यह उद्धव किसी भांति उस क्षेत्र तक पहुंचाएं जाएं, जहां से राजा शिशुपाल, दंतवक्र, शाल्व, विदूरक, पौंड्रक, कर्ण आदि की सैन्य-क्षमताओं का अनुमान कर सकें?

सुकन्या ने एक क्षण सोचा, फिर कहा, "पूज्य! आप तनिक देर यहीं विश्राम करें। राजनिवास के समाचारों के साथ-साथ विदर्भकुमारी भी आपसे भेंट करना चाहेंगी। स्वयंवर-सभा आयोजित होने में अभी देर है। उस बीच मैं यादवपति के इन मित्र को अपने पितृ तक पहुंचाएं देती हूं। वही इन राजाओं के बारे में सब कुछ जानते हैं। स्वयंवर के लिए जो यज्ञ आयोजित हो रहा है, उसके कर्ता-धर्ता भी वही हैं।"

उत्तर की बिना प्रतीक्षा किए सुकन्या ने उद्धव की ओर देखा। उद्धव तुरंत उठ खड़े हुए।

सुकन्या और उद्धव, ब्राह्मण सुदेव को वहीं छोड़कर बाहर निकल गए।

सुकन्या थोड़ी देर बाद लौट आई। सुदेव उसे देखते ही उत्सुक भाव से पूछ बैठा, "क्या समाचार है, पुत्री?"

"पितृ उनके लिए सभी व्यवस्थाएं कर देंगे!" सुकन्या ने कहा फिर बताया कि वह राजनिवास में ब्राह्मण सुदेव को ले जाने की व्यवस्था कर आई है। बोली, "देवी रुक्मिणी वहां आपकी व्यग्रता से प्रतीक्षा कर रही हैं, विप्रश्रेष्ठ!"

"शुभम्!..." कहकर सुदेव उठ खड़े हुए

समय से पूर्व ही श्री कृष्ण के पास सारी सूचनाएं पहुंचा दी थीं सुदेव और उद्धव ने। राज-समाचार उद्धव ने दिए। शिशुपाल अपनी चतुरंगिणी सेना लेकर आए हैं। उनकी सहायता के लिए दंतवक्र, पौंड्रक आदि सभी राजा तैयार हैं। सेना के सामान्य सैनिकों तक को जानकारी है कि श्री कृष्ण विदर्भकन्या का अपहरण कर सकते हैं, अतः पूरी तौर पर सतर्कता बरती जा रही है। राजा भीष्मक चिंतित और व्यग्र हैं, जबकि रुक्मी पूर्ववत् अपने वचन को मर्यादा का प्रश्न बनाए हुए हैं। गुप्तचर भी जहां-तहां भेजे गए हैं। कुछ ने समाचार दिया है कि श्री कृष्ण और बलराम अपनी यादव-सेना के एक भाग सहित सौराष्ट्र क्षेत्र से गायब हैं। अनुमान यही किया जा रहा है कि ठीक स्वयंवर-समय पर श्री कृष्ण हमला कर सकते हैं।

श्री कृष्ण चुपचाप सुनते रहे। बलभद्र आराम से दांत कुरेद रहे थे, जैसे ये सारी सूचनाएं उनके लिए महत्वहीन हों। श्री कृष्ण ने उनसे पूछ लिया था, "आपकी क्या सम्मति है बड़े भैया?"

स्वभावानुसार बलराम ने उत्तर दिया था, "इसमें सम्मति का प्रश्न ही क्या है? अगर उन लोगों ने स्वयंवर के समय पर आक्रमण का अनुमान किया है, तो वैसा ही होना है। युद्ध के लिए क्या सम्मति? यह सब तो हम गोमातक से चलते समय ही जानते थे।"

श्री कृष्ण ने कहा, "क्या किसी तरह युद्ध को टाला नहीं जा सकता?"

चिढ़ गए बलराम, "तब क्या कायरों की तरह कन्याहरण करके यदुवंश को लांछित करोगे, कन्हैया?"

"किंतु भैया...मेरा विचार था कि..."

"मैं तुम्हारे किसी विचार पर विचार नहीं करूंगा!" तनिक नाराज होकर बलराम बोले।

ब्राह्मण सुदेव ने बात संभालने की कोशिश की, "देवी रुक्मिणी तो यों भी यादवेंद्र के साथ जाने को तैयार हैं।"

"यह सब क्या मैं नहीं जानता, विप्रश्रेष्ठ?..." बलराम ने उत्तर दिया, "पर हरण के बाद भी शिशुपाल-जैसा उदूड राजा और रुक्मी-जैसा मदांध अहंकारी क्या हमारा पीछा नहीं करेंगे?"

श्री कृष्ण को पहली बार अनुभव हुआ कि बलराम न सिर्फ सोचते हैं, अपितु दूर तक विचार करके निश्चय भी कर लेते हैं। वह युद्ध को अवश्यंभावी जानते थे। युद्ध संभव है—यह श्री कृष्ण को भी अनुमान था, किंतु वह निश्चित है—यहां तक नहीं सोचा था। न जाने कैसे भूल हुई? बलराम की ओर श्रद्धा से देखा, फिर पूछा, "तब?"

"तब क्या है, युद्ध के लिए तैयार होकर रुक्मिणी का हरण करो?" बलराम ने जैसे आदेश दिया, "यही क्षत्रियोचित धर्म होगा!"

"किंतु क्या स्वयंवर से हरण किया जाएगा?" उद्धव ने पूछा।

कोई कुछ बोल सके, इसके पहले ही सुदेव ने कहा, "नहीं!"

सब ब्राह्मण को देखने लगे।

सुदेव कह रहे थे, "विदर्भकुमारी से मैं भेंट कर आया हूं। उनकी भी कुछ योजना है।" और फिर उन्होंने योजना बतलानी प्रारंभ कर दी। श्री कृष्ण सुनते रहे। रुक्मिणी तीव्रबुद्धि और नीतिमयी हैं—यह उस योजना से सिद्ध हो गया। सभी ने उसे स्वीकार किया। सुदेव से ही कहा था, "समाचार पहुंचा दें ब्राह्मण! ऐसा ही होगा।"

"मैं आपकी स्वीकृति के पूर्व ही 'हां' कह आया हूं, यादवसुत!" सुदेव ने उत्तर दिया।

सब कुछ वैसे ही हुआ।

कुंडिनपुर सुंदर और भव्य शिल्प का अद्भुत चमत्कार था। विदर्भ राज्य की सीमाएं दूर-दूरंत फैली हुई थीं। लंबा इतिहास भी था भीष्मक के वंशजों का। नगर के पास ही एक सुंदर और स्वच्छ जलवाली नदी बहती थी। इसी नदी के मीठे जल से सारे नगर की जल-व्यवस्था थी।

नदी किनारे देवी अंबा—पार्वती—का भव्य मंदिर था। दूर-दूरंत इस मंदिर की मान्यता को लेकर अनेक कहानियां-किंवदंतियां बिखरी हुई थीं। विदर्भकन्या रुक्मिणी ही नहीं, विदर्भ के राजपरिवार की अधिकांश स्त्रियां हर प्रातः देवी-पूजा के लिए मंदिर पहुंचा करती थीं। स्वयंवर-सभा के पूर्व रुक्मिणी संपूर्ण शृंगार करके देवी का आशीष लेने मंदिर पहुंचीं। सुकन्या आदि कई विश्वस्त सहेलियां उनके साथ थीं। इनमें से गिनी-चुनी सखियों को ज्ञात था कि विदर्भ-कन्या के भाग्य का एक स्वर्णिम पृष्ठ इस देवी-मंदिर में ही लिखा जाना है।

बहुमूल्य स्वर्णाभूषणों के साथ-साथ रुक्मिणी, देवी-शृंगार के लिए भी बहुमूल्य वस्त्रादि लाई थीं। कुछ दासियां उन्हें चांदी के थालों में सजाए हुए उनके आगे-आगे चली जा रही थीं, जबकि रुक्मिणी, सुकन्या और एक-दो सखियों के साथ छोटे से पुष्प-वन से निकल रही थीं। वह प्रसन्न थीं, किंतु उससे कहीं अधिक चौकन्नी।

सुकन्या ने कहा था, "पूजा के पश्चात् परिक्रमा पूरी करते ही श्री कृष्ण उनके सामने होंगे। उनके साथ होगा तीव्रगति रथ! वही रथ उन्हें द्वारका ले जाएगा।"

प्रतिपल हृदय की गति बढ़ती हुई।...श्री कृष्ण!...यादवसुत?...यशोदानंदन?...कन्हैया?...देवकी पुत्र?...नंदलाल?...कितने नाम सुने हैं उनके? उतने ही असंख्य रूप, असंख्य छवियां?...क्या सच ही वह क्षण आने को है, जब रुक्मिणी उनके सामने होंगी? हुई तो कैसे देख सकेंगी उन्हें? कहते हैं अपार लुभावना पौरुषेय सौंदर्य है उनमें। आश्चर्य से कहीं अद्भुतता की सीमा तक पहुंचा हुआ आकर्षक...ऐसे श्री कृष्ण को कैसे देखा जा सकता है? सुध-बुध बिसर जाती है नारियों की! गोपियों को लेकर कितनी कथाएं नहीं सुनी हैं भीष्मकपुत्री ने?

"हे प्रभु!..." उन्हीं का सामना होगा रुक्मिणी से! एक कल्पना का सामना होगा। कल्पना भी ऐसी जो रुई के फाहों से भी अधिक मुलायम और चमकदार है!...रेशम की तरह कौंधती हुई।

रुक्मिणी के चलते समय पायल की रुनझुन उभरी। लगा कि यह रुनझुन मन से मस्तिष्क तक लयबद्ध विचारों की एक रोमांचक आहट बनकर बिखर गई है...यह आहट जैसे उन्हीं के मन को अधिक झकझोरने लगी है...श्री कृष्ण!...श्री कृष्ण!...श्री कृष्ण!...चित्र देखा तो उसी पर मुग्ध हो रही थी। यहां तो साक्षात् दर्शन होंगे उनके। वह स्पर्श भी करेंगे। उस स्पर्श को सहते समय विद्युत अनुभव होगा या इंद्रधनुष की तरह मन सप्तरंगों से भर उठेगा?...अथवा चांदनी-सा शीतल स्पर्श होगा उसमें?

छोटा-सा पुष्पवन पार हुआ। मंदिर की देहरी चढ़ी उन्होंने। शीश नवाकर माता पार्वती को प्रणाम किया। आशीर्वाद के नाम पर मांगी शक्ति—'माते!...उनके सौंदर्य और मृदुता को सह जानेवाला आत्मबल दो मुझे!...इस हृदय-स्पंदन को थामने की शक्ति भी!' अन्यथा रुक्मिणी तो अपनी ही लज्जा के हिम में दबी रह जाएगी?

देवी-प्रतिमा सामने थी। ऐसे, जैसे आत्मबल की ज्योति रुक्मिणी के मन-मस्तक में जल उठी हो।

दासियों ने थाल जहां-तहां रखे। पुजारी एक-एक कर थाल से देवी के आभूषण और वस्त्र लेकर उनके चरणों में रखता गया। फिर पुष्पों से मूर्ति-शृंगार हुआ। रुक्मिणी ने माथा टेका। उन्हें स्वयं ही ज्ञात नहीं हुआ कब, कैसे श्री कृष्ण का स्मरण मस्तक से उभरकर देवाशीष के लिए उन पुष्पों के साथ समर्पित हो गया।

पूजा की संपूर्ण विधि चली। मंत्रोच्चारण के साथ पुजारी ने प्रसाद दिया। फिर परिक्रमा की बेला आई।

बलभद्र ने मुड़कर देखा। हर झाड़ी के पीछे छिपे हुए सैनिक तीव्र सूर्य किरणों के कारण झुलसते दीख रहे थे...और राजकुमारी मंदिर में प्रवेश करने के बाद अब तक पूजा से निवृत्त नहीं हुई? अंबा-मंदिर नगर के बाहर एक विशाल उद्यान में था और इर्द-गिर्द था प्रकृति का घटाटोप दृश्य। दूर-दूर तक विशाल वृक्षों और झाड़ियों का अनंत संसार बिखरा लगता था। इसी

संसार में यादव-सेना और राजा भीष्मक की सेना से संग्राम संभावित है यहां नहीं, तो थोड़ी दूर सही...पर युद्ध होगा—यह निश्चित!

बलराम ने सेना को सतर्क कर दिया था। उद्धव और श्री कृष्ण के प्रति विश्वास उनकी शक्ति थी। प्रकृति की कैसी भी स्थिति हो, यादव सैनिक अद्भुत युद्ध करके अपने स्वामी के प्रति कर्तव्य निर्वाह पूर्ण करेंगे।

मंदिर में अवश्य ही राजकुमारी अवसर खोज रही होंगी? बलराम ने सोचा फिर श्री कृष्ण की ओर मुड़े, "कान्हा, विदर्भकुमारी देवी पूजा में बहुत समय व्यय करती हैं।" शब्दों में तनिक उखड़ाव भी था और व्यंग्य भी, जैसे कह रहे हों—'तू कहां-कहां फंसा देता है मुझे?'

श्री कृष्ण ने उत्तर नहीं दिया। उद्धव को देखा, उसने तनिक सहमते हुए कहा, "ब्राह्मण सुदेव ने यही कहा था बंधु कि वह सीधी परिक्रमापूर्ण करते ही इस दिशा में आ पहुंचेगीं।"

श्री कृष्ण इस स्पष्टीकरण पर भी कुछ नहीं बोले। प्रकट था कि इस तरह उन्होंने बलराम को उत्तर दिलवा दिया है, जो बहुत व्यग्र हुए जा रहे हैं।

सहसा उद्धव ने कहा, "कृष्ण!...वह देखो?"

सबने देखा। सेविकाओं और सखियों के बीच घिरीं रुक्मिणी को पहचानना कठिन नहीं था उनकी राजसी वेशभूषा और सौंदर्य-तेज भीड़ के बीच रखकर भी उन्हें अलग किए हुए था।

श्री कृष्ण ने एक हल्का सांस लिया। बोले, "मैं देवी तक रथ ले जाता हूं। उन्हें आने में समय लगेगा।" और इसके पहले कि उद्धव या बलराम कुछ कहें, कृष्ण का सुंदर रथ उस दिशा में बढ़ गया।

वायु के झोंके की तरह हुआ सब कुछ। जिन सखियों को मालूम था, वह तनिक भी चकित नहीं हुईं। जो नहीं जानती थीं, वे चौंककर देखने लगीं। विस्मय भी था, भय भी। यह विस्मय और भय उस क्षण अद्भुत सम्मोहन में बदल गया, जब रथ को उन लोगों ने अपने एकदम पास पाया।

श्यामवर्ण कृष्ण मुसकुराते हुए उतरे, बोले, "हे विदर्भकन्या!...देवकीपुत्र कृष्ण मैं ही हूं।"

कृष्ण?

"हे ईश्वर!..." कुछ सखियां बुदबुदाईं, "यही हैं...?"

रुक्मिणी ने झुककर चरण छुए फिर साथ ही खड़ी एक दासी के थाल से पुष्पहार उठाकर श्री कृष्ण के गले में डाल दिया।

श्री कृष्ण मुसकुराए। ऐसे, जैसे अनेक इंद्रधनुष कौंध गए हों...स्वर जितना मधुर था, मुसकान उतनी ही स्निग्ध-चांदनी जैसी।

सखियां और सेविकाएं अब तक स्तब्ध-सी खड़ी हुई थीं। रुक्मिणी ने कहा, "सखियों!...मेरा स्वयंवर पूर्ण हुआ मैंने यादवपति को पति रूप में वरण किया है और अब उनके साथ जा रही हूं।" यह कहकर वह मुड़ीं। श्री कृष्ण ने हाथ बढ़ाकर उन्हें रथ पर सवार कर दिया। रथ मोड़ें इसके पहले ही रुक्मिणी ने पुनः कहा था, "पितृ और बंधु रुक्मी से कहना कि विदर्भ कन्या ने अपने पति का चुनाव कर लिया!"

वे सब स्तब्ध-सी खड़ी रह गईं। जिनका सब कुछ जाना हुआ था, वे भी इतनी सम्मोहित हो चुकी थीं कि शब्दोच्चारण के लिए होंठ नहीं खुले। केवल पलकें टुकुर-टुकुर पुतलियों की राह श्री कृष्ण-रुक्मिणी का वह जोड़ा मन में उतारती रहीं।

रथ मुड़कर तीव्रगति से एक दिशा की ओर चला। उसके पहियों की आहट ने जैसे सभी की तंद्रा तोड़ दी। कुछ दासियां "बचाओ! बचाओ! ..." कहती हुईं नगर-द्वार की ओर लपकीं और कुछ 'राजकन्या का अपहरण हो गया!...' चीखती हुईं उनके पीछे-पीछे!

दौड़ जितनी तीव्र थी, रथ उस असाध्य और ऊबड़-खाबड़ मार्ग से उतनी ही धीमे-धीमे अपने साथियों की ओर बढ़ रहा था।

बलराम को क्रोध आया। चीख पड़े थे, "क्या हुआ तुम्हारे सारथि-गुण को?"

श्री कृष्ण ने उत्तर दिया, "क्षत्रिय धर्मानुसार कन्यावरण कर रहे हैं भैया, क्या विदर्भराज भीष्मक और उनके मित्रों को अवसर नहीं देंगे कि वह हमें रोकें?"

बलराम की बात रुची। प्रसन्न होकर कहा, "अवश्य कन्हैया!... अवश्य!..." यह लांछन लेकर वीरोचित धर्म को अपमानित नहीं करेंगे कि हमने अपहरण किया है! वस्तुसत्य में यही विदर्भकुमारी का स्वयंवर है!"

रुक्मिणी न कुछ बोल रही थीं, न सोच पा रही थीं। श्री कृष्ण के समीप खड़े हुए अजब-सा रोमांच अनुभव हो रहा था उन्हें। जी करता था कि हौले से शरीर के ऐसे हिस्से को छू ले, जो वस्त्रों या कवच आदि से छुपा हुआ न हो, पर वैसे करना क्या उचित होगा? विचारमात्र ने लज्जा और संकोच से भर दिया उन्हें!

रथ बलराम और उद्धव के पास जा पहुंचा। उन्होंने भी एक विशाल दूह के पीछे खड़े अपने रथों की ओर राह ली। उद्देश्य का आधा मार्ग पूरा हो चुका था।

हर राजा के शिविर में जैसे दावानल सुलग उठा!...शिशुपाल, दंतवक्र, रुक्मी, कर्ण, पौंड्रक सभी चकित थे। ऐसा कैसे हो सकता है भला? श्री कृष्ण और यहां? शिशुपाल बोले थे, "असत्य है यह समाचार!...कोई दुष्ट जानबूझकर हमें उत्तेजित और अशांत करना चाहता है।"

"क्यों चेदिराज?...असत्य और व्यर्थ किस आधार पर मान रहे हैं?" राजा दंतवक्र ने प्रश्न किया।

"इसलिए कि मेरी जानकारी के अनुसार श्री कृष्ण तो राजा शृंगलव और पुणजन से उलझने में व्यस्त हैं। वह यहां कहां से आया?" शिशुपाल ने उत्तर दिया।

एक गहरा सांस लेकर पौंड्रक बोले थे, "वह कृष्ण है, इसीलिए यह समाचार सत्य हो सकता है। किसी अन्य राजा का नाम जुड़ा होता तो हम भी मान लेते कि असत्य है।"

शिशुपाल और उग्र हुए, "सो कैसे?"

पौंड्रक ने व्यंग्य से कहा था, "इतनी सहज-सी बात नहीं समझ पा रहे हैं, राजन्! छली कृष्ण के लिए क्या कुछ संभव नहीं है?"

शिशुपाल चुप हो रहे, पर अधिक देर नहीं। कहा था, ''उस नीच ने रुक्मी का ही नहीं मेरा भी अपमान किया है!'' अगले ही क्षण वह सेनानायक की ओर मुड़े, ''चेदि की सेनाओं को तुरंत शत्रु का पीछा करने के लिए तैयार करो!''

आज्ञा पूरी कर सकें, इसके पहले ही द्वार से तमतमाए हुए रुक्मी ने प्रवेश किया, ''शिशुपाल!...केवल तुम नहीं, मैं भी निर्णायक युद्ध करूंगा, मित्र!...उस ग्वाले ने विदर्भ राज्य का भी अपमान किया है!''

''हम भी तुम्हारे साथ हैं बंधु!...'' पौंड्रक ने कहा। स्वर में सहम थी। फिर वे सभी तीव्रगति से अपने-अपने सैन्य शिविरों की ओर बढ़ गए।

बलराम का कहना था, ''तुम देवी रुक्मिणी को द्वारिका की ओर ले जाओ, कन्हैया! मैं उन सभी दुष्टों को सम्हाल लूंगा।''

पर श्री कृष्ण कह रहे थे कि नहीं वे भी मुकाबला करेंगे। उद्धव ने बीच की राह बतलाई, ''कुछ समय तक भइया बलभद्र के सहयोग से हम रुक्मी और उनके मित्र राजाओं से युद्ध करेंगे, फिर अवसर पाकर उन्हें विभक्त करके युद्ध करते जाएंगे। निश्चय ही यादवों की जय होगी।''

''जय तो उसी क्षण हो जाती है उद्धव, जिस क्षण मनुष्य निर्णय कर लेता है कि वह उक्त कार्य संपूर्ण करेगा!...'' श्री कृष्ण ने उत्तर दिया था, फिर व्यूह-रचना में जुट गए।

यादव सेना को दो भागों में बांटा गया। एक भाग एक दिशा की ओर शत्रु सेना को ले जाएगा, दूसरा दूसरी ओर।

यही हुआ था। कुंडिन नगर के आस-पास का समूचा क्षेत्र बहुमुखी रणस्थली में बदल गया। बलराम, उद्धव और श्री कृष्ण के नेतृत्व में यादव सेना ने पहली बार में ही रुक्मी, शिशुपाल और पौंड्रक की सेना को खदेड़ दिया। लगभग सभी मोर्चे थे, जहां से इन राजाओं की सेनाओं के पैर उखड़ गए। क्षति यादवों की भी कम नहीं हुई, किंतु उससे कहीं अधिक नुकसान पहुंचा चेदिपति और विदर्भकुमार रुक्मी की सेना को। सांझ ढले, जब युद्ध

थमा तब शिशुपाल, पौंड्रक और रुक्मी में मंत्रणा हुई अंगराज कर्ण, करुषपति आदि से भी सहयोग मांगा गया, पर उनका उत्तर था, "देवी रुक्मिणी ने जब स्वयं ही श्री कृष्ण वरण किया है तब हम लोग किस कारण युद्ध करें?...यों भी यह निर्णय तो स्वयंवर में भी राजकुमारी को ही करना था?"

कर्ण ने तो यहां तक कह डाला, "धर्मानुसार तो वासुदेव से युद्ध करना भी दोष है विदर्भराज?"

रुक्मी चीख पड़ा, "क्यों?"

"इसलिए कि आपने उन्हें स्वयंवर में आमंत्रित न कर, उनका अपमान किया था, जबकि विदर्भकन्या उनके प्रति पूर्व से ही प्रेम-समर्पिता थी?"

"तुम वासुदेव कृष्ण के मित्र कब से हो गए अंगपति?" शिशुपाल ने व्यंग्य किया।

"इसमें मैत्री-अमैत्री का प्रश्न नहीं है, राजपुत्र!..." कर्ण ने सहज ढंग से उत्तर दिया, "यह तो केवल धर्माचरण की बात है।"

"तो तुम धर्मावतार भी हो गए हो?" रुक्मी चीखा। कर्ण के लिए यह असह्य स्थिति थी। श्री कृष्ण को लेकर जितने छिछले संबोधन वह कई दिनों से सुन रहे थे, उसके बाद अपने आप पर अपमान का वज्रपात सह नहीं पाए। उठे और अग्नि उगलती दृष्टि से रुक्मी को देखा। बोले, "तो तुम चाहते हो कि तुम्हारी हर अनीति में मैं तुम्हारा सहयोगी बनूं?"

एक पल के लिए समूचा शिविर जैसे उस आग्नेय दृष्टि से झुलस उठा। शिशुपाल और पौंड्रक ही नहीं, रुक्मी स्वयं भी जानते थे कि अंगराज कर्ण को क्रोधित करना बहुत महंगा पड़ सकता है। राजा दुर्योधन भी एक सीमा के आगे जाकर कर्ण का व्यक्तिगत अपमान करने का दुस्साहस नहीं कर सकते और रुक्मी ने वही कुछ कह डाला। पौंड्रक ने घिघियाकर बात सम्हाली, "नहीं, नहीं महावीर!" कुमार रुक्मी के शब्दों का वह अर्थ नहीं है, जो आप समझ रहे हैं।

"मैं जो कुछ समझा हूं पौंड्रपति, ठीक ही समझा हूं।" कर्ण का स्वभाव था, कि एक बार उत्तेजित होने के बाद स्वयं को सहजता से सम्हाल नहीं पाते थे। कहा, "आप सब स्पष्ट समझ लें, मैं किसी भी स्तर पर इस कांड

में आपका सहयोगी नहीं हूं!"

रुक्मी और पौंड्र सहसा कुछ कह नहीं सके। शिशुपाल ने तनिक उत्तेजित होकर कहा था, "पर मैं मित्र के प्रति सहायता के लिए वचनवद्ध हूं राधेपुत्र!..."

अंगराज कर्ण ने उत्तर नहीं दिया। शिशुपाल, रुक्मी का पिटा चेहरा देखकर उठ खड़े हुए। बोले, "आप चिंतित न हों, विदर्भकुमार!...मैं, पौंड्रक और करुषपति आदि युद्ध में सहयोगी होंगे। यों भी उस दुष्ट ग्वाले ने संपूर्ण आर्यावर्त के राजाओं को अशांत कर रखा है।"

अंगराज कर्ण ने अपने सेनानायक को बुलाकर कहा था, "हम वापस चल रहे हैं। देवी रुक्मिणी का स्वयंवर हो चुका!"

कोई कुछ नहीं कह सका। करुषपति दंतवक्र सकपकाए हुए खड़े थे। न तो अंगराज कर्ण के सामने बोलने योग्य वीरोचित शब्द उनके पास थे, न ही रुक्मी और शिशुपाल की धृष्टता का खुला समर्थन करने का साहस! किंतु सहानुभूति रुक्मी के साथ ही थी। राजनीतिक कारण भी थे। जरासंध ने जिन अनेक राजाओं को पराजित मनःस्थति में लाकर लगभग दास बना रखा था दंतवक्र भी उन्हीं में थे। फिर शिशुपाल उनके पड़ोसी राजा थे। उनसे विरोध लेना भी असंभव था।

भोर हुए ही अंगराज कर्ण की सेनाओं ने कूच कर दिया। समाचार यादव सेनानायकों तक पहुंचा। लपके-लपके श्री कृष्ण के पास जा पहुंचे।

सब कुछ जान-सुनकर श्री कृष्ण मुसकुराए। कहा कुछ नहीं। केवल प्रश्न किया, "अब कौन, कौन शेष रहे हैं, विदर्भपति की ओर?"

"महाराजा शिशुपाल, करुषपति और पौंड्रक!" सूचना मिली। कृष्ण हंस दिए। बोले, "उचित ही है। आप लोग भी प्रस्थान की तैयारी करें!"

"किंतु प्रभु, युद्ध किए बिना...?"

"अरे, युद्ध करते हुए भी तो प्रस्थान किया जा सकता है?" कृष्ण ने कहा। नायक चला गया।

कुछ समय पश्चात् बलराम, श्री कृष्ण, उद्धव आदि मिले। बलराम और उद्धव प्रसन्न हुए थे, कर्ण की रवानगी सुनकर। श्री कृष्ण ने कहा था, ‘‘अंगराज के अपने कुछ युद्ध मूल्य हैं। वह अकारण कभी किसी से नहीं उलझते! उनका जाना भी अप्रत्याशित नहीं है!’’

‘‘तब रुक्मी को पराजित करना तो कठिन नहीं होगा, वासुदेव?’’ उद्धव ने पूछा।

‘‘यह मत भूलो कि उसके साथ महारथी शिशुपाल भी हैं।’’ कृष्ण ने कहा फिर सोचने लगे।

बलराम बहुत कुछ सोच चुके थे। बोले, ‘‘श्री कृष्ण! तुम इस क्षण केवल रुक्मी की चिंता करो! मैं शिशुपाल और पौंड्रक की शक्ति को समझ लूंगा!’’

श्री कृष्ण ने स्वीकार कर लिया।

रणनीति के अनुसार बलराम का कहना था, ‘‘रुक्मिणी-हरण के कारण सर्वाधिक पीड़ा पहुंची है रुक्मी को! विदर्भनरेश भीष्मक को केवल यह समझा देना है कि रुक्मिणी यादवों की महाशक्ति से जुड़ने जा रही है, इन अर्धमहारथियों की बिखरी हुई वैमनस्यग्रस्त शक्ति से नहीं!...’’ सूर्योदय के साथ ही पुनः युद्धारंभ हुआ। पूर्वनीति के अनुसार शिशुपाल और पौंड्रक को एक दिशा की ओर दौड़ाए चले गए बलराम। उनके साथ ही यादव सेना ने कई स्तरों पर दोनों राजाओं को क्षति पहुंचाई।

इधर रुक्मी संपूर्ण शक्ति के साथ श्री कृष्ण और उनके साथियों से जूझ रहे थे, पर जल्दी ही समझ आ गया था कि बहुत देर टिक नहीं सकेंगे। ...बड़ी मात्रा में विदर्भ के सैनिक मारे गए। स्वयं रुक्मी भी श्री कृष्ण के सामने थकने लगे। रथ भी अनेक जगहों से क्षतिग्रस्त हो गया था।

एक स्थिति ऐसी आई, जब श्री कृष्ण ने उन्हें निहत्था कर डाला, पर रुक्मी अपमान से उत्पन्न क्रोध को बिसरा नहीं सके थे। पराजय सामने थी, किंतु निश्चय कर लिया था मरते दम तक लड़ेंगे।

निहत्थी स्थिति में देखकर श्री कृष्ण ने हाथ थाम लिया था। बोले, ‘‘आपका आदर करता हूं, विदर्भ कुमार! आयु, मर्यादा आदि सभी दृष्टि से

आप मेरे अग्रज हैं, अतः जीवनदान करने को बाध्य हूं!...आप जा सकते हैं!"

श्री कृष्ण के रथ पर रुक्मिणी भी थीं। भाई की कातर स्थिति देखकर बोलीं, "मुझे क्षमा कर दीजिएगा, आर्यश्रेष्ठ! क्योंकि एक बार आर्य कन्या किसी को अपना पति स्वीकार ले, तब धर्मानुसार वह दूसरे को लेकर विचार भी नहीं कर सकती! मैंने यादवेंद्र को स्वीकार लिया था अतः मैं बाध्य थी!"

रुक्मी ने उत्तर नहीं दिया। उत्तर देना भी स्वयं को अधिक अपमानित अनुभव करना होता।

श्री कृष्ण ने रथ आगे बढ़ा दिया। विदर्भ के अधिकतर सैनिक भाग खड़े हुए थे। अधिकतर मृत हुए।

गिने-चुने योद्धाओं के साथ पराजित रुक्मी एक वृक्ष की छांह में माथा थामकर बैठ रहे। थोड़ी देर तक यादव सेनाओं के जाने और श्री कृष्ण के रथ की तेज गड़गड़ाहटें उभरती रहीं, फिर शांत हो गईं।

सेनापति ने कहा था, "चलें, राजपुत्र!..." जय-पराजय तो योद्धाओं के जीवन का भाग है। अब किसी और उपयुक्त समय पर वासुदेव से निपट लिया जाएगा!"

रुक्मी ने गहरा श्वास लिया। अपमान की गहरी कालिख चेहरे पर लिपी हुई थी। बोले, "तुम जाओ, सेनापति!...अब मैं पराजित योद्धा के नाते न तो अपने पितृ के सामने ही जा सकूंगा, न ही कुंडिनपुर नगर के वैभवशाली मार्गों पर निकलने योग्य शक्ति मुझमें शेष रही है।"

सेनापति समझाने का प्रयत्न करने लगा, "आप अत्यधिक संवेदनशीलता से विचार कर रहे हैं राजकुमार!"

"संवेदनहीन मनुष्य भी भला मनुष्य होते हैं, सेनापति!" रुक्मी ने पीड़ाभरे स्वर में कहा, "पितृ से कहना कि अब रुक्मी उसी समय आएंगे, जब श्री कृष्ण और बलराम से इसका बदला ले लेंगे! तर्क न करके तुम जा सकते हो!"

वे चुपचाप चले गए। रुक्मी के कुछ निश्चित साथी-समर्थक साथ रह गए थे। उन्हीं के साथ वे बैठे हुए यादवों द्वारा संग्राम में मारे गए सैनिकों

के जहां-तहां बिखरे शव देखते रहे। सेनापति ने जैसे ही भीष्म को समाचार दिया, वैसे ही वह भी पुत्र को मनाने आ पहुंचे, किंतु रुक्मी ने जाने से स्पष्ट इनकार कर दिया। भीष्मक ने पूछा था, "तब क्या करोगे पुत्र? यहीं बैठे स्त्रियों की तरह विलाप करते हुए जीवन बिता दोगे?"

"नहीं, पूज्य!" रुक्मी ने उत्तर दिया था, "मैं कुंडिनपुर नहीं जाऊंगा, किंतु विदर्भ राज्य का विस्तार करके नए नगर का निर्माण करूंगा!"

"तुम्हारी इच्छा!" भीष्मक ने उत्तर दिया, जाते-जाते कहा था, "यह स्मरण रखना विदर्भकुमार कि क्षत्रिय आत्मघात कभी नहीं किया करते!"

रुक्मी ने पिता के चरण स्पर्श किए और कुंडिनपुर से अलग राह पकड़ी। जिस क्षेत्र की ओर गए, वह और दक्षिण दिशा में था। रुक्मी ने वहीं अपने साथियों के साथ पड़ाव डाला और उसे नाम दिया—भोजकट!'*

श्री कृष्ण का तीव्रगति रथ जिस वेग से विदर्भकन्या को लेने आया था, उसी वेग से उन्हें द्वारका की ओर लेकर वापस हुआ। बलराम उनसे पहले पहुंच गए थे। महाराज उग्रसेन, वसुदेव, देवकी आदि ने श्री कृष्ण के स्वागत की भव्य तैयारियां कीं। संपूर्ण नगर और हर द्वार पर नगरवासियों ने रंग-बिरंगी स्वागत-पताकाएं फहराईं। विभिन्न वाद्ययंत्रों को लेकर उस क्षण की प्रतीक्षा की जाने लगी, जिस क्षण विदर्भकुमारी को साथ लिए हुए श्री कृष्ण नगर में प्रवेश करें।

राजा स्वयं मुख्यद्वार तक आए थे, परिवार की अनेक रानियां भी। सबके चेहरे खिले हुए, सब गौरवांवित! यादवों ने अपनी शक्ति की एक विद्युतधारा दक्षिणी आर्यावर्त के महत्वपूर्ण राज्य विदर्भ तक पहुंचा दी थीं। रुक्मिणी से विवाह करके श्री कृष्ण ने सिद्ध कर दिया था कि वह जरासंध

---

* भोजकट— भीष्मक पुत्र रुक्मी जब श्री कृष्ण से बुरी तरह पराजित हो गए, तब दक्षिण में ही अपनी बची-खुची सेना सहित नगर बनाकर रहने लगे थे। ग्लानिवश वे कुंडिनपुर—विदर्भ—वापस नहीं लौटे। बाद में विदर्भ की नई राजधानी कुंडिनपुर न रहकर भोजकट ही कहलाई।

के लिए भीष्म से कहीं बड़ी चुनौती हैं। मथुरा, द्वारका और सबसे अधिक यादवों का गौरव बढ़ा।

श्री कृष्ण पहुंचे। देवकी ने बांहें फैलाकर रुक्मिणी का स्वागत किया। स्वयं श्री कृष्ण ने महाराज उग्रसेन, देवकी, वसुदेव आदि पूज्यों की चरणवंदना करके आशीष ग्रहण किए।

रुक्मिणी को रनिवास से उस विशेष कक्ष में पहुंचाया गया, जिसे उनके लिए सजाया गया था। श्री कृष्ण, बलराम आदि थोड़ी देर विश्राम करने के बाद उन लोगों से मिले, जो इस बीच द्वारका, करहाटक, करवीरपुर और गोमंत आदि से सूचनाएं लेकर आए थे। उद्धव ने तो बहुत कहा था कि एक दिवस विश्राम कर लें, किंतु श्री कृष्ण का उत्तर था, ‘‘जीवन-व्यवहार के साथ-साथ सामाजिक-राजनीतिक कर्म की निरंतरता आवश्यक ही नहीं, अनिवार्य होती है, उद्धव!...यह कभी विस्मरण मत करना!’’

उद्धव उत्तर नहीं दे सके। श्री कृष्ण ने पूछा, ‘‘देवी शैव्या की ओर से कोई समाचार है?’’

‘‘विवर्त ही समाचार लाया है कृष्ण!’’... उद्धव ने बतलाया, फिर सूचना भी दी, ‘‘जब से आपका आगमन हुआ है, वह शीघ्रातिशीघ्र आपसे भेंट करने के लिए उत्सुक हैं।’’

‘‘उसे तुरंत उपस्थित करो!’’

उद्धव गए और विवर्त के साथ लौटे। श्री कृष्ण ने पहली दृष्टि में ही समझ लिया कि विवर्त के पास काफी कुछ सूचनाएं हैं। किस तरह की हो सकती हैं, यह उसके चेहरे का तनाव बतला रहा था।

‘‘कहो विवर्त, कुशल से तो है शृंगलवपुत्री शैव्या?’’

विवर्त ने तुरंत कहा, ‘‘कुशल से हैं किंतु...’’

‘‘व्यग्र न हो!’’ श्री कृष्ण ने उसे टोका, ‘‘शांति के साथ आसन ग्रहण करो, चिंता और व्यग्रता से समाचार की गंभीरता कम नहीं हो जाती, आर्य! ...हां, उसे विश्वस्तों तक पहुंचाकर मन थोड़ी देर के लिए स्वयं को भारमुक्त अवश्य अनुभव करता है, किंतु यह भार से भी मुक्ति नहीं होती।’’

विवर्त बैठ गया। संक्षेप में जो कुछ उसने बतलाया, उसका अर्थ था कि जिस समय वासुदेव राजकुमारी शैव्या के अतिथि थे, उस समय उनकी हत्या के लिए एक षड्यंत्र भी किया था पुणजन ने, किंतु अचानक उनके विदर्भ की ओर प्रस्थान कर जाने के कारण वह षड्यंत्र विफल हो गया।

सुनकर बलराम क्रोधित हुए, ''उस नीच पणि का तो तुरंत संहार कर दिया जाना चाहिए!''

श्री कृष्ण ने उत्तर दिया, ''वह सब तो होगा ही भैया, किंतु इस समय यह जानना आवश्यक है कि पुणजन और राजा अतिसुर में मैत्री किस स्तर तक पहुंची?''

अपरोक्ष रूप से किए गए प्रश्न का उत्तर विवर्त ने तुरंत दिया, ''अतिसुर, गद्काल और मदासुर तीनों ही अपने-अपने जलपोतों में असुर सेना के साथ पणिजन के व्यापारिक क्षेत्र में पड़ाव डाले हुए हैं, वासुदेव! उन्होंने महाराजा श्रृंगलव से भी भेंट की है, किंतु भेंट वार्ता में उनके बीच क्या कुछ तय हुआ, यह ज्ञात नहीं हो सका है!''

''क्या देवी शैव्या भी ज्ञात नहीं कर सकी हैं?''

''नहीं!''

''तुम्हें मालूम है ना कि अतिसुर के पोत में आर्यकन्या दिव्या और चतुरिका भी हैं?'' श्री कृष्ण ने प्रश्न किया।

''उन तक पहुंचना असंभव हो गया है, प्रभु!'' विवर्त ने उत्तर दिया, ''वे हैं अवश्य, किंतु एक प्रकार से बंदी की तरह हैं। उन पर निरंतर दृष्टि रहती है।''

श्री कृष्ण ने होंठ भींच लिए। एक गहरा सांस लेकर पूछा, ''क्या राजकुमारी शैव्या अतिसुर या मदासुर से संपर्क कर सकीं?''

''जिस क्षण मैं चला, उस क्षण तक तो यह सब नहीं हो पाया था, वासुदेव!'' विवर्त ने उत्तर दिया, ''पर इतना जानता हूं कि वह संपर्क करने का प्रयत्न अवश्य कर रही थीं।''

रात्रि बहुत हो गई थी। श्री कृष्ण ने शांतिपूर्वक कहा, ''ठीक है, विवर्त! अब तुम विश्राम करो। प्रातः सारी स्थिति पर विचार करेंगे!''

विवर्त चला गया। श्री कृष्ण उठे तो बलराम ने उन्हें रोका था, "क्या तुम्हें ऐसा नहीं लगता कन्हैया कि असुरराज और पुणराज का यह राजनीतिक संबंध केवल गोमंत क्षेत्र भर के लिए नहीं, सौवीर क्षेत्र और द्वारका के लिए भी घोर अहितकर हो सकता है?"

"यह तो निश्चित ही है, बड़े भइया! किंतु उतावली में कुछ करना भी तो उचित नहीं होगा?"

"यह तो है।" बलराम ने जवाब दिया।

"प्रातः विचार करके निश्चय कर लेंगे? श्री कृष्ण ने जैसे भाई से आज्ञा ली फिर एक दृष्टि उद्धव की ओर डालकर रुक्मिणी के कक्ष की ओर चले गए।"

भोर हुए श्री कृष्ण न केवल रुक्मिणी से कुछ समय की स्वीकृति ले आए अपितु सारी रणनीति भी विचार आए। एक बार पुनः सबकी भेंट हुई। सात्यकि, विवर्त, उद्धव, बलभद्र आदि सभी को परस्पर विचार-विमर्श करते हुए श्री कृष्ण ने इस तरह काम सौंपे कि बड़े भाई को यह न लगे कि कृष्ण आज्ञा दे रहे हैं।

विवर्त से साथ चलने को कहा गया। जबकि सात्यकि को द्वारका की व्यवस्था देखते रहने का दायित्व मिला। बलराम से निवेदन किया गया कि वह रैवतक क्षेत्र की ओर से गोमांतक की ओर आएं। इस तरह यह भी ज्ञात किया जा सकेगा कि कहीं वन प्रांतों आदि में तो आक्रांता नहीं घुसे हुए हैं?

बलराम प्रसन्न हुए। कहा, "तुम निश्चिंत रहो कान्हा!...इस ओर यदि कोई षड्यंत्र चल रहा है तो समझना वह नष्ट हो चुका।"

दोपहर हुए तक सबने अपनी-अपनी राह ली। श्री कृष्ण, विवर्त, उद्धव एक यादव टुकड़ी के साथ अन्य मार्ग से करवीरपुर की ओर रवाना हुए, जबकि बलराम पर्वत शृंखलाओं को पार करते हुए।

संपूर्ण दोपहर लगातार यात्रा करते हुए श्री कृष्ण राजा शृंगलव के राज्य में प्रवेश कर गए। ग्रामीणों की ओर से अवरोध का प्रश्न ही नहीं था। श्री

कृष्ण का नाम-काम दूर-दूर तक यश-ग्रंथ की तरह व्याप्त था। ग्रामवासी—जैसे ही सुनते कि द्वारका से श्री कृष्ण आ रहे हैं, वे ग्राम-मार्ग अथवा ग्राम के बाहरी हिस्सों तक आकर उनका स्वागत करते। यह बात सर्वज्ञात थी कि श्री कृष्ण ही हैं, जिन्होंने विभिन्न विदेशी आक्रांताओं के आतंक से सीमाक्षेत्र को क्रमशः मुक्ति दिलाई है। पुणजन के लोग भी ग्रामों से भागकर नगर की ओर जा चुके थे। सभी को यादवों का भय लगा रहता था। एक लोकोक्ति प्रसिद्ध थी कि श्री कृष्ण मनुष्य नहीं हैं—ईश्वर हैं, जो संपूर्ण मानव-मुक्ति के लिए पृथ्वी पर अवतरित हुए हैं। अतः यादव सेना को उन क्षेत्रों में तनिक भी कष्ट नहीं उठाना पड़ता था, जिनसे वह गुजरती थी। इसके विपरीत उनका स्वागत-सत्कार होता। श्री कृष्ण को लेकर तरह-तरह की जिज्ञासाएं की जातीं। ऐसी अलौकिक जिज्ञासाएं होतीं, जिनका समाधान साधारण यादव सैनिक नहीं कर पाते थे। केवल यही करते कि हम लोग तो उनका नेतृत्व पाकर ही मुक्ति द्वार पर जा पहुंचे हैं!...

और यदि श्री कृष्ण सामने हों तो स्थिति एकदम बदली हुई...श्रद्धापूर्ण अनेक आबाल-वृद्ध वनिताओं की दृष्टियां उनके चरणों में बिछ जाया करतीं!...वह सभी को अपनी मोहक मुसकानों के इंद्रजाल में बांधते हुए जन-समर्थन के साथ आगे बढ़ते जाते...

इस यात्रा में भी यही हुआ...हां, ऐसी स्थितियां मार्ग में तनिक देर अवश्य लगा दिया करती थीं।

करवीरपुर!...

राजा श्रृंगलव मद्यपान में व्यस्त रहा करते। आमोद-प्रमोद के असंख्य साधनों में डूबे हुए। उस सबकी कमी नहीं थी। पुणजन और उसके देश के जितने भी व्यापारी आते, राजा के लिए कोई-न-कोई सौगात अवश्य लाया करते थे। महंगी और शानदार!... करवीरपुर राज्य के सेवकों तक को बहुमूल्य कपड़े पहनने का शौक था। उससे कहीं अधिक भव्यता के साथ रहना भी उनका स्वभाव बन चुका था।

सामान्य जन किस हाल में हैं, इसकी किसी को कोई चिंता न थी। राजसेवक भी राजसेवा के नाम पर पणियों के दास हो चुके थे। असंख्य सुविधाओं ने आर्य होते हुए भी आर्यावर्त के प्रति निष्ठा से रिक्त कर दिया था उन्हें। होते-होते स्थिति यह आ गई थी कि राज्य के महत्वपूर्ण पदों पर पणियों की ही नियुक्ति होने लगी। वे सेना में भी बड़ी मात्रा में घुस चुके थे। उनका राजा पुणजन महाराज शृंगलव पर अपार प्रभाव रखता था। इतना कि शृंगलव अपने पुत्र और पुत्री शैव्या से भी उतने प्रभावित न थे।

ऐसे ही काल में शैव्या ने अपनी पीड़ा भगवान् परशुराम से व्यक्त की और ऋषि ने श्री कृष्ण से उसकी भेंट करवाई। श्री कृष्ण के प्रति मूकभाव से प्रेम-समर्पिता होते हुए भी मन को सहज नहीं रख पा रही थीं राजकुमारी। कारण था मातृभूमि में बढ़ता हुआ विदेशी प्रभाव। कभी व्यापारी के नाते आए पणि धीमे-धीमे करवीरपुर पर दासता थोप रहे थे।

श्री कृष्ण की आज्ञानुसार शैव्या ने सभी सूचनाएं एकत्र कर रखी थीं। वासुदेव अद्‌भुत राजनीति सूझबूझ वाले थे। सिद्ध हुआ था अतिसुर और पुणजन की शत्रुता के मैत्री में बदल जाने से। पुणजन ने असुरों के जलपोतों को गोमांतक[1] और कराहाट[2] के तटवर्ती क्षेत्रों में न केवल ठहराया था, अपितु सभी सुविधाएं भी प्रदान कर दी थीं। शैव्या के पास कुछ विश्वसनीय लोग थे। वे जो आर्यक्षेत्र में दासता के प्रति सहजता से समर्पण स्वीकारने को तैयार नहीं थे। इन्हीं लोगों को अपने इर्द-गिर्द रहकर शैव्या—जैसे उस जल में निवास कर रही थी, जिसमें चारों ओर हिंस्र मगर ही मगर फैले हुए थे...

श्री कृष्ण विदर्भ से द्वारका पहुंच चुके हैं। विदर्भ-कन्या रुक्मिणी को ले भी आए हैं। शैव्या तक सूचनाएं थीं। चिंता केवल यही थी कि विवर्त उन्हें समाचार दे सका या नहीं?...

विश्वस्त गुप्तचरों से काफी कुछ समाचार पाए थे, पर उन समाचारों से परिणाम कुछ नहीं निकला। उलटे मन एक छटपटाहट से भर आया था शैव्या का। श्री कृष्ण को जिस विश्वास और आत्मबल के साथ अतिसुर

1.2. गोमंत—वर्तमान गोआ। कहीं-कहीं इसे गिरिगोमंत भी कहा गया है। महाराष्ट्रवादी गोमांतक पार्टी नामक राजनीतिक दल का अस्तित्व-शब्द इसी गोमंतक या गोमांतक से प्रारंभ हुआ है।

और पुणजन के बीच संशय खड़ा करने का विश्वास दिलाया था—वह झूठा सिद्ध होने जा रहा है।

कई दिन और कई रातें चिंताग्रस्त कटीं। इस बीच पणियों और असुरों की निरंतर प्रगाढ़ता और डराती गई। कई विचार मन में आते। क्या करें? ...महाराज श्रृंगलव से स्पष्ट बात कर डालें?...

पर लगता था कि व्यर्थ होगा! श्रृंगलव, पुणजन के बहुत प्रभाव में थे। कितनी ही बार बात की, पर वही ढाक के तीन पात। किसी भी बार पुणजन के विरुद्ध पिता को सचेत करना तो दूर उनकी वह तंद्रा भी नहीं तोड़ सकी, जो पुणजन ने उनके इर्द-गिर्द भौतिक आकर्षणों का अंबार लगाकर पैदा कर दी थी। फिर एक और उलझन भी थी। पुणजन ने राजा को उलझाने के लिए आकर्षक वस्तुओं के अतिरिक्त सुंदर स्त्रियों का ऐसा जाल बुन लिया था, जिसके पार देख पाना श्रृंगलव के लिए बिल्कुल ही असंभव हो चुका था। पुणजन ने कभी राजा बनने की चेष्टा नहीं की थी, किंतु बड़ी योग्यता के साथ उसने अपनी संस्कृति और धर्म-प्रसार के साथ-साथ राजनीतिक पदों का ऐसा उपयोग करना प्रारंभ किया था जिसके कारण आर्यावर्त के सीमाक्षेत्र में धर्म और मूल्य धीमे-धीमे विलुप्त होते जाएं। उनकी जगह लेती जाए पणियों की संस्कृति, आचार-विचार और रहन-सहन।

यह अदृश्य दासता बहुत दूरगामी रणनीति थी और इस रणनीति के वशीभूत उसने राजा ही नहीं, सामान्य जनों तक को प्रभावित कर लिया था।

यही कारण था कि राजकुमारी शैव्या अपने गिने-चुने साथियों के बीच अपने आपको निरंतर असुरक्षित अनुभव करने लगी। यह असुरक्षा भाव श्री कृष्ण के प्रभाव ने कुछ कम किया था, किंतु जैसे ही श्री कृष्ण ने राजधानी छोड़ी वैसे ही वह पुनः मन में आकर बैठ गया।

श्री कृष्ण के कहे अनुसार बहुत साधन खोजे शैव्या ने, किंतु अतिसुर तक पहुंचना संभव नहीं हुआ। बाध्य होकर उन्होंने तय किया कि एक बार पिता से ही बात करेंगी। खतरे कई थे। पुणजन की गुप्तचर स्त्रियों से घिरे रहते

थे राजा, पर शैव्या ने यह खतरा उठा लेने का भी निश्चय किया।

राजा अपने आमोद-प्रमोद गृह से कभी-कभार ही निकल पाते थे। ऐसे ही अवसर की प्रतीक्षा की शैव्या ने। कुछ सेविकाओं को दायित्व सौंपा। उन्हीं में से एक ने आकर बतलाया था, ''देवी, महाराज आज आखेट पर जा रहे हैं।''

''आखेट!'' शैव्या चकित हुई! आखेट और उसके पिता? यह कैसे संभव हुआ। दासी ने सूचना दी, ''पुणजन भी उनके साथ होंगे, कुमारी!...''

शैव्या समझ गई। पुणजन कोई और जाल बुनने जा रहा है। तुरंत निर्णय लिया था कि राजा से वनक्षेत्र में ही भेंट करेगी। एक विश्वसनीय आर्य सेवक था—आभीर। यह उसका नाम नहीं था किंतु आभीर राज्य से आया था, अतः यही नाम भी पड़ गया। शैव्या ने तुरंत उसे बुलावा भेजा।

निश्चित समय पर आभीर आ पहुंचा। सिर झुकाकर उस पुष्टदेह आर्य ने राजकुमारी को अभिवादन किया, ''प्रणाम देवी!''

''तुम्हारे पास कितने विश्वस्त सैनिक हैं आभीर?'' राजकुमारी शैव्या ने तीर की तरह तीखा सवाल किया।

आभीर ने तनिक आश्चर्य के साथ उन्हें देखा, फिर तर्कातर्क न करके उतना ही स्पष्ट उत्तर दे दिया, ''यही कोई एक सहस्र होंगे, राजकुमारी जी!''

''बलिदानी कितने हैं?''

''मेरा कोई सैनिक कायर नहीं है, आर्यकन्या!'' आभीर ने तनिक आहत होकर उत्तर दिया, ''वे सभी शुद्ध आर्य रक्त भर से ही नहीं, शुद्ध संस्कृति से भी संस्कारित हैं। भगवान महादेव उनके रक्षक हैं और वे सब कालवत् युद्ध कर सकते हैं।''

''हमें प्रसन्नता हुई, आभीर!...'' राजकुमारी शैव्या ने आश्वस्ति का गहरा सांस लिया। बोली, ''एक अभियान पर चलना है।''

''कब, देवी?''

''किसी भी क्षण तुम्हें सूचना मिल सकती है वीरश्रेष्ठ!...'' शैव्या ने प्रश्न किया, ''क्या हम यह मानकर चलें कि तुम और तुम्हारी सेना उसी समय तत्पर मिलेगी?''

"आप निश्चिंत हो सकती हैं, राजकुमारी!" आभीर ने आश्वस्त किया था उन्हें, "मैं आपके आदेश की प्रतीक्षा करूंगा?"

वह जाने को हुआ तो शैव्या ने परीक्षा की, "आभीर?"

"आज्ञा, कुमारी?" वह मुड़ा!

"पूछोगे नहीं कि क्या कार्य है?"

आभीर हंस दिया, "आर्यावर्त की सेवा से संबद्ध ही कोई कार्य होगा, इसमें प्रश्न करने योग्य क्या है, राजकुमारी जी? इसी कारण पूछना उचित नहीं समझा!"

शैव्या ने श्रद्धा से उसे देखा। फिर बोलीं, "अब तुम जा सकते हो, वीरवर!" आभीर चला गया।

एक पहर बाद ही शैव्या ने समाचार भिजवा दिया था उसे, "अपने सैनिकों सहित राजमार्ग पर मिलो!"

आभीर राजमार्ग पर पहुंचा। शैव्या ने संक्षेप में समझा दिया, "महाराज श्रृंगलव आखेट पर गए हैं। पुणजन उनके साथ हैं। मुझे किसी षड्यंत्र का भय है, अतः तुम्हें अपने सैनिकों की सहायता से उन्हें अपहृत करके रैवतक पर्वत के मार्ग की ओर ले जाना है। वहीं मुझसे भेंट होगी।"

"जैसी आपकी आज्ञा, राजकुमारी जी!" आभीर ने उत्तर दिया और फिर अपनी सैनिक टुकड़ी के साथ तीव्रगति से उस ओर चल पड़ा जिधर शैव्या ने श्रृंगलव के जाने की दिशा बतलाई थी।

श्रृंगलव[1] अपने भव्य रथ पर आरूढ़ वनमार्ग से चले जा रहे थे। उनके आस-पास दो सुंदर पणि कन्याएं थीं। जितने धवल वस्त्र थे, उतना ही धवल

---

1. शृगाल या श्रृंगलव करवीरपुर (वर्तमान कोल्हापुर जिला) का राजा आचार्य चतुरसेन के अनुसार शृगाल है, जबकि कन्हैयालाल मणिकलाल मुंशी के अनुसार श्रृंगलव। बहरहाल इतना निश्चित है कि करवीरपुर-जय के लिए कृष्ण का पीछा करते जरासंध के साथी शिशुपाल ने राज्यलोभ में श्री कृष्ण से एक समझौता अवश्य करना चाहा था कि वह उनके लिए करवीरपुर जीत दे—शिशुपाल उनका साथी हो जाएगा। शैव्या, इस शृगाल या श्रृंगलव की ही बेटी थी। जो 'महाभारत' के अनुसार श्री कृष्ण की रानी बनीं।

उनका शरीरांग! आंखें नीली! देह मादक यौवन से सराबोर। लगता था कि लहरों की तरह मन-मस्तिष्क से उठकर समूचे शरीर को काम से नहला जाती हैं। पुणजन ने राजा की अधेड़ आयु को ऐसे नागपाश में जकड़ दिया था कि उससे मुक्ति कठिन ही नहीं, असंभव हो चुकी थी। तिस पर मद्य की सवारी। विचारगति में वह आंधी की तरह तीव्र हो गया था। विवेक-शून्य। मस्तिष्क केवल शब्द सुनता और अर्थों की तह से सदा बाहर रहता।

पुणजन दूसरे पथ पर थे। सुडौल देह। आयु राजा शृंगलव के ही बराबर। यही कोई 50-55। दृष्टि में विचित्र-सी रहस्यमयता थी। शरीर गौर, पर आकार लंबा-चौड़ा। संपन्नता चाल-ढाल से लेकर स्वर तक में टपकती थी। बुद्धि में व्यवसायी पर कूटनीति का भंडार। राजा ने उसे धन-रक्षा और अस्तित्व-रक्षा के नाम पर सैनिकों को रखने की भी छूट दे रखी थी। प्रारंभ में यह छूट केवल आर्य जाति के सैनिकों को रखने के लिए मिली, किंतु जैसे-जैसे पुणजन का राज-प्रभाव बढ़ा, वैसे-वैसे यह छूट अपने आप मैत्री के रस से डूबी हुई ढीली होती गई। परिणाम यह हुआ कि प्रारंभ से सेवा में रखे गए आर्य सैनिक केवल दास होकर रह गए, जबकि पणि व्यापारी सैनिक अपने साथ अपने देश से ही लाने लगे।

कई वर्षों से सब कुछ ठीक-ठाक चल रहा था। पुणजन का प्रभाव करवीरपुर से बढ़कर संपूर्ण गोमंत और फिर करहाट के समूचे तटीय क्षेत्र में फैल गया था, पर इधर जैसे ही कालयवन का वध हुआ। एक नाम पुणजन के पास आया—यादवसुत श्री कृष्ण!...इस आर्य युवक को लेकर धीमे-धीमे सूचनाएं बढ़ने लगीं। नाम ने आकार ग्रहण करना प्रारंभ किया। होते-होते पुणजन को लगा कि इस युवक की शक्ति आर्यावर्त भर में बिखर गई है! ...श्री कृष्ण नाम के संगीत की लय—जैसा प्रभाव प्रारंभ में गोमंत तक आया, फिर एक दिन वह स्वयं भी आ पहुंचा। तब जो देखा-जाना, उसने तीव्र बुद्धि पुणजन को पल भर में समझा दिया कि 'यह तुम्हारा ही नहीं, संपूर्ण पणियों का काल बनेगा, पुणजन...' श्री कृष्ण के साथ असुरपति अतिसुर और राजा मदासुर जैसे शक्तिसंपन्न व्यक्तियों के नाश प्रभाव भी जुड़ा हुआ था। इस लोकप्रभा से आलोकित मुखमंडल ने पुणजन को

सावधान भर नहीं किया, श्री कृष्ण-वध के षड्यंत्र की मानसिकता तक पहुंचा दिया।

पर व्यर्थ! जब तक श्री कृष्ण के वध की योजना पूरी हो सके, श्री कृष्ण सहसा विदर्भ क्षेत्र की ओर निकल गए!

पुणजन ने नई योजना का प्रारूप बनाया। इसके अनुसार उसने कुशस्थली से भागे मदासुर, अतिसुर और गद्काल को सहायता देने का निश्चय किया। उनका दूत भी पहुंचा था उसके पास।

कोई और अवसर होता तो पुणजन ने उस दूत को धक्के मारकर निकलवा दिया होता, किंतु बदली हुई राजनैतिक स्थितियों ने उसे असुर दूत का स्वागत करने पर बाध्य किया। दूत की सूचना के अनुसार असुरपति मदासुर ही नहीं, असुरराज अतिसुर भी उसके क्षेत्र में शरण चाहते थे।

पुणजन इस 'शरण' से सतर्क हुआ। शंकित मन से तीखा प्रश्न उभरा, "वह किसलिए?"

दूत ने विनम्रतापूर्वक कहा, "वणिकश्रेष्ठ!...आप तो जानते ही हैं कि आर्यावर्त से असुरों की सबसे संपन्न-शक्ति समाप्त हो चुकी है। अब कुशस्थली उस छली यादवनायक श्री कृष्ण और उसके समर्थकों के पास है। यदि असुर-शक्ति का सर्वनाश किया जा सकता है, तब पणि-व्यवसाय को भी धक्का पहुंच सकता है। यह अवसर परस्पर मित्रता का है, वणिकराज—शत्रुता का नहीं!..."

"किंतु असुरेंद्र को सहायता करके हमें क्या लाभ होगा, दूत?" पुणजन ने स्पष्ट व्यवसायी ढंग से बात की थी।

"इस अवसर पर यदि आप हमारी सहायता करेंगे, तो हम सब मिलकर श्री कृष्ण की इस उभरती शक्ति को दबा सकेंगे, वणिकराज!...और यदि यह संभव हो सकता, तब आर्यावर्त में न तो असुर शक्ति के लिए कोई भय शेष रहेगा, न पणियों के व्यवसाय के लिए!"

पुणजन तीव्रबुद्धि के साथ विचार किए जा रहा था। कहा, "मान लेते हैं, किंतु यह एक राजनीतिक मामला है राजदूत और हम नहीं चाहते कि व्यवसायी होते हुए इस सबके भागीदार बनें?"

"तब क्षति आपको भी होगी, वणिकेंद्र!..." राजदूत ने चेतावनी भरे स्वर में समझाया, "श्री कृष्ण संपूर्ण आर्यशक्ति को धीमे-धीमे केंद्रित किए जा रहे हैं। यह हो गया, तब राजलिप्सा में बंधे ये छोटे-छोटे राजा शक्तिहीन होकर लगभग समाप्त हो जाएंगे। केंद्रीय शक्ति के जागरण से संपूर्ण जम्बूद्वीप एकता और अखंडता के सूत्र में बंध जाएगा। यह सूत्र उन सभी के लिए चुनौती होगा, जो या तो आर्यावर्त में राजसत्ता के लिए आए हैं, अथवा अपना व्यापार बढ़ाकर मुद्रार्जन के लिए! आप विचार कर लीजिए!"

पुणजन ने दूत को कुछ समय तक विश्राम की सुविधा प्रदान की। कहा, "उत्तर देने के पूर्व हम विचार करना चाहेंगे, असुर दूत!"

"जैसी आपकी आज्ञा!" दूत चला गया।

पुणजन ने बहुमुखी विचार किया। दूत की बातों में बल था। उससे कहीं अधिक नीति सच ही यदि आर्यावर्त में आगे-पीछे केंद्रीय शक्ति का जागरण होता है, तब पुणजन हो या कोई अन्य विदेशी। उसे सत्ता से लेकर व्यापार तक की जड़ें जमाना असंभव हो जाएगा, पर केंद्रीय शक्ति कौन-सी हो सकती है? यह तो सुना नहीं था कि श्री कृष्ण की ऐसी कोई योजना भी है?

इस सब पर विचार-विमर्श करना होगा, किंतु किससे? दूत से? वह सब संभव ही नहीं। दूत जितना समाचार लाया है, उसी के तर्कों का उत्तर दे सकता है। इससे अधिक नीति ज्ञान की उससे कल्पना करना भूल होगी।

पुणजन ने तय कर लिया था कि वह राजा मदासुर को शरण देगा। इस शरण के पश्चात् ही जाना जा सकेगा कि यह आर्यावर्त में केंद्रीय शक्ति की कल्पना कहां से आ गई?

उत्तर मिला था, असुरराज अतिसुर और सेनापति गद्काल से। बहुत सूचनाएं भी साथ लाए थे वे। कुशस्थली से उखड़ भले गए थे, किंतु इन सूचनाओं की राजनीतिक महत्ता जानते थे।

पुणजन ने असुर दूत को बुलवाकर स्वीकृति दी थी, "हमने विचार कर लिया है, दूत!...असुर सम्राट अपने सहयोगियों के साथ पणिकेंद्रों और समुद्र तटवर्ती क्षेत्रों में हमारे अतिथि होंगे। उनसे भेंट करके हमें आनंद मिलेगा।"

छोटी-सी नौका से आया असुर-दूत तुरंत समाचार ले गया जलपोतों की ओर। सांझ ढलते-ढलते असुर जलपोत पणि-क्षेत्रों में आ पहुंचे। पुणजन ने स्वयं असुरराज की अगवानी की।

संध्या ढल चुकी तो रात्रिभोज के समय वे सब एकांत में बैठे। अतिसुर, मदासुर, गद्काल और पुणजन।

पुणजन ने अपनी जिज्ञासा रख दी थी, "श्री कृष्ण के शक्ति-जागरण की सारी सूचनाएं हम तक हैं असुरेंद्र, किंतु आर्यावर्त में केंद्रीय शक्ति-संयोजन संबंधी किसी योजना के बारे में हम कुछ भी नहीं जानते।"

उत्तर गद्काल ने दिया। कहा, "पहले हमें भी ज्ञात नहीं था, वणिकराज, पर कुशस्थली की असुर सत्ता पर आक्रमण के पूर्व मुझे कुछ संकेत मिले थे।"

"कैसे?" पुणजन ने उत्सुक होकर प्रश्न किया।

"श्री कृष्ण को आर्यों के बड़े-बड़े तपस्वियों, ज्ञानियों, वैज्ञानिकों तथा साधारण जनता का समर्थन प्राप्त है। यह जरासंध की शक्ति को धक्का पहुंचाने और कालयवन का नाश करने के साथ-साथ महाबली भीष्म के हस्तिनापुर की राजनीति में भी बहुत दखल रखता है। यह तो तुम्हें ज्ञात ही होगा कि हस्तिनापुर से बड़ी शक्ति आर्यावर्त में कोई नहीं है?"

"ज्ञात है!..." पुणजन ने उत्तर दिया। हर सूचना चौंकानेवाली थी। इसके साथ-साथ श्री कृष्ण से सावधान करनेवाली भी। पूछा, "पर आप केंद्रीय शक्ति की बात कर रहे थे?"

"हां!" गद्काल ने उत्तर दिया, "मेरी सूचना के अनुसार श्री कृष्ण स्वयं राजा बनने के लिए कभी उत्सुक नहीं रहा। यह भी कि वह मोहमुक्त और योगी है। अद्भुत सम्मोहन शक्तियों का स्वामी होने के साथ-साथ आर्य मानते हैं कि वह आश्चर्यजनक रूप से प्रभावी और सिद्ध पुरुष है। मुझे स्वयं भी यही अनुभव होता है...किंतु मैं उसे ईश्वर मानने के लिए तैयार नहीं!"

पुणजन को फिर लगा था कि असुर सेनानायक मूलप्रश्न से इधर-उधर भटक रहे हैं। वह केवल श्री कृष्ण की गुणावली का गान करने में लगे हुए थे। अतः टोक दिया, "मैं केवल केंद्रीय शक्ति के बारे में जानना चाहता हूं, असुर सेनापति!"

"वही सब बतलाने जा रहा हूं वणिकराज!..." गद्‌काल ने कहा, "पहले उस व्यक्तित्व और उसकी शक्तियों-क्षमताओं को समझ लो, फिर सहज ही मान सकोगे कि मेरी सूचनाओं का अर्थ उसी मूलबिंदु पर पहुंच जाएगा, जो तुम्हारा प्रश्न है।"

पुणजन चुप हो रहे।

अतिसुर ने बात काट दी, "यह केंद्रीय शक्ति क्या आर्यावर्त में संभव है?"

"तो असंभव भी कहां है, महाराज?" गद्‌काल ने कहा।

"आर्यावर्त सदा ही बहुविधि विवादों से भरा भू-खंड रहा है, गद्‌काल! ..." अतिसुर बोले, "यहां की छोटी-छोटी सैनिक शक्तियां राज्य बनी हुई हैं। वे परस्पर स्वार्थ के कारण विभाजित हैं। उनका आराध्य भी एक नहीं है। यहां सुरेंद्र विष्णु के पूजक भी हैं और महाकाल शिव के भी!...ऐसी विभक्त मानसिकताओं के देश में कोई केंद्रीय शक्ति जाग्रत हो सकती हैं—यह कल्पनातीत है।"

"पहले मैं भी यही मानता था, स्वामी किंतु जो सूचनाएं मिली हैं, वे इसी दूरगामी सत्य की ओर संकेत करती हैं। श्री कृष्ण इसी सत्य के प्रणेता होंगे!"

"स्पष्ट करो, गद्‌काल!" मदासुर ने आदेश दिया।

गद्‌काल ने कहा, "सर्वश्रेष्ठ आर्यशक्ति भीष्म भी श्री कृष्ण को ईश्वरवत् मानते हैं।"

"किंतु जरासंध उनका शत्रु है।" पुणजन ने तर्क किया।

"उससे विशेष अंतर नहीं पड़ता!" गद्‌काल ने उत्तर दिया, "जरासंध बड़ी शक्ति तो हैं, किंतु सहसा भीष्म-जैसी महाशक्ति को वह भी प्रभावित नहीं कर सकते! उनके साथ अनेक छोटे-छोटे, पर शक्तिसंपन्न राजा हैं।

यथा—चेदिराज शिशुपाल, करुषपति दंतवक्र, पौंड्रक, कलिंगराज अनेक...पर इनमें से एक भी ऐसा राजा नहीं है, जो सर्वमान्य और जनप्रिय हो। जनता जिसे आदर्श मानती हो। सभी जरासंध की ही तरह शक्तिपूजक और दमनप्रिय हैं।''

पुणजन को बात समझ आई। करवीरपुर महाराज भी तो उन्हीं में से हैं। वह जनप्रिय राजा नहीं हैं।

''श्री कृष्ण का राजनीतिक दर्शन यह है कि यादवशक्ति को दृढ़ करते हुए वह धीमे-धीमे उस केंद्रीय शक्ति की खोज करें, जिसे जरासंध व उसके अधीनस्थ राज्यों की प्रजा ही नहीं, सभी आक्रामक और दमनप्रिय राजाओं की प्रजा भी स्वीकार ले!''

''किंतु हस्तिनापुर नरेश सुयोधन के रहते क्या यह संभव है?''

''सुयोधन से भी प्रसन्न नहीं हैं हस्तिनापुर राज्यवासी। उसने अपने भाइयों व उनकी माता के साथ जो अन्याय किया है, उसके कारण वह केवल राज्य भर में नहीं, राज-परिवार के श्रेष्ठों तथा भीष्म, द्रोणाचार्य, कृपाचार्य और विदुर आदि में भी अलोकप्रिय सिद्ध हो गए हैं।''

''श्री कृष्ण नामी यह यादव वहां क्या कर रहा है?'' अतिसुर ने अकारण ही चिढ़कर पूछा।

गद्‌काल ने उत्तर दिया, ''मेरे गुप्तचरों की सूचना के अनुसार जनसमर्थन सुयोधन के पांडव भाइयों के साथ है और यादव कृष्ण भी उन्हीं को सहयोग दे रहा है। जन-साधारण से पांडव बंधुओं को जिनमें वीर अर्जुन, महाबली भीम और सत्यभाषी युधिष्ठिर जैसे लोग हैं, आश्चर्यजनक स्नेह-समर्थन मिला हुआ है फिर श्री कृष्ण का प्रभाव भी उनके साथ है। यही कारण है कि कुछ समय पूर्व सुयोधन पांडवों को हस्तिनापुर राज्य का एक भाग देने पर बाध्य हुआ।''

''केंद्रीय शक्ति?'' पुणजन पुनः मतलब की बात पर आ गए।

गद्‌काल ने कहा, ''यदि हस्तिनापुर की राजनीति में श्री कृष्ण पांडवों को राज्य दिलाने में सफल हो जाते हैं, तब निश्चित समझिए कि आर्यावर्त को केंद्रीय शक्ति मिल जाएगी।''

"वह किस तरह?"

"राजा युधिष्ठिर अपनी सत्यनिष्ठा, न्यायप्रियता, धर्माचरण, नैतिकता और सद्‌गुणों के कारण संपूर्ण आर्यावर्त में श्रद्धापात्र हैं। श्री कृष्ण स्वयं भी उनका आदर करता है। उसके संपूर्ण राजनीतिक बुद्धि और चातुर्य के अतिरिक्त ज्ञानशक्ति भी हस्तिनापुर के राजकलह में पांडवों का पक्ष कर रही है!...मेरे विचार में युधिष्ठिर को हस्तिनापुर का राजा बनाते ही श्री कृष्ण का वह महाभियान प्रारंभ हो जाएगा, जिसे आर्यावर्त को केंद्रीय शक्ति कहा जा सकता है और जिसके अंतर्गत समूचे आर्यावर्त का जन-साधारण सहजता से अपने-अपने राजाओं को तिलांजलि देकर युधिष्ठिर को अपरोक्ष रूप से महाशक्ति संपन्न सम्राट के रूप में स्वीकार करेगा!"

पुणजन ने प्रश्न किया, "उससे हमें कैसा भय?"

गद्‌काल और मदासुर एक साथ हंसे, "सीधी-सी बात नहीं समझ पा रहे हैं वणिक श्रेष्ठ!" मदासरु ने कहा, "जब जरासंध और उसके अधीनस्थ राजाओं तक का अस्तित्व समाप्त हो जाएगा, तब क्या आर्यावर्त वासी हम विदेशी लोगों को सहेंगे? आर्यावर्त में हमारा आधिपत्य तो दूर, हमें शरण देना भी उचित समझेंगे?..."

पुणजन को भी लगा था कि गद्‌काल और मदासुर गलत नहीं सोच रहे हैं। यदि जरासंध, शिशुपाल और शाल्व जैसी शक्तियां समाप्त हो गईं तो शृंगलव का अस्तित्व क्या? और जिनके सहारे उसने अपना व्यापार-संसार बसा रखा है, वह तो हवा के हल्के से झोंके भर से उड़ जाएगा?

श्री कृष्ण का नाम एक कंपन की तरह बिखर गया था मन-शरीर में! ...इस विलक्षण से मुक्ति कैसे मिले?

मदासुर ने कहा, "इस समय किसी तरह श्री कृष्ण को समाप्त कर देना ही हमारा एक लक्ष्य होना चाहिए, पणिराज!..."

"हां", गद्‌काल ने समर्थन किया, "वह नहीं हो सका तब केवल असुरशक्ति आर्यावर्त से गई, इतना भर मत समझना—एक दिन तुम्हारे जलपोतों को भी क्षीरसागर के उसी मार्ग से लौटना पड़ेगा, जिस मार्ग से वे

यहां कभी आए थे।...श्री कृष्ण व्यक्ति नहीं, ऐसा जनसागर है, जिसका हल्का-सा ज्वार झेल पाने का सामर्थ्य भी पणि-शक्ति में नहीं है।''

पुणजन चुप रहा। मदासुर ने और डरा दिया, बोला, ''बचाव हो सकता है। सब कुछ पूर्ववत् चल सकता है, किंतु एक ही स्थिति में।''

पुणजन ने आशा से विशालदेह असुरों की ओर देखा।

''श्री कृष्ण का नाश अथवा उसकी एकत्र होती जाती शक्ति का विश्रृंखलन!...''

मदासुर ने कहा, ''और वह तभी संभव है, जब तुम हमारा साथ दो!''

''किस तरह?'' पणिराज ने प्रश्न किया।

''राजा श्रृंगलव से कहकर असुर सैनिकों को गोमंत क्षेत्र और करहाट क्षेत्र में विचरण के साथ-साथ धीमे-धीमे सत्ता में भी भागीदार बनवाओ।''

पुणजन की तीव्र वणिकबुद्धि में समझ आ गई सारी असुर राजनीति। इसका अर्थ होगा कि राजा श्रृंगलव के राज्य में असुरशक्ति पैर फैलाएगी? पुणजन ने पूछा, ''ठीक है, किंतु...''

प्रश्न पूरा हो, इसके पूर्व ही अतिसुर, मदासुर और गद्काल ने मुसकुराकर एक-दूसरे की ओर देखा फिर असुरपति बोल पड़े थे, ''पणिराज! निश्चिंत हो! जिन-जिन क्षेत्रों में असुर शक्ति का विस्तार होगा, उन-उन क्षेत्रों में आपको अधिक व्यापार-सुविधाएं प्रदान की जाएंगी!''

अतिसुर के शब्द समाप्त होने के पहले ही गद्काल ने वह राजसंधि पुणजन की ओर बढ़ा दी थी, जिसमें असुरराज ने पुणजन को लिखित विश्वास दिलाया था कि वह कैसी-कैसी सुविधाएं असुरराज के अधीन पा सकेंगे। यही नहीं, सबसे बड़ा आकर्षक थी—असुरेंद्र के अपने देश में व्यापार सुविधा, जो इसके पूर्व पणियों को कभी नहीं मिली थी।

पुणजन ने स्वीकार कर लिया, पर कहा, ''इसके लिए मुझे राजा श्रृंगलव से सहायता प्राप्त करनी होगी, राजन्?''

''राजा श्रृंगलव तुम्हारी मुट्ठी में है, पुणजन।'' अतिसुर बोले, ''हम आश्वस्त हैं, क्यों महाराज मदासुर?''

मदासुर ने स्वीकार किया।

पुणजन उठ पड़ा। कहा, "अब आप लोग निश्चिंत होकर विश्राम करें। मैं आपके साथियों के लिए उचित व्यवस्था करवाता हूं।"

राजा से स्वीकृति!...

उसी स्वीकृति के लिए पहला चरण था यह आखेट। यों राजा शृंगलव की कोई रुचि नहीं थी आखेट में, पर पुणजन बोला था, "महाराज!...प्रकृति के बीच प्रकृति की प्राप्ति अनुभव अद्भुत होता है!..."

"हम समझे नहीं पुणजन?" शृंगलव ने प्रश्न किया था। पुणजन ने पणि सुंदरियां सामने खड़ी कर दी थीं।

लगा कि विद्युतकिरणें कौंध गई हैं!...शृंगलव अपने भीतर असंख्य आंधियां चलती अनुभव करने लगे।

और अब आंधी की तरह ही चले जा रहे थे आखेट पर!...सुंदरियों को रथ पर अपने साथ बिठा रखा था। पुणजन अकेला दूसरे रथ पर। सैनिक आगे-पीछे। शृंगलव को आखेट से अधिक सुंदरियां सूझ रही थीं।

सूर्य धीमे-धीमे अस्ताचल की ओर बढ़ते हुए। पुणजन से राजा ने प्रश्न किया था, "हम विश्राम कहां करेंगे पणिराज?"

"दो योजन दूर ही एक रमणीक स्थान है, प्रभु!..." पुणजन ने बतलाया, "वहां से रैवतक क्षेत्र प्रारंभ हो जाता है।"

"व्यवस्था?"

"आप निश्चिंत हों, राजन्!..." पुण्यजन ने सूचना दी, "सेवक आदि सब पहले ही पहुंचाए जा चुके हैं।"

राजा प्रसन्न हुए।

आभीर ने पुणजन द्वारा की गई व्यवस्था का एक सैनिक पकड़ लिया था। उसी के माध्यम से सारी सूचनाएं मिल गईं। महाराज शृंगलव के लिए वनक्षेत्र के एक रमणीय अंचल में भव्य निवासस्थल बनवाया गया था।

शानदार गावतकियों के साथ-साथ पास ही बने एक तालाब में जलक्रीड़ा की व्यवस्था भी की थी। चारों ओर पणि सैनिक मुस्तैदी से तैनात किए गए और दूर-दूर तक सुरक्षा व्यवस्था थी। राजा तक पहुंचना आसान काम नहीं था।

आभीर ने दोपहर ढलने के पूर्व ही छापा मारा। पणि सैनिकों का स्थान आभीर के विश्वस्त सैनिकों ने ले लिया और वनांचल में जहां-तहां बिखरे पणि सैनिक मार डाले गए। अब आभीर को केवल शृंगलव, पुणजन व उनके साथ आ रहे सैनिकों की प्रतीक्षा थी।

सांझ होते-होते वे भी आ पहुंचे। थके-हारे जैसे ही शिविरों में उन्होंने प्रवेश किया वैसे ही आभीर के विश्वस्त सैनिकों ने उन्हें बंदी बना लिया। पुणजन और राजा शृंगलव दोनों ही अचकचा गए।

राजा के साथ आई सुंदरियां राजा के पास छोड़ दी गईं। शृंगलव ने जब पूछा कि तुम लोग कौन हो? तब आभीर ने केवल इतना ही कहा कि हम रैवतक क्षेत्र निवासी आर्य हैं।

"किस राज्य या राजा के आदेश से ऐसा कर रहे हो?" शृंगलव ने तनिक रुष्ट होकर प्रश्न किया।

"मैं स्वयं ही अपनी छोटी-सी सेना का राजा हूं, गोमंतपति!"

"तुम हमें जानते हो?"

"आप तो संपूर्ण आर्यावर्त में प्रसिद्ध हैं, राजन्!..." आभीर ने मुसकुराकर उत्तर दिया, "आपके रास-रंग को कौन नहीं जानता?"

दूसरे शिविर में बंदी पुणजन अलग छटपटा रहा था, पर कोई भी सैनिक उसकी किसी भी बात का उत्तर देने को तैयार नहीं। ज्यादा चीखा-चिल्लाया तो एक सैनिक ने केवल इतना ही कहा, "हमारे स्वामी, महाराज शृंगलव से भेंट रहे हैं। वह आएं तब सारे प्रश्न उन्हीं से कर लीजिएगा!"

इधर शृंगलव परेशान। पूछा, "हमारे मित्र पणिराज कहां हैं?"

"वह भी ससम्मान अपने शिविर में ही बंदी हैं, महाराज!" सूचना दी गई। राजा ने प्रश्न किया था, "तुम चाहते क्या हो?"

"कुछ विशेष नहीं।" आभीर ने उत्तर दिया, "इस समय तो केवल आपको विश्राम चाहिए, महाप्रभु! आपके लिए सभी सुविधाएं पूर्ववत् रखी हुई हैं।"

शृंगलव उत्तेजित हुए, "फिर हमें बंदी किसलिए बनाया गया है?"

आभीर ने आदरपूर्वक कहा, "आप बंदी नहीं है, राजन्!...केवल आपको सुरक्षा प्रदान की गई है?"

"सुरक्षा? कैसी सुरक्षा?..." राजा चीख पड़े थे, "जब पणिराज-जैसे हमारे मित्र हमारे साथ हैं, तब क्या हम असुरक्षित थे? और तुम अपरिचित व्यक्ति—क्यों हमारे इस तरह हितैषी बन रहे हो?"

"अनेक बार राजन्, सुरक्षा समझते हुए लोग वस्तुसत्य में सुरक्षित बंदी होते हैं।" आभीर ने बात में उलझाव डाला था, "आप शांत हों, कुछ ही समय पश्चात् आप पूर्णतः स्वतंत्र होंगे।" इससे अधिक न तो मुझे ज्ञात है और न ही मेरी स्वामिनी का आदेश है कि आपसे वार्ता की जाए।...आप विश्राम करें।" कहकर तीव्रगति से आभीर शिविर के बाहर चला गया। शृंगलव भौंचक्के-से देखते रह गए थे। क्या कहना चाहता था वह?...सुरक्षा में बंदी?...अरे! कौन है इस वीर पुरुष की स्वामिनी?...कुछ समझ में नहीं आ रहा था। सहसा महाराज शृंगलव ने निश्चय किया था कि माथापच्ची व्यर्थ है। सेवक को बुलाया और आदेश दिए, "सुरा व्यवस्था करो!"

सेवक पास ही के कक्ष में सकपकाई बैठीं दोनों पणि सुंदरियों के पास जा पहुंचा। आभीर ने कहा था कि राजा के सुख-साधनों की सारी सूचनाएं आदेश रूप में उन दोनों सुंदरियों तक ही पहुंचाई जाएं। साधन सभी उपलब्ध करा दिए गए थे। सेवक ने वही कुछ दोहरा दिया और अपने स्थान पर वापस जा पहुंचा।

आभीर ने अपनी सफलता का समाचार लेकर एक दूत राजकुमारी शैव्या तक भेज दिया था! सूचना मिलते ही वह आ पहुंचीं। संयोग से मार्ग में श्री कृष्ण की इसी ओर आती हुई यादव सेना से भेंट हो गई। विवर्त और उद्धव साथ थे।

श्री कृष्ण को सभी कुछ ज्ञात हुआ। यह एकदम नई ही स्थिति बन गई थी। अब इसी के अनुसार रणनीति बनानी होगी। वही किया भी था उन्होंने। शैव्या से बोले थे, "देवी!...अब आप अपने विश्वस्त आभीर द्वारा बंदी बनाए जा चुके पणिराज को यहीं रहने दें!...इस बीच हम लोग महाराज शृंगलव को लेकर वापस राजधानी पहुंचेंगे।"

"इससे क्या अंतर पड़ेगा, यादवसुत?"

"महाराज से आप एक बार वार्ता कर सकेंगी।" श्री कृष्ण ने उत्तर दिया था, "राजा यदि स्वयं ही उचित मार्ग पर आ जाएं, तब कोई कष्ट न होगा।"

"और यदि पिताश्री न मानें तब?"

"तब आप अथवा आपके भ्राता को राज्य संचालन का दायित्व संभालना होगा।"

शैव्या ने तत्काल उत्तर दिया था, "हे यशोदानंदन!...राज्य अथवा सत्ता में मुझे तनिक भी रुचि नहीं है। मेरी रुचि का कारण है केवल गोमंत और करवीरपुर की मुक्ति! मैं आर्यावर्त की पवित्र धरती पर गोमंत क्षेत्र से आए आक्रांताओं के कलंक को धो देना चाहती हूं!"

एक क्षण श्री कृष्ण, शैव्या को श्रद्धा से देखते रहे, फिर कहा, "जैसी आपकी इच्छा, कुमारी!...तब राजभार आपके छोटे भ्राता संभाल लेंगे।"

शैव्या ने उत्तर नहीं दिया।

श्री कृष्ण ने आगे कहा था, "पणि क्षेत्रों और सैन्य शिविरों की संपूर्ण जानकारी तो आपके पास होगी ही?"

"हां, भगवन्!"

"तब पणि-असुर शक्तियों का यह राजनीतिक मैत्री संबंध ठीक प्रकार जुड़ पाए, इसके पूर्व ही उसे समाप्त कर दिया जाएगा!"

मन हुआ था कि पूछो–'किस तरह?' पर लगा कि आवश्यक नहीं है। कृष्ण की निर्णय शक्ति अद्भुत थी। पल भर में वह किसी भी गुत्थी का सुलझाव सोच लेते थे। इस समय भी सोच लिया होगा। अतः पूछा, "इस समय हमें क्या करना है, यदुश्रेष्ठ?"

"मात्र इतना कि आप दो दिवस पश्चात् राजधानी क्षेत्र की ओर प्रस्थान करें।" श्री कृष्ण बोले, "इसके पूर्व मुझे विश्वास है कि आप महाराज श्रृंगलव को अच्छी तरह यह सत्य समझाने का प्रयत्न कर सकेंगी कि आर्यावर्त के हित में उन्हें अपनी नीति में परिवर्तन करना होगा।" श्री कृष्ण रथारूढ़ हुए। कहा, "राजसुता? वैसा न हो पाने की स्थिति में भी आप राजधानी पहुंचकर पाएंगी कि पणि और असुरों की शक्ति क्षीर सागर की अपरिमित गहराइयों में डूब चुकी है।...गोमंत और करवीरपुर क्षेत्र आपको स्वतंत्र ही मिलेंगे!"

राजकुमारी ने वासुदेव को आदरपूर्वक विदा किया। वह आधे मार्ग से ही अपनी यादव सेना और योद्धा सेनापतियों को लेकर गोमंत की ओर रवाना हो गए। जबकि राजकुमारी इस शिविर में आ पहुंची।

जैसा कि अनुमान था, श्रृंगलव असहज स्थिति में ही मिले। मद्य के अतिरेक ने राजा की बुद्धि यों ही कुंठित कर रखी थी, जिसपर निरंतर निष्क्रियता ने संपूर्ण व्यवहार और शारीरिक शक्ति भी क्षीण कर दी।

राजकुमारी को देखकर श्रृंगलव चकित हुए। पणि सुंदरियां अर्धनग्न वेशभूषा में सामने थीं। एक क्षण के लिए शैव्या ने पिता को इस स्थिति में सामने पाकर अपने आपको अपमानित अनुभव किया, फिर तनिक दृढ़ता संजोकर आदेश दिया, "आभीर!...इन पणि कन्याओं को किसी अन्य शिविर में पहुंचा दो!"

"क्यों?" श्रृंगलव चीखे।

शैव्या ने शांतिपूर्वक कहा, "पितृ! मैं आवश्यक विचार-विमर्श के लिए आपका समय चाहती हूं!"

"किंतु हमारे इस आमोद-प्रमोद के समय तुम व्यवधान क्यों बन रही हो, शैव्या! समय मिलने पर हम तुम्हें बुलवा लेंगे।" राजसी स्वर में पिता ने कहा।

शैव्या ने उत्तर बहुत सपाट और तीखे स्वर में दिया, "क्षमा पितृ!...वह समय कभी नहीं मिलेगा आपको! यदि मिलता तो मुझे बाध्यता में यहां तक आपको कष्ट न देना पड़ता। राजधानी और राजनिवास में भी आपका समय पाया जा सकता था!..."

"शैव्या!" श्रृंगलव उठे, उनके पैर जितने लड़खड़ा रहे थे, उससे कहीं अधिक स्वर लड़खड़ाया हुआ था, "तुम राजकीय शिष्टाचार की सीमा तोड़ रही हो? तुम्हें ज्ञात है न कि इसके लिए हम तुम्हें दंडित कर सकते हैं।"

"अवश्य, महाराज!"...

"तब भी यह धृष्टता?..."

"यह धृष्टता न समझकर पुत्री की इच्छा समझ लें!...और मुझे क्षमा करते हुए निवेदन सुन लें?"

श्रृंगलव शांत हुए। बेटी के स्वरमाधुर्य और याचना ने मिथ्या राज्य-अहंकार को क्षण भर के लिए संतुष्ट कर दिया था। पुनः आसन पर बैठते हुए प्रश्न किया, "कहो, क्या कहना चाहती हो?"

शैव्या ने असुरपति के गोमंत क्षेत्र में आगमन और पुणजन द्वारा उसे शरण देने की सारी जानकारी देते हुए निवेदन किया था कि राजा पुणजन से सावधान हो जाएं। वह केवल गोमंत क्षेत्र भर नहीं, धीमे-धीमे संपूर्ण करहाट और यहां तक कि द्वारका की यादव शक्ति के लिए भी चुनौती बन सकता था।

श्रृंगलव सुनते रहे। बीच-बीच में मद्यपान भी करते रहे। आधी बात पर सारा प्रकरण समझाने की चेष्टा की, किंतु आधी बात समझ ही नहीं आई। पुणजन के स्नेहिल मैत्री जाल ने राजा के सोचने-समझने की संपूर्ण शक्ति का हरण कर लिया था। सब सुनकर शैव्या ने कहा था, "पितृ! आपकी तनिक-सी चैतन्यता संपूर्ण आर्यावर्त को भयमुक्ति दे देगी! यादवराज श्री कृष्ण से मैत्री करना भी गोमंत के हित में ही होगा।"

श्रृंगलव हंसे, व्यंग्य उनकी दृष्टि में था। बोले, "तो तुम चाहती हो राजकुमारी कि हम उस ग्वाले से मैत्री या संधि कर लें, जो अत्यंत सामान्य व्यक्ति हैं?"

शैव्या को एक क्षण के लिए तरस आया पिता पर। कहा, "वह सामान्य नहीं हैं, महाराज!...एक बार उनसे भेंट-वार्ता तो करके देखें?"

"कर ली!..." उपेक्षा से राजा ने कहा था, "हम राजरक्त से उत्पन्न हुए हैं, बेटी और श्रेष्ठ राजाओं को मित्रता में विश्वासघात नहीं करना चाहिए।"

"यदि विश्वासघात मिल रहा हो, तब भी?"

"कौन कर रहा है विश्वासघात?"

"पुणजन!"

"असत्य!"

शैव्या ने गहरा सांस लिया, "मुझे जो कहना था, वह कह चुकी पूज्य! ...अब जो कुछ घटित होगा, उसके कारण आप ही होंगे!..." उसने पिता को उसी हाल में छोड़ दिया और बाहर आकर आभीर से कहा, "यादवपति, श्री कृष्ण की इच्छानुसार हम दो दिवस यहीं रुककर प्रतीक्षा करेंगे, फिर राजधानी की ओर प्रस्थान करेंगे।"

"जैसी आपकी आज्ञा, कुमारी!" आभीर ने उत्तर दिया, साथ ही पूछ भी लिया, "इस पुणजन के लिए क्या आज्ञा है?"

"यह हमारे साथ ही चलेगा!..." राजकुमारी शैव्या ने कहा, इसका न्याय गोमंत और करवीरपुर के जनसामान्य करेंगे!..."

आभीर ने कोई उत्तर नहीं दिया। शैव्या अपने निवास-शिविर में चली गई।

निश्चित योजना के अनुसार श्री कृष्ण, यादव सेना की एक टुकड़ी के साथ गोमंत व करवीरपुर क्षेत्र की ओर चले, उसके कुछ समय बाद ही बलभद्र ने दूसरी यादव टुकड़ी लेकर उस मार्ग से निकलने का निश्चय किया जिस मार्ग पर श्री कृष्ण को आशंका थी कि पणि और असुर, दोनों में से कोई भी आक्रांता ग्रामों में हो सकते हैं।

बलराम ने साथ लिया था सत्राजित और प्रसेनजित को। दोनों ही यादव वीर, अद्‌भुत पराक्रमी होने के साथ-साथ द्वारका की राजसभा के दो महत्वपूर्ण व्यक्ति भी थे। नीतिज्ञ भी थे, योग्य भी।

टुकड़ी को दो भागों में विभाजित किया गया। एक भाग अकेले बलभद्र ने संभाला और दूसरे की बागडोर सत्राजित और प्रसेनजित को सौंपी। बोले, "आप दोनों ही बंधु प्रतिपल सतर्क रहकर हर ग्राम में पता करते चलें कि कहीं कोई पणि अथवा असुर सैन्य-गतिविधि तो नहीं चल रही है।"

सगे भाई थे दोनों। सत्राजित ने कहा, "आप निश्चिंत हों, महावीर! ...आपकी आज्ञा का अक्षरशः पालन होगा।"

बलराम प्रसन्न हुए। एक निश्चित स्थान तक वन-मार्ग में दोनों टुकड़ियां साथ-साथ आईं, फिर विपरीत मार्गों पर मुड़ गईं। मिलने का केंद्रस्थल गोमंत क्षेत्र ही था। श्री कृष्ण जिस ओर होंगे, उधर उनकी उपस्थिति की चर्चा कम नहीं होगी। अतः उन्हें खोज लेना तनिक भी कठिन न था।

बलराम के मार्ग में पर्वत-शृंखलाओं का एक लंबा सिलसिला आ गया। ग्रामीण ने बतलाया था, "यादवसुत!...यह शृंखलाएं दूर-दूरंत तक बिखरी हुई हैं। इनके पार सामान्यतः हम लोग नहीं जाया करते।"

"क्यों?"

ग्रामीण ने सहज भाव से उत्तर दे दिया था, "महावीर!...यह क्षेत्र अनार्य कुशस्थली वासी एक प्रमुख सामंत रैवत का है। यहां अधिकतर कुश लोग ही बसे हुए हैं, जो वस्तुसत्य में पीढ़ियों से यहां आ पहुंचे असुर हैं!.. .आर्य संबंधों के कारण इनमें बहुतेक आर्य मान्यताएं प्रचलित तो हो गई हैं, किंतु ये लोग पूर्णतः आर्य धर्म एवं संस्कृति को नहीं जानते!...यही कारण है कि इस ओर सामान्यतः आर्य स्त्री-पुरुष अधिक आना-जाना भी पंसद नहीं करते!...

बलराम ने शांत होकर सुना, फिर हौले से मुसकुराए। कैसा विचित्र संयोग है कि अपने ही परिजन के क्षेत्र से युद्ध यात्रा पर निकल रहे हैं... कितनी बार देवी रेवती ने कहा था, "आर्यश्रेष्ठ!...कृपाकर एक बार मेरे

साथ मातृगृह तो चलिए?" किंतु हर बार कोई न कोई ऐसी स्थिति आती रही थी, जिसके कारण बलभद्र चाहकर भी रेवती के गृह तक नहीं पहुंच सके थे। जिन कुशराज रैवत का नाम ग्रामीण ले रहा था, वे इसी क्षेत्र के कर्ताधर्ता हैं—यह विचार भी नहीं किया। एक पल के लिए अच्छा भी नहीं लगा था बलराम को। यदि यूं ही अधिक पूछताछ न की होती तब संभवतः वह इस क्षेत्र से वैसे ही निकल जाते...? पर अब ज्ञात हो गया था कि संयोग से ही सही, पर श्वसुरगृह आ पहुंचे हैं। ग्रामीण ने कहा था, "आर्य! यह तो उचित नहीं है कि केवल किसी आर्यक्षेत्र पर अनार्य के शक्तिशाली हो जाने के कारण उस क्षेत्र से अन्य आर्य लोग अपना संपर्क ही तोड़ लें? क्या तुम्हें यह अनुभव नहीं होता कि ऐसा करने से कोई अच्छे परिणाम नहीं निकलेंगे?"

"पर दैव", ग्रामीण ने तनिक संकोच के साथ किंतु अपने मन की बात स्पष्टतः रख दी थी, "आर्य स्त्री-पुरुषों का विचार है कि जिधर से अनिष्ट की आशंका हो उधर न जाना ही श्रेयस्कर रहता है। यों भी हमारे क्षेत्र के वृद्धायु लोग कहते रहे हैं कि जहां मान-सम्मान और संस्कृति-धर्म का अनादर होता हो, वहां न जाना ही बुद्धिमत्ता है!"

"किंतु यह कौन-सी बुद्धिमत्ता हुई कि अपने अनेक संस्कृति-बंधुओं को उस क्षेत्र में आरक्षित और असहाय छोड़ दिया जाए, जो दूसरे विचारों और संस्कृति से जुड़े व्यक्तियों के प्रभाव में हैं?" हलधर ने प्रश्न किया।

ग्रामीण को सहसा सूझा नहीं कि क्या उत्तर दे?

हलधर बात और आगे बढ़ा ले गए, कहा, "जब तुम स्वयं ही स्वीकार रहे हो कि इस क्षेत्र उज्जयंत गिरि* के असुरवंशी बहुत समय से आर्य संस्कृति और विचारों के प्रभाव में अधिक हैं, तब उनसे कटकर अपने आपको अलग किए रखना भी तो उचित नहीं है?...सोचो, ग्रामश्रेष्ठ! यदि कुशराज रैवत से आर्य लोग निरंतर परिचय संबंधों में रहे होते तो रैवत ने

* उज्जयंत गिरि—संभवतः कुशराज रैवत के नाम पर ही इसे 'रैवतक पर्वत' भी कहा गया। यह काठियावाड़ की तत्कालीन जूनागढ़ रियासत का गिरिनार पर्वत है। इसे 'प्रबंध-चिंतामणि' में रैवतक पर्वत का पर्याय कहा गया है।

निश्चय ही कुछ-न-कुछ हमसे जाना सीखा होता या हम ही उससे कुछ सीख समझ पाते?''

ग्रामीण ने स्वीकार किया, ''आप संभवतः सत्य ही कहते हैं, आर्येंद्र!''

बलराम ने कहा था, ''हम अवश्य ही महाराज रैवत से भेंट करते हुए इसी पर्वतमाला से होकर निकलेंगे!''

ग्रामीण ने स्वीकार में सिर हिलाया। धीमा-सा स्वर निकला, ''जैसी आपकी इच्छा, देवकीपुत्र!...''

बलराम ने सेनानायक को बुलाकर निश्चित समय पर पर्वतमाला से होते हुए ही प्रस्थान की आज्ञा दी, फिर तनिक देर अपने शिविर में विश्राम हेतु चले गए।

उनके जाते ही क्षेत्र के ग्रामीण को कुछ यादव सैनिकों ने घेर लिया था। बलभद्र से हुई वार्ता उन्होंने भी सुनी थी, फिर सुनते हुए चुपचाप मंद-मंद मुसकुराते रहें एक का मन हुआ था कि धीमे से कह दें कि वह ग्रामीण जामात्र को श्वसुर के यहां जाने से रोक रहा है, पर लगा कि वार्ता के बीच बोलना उचित न होगा, जिस पर बलराम का स्वभाव भी सहमाए रहता था ...कब, किस क्षण, किस बात को लेकर उग्र हो उठेंगे—तय नहीं! उनके अपने विचार हैं, अपनी प्रकृति और अपनी दृष्टि!...श्री कृष्ण हों या महाराज उग्रसेन—सभी बलराम से बात करते समय एक शब्द-सीमा बनाए रखते थे। सीधे सहज बलराम को राजनीति से अधिक सामान्य व्यवहार, धर्म और समाजनीति का ध्यान रहता था...उससे भी कहीं अधिक धर्मास्था थी उनमें। नीति के नाम पर वह अशुद्धता और युद्ध में छल उन्हें तनिक भी स्वीकार न था...वैसी स्थिति में वह अपने पराए किसी के भी द्वारा की गई अनीति से क्रुद्ध होकर मरने-मारने पर उतारू हो जाते थे...

आर्य सैनिक बलराम को अब तक इतना ही समझ पाया था, किंतु इस ग्रामीण से वार्ता के दौरान उसने उनका नया ही रूप देखा? इतना नीति-विचार?. ..इतनी सहज, साधुता के साथ संस्कृति और ज्ञान-दान अथवा अर्जन का

गुण? यह बलराम तो एकदम अलग हैं? पहली बार अनुभव हुआ कि यदि कृष्ण अपने चुप में नहीं समझ आते, तो बलभद्र को भी उनके चुप में समझकर कोई राय बना लेना उचित नहीं है!...

पर सैनिक स्वभाव का क्या करें आर्य?...उसने ग्रामीण से चुहलबाजी करके कुछ पल मन को सहज रखने के लिए पूछा था, "...तो इस पर्वत क्षेत्रों के पार महाराज रैवत निवास करते हैं?"

"हां!"

"आर्यश्रेष्ठ हलधर की आज्ञा मानना तो हमारी नियति है, पर मित्र! बतलाओ तो रैवत* कहीं अतिसुर जैसा तो नहीं?...कुशस्थली पर अधिकार करते समय हम लोगों ने भलीभांति देखा है कि ये असुर अपने रहन-सहन और स्वभाव-विचार से श्रेष्ठ किसी को नहीं मानते!...शक्ति ने इन्हें उद्दंड और बहुत सीमा तक मर्यादाहीन भी बना दिया है? कहीं राजा रैवत भी तो वैसे ही नहीं?"

"नहीं-नहीं, ऐसा कुछ नहीं है।" ग्रामीण ने कहा, "रैवत तो अतिसुर के एकदम विपरीत हैं। वह आर्यों के ईश्वर में विश्वास ही नहीं करते, कहा जाता है कि उनकी पूजा भी करते हैं।...हमारे ग्राम से एक-दो लोग इस पर्वत शृंखला के पार जा चुके हैं।" ग्रामीण ने बतलाया, "उनका हाथ था कि महाराज रैवत और उनकी जीवन-पद्धति में अब ऐसा कुछ भी शेष नहीं रहा है, जिसके आधार पर उन्हें असुर कहा जा सके? चूंकि जन्मशः वह असुर रक्त से हैं और असुरेंद्र यम के भतीजे हैं, अतः उन्हें आर्य भी नहीं कहा जा सकता?"

"हां-हां, तुम सत्य कहते हो!..." सैनिक ने कहा था, "असुरों का छल-बल प्रसिद्ध है। भला राजा रैवत अपने इस रक्त संस्कार से मुक्ति कैसे पा सकते हैं?...पर मित्र, तुम्हारी शुभांशा को आर्यपति बलभद्र ठीक तरह

---

* रैवत आमर्त का राजा। संभवतः उत्तर-गुजरात का राजा। 'विष्णु पुराण' के अनुसार यह कुश राजा था। बलराम की पत्नी रेवती का पिता। इसे यम का छोटा भाई भी कहा गया है। इसका एक नाम हय वाहन है। वह यक्षों का प्रधान था।

समझ नहीं सके...संभवतः इस कारण क्योंकि वे भी असुर के मोहक छल जाल में फंसे हुए हैं!..."

"सो कैसे?" ग्रामीण ने व्यग्रता से प्रश्न किया।

सैनिक ने शरारत से बतलाया, "यादववीर बलराम को कुशराज रैवत ने पहले ही उलझा दिया है!...पर तुम ठहरे सरल मन आर्य...तुम्हें यह सब क्या मालूम?"

ग्रामीण का मुंह विस्मय से फैल गया। वह फैली-फैली निगाहों से सैनिक और उसके इर्द-गिर्द बैठे अन्य सैनिकों को देखने लगा। बलभद्र, कुशराज रैवत के जाल में पहले से ही फंसे हैं? यह सूचना उसके लिए जितना चौंकानेवाली थी, उससे कहीं अधिक चिंतित करनेवाली!...हे ईश्वर! ...मुक्तिदाता श्री कृष्ण के परिवार में यदि असुरो का प्रपंच जाल जा पहुंचा तो आर्यावर्त के उज्जवल होते भविष्य की परिकल्पना ही धूमिल हो जाएगी! ...उसने सोचा।

सैनिक मुसकुरा रहे थे। ग्रामीण ने चिंतित होकर पूछा, "सो कैसे सैनिक?...भला तीव्रबुद्धि और महायोगी श्री कृष्ण के ये अग्रज, असुरों के जाल में कैसे फंस सकते हैं?"

"फंस नहीं सकते, फंस चुके हैं और प्रभु श्री कृष्ण भी यह तथ्य भलीभांति जानते हैं...अच्छा है कि तुम भी यह समझ लो!" सैनिक ने कहा।

दूसरे ने सम्मति दी, "वह तो यही तुम्हारा शुभ हुआ कि तुमने रैवत को लेकर अधिक कुछ नहीं कहा...अन्यथा..."

"अन्यथा क्या?" ग्रामीण अब चिंतित से अधिक भयग्रस्त हो गया था।

"अन्यथा यह कि हलधर तुम्हें ही नहीं, तुम्हारे समूचे ग्राम को एक शिक्षा देते कि तुम लोग रैवत को लेकर उलट-पुलट सोचना तक विस्मरण कर बैठते!"

"प्प...पर?"

ग्रामीण बहुत डर गया था।

"सौभाग्यशाली है, भाई!" एक सैनिक दूसरे से बोला, "अन्यथा महाशक्ति संपन्न बलभद्र के श्वसुर को लेकर कोई व्यक्ति शंकित वार्ता करे और जीवित बच जाए?..."

"श्वसुर?...।" ग्रामीण को लगा कि पर्वतमाला पर चढ़ गया था, अब सहसा लुढ़क पड़ा है। ये आर्य सैनिक उससे हंसी-ठट्ठा कर रहे हैं या सचमुच ही सत्य कह रहे हैं?

सैनिकों को लग रहा था कि ग्रामीण की सहजता को लेकर अधिक हास-परिहास उचित नहीं है, अतः कह डाला था, "मित्र!...तुम्हें संभवतः यह ज्ञात नहीं कि महाराज रैवत की पुत्री रेवती यादववीर बलभद्र की भार्या हैं?..."

"क्याऽ?" ग्रामीण ने और चकित होकर पूछा।

"हां, और यह संयोग ही है कि तुमने महाराज रैवत को लेकर आर्यश्रेष्ठ के समक्ष कुछ आंय-बांय नहीं बका!..."

"हे प्रभु!..." ग्रामीण ने आंखें मूंद लीं। अपने सौभाग्य को सराहा। सुना था कि श्री कृष्ण के अग्रज बलभद्र बहुत उग्र स्वभाव भर के नहीं, परमवीर भी हैं...यह भी कि क्रोध और उत्तेजना में वह साधारणतः सहज नहीं रह पाते...अच्छा ही हुआ कि उसके मुंह से कुशराज रैवत को लेकर कुछ अनर्गल नहीं निकल गया!...

सैनिक कुछ कहें या पूछें, इसके पूर्व ही ग्रामीण वहां से चुपचाप उठा और सहमा हुआ-सा चल पड़ा...सैनिकों में से एक ने उसे पुकारा भी, 'अरे सुनो तो भाई?' पर वह उत्तर न देकर केवल वहां से चला गया...

सैनिक हंसते रह गए...

बलभद्र भी शिविर के शांत हिस्से में पहुंचकर बहुत हंसे। कितना सहज-सरल था वह आर्य ग्रामीण?...पर यह विचार कर मन प्रसन्न हुआ था कि सामान्य आर्य जन 'असुर' शब्द मात्र से किसी-न-किसी स्तर पर पीड़ित थे...रैवत को

लेकर जो कुछ उसने कहा था, वह असभ्यतापूर्ण नहीं, किंतु सभ्यता के साथ अपने सहज मनोद्गार प्रकट करना था...

अनचाहे ही बलराम को वह दिन स्मरण हो आया था, जब इस पर्वतीय क्षेत्र के राजा रैवत, कुशस्थली पर आर्यजय के कुछ दिनों पश्चात् ही, बलभद्र के पास पहुंचे थे...उनके साथ एक ब्राह्मण और सुंदरी असुरकन्या रेवती*!... रैवत ने आदरपूर्वक प्रणाम किया था, फिर ब्राह्मण ने उनका परिचय दिया, "रोहिणीसुत की जय हो!...हम लोग एक विशेष आशा और अनुनय लेकर आप तक उपस्थित हुए हैं।"

बलराम ने रेवती की ओर देखा तक नहीं। यह उनका स्वभाव था। मुख से स्वर तक सदा एक वज्रभाव ही रहा करता था उनमें...यही वज्रता उनकी शक्ति और ओज! ब्राह्मण का आदर करना स्वभाव-संस्कार था, बोले, "आज्ञा करें, ब्रह्मन्! मैं आपका क्या शुभ करूं?"

"यह असुरश्रेष्ठ रैवत हैं, हलधर!..." ब्राह्मण आगे कुछ कहे कि बलराम सतर्क हुए। 'असुर' शब्द ने उन्हें चौंकाया कम, चेताया अधिक ...! बहुत तीखी, भेदनेवाली दृष्टि से रैवत को देखा!...उसके चेहरे की सादगी, सारल्य और सौम्यता देखकर लगा ही नहीं कि उसमें असुर-जैसा कुछ है?...

ब्राह्मण ने कहा, "बलदेव!...एक छोटे से आर्यक्षेत्र पर कुछ असुरों और आर्यों के बीच महाराज रैवत बहुत सम्मानित हैं। अतिसुर के सामंत होते हुए

---

* रेवती–राजा रैवत की पुत्री और यम की भतीजी। रेवती अपूर्व सुंदरी, गुणवती और शालीन थी। उसके योग्य वर पिता को पृथ्वी पर नहीं मिला। 'विष्णुपुराण' की कथा के अनुसार पिता ने रेवती के योग्य वर खोजने के लिए ब्रह्मा से (संभवतः किसी ब्राह्मण से) संपर्क साधा। ब्रह्मा ने कहा कि बलराम विष्णु के अवतार हैं, अतः उनसे कहो कि रेवती को विवाह लें। रैवत, रेवती को लेकर बलराम के पास पहुंचा। रेवती तनिक लंबी थी और बलराम नाटे, इस कारण बलराम ने पहले आनाकानी की फिर उससे विवाह कर लिया। पुराण कथा में यह भी वर्णित है, कि जब रैवत, रेवती को लेकर बलराम के पास पहुंचा तब तक न कुशस्थली असुरों की रही थी, न रैवत का राज और न ही रोब-दाब। यह भी उल्लेखनीय है कि रेवती बलराम के साथ मद्यपान में सदा भाग लेती थी महाकवि कालिदास ने लिखा है कि विवाह-पश्चात् रेवती को लेकर बलराम सरस्वती नदी के तीर पर जाकर रहने लगे थे। (मेघदूत)।

भी इन्होंने कभी उस मदांधता और दुष्टता आ आश्रय नहीं लिया, जो असुरों की संस्कृति रही है और जिसके कारण असुर अलोकप्रिय हुए हैं। इनके क्षेत्र में ब्राह्मणों का आदर होता है, ऋषि मुनियों का सम्मान...! ऐसे महाराज रैवत भगवान ब्रह्मा के आराधक हैं। इनकी सुंदर कन्या रेवती को लेकर उपयुक्त वर हेतु यह बहुत चिंतित थे, अतः इन्होंने ब्राह्मण से ही निवेदन किया कि कोई उपयुक्त वर बतलाएं?...ब्रह्मकृपा से इन्हें आपके बारे में ज्ञात हुआ और इन्होंने निश्चय किया कि मेरे माध्यम से आप तक पहुंचकर प्रार्थना करें कि आप इनकी सुंदर गुणमती और शीलवंती कन्या रेवती को पत्नी रूप में स्वीकार कर लें?...हम सभी लोग इसी अभिप्राय से यहां उपस्थित हुए हैं!''

अब बलराम ने रेवती की ओर देखा था...इकहरी, सुंदर, सुगठित देह ...गौरवर्णी असुरकन्या उन्हीं की ओर देख रही थी। दृष्टि मोहक और अद्‌भुत आकर्षणमयी!...एक पल के लिए बलभद्र भी सकपका उठे। लगा था कि उनकी अपनी सुगठित मांसल देह में तीव्र विद्युत-सा प्रवाह दौड़ गया है, किंतु तुरंत ही स्वयं को संयत किया। स्वर और दृष्टि को उसी तरह वज्र बनाए हुए रखा था, ''...किंतु ब्राह्मणश्रेष्ठ!...यह समय-काल युद्ध का है और इसमें हम विवाहादि को लेकर विचार करें, यह उपयुक्त नहीं होगा...'' दृष्टि रेवती से हटाने की चेष्टा की थी। बहुत शक्ति लगाकर एक पल के लिए सम्मोहन मुक्त भी हुए किंतु आंख पुनः वहीं जा ठहरी।

ब्राह्मण ने कहा था, ''कन्यादान की इच्छा से आए व्यक्ति को निराश और दुखी करना उचित नहीं है, आर्येंद्र!...फिर रैवत तो ब्रह्मसमर्पित असुर हैं। उन्होंने सदा ही आर्य सभ्यता और संस्कृति का सम्मान किया है। शासक होते हुए भी इनके क्षेत्र में आर्य और अनार्य एक-से मानवीय अधिकार प्राप्त किए हुए हैं सुकन्या रेवती भी अपने माता-पिता के संस्कारों से ओतप्रोत है! ...जिस क्षण ब्रह्म-निर्णय हुआ कि आप ही रेवती के योग्य वर हैं, उसी क्षण रेवती ने प्रतिरूप में आपको मन ही मन स्वीकार लिया था...क्या यह उचित होगा कि अब महाराज रैवत को कन्यादान के पुण्य से वंचित किया जाए?''

बलराम को तुरंत कुछ उत्तर नहीं सूझा। मन रेवती ने जीत लिया था, इसके बावजूद एक सकपकाहट अवश्य जन्म आई...छरहरी देहयष्टिवाली रूपमती रेवती तनिक लंबी थी, और बलभद्र हैं नाटे...अपार पौरुषेय शक्ति-गुण होते हुए भी इस शारीरिक मिलाप में उन्हें तनिक संकोच हुआ...पर इस संकोच की अभिव्यक्ति कैसे करें—समझ नहीं सके? एक क्षण के लिए कृष्ण-स्मरण हो आए...वह होते तो अवश्य ही यह बात इस शालीन ढंग से कह देते कि बात की बात हो जाती और कहने-सुनने में भी किसी को कठिनाई न होती, किंतु बलराम को वैसी भाषा आती नहीं?...एक क्षण के लिए दुविधा में पड़ गए।

ब्राह्मण ने कहा, "अब देर न करें, आर्यपुत्र!...महाराज रैवत इसी क्षण जलाचमन के साथ आपको कन्या का दान करेंगे!"

"किंतु ब्राह्मश्रेष्ठ...?"

"किंतु क्या?"

बलराम की समझ में नहीं आया—क्या कहें? दृष्टि रेवती पर से हट नहीं पा रही थी।

"किंतु और परंतु में मेरा समय नष्ट न करें, आर्य!" ब्राह्मण ने बात आगे बढ़ा दी थी। कनखियों से समझ लिया था कि बलभद्र को सुंदरी रेवती ने मोह लिया है...

बलराम कुछ क्षण सोचते रहे, फिर कहा था, "जैसी आपकी आज्ञा, ब्राह्मन! मैं, महाराज रैवत की पुत्री को सहर्ष पत्नी रूप में स्वीकार करता हूं।"

"आयुष्मान भवः!" ब्राह्मण ने आशीर्वाद दिया, रैवत ने आगे बढ़कर बलराम के प्रति आभार व्यक्त किया।

विवाहोत्सव के नाम पर साधारण-सा कार्यक्रम ही हो सका। प्रमुख यादवों के समक्ष उज्जयंत गिरि के कुशराज रैवत ने अपनी पुत्री रेवती का कन्यादान कर वहां से विदा ली।

उसके बाद अनेक बार रैवत ने बलराम तक संदेश भिजवाया था कि कभी समय निकालकर उज्जयंत गिरि आएं, पर संयोग ऐसे हुए कि बलराम

चाहकर भी समय नहीं निकाल पाए और अब अनायास ही वह समय आ पहुंचा...शय्या पर लेटे हुए बलभद्र विचार ही कर रहे थे कि एक सेवक आ पहुंचा। सूचना दी, "प्रणाम प्रभु!...आपके आदेशानुसार सभी लोग प्रस्थान के लिए तैयार हैं।"

"ठीक है।" बलराम ने उत्तर दिया और आलस्य त्यागकर उठ बैठे।

भोर हुए शृंगलव जागे। उस समय तक शैव्या के आदेशानुसार आभीर के सैनिकों ने असुर सुंदरियां उनके शिविर से निकलवाकर पुणजन के पास बंदीगृह में पहुंचा दी थीं। राजा का नशा उतरा तो तनिक सहज हुए...अपने विश्वसनीय सेवक आभीर ने उनकी सेवा में लगा रखे थे। दैनिक कार्यक्रम से निवृत्त होकर महाराज शृंगलव के लिए कलेवा लगा और राजकुमरी शैव्या ने उसी समय उपस्थित होकर प्रणाम किया। राजा अब तक काफी कुछ सहज हो चुके थे, यहां-वहां की बातें न कर सीधे प्रश्न किया था, "पुत्री, मैं समझ नहीं पा रहा हूं कि इस सबसे तुम्हारा अभिप्राय क्या है?...पणिराज पुणजन को किस कारण हमसे दूर रखा जा रहा है?"

शैव्या ने उतने ही सहज ढंग से उत्तर दिया था, "क्षमा करें, पूज्य!... राज्यशुभ में बहुत विचार के पश्चात् मुझे लगा कि आपका एकांत इसी तरह प्राप्त हो सकता है। पुणजन आपके परमस्नेही अवश्य हो सकते हैं, किंतु अनेक ऐसी बातें थीं, जो उनकी अथवा किसी भी अनार्य की उपस्थिति में आपसे की जा सकें—उचित न होता। यही विचारकर मैंने आपका समय इस तरह लेने की धृष्टता की!"

राजा शांत भाव से बेटी की बात सुनते हुए कलेवा करते रहे, केवल इतना ही पूछा, "तुम चाहती क्या हो?"

"मैं अपने लिए कुछ भी नहीं चाहती, पूज्य!...जो कुछ चाहती हूं केवल करवीरपुर और आर्यावर्त के हितार्थ ही चाहती हूं!"

"और हित किस विचार में देख रही हो तुम?" शृंगलव ने बिना दृष्टि उठाए प्रश्न किया।

"क्या महाराज को ज्ञात है कि असुरपति मदासुर और कुशस्थली के शासक अतिसुर व उनके सेनापति, गद्काल के साथ-साथ विशाल असुर सैनिकों को आपके मित्र पुणजन ने आपके ही क्षेत्र में शरण दे रखी है?" शैव्या ने प्रश्न किया।

राजा श्रृंगलव के कलेवा करते हाथ थम गए। बेटी की ओर देखा फिर चकित होकर पूछा, "यह क्या कहती हो?"

"मैं सत्य कह रही हूं, राजन्!..." शैव्या ने कहा, "यादवेंद्र कृष्ण द्वारा असुर देश की ओर धकेल दिए गए ये सभी लोग इस समय श्रीमान् की छत्र-छाया में पुणजन की कृपा लिए हुए करवीरपुर और गोमांतक से लेकर करहाट तक के विशाल सीमाक्षेत्र में उपस्थित हैं। आपके परमहितैषी पुणजन ने एक गुप्त समझौता करके करवीरपुर और संपूर्ण समुद्र-सीमा असुर शक्ति को सौंपने का निर्णय भी किया है।..."

"किंतु...यह...यह कैसे हो सकता है?..." श्रृंगलव के चेहरे पर उदासी और चिंता की बदलियां घिर आई थीं।

"यही हुआ है, पूज्य!" शैव्या ने कहा था, "बड़ी मात्रा में असुर शक्ति पुणजन की सहायता पाकर एक बार पुनः उठ खड़ी हुई है और इस बार युद्ध-क्षेत्र कुशस्थली नहीं, शांत-समृद्ध करवीरपुर और गोमंत बनेंगे!"

"शैव्या...!" राजा उठकर बेचैनी से इधर-उधर घूमने लगे, "नहीं-नहीं, हम यह विश्वास कैसे करें कि हमारा परम मित्र हमारे विरुद्ध ऐसा षड्यंत्र कर सकता है?"

"षड्यंत्र तो हो चुका है, महाराज!" शैव्या ने सपाट उत्तर दिया था, "और उसके परिणाम हम लोग करवीरपुर पहुंचते ही सुनेंगे...संभव है कि देखने भी पड़ें!"

"क्या कहना चाह रही हो तुम?" राजा क्रुद्ध हुए, "करवीरपुर का शासन हम संचालित करते हैं या तुम?...यह कैसे संभव है कि तुम्हारे पास गुप्त सूचनाओं का इतना बड़ा भंडार हो और हमको इस सबकी गंध तक न मिली हो?"

शैव्या व्यंग्य से मुसकराई, कहा, "क्षमा करें, पितृ!...आप जिन तथाकथित विश्वस्तों के बीच घिरे हुए हैं, वे आर्यावर्त के शुभैशी नहीं हैं और न ही करवीरपुर के हिताहित का उन्हें विचार रहा है। वे सब आसुरी धन-वैभव से या तो दास हो चुके हैं या फिर उन्होंने सत्ता में सेवक भाव से हिस्सेदार रहकर पुणजन के साथ कोई-न-कोई समझौता कर रखा है।..."

"राजसुता!..." चीख पड़े थे शृंगलव! वस्तुसत्य को सुनकर सह जाने योग्य मानसिक शक्ति और विचार क्षमता भी उनके पास शेष नहीं रह गई थी। लगा था कि युवा बेटी का हर शब्द उनकी राजसामर्थ्य के लिए धिक्कार ही नहीं है राजा के नाते उनकी घोर असफलता की ओर भी संकेत कर रहा है!

शैव्या पिता की चीख पर तनिक भी उत्तेजित नहीं हुई। जानती थी कि राजा मद्यपान और सुरासुंदरी के फेर में पड़कर अपनी सहनशक्ति गंवा चुके हैं। वैसा न हुआ होता तब आज पिता को भी लगभग बंदी बनाकर उनसे वार्ता करने की चेष्टा पुत्री को क्यों करनी पड़तीं?...

"नहीं-नहीं, यह सब अविश्वसनीय है!..." महाराज अब भी बड़बड़ा रहे थे, "हमें लगता है कि तुम्हें किसी शत्रु ने उकसाया भर नहीं है, अपितु मूर्ख भी बना दिया है। तुम पुणजन जैसे योग्य मित्र के प्रति हमारे मन में अकारण शंका उत्पन्न कर रही हो?" वह पुनः सहज होकर कलेवे के आसन पर आ बैठे।

शैव्या को तनिक भी आश्चर्य नहीं हुआ। वह जानती थी कि करवीरपुर के महाराज, पुणजन के फैलाए जाल मे मन-मस्तिष्क और विचारशक्ति तक बिसरा चुके हैं। विश्वास और विश्वासघात में अंतर कर पाना भी उनके लिए संभव नहीं रहा था पर शैव्या यह निश्चय करके आई थी कि इस बार मन की बातें मन तक ही नहीं रहेंगी, जो देखा-जाना और भोगा है, वह सब पिता को बतला देंगी...शृंगलव विश्वास करें या न करें, किंतु शैव्या अपना समूचा कर्तव्य निर्वाह करेगी...एक सच्ची आर्य राजकन्या के नाते भी और पुत्री के नाते भी!...कहा, "न मानें प्रभु, पर कल जब हम करवीरपुर पहुंचेंगे तब आप सत्य से स्वयं ही साक्षात्कार करेंगे?"

"किस तरह?" शृंगलव को और धक्का लगा। जैसे-तैसे अविश्वास की काल्पनिक शक्ति से पिछले धक्के को सह पाए थे...

शैव्या ने बतला दिया था, "मेरी सूचना के अनुसार यदि यह सब असत्य है, तब यादवेंद्र श्री कृष्ण और बड़ी मात्रा में यादव सेना क्यों हमारे राज्य की ओर बढ़ रही है?"

"क्याऽ?..." शृंगलव को लगा कि पृथ्वी घूमने लगी है!...श्री कृष्ण और यादव सेना उसके राज्य की ओर बढ़ रही है?...यह धक्का भर नहीं था, मृत्यु की घोषणा भी थी!...यादवों की महाशक्ति के सामने शृंगलव अपनी क्षमता भलीभांति जानते थे फिर श्री कृष्ण को लेकर जो कुछ सुना-जाना था, उसने उनके नाम भर से रोमांचित करना प्रारंभ कर दिया था!...चेहरे पर हवाइयां उड़ने लगीं शृंगलव के। इस तरह देखा था बेटी की ओर, जैसे कह रहे हों, "नहीं-नहीं, पुत्री!...कह दो कि यह सब असत्य है! ऐसा अशुभ समाचार सुनाकर क्या तुम अपने वृद्ध पिता को मृत्यु-अनुभव करवाना चाहती हो?"

शैव्या के चेहरे पर गंभीरता नहीं, चिंता थी। बोली, "पितृ!...आप भले ही इसे मेरी अशिष्टता समझें, किंतु मैं बाध्य थी कि आपको बतला दूं—करवीरपुर का शांत जन-जीवन किस आगत युद्धमय के कगार तक जा पहुंचा है!..."

"किंतु श्री कृष्ण का तो हमने कुछ भी अहित नहीं किया, पुत्री?" राजा लगभग गिड़गिड़ाने लगे थे...ऐसे जैसे सामने शैव्या नहीं, स्वयं महाप्रतापी यादवराज श्री कृष्ण ही खड़े हों!...कृष्ण के नाम और वीरत्व का यश-प्रताप बड़े-बड़े राजाओं पर इसी तरह प्रभावी हुआ करता था!...

"पूज्य, मैं जानती हूं कि आपने या करवीरपुर वासियों ने यादव श्री कृष्ण का कोई अहित नहीं किया है, किंतु राजनीति में वह भी अहित ही माना जाता है, जब किसी का शत्रु किसी के क्षेत्र में शरण पा जाए?... असुरशक्ति को आपकी ओट में पुणजन ने जो सहायता दे दी है, उसी के कारण करवीरपुर का भाग्य अंधकारमय हो गया है।" फिर शैव्या चुप हो

रहीं। कातर पिता की स्थिति ने मन-ही-मन उन्हें भी गहरी वेदना दी। कितना अच्छा होता यदि उसके पिता पुणजन के मैत्री जाल में फंसकर मद्य और वासना के दास न हो गए होते?...राजा शृंगलव माथा थामे हुए बड़बड़ा रहे थे, "हे ईश्वर, यह असत्य हो!...असत्य ही हो!..."

शैव्या को लगा था कि मृत्युदंड पाया हुआ कोई अपराधी आर्तनाद करके वधिक से दयायाचना कर रहा है!...मन में क्लेश भी हुआ—क्या यही है राजसी तेज? क्या इसी शक्ति, साहस और गौरव को लेकर मनुष्य राज्य करने के योग्य होता है? मन को विश्वास हो गया था—अब भले ही महाराज शृंगलव शैव्या की नीति और श्री कृष्ण की दया से बच जाएं, किंतु राजा रहने की योग्यता वह खो चुके हैं!...ऐसा निराश, थका हुआ मानस लेकर कोई व्यक्ति राजदंड कैसे संभाल सकता है?

शृंगलव उसी तरह माथा पकड़े बैठे हुए थे।

शैव्या कुछ क्षण उन्हें देखती रही, फिर धीमे से उठ खड़ी हुई। पिता का मानसिक कष्ट उसे भी बोझिल लगने लगा था...उससे कहीं अधिक मन उसके अपने ही प्रति ग्लानि अनुभव कर रहा था!...लग रहा था जैसे राजा के होते हुए भी करवीरपुर उस अनाथ बालक की तरह है, जिसे हिंस्र पशुओं से भरे जंगल में छोड़कर कायर भाव से कोई पिता भाग गया हो!...

जाते-जाते केवल इतना ही कहा था शैव्या ने, "महाराज!...शांत मन से थोड़ा विश्राम करें, फिर अवश्य ही प्रभु कोई-न-कोई राह दिखा देंगे!..."

"सुनते हो, सैनिक?..."

(चुप)

"हम कुछ कह रहे हैं?"

(फिर चुप)

पुणजन की आवाज तीखी हुई, जैसे किसी पिंजड़े में पड़ा सिंह गुर्रा उठे, "...तुम जानते हो ना कि तुम क्या कर रहे हो?..."

सैनिक पूर्ववत शांत और चुप रहकर केवल प्रहरी धर्म निबाह रहा था। भाला उसके हाथ में।

सांझ झुक आई थी। सभी सुविधाओं से पूर्ण इस बंदीगृह बने हुए शिविर में पणिराज को अनुभव हो रहा था जैसे असंख्य अंगारों पर लिटाकर उसे भूना जा रहा है। अपमान और उपेक्षा की यह भयावह स्थिति जीवन में पहली बार भोगी थी। हाथों में रत्नजड़ित बहुमूल्य अंगूठियां और गले में कंठहार होते हुए भी घोर दारिद्रय का अनुभव हुआ। फिर भाले की चमक की तरह ही सहसा वणिक बुद्धि कौंधी...इस बुद्धि से करवीरपुर ही नहीं, आर्य सामंतों और शक्ति पुरुषों को दासत्व की ओर झुकाया था पुणजन ने...धीमे से कहा, "सुनो, सैनिक?"

इस बार शांत स्वर सुनकर सैनिक ने उसकी ओर देखा...पुणजन के बाध्य, छटपटाते मन को जैसे जीवनशक्ति प्राप्त हुई। शांति का अनुभव करते हुए उसने सतर्कता से इधर-उधर देखा। इस सैनिक के अतिरिक्त एक और सैनिक भी था जो दाएं-बाएं शिविर द्वार पर टहल रहा था...

पल भर में पुणजन ने बहुमूल्य जवाहरातें का कौंधता हुआ कंठहार अपने गले से निकाला फिर किसी बच्चे को लुभाने जैसी चाशनीभरी आवाज में कहा, "यह सब उपहार रूप में स्वीकार कर लो सैनिक! किंतु यह बतला दो कि तुम कौन हो?... तुम्हारा स्वामी कौन है?"

उत्तर में शब्द नहीं आए—उसके पैरों के पास दोनों ही सैनिकों ने थूक दिया!

पुणजन ने अनुभव किया जैसे कोड़ों की मार से उसकी आत्मा तक हिल उठी है! क्रोध और अपमान ने बुरी तरह आहत कर डाला। पीड़ित चीख की तरह ही चीखने लगा था वह, "मूर्खो!...तुम और तुम्हारा स्वामी—दोनों ही किसी श्वान की मृत्यु मरोगे!...तुम पणियों की महाशक्ति से परिचित नहीं हो शायद?"

सैनिक जरा भी प्रभावित हुए बिना पूर्ववत शांत भाव से शिविर द्वार पर दाएं-बाएं टहलते रहे।

पुणजन थोड़ी देर उत्तेजना और अवशता की स्थिति में पड़ा बकता-झकता रहा, फिर लगा कि उसे रोना आ रहा है...उसने दोनों हाथों से माथा पकड़ा और चुपचाप शय्या पर जा बैठा। फांसी के फंदे जैसा कंठहार उसकी अंगुलियों में झूल रहा था...पहली बार उसने अनुभव किया था कि जड़ हीरे जवाहरात, जीवंत के सामने, कितने पराजित और मूल्यहीन होते हैं!...इस विचार ने डर से एक कंपकंपी भी छुड़ा दी शरीर में। जिस स्वामी के सेवक इतना आत्मबल रखते हैं और कर्तव्य-निष्ठ हैं वह स्वयं कितनी अद्भुत मानस शक्ति का स्वामी होगा? इतना निश्चित हो चुका था कि जिसने भी उसे बंदी बनाया है, उसे पणियों से घोर घृणा है!...

अब देखना यह है कि यह घृणा राजनीति की चौसर से जन्मी है या धन की देहरी से?...

कई प्रहर बीत चुके थे। पुणजन शब्दों में अनेक बार अनेक जिज्ञासाएं भी लोगों से कर चुका था, किंतु किसी ने उत्तर में कोई शब्द नहीं बोला। यह स्थिति बड़ी त्रासदपूर्ण थी। ऐसी यातना तो बंदीगृह में भी किसी बंदी को नहीं मिलती?...

किंतु प्रश्न था—पुणजन बंदी किसका है?...और किसलिए?...यह राजनीति का खेल है अथवा कोई वाणिकीय चाल?...शिविर में सांझ के साथ ही दीया-बाती होने लगी, किंतु पुणजन को लग रहा था कि अंधकार है जो गहराता ही चला जा रहा है...काला और क्रूर अंधकार!

ऐसा अंधकार, जो मनुष्य को ज्योति होते हुए नेत्रहीनता का अनुभव कराता है! तिस पर यहां तो मानस के माध्यम से भी कम चुभन नहीं दी जा रही है? यह मौन ऐसी चुभन की तरह ही है, जो असंख्य चीखों-कराहों से भरा हुआ है...

और चुप रहकर भी निरंतर चीख कराह रहा है पणिश्रेष्ठ पुणजन!... उसके अपने रत्नजड़ित स्वर्णाभूषण उसके अपने ही अंग-अंग को तीखे अस्त्रों की तरह आहत करते जा रहे हैं!...

पुणजन ने आंखें मूंद लीं। निराशा के अंधकार से भरे मानस पर कृत्रिम अंधकार की एक और पर्त!...किंतु ऐसी परतें डालकर क्या आदमी मानसिक पीड़ा से भाग सकता है?...कुछ समय पूर्व तक पणिराज, महाराज श्रृंगलव का समाचार जानने के लिए उत्सुक था, किंतु अब केवल एक ही चिंता...वहभी भय में परिणित हो गई—वह स्वयं कहां है और किस तरह यहां से मुक्त होगा? किसलिए बंदी बनाया गया है उसे?

उत्तर है—तीव्र प्रकाश के बावजूद मौन का गहन और काला अंधकार!...

विवर्त ने बहुत चेष्टा की थी कि कुछ ज्ञात हो जाए किंतु राजकुमारी शैव्या का कहीं कुछ पता नहीं चला। प्राप्त समाचार-संकेत इतने भर ही थे कि राजकन्या, राजा और पुणजन संभवतः आखेट पर कहीं गए हैं...

पर किस ओर? किस दिशा में? सो भी कुछ संकेत नहीं!

मन ढेर शंका-कुशंकाओं से घिर गया।

श्री कृष्ण ने मार्ग में ही छोड़ दिया था उसे। कहा था कि जाकर देवी शैव्या को समाचार दे दे कि 'वह' आ चुके हैं!...पर अब कैसे किस तक समाचार पहुंचे—समझ नहीं आ रहा है।

कुछ विश्वसनीय आर्य मित्र नगर में थे, पर राजनिवास के समाचार उनसे मिल सकें—संभव नहीं। हां, नगर की स्थिति अवश्य ही ज्ञात हो जाती थी। विवर्त ने निश्चय किया था कि नगर में रहकर ही राजकन्या की प्रतीक्षा करेगा। यदि आखेट पर जाने का समाचार सत्य है, तब दो-चार प्रहर तक राजसुता को लौट आना चाहिए!...किसी भी स्थिति को लेकर उत्तेजित होना उसका स्वभाव नहीं था। उसने एक मित्र-परिवार में आतिथ्य ग्रहण कर लिया और करवीरपुर में रुककर ही शैव्या की प्रतीक्षा करने लगा...

महाराज श्रृंगलव सांझ ढलते-ढलते अत्यधिक उत्तेजित हो उठे। राजकुमारी शैव्या अपने शिविर में जा चुकी थीं। निद्रा और शांति के लिए सारे दिन प्रयत्न करते रहे करवीरपुर नरेश ने शीघ्र ही समझ लिया था कि अब शांति संभव नहीं है। मन होता था कि बेटी से मिले समाचारों पर अविश्वास कर

लें और इस अशांति से मुक्ति पा लें, किंतु शीघ्र ही यह भी समझ आ गया कि वैसा संभव नहीं है!...शैव्या जैसी सुलक्षणा कन्या, बिना किसी पूर्व पुष्टि के ऐसा कोई समाचार पिता तक नहीं पहुंचा सकती थी, जो उनके लिए अशांति का कारक बने!...

पर इसका अर्थ तो यह होगा कि महाराज श्रृंगलव अपने परममित्र पणिश्रेष्ठ पुणजन पर अविश्वास करें?

एक नया प्रश्न कौंधा और इस कौंध ने पिछले निर्णय को विस्मृत कर दिया।

नहीं-नहीं, संभवतः ऐसा कुछ अवश्य ही है जो राजा समझ नहीं पा रहे हैं?...ऐसा पहली बार हुआ हो, यही नहीं था। अनेक बार यही हुआ था, इसी तरह! और ऐसा हर अवसर पर श्रृंगलव अधिक माथापच्ची न करके बात पुणजन पर टाल दिया करते थे, कहते, "मित्र! अब इस स्थिति से तुम्हीं निबट लो!..."

उत्तर में पुणजन कहता था, "पर राजन्, निर्णय में कहीं कुछ भूल हो गई तब आप मुझे दोष देंगे, संभव है कि मित्रभाव में संकोचवश कुछ न कहें किंतु मन-ही-मन पीड़ा सहेंगे? इस तरह के प्रश्न करके पुणजन निरंतर यह सिद्ध करता रहता था कि वह अपनी ओर से न्याय के प्रति पूर्णतः निष्ठा रखता है साथ ही राजा के प्रति आदर भी, किंतु सच यह था कि पुणजन इस तरह से भोलापन प्रकट करके श्रृंगलव का मन केवल अपने वश में ही नहीं करता गया था अपितु उन्हें भावनात्मक रूप से अपना दास बना चुका था ...और फिर मद्यपान तथा सुंदरी-संसार में उलझाकर तो राजा की समूची विचारशक्ति ही गुमा दी!..."

इसी मनःस्थिति ने एक बार पुनः करवीरपुर के महाराज को दुविधा और अनिर्णय की स्थिति में ला खड़ा किया!...

शैव्या पर विश्वास करके भी पूरा विश्वास नहीं ठहरा पा रहे थे वह—पुणजन का अनेक वर्षीय साथ और उनका अपना थका हुआ राजमानस आत्मबल से निःशेष हो चुका था...यदि कोई चीज चौंका रही थी तो वह

मात्र श्री कृष्ण संबंधी सूचना! श्री कृष्ण की जय कथाओं और राजनीतिक चातुर्य का इतना प्रभाव फैल चुका था कि राजा शृंगलव ही नहीं, कोई भी इसी तरह, इतना ही घबरा सकता था।

...और राजकुमारी कहती हैं कि द्वारका के कृष्ण ने करवीरपुर और गोमंत की ओर अकेले नहीं, विशाल यादव सेना के साथ प्रवेश किया है? ...क्या शृंगलव की शक्ति-समाप्ति के लिए?

राजकुमारी वैसा नहीं सोचती थी। राजा ने यही अनुभव किया, किंतु स्पष्टतः पूछा नहीं था कि करवीरपुर राज और राजा के प्रति यादव वीर का क्या विचार हो सकता है?...फिर श्री कृष्ण के बारे में यह भी प्रसिद्ध हो चुका था कि वह किस समय, क्या करेंगे या क्या करनेवाले हैं केवल वे ही जानते हैं...शेष सब कुछ अनुमान! और उनकी तीक्ष्ण राजबुद्धि को लेकर किए गए दूसरों के अनुमान सामान्यतः गलत ही निकलते हैं!...वैसा न होता तब महाशक्तिशाली होते हुए भी जरासंध को उस तरह निरंतर पराजयों का मुख न देखना पड़ता...वैसा न होता तो असुरेंद्र कालयवन की वह दुर्गतिपूर्ण मृत्यु न हुई होती...श्री कृष्ण की नीति को ठीक तरह समझा गया होता तो शक्तिशाली और समर्थ असुरपति को कुशस्थली से त्राहिमाम् करके न भागना पड़ता...वही कुछ जान समझ सके होते तो श्री कृष्ण समस्त राजाओं और विदर्भ के शक्तिशाली राजपुरुष रुक्मी को छकाकर उसकी बहन न ब्याह लाए होते...

ऐसे श्री कृष्ण की करवीरपुर में उपस्थिति या उस ओर बढ़ना अकारण नहीं हो सकता!...विचार करते-करते महाराज शृंगलव थक उठे, पर समझ कुछ भी न पा रहे थे—निर्णय शक्ति का तो प्रश्न ही नहीं!...

कुछ पल पूर्व एक सैनिक आकर सूचना दे गया था, ''महाराज!...देवी शैव्या ने निवेदन किया है कि राजधानी की ओर चलने का समय आ पहुंचा!''

राजा ने सुना और यांत्रिक ढंग से तैयारी करने लगे। अब, जब कि बुद्धि ने पूरी तरह विवेकशून्यता और विचारहीनता की स्थिति पैदा कर दी है, तब एक ही मार्ग शेष है—जो ईश्वरेच्छा!...

मित्र परिवार में ठहरकर विवर्त केवल राजसुता की प्रतीक्षा करना चाहता था, किंतु करहाट सीमा क्षेत्र से मिले समाचारों ने करवीरपुर ही नहीं, समस्त नगर-ग्राम क्षेत्रों में विद्युत गति की तरह भांति-भांति की सूचनाएं बिखरानी प्रारंभ कर दीं...कोई कह रहा था कि करहाट क्षेत्र में छिपे हुए असुर सैनिकों को खोज-खोज कर यादवों ने हत कर डाला है! किसी के पास यह सूचना थी कि श्री कृष्ण के नेतृत्व में उग्र यादव सैनिक समस्त करहाट और गोमंत क्षेत्र की सीमाओं के घर-घर को छानकर असुरों का पता लगा रहे हैं...यह भी कि जैसे ही वीर यादव सैनिकों को ज्ञात होता है कि किसी आर्य परिवार अथवा सामंत ने पणि अथवा असुर को शरण या सहायता दी है—उसका वध कर डाला जाता है!...

विवर्त हर सूचना से रोमांचित हो रहा था...

और सूचनाएं थीं कि हर क्षण, नए रूप, नए गढ़न के साथ कानों तक आ पहुंचतीं! करवीरपुर की दशा यह हो गई थी कि हर आर्य-अनार्य चेहरा आशंकित भय और आतंक से नहाया हुआ।...कुछ लोग थे जो पुणजन को कोस रहे थे, "इस दुर्बुद्धि वणिक ने राजनीति का आचार्य बनने की चेष्टा में निर्दोष आर्य नागरिकों और अनेक सीधे-सहज पणियों का सुख-वैभव तो दूर, अस्तित्व ही आग में झोंक दिया!...क्या आवश्यकता थी कि शक्तिशाली यादवों से पराजित पिटे हुए असुरों को इस क्षेत्र में सहायता दी जाती?"

सब एक ही बात अनुभव कर रहे थे कि सारी विपत्ति का कारण पुणजन की असुरशक्ति से राजा की मैत्री है ही!...

तभी रोमांचित करने वाला एक सत्य-समाचार आतिथ्य दे रहे परिवार तक साक्षात् आ पहुंचा। इस परिवार का ही एक युवक करवीरपुर राज्य का विश्वस्त सेवक और शृंगलव के विशेष गुप्तचर में था...सूरज उगते-न-उगते वह अस्वस्थ-सी स्थिति में लड़खड़ाता हुआ इस घर आ पहुंचा। डरा हुआ इतना था कि आते ही तरह-तरह बड़बड़ाने लगा, "शीघ्र समूचे घर के कपाट और झरोखे बंद कर दो!...वे आने को ही होंगे! और वे नहीं आ रहे हैं, साक्षात् मृत्यु ही आ रही है!...इस दुर्बुद्धि और विलासी राजा ने हम साधारण

प्रजाजनों और राजसेवकों को कहीं का नहीं छोड़ा!...हे भगवान्! इसे रौरव नर्क प्रदान करना!..."

"क्या हुआ बंधु?...तुम-तुम इतने आतंकित और भयभीत क्यों हो?" जैसे-तैसे परिवार की एक महिला ने पूछ लिया था।

"भगिनि!..." युवक ने लगभग रुआंसे स्वर में उत्तर दिया था, "मैं भर नहीं, संपूर्ण क्षेत्र के बालक, वृद्ध और वनिताएं आतंकित हैं! विजयी यादव अब उन समस्त देश घातियों का वध करने पर आमादा हैं, जिन्होंने पणियों का साथ दिया, या पणियों से मैत्री की अथवा उनके बारे में किसी ने सत्य या असत्य कुछ भी प्रचारित कर दिया!...वे अब किसी को नहीं छोड़ेंगे।"

देर हुई राजसेवक आ चुका था, किंतु सहज नहीं...विवर्त ने अब तक सब कुछ शांत होकर सुना फिर धीमे और शांत स्वर में प्रश्न किया, "देखता हूं कि बहुत घबराए हुए हो! इस तरह जैसे राज्य पर ही आक्रमण हो गया है?"

"आक्रमण?" सेवक बौखलाया हुआ बोल पड़ा, "यह आक्रमण से कहीं गई-बीती स्थिति है, अतिथि!...आप नहीं जानते कि इस शांतिप्रिय नगर-क्षेत्र ही नहीं, समूचे राज्य को यहां के अयोग्य और विलासी राजा ने किसी आपत्ति में डाल दिया है? स्वयं आखेट के बहाने अपने उस मित्र बने दुष्ट शत्रु को साथ लेकर वन में भाग गया है और समूचा राज्य यादवों की विशाल सेना को करवीरपुर की ओर जय हेतु बढ़ते देख रहा है!...न इस राज्य के सैनिकों में युद्ध-क्षमता शेष रही है, न ही आत्मबल!...फिर यादव सेना की अभूतपूर्व शक्ति से सभी इतने आतंकित हैं कि स्वयं ही आगे बढ़कर यादव असि पर अपनी गर्दनें रख देने के लिए बाध्य हैं!..."

विवर्त को विश्वास हो गया। उड़े-बिखरे समाचार अतिशयोक्तियों से भले ही भरे हुए हों, किंतु इतना निश्चित है कि उनमें मूलसत्य की किरण अवश्य झांक रही है!...यह कि श्री कृष्ण और उद्धव के नेतृत्व में यादव सैनिक खोज-खोजकर पणियों और असुरों को या तो मार रहे हैं अथवा बंदी

बना रहे हैं!...करहाट की दिशा का अनुभव समाचारों ने करवा दिया था, पर यह ज्ञात नहीं हो पा रहा है कि अतिसुर और गद्काल का क्या हुआ? क्या उन्हें पुनः बंदी बना लिया गया है?

कुरेदने के लिए यही पूछ लिया था उसने, "करवीरपुर वासी भी तो आर्य हैं, राजसेवक! यह कुछ समझ नहीं आता कि यादव जो स्वयं आर्य हैं और समूचे आर्यावर्त में आर्य जाति के रक्षक स्वीकारे जाते हैं—आर्यों का ही संहार किस कारण करेंगे?...भला करवीरपुर वासियों ने उनका क्या अहित किया है?...कुशस्थली प्रकरण में भी करवीरपुर का कोई लेना-देना नहीं था?..."

विवर्त के प्रश्न, स्वर और शांति ने तनिक सहज किया राजसेवक को। अब वह पहले की तरह उत्तेजित और व्यग्र नहीं था। मन कुछ वश में हुआ तब उसने संदर्भयुक्त वार्ता प्रारंभ की। कहा था, "आप ठीक कहते हैं अतिथिदेव, करवीरपुर वासियों का कुशस्थली में हुए आर्य-असुर संग्राम से कुछ भी संबंध नहीं था किंतु यहां का राजा श्रृंगलव विलासी और दुर्मति है। उसने मैत्री के छल में अपनी सत्ताशक्ति का लगभग सर्वांग एक विदेशी यवन को सौंप रखा है—उसका नाम है पुणजन!...वणिकों के इस भाग्यविधाता ने करवीरपुर के समस्त वाणिज्य भर को प्रभावित नहीं किया अपितु राजसत्ता और राजा की दुर्बलताएं पहचानकर शक्ति का भागीदार भी बन गया...यही नहीं, उसने राज्य पर दासता थोपने के लिए कुशस्थली के पराजित हुए असुरों से हाथ मिलाकर उन्हें इसी राज्य क्षेत्र में शरण दिलवा दी...यह शरण ही यादवों की उत्तेजना का कारण बनी है!...कहते हैं नीतिज्ञ श्री कृष्ण किसी भी रूप में पणि यवनों या असुरों का आर्यावर्त के किसी भी भू-भाग पर प्रभाव सहने को तैयार नहीं हैं!...उन्हें लगा कि अपरोक्ष रूप से करवीरपुर राज श्रृंगलव और करहाट क्षेत्र के कर्ताधर्ताओं ने आर्य जाति से ही छल नहीं किया है अपितु यादवों के शत्रुओं को शरण देकर, यादव-शक्ति को भी चुनौती दी है! यह चुनौती सिर उठाए, इसके पहले ही श्री कृष्ण उसे कुचल रहे हैं!..."

"...किंतु मैंने जितना सुना है, उसके अनुसार तो असुर सेना के बहुतांश सहित पराजित असुर राज अतिसुर, मदासुर एवं गद्काल को यादवों ने सागर मार्ग से उनके देश की ओर प्रस्थान करवा दिया था?...विशाल पोतों में सवार होकर वे सब चले भी गए?" विवर्त ने और कुरेदना प्रारंभ किया। मन प्रसन्न था। समाचार यह सिद्ध कर रहे थे कि असुरों और पणियों के संगठन पूर्व ही यादव सेनाओं ने उन्हें नष्ट-भ्रष्ट करना प्रारंभ कर दिया है।

"आपका सुना-जाना भी सब कुछ सत्य है मित्र, किंतु उससे बड़ा सत्य यह है कि षड्यंत्रकारी असुरों ने इस दुष्ट पणिराज यवन पुणजन से गुप्त मैत्री करके सागरमध्य में ही मार्ग बदल दिया था और चुपचाप असुर शक्ति को करहाट और गोमंत के वनप्रांतों में छिपाकर यादवों को पुनः क्षति पहुंचाने की दुर्योजना बनाई...श्री कृष्ण को लेकर कहा जाता है कि वह अद्भुत हैं! ईश्वरीय योग शक्तियों के साथ-साथ ऋषि-मुनियों का आशीष भी उन्हें प्राप्त है। जैसे ही उन्हें ज्ञात हुआ कि असुर-पणि संधि, यादवों के विरुद्ध संगठित हो रही है, उन्होंने उसे और उनके शरणदाताओं को समाप्त करना प्रारंभ कर दिया!...सुना है कि अब हो यह रहा है कि चुन-चुन कर यादव सैनिक असुरों को वन-प्रांतों में मार रहे हैं...उनके सहायक पणियों को भी दंडित किया जा रहा है...अब उन आर्यों को भी दंडित किया जाएगा, जिन्होंने अर्थलोभ अथवा अन्य किसी आकर्षण के वश होकर पणियों से मैत्री संबंध बना रखे थे...करवीरपुर में ऐसे अनेक लोग हैं!..."

"ओह्!..." विवर्त ने जानबूझकर इस तरह कहा, जेसे इस समूची स्थिति का उसे कोई अनुमान ही न रहा हो!"

गृह स्वामी अब तक चुपचाप सुनते रहे थे, फिर उन्होंने भी सम्मति दे डाली, "विवर्त!...सत्य तो यही है कि करवीरपुर के दुर्भाग्य से उसे श्रृंगलव-जैसा मूर्ख और कामी राजा मिला!"

"निःसंदेह!..." सेवक ने भी कह दिया था, "श्रृंगलव की विलासिता ने प्रजा को इस अहसाय स्थिति तक पहुंचाया। यही नहीं अब दुष्ट राजा अपने पूर्ण पणि मित्र पुणजन के साथ भागकर कहीं जा छुपा है!"

विवर्त चुपचाप सुनता रहा फिर हौले से पूछा, "षड्‌यंत्रकारी असुर सेनाओं की सूचना तो तुमने दी मित्र, किंतु यह नहीं बतलाया कि उनके स्वामियों का क्या हुआ?"

"कौन, अतिसुर, गद्‌काल आदि?"

"'हां!'

"सुना है कि उन सभी को श्री कृष्ण बंदी बना चुके हैं!"

विवर्त का मन हुआ, मुसकुराए—पर लगा कि यह उचित नहीं होगा। हृदय में उठे हर्षावेग को उसने धीमे ही सही, किंतु थाम लिया!

सूरज काफी कुछ चढ़ आया था...बस, एक ही चिंता थी कि अब तक शैव्या नहीं लौटी?...उसके विपरीत एक नया समाचार आया, "यादव सेना, श्री कृष्ण के अग्रज बलभद्र के नेतृत्व में करवीरपुर आ पहुंची है!...उनके साथ अनेक असुर सैनिक भी हैं जो उन्हें सहयोग कर रहे हैं!..."

विवर्त चकित हुआ। ये असुर सैनिक कौन हो सकते हैं?...

वनक्षेत्र से जब आभीर के विश्वस्त और वीर सैनिकों की टुकड़ी के साथ शैव्या राजधानी की ओर बढ़ी, तब उनका मन शंकित था...ज्ञात नहीं अब तक कहां, किस क्षेत्र में क्या कुछ घट चुका हो?

पर मार्ग के छोटे-छोटे ग्रामों में राज्य के समाचार बाढ़ के पानी की तरह बिखर चुके थे...अपभ्रंश ही सही, किंतु वे सत्यांश पर आधारित तो थे ही!...

और सत्यांश में वही सब, जो विवर्त अपने आतिथ्यदाता के यहां बैठा-बैठा सुन रहा था...मन प्रसन्न हुआ! श्री कृष्ण इस विद्युत गति से सैनिक कार्रवाई करेंगे—सोचा ही नहीं था, पर वैसा हुआ है...स्वयं यादवराज कहां है, यह ज्ञात नहीं हो सका!

पुणजन और महाराज शृंगलव अलग-अलग रथों में अलग-अलग सैनिक समूहों से घिरे चल रहे थे...उन तक आतंकित करनेवाली फुसफुसाहटें अवश्य पहुंच रही थीं, किंतु समाचार किसी भी रूप में नहीं!...पर समाचार शुभ नहीं हैं यह अनुमान पुणजन भी लगा सकता था और महाराज शृंगलव भी!

अनुमान कष्ट दे रहे थे...उससे कहीं अधिक भयग्रस्त कर रहे थे। लगता था कि जी तेजी से मरणाभास हो रहा है।

इस मरणाभास को साक्षात् मरण सिद्ध कर दिया होता मार्ग की एक घटना ने। जैसे ही आभीर के सैनिकों से घिरे राजा, राजकुमारी और पुणजन के रथ उस ग्राम से निकले, वैसे ही उत्तेजित ग्रामीणों के समूह ने उन्हें घेर लिया। असंख्य अपशब्द कहते हुए वे उन्हें धिक्कारने लगे!...इस धिक्कार ने बहुत कुछ सिद्ध किया। यह भी कि सत्ता होते हुए भी सत्ताधार खो चुके हैं शृंगलव!...ग्रामीणों की उत्तेजित टिप्पणियां यही सिद्ध कर रही थीं।

एक बोला था, "सैनिकों! इन सभी को हमें सौंप दो!...इन दुष्टों ने बहुत अहित किया है आर्यावर्त का!..."

ग्रामीणों का समूह इतना उत्तेजित था कि सैनिकों को अस्त्र-शस्त्रों से विभूषित देखते हुए भी अपने जीवन की किंचित् भी परवाह न कर राजा शृंगलव और पुणजन का तुरंत वध कर देना चाहता था!...

शृंगलव और पुणजन की स्थिति यह कि वे सहमे और डरे हुए अपने-अपने रथों में जैसे-तैसे सहेजे खड़े हुए थे! भय और आतंक ने मुख की कांति ऐसे धुंधला दी जैसे चढ़े सूर्य पर बदलियों का वज्र समूह आ घिरे।

एकमात्र शैव्या और आभीर ही थे, जो ग्रामीणों को शांत करने का प्रयत्न कर रहे थे, "आप सभी निश्चिंत हों! यदि राजा और इस दुष्ट पणिराज का कोई दोष है, तब राजधानी पहुंचकर सभी की उपस्थिति में इन्हें जन-न्याय को सौंप दिया जाएगा!...इस समय भी ये एक तरह से बंदी ही हैं!"

"हम भी जन-न्याय ही करेंगे!...ये हमारे ही नहीं, समस्त आर्यावर्त के अपराधी हैं!...इन्होंने राजद्रोह किया है, मातृभूमि से छल किया है! ऐसे राजा का वध कर देना ही उचित!..." कुछ लोग चीखे।

शैव्या शांत रहीं, पर मन-ही-मन चिंतित हो उठी थीं। पिता का पराभव आर्यावर्त के हित में वह आवश्यक समझती थीं, किंतु यह पराभव घृणा के इस चरम पर पहुंचकर जन-सामान्य के बीच 'वध का निर्णय' बन जाएगा—यह विचार तनिक कष्ट पहुंचा रहा था।

"संपूर्ण अशांति का मूल यह हमारा कामुक और विलासी राजा शृंगलव ही है! इसने यादवों के साथ छल नहीं किया, समस्त आर्य जाति के साथ छल किया है!..." एक उत्तेजित स्वर उभरा।

आभीर ने संकेत से सारथियों को रथ तीव्रगति से चलाने के लिए कहा, फिर कुछ विश्वस्त सैनिकों को आज्ञा दी कि वे ग्रामीणों के समूह का मार्ग रोके...इस समय राजा, राजसुता और पुणजन को करवीरपुर तक सुरक्षित ले जाना ही उसका धर्म था!

यही हुआ। ग्रामीण समूह को शक्तिपूर्वक रोककर राजा, पणिश्रेष्ठ और राजसुता शैव्या के रथ दौड़ाकर उनकी सीमा से निकाल दिए गए!

पर रथों की दौड़ के साथ-साथ शृंगलव और पुणजन ने यह जान लिया था कि षड्यंत्र पूरा हो, इसके पूर्व ही यादवों ने उसे नष्ट कर डाला है!... शृंगलव की मानसिक स्थिति यह थी कि वह अधिक सोच-समझ नहीं पा रहे थे, जबकि पुणजन केवल यह सोच रहा था कि किस तरह इन मूर्तिमंत यंत्रों, जैसे—अनुशासित सैनिकों से प्राण बचाए जाएं! इसी क्षण यह भी निश्चित हो चुका था कि उन सभी पर राजद्रोह का अभियोग चलेगा...और आर्यों की दंड-प्रणाली के अनुसार राजद्रोह के अपराधियों पर एक ही दंड लागू होता है—मृत्युदंड!...

शृंगलव विचार शून्य!...

पुणजन भयग्रस्त!...

...और राजकुमारी शैव्या मन-ही-मन अदृश्य पीड़ा भोगती हुई!...रथ तीव्रगति से राजधानी की ओर बढ़ रहे थे...

राजा रैवत ने बलभद्र का स्वागत भर नहीं किया था स्वयं भी प्रचुर मात्रा में अपनी असुर सेना लेकर उनके साथ-साथ करवीरपुर की ओर युद्ध के लिए प्रस्थान कर दिया। यादव सैनिक प्रारंभ में तनिक शंकित हुए, किंतु शीघ्र ही समझ गए थे कि राजा रैवत की असुर सेना का अधिकांश आर्य संस्कृति और जीवन-पद्धति में ही रचा है। मार्ग में ही उन्होंने व्यूह

रचना की थी फिर सशंक करवीरपुर में प्रवेश किया...प्रतिक्षण सतर्क और सावधान!...

किंतु नगरवासियों के रुख ने उन्हें चकित किया। उससे कहीं अधिक चकित उस समय हुए जब करवीरपुर के अधिकांश आर्य सैनिकों ने युद्ध या प्रतिरोध करने के बजाय यादव सेना के सामने अपने अस्त्र ही नहीं डाले, अपितु हर्षोल्लास के साथ यादवों और रैवत की असुर सेना का स्वागत भी किया।

यह सब कुछ ऐसे ही हुआ जैसे वे सभी किसी ऐसे ही क्षण की प्रतीक्षा करते रहे हों? बलराम ने चकित होकर रैवत से प्रश्न किया था, "यह सब तो कल्पनातीत है, महाराज?"

रैवत ने मुसकुराते हुए शांतिपूर्वक उत्तर दिया था, "राघवेंद्र श्री कृष्ण से यह सभी प्रभावित हैं, महावीर!...इसके अतिरिक्त महाराज श्रृंगलव की प्रजा, उनके अनुचित और अगौरवशाली ढंग से राजकाज निबाहने के कारण असंतुष्ट है। यह सब आपको भले ही अस्वाभाविक लग रहा हो, पर मेरे लिए तनिक भी आश्चर्यचकित करनेवाला नहीं है!"

बलभद्र चुप हो रहे। जन जयकार और स्वागत-आरतियों के बीच यादव सेना ने इस तरह नगर-प्रवेश किया, जैसे कोई बारात कन्यागृह पहुंचती है।

और इसी तरह हुआ राजभवन में प्रवेश!...बलभद्र पहुंचे ही थे कि राजकुमारी शैव्या अपने विश्वस्तों सहित महाराज श्रृंगलव और पुणजन को अपरोक्ष रूप से बंदी बनाए हुए आ पहुंची!...

बलभद्र ने शैव्या को लेकर काफी कुछ सुन-जान रखा था। यह कि वह आर्यावर्त की परमहितैषी और सद्विचारोंवाली राजकन्या है। श्री कृष्ण से बहुत पहले संपर्क में आ चुकी हैं उन पर आशंका का प्रश्न ही न था।

करवीरपुर के राजनिवास से लेकर नगर क्षेत्र तक कुशस्थली-जयकर्ता यादवों और रैवत के असुर सैनिकों की तैनाती हुई। राजा श्रृंगलव को उनके निवास में सभी सुविधाएं देकर लगभग बंदी बना लिया गया जबकि पुणजन को कारावास में भेज दिया गया!...अब केवल श्री कृष्ण के आने की प्रतीक्षा थी!...

शैव्या के आते ही विवर्त उनके पास जा पहुंचा। जो कुछ सुना था, वह सब कह सुनाने के साथ-साथ, वन क्षेत्र में पुणजन और राजा के साथ जो कुछ घटा था, वह सब राजसुता से ही सुना-जाना।

कुछ दूर गोमंत और करहाट की ओर दौड़ाए गए ताकि राघवेंद्र कृष्ण का कार्यक्रम पता चल सके। सांझ होते-होते तक समाचार प्राप्ति हो गया कि श्री कृष्ण अपने विश्वस्त यादव सैनिकों के साथ भोर तक आ पहुंचेंगे!...

श्री कृष्ण सहज भाव से भोर के साथ ही करवीरपुर प्रस्थान की तैयारी करने लगे थे। उद्धव अपने शिविर से जागने के साथ ही केशव के शिविर की ओर इसलिए आए थे ताकि देर रात्रि तक शिशुपाल के दूत से चर्चा करते रहें, श्री कृष्ण को जगा सकें...

पर शिविर में पैर रखते ही वह चकित हुए। श्री कृष्ण जागे भर नहीं थे, प्रातःकर्म से निवृत्त होकर अब प्रस्थान हेतु कपड़े पहन रहे थे...उद्धव की ओर पीठ थी उनकी। पदचाप भर से समझ गए, अतः कहा, ''आओ मित्र बैठो!...रात्रि को ठीक तरह विश्राम कर सके या नहीं?...'' उद्धव आगे उत्तर में कुछ कहें, इससे पूर्व कृष्ण कहते ही चले गए, ''नए क्षेत्र में नए स्थान पर सहज भाव से निद्रा कभी नहीं आती!...''

उद्धव इतने अचकचा गए थे कि तुरंत समझ ही नहीं आया कि क्या कहें? यंत्रवत् चलते हुए एक ओर बैठे रहे। स्तब्ध और विस्मित! बीते अनेक दिनों से कृष्ण को इसी तरह ताजा-ताजा और खिला-खिला देख रहे हैं... लगता ही नहीं है कि श्री कृष्ण समूचे दिन और कभी-कभी पूरी रात कभी मंत्रणा, कभी हास-परिहास और कभी युद्ध-व्यवस्था में व्यस्त रहकर बिताते हैं...

गई रात्रि भी चेदिपति शिशुपाल के दूत से अर्धरात्रि के बाद भी चर्चा करते हुए छोड़ा था उद्धव ने...तब क्या आज भी कृष्ण सोए ही नहीं? उद्धव का मन हुआ, पूछे, किंतु कृष्ण ने वैसा अवसर नहीं दिया, बोले, ''असुरेंद्र

मदासुर और उनके अन्य साथियों हेतु जलपोत व्यवस्था करवा दी है न मित्र?"

"हां, राघव!..." उद्धव का मन-बुद्धि तुरंत अपने कर्म-कार्य से जुड़ गए।

श्री कृष्ण ने कहा, "उत्तम!..." फिर उद्धव के पास आ बैठे, "मेरा विचार है कि तुमने इस बार कुछ और भी सोचा होगा?" मित्र के चेहरे पर आंखें इस तरह टिका दीं जैसे कुरेद रहे हों।...

या संभवतः कुरेदकर पहले ही जान चुके हैं कि उद्धव ने असुरों को उनके देश तक पहुंचाने के लिए इस बार क्या विशेष व्यवस्था की है? उद्धव पूछना कुछ चाहते हैं, पर श्री कृष्ण है कि उन्हें अवसर ही नहीं दे रहे...स्वर इतना मोहक और सरल होता है कि उद्धव हो या कोई और अपनी बात कहने के बजाय, उन्हें उत्तर देने में तत्पर हो जाता है। विचित्र मनःस्थिति होती है वह?...वही लोग जान सकते हैं, जो श्री कृष्ण के साथ रहते हैं या कृष्ण-कार्य करते हैं...सब कुछ उनका अपना होकर भी जैसे कुछ नहीं होता, जो कुछ होता है केवल देवकीनंदन का ही होता है...सामनेवाला केवल माध्यम! केवल उनकी शक्ति का कोई अंश!...एक सीमा तक स्वयं वही!. ..उद्धव ने ही नहीं, बहुतों ने कुछ इसी तरह का अनुभव किया है कृष्ण को लेकर!...लगता है कि प्रश्नकर्ता भी वही होते हैं, उत्तरदाता भी?...प्रश्न भी और उत्तर भी!

ऐसे साक्षात् प्रश्नोत्तर से कैसा प्रश्न और कैसा उत्तर? कभी-कभी ऊब और उससे अधिक चिढ़ भी आने लगती है! उद्धव ने सोचा।

श्री कृष्ण पुनः उठे। वस्त्रों को सम्हालते हुए बिना उद्धव की ओर देखे बड़बड़ाते गए, "मित्रवर!...संभवतः तुमने यह विचार अवश्य किया होगा कि इस बार अपने कुछ विश्वस्त गुप्तचर एवं मित्रों की देखरेख में असुरेंद्र और उनके साथियों को असुरदेश तक पहुंचाया जाए?"

"आप कैसे समझ सके?" उद्धव ने कुछ चिढ़कर प्रश्न किया।

श्री कृष्ण सखाभाव से सफाई देते हुए-से कहने लगे, "कल तुम स्वयं ही तो कह रहे थे कि असुरों पर अब विश्वास नहीं किया जा सकता?" कुछ

पल थम कर मोहक मुसकान डाली उद्धव पर, कहा, ''यही अनुमान कर मैंने सोचा कि ऐसा ही तुम्हारा विचार होगा...क्या, ऐसा नहीं तो कुछ और है?''

उद्धव का जी हुआ कि बालपन की तरह चिढ़ाकर कान्हा को अनेक तरह कोस डालें, ''तू न सिर्फ धूर्त है, अपितु पता नहीं दूसरे के मन की बातें कैसे जान लेते हैं?...'' जब नंदगांव में दही-मक्खन चुराने के लिए जिस-तिस घर में घुसा करते थे, तब श्री कृष्ण ही होते थे जो छुपाए गए छोटे-से-छोटे और नए-से-नए स्थान का पता पल मात्र में लगा लेते। अद्‌भुत और चपल बुद्धि थी उस समय!...पर उद्धव को इस क्षण लगा कि श्री कृष्ण में केवल चपलता नहीं है—वह सर्वज्ञाता भी हैं!...ऐसा नहीं तो ईश्वर कैसा होता होगा? जो दर्शित से अदर्शित तक का दर्शन कर सकता हो—वही तो ईश्वर होगा?...चिढ़ सहसा स्नेह में बदल गई। फिर गौरवानुभूति भी जागी। उद्धव कितने भाग्यशाली हैं जो भगवान् के साथ का अवसर मिला है उन्हें!...कहा, ''तुम ठीक कहते हो, कन्हैया!...मैंने तुम्हारे अनुमान जैसा-ही कुछ सोचा-विचारा है। अब चाहता हूं कि तुम उसकी स्वीकृति दो तो समूची योजना पूरी भी कर दूं?''

श्री कृष्ण बोले, ''वैसे जानने की इच्छा तो नहीं है मित्र, पर बतलाना ही चाहते हो तो अवश्य सुनूंगा?...कहो?'' कहकर वह उद्धव के सामने आ बैठे। एकदम उद्धव की आंखों को देखते हुए...

उद्धव तनिक रुष्ट हुए बोले, ''देखो कान्हा...यह...यह ठीक नहीं है!''

''क्या ठीक नहीं है?'' श्री कृष्ण ने बिल्कुल बालक-जैसे स्वर में पूछा, ''मैं तुमसे इतनी दूर बैठा हूं...और मैंने अभी किया क्या?''

''इस तरह...इस तरह क्यों देख रहे हो मुझे, जैसे मैंने कुछ चोरी या मूर्खता की है?...'' उद्धव ने झुंझलाकर कहा, ''यह...तुम्हारी मोहिनी दृष्टि बिल्कुल वैसी ही है जैसी नंदगांव में हुआ करती थी।...तुम...तुम बिल्कुल वैसे ही देख रहे हो, जैसे मैंने कोई चौर्य योजना बनाई है और उसमें मुझसे त्रुटि हो गई है!...''

जोर से हंसे श्री कृष्ण। वही खिली, सूर्यमुखी-सी हंसी...निरंतर मन को खिलाती हुई, आनंदित करती हुई कहा, ''उद्धव, अब वह आयु तो हम लोगों

की रही नहीं है? पर...मुझे लगता है कि तुम अब भी योजना बनाते-बनाते शब्दों की कुछ चोरी करते रहते हो?...अरे, भले आदमी! मैंने तुमसे यह तो पूछा नहीं कि तुमने छींके से मटकी उतारने के लिए कच्ची मटकी पर ही खड़े होने की मूर्खतापूर्ण योजना क्यों बनाई?" फिर वह और हंसे, पूछा, "क्या इस बार असुरेंद्र को लेकर बनाई गई योजना में ऐसा ही कुछ हुआ है? तुम्हें याद है ना कि कच्ची मटकी पर खड़े होकर मटकी से माखन चुराने की तुम्हारी वह नंदगांव की योजना काफी मूर्खतापूर्ण रही थी? तुम्हारी इस भूल के कारण मुझे माता यशोदा ने ऊखल से तीन पहर बांधे रखा था... तुम्हारा तो कुछ नहीं बिगड़ा—मैं अवश्य दंडित हुआ!"

उद्धव बोले नहीं, पर सावधान हुए! इस चपल मित्र से मुक्ति नहीं है। संपूर्ण योजना पर पुनर्स्मरण कर एक बार फिर से विचार किया—कहीं कोई त्रुटि न रह गई हो! वैसा कुछ हुआ तो गोपाल बहुत हंसी उड़ाएगा!...और यह हंसी उद्धव को बुरी लगेगी। थोड़ी देर स्नेहिल ही सही, किंतु पीड़ा होगी फिर कृष्ण इसी मोहपूर्ण-स्वरमाधुर्य से उन्हें प्रसन्न भी कर लेगा!...

...लगा कि योजना एकदम पुखता है!...वह मटकी पर चढ़कर मटकी उतारने के प्रयत्न वाली योजना नहीं! उसमें जो निचली कच्ची मटकी ने फुटकर भड़ाम् से उद्धव को ही गिरा दिया था। सब तो निकल भागे, पर पकड़ में आ गया था कान्हा!...बरसों पहले की उस घटना के स्मरण ने मन को बालकवत् ताजगी से भर दिया...फिर श्री कृष्ण के प्रति श्रद्धा भी हुई—वह गोपस्त्री उस दिन बहुत पिटाई करती उद्धव की, किंतु कान्हा ने सारा दोष अपने ऊपर ले लिया था। न सिर्फ माखनचोरी स्वीकारी थी, मटकी को फोड़ने की मूर्खता भी अपने सिर ही ले ली थी।

उद्धव का मन स्नेहादर से भर आया। फिर चैतन्य हुए—वह बरसों पुरानी उस बात को श्री कृष्ण ने आज ही स्मरण क्यों किया? माथा ठनका!. ..अवश्य ही योजना में कहीं-न-कहीं कोई त्रुटि अवश्य होगी!...कहा, "देखो कन्हैया! योजना तो बतलाए देता हूं किंतु परिहास मत करना!..."

"मैंने तुमसे कभी परिहास किया है मित्र?" श्री कृष्ण ने पूछा, "अरे, उस दिन भी तुम्हारे बदले केवल पिटाई ही खाई थी और तुम हो कि मुझ

पर दोषारोपण कर रहे हो?...जबकि माखन का अधिकतर हिस्सा तुमने खाया था...?" श्री कृष्ण ने जैसे रूठकर पूछा।

"उससे क्या?" उद्धव बोले।

श्री कृष्ण बोले, "उससे अधिक तो मेरे आंसू बहा दिए थे मां यशोदा ने!... कैसे ऊखल से बांधा था, कभी-कभी आज तक कमर में दर्द होता है!"

उद्धव बोल नहीं सके। जानते थे कि श्री कृष्ण से उस समय भी तर्कातर्क करना कठिन था और अब तो एकदम असंभव!...कहा, "अच्छा, बैठो! योजना सुनो?"

"सुनाओ?" श्री कृष्ण आसन पर बैठ गए। दृष्टि उद्धव पर टिकी हुई होंठ उसी तरह शरारत से भरे मुसकुराते हुए।

उद्धव ने दृष्टि चुराई, दूसरी ओर देखते हुए योजना का वर्णनारंभ किया...कहा, "असुरेंद्र मदासुर, अतिसुर और सेनानायक गद्काल एक पोत में रहेंगे, जबकि महारानी दिव्या, चतुरिका आदि राजनिवास की स्त्रियों के लिए एक छोटे जलपोत की अलग से व्यवस्था कर दी गई है!..."

"उचित किया है!" श्री कृष्ण ने कहा।

उद्धव सुनाते गए, "यहां से एक पोत में असुर सैनिक भेजे जाएंगे। इस पोत पर चुनिंदा यादव वीर भी शस्त्रसज्जित सवार रहेंगे...यात्रा के साथ हर जलपोत से अनेक छोटी नौकाएं जुड़ी रहेंगी। इन नौकाओं को असुर देश के सीमाक्षेत्र तक पहुंचते ही पोतों से अलग किया जाएगा फिर देवी दिव्या, चतुरिका आदि को असुरश्रेष्ठों और नायकों के साथ एक सुसज्जित नौका में सवार करवा दिया जाएगा और सैनिकों को सामान्य नौकाओं में उन सभी को निःशस्त्र स्थिति में असुर देश की ओर समुद्र मार्ग से जाने दिया जाएगा जबकि यादव वीरों को लेकर सभी जलपोत आर्यावर्त की इन्हीं सीमाओं की ओर लौट पड़ेंगे!..."

श्री कृष्ण ने सुना, फिर पूछा, "बस?"

"और क्या?..." उद्धव ने प्रश्न किया, "इतना ही तो कहा था तुमने?"

"पर मैंने यह भी तो कहा था कि योजना बनाते समय सतर्क रहना?

और तुम हो उद्धव कि अपने इस स्वभाव से बच नहीं पाते? वही पक्का मटकी में भरा माखन चुराने के लिए जल्दी में कच्ची मटकी पर चढ़कर स्वयं को ही गिरा लेनेवाली मूर्खता!"

"इस योजना में तुम्हें कोई त्रुटि दीख रही है कन्हैया?" चकित होकर उद्धव ने प्रश्न किया। जहां तक स्मरण है—कहीं, कुछ भी तो गलत नहीं लग रहा?...पर श्री कृष्ण हैं कि बार-बार मटकीवाली पुरातन घटना दोहराए जा रहे हैं...? उद्धव पुनः-पुनः अपनी योजना और शब्दों पर विचार करने लगे...

श्री कृष्ण उसी तरह मुसकुरा रहे थे। उद्धव ने तनिक चिढ़कर पूछा, "बतलाओ तो कहां भूल है इस योजना में?"

"भूल तो नहीं है, पर तनिक गणित विस्मृत कर बैठे हो?" श्री कृष्ण से उत्तर दिया। उद्धव चुप।

श्री कृष्ण ने कहा था, "मित्र!...असुर सेना का तो अनुमान अवश्य किया होगा..."

...अब उद्धव को लगा कि सचमुच ही योजना का यह कोना तो अनदेखा, अनविचारा ही रह गया?...उद्धव ने यह ज्ञात ही नहीं किया था कि गोमंत क्षेत्र में सुर-असुर नौकाएं कितनी हैं और क्या वे असुरों के लिए पूरी हो जाएंगी? लज्जित हुए, कहा, "हां, कन्हैया! यह भूल तो हुई है!"

श्री कृष्ण केवल मुसकुराए फिर धीमे से सुझाव दिया था, "अच्छा तो यह होगा कि नौकाओं का पूर्वानुमान भर नहीं, अपितु उनकी निश्चित संख्या भी ज्ञात कर ली जाए?..." एक यादव सेवक उसी समय भोर का कलेवा लेकर आ पहुंचा था। श्री कृष्ण कलेवे के लिए जा बैठे, उद्धव को भी अपने साथ बुला लिया...यहां-वहां की बात करते-करते कहा, "अब इस दिशा में तुरंत मेरा आना नहीं होगा बंधु, अतः कुछ आवश्यक बातें समझ लो!..." फिर उन्होंने निर्देश देने प्रारंभ किए, "नौकाएं कम पड़ रही होंगी, अतः अधिक-से-अधिक संख्या में बनवाई जाएं...इसलिए भी कि असुर देश जा चुकी नौकाओं की पुनः वापसी तो संभव है नहीं...और आगे यह भी हो सकता है कि पुणजन के हितैषी आर्यों के साथ-साथ बहुत से पणियों को भी उनके देश भेजना पड़े?..."

उद्धव ने अनेक जिज्ञासाएं भी की थीं, पूछा, "क्या यह उचित होगा कि इन सभी दोषियों को दंडित न करके उनको अपने देश भेज दिया जाए?"

"यही उचित होगा!" श्री कृष्ण बोले थे, "हत्या अथवा युद्ध में मृत्यु—दोनों ही स्थितियों में जन-सहानुभूति हेतु होनेवाले और रणभूमि में मारे जानेवाले योद्धा के साथ होती है, किंतु क्षमादान प्राप्त लोग जीवित होते हुए भी समाज से जो उपेक्षित जीवन पाते हैं, वह उन्हें मृतवत् कर देता है!...ये असुर सैनिक-योद्धा और सेनानायक अपने-अपने देशों में पहुंचकर उसी ग्लानि को ढोते हुए स्वयं ही दंडित हों—यही उचित होगा और न्यायिक भी! ...ऐसे पराजितों का वध करके हम पाप के भागीदार क्यों बनें?"

उद्धव चुप हो गए। सचमुच श्री कृष्ण की नीति और विचार बहुतों से बहुत अलग भर नहीं—एक तरह से एकदम नए और अद्भुत रूप से चौंकानेवाले होते थे!

दिशा-निर्देश देकर श्री कृष्ण करवीरपुर की ओर चल पड़े थे। उद्धव को सारी व्यवस्था के लिए करहाट और गोमंत तट-क्षेत्र पर बीच ही छोड़ दिया...

सम्राट मदासुर और अतिसरु—दोनों ने ही सेनापति गद्काल को बहुत धिक्कारा! ऐसी कैसी योजना बनाई, जिसका अंशमात्र भी पूरा न हो सका और असुर शक्ति को न केवल पूर्वापेक्षा अधिक लांछन मिला अपितु घोर अपमान का घूंट भी पीना पड़ा?...

मदासुर ने तो यहां तक कह डाला था, "गद्काल!...मुझे लगता है कि तुम अपनी सैन्यक्षमता और बौद्धिक शक्ति खो चुके हो! यादवराज कृष्ण की नीति ने तुम्हें केवल कुंठित नहीं किया अपितु दिग्भ्रमित करके आत्मविश्वासहीन भी बना दिया है!..."

श्री कृष्ण ने जानबूझकर तीनों को एक ही कारावास में डलवा दिया था। सुख-सुविधाओं के लिए समूची व्यवस्था थी, पर एक निश्चित भू-सीमा से आगे न तो जाया जा सकता था, न ही जाने का विचार किया जा सकता था!...

अतिसुर का विश्वास भी गद्काल से पूरी तरह उठ चुका था। साधारण सैनिकों को भी यही अनुभव होने लगा था कि उसका सेनापति यादवों के साधारण सेनानायकों की तुलना में आत्मविश्वासहीन और मूर्ख सिद्ध हुआ है। यह भी गद्काल अब नायकत्व के तनिक भी योग्य नहीं रह गया। उसका पहले-जैसा आतंक और रौब-दाब सब उस नमक के ढेले की तरह गलकर अस्तित्वहीन हो गए थे जो अनायास ही किसी समुद्र में जा गिरा हो!...

किंतु यादव सेना तो समुद्र-जैसी भी नहीं थी। समुद्र तो थी—असुर शक्ति! पर यादवों के रण-कौशल और चातुर्यपूर्ण रणनीति ने उन्हें छकाया भर नहीं था, एक सीमा तक शक्तिहीन, आत्मबलहीन और निराश भी कर दिया था। लग रहा था कि किसी तरह आर्यावर्त के क्षेत्र से भाग निकलें—प्राण बचा लें!...

अतिसुर कह रहे थे, "मुझे भी तुमसे बहुत निराशा हुई है सेनापति!..."

गद्काल चिढ़ा, अपमानित भी हुआ, किंतु असुर सम्राट के सामने अधिक बोलने-कहने की क्षमता उसके पास नहीं थी, न ही था कोई अधिकार!...इस स्थिति में तो बिल्कुल ही नहीं जब वह अपनी हर योजना, हर रणनीति और हर युद्ध में मुट्ठी भर यादवों से लगातार पराजय ही झेलता चला गया हो!...

किंतु लगा—चुप रहना उचित नहीं होगा, अतः थोड़ा साहस संजोकर निवेदन करने लगा था, "महाप्रभु!...यादवेंद्र श्री कृष्ण योद्धा नहीं, छली भी हैं!...और वही छल-बल की युद्धनीति उसने यादव सैनिकों और अपने नायकों को दी है। यही कारण हुआ कि हम श्रेष्ठ अस्त्रास्त्र रखते हुए भी उससे पराजित हो गए? किंतु छल-बल सदा सफल नहीं हो पाते!"

“इसका अर्थ है कि तुम अब भी मन में कहीं यह विचार रखते हो कि सुरेंद्र कृष्ण को जय कर पाना तुम्हारी नायक-शक्ति में है?” मदासुर ने प्रश्न किया।

“हां, देव!...” गद्काल ने जैसे-तैसे साहस जुटाकर कहा, “मुझे पूर्ण विश्वास है कि अभी नहीं तो कोई उपयुक्त समय आने पर आगे मैं अवश्य ही कृष्ण को उसके छल के लिए दंडित करूंगा!...”

“पर वह समय तो तब आएगा गद्काल, जब वैवस्वतपुरी पहुंचकर महाशक्ति, महाप्रभु असुर सम्राट तुम्हें स्वीकृति या उसका अवसर दें?” अतिसुर बोले।

गद्काल के बदन में एक सनसनी फैल गई—भय की सनसनी!...क्या सम्राट यह कह रहे हैं कि इस सारे कांड के लिए गद्काल को असुर देश पहुंचते ही दंडित किया जाएगा?...विचार मात्र ने शरीर को कंपन से भर दिया। आत्मा सिहर गई। मन हुआ कि अतिसुर पर दबे शब्दों में दोषारोपण कर दें, जतलाएं सम्राट मदासुर को कि बहुत कुछ असुर-अहित केवल राजा अतिसुर की विलासी प्रवृत्तियों और सुर-कन्याओं पर विश्वास करने के कारण हुआ है...पर लगा कि भूल हो जाएगी! अतिसुर अब तक विरोध तो कर रहे हैं किंतु मदासुर की तरह गद्काल के प्रति घृणा की अभिव्यक्ति नहीं की है उन्होंने। गद्काल ने वैसा कुछ कहा—किया तो अतिसुर अवश्य ही उसके द्रोही हो जाएंगे—वैसी स्थिति में असुर देश पहुंचकर मदासुर के क्रोधावेश को शांत करनेवाला कोई भी प्रभावी राजपुरुष गद्काल के पक्ष में नहीं रह जाएगा!...पर मदासुर के शब्दों ने यह अवश्य प्रकट कर दिया था कि असुर-सम्राट का क्रोध निश्चय ही सेनापति गद्काल पर गिरेगा!...और उस क्रोध का दंड कितना भयावह हो सकता है—गद्काल को भलीभांति कल्पना थी।

मदासुर बोले थे, “असुरशक्ति को बहुत क्षति पहुंची, घोर अपमान भी झेलना पड़ा। उसका प्रभाव दूर-दूरंत केवल आर्यावर्त भर में नहीं, असुरदेश में भी होगा!...विशेषकर उस समय तो बहुत तीव्रता से होगा जब पराजित

और मृत्यु से बच रही असुर सेना के ये बलहीन सैनिक असुर देश के सागर तट पर पहुंचेंगे?"

अतिसुर ने पीड़ाभरी एक श्वासखींची—कुछ कहा नहीं। वह भी कहीं-न-कहीं गद्काल को लेकर सहमे हुए थे। यह व्यक्ति महाराज अतिसुर की एक नहीं, अनेक अक्षमताओं को जानता है। उसे लेकर सम्राट के समक्ष अधिक टीका-टिप्पणी करना उचित नहीं होगा!...

गद्काल सिर झुकाए हुए एक ओर खड़ा था...केवल सोचता हुआ कि अब क्या हो? मदासुर के शब्दों से स्पष्ट हो गया था कि अतिसुर के प्रभाव में तो कमी भर होगी किंतु सेनानायक गद्काल अवश्य दंडित किया जाएगा!...इस संकेत ने उसे रह-रह कर सिहरनों से भर दिया था...अब वह सोच रहा था कि कहीं कोई ऐसी राह निकले, जिससे राजनीतिक महत्व न पा सके तो न सही, कम-से-कम राजदंड से तो बच सके?...तुरंत कोई राह नहीं सूझ रही थी।

उसी क्षण यादव सेना के प्रधान उद्धव अपने कुछ विश्वस्त यादव सैनिकों से घिरे हुए कारावास में जा पहुंचे। आदरपूर्वक असुरश्रेष्ठों को अभिवादन किया और फिर महाराज उग्रसेन की ओर से कुछ महत्वपूर्ण आदेश सुना दिए, "असुरपतियों की जय हो! मथुराधिपति महाराज उग्रसेन को यह जानकर बड़ी पीड़ा पहुंची है कि आप सभी ने मित्रभाव से यादवों की क्षमा और दया का अनुचित लाभ उठाया!...वैसी स्थिति में न चाहते हुए भी आर्यशक्ति के लिए यह अनिवार्य हो गया है कि आपको इस हेतु दंडित किया जाए!"

मदासुर, अतिसुर और गद्काल घबरा गए। सहमी दृष्टि से उद्धव को देखा, जैसे मृत्युदंड सुनने जा रहे हों!

उद्धव ने कहा था, "आर्य सभ्यता में उग्र शारीरिक दंड का महत्व नहीं है, हम दंड के इतर प्रकारों में विश्वास करते हैं। यही कारण है कि महाराज उग्रसेन ने आदेश दिया है कि इस बार आपके छल के लिए सभी जलपोत आपसे ले लिए जाएं! अब ये सहस्रों मुद्राओं के बहुमूल्य जलपोत यादव उद्योग अथवा सेना के लिए प्रयुक्त होंगे!"

"किंतु क्या हम लोग नौकाओं से इस भयावह सागर की यात्रा करेंगे?" व्यग्र गद्काल ने प्रश्न किया। मदासुर और अतिसुर यही विचार कर संतुष्ट थे कि यादवों ने मात्र आर्थिक दंड ही दिया—शारीरिक नहीं!... परमसंतोष!...वही, जान बची और लाखों पाए वाली मनःस्थिति!

उद्धव मुसकुराए। तुरंत उत्तर न देकर कुछ पल कातर और दीन असुरों की मनःस्थिति का आनंद लेते रहे, फिर बोले, "आप सभी आश्वस्त हों!.. .प्रभुकृपा से सागर की उत्तल तरंगों पर आप सभी कुशलतापूर्वक यात्रा कर सकेंगे...यही नहीं, चुने हुए वीर यादव सैनिकों की देखरेख में आपको असुर देश तक भेजा जाएगा!..." इससे अधिक कुछ न कहकर, असुरों को उसी दुविधाग्रस्त स्थिति में छोड़े हुए उद्धव वापस हो गए!...मदासुर, अतिसुर और गद्काल बुरी तरह घबराए हुए थे!...यह तो नया ही संकट आया?...

करवीरपुर की सीमा तक बढ़ते हुए श्री कृष्ण समझ चुके थे कि संभवतः वहां काफी कुछ बदला हुआ मिलेगा!...

...और सच ही, सब कुछ बदला हुआ था!...नगर सजा-संवरा, युद्ध-जैसी कोई स्थिति नहीं। इसके विपरीत सब कुछ इतना सहज, शांत और उत्साहपूर्ण जैसे पूरे नगर के जड़-जीवंत में यौवन का संचार हो गया हो!...श्री कृष्ण ने जैसे ही नगर में प्रवेश किया, वैसे ही तुरही-नगाड़ों के साथ-साथ पुष्पवर्षा से उनका स्वागत हुआ। श्री कृष्ण अतिप्रसन्न हुए!... नर-नारी जय-जयकार कर रहे थे! उनमें अनेक पणि भी थे!...श्री कृष्ण स्नेहाभिवादन का उत्तर देते हुए सीधे राजनिवास की ओर गए। वहां से हलधर की सेवा में उपस्थित हुए।

बड़े भाई, अपने असुर श्वसुर राजा रैवत के साथ एक भव्यासन पर विराजमान थे। श्री कृष्ण ने सभी अग्रजों को प्रणाम किया, फिर सभी सूचनाएं लेकर अपनी सूचनाएं दीं। कहा था, "गोमंत से लेकर करहाट तक के दूर-दूरंत सागरतटीय आर्य क्षेत्रों में असुरों और पणि सैनिकों को ढूंढ़ने में हमें तनिक भी कष्ट नहीं हुए। विरोध कुछेक ने ही किया था, अतः उन्हें

रणभूमि में जीवन होम करना पड़ा...जबकि अधिकतर ने महान् यादव सेना के सामने आत्मसमर्पण करने में ही अपना शुभ सोचा!...''

बलराम अधिक कुछ जानने में रुचि नहीं रखते थे। इसलिए कि उन्हें विश्वास था—कन्हैया ने जो कुछ किया होगा, उचित और नीतिपूर्वक ही किया होगा!...पर सुनते इस कारण रहे कि कृष्ण अग्रज को सारा विवरण देना अपना दायित्व और धर्म मानते हैं...रोकने पर भी रुकेंगे नहीं, अतः बलराम चुपचाप सुनते गए।

श्री कृष्ण ने सब कुछ बतला दिया था कि किस तरह तीनों असुरश्रेष्ठों को पुनः बंदी बना लिया गया है...किस तरह इस बार दंडस्वरूप उनके जलपोतों को जब्त किए जाने की योजना है और किस तरह उन्हें असुरदेश तक पहुंचा देने की नई व्यवस्था की गई है।...

राजा रैवत मुग्ध भाव से देख रहे थे कृष्ण को। नाम बहुत सुना था, पर दर्शन पहली बार हुए! रेवती के विवाहोत्सव के समय पर भी संयोग से श्री कृष्ण को कहीं जाना पड़ गया था।

बलराम ने बतलाया था, ''कृष्ण!...हमें भी करवीरपुर क्षेत्र में विरोध नहीं सहना पड़ा। जन-साधारण से लेकर वे पणि भी बहुत दुखी हैं जो शुद्ध व्यापारिक दृष्टि से इस क्षेत्र में बसे हुए हैं!...''

''मैं अनुमान कर पा रहा हूं, भैया!'' कृष्ण ने उत्तर दिया। एक ओर छोटे आसन पर बैठे रहे। नितांत सहज। महाराज रैवत ने तनिक संकोच का अनुभव किया, किंतु यह विचारकर मन आनंदित भी हुआ कि अग्रज के प्रति सम्मान मात्र नहीं अपार भक्ति और श्रद्धा भी है श्री कृष्ण के मन में। आश्चर्य हुआ तो मात्र यह कि सरल, सहज और कोमल लगने वाली यह दृष्टि, शरीर और आयु सभी कुछ सहसा यह विश्वास नहीं कराते कि ये वही कृष्ण हैं, जिन्होंने जरासंध, दंतवक्र, रुक्मी, अतिसुर, कालयवन आदि की वैसी दुर्दशा की होगी, जैसी जन-प्रचलित कथाएं हैं?...इन्हें देखकर तो मन मे केवल श्रद्धा, ममत्व और स्नेह ही उमड़ता है।

यहां-वहां की बातें होती रही थी, जिसका राजनीति और त्वरित स्थितियों से तनिक भी संबंध नहीं था। फिर श्री कृष्ण उठ खड़े हुए थे, "निवेदन किया—अग्रज! आदेश दें तो देवी शैव्या से भेंट कर लूं?"

"अवश्य!..." बलराम ने स्वीकृति दी। श्री कृष्ण माथा झुकाकर कक्ष के बाहर निकल गए।

श्री कृष्ण की अगुवाई का समाचार जैसे ही राजकुमारी शैव्या को मिला था, तन-मन सभी कुछ इस तरह खिल आया, जैसे किसी नए पुष्प ने जन्म लिया हो! विचारों से लेकर अंग-प्रत्यंग बिलकुल नई कली-जैसे सजे-संवरे, सुगंधित और सम्मोहित करनेवाले!...

दौड़ी हुई श्रृंगारकक्ष में गईं। सेविकाओं ने राजकन्या को तरह-तरह सजाया, पर मन अब भी नहीं भर रहा था। श्री कृष्ण के सामने पहुंचेंगी, तब अनुभूति के किस सुखाकाश तक मन जा पहुंचा है, क्या शरीर को भी उतना ही सुंदर बनाया जा सकेगा?...कभी कहती कि यह कपड़ा संवारो, कभी लगता कि केश-विन्यास में सेविका ने लापरवाही कर दी है और कभी लगता कि वह अकारण ही दोष ढूंढ़ने की चेष्टा कर रही हैं...सत्य तो यह है कि हर्षोल्लास और आनंद के कारण उनका अपना मन-मष्तिष्क बेकाबू हो उठे हैं...कृष्ण आ रहे हैं...उनके आराध्य या श्रद्धाबिंदु?...प्रेम या समर्पण?...सुख या मात्र आनंद?...

लगता था कि रंगबिरंगे...इंद्रधनुषी सप्तरंगी पुष्प उनके आंचल भर में नहीं, आत्मा तक आ गिरे हैं। उनकी सुगंध से लेकर रंगों तक को व्याख्यायित करना तो दूर अनुभव की अभिव्यक्ति भी शब्दातीत!...

तभी सेविका समाचार ले आई थी, "राजकुमारी की जय हो?...द्वार पर यशोदासुत श्री कृष्ण उपस्थित हैं और आपके दर्शन की अनुमति चाहते हैं!"

"आदरपूर्वक तुरंत ला उन्हें..." शैव्या ने व्यग्र स्वर में कहा, फिर सेविका आदेश पालन में मुड़े, इसके पहले ही बोल पड़ी थीं, "द्वार से उन्हें किस आदरमान सहित लाना है यह ज्ञात है ना?"

"हां, राजकन्या!" दासी ने सिर झुकाया। मुख्य सेविका ने पहले ही स्वामिनी की इच्छा के अनुरूप सारी व्यवस्था कर रखी थी। कृष्ण के कक्ष में प्रवेश के साथ ही पंक्तिबद्ध खड़ी सेविकाएं उन पर पुष्पवर्षा करेंगी। चरणों में रंगोली सजी होगी और बिल्कुल उस स्थान तक, जहां वह विराजेंगे, सुगंधित द्रव्य धीमे-धीमे फुहार बनकर समूचे कक्ष में बरसते रहेंगे!...

शैव्या ने निवारण नहीं लिया। सेविकाएं देवकीपुत्र के स्वागतार्थ दौड़ गईं। कुछ पल बाद ही श्री कृष्ण ने कक्ष में प्रवेश किया। राजसुता ने स्वयं आगे बढ़कर स्वागत किया। कृष्ण की मुसकान ऐसे बिखरी जैसे समूचे सुगंधित द्रव्यों और पुष्पों को भी कौंधकर एक क्षण उनकी अपनी क्षमताओं पर लज्जित कर दिया हो। वह आसन पर बैठे नहीं, कहा, "देवी!...पहले आप आसन ग्रहण करें!"

शैव्या ने राजकीय शिष्टाचार निबाहा।

श्री कृष्ण ने बाद में स्थान ग्रहण किया। गोमंत क्षेत्र और करहाट में क्या कुछ घटा था, यह संक्षेप में कह सुनाया, फिर पूछा, "पुणजन के क्या समाचार हैं देवी?"

"वह कारावास में है।" शैव्या ने उत्तर दिया, "थोड़ी देर बाद महाराज राजसभा में उपस्थित होंगे। महावीर बलभद्र का स्वागत कार्यक्रम आयोजित है...अपराधी पुणजन को भी इसी सभा में जन-प्रतिनिधियों और प्रमुख नागरिकों के समक्ष प्रस्तुत करके सर्वसम्मत न्याय-निर्णय होना है!..."

श्री कृष्ण ने सुना, फिर बोले, "मुख्य जन-प्रतिनिधि अपनी-अपनी सम्मति के लिए स्वतंत्र होते हैं राजसुता, किंतु मुझे लगता है कि अंतिम निर्णयाधिकार राजा को ही होना चाहिए!...पर यहां तो स्थिति कुछ अलग है!...जितना समझ-जान पाया हूं, केवल यही कह सकता हूं कि आर्य न्याय तभी संभव होगा, जब राज सम्मत्ति और न्याय का उचित निर्धारण हो जाए!...मेरा विचार है कि करवीरपुर जैसे महत्वपूर्ण राज्य के लिए योग्य शासक होना चाहिए!..."

"निस्संदेह देव!..." शैव्या ने स्वीकार किया। अनुमान पहले ही था कि इस बार पुणजन भर का नहीं, करवीरपुर की पूरी राजनीति का ही परिवर्तन

होना चाहिए और इस परिवर्तन के लिए राजदंड उचित हाथों में पहुंचे—इसका निर्णय सबसे पहले होना था।

केशव ने बात आगे बढ़ा दी थी, "...और मुझे देवी शैव्या की नीति और सामर्थ्य को लेकर तनिक भी संदेह नहीं है, अतः मैं विश्वासपूर्वक कह सकता हूं कि आपने अवश्य ही इस संबंध में कुछ-न-कुछ सोच रखा होगा!"

शैव्या एकदम कुछ बोल नहीं सकीं।

श्री कृष्ण ने कहा था, "यह निर्णय आप पर ही छोड़ दिया जाए, तब कैसा रहे राजकन्या?"

"नहीं-नहीं, भगवन्!..." न जाने कि व्यग्रता और भक्तिभाव में शैव्या कह गई, "यह-यह सब मेरा कार्य नहीं। आपसे अधिक आर्यावर्त का शुभ सोच पाना मेरी क्षमता से बाहर है!..."

समझ गए थे श्री कृष्ण। शैव्या इस समय जो कुछ कह रही हैं, वह राजकीय शिष्टाचार का निर्वाह तो है ही, साथ ही उस तीव्र बुद्धि का प्रदर्शन भी है जो पिता और परिवार को लेकर सत्ताच्युत होने की बात वह नहीं सोच पा रही हैं। यह भी उन्हें अनुचित लग रहा है कि वह इस निर्णय में भागीदार बनकर करवीरपुर की प्रजा में चर्चा का कारण बनें!...राजकन्या को अधिक दुविधा में डालना उचित नहीं लगा था उन्हें। बोले थे, "तब सभी की सम्मति और विचार से यह महत्वपूर्ण निर्णय लिया जाए...?"

"जैसी आपकी इच्छा!" शैव्या ने उत्तर दिया था। मन से बोझ उतरा। पल भर पूर्व राजनीति-चक्र ने उनके सामने ऐसी बाध्यता उपस्थित कर दी थी कि न तो दुविधावश उस पक्ष को उचित ठहरा पा रही थीं, न इस स्थिति को?...श्री कृष्ण पर विश्वास से अधिक भक्ति हो गई है, अतः यह सब उन पर छोड़ा जाना ही उचित रहेगा! शैव्या ने हल्कापन अनुभव किया।

श्री कृष्ण मोहक दृष्टि से उन्हें देख रहे थे। शैव्या की दृष्टि पल के किसी सौवें भाग में अनायास ही उस सम्मोहिनी पर जा ठहरी। मन-शरीर लज्जा से कुछ इस तरह रोमांचित हुए जैसे स्पर्श से भी कहीं अधिक शरीर सनसनी झेल रही हो!...श्री कृष्ण ने कहा था, "तब देवी विश्राम करें,

राजसभा के समय-पूर्व ही मैं अग्रज बलभद्र और करवीरपुर के श्रेष्ठ बुद्धिमानों-ब्राह्मणों की सम्मति इस संबंध में प्राप्त कर लूंगा!...'' बात समाप्त कर वह उठ पड़े।

शैव्या ने उन्हें आदरसहित कक्ष के मुख्य द्वार तक छोड़ा, फिर भरे-भरे मन से शय्या पर आ लेटी। आंखें मुंदीं तो लगा कि श्री कृष्ण से पल भर पूर्व वाली वही मोहक मुसकान उनके सामने हैं...

आकर्षण, सुख, आनंद, रोमांच, पवित्रता और सम्मोहन...क्या नहीं था उस दृष्टि में?...शैव्या को अनुभव हुआ जैसे शीतल जल से नहा गई हैं...

उधर गोमंत क्षेत्र में बंदी गद्काल ने समूची स्थितियों पर बहुत कुछ सोचा-विचारा! हर कोण से लगा था कि वह मृत्यु के सन्निकट जा खड़ा हुआ है? इससे बचाव का कोई मार्ग नहीं! तब क्या करे वह?...मृत्युभय की पीड़ा कभी भोगी नहीं थी, अतः इस पहली बार की अनुभूति ने शरीर तो शरीर मन तक हिला डाला!...वह इस समय कारावास के वर्तमान-सत्य से कहीं अधिक भयग्रस्त मनःस्थिति में था। उसे असुरेंद्र के क्रूर और कठोर दंड का सामना करना है—मदासुर ने यह स्पष्ट संकेत इसी समय दे दिया था।

कारावास के एक कक्ष में सम्राट और एक में राजा अतिसुर के लिए व्यवस्था थी, यह तीसरा कक्ष सजावट के बावजूद एक घोर अंधकाररमय शून्य से नहाया हुआ!...वैसा था नहीं, किंतु जब से मदासुर के शब्द कानों में पड़े थे, तबसे गद्काल को ऐसा ही भयावह शून्यानुभव हो रहा था।

असुर दंड की यातनामय अनेक स्थितियां वह भली प्रकार जानता था। आर्य क्षेत्र में जितने समय भी उसने सेना का नायकत्व निबाहा था ऐसे ही क्रूर दंडों का आश्रय लेकर कुशस्थली ही नहीं, दूर-दूरंत असुर दंड का आतंक की तरह प्रसार-प्रभाव फैलाया था। क्या वही क्षण गद्काल को स्वयं झेलना पड़ेगा?...क्या मृत्यु की सांघातिक वेदना की उन असंख्य क्रियाओं में से ऐसी ही कोई एक क्रिया उसका भाग्य है?...

शरीर की सनसनी और कंपन बढ़ते-बढ़ते कितनी ही बार पसीने से नहला गए पर मुक्ति का कोई मार्ग शेष नहीं। यादवेंद्र कृष्ण के विश्वस्त सैनिकों से कहीं अधिक भयग्रस्त करनेवाले आर्य सैनिक भी थे। बिल्कुल इस तरह जैसे पत्थर की मूर्तियां हों। श्वास अवश्य लेते हैं, किंतु स्वर नहीं फूटता—प्रश्न कैसा भी किया जाए? ऐसे में किसी हितचिंतक की खोज करना ऐसा ही है, जैसे दलदल में सुई खोजने की चेष्टा की जाए!...

मदासुर और अतिसुर भोजनादि के पश्चात् विश्राम कर रहे थे। नींद गहरी! पर गद्काल न ठीक तरह भोजन कर सका, न ही नींद आ रही है...

चिंता केवल एक—मृत्युदंड से बचने के लिए उसे किसी विश्वस्त व्यक्ति की आवश्यकता है!...पर वह मिले कैसे?...इन आर्य सैनिकों पर कोई शब्द-सम्मोहन तो प्रभाव करता नहीं?...गद्काल के मन पर चिंता की अंधेरी और अंधेरी परतें चढ़ती जा रही थीं...बार-बार व्यग्र भाव से अपने माथे पर रह-रहकर उग आनेवाली पसीने की बूदें पोंछता और गरदन सहलाता!...इस गरदन पर ही तो विपत्ति आती लग रही है? कैसा भयावह क्षण होगा, जब गद्काल की मुलायम गरदन पर आसुरी खंग चलेगा?...कैसा वीभत्स दृश्य होगा वह?...

गद्काल ने एक बार नहीं, अनेक बार देखे हैं ऐसे दृश्य! तब रोमांच नहीं, आनंद मिलता था उसे। आर्य युवा, वृद्धों का कितनी ही बार आसुरी खंगों के नीचे इसी तरह वध करवाया था...गर्दन कटती तो हवा में देर तक कई-कई बार उछलती और गिरती, जैसे गेंद टप्पा खा रही हो!...

एक बार पुनः वही दृश्य उभर आया है उसकी दृष्टि में...गरदन पसीने से नहा गई है। शरीर कांपता हुआ। गद्काल ने बेचैनी से गरदन सहलाई ...व्यग्रता इतनी थी कि बहुमूल्य वस्त्रों के बावजूद लगा जैसे उसका गला खंग की धार के नीचे ही है...सहसा वह आवेश में आ गया...उसने गले में पड़ी अपनी ही बहुमूल्य मोतियों की माला एक झटके से तोड़ डाली...मोती धरती पर बिखर गए!...छोटी-छोटी किंतु अति प्रकाशित सूर्य किरणों की भांति!...

गद्काल विचार शून्य उन चमकते मोतियों को देखता रहा...फिर उन्हें समेटना शुरू कर दिया!...

करवीरपुर की राजसभा का समय निर्धारित हुआ था—संध्यारंभ के साथ! ...इस बार राजसभा का आयोजन सीमित न होकर सामान्य प्रजाजनों को सहभागी बनाने की दृष्टि से राजनिवास के बाहर विशाल प्रांगण में रखा गया था।

प्रमुख जन-प्रतिनिधियों के लिए, जिनमें बड़ी संख्या में आर्यों के अतिरिक्त पणियों की भी संख्या थी, इस राजसभा में सम्मिलित होने के लिए आमंत्रित किया गया। राजा के लिए स्वर्णासन की व्यवस्था थी, जबकि राज परिवार के लोग, जिनमें राजसुता शैव्या और उसके छोटे भाई थे, प्रमुख व्यक्तियों के साथ बिठाए जाने थे। सामंतों के अतिरिक्त विवर्त, आभीर आदि के लिए भी उचित और सम्मानपूर्ण आसनों की व्यवस्था की गई। बलभद्र और श्री कृष्ण के साथ-साथ महाराज रैवत के लिए भी विशेष स्थान निर्धारित हुए।

निश्चित समय पर सभारंभ हुआ। बड़ी मात्रा में नर-नारियों की भीड़ आई। वे सभी श्री कृष्ण और बलभद्र को देखने को लालायित थे। यह एक ऐसा अवसर था, जब रुक्मिणीपति के दर्शन जी भर कर किए जा सकते हैं। यह दर्शन ऐसे ही है जैसे किसी कथा के अलौकिक पात्र को साक्षात् देखा जाए!...सब रोमांच से भरे हुए! यह रोमांच इस कारण और अधिक क्योंकि आज संभवतः करवीरपुर नरेश शृंगलव ही मुख्य अपराधी होंगे!...

अनेक स्त्रियां सभा में इस कारण आई थीं, क्योंकि शृंगलव की विलासिता ने उन्हें या उनके परिजनों-परिवारों की सुंदरियों को अपमानित किया था। सत्ता शक्ति की क्रूरता और मदांधता आज अंकुशित होनेवाली है!...देखें तो सही कि विद्वत्सभा के साथ-साथ विजेता यादवराज क्या निर्णय करते हैं।

राजा ने आसन ग्रहण किया। इसके साथ ही शेष सभी लोग यथास्थान बिठाए गए। शृंगलव की आज्ञा से ही महामंत्री ने सभा-आरंभ की। सबसे पहले बलभद्र और श्री कृष्ण का सार्वजनिक सम्मान किया गया, फिर राजा ने यह भी स्वीकार किया कि अब उनका राज्य और स्वयं वह जिसका नामकरण कुशस्थली से द्वारका हुआ है, उसके अधीन रहकर धर्मपूर्वक राज्य करेंगे!...

इसी क्षण प्रजा में कोलाहल हुआ, "करवीरपुर की प्रजा यादवेंद्र की अधीनता स्वीकारती है, किंतु इस मदांध और विलासी राजा के नेतृत्व में कदापि नहीं!...

"नहीं!..."

"कभी नहीं!..."

स्त्री-पुरुषों के ही नहीं बच्चों के भी स्वर सम्मिलित थे इस कोलाहल में। घोर जन-असंतोष स्पष्ट दीख रखा था। वृद्ध महामंत्री ने एक दृष्टि राजा पर डाली, फिर अनुभव हुआ जैसे शृंगलव के चेहरे पर हवाइयां उड़ रही हैं। आशंकित भय सच निकला!

थोड़ी देर तक सभा में मौन छाया रहा फिर श्री कृष्ण ने उठकर उत्तेजित नर-नारियों को संकेत से शांत किया, कहा था, "यहां राज्य के श्रेष्ठ वृद्धजन उपस्थित हैं यदि आप सभी लोग सत्ता-परिवर्तन का विचार कर रहे हैं, तब उनकी सम्मति ही श्रेयस्कर होगी!"

सब शांत हो गए।

कृष्ण महामंत्री की ओर मुड़े, "क्रमानुसार आप ही विद्वज्जनों से अपने-अपने विचार व्यक्त करने के लिए कहें!"

महामंत्री ने स्वीकार लिया, फिर क्रमशः सभी के विचार लिए गए। सभी ने, जिनमें पीढ़ियों से बसे पणि व्यापारी भी सम्मिलित थे, अपनी-अपनी सम्मति रखी सबकी अपरोक्ष या परोक्ष एक ही ध्वनि थी कि जनमत की इच्छानुसार महाराज शृंगलव को स्वयं ही आसन छोड़ देना चाहिए!...

"पर राजा कौन बनेगा?"

महामंत्री के इस प्रश्न का उत्तर श्री कृष्ण ने दे दिया, "महाराज शृंगलव ससम्मान राज्यासन त्यागते हैं तब उनके पुत्र को ही राज्यभार सौंपा जाना चाहिए। जब तक वह अल्पायु हैं, राजसुता शैव्या उन्हें महत्वपूर्ण राजकीय निर्णयों में सम्मति देती रहेंगी!"

शृंगलव ने इस निश्चय में ही अपना शुभ समझा! चुपचाप आसन से उठे और खड़े होकर घोषणा कर दी कि वह राजकाज से मुक्ति लेते हैं!

ब्राह्मणों से परामर्श करके सभी ने अल्पायु राजकुमार के राजतिलक की तिथि का दिन-मुहूर्त निश्चित किया, फिर पुणजन और पणियों के न्याय की बारी आई।

पुणजन को एक ओर बिठा दिया गया था। बहुत असम्मानित स्थिति? ऐसा व्यवहार तो उस समय भी नहीं हुआ था, जब पणि व्यापारियों ने इस राज्य और क्षेत्र में पहली-पहली बार प्रवेश कर राजाओं से व्यापार हेतु याचनाएं की थीं और अपने-अपने देश से लाए परिचय-पत्र दिए थे।

पर आज स्थिति अलग!...जिस स्थान पर पुणजन हुआ करता था, वहां बैठे हैं यादवश्रेष्ठ बलभद्र!...तेजस्वी दृष्टि, कठोर मुखमुद्रा और शरीर सुगठित। देहबल हर ओर से व्यक्त होता हुआ। उनके साथ श्री कृष्ण। आंखों की चपलता और मुखमुद्रा भर से प्रकट हो जाता था कि जितनी सम्मोहन शक्ति है, उससे कहीं अधिक नीतिज्ञता और विचारशक्ति की अलौकिक प्रतिभा है उनमें। अधिकतर लोग दोनों यादव भाइयों को ही देख रहे थे। राजा शृंगलव के पद-त्याग ने संपूर्ण राज्य की राजनीति ही नहीं—राज्य की दिशा ही बदल दी थी।

श्री कृष्ण ने एक क्षण के लिए राजकन्या शैव्या की ओर देखा, जो छोटे भाई और आगत राजा के साथ एक भव्य सिंहासन पर बैठी हुई थीं। पुणजन यह दृष्टि भांप रहा था। लगा कि श्री कृष्ण न ही कुछ बोले हैं, न ही कोई संकेत किया है, इस दृष्टि मात्र से शैव्या को कुछ स्मरण भर दिलाया है... और अनुमान सत्य था, यह अगले ही क्षण सामने भी आ गया। राजसुता ने

महामंत्री को अपने पास बुलाकर उनके कानों में कुछ कहा, फिर शांत भाव से जन-समाज को देखती हुई बैठी रहीं।

वृद्धायु महामंत्री ने निर्णय पूर्व जन-समाज का समर्थन मांगा, बोले "महाराज श्रृंगलव की राजमुक्ति के बाद आप सभी क्या देवी शैव्या और सुकुमार आयु राजा का स्वागत करने को समर्थन करते हैं?"

शैव्या को लेकर सभी विश्वस्त थे। प्रतिक्रिया में असंख्य स्वर स्वीकार में उठे। विद्वज्जनों के निर्णय का स्वागत किया गया।

"अब मैं देवी शैव्या से करवीरपुर राज्य के हितार्थ लिए गए कुछ प्रस्तावों पर आप सभी विद्वज्जनों और प्रजाश्रेष्ठों की स्वीकृति-अस्वीकृति जानना चाहता हूं..."

"अवश्य!..." एक ब्राह्मण ने उठकर कहा, "यह सब यादवेंद्र बलभद्र व श्री कृष्ण की उपस्थिति में ही इसी क्षण हो जाए तो अच्छा है! ऐसी इच्छा रखते हैं।

"अनेक स्वर आए, "निस्संदेह!..."

"होना ही चाहिए!"

"बुद्धिमती राजकन्या शैव्या चाहती हैं कि इन प्रस्तावों पर आप सबकी स्वीकृति के पश्चात् ही किशोरायु महाराज के आदेश से इन्हीं राजाज्ञाओं में परिवर्तित किया जाए।" महामंत्री ने कहा, फिर शैव्या की ओर मुड़े, "मैं अब देवी से ही निवेदन करूंगा कि वे सभी प्रस्ताव आपके समक्ष प्रस्तुत करें!"

शैव्या उठीं। लोगों ने हर्षध्वनि के साथ उनका स्वागत किया। किशोरायु राजा चुपचाप अपने स्थान पर बैठे रहे।

प्रजाजन प्रसन्न थे। विशेषकर युवा! कभी परिजनों से सुना करते थे कि राज्य के महत्वपूर्ण निर्णयों में विद्वज्जनों एवं प्रजा-प्रतिनिधियों से पूर्व सहमति और स्वीकृति ली जाती थी—इसी तरह चलता था आर्य राजकाज और राजधर्म!...कभी किंवदंतियों में सुनी-गुनी जाती रही वही गणसंघीय पद्धति करवीरपुर में पुनः लागू होन जा रही है, यह स्पष्ट हो गया था। अब

राज्य-संचालन में राजा के साथ-साथ प्रजा सम्मति का भी महत्व मिला करेगी। कुछ फुसफुसाहटों के अनुसार बहुतों ने यह भी देखा जाना कि यह नई व्यवस्था केवल यादवों की राज्यप्रणाली के कारण पुनर्स्थापित होने जा रही है। सब आनंदित, सब प्रसन्न और उससे कहीं अधिक गौरव से भरे हुए!

विशाल जनसभा में राजकन्या शैव्या ने खड़े होकर सबसे पहले प्रजाजनों और राज्य के वृद्धायु ब्राह्मणों के प्रति आभार व्यक्त किया, फिर यादवेंद्र बलभद्र और श्री कृष्ण के स्वागत में कुछ शब्द कहे, तत्पश्चात् क्रम से अपने प्रस्ताव रखे।

शैव्या के हर शब्द को पुणजन ने ध्यान देकर सुनना प्रारंभ किया। वस्तुस्थिति समझ रहा था वह। यह राजकन्या शैव्या और यादवेंद्र श्री कृष्ण की नीति से जन्में विचार होंगे और निश्चय ही इन प्रस्तावों में पणियों के लिए हितकर कुछ भी नहीं हो सकता!...पर पणि हिताहित किस तरह, किन शब्दों में व्यक्त किया जाएगा—यह भी सुनने का विषय था।

शृंगलव किसी अपाहिज की भांति मौन बैठे हुए। गरदन झुकी हुई। क्लेशकारी स्थिति भी जीवन में कभी आ पहुंचेगी—विचार ही नहीं किया था।

पहला प्रस्ताव आया। इसके अनुसार पणियों ही नहीं, अन्य इतर देशवासियों को भी करवीरपुर और दूर करहाट क्षेत्र बसे हुए गोमंत में व्यापार की सुविधा घोषणा इस शर्त के साथ की गई थी कि जितने भी पणि उद्यमी यहां रहेंगे, उतने ही आर्य उद्यमियों—विशेषकर करवीरपुर के व्यापारियों को उनके अपने देश में व्यापार की सुविधा दी जाएगी! यह भी कि व्यापार और व्यापारियों के हितार्थ जितनी राजकीय सुविधाएं उनके देश में आर्य व्यापारियों को प्राप्त होंगी, उतनी ही व्यापार की सुविधाएं करवीरपुर राज्य में विदेशी व्यापारियों को भी दी जाती रहेंगी। समय-समय पर इस संबंध में राजनीतिक समझौते भी होते रहेंगे, पिछले नियमों को भी सुधारा और पुनः स्थिति के अनुसार बनाया जाता रहेगा!...नीतिरूप में यह भी प्रस्तावित था

कि न तो विदेशों में आर्य वणिक किसी तरह की सुरक्षा के नाम पर अपने देश के सैनिक ले जा सकेंगे, न ही आर्यक्षेत्र में विदेशी ला सकेंगे! यदि सुरक्षा की आवश्यकता हुई तो वह उसी देश के सैनिक उन्हें अपने-अपने स्थान पर प्रदान कर देंगे!

सभी ने सुना। अनेक पणि सैनिक भी उपस्थित थे, पर निहत्थे। उन्हें यादवों और रैवत की असुर सेना के साथ-साथ शैव्या के विश्वस्त आर्य सेवकों ने निःशस्त्र कर दिया था। वेशभूषा सैनिकों की ही पहन रखी थी और वे अलग से पहचान आते थे किंतु न अब उनका साधारण प्रजाजनों पर कोई प्रभाव शेष रह गया था, न पूर्व-जैसा आतंक! पुणजन समझ गया कि शैव्या और कृष्ण ने मिलकर पणियों को ऐसी सीमारेखा में बंद कर दिया है कि वह कहीं किसी स्थान पर भी राजनीति को प्रभावित नहीं कर सकते।

शैव्या की अगली घोषणा हुई जिसके अनुसार राज्य में जिन पणियों का व्यापार पहले से स्थापित था, उन्हें उपरोक्त शर्तों पर करवीरपुर क्षेत्र में रहने और कार्य व्यापार करने की सुविधा दी गई थी और जो असहमत थे, उन्हें उनके देश भिजवा देने का आश्वासन दिया गया था!

अंत में शैव्या बोली थीं, ''यादवराज उग्रेसन हमारे मित्र हैं, अतः यादवों को करवीरपुर में मित्रवत् मान-सम्मान के साथ-साथ राजकीय सुविधाएं भी दी जाती रहेंगी। अंत में उन्होंने घोषणा की कि समय-समय पर विद्वज्जनों के परामर्श से ही राज-निर्णय होंगे। विशेष स्थिति में प्रजाजनों को भी सम्मत्यर्थ आमंत्रित किया जाता रहेगा!...अपरोक्ष रूप से शैव्या ने क्षेत्रीय प्रभाववाले वृद्धायु और योग्य विद्वानों को हर क्षेत्र से राजसभा में प्रतिनिधित्व और राजसम्मान दिए जाने की नई नीति भी घोषित कर दी।

सबने सुना। सब करवीरपुर के हित में था। कहीं से विरोध की कोई ध्वनि नहीं उभरी। तालियों के साथ सभी विद्वानों, वृद्धों, ज्ञानियों और नीतिज्ञों ने राजसुता के हर प्रस्ताव का समर्थन किया।

श्री कृष्ण मुसकुराते रहे। कुछ देर तक बलभद्र और उनमें कानाफूसी होती रही अंत में सब चुपचाप शैव्या की प्रभावी वाणी सुनने लगे।

शैव्या ने घोषणा की, "करवीरपुर राज्य के पणिश्रेष्ठ पुणजन को आदरपूर्वक उनके देश भेजते हुए मैं यह निर्णय किए जाने का प्रस्ताव रखती हूं कि वह अपने देश के महाराज से हमारी सभी प्रस्तावों पर अनुमति और सहयोग की स्वीकृति लें...वह आज भी उन्हीं सुख-सुविधाओं के अधिकारी रहेंगे, जिस तरह पूर्व में राज्य द्वारा उन्हें प्रदत्त थीं अब वह केवल राजकाल में भागीदार नहीं हो सकेंगे!...इस संबंध में वह चाहें तो युवा और हमारे नए सेनानायक विवर्त से परामर्श करके अपना अगला कार्यक्रम निश्चित कर सकते हैं!..."

पुणजन ने सुना। गहरा श्वास लिया। चेहरा बुझ गया, पर मन आश्वस्त और निश्चित भी हुआ कि नई राजसत्ता ने दंडित नहीं सीमाबद्ध करके ही सही, पर उसे जीवन दान दे दिया है।

बहुमत से सभी प्रस्तावों को, सभी का समर्थन मिला। यह विचारकर सभी प्रसन्न थे कि श्री कृष्ण अथवा यादवों ने किसी भी रूप में करवीरपुर की राजसत्ता को लेकर न तो कुछ चाहा था, न ही उन्हें दिया जा रहा था। अंत में बलभद्र उठे, उन्होंने करवीरवासियों का आभार व्यक्त किया और द्वारका के यादवों की ओर से सदा हर प्रकार के समर्थन सहयोग का वचन देकर प्रसन्न किया। श्री कृष्ण और उनके जय-जजकार के साथ सभा समाप्त हुई।

करवीरपुर प्रकरण दिखने में समाप्त हो गया लगता था...पर श्री कृष्ण पूरी तरह निश्चिंत नहीं थे। करवीरपुर की सुख-समृद्धि ने आर्य राजाओं को भी उस राज्य की ओर कम आकर्षित नहीं कर रखा था। संयोग था कि जरांसध की मैत्री के कारण महाराज शिशुपाल इस ओर चाहकर भी पैर नहीं बढ़ा सकेंगे...पर उन्होंने ऐसी योजना बना रखी है, यह जानकर शैव्या चकित हुई ...चिंतित भी।

श्री कृष्ण ने ही सावधान किया था उन्हें, "देवी!...सब कुछ ठीक-ठाक समझकर निश्चिंत न हो जाइए! आपको किशोरायु राजा और राज्य हित में इस दृष्टि से भी सदा सतर्क रहना होगा।" वह विदाई लेने पहुंचे थे। शैव्या उनके दूर हो जाने की मनःपीड़ा भोग रही थीं, किंतु कुछ कहा नहीं था उन्होंने, तभी कृष्ण ने यह नई और चौंकानेवाली सूचना दी। संदर्भ में वह सारा प्रकरण भी कह सुनाया, जब गोमंत-करहाट के सीमाक्षेत्र में यादव सेना के साथ पड़ाव डाले हुए श्री कृष्ण तक चेदिराज का दूत पहुंचा था। उसने सहायता का प्रस्ताव किया था, फिर कहा था, "यदि आप करवीरपुर जय करते हैं, तो महाराज शिशुपाल भी आपको सहयोग करने के लिए उद्यत हैं, किंतु वह चाहते हैं कि इस शुभकार्य में उन्हें भागीदार रखा जाए तो द्वारकाधीश करवीरपुर का कुछ राज्यक्षेत्र ले लें और कुछ राज्यक्षेत्र चेदि के अधिकारांतर्गत आ जाएगा!..."

सब कुछ विस्मृत कर शैव्या को रोमांच हो आया था। फिर शिशुपाल को लेकर घृणा भी हुई। सत्तालोलुपता उन्हें मदांध किए हुए थी। वह मित्र-आर्य राजा का भी अहित करने को तैयार थे...

श्री कृष्ण ने मुसकुराकर कहा था, "मैंने उनका प्रस्ताव अस्वीकार कर दिया था देवी, केवल यह विचार कर कि यादव किसी का राज्य अथवा सत्ता नहीं चाहते, अपितु करवीरपुर की पणि-शक्ति से मुक्ति के पीछे उनका उद्देश्य मात्र इतना ही है कि आर्यावर्त में वैदेशिक शक्तियों की बढ़ती शक्ति समाप्त हो, एवं सब आर्यों का शुभ-सुरक्षा होती रहे! इसी में सबका शुभ है और सबसे यादव भी अलग नहीं हैं!"

शैव्या ने आभार व्यक्त किया। श्री कृष्ण बोले थे, "रैवतराज के सीमाक्षेत्र से लेकर समुद्रतटीय सभी क्षेत्रों में यथेष्ट यादव सेना सदा उपस्थित रहेगी, आप जब भी आवश्यकता हो, आदेश देकर उन्हें स्मरण कर सकती हैं!"

शैव्या सुनती गईं। केवल कृष्ण को देखती हुई। मन श्रद्धा और स्नेह से भरा हुआ था, पर शब्दाभिव्यक्ति कर पाना कितना कठिन और असंभव हो गया है—केवल वही जानती थीं। लगता था कि जो कुछ वह देना चाहती

है, वह सब मन में उमड़-घुमड़ रहा है, किंतु शब्द है कि होंठों पर आकर ही थम गए हैं...ऐसे जैसे किसी शक्ति ने उन्हें भीतर से थाम लिया हो...

यह भीतर कौन है? उसने विचार किया। लगा कि यह भी संभवतः श्री कृष्ण की मोहिनी-शक्ति ही है जो उस समय तक शब्द-बाढ़ थामे रखना चाहती है, जब तक कि उसकी आवश्यकता नहीं है!...

श्री कृष्ण सहसा उठ खड़े हुए, "अब मुझे द्वारका प्रस्थान की आज्ञा दें, राजसुता!...करवीरपुर के स्नेहातिथ्य से हम सभी बहुत आनंदित हुए!..."

शैव्या तुरंत तय नहीं कर सकीं कि क्या कहें, किस तरह आभार व्यक्त करें...शाब्दिक औपचारिकता उचित नहीं लग रही थी। यह भी कम-से-कम श्री कृष्ण के प्रति वह केवल मस्तिष्क भर की शक्ति से शब्द संजोकर बोल सकें, यह प्रथम साक्षात्कार में ही असंभव हो चुकी हैं...और अब मन की स्थिति यह कि वह उस अश्व जैसा हो गया है जो न दाएं जा रहा है, न बाएं ...केवल श्री कृष्ण नाम-विचार से जुड़ा हुआ, भक्त की तरह मन में और बाहर भी गुंजन बनकर रह गया है...

श्री कृष्ण ने झुककर राजसुता का आभार व्यक्त किया। सम्मोहिनी दृष्टि परे कर ली और चुपचाप कक्ष के बाहर निकल गए!

शैव्या सोच-विचार से हीन-रिक्त-सी खड़ी रह गईं!...साहस कर एक सेविका ने ध्यान तोड़ा था उनका, "यादवेंद्र केशव जा चुके हैं, राजकुमारी जी!"

"हां?" शैव्या को जैसे किसी ने निद्रा से जगाया, कहा, "हां...हां-हां! ...फिर चुपचाप शय्यासन की ओर चल पड़ीं। थकीं, मुरझाई हुईं।"

श्री कृष्ण, बलभद्र और महाराज रैवत—विशाल यादव सेना और अंश मात्र आर्य समर्थक रैवत की असुर सेना के साथ द्वारका की ओर लौट गए। शैव्या निश्चित समय-मुहूर्त पर किशोरायु भाई के राजतिलक समारोह में व्यस्त हो गईं। शृंगलव को राजनिवास में ही एक विशेष कक्ष उनकी सभी आवश्यकताओं के साथ प्रदान कर दिया गया और पणिश्रेष्ठ पुणजन को

उन पणियों और उनके विशेष सैनिकों के साथ कठोर सुरक्षा में रखा गया। नए राजा के राज्यादेश से विवर्त और आभीर ने भेंट के लिए एक दिन पुणजन और उनके चुनिंदा साथियों को बुला भेजा!...

निश्चित समय पर भोजनादि के पश्चात् वे सभी बंदीभाव से विवर्त और आभीर के सामने प्रस्तुत हुए।

सैनिक साथ थे, किंतु निहत्थे। उनकी सैन्य वेशभूषा ऐसी थी कि निःशस्त्र होते हुए भी एक सीमा तक वह उन्हें सशस्त्र बनाए रखती थी। कवच आदि के अतिरिक्त वे शीश पर पशुओं के सींग लगाए हुए मुकुट धारण करते थे। ये नुकीले सींगों से सज्जित मुकुट वस्तुस्थिति में एक तरह के अस्त्रास्त्र ही हुआ करते निःशस्त्र हो जाने पर भी वे दानव एक सीमा तक युद्ध की कम ही सही, किंतु पर्याप्त सामर्थ्य रखते थे।* राजनीतिक आत्मसमर्पण में उन्हें निःशस्त्र करके भी पूरी तरह शस्त्रहीन नहीं किया जा सकता था! ...पणि उन्हें 'गण' कहकर पुकारा करते और उनके नायकों को गणनायक नाम से संबोधित किया जाता। वे बलिष्ठ होने के साथ-साथ घोर विलासी

---

* दानव सैनिक-एक संदर्भानुमान–सिंधुवासी संस्कृत-कवि बाणभट्ट के अनुसार उनके ग्रंथ 'अष्टांग संग्रह' से बाक्स नामक एक मदिरा का वर्णन आया है, जबकि विभिन्न अंग्रेजी ग्रंथों में 'बैक्कस' नामक मदिरा का पान बैकस नामी एक खूंखार जाति-समुदाय के सैनिक किया करते थे। ये सैनिक अपनी वेशभूषा विचित्र प्रकार की बनाए हुए थे। इस वेशभूषा में उनके विशाल कवचों के साथ-साथ एक विचित्र मुकुट, जिसमें सिर पर दोनों ओर पशुओं के सींग लगे हैं, आज भी देखने को मिलता है। बैक्कसों का वर्णन भारतीय ग्रंथ 'शतपय ब्राह्मणों' में भी आया है। इस ग्रंथ में उन्हें 'वक्कस' कहा गया है और उनकी सुरा को 'बेक्कस' पुकारा गया है। संभव है कि यह शब्द संस्कृत से विदेशों में गया और 'बैक्कस' नाम से एक पूरे जाति-समुदाय का संबोधन बन गया। बैक्कस लोग यायावर सैनिक थे, जिनका रहन-सहन और जीवन सुरा-सुंदरियों से पूर्ण होता था। वे शानदार शराब पीते थे और धन-प्राप्ति के लिए क्रूरतम एवं जघन्य कार्य करने से भी नहीं हिचकिचाते थे। उनका विश्वास था कि जीवन को संपूर्णता के साथ जीने के लिए समृद्धि, विलासिता और ऐश्वर्य जुटाना ही जीवनोपलब्धि है। यही उनके लिए ईश्वर की प्राप्ति भी थी। भारतीय ग्रंथों, पुराणों आदि में जो चित्र, वर्णनादि दानवों को लेकर पाए जाते हैं वे बेक्कसों जैसे ही हैं। यहां यह भी उल्लेखनीय है कि ग्रीक देवता डायनोसिस को भी बेक्कस कहा गया है। विभिन्न पुरातत्ववेत्ताओं-इतिहासकारों के अनुसार बेक्कसों के जीवन-व्यवहार और ऐश्वर्यपूर्ण रहन-सहन ने तत्कालीन सभ्यताओं को इस सीमा तक प्रभावित किया कि उनकी नई पीढ़ियां लगभग नष्ट होने लगीं। विशेष प्रभावित हुए रोमन–जिन्हें उनकी सिनेट-निर्णय के अनुसार ईसा से लगभग दो सौ साल पहले बेक्कस जीवन पद्धति को नृशंसतापूर्वक समाप्त कर देने का निर्णय लेना पड़ा।

और मदिरापान करनेवाले भी थे। पणि स्वामियों के पास धन की कमी न थी। यह धन उन्हें पशुवत् पोषित करता। ये सैनिक स्वभाव से उन्मत्त और उग्र हुआ करते थे, उनकी छोटी-सी संख्या भी आर्यों की तुलना में उन्हें बहुत शक्तिसंपन्न बनाए रखती थी।

पर इस समय उनके साहस-शक्ति भी सहमे हुए थे। राजनीतिक और सत्ता के उलटफेर ने उन्हें ही नहीं, उनके स्वामियों को भी निराश्रित स्थिति में छोड़ दिया था।

जीवन-दान की स्थिति ने एक सीमा तक उन सभी को प्रसन्न किया था, किंतु जन-समाज के बीच बहुत अपमानित और पराजित मनःस्थिति में छोड़ दिया था। लग रहा था जैसे वे सब अपने-अपने भीतर दबा-मुंदा ही सही, किंतु एक अग्निपिंड दबाए बैठे हुए हैं...यह पिंड, ज्वालामुखी का रूप किस तरह, किस समय और किस नीति से धारण करे—पुणजन समझ नहीं पा रहा था, पर उसने यह अवश्य निश्चय कर लिया था कि देश लौटते हुए भी वह इस अपमान का बदला अवश्य लेगा!...पर किस तरह, कैसे, और कहां—यह विचार नहीं हो सका।

...पर उसके विचार का विषय अवश्य बना हुआ।

विवर्त ने वार्तारंभ किया, कहा, "पणिश्रेष्ठ का स्वागत है!...वह सूची तैयार कर ली गई है, जो तैयार की जानी थी। इसमें अनेक पणि मित्र हैं, जिन्होंने राज-निर्णयों के आधार पर आर्यावर्त में रहकर ही व्यवसाय करते रहने का निश्चय किया है...और वे लोग भी अंकित किए गए हैं जो आपके साथ-साथ आपके देश जाने की इच्छा व्यक्त कर चुके हैं!..."

पुणजन ने सुना, कहा, "ठीक है आर्य सेनानायक! किंतु हम लोग चाहते हैं कि हमें सुरदेव की कृपा से तटक्षेत्र पर उचित सुविधाएं प्रदान की जाएं!..."

"निश्चिंत हों, पणिराज!..." आभीर ने कहा, "उत्तम नौकाओं के अतिरिक्त आपके सैनिकों को उनमें सवार हो जाने के बाद उचित संख्या में अस्त्रास्त्र भी दे दिए जाएं राजा ने यह आदेश भी दिया है।..."

“धन्यवाद!...” पुणजन ने आभार प्रकट किया। बहुत शांति मिली यह सोचकर कि आर्य उन्हें असुरक्षित स्थिति में सागर मार्ग पर नहीं छोड़ रहे हैं। जितना आनंद मिला, उतना सोचकर सुख भी मिला कि अब किसी भी योजना पर अधिक गहराई से विचार किया जा सकता है!...

वार्ता बहुत देर नहीं चली। विषय के लिए अधिक कुछ शेष था भी नहीं। केवल समय निश्चित किया गया, जब पणिश्रेष्ठ पुणजन, उनके साथी व्यापारियों और सैनिकों को जलमार्ग पर पोत-सुविधा प्रदान की जानी थी। संदीपनि का पुत्र एक बड़े घटनाक्रम का कारण बना।

सब कुछ तय करके पुणजन प्रसन्न अपने शिविर में लौट आया। निश्चित समय पर, परस्पर हुए निर्णयों के अनुसार ही आर्य सैनिकों की उपस्थिति में उन सभी को जलयानों पर चढ़ा दिया गया। मार्ग के लिए खाद्यान्न आदि की भी व्यवस्था कर दी गई।

जलपोत समुद्र की छाती पर तैरने लगे...पर पुणजन का मन थमा हुआ। कुछ सैनिकों को आदेश दिया था उसने, “कुछ प्रहरों तक समुद्र पर दृष्टि रखो! कहीं आर्य सैनिकों का कोई गुप्तचर पोत हमारे दिशामार्ग पर दृष्टि तो नहीं किए हुए हैं?”

सैनिकों ने वैसा ही किया। पूरे एक प्रहर पश्चात् पुणजन को सूचित किया गया कि वैसी कोई बात नहीं है। आर्य उनकी विदाई के साथ ही निश्चिंत हो चुके हैं!...पुणजन की तीव्र वणिकबुद्धि ने षड्यंत्र को अंतिम रूप देना प्रारंभ कर दिया। जलपोत चालकों को अर्धरात्रि के समय निर्देश मिला कि समुद्र मार्ग में परिवर्तन कर दिया जाए। सैनिकों से प्रतिपल सतर्क रहने को कहा गया। ये सैनिक, सैनिक कम वधिक अधिक हुआ करते थे।

चालकों ने वैसा ही किया, पर पुणजन किसलिए वैसा करवा रहे हैं—जानना चाहकर भी पूछ नहीं सके!...पराजित पुणजन ने प्रभाव अब भी बना रखा था...विचित्र वेशभूषाओं वाले सशस्त्र और सुखसंपन्न सैनिकों को मरने-मारने के लिए तैयार रहने की हिदायतें दे दी गईं!...

इधर गद्काल बुरी तरह असफल और निराश हुआ। उसने चाहा था कि बहुमूल्य माला के माणिक-मोती देकर किसी आर्य सैनिक को लुभा लिया जाए, उसने वैसा किया भी, पर आर्य सैनिक ने सब कुछ लेकर अपने नायक को सौंपते हुए सारी सूचना दे दी। परिणामतः उद्धव ने गद्काल के प्रति अधिक सतर्क और सावधान होने के साथ-साथ उसकी सुरक्षा व्यवस्था अधिक कड़ी कर दी। गद्काल समझ गया था कि अब बचाव का कोई मार्ग शेष नहीं रहा!

श्री कृष्ण को द्वारका पहुंचे कुछ ही समय हुआ होगा कि एक नई सूचना मिली! महर्षि संदीपनि* के यहां से एक गुरु छात्र आ पहुंचा। तुरंत श्री कृष्ण से भेंट का समय चाहा और जो समाचार दिया, उसने यादवेंद्र को गहरी पीड़ा और क्रोध से भर दिया!...

छात्र बहुत घबराया हुआ था, श्री कृष्ण द्वारा यथोचित स्नेहादर दिए जाने पर भी उसकी व्यग्रता कम नहीं हुई थी। आंखें छलछलाई हुई थीं और पूरा समाचार सुनाते-सुनाते वह लगभग रो ही पड़ा...

गुरुवर संदीपनि की कुशलक्षेम पूछे इसके पहले ही उसने कह दिया था, "द्वारिकेश! वृद्ध आचार्य बहुत दुखी हैं। मन-शरीर की रुग्णता इस नई विपत्ति के कारण उन्हें लगभगं सुधिहीन किए हुए है!...जब से उनके एकमात्र पुत्र दत्त का अपहरण हुआ है, तब से वह उसी स्थिति में पड़े हैं। गुरुकुल का समस्त कार्य अस्त-व्यस्त हो गया है। हम सभी छात्रों ने गहन विचार-विमर्श के पश्चात् यह निर्णय किया था कि इस आपत्ति की सूचना

---

* संदीपनि—महर्षि सांदीपनि अथवा संदीपनि को श्री कृष्ण का गुरु कहा गया है। 'सूरसागर' के अनुसार उनका आश्रम अवंती—अवंतिका—वर्तमान उज्जैन मध्यप्रदेश का प्रमुख तीर्थनगर है। अंकपाद—संदीपनि के आश्रम को अंकपाद भी कहा जाता था। एक संभावना यह भी कि संदीपनि ऋषि के आश्रम पूर्ववर्ती अनेक ऋषियों की तरह अनेक स्थानों या दो-तीन स्थानों पर रहे हों, जैसा कि अन्य ऋषि आश्रमों के संबंध में वर्णन आया है क्योंकि घटनाक्रम के अनुसार संदीपनि के पुत्र का अपहरण कहीं सागरतटीय क्षेत्र स्थित स्थान से ही किया गया होगा। जबकि उज्जैन सागर तटीय क्षेत्र नहीं है।

आपको पहुंचाएं। संभव है कि गुरुदेव का कष्ट जानकर आप हमारी कुछ सहायता करें!..."

श्री कृष्ण ने उसे धैर्य बंधाया, कहा, "मैं तुम्हें आश्वस्त करता हूं आर्यपुत्र! आचार्य के हितार्थ ईश्वर चाहेगा तो मेरे या अन्य किसी के माध्यम से शुभ ही होगा। बंधुवर दत्त का अपहरण कैसे, किसने किया और किस तरह हुआ...वह सब घटना विस्तार से मुझे सुनाओ?"

छात्र को शांति मिली। श्री कृष्ण के आश्वासन का अर्थ है कि गुरुपीड़ा समाप्त होकर रहेगी!...सब कुछ कह सुनाया...कहा, "वे सब न जाने किस जाति-वंश के लोग थे, प्रभु!..." छात्र ने कहा था पर इतना निश्चित है कि वे आर्य नहीं थे। उनकी वेशभूषा भी विचित्र थी। जो लोग उन विचित्र सैनिकों के स्वामी थे, वे समृद्ध तो दीख रहे थे किंतु थे अनार्य!..."

"कैसी थी उनकी वेशभूषा, काया का रंग और असैनिकीय व सैनिकीय व्यवहार?"

श्री कृष्ण विचारशील होकर चहलकदमी करते हुए बार-बार कक्ष में दाएं-बाएं घूम रहे थे।

छात्र ने सभी कुछ विस्तार से बतलाया। वर्णन से सिद्ध हुआ कि पणि स्वामियों के साथ उनके दास सैनिकों-गणों द्वारा ही अपहरण किया गया है!...उस समय तो बिल्कुल प्रमाणित हो गया, जब उसे गुरुकुलवासी छात्र ने यह सूचना दी कि वे लोग वार्ता के समय बार-बार समुद्र तट क्षेत्र और जलपोतों के साथ-साथ महाराज यम की चर्चा भी कर रहे थे!..."

यम?...समुद्र तट?...जलपोत?...यह सभी कुछ सिद्ध करते थे कि यह कार्य पणियों और उनके पशुवत् वेशभूषा में रहनेवाले असभ्य सैनिकों का ही है, पर वे उज्जयिनी तक कैसे पहुंचे?...और महर्षि संदीपनि के पुत्र दत्त का ही अपहरण क्यों किया?...

अधिक विचार करने की आवश्यकता नहीं हुई करवीरपुर से एक दूत ने पहुंचकर उसी से मिलता-जुलता एक और समाचार भी दे दिया। यह

समाचार राजकुमारी शैव्या ने श्री कृष्ण को भिजवाया था। एक तरह से सूचना भी थी यह। इसके अनुसार समुद्र मार्ग से पुणजन ने दिशा बदलकर वनक्षेत्र में कुछ समय तक अपना छोटा-सा पोत ठहराए रखा था, किस उद्देश्य से और किस कारण—यह गुप्तचर भी पता नहीं लगा सके थे।

दोनों समाचारों की कड़ियां मिल पाना कठिन नहीं था। इसका अर्थ है कि गुरुबंधु दत्त का अपहरण श्री कृष्ण से वैयक्तिक प्रतिशोध के कारण ही किया गया...और निश्चित ही कुंठित पुणजन इस षड्यंत्र का जनक है!...

श्री कृष्ण ने गुरुकुल से आए छात्र के विश्राम की उचित व्यवस्था के आदेश दिए फिर आश्वासन, "तुम आश्वस्त हो, गुरुभाई!...दत्त* अपहरण के दोषी को दंडित तो किया ही जाएगा। गुरुदेव का कष्ट निवारण मैं स्वयं करूंगा!..."

किंतु देवकीनंदन!...जन-चर्चा है कि अपहरणकर्ता दत्त को सागर-मार्ग से कहीं ले गए हैं? "छात्र की घबराहट अब भी पूर्ववत् थी। श्री कृष्ण के स्नेहिल आश्वासन ने साहस तो बंधाया, किंतु गुरु की पीड़ा उसके मन को घबराहट से भरे हुए थी।"

गुरु-आश्रम से किसी के आने के समाचार ने श्री कृष्ण के मन को विगत की मीठी यादों से भर दिया था। विशेष भेंट कक्ष की आवश्यकता भी उन्होंने अनुभव नहीं की थी। समाचार पाते ही कहा था, "इसी क्षण उसे ले आओ!"

...और अब छात्र, जो किशोरायु था, सहमा। किंतु श्री कृष्ण की ओर से विश्वस्त, श्रद्धा और विश्वास लिए उनके सामने उपस्थित था। महारानी रुक्मिणी एक ओर शांत बैठी हुई थी। पति-स्वभाव से अब परिचित होने

---

* दत्त—संदीपनि का पुत्र। 'सूरसागर' के अनुसार यम ने इसका हरण कर लिया और यमपुरी ले गया। क.मा. मुंशी ने 'कृष्णावतार' में यमपुरी से दत्त को पुनः श्री कृष्ण द्वारा वापस लाए जाने का वर्णन औपन्यासिक गढ़न के साथ किया है। इस गढ़न का सत्य कथात्मक रूप में क्या रहा होगा—यह कहा जाना कठिन है, किंतु मुंशीजी ही नहीं, अनेक आधुनिक विद्वानों के अनुसार 'यमपुरी' का अस्तित्व समुद्र-पार बतलाया और स्वीकारा गया है। दत्त को श्री कृष्ण ही यमपुरी से वापस लाए और संदीपनि को सौंपा। वही उनकी गुरुदक्षिणा भी मानी गई।

लगी हैं वह। श्री कृष्ण सबके होते हुए भी किसी के नहीं हैं और सबके हैं। मन हुआ था कि कहे, "स्वामी!...जब से यह विदर्भसुता आपके राजरानी पद तक पहुंची है, तब से लगातार दस-बीस प्रहर भी ऐसे नहीं मिल सके हैं, जिन्हें मैं स्वयं के लिए हैं—यह विचारानुभव तक कर सकूं!" किंतु अनेक बार विचारने के बावजूद कुछ नहीं कह पाईं। लगता था कि जब-जब कहने के लिए होंठ खुलना चाहते हैं। तब-तब श्री कृष्ण उनकी ओर ऐसी दृष्टि से देखते हैं जैसे उनके मन-शरीर पर लगाम डाल देते हों। पुतलियां बोलती हुईं, 'देवी!...श्री कृष्ण केवल तुम्हारा है। तुम्हारे हर स्मरण दुख-सुख, शांति-अशांति में सदा उपस्थित!...' एक बार अवसर पाकर उद्धव से रुक्मिणी ने जाना भी था, "क्या तुम्हारे प्रिय सखा मुझे कभी भी स्मरण नहीं करते? यह द्वारका नगरी से निकलते ही सबको विस्मृत कर देते हैं?..."

उद्धव ने समझ लिया था कि महारानी नहीं, उनका भावावेश और उससे कहीं अधिक स्नेहिल प्रेम बोल रहा है। कहा था, "थोड़े ही समय पश्चात् आप अनुभव कर लेंगी भीष्मक सुता कि श्री कृष्ण सर्वत्र व्याप्त हैं।. ..जड़-चेतन, वायु, जल, आकाश आदि सभी में वही दिखेंगे आपको...यही श्री कृष्ण हैं। वे व्याप्त अनुभव की तरह हैं, हृदय अनुभूति की तरह सीमाहीन और तरल एवं हृदय की तरह प्रतिपल जीवंत!...आप अभी नई-नई आई हैं अतः इसी कारण ऐसा कह रही हैं..."

बात इससे अधिक बढ़ नहीं सकी थी...फिर रुक्मिणी ने देखा ही नहीं, अनुभव भी किया था कि श्री कृष्ण अपनी अनुपस्थिति में भी प्रतिक्षण प्रति व्यक्ति के मनःस्मरण में सुगंधि की तरह उपस्थित रहते हैं। समय-कुसमय वह इस तरह आ पहुंचते हैं जैसे उन्हें पूर्वाभाष हो जाता है कि कहां, क्या घटने जा रहा है?

...और इस पल भी कुछ ऐसा ही लगा। देवकीनंदन की ओर दृष्टि डाली तो अनुभव हुआ जैसे वह अपने वृद्धायु गुरु के पास भी हैं, इस समाचारवाहक छात्र के सामने भी और संभवतः युवक दत्त के पास भी...वह व्यक्ति से अधिक विश्वास दिखे थे रानी रुक्मिणी को। यह अनुभव होते ही लगा कि वह रुक्मिणी के एकदम समीप बैठे हैं...सभी ओर शांति—एकांत

और रुक्मिणी उनकी उपस्थिति का मन शरीर में स्पर्श की तरह अनुभूति कर पा रही हैं।...

मन में आए विचार यों घुल गए, जैसे सागर तट पर लहरों का एक रेला आया हो और बालू पर पड़े हर निशान को मिटा गया हो...

श्री कृष्ण कह रहे थे, "वत्स!...विश्वस्त हो जाओ। सब शुभ होगा।"

छात्र की घबराहट थमी भर नहीं, सहसा विश्वास में बदल गई। तेजोमय दृष्टि संभवतः स्वर और शब्दों से अधिक बोलती हुई लगती है। लगा कि श्री कृष्ण ने एक तरह से यही कह दिया है कि दत्त मुक्त हुए समझो और गुरु-पीड़ा का निवारण भी हो गया। अब आप सभी की चिंता, आशंकाएं और विचार श्री कृष्ण के अपने मनःभार हैं।...

छात्र ने आदरपूर्वक शीश झुकाया फिर सेवक के साथ हो लिया। अतिथि-गृह में उसे पहुंचाकर श्री कृष्ण सहसा पुनः सहज हो गए, मुसकुराकर रुक्मिणी की ओर मुड़े, कहा, "आश्चर्य है रुक्मिणी!...अब तक तुम यहीं बैठी हो?...विश्राम करो यह सब तो होता ही रहता है। संसार-क्रम है। घटनाएं घटती हैं, फिर बीत-रीत जाती हैं...मेरे पूज्य गुरु की सेवा का एक शुभावसर आया है। ऐसे प्रसंग भाग्यशाली लोगों के जीवन में ही आया करते हैं, जब उनसे कुछ अपेक्षा की जाए?...फिर मैंने तो महाज्ञानी आचार्य संदीपनि को अब तक गुरुदक्षिणा ही नहीं दी?...मुझे लगता है कि उस धर्म-निर्वाह की बेला आ पहुंची!"

रुक्मिणी शांत, मुग्ध देखती रही पति को। केवल इतना ही कह सकी थी, "आप तनिक विश्राम कर लें, भगवन्!"

श्री कृष्ण कुछ नहीं बोले शय्यासन तक पहुंचे और आंखें मूंद लीं। रुक्मिणी पुनः चकित हुई...पलकें झपकते ही लगा था कि श्री कृष्ण निद्रामग्न हो गए हैं।

यह स्थिति भी कुछ कम चौंकानेवाली नहीं है कि एक अशुभ समाचार और दायित्व पाकर व्यक्ति इस तरह सहज-सरल मन होकर निद्रा ले सके ...क्षण मात्र में?

श्री कृष्ण सोए ही नहीं थे। अब उनके नथुरों से हल्के स्वर भी आने लगे।

विदर्भ कन्या स्वयं भी तनिक आलस्यग्रस्त थी, पर अब आलस इस कारण उड़ गया था कि वे एक ओर पति की असाधारणता का दर्शन कर रही है...दूसरी ओर सहजता का केवल दर्शन क्यों, साक्षी बनी हैं इसकी? उद्धव के शब्द स्मरण हो आए...

...अनुभूति की तरह सीमाहीन...सर्वत्र व्याप्त...जड़ भी, चेतन भी! आप नई-नई आई हैं ना इसलिए ऐसा कहती हैं...

निस्संदेह! श्री कृष्ण—उनके पति-प्राण—ऐसे ही हैं। श्रद्धा से भर गईं वह! कब, किस क्षण पति के चरण दबाते-दबाते निद्रा आ गई पता ही नहीं चला।

जब जागीं, तब पुनः आश्चर्य की एक लहर ने हौले से मन-मस्तिष्क को झटका दिया! श्री कृष्ण शय्या पर नहीं थे। कहां गए? तुरंत सेविका को स्मरण किया। उसने प्रश्नपूर्व ही मुसकुराते हुए सूचना दी थी, "प्रभु तो रात्रि को ही पुनः जाग गए थे, महारानी!..."

"रात को ही?"

"हां!"

"कब?"

"आप उस समय गहन निद्रा में थीं, देवी!" सेविका ने बतलाया, "एक दूत आ पहुंचा था। कोई आवश्यक राजकीय समाचार लेकर महाराज धृतराष्ट्र के कुरु-राज्य से आया था वह!"

रुक्मिणी थोड़ी देर के लिए असहज हो उठीं। श्री कृष्ण मनुष्य हैं या केवल मानुषरूप में कोई अदृश्य शक्ति?...विश्राम करते हुए भी लगता नहीं कि विश्राम करते हैं? पर विश्राम करते दीखते हैं मानव की तरह...क्रियाएं सारी अलौकिक-अमानुषेय शक्ति से भरी हुईं!...पल भर पूर्व पीड़ाग्रस्त हुआ मन सहसा अब केवल अचरज बनकर रह गया...

कुछ समय दैनंदिन जीवन-क्रम में दिया, तब तक ज्ञात हुआ कि दूत से चर्चा करने के पश्चात् यशोदापुत्र उस छात्र को विदा करने चले गए हैं, जो गुरु सांदीपनि के आश्रम से आया था।...

श्रृंगारादि में कुछ समय और बीता तभी नया समाचार मिला कि अब कुछ यादव प्रमुख आ पहुंचे हैं और श्री कृष्ण मंत्रणा-कक्ष में हैं। मंत्रणा-विषय का अनुमान लगाना तो कठिन है, किंतु औत्सुक्य ने इतना अवश्य जान-पूछ लिया कि वहां कौन-कौन उपस्थित हैं?

ज्ञात हुआ कि लगभग सभी यादव प्रमुख हैं...सत्राजित, वसुदेव, बलभद्र, वसुहोम, उद्धव...अनेक...।

"क्या वे सभी रात्रि को ही आ पहुंचे थे?" चकित रुक्मिणी ने पूछा। सेविका ने हंसकर सूचना दी थी, "नहीं देवि!...उन सभी को गोपाल ने भोर हुए बुलवाया है...उस समय तक वह अकेले ही कुरु-राज्य से आए दूत से वार्ता करते रहे!"

रुक्मिणी चुप हो रहीं। लगा कि श्री कृष्ण पास ही हैं...मुसकुराते हुए। अदृश्य, पर पूर्णानुभूति बने हुए! कर्म, धर्म, विचार, ज्ञान, निर्णय इत्यादि सभी शब्दार्थों में व्याप्त बोध की तरह!

शैव्या सामने। कुछ समय पूर्व ही समूचे कक्ष का पुनः श्रृंगार किया जा चुका था। सब कुछ चमचमाता हुआ, सब कुछ ज्योतित और भव्यता से पूर्ण! ...रुक्मिणी जानना चाहती थीं कि कितना समय और लगेगा?...पर सेविका से इस तरह के प्रश्नों का कोई औचित्य नहीं लगा। भला राजचर्चा में कितना समय लगेगा—यह अनुमान यह साधारण सेविका क्या कर सकेगी?

रुक्मिणी आसन से उठीं और सेविका को आदेश दिया था, देव पूजन की क्या व्यवस्था की है?

"केवल आपके आदेश की प्रतीक्षा है, विदर्भसुता!..."

"तब चलो!"वह देव पूजा के लिए राजमंदिर की ओर चल पड़ीं।

लौटीं, तब हैरान रह गईं! कक्ष में मुसकुराते हुए देवकीनंदन सामने बैठे थे! न चेहरे पर थकान, न दृष्टि में आलस्य। इसके विपरीत केवल ओज, तेज

एवं अद्‌भुत आत्मशक्ति से सूर्याभासित मुख!...

पति को प्रणाम किया। श्री कृष्ण ने उन्हें हृदय से लगाकर कहा था, ''देवी! मैं कुछ समय के लिए तुमसे विदा मांगने उपस्थित हुआ हूं।''

लगा कि—ऐसा ही कुछ होगा! यह पहले से ही जानती थीं रुक्मिणी। न जाने क्यों पूजागृह से लौटते समय मन यही कह रहा था कि देवकीनंदन विदाई के लिए ही मिलेंगे।

वही सत्य सिद्ध हुआ।

कहां, किसलिए जा रहे हैं? यह प्रश्न अनुचित। केवल पूजा करके श्रद्धापूर्वक उन्हें विदा किया था।

''कुछ ही दिनों पश्चात् पुनः तुम्हारे पास आ जाऊंगा, वैदर्भी!...'' कृष्ण ने केवल इतना ही कहा था, फिर तीव्रगति से कक्ष के बाहर निकल गए। रुक्मिणी उन्हें मुख्यद्वार तक छोड़ने गईं। बाद में सैनिकों से पता चला कि श्री कृष्ण नगर व तटक्षेत्र का अवलोकन करने के बाद किसी अज्ञात दिशा में दक्षिण की ओर चले गए हैं!...इन सूचनाओं में राजरानी की कोई रुचि नहीं थी।

श्री कृष्ण ने कुछ योग्य यादव युवकों और असुरों को तटक्षेत्र में जलपोत निर्माण का दायित्व सौंप रखा था। कुछ ऐसे जलपोत बन रहे थे, जो केवल व्यापार के काम आएं और कुछ ऐसे निर्मित किए जाने का आदेश था कि उन्हें जलयात्रा में व्यावसायिक उपयोग के साथ-साथ युद्ध दृष्टि से भी उपयोग किया जा सके। कार्य की प्रगति कितनी है—यह कृष्ण स्वयं समय-समय पर देखते रहते थे, हालांकि यह कार्य, विश्वस्त वसुहोम को सौंपा गया था।

लौटते समय महाराज उग्रसेन के मुख्य राजनिवास की ओर बढ़ते-बढ़ते उद्धव से चर्चा-परामर्श किया। रात्रि में ही एक दूत किसी ऐसे पणि को साथ लाने के लिए तीव्रगति रथ से करवीरपुर की ओर भेजा जा चुका था, जो वैवस्वतपुरी के सामुद्रिक मार्ग और नगर-क्षेत्रों के बारे में विस्तार से बतला

सके...अनुमान था कि उग्रसेन से भेंट पूर्ण होते-होते वह दूत आ पहुंचेगा। वैवस्वतपुरी के महाराज यम* की सूचनाएं भी वही लाने वाला था।

ऐसा ही हुआ। महाराज से चर्चा करके निकले तब मार्ग में ही सूचना मिल गई कि दूत अपने साथ राजकन्या शैव्या का एक विश्वस्त पणि लेकर आ पहुंचा है। श्री कृष्ण उसे लेकर विशेष मंत्रणा-कक्ष में चले गए। वसुहोम उद्धव आदि बाहर प्रतीक्षा करते रहे। कुछ समय पश्चात् देवकीपुत्र बाहर आए। पणि युवक पीछे-पीछे अनुगामी भाव से चलता हुआ...

श्री कृष्ण ने बाहर आते ही प्रश्न किया था, "यादवप्रमुखों की सभा के अनुसार संपूर्ण व्यवस्था हो चुकी है ना?"

उद्धव ने तत्परता से उत्तर दिया, "हां, यादवराज!"

"तब उसी जलपोत की ओर ले चलो!"

वैसा ही किया गया।

जलपोत में पोत-चालक तो यादव योद्धा थे ही, एक छोटी-सी यादव टुकड़ी भी सशस्त्र सवार हो चुकी थी। पणि दूत का नाम था—ऋत्वज। आर्य संस्कृति से प्रभावित यह नाम सुनकर श्री कृष्ण ने पूछा था, "विचित्र बात है पणिराज?..." आपने तो एकदम आर्यबोधक नाम धारण किया है?

ऋत्वज ने आदरपूर्वक बतलाया था, "प्रभु!...मेरी माता आर्यकन्या हैं और पितृ यमपुरी से आए थे...मैं और मेरा परिवार माता के ही संस्कारों से संस्कारित हुए हैं, अतः स्वाभाविक है कि मुझे नामकरण आर्यों जैसा मिला..."

"साधु!...साधु!..." श्री कृष्ण बोले फिर आगे कुछ नहीं पूछा। जलपोत में प्रवेश करते ही उसके निरीक्षण में व्यस्त हो गए।

---

* यम ईरान का राजा—'अवेस्ता' में इसे यिम ख्शएत कहा गया है। ईरानी साहित्य में यम को यिम खिश ओस्त प्रयुक्त किया गया है यहां उल्लेखनीय है कि प्राचीनतम भारतीय संस्कृत ग्रंथों में यम के स्थान का वर्णन इस प्रकार आया है।

'यमो वैवस्वतो राजेत्याद तस्य पितरो विशः।' (माध्यान्दिन शतपथ-13/4/316) एक अन्य ग्रंथ वायु पुराण (70/8) में वर्णित है—'वैवस्वतं पितृणां च यमं राज्येऽभ्यषेचयत्'

पंडित भगवद्दत्त ने इसका संदर्भ-अर्थ लिखा है—'विवस्वान् के पुत्र यम को पितरों ने ईरान देश वालों का राजा अभिषिक्त किया।'

महासागर के वक्षस्थल पर आर्यपोत उतरें, इसके पूर्व कृष्ण ने उद्धव को कुछ महत्वपूर्ण निर्देश दिए, कुरु-दूत से मिले समाचारों पर परस्पर विचार-विमर्श में यादव नीति का निर्णय हो चुका था—वह भी स्मरण कराया फिर सागर यात्रा प्रारंभ कर दी।

सागरतट पर खड़े उद्धव, अनेक यादव सैनिक और नाविक देखते रहे—उस समय तक, जब तक कि जलपोत सागर की अनंत दूरियों तक दीखना बंद नहीं हो गया। आश्चर्य था तो केवल यह कि श्री कृष्ण के साहस और दुस्साहस में अंतर नहीं किया जा सकता था!...क्योंकि एक विश्वास सदा के लिए सबके मन-मस्तिष्क में बैठ चुका था कि यादवेंद्र कृष्ण साहस करें, अथवा दुस्साहस, जय उनकी ही होती है!...और अनेक बार ऐसे हो जाती है कि केवल आश्चर्यबोध ही मन में रह जाती है? प्रश्न बनकर...और उत्तर के नाम पर केवल शून्य!...

यह शून्य-मात्र एक बोध...महाशक्ति, अलौकिकता और अविश्वसनीयता से पूर्ण!...खाली, पर भरा हुआ!...

होते-होते अब यह स्थिति आ गई है कि श्री कृष्ण के किसी निर्णय और उसके परिणाम को लेकर मन-मस्तिष्क विचार ही नहीं करते!

'असंभव', 'आशंका', 'भय'...कितने ही शब्द तो हैं जो अपना अर्थ श्री कृष्ण नाम के साथ विस्मृत कर चुके हैं!

बस, लगता है तो केवल यही—क्या ये शब्द नहीं हैं? और यदि हैं तो इसका कोई अस्तित्व-महत्व शेष हैं या नहीं?...

पणिश्रेष्ठ पुणजन की विशाल जलनौका ने जब लुटे-पिटे पराजित-मन पणियों और उनके परिवारों के साथ वैवस्वतपुरी के तटक्षेत्र पर उतरना प्रारंभ किया तब असंख्य दैत्यों ने पीड़ा सहित उन्हें स्वीकारा, साथ ही आर्यावर्त में उभरी यादवशक्ति को लेकर विस्मय के साथ-साथ अनेक उत्सुकतापूर्ण प्रश्न भी किए, किंतु इस समय कोई भी पणि ऐसे प्रश्नों में बहुत रुचि नहीं ले पा रहा था। रुचि थी केवल थके-हारे शरीर और मानस को विश्राम देने में...

पर पुणजन प्रसन्न था! श्री कृष्ण की धूर्ततापूर्ण राजनीति को उनके गुरु संदीपनि के पुत्र का अपहरण कर ऐसी पीड़ा दे रहा होगा, जिससे उनकी मनःमुक्ति असंभव!...उससे भी अधिक प्रसन्नता इस बात की थी कि कृष्ण के गुरु का जो अपमान हुआ है, उसके कारण श्री कृष्ण कितने लांछित और अपमानित हुए होंगे साधारण आर्यों के सामने? इसी कुंठित मन की औघड़ प्रसन्नता लिए हुए वह महाराज यम की सेवा में उपस्थित हुआ। क्रूर और कठोर दैत्य सैनिकों से घिरा ऋषिपुत्र दत्त पीछे-पीछे!

महाराज यम स्वर्ण के चमकते, रत्नजड़ित सिंहासन पर गौरवपूर्वक विराजमान थे। आस-पास विशाल कक्ष में उनके महाबाह, महाशक्तिशाली सेनापति, अधिकारी, विद्वत्‌जन और सभासद। सभी तेजस्वी, विचारशील एवं प्रभुता से संपन्न!... राजसभा का वैभव सिद्ध करता था कि महाराज यम केवल शक्तिसंपन्न ही नहीं, सुरुचिपूर्णता से भी संपन्न हैं। उनका भाल विशाल, कान बड़े-बड़े, कंधे चौड़े और दृष्टि राजगरिमा से पूर्ण थी।

पुणजन ने यमराज को पारंपरिक पन्ह्व ढंग से प्रणाम किया, अन्य सेवकों ने भी यही किया जबकि दत्त ने हाथ जोड़े, कहा, "न्यायप्रिय राजन् की जय हो!"

यमराज ने शुभाशीष दिए फिर पुणजन से प्रश्न किया, "यात्रा कैसी रही पणि?"

"शुभ ही रही, महाप्रभु!..." पुणजन ने विनम्रतापूर्वक उत्तर दिया, फिर समूचा विवरण कह सुनाया कि किस तरह करवीरपुर और गोमंत क्षेत्र के साथ-साथ करहाट से भी अनेक पणि नागरिकों को आर्येंद्र श्री कृष्ण ने बाहर निकाला है। उनके अनेक जलपोत छीन लिए गए हैं और दैत्य सैनिकों को निःशस्त्र कर दिया गया है।

यमराज ने सब कुछ शांत होकर, बिना उग्र हुए सुना, फिर पूछा, "यह ब्राह्मण आर्य युवक किसलिए लाए हो यहां?"

"इसे पणियों के अपमानस्वरूप यहां ले आया हूं, देव!..." पुणजन ने गौरव के साथ जानकारी दी, "ब्राह्मणश्रेष्ठ संदीपनि का एकमात्र पुत्र है यह!...और संदीपनि को श्री कृष्ण का गुरु कहा जाता है।"

"युद्ध हुआ था या तुमने इसका अपहरण किया?" यमराज ने सीधा-सपाट प्रश्न झोंका।

पुणजन ने कहा, "यादवों की रणनीति छल और चपलता से पूर्ण है महाकाल! ऐसी स्थिति में मैंने इसका अपहरण करना ही उचित समझा! इस तरह उस दुष्ट यशोदापुत्र को पणि-शक्ति का ह्रास करने के लिए दंडित किया जाना संभव हुआ!"

यम कुछ पल शांत रहे—चुप। केवल उनकी दृष्टि सभासदों और नीतिज्ञों की ओर घूमी, पूछा, "हमें सूचना मिली है पुणजन कि श्री कृष्ण ने अनेक पणि उद्यमियों को आर्यावर्त के तटक्षेत्र में सागर-व्यापार की सुविधाएं भी दी हैं।..."

"दी तो हैं भगवन्, किंतु उसके लिए उसने उन्हें एक प्रकार से दासभाव के सीमावृत्त में बांध दिया है।"

"कैसा सीमावृत्त?...विस्तार से बतलाओ, पणिराज?"

श्री कृष्ण ने जो शर्तें पणि व्यापारियों के लिए सुनाई थीं, वे सभी पुणजन ने पातालपति को कह सुनाईं, फिर अंत में टिप्पणी की, "यह महाप्रभु के देशवासियों के लिए घोर अपमान के नियम हैं देव!...इस तरह श्री कृष्ण ने संपूर्ण पणि-शक्ति को ही आर्यावर्त से उखाड़ फेंका है! असुरों की भी उसने बहुत दुर्गति की है!" उसका स्वर उग्र भर नहीं, क्रोधावेश से भी भरा हुआ था।

यम* ने गहरा श्वास लिया। विशाल कानों में बाल जंगल की भांति उगे हुए थे। पातालपति के श्वास के साथ ही बाल थरथराए। किंतु दृष्टि एवं मुख पूर्ववत् शांत एवं धैर्य की अभिव्यक्ति बने रहे। पुणजन को जिनता देखा-समझा, लगा कि वह केवल घृणा से भरा हुआ, उत्तेजित और विवेकहीन मानस लिए हुए है। बंदी युवक दत्त निरीहता के साथ अकारण ही अपराधबोध अनुभव करता हुआ राजा के सामने खड़ा था। यम ने उसी तरह शांत भाव

---

* यम के नाम—पातालराज यम के नाम विविध हैं—उन्हें काल, मृत्यु, अंतक, शमन, भीमशासन, प्रेमराज, औदुम्ब, पाशी और दंडधर भी कहा गया है। यम की स्त्रियां—यों तो अनेक कहीं गई हैं, किंतु पुराणों में जो नाम मिलते हैं वे हैं—विजया, सुशीला, हेममाला।

से प्रश्न किया, "किंतु पुणजन, हमने तो सुना था कि कृष्ण धर्मात्मा है...और तुम हो कि उसे छली, धूर्त, दुष्ट न जाने क्या कुछ संबोंधित किए जा रहे हो?...एक बार पुनः विचार करो! कहीं तुमसे यादवराज को ठीक तरह समझ पाने में भूल या असावधानी तो नहीं हो रही है?"

पुणजन, वैवस्वतपुरी के सम्राट की शक्ति, सौम्यता, धर्मप्रियता और न्याय के साथ-साथ महाक्रोध से भी भिज्ञ था। एक पल के लिए घबराया– यमराज के शब्दों का अर्थ क्या है?...मस्तिष्क में विचार कौंधा। पर अनुभव हुआ कि राजा के गहननीति-शब्दों को समझ पाना उसके लिए कठिन है।

"मेरा विचार है कि इसके लिए तुम्हें कुछ समय चाहिए?..." यम बोले, "फिर पुणजन के उत्तर की प्रतीक्षा किए बिना आदेश दिया, "ब्राह्मण युवक को बंधनमुक्त करके उसके अनुसार, सम्मानित स्थान पर ठहराओ।" कुछ सेवकों ने तुरंत आदेश पालन किया। पुणजन के सैनिक सहमकर दूर हट गए। पुणजन को अलग कक्ष में ले जाया गया। जाते-जाते सूचना भी दी थी यमराज ने, "कुछ कालावधि के पश्चात् तुम्हें पुनः न्याय हेतु बुलाया जाएगा, पणिश्रेष्ठ! इस बीच तुम आर्गावर्त में हुए कार्य-व्यापार का पूरी तरह स्मरण करके उचित-अनुचित का स्वयं ही विचार कर लो!"

पुणजन की समझ में कुछ न आया। केवल इतना ही समझा कि सम्राट समूची स्थिति पर विचारार्थ संभवतः मंत्रियों, विद्वतूजनों आदि से परामर्श कर रहे होंगे। यही कारण था कि वह अलग कक्ष में पहुंचकर निश्चिंत भाव से बैठा रहा। मन प्रसन्न था। श्री कृष्ण कितने छटपटाए होंगे?...पर यम की शक्तिसंपन्न पातालनगरी तक न तो उनमें आने का साहस है, न ही सैन्य शक्ति!...

कुछ समय बाद ही यम का बुलावा पुनः आ पहुंचा। पुणजन अपने सैनिकों को वहीं छोड़कर पुनः राजसभा में जा खड़ा हुआ। इस बार उसे आशा थी कि राजा योग्य आसन आदि प्रदान करेंगे।

पर वैसा कुछ नहीं हुआ। यम ने कहा, "हमने सभी दैत्य सभासदों से विचार-विमर्श किया है और इस परिणाम पर पहुंचे हैं कि आर्य कृष्ण द्वारा पणि-व्यापार हेतु आर्यावर्त के लिए निर्धारित किए गए नियमों में ऐसा कुछ भी नहीं है, जिस पर आपत्ति की जाए!...जब किसी देश में व्यापार हेतु कोई पणिक पहुंचे, तब निश्चिय ही वहां की राजनीतिक स्थितियों एवं परिणामों में भागीदार होना उस व्यवसायी का कार्य नहीं है। यह अनीति भी है और धृष्टता भी!..."

"किंतु...प्रभु?..." पुणजन को लगा कि गला सूखने लगा है। महाराज यम का रुख कुछ इस तरह का रहेगा—यह तो कल्पना भी नहीं की थी!.. .उसे यह भी अनुभव होने लगा कि कहीं वह दत्त-अपहरण के कारण दंडित न कर दिया जाए? विचारमात्र से शरीर में सनसनी हुई...रोमांच से रोएं खड़े हो गए।

महाराज दंडधर कहे जा रहे थे, "शांतिपूर्वक सभी कुछ सुनो, पुणजन! ...वैयक्तिक शत्रुता और कुंठा को, राजनीति में लाकर—राजनीति और राज्य का दोषी बना देना किसी भी अच्छे राजनयिक, सभासद, राजा अथवा पणिकश्रेष्ठ का राजधर्म नहीं होता। जो ऐसा करता है, वह नैतिक रूप से तो अपने ही राज्य-देश का अहित करता ही है साथ-ही-साथ अधर्माचरण और अमानुषिकता के लिए भी दंड का पात्र हो जाता है। आर्यावर्त में तुमने जो कुछ किया, वह मात्र आर्यावर्त की पीड़ा नहीं, समस्त यमपुरी के लिए भी क्लेशदायी स्थिति थी। यह दुखद बात है कि वैवस्वतपुरी की ओर से मिले मान-सम्मान और राजकीय समर्थन का तुमने आर्यावर्त में पहुंचकर निरंतर दुरुपयोग किया!. ..हमारे न्यायदंड को अपमानित करने के साथ-साथ तुमने यमपुरी के मानवीय मूल्यों को भी लांछित कर डाला।...यह भी एक लज्जास्पद स्थिति है कि धन-धान्य से पूर्ण वैवस्वतपुरी के राजा होते हुए भी हम आज समस्त आर्यावर्त में एक अपहरित माने जा रहे होंगे?...हमें तुमने बहुत कष्ट दिया है पुणजन ...!" महाराज यम के स्वर में पीड़ा उभर आई थी।

सभा में सन्नाटा फैला था। साधारण जनों में आतंक!...यमराज की पीड़ा किस क्षण क्रोध में बदलकर घोर दंड बन जाएगी—इसकी कल्पना से

सभी के मन में सिहरनें बिखरी हुई थीं। पुणजन रह-रहकर मुट्ठियां भींच-खोल रहा था...लगा कि वे पसीने से तरबतर होती जा रही हैं। अब तक यम केवल नीति संबंधी बातें कर रहे थे...पर न्याय?...वह तो शेष है?

इस 'शेष' की कल्पना से पुणजन का शरीर थरथरा उठा।

यमराज ने कहा, "हे वणिकश्रेष्ठ!...तुमने यादवराज कृष्ण की ओर से आर्यावर्त में बनाए गए विदेश-व्यापार के नियमों को सुन-जानकर क्या यह नहीं समझा कि वे नैतिकता, राजधर्म और मानवीय आधारों पर पूर्णतः खरे उतरते हैं?..."

"प्रभु!..." पणिश्रेष्ठ का स्वर अब कांपने लगा था, "मैंने...मैंने विचार किया पर मुझे लग रहा था कि संभवतः गोपाल ने समस्त वैवस्वतपुरी और यहां के वीर नागरिकों का अपमान किया है!...जिस क्षण इन नियमाघरों की घोषणा के साथ यादवपुत्र ने मुझे अपने देश पठाया—मैंने केवल राज्य एवं जाति-अपमान की दृष्टि से ही विचार किया! यही कारण है कि आवेशवश मैं उनसे वैमनस्यग्रस्त हुआ और उनके ब्राह्मण गुरु संदीपनि के पुत्र को अपहरित कर लाया!..."

"धिक्कार है!..." अंतक बोले, "तुमने ऐसा दोष किया है, जिसके कारण अब वैवस्वतपुरी अपमानित और लांछित ही नहीं हुई है, अपितु हम कायर सिद्ध हो गए हैं ऐसा कायर, जो निर्दोष और पूज्य ज्ञानी पुरुष के पुत्र का अपहरण करके अपनी वीरता का छिछला प्रदर्शन करता है!..."

पुणजन ने लज्जा और ग्लानि से शीश झुका लिया। वस्तुसत्य में वह इतना कुछ सुनने-जानने के बाद स्वयं को अब भी दोषी नहीं अनुभव कर रहा था—यह मात्र राजभय की प्रतिक्रिया थी, जिसने उसे सिहरा दिया था। उसे श्री कृष्ण की चपल दृष्टि इस तरह चुभ रही थी जैसे जन्म-जन्मांतर से उसकी निजी शत्रुता चली आ रही हो!...इस विचार ने ही उसे दत्त-अपहरण के दुर्निर्णय तक पहुंचाया था।

कुछ क्षण यमराज चुप रहकर विचार करते रहे, फिर बोले थे, "पणिक! ...हमें तुम्हारी राजभक्ति और स्वाभिमानानुभव पर तनिक भी अविश्वास

नहीं है किंतु तुम्हारे अविवेकपूर्ण कार्य से हमें गहरी पीड़ा और अपमान झेलना पड़ा है। हम तुम्हें मात्र यही दंड देते हैं कि अब तुम अपहरित ब्राह्मणसुत को यादवेंद्र के समक्ष स्वयं लेकर जाओ हमारा एक दूत भी तुम्हारे साथ जाएगा और क्षमायाचना करते हुए उनके गुरुपुत्र को उन्हें सौंपेगा! भूलवश यदि किसी राजा या राज्य के नागरिक से किसी अन्य राजा या राज्य के प्रति अधर्म हो जाए, तब उसका निराकरण इसी तरह किया जाता है!...''

''किंतु महाप्रभु...! श्री कृष्ण इस दोष के लिए मुझे तुरंत दंडित कर देंगे!'' पुणजन का स्वर कंपन से भरा हुआ था, ''भय लगता है कि वह कहीं उग्रतावश मेरा वध ही न कर डालें?''

''सम्मानपूर्ण मृत्यु, कायर की भांति जीवन बिताने से कहीं अधिक श्रेयस्कर होती है वणिकराज!...'' यम का स्वर कठोर हो गया।

पुणजन की हथेलियों भर पर पसीना नहीं रहा था—वह पूरे शरीर से ही निकलने लगा...

यम ने कहा था, ''तुम्हें अपनी भूल का निराकरण करते हुए द्वारकेंद्र के समक्ष केवल इस ऋषिपुत्र सहित उपस्थिति भर नहीं देनी है, अपितु दंडस्वरूप कुछ उपहार भी देने हैं। इसी तरह तुम दोषमुक्त हो सकोगे और इसी प्रकार यम-न्याय की प्रतिष्ठा बच सकेगी।''

यमराज कुछ और कहे, तभी एक विशेष तटीय राजसेवक ने सभा में प्रवेश किया। सभी की ओर दृष्टि घुमाते हुए सबने उसे देखा। सेवक ने प्रणाम किया, फिर अतिविनम्रतापूर्वक कहा, ''दैव की जय हो!...सागरप्रहरी दानव सैनिकों को समाचार मिला है कि दूर, पातालपुरी की ओर बढ़ता हुआ एक जलपोत आता दीख रहा है!...''

''किस राज्य का है वह?''

''यह तो ज्ञात नहीं हो सकता है, महामान्य अंतक!...किंतु अनुमान है कि वह आर्यावर्त की ओर से आ रहा है। संभवतः वह आर्यों का भी हो सकता है!''

"आर्यपोत?" अनेक सभासद चकित हुए। यम शांत रहे—विचारमग्न। फिर कहा था, "ज्ञात करो कि वह कहां से और किसलिए इस ओर आ रहा है। संभव है कि वह आर्य वणिकों का जलपोत हो...अथवा आर्येंद्र की ओर से कोई संदेशा लाया हो!...यदि उसमें आर्य सैनिक भी हों, तब भी पातालपुरी तक उन्हें आने दिया जाए!"

"किंतु महाराज!..." एक सभासद ने आशंका व्यक्त की थी, "यदि वह सैनिकीय जलपोत हुआ तो पुरी क्षेत्र तक उसे शांतिपूर्वक आने देना—क्या उचित होगा?"

"...तब क्या यह उचित होगा कि अकारण उसे पातालपुरी के सैनिकों द्वारा जलक्षेत्र में घेर लिया जाए?...यदि वह सैनिक जलपोत न हुआ, उस समय क्या यह नीति न्यायोचित होगी?" यम ने प्रश्न किया।

सब चुप हो रहे। पुणजन सहमा हुआ। भय लगा था कि कहीं दुस्साहसी कृष्ण यादव सैनिकों सहित यहां न आ पहुंचा हो?...वैसा हुआ तब क्या राजा यमराज इसी भांति न्याय-धर्म की बातें करते रहेंगे?...पर कहना संभव नहीं! कहने का अर्थ होगा, यम को उत्तेजित करना। और इस क्षण वह अपने ही देश का अपराधी है...अपराध-दंड पाया हुआ दोषी भला राजसभा में सम्मति देने के योग्य कैसे हो सकता है?...तिस पर यदि जलपोत कृष्ण का है, तब तो यम अधिक क्रोधित होकर उसे दंडित ही कर डालेंगे। अतः चुप रहना ही श्रेयस्कर!

यम कह रहे थे, "उचित तो यह होगा कि दानव सेनापति अपने विश्वस्त गणों द्वारा यह सूचना प्राप्त करें कि वह जलपोत किस देश का है और किस उद्देश्य से पुरी की ओर आ रहा है...तभी यह निर्णय किया जा सकेगा कि उसके यात्रियों से क्या व्यवहार किया जाए?"

सेनापति ने स्वीकारा, "जैसी आज्ञा, महाप्रभु!"

"पातालपुरी के सभी सागर-तट क्षेत्रों को सतर्क रहने के आदेश दे दिए जाएं और हम तक तुरंत सूचनाएं पहुंचाई जाएं!..."

"जी, महाराज!" अनेक स्वर उठे।

यमराज ने सभा विसर्जित कर दी।

पुणजन का न्याय हो चुका था। राजकीय आदेश भी। सैनिक उसे उसके भव्य निवास तक पहुंचा आए। ऊपर निवास के विशाल कोष्ठ में पहुंचकर अनायास ही उसकी दृष्टि जा पहुंची थी, नगर-मार्गों की ओर...दो ओर के मार्गों पर दानव गण उपस्थित थे। सुसज्जित और शस्त्रास्त्रों से लैस। प्रकट था कि यम ने दंड देने के बाद उस पर राज्य के विश्वस्त सैनिक गणों को नियुक्त कर दिया है—संभवतः यह जानने के लिए कि पुणजन राज्यादेश का निर्वाह करता है या नहीं?

किशोरायु दत्त चकित था!...जिस क्षण यमपुरी के नगरमार्गों से होता हुआ बंदी की भांति उसे यमसभा तक ले जाया गया, वह हतप्रभ नगर के सौंदर्य को देखता रहा था। अद्‌भुत थी पातालपुरी!...अब तक वह केवल यही समझता रहा था कि पाणिराज पुणजन का देश निश्चित रूप से कोई जर्जर और असभ्य पुर भर होगा, किंतु इस नगर की साज-सज्जा, वैभव, सौंदर्य और सुंदर निर्माणों ने उसे पल भर में अपने पूर्वविश्वास से विलग करके विस्मय से भर डाला!...पातालपुरी नाम की कल्पना से जिस काले, घुप्प अंधेरे और अनारकीय स्थिति का भास होता था, वह असत्य भर नहीं था, अज्ञान भी था। निःसंदेह यह नगरी समृद्ध थी, नागरिक सुखी थे और अपनी विचित्र वेशभूषाओं में जहां-तहां राजमार्ग से लेकर जनपथ तक विचरण करते दीखते थे। सैनिकों की वेशभूषा विचित्र थी। वे बलिष्ठ और गौरवर्ण होने के साथ-साथ क्रोधी और उग्र स्वभाव के भी दिखते थे। संभवतः यही उनकी सभ्यता और संस्कृति की देन थी। किंतु वे पणियों के गण-सैनिकों की तरह बर्बर और अनुशासनहीन नहीं लगे...और फिर महाराज यम, उनकी राजसभा, वाणी, नीति आदि सभी से बहुत प्रभावित हुआ दत्त!...क्षण मात्र

में यह भी समझ आ गया कि दावपूरी के पुणजन बहुत सामान्य स्तर का वणिक समझा जाता है। इससे अधिक राजकाज से उसका कोई संबंध नहीं है। धनिक होने के कारण ही वह धीमे-धीमे आर्यावर्त में सत्ताधारी होता जा रहा था...

दत्त को पूरे राजसम्मान सहित, उसकी वांछित वस्तुओं और नियमादि कर्म की आवश्यकताओं के अनुरूप सुविधाएं देकर यम ने राजसम्मान दिया था। राजनिवास में ठहराया था। निस्संदेह ही यमराज एक शांतिपूर्ण और न्यायप्रिय राजा होने के साथ-साथ वीर एवं धर्मानुसार राज्य करनेवाला व्यक्ति है। दत्त ने विचार किया। उसी पल द्वार पर आहट हुई और सेवक ने समचार दिया, "दानवेंद्र पधार रहे हैं, ब्राह्मणसुत!..."

स्वयं यमराज?...दत्त आदरभाव लिए हुए उठ खड़ा हुआ। पल भर बाद यमराज आ पहुंचे। अंगरक्षकों को उन्होंने द्वार पर ही रुकने का संकेत किया और स्वयं अकेले ही कक्ष के भीतर आए। दत्त ने श्रद्धासहित प्रणाम किया। यम ने आशीष देकर पूछा, "यहां कोई कष्ट तो नहीं है, ऋषिपुत्र?"

विनम्रतापूर्वक दत्त बोला, "नहीं, महाप्रभु!...आपकी पूर्ण कृपा है। मैं परम शांत और सुखी हूं। आपका आभार भी व्यक्त करता हूं!"

यमराज ने कहा, "यह तुम्हारा ब्राह्मणोचित धर्म है युवक, किंतु हमें खेद है कि हमारे देश के एक नागरिक ने यह दुष्टतापूर्ण और अधर्मपूर्ण कार्य करके संपूर्ण पातालपुरी को अपमानित किया! इस हेतु हम तुमसे क्षमा मांगते हैं। तुम्हें शीघ्र ही सम्मान सहित आर्यावर्त भेजते हुए यादवराज श्री कृष्ण से क्षमायाचना की जाएगी। अपने ऋषिपिता को पहुंचे कष्ट के लिए भी हमारी ओर से उन्हें दयायाचना के दो शब्द अवश्य कहें!"

"यह सब आपकी विनम्रता है धर्मराज!..." युवक ने उत्तर दिया, "जो घट चुका है, अब उसे लेकर मन में तनिक भी ग्लानि व पीड़ा का भाव न लाएं। आपकी कृपा, सद्व्यवहार व न्यायप्रियता ने मुझे आनंदित ही किया है। भगवान कृष्ण और मेरे पूज्य वृद्ध पिता यह सब जानकर निश्चय ही प्रसन्न भर नहीं होंगे परम आनंदित भी होंगे।"

यम प्रसन्न हुए। युवक की वाणी में ब्राह्मणत्व का ओज स्पष्ट था। स्वर की मधुरता और विनम्रता सिद्ध कर रही थी कि आर्य संस्कृति के अनुसार ज्ञान की सर्वोच्चता और महानता किशोरायु ब्राह्मणसुत में संस्कारवत् सिद्ध है।

अधिक कुछ नहीं बोले थे यम। आर्यावर्त और ब्राह्मण ज्ञान संबंधी एक-दो बातें करके लौट पड़े...पुणजन की घटिया हरकत से उन्हें गहन कष्ट पहुंचा था—यह उनका हर शब्द व्यक्त कर रहा था। जाते-जाते पुनः कह दिया, ''अपनी आवश्यकताओं के लिए किसी भांति का संकोच न करना आर्यपुत्र!...उसे तुम अपना अधिकार समझकर व्यक्त कर देना।''

''कृपा राजन!...'' दत्त ने आभार व्यक्त किया। यमराज चले गए। दत्त विचार करता रहा। सुना था किसी से कि वैवस्वतपुरी के महाराज यम धर्मानुसार आचरण के लिए प्रसिद्ध हैं। वे अपूर्व शक्तिशाली होते हुए भी न्यायप्रिय, राजा के उच्चादर्शों के लिए सर्वत्र जाने-माने जाते हैं...अब सत्य सामने प्रकाशित था!

मार्ग में ही गणों से समाचार मिला था, ''वह जलपोत आर्यवर्त से आ रहा है प्रभु!'' राजध्वज सिद्ध करता है कि उसमें सैनिकीय शक्ति के साथ-साथ निश्चित ही कोई राजकीय व्यक्ति भी आ रहे हैं...उद्देश्य और मंतव्य आदि की कल्पना नहीं की जा सकती!

यम मुसकुराए। न चाहते हुए भी मन ने संदर्भ जोड़ लिया था, निश्चय ही इस पणिश्रेष्ठ के दोष हेतु उसे दंडित करने के लिए यादवेंद्र कृष्ण ने कोई राजयोद्धा पातालपुरी पठाया होगा!...तुरंत कुछ कहा नहीं।

संदेशवाहक गण ने और समाचार भी दिया, ''सागर-तट पर युद्ध दृष्टि से सभी व्यवस्था कर दी गई है राजन्!...सेनापति अब आपके कृपादेश की प्रतीक्षा भर कर रहे हैं।''

''हम स्वयं चलते हैं।'' यम बोले। योजना कहीं और जाने की थी, पर मार्ग में ही उनका निर्णय बदल गया। चलते-चलते सेवकों को कुछ निर्देश

भी दिए। इन निर्देशों के अनुसार पातालपुरी की सुंदर श्रेष्ठ गणिकाओं, सुंदरियों आदि को तटीय क्षेत्र पर संपूर्ण साज-शृंगार और स्वागतोत्सव जैसी तैयारियां करके तुरंत पहुंचाने का आदेश था। यह भी कहा गया था कि विभिन्न वाद्ययंत्रों की व्यवस्था भी की जाए। राजनिवास के अतिथिगृह सुसज्जित रखे जाएं।

सैनिक चकित हुआ। अनेक सेवक भी। यमराज किस नीति से काम ले रहे हैं, सहसा कुछ समझ नहीं आया किंतु राजा से तर्कातर्क करना असंभव। तुरंत आदेशपालन में जुट गए।

महाराज यम विशेष राजकीय वाहन पर सवार होकर तटक्षेत्र की उस दिशा में चल पड़े, जिस ओर जलपोतों के ठहरने की सारी व्यवस्था की गई थी।

जैसे-जैसे वैवस्वतपुरी समीप आ रही है, वैसे-वैसे आर्य सैनिकों की सतर्कता बढ़ती जा रही है। कोई अस्त्रास्त्र संभाल रहा है, कोई नई रणभूमि और नए भू-खंड पर युद्ध की दृष्टि से विचारमग्न है पर श्री कृष्ण और वसुहोम निश्चिंत...वसुहोम, इस कारण क्योंकि यादवेंद्र शांत हैं। पल भर पहले बोले थे, ''महाराज यम की धर्मप्रियता पर विचार करते हुए यह लगता नहीं है कि कोई विपरीत स्थिति पैदा हो सकेगी...किंतु वीरता का बहुतांश सतर्कता में ही निहित होता है। अतः सैनिक धर्म के अनुसार इस समय सावधानी और सतर्कता बरतना ही उचित होगा!''

वसुहोम ने धीमे से सुझाव दिया, ''देव!...पणियों पर विश्वास नहीं किया जा सकता? फिर पुणजन जैसे लोगों पर?...नितांत असंभव!...''

''पुणजन वणिक है वसुहोम...!'' कृष्ण बोले थे, दूर सागर-तट पर दृष्टि ठहरी हुई थी उनकी, ''वणिक की नीति केवल वाणिज्य होती है! वह राजा की भांति राजनैतिक स्थिति, समस्या और सामाजिक दोष-अदोष पर बहुत विचार करने का अधिकारी नहीं होता। यहां वैवस्वतपुरी में यमराज हैं वही धर्माधर्म के निर्णायक हैं, अतः हमें वणिक पुणजन से नहीं, निर्णय उनसे

लेना है कि दत्त का अपहरण करके क्या उनके नागरिक पुणजन ने न्यायोचित कर्म किया है?..."

"वह अपने नागरिक के दोष पर विचार क्यों करेंगे, गोपाल? वह तो केवल आर्य-अनार्य और सुर-असुर होकर ही सोचेंगे। उस स्थिति में युद्ध अनिवार्य हो जाएगा! और यह विस्मृत नहीं किया जाना चाहिए कि इस बार युद्ध उनकी रणभूमि पर होगा। उनके क्षेत्र में!...और यह सब हम सभी आर्यों के लिए अनजाना-अनपहचाना प्रदेश है। यहां की जल, वायु, दिशाएं और अस्त्रास्त्र भी हमारे अनजाने ही हैं!..."

"योद्धा स्थितियों का नहीं, केवल विजय का विचार करते हैं और विजय-विचार में हर स्थिति को, उसी के अनुसार देख-समझकर अनुकूल बनाया जाना भी युद्ध-नीति है।" श्री कृष्ण ने उत्तर देकर दृष्टि और तीव्रता से पातालपुरी के तटक्षेत्र पर लगा दी...तभी एक नाविक दौड़ा हुआ आया, निवेदन किया, "प्रभु/...जलपोत की गति को रोकने के लिए दानव गण जलमार्ग में ही उपस्थित हैं। संभवतः वे इस तटक्षेत्र के रक्षक हैं? क्या जलपोत रोका जाना उचित है?...जैसा भी आप आदेश करें?"

"रोक दो...!" श्री कृष्ण बोले, फिर मुड़कर वसुहोम से कहा, "जाओ, पूछो उनसे कि वे क्या चाहते हैं? निश्चय ही वे यह जानना चाहते होंगे कि हम कौन हैं और किस उद्‌देश्य से पूरी-क्षेत्र की ओर बढ़ रहे हैं? उन्हें समाधानकारक और उचित उत्तर देते हुए बतला देना कि हम महाराज यम से भेंट करना चाहेंगे। उद्‌देश्य और अभीष्ट की प्राप्ति में यही हमारी पहली इच्छा है।"

वसुहोम के मन में इच्छा हुई थी, कह दें–'कहीं वे छल तो न करेंगे?' पर श्री कृष्ण ने उनकी ओर से पीठ मोड़ ली थी। साफ था कि इससे अधिक वह न बात करना चाहते हैं, न ही किसी प्रश्नोत्तर की अपेक्षा है उन्हें।

सांझ ढल आई थी। श्री कृष्ण उसी दिशा में देखते रहे...सांझ के साथ ही पातालपुरी में दीप झिलमिलाहटें उभरने लगी हैं...अंधकार में ये झिलमिलाहटें बहुत सुंदर लग रही थीं। वायु में भी विचित्र-सी शीतलता बिखरी हुई।

निःसंदेह वैवस्तवपुरी सुंदर और वैभवशाली नगरी होगी—दूर से ही यह सिद्ध होता था। यशोदापुत्र जितने आनंदित हुए, उससे कहीं अधिक मुग्ध...

दूर दीखता तटक्षेत्र विविध रंगोंवाली ज्योतिमालाओं से भरी लड़ी जैसा लग रहा था। यह लड़ी तटक्षेत्र कितना विशाल है—इसका पर्याप्त अनुमान दे रही है। श्री कृष्ण एकटक देखते रहे...

तभी जलपोत थम गया।

श्री कृष्ण ने गहरा श्वास लिया। शांत सागर जल में तटक्षेत्र की ज्योतिमालाएं दोहरी हो गई दीख रही थीं। बीच-बीच में लहरें वायु की हौली अंगुलियों के स्पर्श से थरथरा उठतीं। ज्योति माला कांप कर इस तरह हिलती जैसे किसी सुंदरी की मुसकान ने देखनेवालों के असंख्य हृदयों में कंपन बिखरा दिया हो...मीठा, सुखद और आनंद बिखराता हुआ...

तभी पदचाप उभरी। श्री कृष्ण समझ गए। वसुहोम आ पहुंचा है। बिना मुड़े पूछा था, "क्या कहते हैं दानव गण?"

"वे कहते हैं महाप्रभु कि हम पुरी के तटक्षेत्र पर पहुंचने के पूर्व अपना उद्‌देश्य, लक्ष्य आदि के साथ-साथ जलपोत का निरीक्षण भी करवा दें?"

"तो करवा दो?..." कृष्ण ने तुरंत उत्तर दे दिया।

"किंतु...?"

"भय है ना कि हमारे साथ सुसज्जित यादव सैनिक हैं?" श्री कृष्ण ने बिना मुड़े ही प्रश्न कर दिया। वसुहोम की दुविधा समझ पा रहे थे।

"हां, और वे गण शंकित हो उठेंगे..."

"शंका किस बात की?" कृष्ण ने पूछा।

"यही कि सैनिकों से भरा यह विशाल जलपोत किस प्रयोजन से उनके नगर में पहुंच रहा है?"

"कह देना कि यादवराज कृष्ण, महाराज से भेंट करने आए हैं!"

"प्प...र?"

"चिंता न करो! सत्य सदा ही सुखद परिणाम देता है, वसुहोम!" श्री कृष्ण मुड़े। मुसकान चेहरे पर बिखरी हुई। लगा कि उनके पार चमकती तटक्षेत्र की सभी ज्योतियों से अधिक प्रकाशित वह मुसकान है!...

अधिक तर्कातर्क करने के लिए न शब्दकोश है, न विषय। वसुहोम लौट पड़े। थोड़ी देर बाद आकर सूचना दी थी कि पातालपुरी के तट-सैनिक, तटक्षेत्र पर सूचना देने और पोत को आने न आने देने की स्वीकृति लेने गए हैं।

श्री कृष्ण ने कहा था, "उस समय तक सागर में ही पोत को ठहराकर उनकी प्रतीक्षा की जाए!"

वैसा ही किया गया।

पुणजन को भी समाचार मिला कि आर्यावर्त का कोई सैनिक जलपोत, महाराज यम से भेंट के लिए सागर में रुका हुआ है!...स्पष्ट हो गया था कि कृष्ण ने अवश्य ही संदीपनि पुत्र के लिए कोई दूत भेजा होगा!...पर यह विचार नहीं किया था कि स्वयं श्री कृष्ण ही आ पहुंचेंगे!

एक क्षण के लिए शांति भी मिली। यमराज को संतोष होगा कि पणिश्रेष्ठ ने पाताल के नागरिकीय अपमान का पर्याप्त बदला ले लिया है। दूत को आना पड़ा, पर फिर लगा कि यमराज इस बात पर अधिक क्रोधित भी हो सकते हैं। आर्य दूत न जाने क्या कुछ समाचार लाया हो?...हो सकता है कि कृष्ण ने यह सूचना भी भिजवाई हो कि पणिराज ने आर्यावर्त में असुरों से मिलकर षड्यंत्र किया था?...दंडधर नीति-धर्म के अनुसार ऐसा कोई भी लांछन कभी भी पसंद नहीं करेंगे। मन में घबराहट हुई उससे कहीं अधिक चिंता!...लगा कि कृष्ण का छल सीमाहीन है। वह सागर पार तक अपना यही छलचक्र चलाए रखना चाहते हैं!...

पुणजन ने अपने विश्वस्त व्यक्तियों में से एक गण को राजनिवास में किसी न किसी बहाने रोककर महाराज यम के निर्णयों की सूचना लाने पर लगा रखा था और कुछेक गुप्तचर गण राजधानी में भी छोड़ दिए थे। इन्हें बड़ी मात्रा में मुद्रा-आकर्षण दिया गया था। वे गुप्तचर क्रिया में पारंगत थे, अतः प्रतिपल उस तक समाचार आ रहा था कि कहां, क्या कुछ हो रहा है।

पातालपुरी के वणिकों में भी पुणजन का विशेष प्रभाव था। आर्यावर्त में रहकर उसने अपार धन अर्जित किया था और इस धन के साथ-साथ

उसने अपनी सुरक्षात्मक निजी रक्षक सेना बना रखी थी। यह सेना एक छोटी-मोटी शक्तिसंपन्न किंतु बर्बर गणों की टोलियों के रूप में उसके पातालपुरी स्थित विभिन्न निवास-आवासों के अतिरिक्त उसके समर्थक पणियों की भी सुरक्षा करती रहती थी। यम की राजसभा में भी उसके कम समर्थक और सहयोगी न थे। ऐसे सभी लोग किसी-न-किसी धनाकर्षण में बंधे रहकर उसे राजकीय सुविधा-सहायताएं उपलब्ध कराते रहते थे। यमराज ने जिन विशेष और विश्वसनीय गणों को उस पर दृष्टि रखने के लिए नियुक्त किया था, उनमें से अधिकतर पुणजन की इस सामर्थ्य से अपरिचित होने के साथ-साथ यह भी अनुभव कर रहे थे कि इस सबके बावजूद महाराज दंडधर के आदेशों की अवहेलना और उन्हें अनदेखा कर देने का साहस कम-से-कम पुणज़न में तो नहीं है।

पर यह उनकी भूल थी। पुणजन जटिल से जटिलतम होती जाती अपनी स्थिति पर विचार करता हुआ कोई-न-कोई ऐसा मार्ग निकालने में जुटा हुआ था, जो न केवल उसकी जीवनरक्षा करे, अपितु उसके परमशत्रु श्री कृष्ण को उनके मान-सम्मान और राजकीय आदर दृष्टि से भी नुकसान पहुंचाए।

यम के सैनिक की निष्क्रियता और पुणजन के सैनिकों की तत्परता ने इस समय-विशेष का गहरा अवसर लाभ दिया वणिकराज को। परिणाम यह हुआ कि पुणजन की सूचनाएं महाराज यम तक नहीं के बराबर पहुंचीं, जबकि पुणजन के गुप्तचर क्षण-क्षण राजधानी में जटित हो रहे, घटनाक्रम की जानकारियां अपने स्वामी तक पहुंचाते रहे।

पुणजन को पता लगता गया कि किस तरह आर्य जलपोत को यम के सैनिकों ने जलमार्ग पर रोका है...फिर यह भी कि आर्य जलपोत में भारी मात्रा में यादव सैनिक हैं...और यह भी कि यादवेंद कृष्ण के सैनिकों को यमराज ने तटक्षेत्र तक आने की स्वीकृति दे दी है...यह भी निश्चित हुआ है कि उन सैनिकों के प्रमुख का स्वागत राजा की ओर से किया जाएगा ...और अंत में पता चला कि राजा यम समुद्र तट से लौटते-लौटते केवल इस

कारण रुक गए हैं क्योंकि यादव सेना के साथ कोई दूत नहीं, स्वयं आर्यश्रेष्ठ श्री कृष्ण ही आ पहुंचे हैं!...

कृष्ण!...पुणजन बुरी तरह घबरा गया। उससे कहीं अधिक चिंतित हुआ कि श्री कृष्ण को यदि पातालपुरी में मैत्रीवत् व्यवहार मिला तब पुणजन न केवल अपमानित होगा, अपितु संभव है कि दत्त अपहरण के अपराध में उसे दंडित भी कर दिया जाए!...

पुणजन ने तुरंत निर्णय कर लिया था कि अब पातालपुरी में रहकर वह जीते जी मरना नहीं चाहेगा। इस निर्णयाधार पर उसने अपने सैनिकों को गुप्त रूप से पातालपुरी त्याग देने की विस्तृत योजनाएं समझानी प्रारंभ कर दीं!...पुणजन ने धन-धान्य बटोरकर वहां से निकल जाने में ही कुशल समझा। बहुमूल्य पान्चजन्य* शंख भी इसी धन-सामग्री में था।

कृष्ण जितने चकित हुए, उससे कहीं अधिक शंकित!...

पातालपुरी में सागर-तट पर ही नहीं, संपूर्ण राजमार्गों पर विशेष सजावट की गई थी। आर्येंद्र की जय के उद्घोष हुए। वाद्ययंत्रों ने यादव वीरों के स्वागत में आर्यावर्त की परंपरा के अनुसार सुर-संगीत के साथ उनकी तट-क्षेत्र में अगवानी की। स्वयं महाराज यम, कृष्ण के स्वागतार्थ अपने स्थान से आगे बढ़कर पैदल आए...

जलपोत से उतरते कृष्ण सतर्कता से यहां-वहां देख रहे थे। आर्य सैनिक चकराए हुए। वसुहोम श्री कृष्ण के पीछे-पीछे चल रहा था...कुछ विस्मित, पर अधिक मात्रा में चकित। दृष्टि में शंका, मन विचित्र-सी घबराहट झेलता हुआ। कहीं कालवत् यमराज ने कोई षड्यंत्र तो नहीं रच रखा? फुसफुसाकर कृष्ण को सावधान किया था, "महाप्रभु!...यह सब कुछ असहज और अस्वाभाविक-सा लग रहा है।"

---

* 'पान्चजन्य' शंख की विशिष्टता थी, उसका स्वर-माधुर्य और जबरदस्त उद्घोष! कुरुक्षेत्र महायुद्ध के समय वह धर्म युद्ध की घोषणा बना। अधर्म के प्रति युद्ध अथवा संघर्ष का चेतना का स्वर संकेत कहलाया।

"हर असहजता और अस्वाभाविकता में धैर्य रखना ही वीरोचित धर्म होता है, वसुहोम!" श्री कृष्ण ने वैसे ही उत्तर दे दिया और अगले ही क्षण महाराज यम के सामने जा खड़े हुए। यम ने दोनों बांहें फैलाईं, निष्कपट भाव से कहा, "मैं पातालपुरी का राजा अपने देश व नागरिकों की ओर से महावीर यादवराज आर्य कृष्ण का अपनी भूमि पर स्वागत करता हूं। मेरी हार्दिक इच्छा है कि आप नगर और नागरिकों की ओर से राजकीय अतिथि के रूप में हम सभी को सेवा का अवसर प्रदान करें।"

श्री कृष्ण ने भी उसी राजनीतिक चातुर्य के साथ राजगरिमा से पूर्ण उत्तर दिया, बोले, "महाराज अंतक की जय हो!...केवल मैं ही नहीं, द्वारकाधिपति उग्रसेन और सभी आर्य आपके द्वारा मिला स्नेहातिथ्य पाकर धन्य हुए!...सत्य तो यह है कि आपके एक नागरिक द्वारा हमारे प्रति किए गए छल पर न्याय निवेदनार्थ ही मैं यहां उपस्थित हुआ था, पर पाता हूं कि संभवतः यमराज ने अपनी वीरोचित गरिमा के अनुसार हमें न्याय दिए जाने का पूर्व-निर्णय कर रखा है?...यह कल्पना कर परम हर्षित हूं और समस्त आर्यावर्त इस हेतु आपके प्रति उपकृत हैं!"

"आप निश्चिंत हों, यशोदानंदन!..." यमराज ने उत्तर दिया, "आतिथेय प्रदान किए जाने का आपने उचित अर्थ ही निकाला है। हम प्रसन्न हुए! अब राजनिवास चलकर हमें सभी अतिथि-धर्म निर्वाह का अवसर दें!..."

पुष्प वर्षा हुई। तिलकादि के पश्चात् हर्षोल्लास सहित श्री कृष्ण एवं उनके विशेष लोगों को ससम्मान यमपुरी के राजमार्गों से निकलते हुए अतिथिगृह तक ले जाया गया। मार्ग में यमराज ने खेद व्यक्त कर दिया कि ब्राह्मणसुत का अपहरण कर उनके देश के नागरिक से वह केवल रुष्ट भर नहीं, उस अपराध के लिए स्वयं भी अपने आपको दोषी अनुभव कर रहे हैं। शीघ्र ही इस दोष का निवारण पातालराज की ओर से किया जाएगा! श्री कृष्ण को अतिथिगृह में पहुंचाकर यमराज ने सर्वप्रथम दत्त से उनकी भेंट-व्यवस्था करवा दी।

दत्त से संपूर्ण विवरण सुन-जानकर श्री कृष्ण प्रसन्न हुए। वसुहोम, जिनका मन निरंतर आशंकाओं के थपेड़े झेलता रहा था, अब निश्चिंत

हुआ। जिस तरह यम ने दत्त के प्रति न्याय किया था, उससे सिद्ध था कि वह और उनका राज्य, सभासद एवं प्रशासन आर्यावर्त से संबंध खराब नहीं करना चाहते। दत्त के सम्मान, यम के पणिराज पुणजन के प्रति अपनाए गए रुख आदि का विवरण पाकर भी सभी प्रसन्न हुए। उन्होंने महाराज यम के प्रति आदर व्यक्त किया, आभार भी।

पातालपुरी में अतिथियों के तरह-तरह से स्वागत-सम्मान के साथ-साथ उनके नगर-भ्रमण की योजनाएं बनीं...इसी राजनीतिक औपचारिकता के दौर में पुणजन और उसकी गतिविधियां यमराज की दृष्टि से लगभग ओझल हो गईं!...

किंतु पुणजन इस बीच विद्युत गति से पातालपुरी पलायन के अपने आयोजन में जुटा रहा। यमपुरी के गुप्तचरों से बचकर उसने न केवल जलपोत रवानगी की व्यवस्था की, अपितु बड़ी मात्रा में अपने सैनिक भी पोत तक पहुंचाए। उनके साथ-साथ कुछ विश्वस्त पणियों और समर्थकों के साथ धन-धान्य भी पोत में सुरक्षित रखवाया गया।

रात्रि के समय श्री कृष्ण के स्वागतार्थ पातालपुरी में जन-समारोह आयोजित था। इस अवसर का उसने लाभ उठाया। जब सभी नगर-नागरिक और राज-कर्मचारी इस समारोह में व्यस्त हुए, तब वह अपने विश्वस्त व्यक्तियों सहित जलपोत में जा पहुंचा। क्रूर पणि सैनिकों की बड़ी संख्या अब अस्त्रास्त्रों से लैस उसके साथ थी। उसने अपना निर्दिष्ट शरणस्थान भी तय कर लिया था। असुरदेश में पहुंचकर वह राजकीय शरण प्राप्त करेगा और बहुमूल्य रत्न, स्वर्णादि देकर असुरेंद्र मदासुर को प्रसन्न करते हुए श्री कृष्ण से भविष्य में बदला लेने की दुर्योजना पूरी करेगा। वह जानता था कि मदासुर, अतिसुर और गद्काल आर्यावर्त से जितने अपमानित हुए हैं, वह अपमान सदा-सदा के लिए असुरों और सुरों के उसी सनातन संघर्ष का एक और कारण बना रहेगा, जो सदियों से चलता आया था...यह सुर-असुर संघर्ष और वैमनस्य ही पुणजन का सहायता बिंदु हो सकता था। वणिक

बुद्धि पुणजन निरंतर राजनीति के बीच रहते-रहते एक सीमा तक राजनीति कुटिलता का आदी हो चुका था।

अर्धरात्रि के समय जलपोत ने असुर देश की ओर रवानगी ली। पोत की सभी बत्तियां सावधानी के तौर पर एक विशेष जलसीमा तक बुझाए रखी गईं। विश्वास था कि भोर होते-होते तक पुणजन का जलपोत जो विशाल धन-संपत्ति से भरा हुआ था और जिसकी रक्षार्थ बड़ी मात्रा में सैनिक गण उपस्थित थे—यमक्षेत्र की सीमा से बाहर निकल जाएगा?...जब तक पातालपुरी में श्री कृष्ण का स्वागत समारोह होगा—वे पूर्णतः सुरक्षित होंगे!

जलपोत ने अंधकार से पूर्ण क्षेत्र में सागर-वक्ष पर पहले गति धीमी रखी, फिर जैसे ही पाताल सीमा पार की, उसने तीव्र गति पकड़ ली। उत्ताल तरंगें भी अब तक काफी कुछ मर्यादित होकर शांत हो गई थीं...

दो दिनों तक श्रेष्ठ आतिथेय पाकर श्री कृष्ण ने यादव सेना सहित अपने जलपोत से आर्यावर्त प्रस्थान की तैयारी की। पातालपति यम को पुणजन की स्मृति हो आई। विश्वस्त अनुचरों को सेनापति के साथ उसके निवास की ओर दौड़ाकर आज्ञा दी, ''उसे हमारी सेवा में उपस्थित करो!...यादवेंद्र श्री कृष्ण से क्षमायाचना करते हुए वह दंडस्वरूप बहुमूल्य पांचजन्य* उन्हें प्रदान करें!...''

---

* पांचजन्य, पुराण कथा के अनुसार देवासुर संग्राम के बीच 'पांजचन्य' (शंख) निकला। पर इसका कोई संदर्भ, कहीं किसी ग्रंथ में नहीं मिलता कि देवासुर संग्राम के बाद से पांचजन्य कहां, केसे और किसके पास गया? 'महाभारत' में लिखा है कि 'धृतराष्ट्र' ने श्री कृष्ण की प्रशंसा करते हुए कहा—''उन्होंने (श्री कृष्ण) विकट जल-जंतुओं से पूर्ण समुद्र के भीतर प्रवेश किया और जल के भीतर जाकर वरुण देव को अपने वश में कर लिया।...उन माधव ने पातालवासी 'पांचजन्य' दानव को युद्ध में मारकर दिव्य पांचजन्य शंख उनसे प्राप्त किया...'' (द्रोणपर्व अध्याय 11 में श्लोकक्रम-17 से 20) संभवतः महाभारत के आधार पर ही श्री कन्हैयालाल माणिकलाल मुंशी ने 'पांचजन्य' का संबंध पांचजन्य या 'पुन्यजन' से जोड़ा है। यानी पाणि या पणिजन। उसके अनुसार इस नाम का शंख विदेशी (भारतीय पुराणों के अनुसार भी) राक्षसों के ही पास था। श्री कृष्ण ने उसे समुद्र-पार के देश, जिसे यमपुरी कहा गया है, से लाकर प्राप्त किया।

जिस गति से सैनिक गए, उसी गति से घबराए हुए लौटे। बतलाया कि पुणजन और उसके अनेक साथी-समर्थक वणिक एवं अंगरक्षक सैनिक टुकड़ियां नगर में कहीं नहीं हैं!...

यमराज व्यग्र हुए। उससे कहीं अधिक पीड़ागस्त! आतिथेय करने के बाद यह कैसा लांछन क्षण उपस्थित हुआ? इससे तो यह सिद्ध होगा कि महाशक्तिसंपन्न और न्यायप्रिय यमराज नितांत अयोग्य राजा हैं!...छिः!... अब उन्हें क्रोध आया, सबसे पहले उन राजकर्मचारियों पर, जिन्हें पुणजन की देखरेख पर नियुक्त किया गया था, फिर दुष्ट वणिकराज पर जिसने पातालपुरी के नागरिकीय धर्म और न्याय के साथ-साथ राजा का भी अपमान किया? आदेश दिया गया कि संपूर्ण नगर में खोजा जाए उन्हें, न मिलें तब उनकी सभी चल-अचल संपत्ति जब्त कर ली जाए। यदि किसी जलपोत से सागरमार्ग द्वारा वह भाग खड़े हुए हो तब उन्हें सागर में खोज कर ही समाप्त कर दिया जाए!...

पर श्री कृष्ण को यह सब ज्ञात न था। वह यम के व्यवहार और दत्त की प्राप्ति से प्रसन्न थें जबकि यमराज गहन पीड़ा और आत्मग्लानि से कहीं अधिक अपमान बोध से ग्रस्त। दानव सैनिकों ने बहुत खोज तलाश की, पर पुणजन का कहीं पता न चला। उसका विशाल भवन और उसके समर्थकों की अचल संपत्ति राजकोष में दे दी गई और सेनापति ने राजा तक सूचना पहुंचाई, "ज्ञात हुआ है कि अंधकार में समुद्र तट पर दूर खड़ा एक जलपोत सागर में कुछ गतिविधि करते देखा गया था..." फिर संभावना भी व्यक्त कर दी थी उसने, "मुझे लगता है देव कि वह पुणजन और उसके अनुयायियों का ही जलपोत रहा होगा!..."

यमराज का क्रोध आसमान पर जा पहुंचा। पुणजन पर लगाए गए गुप्तचरों को दंडित करने के साथ-साथ उन्होंने आदेश दिए कि सागर में दूर-दूर तक पातालपुरी की सेनाएं पुणजन और उसके साथियों को खोजें और बंदी बनाकर उनके सामने प्रस्तुत करें!...यदि वे विरोध करें तब उन सभी का वहीं वध कर दिया जाए! केवल वणिक स्त्रियों और बालकों को सुरक्षित रूप से यमपुरी लौटा लाया जाए!

यम-क्रोध का यह आदेश दूर-दूरंत चर्चा का विषय बन गया। वणिकजन भयभीत हो उठे। उन्होंने अपने भाग्य को सराहा, जिन्होंने पुणजन का साथ न देने का निर्णय लिया था।

निश्चित समय पर यमराज के आदेश पूर्ति में निकले दानव जलपोतों को लेकर वैवस्वतपुरी में जो फुसफुसाहटें फैलीं, वे लाख छिपाने का प्रयत्न करते हुए भी श्री कृष्ण तक जा ही पहुंची। यादव सेना व श्री कृष्ण सागर तट पर पहुंचकर अपने जलपोत से आर्यावर्त वापसी की तैयारी कर रहे थे।

सब कुछ सुनकर श्री कृष्ण ने तुरंत कोई प्रतिक्रिया नहीं दी। वसुहोम को कभी-कभी गंभीर समाचार पाकर भी उनकी यह चुप्पी अखर जाती थी, इसी कारण पूछ लिया, ‘‘आपने कोई प्रतिक्रिया व्यक्त नहीं की, देवकीसुत?’’

‘‘यह पातालराज का अपना निजी प्रकरण है, आर्य!...भला हम क्या प्रतिक्रिया व्यक्त करें और किसलिए करें?...हमारा अभिप्राय तो पूर्ण हो चुका है!’’

श्री कृष्ण के शांत उत्तर ने वसुहोम ही नहीं, अनेक यादव योद्धाओं को चुप कर दिया।

निश्चित समय पर पातालराज यम ने आर्य जलपोत को ससम्मान विदा करते हुए उचित मात्रा में महाराज उग्रसेन के लिए धन-धान्य, रेशमी वस्त्रों आदि के साथ-साथ बहुमूल्य वस्तुओं की भेंट दी थी।

आर्य जलपोत सागर में उतर गया। सब अपने-अपने कक्ष में चले गए। निश्चित दूरी तक यात्रा करने के बाद श्री कृष्ण ने वसुहोम को बुलावा भेजा। यादव वीर उपस्थित हुआ। श्री कृष्ण बोले, ‘‘हमें पूर्ण विश्वास है यादव जलपोत निर्माताओं ने इन पोतों को युद्धक ढंग से विशेष शक्तिशाली बनाने के साथ-साथ गतिमान भी बनाया होगा?’’

‘‘हां, प्रभु!...अनेक असुर यात्रियों के सहयोग से यह संभव हुआ है।’’ वसुहोम ने बतलाया।

‘‘हमें यह जानकर प्रसन्नता हुई आर्यवीर!...’’ श्री कृष्ण ने उत्तर दिया। वसुहोम चकित भाव से वासुदेव को देखे जा रहा था। वह विचारमग्न

थे, यह उनकी मुद्रा जतला रही थी। सहसा कृष्ण का एक और प्रश्न आया, ''तुम्हें ज्ञात है ना कि यमराज ने दुष्ट पुणजन को संदीपनि-पुत्र की वापसी के साथ-साथ दंडस्वरूप आर्यों तक कुछ धन-धान्य पहुंचाने के आदेश भी दिए थे।''

''मुझे स्मरण है, देव!...''

''तब यह भी स्मरण होगा कि ऐसे व्यक्ति को दंडित न कर पाने के कारण महाराज यम को बहुत दुख हुआ होगा?...'' श्री कृष्ण कहे गए, ''उससे भी अधिक कष्टकर स्थिति यह बनी होगी कि वह छली स्वदेश को छलकर भी भाग गया? उसने राज्यादेश की अवहेलना तो की ही, हम आर्यों को भी बहुत क्षति पहुंचाई!''

''हां, अनंत!...'' वसुहोम ने फिर उत्तर दे दिया, पर मन-ही-मन तनिक परेशान भी हुआ। भला श्री कृष्ण यह सब किसलिए और किस संदर्भ में पूछ कह रहे हैं?

श्री कृष्ण कहे गए, ''समुद्र सीमा की दृष्टि से संभवतः हमारा पोत उस स्थान तक आ पहुंचा होगा जो न सागर की पातालपुरी सीमा में आता है, न ही आर्य सीमा में और न असुरेंद्र मदासुर की सागर-सीमा में?''

वसुहोम ने उत्तर तुरंत नहीं दिया। एक क्षण कृष्ण के शब्दों का अर्थ और उनके पीछे छिपे अभिप्राय को समझने के लिए प्रयत्न किया...पर लगा कि कुछ समझ नहीं पा रहा है।

''तुमने कुछ कहा नहीं, वसुहोम?''

''जी?'' वसुहोम चौंका, फिर बोला, ''हां-हां,...हम ऐसे ही सागरक्षेत्र में यात्रा कर रहे हैं, देव..''

''ठीक!'' श्री कृष्ण बोले, ''अब अपने जलपोत की असुरदेश की सीमा की ओर बढ़ाओ नाविकों से कहो कि जितनी तीव्रगति से उस ओर बढ़ सकें—बढ़ते जाएं!...''

''किंतु...''

''पुणजन का पोत उसी मार्ग पर होगा, आर्य!'' श्री कृष्ण ने उत्तर दिया, ''और महाराज यम भले न जानते हों किंतु हमें ज्ञात है कि वह

निश्चित रूप से अपने असुर मित्रों की शरण लेने जा रहा होगा!...दत्त अपहरण के लिए उसे दंडित करना हमारा धर्म है वसुहोम और अब हम वह पूरा करेंगे!"

एक क्षण के लिए स्तब्ध रह गया था वसुहोम!...श्री कृष्ण इस सीमा तक सोच रहें होंगे, यह तो उसकी कल्पना के भी बाहर था!...

श्री कृष्ण ने कहा था, "आज्ञापालन में देर मत करो, आर्य!...हम नहीं चाहते कि पुणजन सागर में असुर-सीमा तक पहुंच जाए!...उसे इसके पूर्व ही सागरवक्ष पर दंडित कर देना होगा!"

वसुहोम तुरंत आज्ञापालन में दौड़ गया। थोड़ी ही समय पश्चात् आर्य जलपोत का दिशा-परिवर्तन हुआ। सैनिकों को युद्ध के लिए तैयार होने के आदेश दिए गए। स्वयं श्री कृष्ण ने इस बीच अपने आपको आगत संग्राम के लिए सन्नद्ध कर लिया। सागरवक्ष पर अब उत्ताल तरंगें दौड़ता हुआ जलपोत तीव्र गति से बढ़ रहा था...

दोपहर ढलने को हो आई थी। सागर में हिचकोले लेता हुआ विशाल पणिजलपोत ऐसे हिंडोले की भांति चल रहा था, जिसमें तनिक-सी पलकें मूंदते ही नींद आ जाए, फिर पणिराज पुणजन के कक्ष में वैभव-विलास के समूचे साधन उपस्थित थे...अतः पुणजन को कब निद्रा आ गई थी—ज्ञात ही नहीं हुआ।

एक कारण और था। पुणजन गत चार रात्रियों से ठीक तरह विश्राम नहीं कर सका था। पातालपुरी के महाराज यम से जिस प्रशंसा-पुरस्कार की आशा थी, वह न मिलकर न्याय के नाम पर दंडित किया गया था उसे। बची-खुशी शांति यादवराज कृष्ण के आर्य जलपोत ने आकर छीन ली! लगा था कि अब मृत्यु सन्निकट आ पहुंची है। ऐसी ही मृत्यु को छलने में वणिक अब सफल हुआ था...अब निश्चिंत! थोड़े ही समय बाद असुर राज्य का सीमाक्षेत्र आ जानेवाला था। उसमें पहुंचते ही पणि पुणजन न केवल सुरक्षित होगा, अपितु शक्तिशालियों का आश्रय भी पा जाएगा!...शांत मन

और सहज हो चुकी धड़कनों ने शरीर आलस्यग्रस्त कर दिया...यह आलस कई दिनों की थकान के कारण भी बहुत गहराया हुआ...

तभी एक दुःसमाचार के कारण विशेष अंगरक्षक ने उसे जगा दिया, ''वणिकश्रेष्ठ! वणिकश्रेष्ठ जागृत हों!''

पुणजन ने आंखें खोली। तन आलस्यग्रस्त था। इस निद्रा व्यवधान ने बहुत कष्ट दिया। कुछ चिढ़कर पूछा, ''क्या कारण है?...क्या तुझे दीखता नहीं कि मैं विश्राम कर रहा हूं?''

''क्षमा, पणिराज!'' सैनिक के चेहरे पर चिंता हल्की धुंधलाहट बनकर बिखरी हुई थी, ''कारण ही ऐसा था कि असमय आपकी निद्रा में बाधक बनना पड़ा!...मुझे क्षमा कर दें!''

''कारण बतला?'' पुणजन लगभग चिल्ला उठा।

''प्रभु!...दूर सागर-क्षेत्र में एक पोत दीख रहा है। इसी ओर आता हुआ।''

''कैसा पोत? किसका पोत?...'' पणि उठ बैठा। नींद कहीं दूर जा दुबकी। भांति-भांति की आशंकाओं का एक ज्वार मन में उभर आया। उससे जुड़ा हुआ भय चिंतित स्वर में पूछा, ''क्या वह जलपोत पातालपुरी का है?''

''नहीं प्रभु!...उसकी बनावट वैसी नहीं है। इसके विपरीत कुछ नाविकों को संशय है कि संभवतः वह आर्य जलपोत ही है!...ऐसा ही पोत उनमें से कुछ ने पाताल पुरी के तट-क्षेत्र पर भी देखा था।''

''पर ऐसा कैसे संभव है?'' पणि पुणजन ने कहा, ''भला आर्य पोत असुर प्रदेश की ओर कैसे आ सकता है?...और किस उद्देश्य से?...'' उसके माथे पर चिंता की लकीरें उभर आई थीं कुछ पल चुप रहकर उसने कहा था, ''ठीक तरह देखो, सैनिक!...वह आर्य जल पोत नहीं हो सकता!. ..इस असीम सागर वक्ष पर अनेक देशों और जातियों के वणिक बंधु व्यापार यात्राएं करते रहते हैं। संभव है कि उन्हीं में से कोई एक वह हो!''

सैनिक चला गया, पर पुणजन की नींद उड़ गई। अंतिम शब्द जैसे उसने स्वयं को ही धैर्य बंधाने के लिए वह कह दिए हैं...अनुभव हुआ कि

वह अपने को ही छल रहा है! कृष्ण केवल छली नहीं, अपूर्व योद्धा भी हैं—यह वह कुशस्थली में ही देख-समझ चुका था। तनिक भी आश्चर्य की बात नहीं थी कि सागरमार्ग से वह पुणजन को दंडित करने आ पहुंचें हों! ...हृदय की धड़कनें बढ़ गईं। व्यग्रतापूर्वक वह अपने कक्ष में दाएं-बाएं घूमने लगा। मन-ही-मन प्रार्थना करता हुआ—'हे ईश्वर!...वह श्री कृष्ण का जलपोत न हो!...वैसा हुआ तब पणिराज की मृत्यु निश्चित है!'

पुणजन के जलपोत को आर्य नाविकों ने भी पहचान लिया था। वसुहोम ने उन्हें निर्देशित किया कि गति धीमी कर दी जाए। श्री कृष्ण ने इस बीच आदेश दे दिए थे कि उग्र और बर्बर स्वभाववाले पणि सैनिकों से युद्ध करना दिन के समय उपयुक्त नहीं होगा। अंधेरा होते ही उन पर इस तरह आक्रमण किया जाए कि संभलने का अवसर ही न मिले! वैसी ही व्यवस्था की गई।

जलपोत की गति के साथ ही पुणजन के पोत-वाहकों को यह समझना कठिन होता जाएगा कि वह यादव युद्धपोत ही है!...

यही हुआ। पुणजन तक उसके सैनिक पुनः समाचार ले पहुंचे। दुविधा में कोई निर्णय लेकर पहचान में अक्षम रहे थे। कहा, "वणिकपति!...ऐसा लगता है कि वह यादव जलपोत न होकर किसी व्यापारी का ही पोत है। उसकी गति बहुत धीमी है और आकार-प्रकार के अनुमान से भी ऐसा कुछ भी नहीं लगता कि उसमें सैन्यगत कोई वैशिष्ट्य होगा!"

पुणजन को परम शांति मिली, किंतु चिंता फिर भी घेरे हुए थी। चिंता केवल यही कि उसके पास जीवन भर की पूंजी इस जलपोत में है। यदि गण ठीक हुआ रक्षा नहीं कर सके, तब सभी कुछ समाप्त हो जाएगा।...

समाप्ति की कल्पना भर पुणजन के लिए घोर कष्ट देनेवाली थी। नर्कवत्!...चाहा था कि शय्या पर लेटकर पुनः आंखें मूंद ले, विश्राम की चेष्टा करे—किंतु मन-शरीर कुछ भी तो साथ नहीं दे रहे हैं?

वह टहलता रहा...टहलता ही रहा। तब तक, जब कि सांझ न ढलने लगी। जलपोत प्रकाश से स्नान करने लगा। समाचार मिलते गए कि उस जलपोत की गति वैसी ही मद्धिम है!...मन को क्षण भर के लिए शांति मिली। संभवतः वह पोत किसी वणिक का ही हो!...

विचार के लिए यह सुखद था, शांतिदायक भी!...पुणजन ने इसी विचार मात्र से कुछ पल मन में शांति जुटाए रखी...

अनंत सागर के विस्तृत वक्ष पर दो जलपोत आगे-पीछे चले जा रहे थे ...एक में पर्याप्त प्रकाश व्यवस्था की गई थी और दूसरी सामान्य व्यवस्था के साथ निरंतर सागर पर गतिमान था...

भोर अभी बहुत दूर थी...

पर पुणजन और उसके साथियों में आशंकाओं का ज्वार उठते हुए! यदि वह जलपोत-वणिक का न होकर यादवेंद्र का हुआ—तब भोर किसे देखने का मिलेगी, किसे नहीं—यह अनिश्चित!...

सैनिकों को अपनी बर्बरता पर विश्वास है। हिंस्र युद्ध के भी आदी हैं वे। अस्त्रास्त्रों से समृद्ध, किंतु यह सब भी मन को एकाग्रता नहीं दे पाया है।...यादवों को चपलतापूर्ण एवं छल-पूर्वक युद्ध की आदत है। तिस पर यमपुरी से मुक्ति पाकर दानवगण आनंदवश सुरा-सुंदरियों के चक्र में उलझकर कुछ-कुछ शारीरिक बेसुधी और आलस्य से भी भरे हुए हैं...ऐसे में यदि यादव योद्धाओं के सैनिक पोत ने डन्हें घेर लिया, तब वह अस्त्रास्त्र, युद्धकौशल और बर्बरता उनके सामने कितनी देर और किस तरह ठहर पाएंगे?

जितना अंधेरा...उससे कहीं अधिक शंकाओं की कालिख!...

इस अंधेरे और कालिख से लिपटे मन-शरीरों की सामर्थ्य एक प्रश्नचिह्न!...

रात्रि का पहला प्रहर ढलता हुआ...दूसरे प्रहर के साथ ही किसी ने एक दुःसूचना और दे दी, "संभवतः पीछे आते हुए जलपोत की गति कुछ तीव्र हो गई है..." फिर यह भी कि यदि वह गति वैसी ही रही, तब शीघ्र ही पोत, उनके

अपने पोत के निकट आ पहुंचेगा...यह भी कि बस, अब आया ही समझें!.. .घबराहट में गण-योद्धाओं ने सुरापान बढ़ा दिया और जैसे-जैसे सुरापन की गति बढ़ी, वैसे-वैसे मन-शरीर युद्धपूर्व ही स्वयं से पराजित होते हुए, थकते चले गए...पुणजन अपने कक्ष में माथा थामें हांफ रहा था...विचार विषय यह कि वैवस्वतपुरी से पलायन करके उसने ठीक किया या गलत?...

उत्तर नहीं!...उत्तर में केवल अंधकार!...सनसनाती वायु और सागर वक्ष पर शांत जल को चीरती हुई जलपोत की गरजन स्वर!...

पल भर पूर्व एक विश्वसनीय गणयोद्धा को बुलाकर पूछा था, "अभी असुर देश की सीमा से कितने दूर हैं हम?"

"बहुत दूर!..."

पुणजन गहरा श्वास लेकर चुप हो रहा! पल भर पहले ही मन में विचार आया था कि यदि वह असुर देश की सीमा के समीप आ पहुंचा है, तब संभव है कि असुर देश के प्रहरी जलपोत मिल जाएं...यदि पीछे से आते हुए जलपोत ने आक्रमण किया तो उनसे सहायता मिल जाएगी?...पर वह आशा भी निराशा ही सिद्ध हुई...

समाचार पुनः आया, "अब जलपोत बहुत पास आ चुका है। प्रकाश में यह भी स्पष्ट दीख रहा है कि वह पोत आर्यों का ही है..."

"क्या आर्य सैनिक दीख रहे हैं उसमें?" पुणजन का स्वर कांपने लगा था।

"दीख तो नहीं रहे, किंतु पोत विशाल है। यदि उसमें वे भीतर हुए भी तो सहसा उनका अनुमान नहीं किया जा सकता कि कितने होंगे?"

पुणजन का गला सूखने लगा...श्वास रह-रहकर रुकती हुई...सुंदर सेविकाएं सामने हैं, दिव्य और बहुमूल्य मदिरा भी...पर लगता है कि सब दीखते हुए भी अनदेखी अपरिचित!...

दीख रहा है केवल अंधकार!...और अंधकार में भी केवल मृत्यु!...इस मृत्यु का चेहरा अतिसुंदर है!...यादवराज श्री कृष्ण का मोहक चेहरा!...वह चेहरा जिसके दर्शन मात्र से किसी को सुख मिलता है और किसी को

भयजन्य मर्मांतक पीड़ा...पीड़ा भी ऐसी, जिसकी कल्पना मृत्यु क्षण में भी नहीं हो सकती!

सहसा पुणजन ने कहा था, "तुम सब लोग जाओ! मुझे अकेला छोड़ दो..." फिर वे जाने लगे तो सहसा रोका था उन्हें, "नहीं-नहीं, सुनो?"

वे थम गए।

"सैनिकों से कहो कि वे प्रतिक्षण आगत, अकल्पित युद्ध के लिए सावधान हों!"

"जैसी आज्ञा, वणिकराज!..." वे चले गए। पुणजन फिर अकेला हो गया...

पर कहां है अकेला?...लगता है उसके अपने भीतर की एक भयावह संग्राम चल पड़ा है...कोलाहल और मरणांतक चीखों से भरा हुआ!...

रात्रि का दूसरा पहर प्रारंभ हो चुका है...और यादव युद्धपोत एकदम समीप!...किसी भी क्षण कल्पना का संग्राम-साकार सिद्ध हो जाएगा!...

पर पुणजन युद्ध करे या न करे? एक नए विचार ने मन में जन्म लिया।

न करके यदि क्षमायाचना कर लेगा तो हो सकता है कि कुछ शुभ ही हो जाए? श्री कृष्ण उसे और उसके साथियों को क्षमा कर दें?...

किंतु क्षमायाचना के लिए उनके सामने तो पहुंचना ही होगा?

उतना साहस पुणजन के पास है क्या?...

उतना आत्मबल?...

उतनी शक्ति?...

उतना आत्मविश्वास...?

मन ने स्पष्ट उत्तर दे दिया—"नहीं!..."

गण पल-पल सूचनाएं ला रहे हैं, "अब वह सैनिक जलपोत एकदम निकट है। हमारे पोत के समानांतर चलता हुआ...किसी भी क्षण वे हम पर आक्रमण कर सकते हैं...!"

पुणजन ने सुना। गण को वापस जाने की आज्ञा दी और लगभग चीख उठा, "मुझे विचार करने दो!...कुछ क्षण एकांत चाहिए!..."

घबराया हुआ सैनिक लौट गया। पुणजन व्यग्र भाव से चहलकदमी करने लगा...हर कदम के साथ केवल एक अनुभव—मृत्यु!...मृत्यु!... मृत्यु!...

सहसा थम गया था वह! लगा कि व्यग्र मस्तिष्क में कौंधकर एक भाग किसी विचार किरण के अंधेरे में प्रकाश की सुरंग पैदा कर दी है...बचाव का एकमात्र मार्ग!...वह शय्या पर पुनः आ बैठा। मन तनिक सहेजा। हालांकि संपूर्ण आत्मशक्ति व्यय करनी पड़ी थी उसे। उस प्रकाश किरण पर ही समग्र मानस चिंतन एकाग्र कर दिया...

वसुहोम उनके सामने था, "अब क्या आज्ञा है, गोपेंद्र?"

श्री कृष्ण का उत्तर था, "प्रतीक्षा करो और पणि जलपोत पर हर क्षण, हर ओर से दृष्टि लगी रहे—ऐसी व्यवस्था कर दो!..."

"उस पोत में तो कोई गतिविधि ही नहीं दीख रही है?" वसुहोम ने बतलाया।

"यह गतिविधि न दीखना ही, किसी आशंकित गतिविधि का संकेत है!" कृष्ण ने सहजता से उत्तर दे दिया।

"जो आज्ञा!" वसुहोम व्यवस्था हेतु लौट गया।

वेतनभोगी लोगों का अकारण वध हो या व्यर्थ युद्ध की स्थिति आए—कृष्ण यह नहीं चाहते, पर यह भी उनके लिए असहनीय है कि उन्हें छल लिया जाए? त्वरित निर्णय उचित होते हैं किंतु उनमें अनावश्यक उत्तेजना और व्यग्रता का उपयोग कभी अच्छे परिणाम नहीं देता। अतः जल्दबाजी में कोई निर्णय नहीं लेंगे...फिर निर्णय और उसे क्रियान्वित करने के लिए यादवों के पास पर्याप्त रात्रि शेष है!...पूरे दो प्रहर!...सूर्योदय तक सभी कुछ संभव है।...

प्रतिक्षण आर्य सैनिक तैयार हैं। केवल आदेश की प्रतीक्षा और आदेश-पूर्व उनसे जहां, जितना सावधान और संयमित रहने को कहा गया है—वही उनका धर्म!

कुछ नायकों ने विचार किया था कि अब श्री कृष्ण की नीति क्या होगी? एक जलपोत के साथ दूसरे जलपोत का इस तरह शांत चले जाना—किस नीति की ओर संकेत करता है?...पर लगा कि समझ पाना कठिन!...

वसुहोम समझने की चेष्टा कर रहा है—क्या श्री कृष्ण यह प्रतीक्षा कर रहे हैं कि पणिराज पुणजन के पोत-रक्षकों को झुंझलाहट से भरकर आक्रमण के लिए उत्तेजित कर दिया जाए?...

या यह कि उनका आत्मबल टूट-बिखरकर लगभग समाप्त हो जाए?...

या यह कि उनमें परस्पर जीवनरक्षा के प्रश्न को लेकर तर्कातर्क होने लगें और वे उन्हीं के बीच गृह-कलह का कारण बन जाए...? या वैसी स्थिति तक पहुंचकर उत्तेजना और व्यग्रता में वे मानसिक संतुलन खो बैठें?...

या यह कि वे सभी पुणजन को यह अहसास दिलाए कि आर्य पोत की शक्ति-सामर्थ्य निश्चय ही इतनी बढ़ी-चढ़ी होगी कि उनके सामने आत्मसमर्पण कर देने में ही उनका कुशल निहित है?

या यह कि श्री कृष्ण स्वयं ही यह विचार रहे हैं कि आक्रमण किस तरह और किस-किस प्रकार हो सकता है?...

...पर इतने प्रश्नों आशंकाओं और संभावनाओं से भरे मन में किसी एक विचार पर ठहर पाना संभव है क्या?...

वसुहोम ने विचार बंद कर दिया! माथापच्ची बेकार है!...उचित तो यही होगा कि जैसा देवकी सुत कहें, वैसा ही किया जाए!...यांत्रिक भाव से वही सब करते गए।

प्रकाश किरण ने मार्ग दिया।

पुणजन ने विश्वस्त सैनिक गणों के बारे में सोचा, फिर क्रमशः सभी को अपने पास बुला लिया। कक्ष का द्वार बंद करके मंत्रणारंभ की, "...स्थिति स्पष्ट हैं यादव कृष्ण निश्चय ही हमसे अधिक शक्ति-संपन्न

होगा, तभी उसने हमारे जलपोत को इस तरह सागर में घेरने का दुःसाहस किया है..." वह कुछ पल थमा, साथियों पर प्रतिक्रिया देखी, फिर कहा, "...इसके बहुत कुछ दोषी हमारे गण भी हैं। वे लंबे समय तक सत्ता-भोग के कारण सुरा-सुंदरियों के इतने आदी हो चुके हैं कि रात्रियुद्ध की शक्ति-सामर्थ्य उनमें लगभग समाप्त हो चुकी है।...यदि इस समय यादवों ने हम पर आक्रमण कर दिया, तब हममें से किसी की जीवनरक्षा संभव नहीं!..."

सबने स्वीकार किया कि पुणजन जो कुछ कह रहे हैं वही सब सच है।

पुणजन ने धीमे स्वर में कहा, "ऐसी स्थिति में एक ही मार्ग शेष रह जाता है। घोर अंधकार का लाभ उठाकर हम किसी जल-नौका में अपने धनधान्य और विश्वसनीयों को लेकर इस जलपोत से पलायन कर दें!... संभव है कि इस तरह कृष्ण-कोप से हमारी ही नहीं, हमारे शुभैषी गणों की जीवन रक्षा भी हो जाए। जलपोत जाए तो जाए, किंतु सभी के प्राण बच जाएंगे!..."

"किंतु दैव, यदि यादव सैनिकों ने दया-क्षमा से काम न लिया तब?" एक गण कुछ ज्यादा ही घबराया हुआ था।

"भूलते हो तुम कि आर्यों में दया और क्षमा—उनका धर्म रहा है।" पुणजन बोला, "इसे युद्धनीति में उचित कहा जाए या अनुचित—यह इस समय विचार का विषय नहीं है, किंतु विचारणीय केवल यह है कि इस संपूर्ण स्थिति में हम सब क्या करें?"

सबने दो क्षण चुप रहकर एक-दूसरे के चेहरे देखे फिर सभी ने सहमति दी कि वणिकश्रेष्ठ की सम्मति ही उचित है।

यही किया गया। कुछ पल बाद ही पुणजन एक विशेष नौका में अपनी बहुमूल्य धन-सामग्री और विश्वसनीय साथियों को लेकर, अपने ही सैनिकों की भीड़ से बचने के साथ-साथ अंधकार में यादव जलपोत की दृष्टि से ओझल हो जाने की तैयारियां करने लगा...लगा कि मृत जीवनाशा को पुनः एक संजीवनी-शक्ति प्राप्त हो गई है!...

●●●

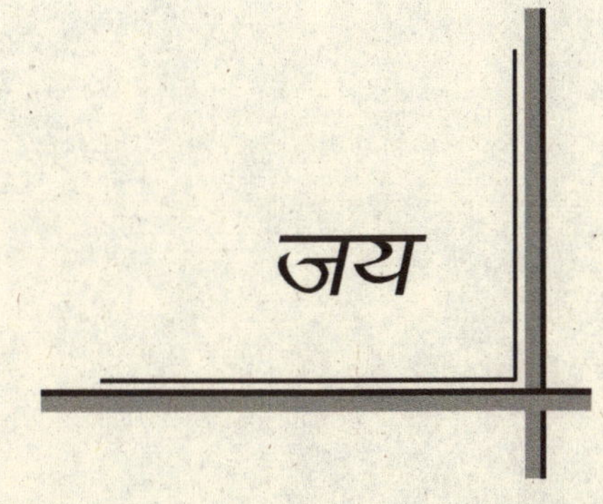
जय

कभी-कभी लगता है कि उस समूची स्थिति के सत्य पर जी भरकर हंसा जाए!...और कभी-कभी महसूस होता है कि मनुष्य की उस दुर्बुद्धि को लेकर गंभीरता से विचार किया जाए जो मृत्युक्षण भोगते समय नितांत एकाकी—एक सीमा तक स्वयं भर के लिए मोहग्रस्त हो जाती है!

पर वसुहोम तय नहीं कर पाते कि कौन-सी स्थिति विचार के लिए उचित होगी? लगता है कि विचारणीय केवल कृष्ण-नीति है, जिसकी दूरगामी अदृश्य-दृश्य-क्षमता वह सब कुछ देख पाती है, जिसकी कल्पना तक वसुहोम या उस-जैसे साधारण लोग नहीं कर पाते!...पुणजन को लेकर ही नहीं, अन्य बहुतेक घटनाओं को मन-मस्तिष्क में सहेजकर उन सब पर सोचा जाए—तो यही लगता है!...

कितना कुछ तो है...नीति और चपलता के अलग-अलग उदाहरणों और घटनाओं में घटित सत्य!...कृष्ण का अर्थ है—कंस-वध, जरासंध की प्रतिष्ठा पर आघात, दुर्जय कालयवन का संहार, मथुरावासियों के रक्षार्थ कुशस्थली की ओर आगमन, द्वारका की स्थापना, शिशुपाल का सैन्य शक्ति-मर्दन, क्रूरतम असुर शक्तियों का विविध प्रकार से संहार, कम साधनों के होते हुए भी भारतीय महादेश में यादव शक्ति की स्थापना, औद्योगिक, वैज्ञानिक, यौगिक और उपलब्ध सभी शक्ति साधनाओं में समस्त आर्यों को एकत्र कर महाशक्ति के रूप में स्थापित कर देना, कुरुवंश

की दुर्धर्ष राजनीति में अपनी महत्ता स्थापित किए रहना और दूर-दूरंत पातालपुरी तक आर्यावर्त का प्रभाव बढ़ा देना...

हर घटना, हर स्थिति, हर योजना का कारण युद्ध-शक्ति कम, राजनीतिक यौगिक, जन-प्रभावी व्यक्तित्व और अमानवीय-अलौकिक दूरदर्शिता अधिक!. ..लगता है कि एक पुरवैया का झोंका सहसा अद्भुत और अविश्वसनीय आंधी की तरह समग्र आर्यदेश भर में नहीं, पृथ्वी पर छा गया...यह सब कैसे हुआ, किस तरह हुआ और आगे किस-किस तरह बढ़ता ही जा रहा है—वसुहोम या उन-जैसे सामान्य मनुष्य तो दूर, महर्षियों के मानस चिंतन की शक्ति से भी परे है!...बस, केवल दीखता है कि कृष्ण द्वारा घटित घटना उस ओर बढ़ी और कोई-न-कोई असहज परिणाम घटना—इस तरह, जैसे सब अत्यंत सहज था!...

पुणजन को लेकर भी तो यही कुछ हुआ था...? वसुहोम अनचाहे ही स्मरण कर बैठे हैं। आर्य जलपोत द्वारका के समुद्र तट को छूने जा रहा है ...निरंतर यात्रा और साधारण युद्ध की थकान से थके हुए सैनिक, पोत में जहां-तहां विश्राम कर रहे हैं...कृष्ण कक्ष में स्वयं क्या कर रहे होंगे—पता नहीं। हां, वसुहोम अनुमान भर कर सकते हैं। वह जाग रहे होंगे...उनकी विश्राम में मुंदी पलकें भी इस तरह जागृत लगती हैं, जैसे सूर्य छिपकर भी कभी नहीं डूबता। पल भर के लिए पलकें, पुतलियों पर इस तरह ढंक लेता है कि मनुष्य को लगे—अंधकार हो गया!...

पर क्या प्रकाश कभी गुमता है?

सत्य तो है यह—कि प्रकाश, सदा प्रकाशित!...अंधकार वहम् की तरह, जिसमें केवल पंचतत्त्व का मानवरूपी छल, स्वयं को ही छलकर विश्राम ले लेता है! कृष्ण इस मानवरूपी-शरीर के छल से परे...उसकी पकड़ और मोह-माया से मुक्त!...वे सदा जागृत, सदाप्रकाशित सूर्य की भांति!

अथकित!

वसुहोम को लगा कि उन्हें लेकर अधिक सोच-विचार से उलझाव ही बढ़ेगा—परिणाम कुछ नहीं। वही क्यों, कितने ही लोग, कितनी ही बार उन्हें लेकर सोच चुके हैं—परिणाम कुछ नहीं मिला। हर बार निष्कर्ष में यही

अनुभव हुआ है कि निर्विकार हवा को मुट्ठी में बंद करके उसके दर्शन की मूर्खता कर रहे थे...भला दीखती है वायु? पहचान आती है केवल उसकी गति, क्षमता, शक्ति-सामर्थ्य और उसका वास्तव्य!...वह केवल बोध-मात्र! अतः श्री कृष्ण केवल बोध! एक अनुभूति!...अनुभूति भी ऐसी जिसे लेकर या तो प्रेम के चरम को छूकर आनंद के असीम आनंद की प्राप्ति होती है अथवा मूर्खतावश चिढ़ अनुभव करके केवल स्वयं को ही असीम ज्वलन-क्रिया में झुलसते पाया जा सकता है! कितने तो हैं जो आनंद के इस असीम को पा रहे हैं...और कितने ही हैं जो चिढ़वश ऐसी झुलसन झेल रहे हैं, जिससे मुक्ति असंभव!

शिशुपाल, जरासंध, दुर्योधन, शाल्व, पौंड्रक, मुर, नरकासुर और यादवों में ही अनेक सत्राजित-प्रसेनजित जैसे...

अकारण ही ज्वलन-ग्रस्त!...कारण कृष्ण को समझ रखा है, किंतु सत्य यह है कि उनका अपना आत्म ही उन्हें कुंठावश इस ज्वला-जाल से मुक्त नहीं कर पा रहा है!

जबकि बहुत हैं जो केवल सुखानंद में नहाए हुए!...कान्हा की मोहक मुसकानों के अनदेखे-अनपहचाने वायु स्पर्श का बोध करते हुए...उस शब्दामृत की संजीवन-शक्ति से संचालित...उनके साथ भर से रोमांचित... उनकी अलौकिक क्रियाओं का आनंद किसी बालक मन की भांति कौतुक से ग्रहण करते हुए!...

कुछ-कुछ कौतुक का अनुभव उस समय हुआ था, जब कृष्ण ने सहसा वसुहोम को अपने कक्ष में बुलवा भेजा था...उस समय आर्य जलपोत, अंधेरे में पुणजन के पोत का लगभग साथ किए सागर पर जा रहा था...

लपके हुए वसुहोम उपस्थित हुए। निश्चय ही वासुदेव ने इस बीच कुछ नया निश्चित किया होगा।

पर क्या कृष्ण रण-नीति में यों बार-बार निश्चय बदलते हैं? लगा कि नहीं। बहुत पहले, बहुत दूर तक, बहुत कुछ सोच-समझ चुकते हैं विचार के दोनों ही कोणों से कि वह क्या करेंगे और प्रत्युत्तर में क्या होगा?...उस बीच अपनों और दूसरों की शारीरिक क्षमताएं और मानसिक दुर्बलताएं सभी पक्ष!...

वसुहोम पहुंचे तो उन्होंने मद्धिम प्रकाश में हौले से कहा था, "आओ, बैठो! यादव वीर!..."

वसुहोम बैठे नहीं।

कृष्ण ने कहा था, "तनिक विश्राम कर लो! बहुत थक गए होंगे?"

वसुहोम चकित। विचित्र है देवकीनंदन? युद्ध-क्षण निकट है। पुणजन के दानव सैनिक प्रतिपल अपनी हिंस्र शक्तियों के साथ यादवों पर टूट पड़ने के लिए तैयार हो रहे होंगे और श्री कृष्ण हैं कि कह रहे हैं...'विश्राम करो! ...थक गए होगे?' जी हुआ कि पूछ लें—'क्या आप यह भी विस्मृत कर बैठे हैं वसुदेव कि हम सागरवक्ष पर ही सही, किंतु रण-क्षेत्र में शत्रुओं के सामने ही हैं?' पर नहीं कहा। अनचाहे ही चिड़चिड़ाकर देखने लगे उन्हें। धैर्य और संतोष-सहजता होना चाहिए किंतु उसका समय भी तो देखा जाए?

पर अगले ही क्षण लगा था कि भूल कर रहे हैं—कृष्ण से अधिक समझते जानते होते तो वह वसुहोम क्यों होते?...वासुदेव क्यों नहीं? स्वयं को संयत कर लिया।

कृष्ण उसी तरह शांत थे, "युद्ध तो हो चुका!..."वह तनिक रुककर बोले थे, "जब नायक ही सेना को असहाय छोड़कर भाग खड़ा हो, तब पराजयग्रस्त सैनिकों को केवल सत्य से साक्षात्कार करवाना भर आवश्यक हो जाता है!...अतः पुणजन और उसके सैनिकों को हिंस्र शक्ति को लेकर अब अधिक सोच-विचार आवश्यक नहीं!..."

क्या कह रहे हैं कृष्ण? और यह सब कहने का अभिप्राय?...वसुहोम स्तब्ध होकर उन्हें देखता ही रह गया।

श्री कृष्ण ने कहा था, "कुछ क्षण की प्रतीक्षा और...दूसरा प्रहर समाप्त होते-होते तक एक नया दृश्य उपस्थित हो जाएगा...पुणजन की वणिक बुद्धि और योग्यता पर मुझे संदेह नहीं है किंतु भयग्रस्त मानसिकता की स्थिति में मनुष्य सामान्यतः भूलें कर ही बैठता है। उसके साथ भी यही हुआ है...अभी चंद्रदेव प्रकट होंगे। सागर शीतल किरणों का स्नान करेगा और वह उन किरणों के प्रकाश में अपनी भयातुर मानसिकता से पीड़ित होकर एक

मूर्खता कर बैठेगा!...तुम्हें केवल उस क्षण की प्रतीक्षा करनी है...और उस समय से पूर्व तुम्हें भी एक छोटी युद्ध नौका पर विश्वसनीय यादव वीरों के साथ चंद्रदेव की किरण-कृपा का लाभ उठाना है!..."

"मैं...मैं समझा नहीं, प्रभु!..." वसुहोम शब्दों में इस तरह उलझ गए थे जैसे किसी मछेरे ने जाल फेंककर उनकी मानसतरंगों को ही बंदी बना लिया हो? विचार कुंद!

"आओ!..." वासुदेव उठे, शांतिपूर्वक चलते हुए कक्ष की उस दिशा में गए, जहां से सुविधापूर्वक पणिराज के युद्धपोत का एक भाग देखा जा सकता था...अंधकार के बावजूद सागर-शांति में लहरों का हल्का-सा स्वर भी गतिविधि का संकेत देता था...इस संकेत मात्र से सब कुछ समझना होगा...वसुहोम ने विचार किया।

जलपोत की एक दिशा में कृष्ण संकेत करते हुए कह रहे थे, "वह देखो...! उस शांत सागर में जलपोत से तनिक दूर जो गतिविधि लहरों का स्वर बनकर उभर रही है, उससे स्पष्ट होता है कि पुणजन ने युद्ध दृष्टि से नहीं, बचाव की दृष्टि से किसी छल का आश्रय लिया है...संभवतः यह छलावा यादवों से अधिक उसके अपने सहयोगियों के प्रति ही है!...इसी छलावे का लाभ तुम्हें उठाना होगा!"

गतिविधि थी! यह स्पष्ट था कि जलपोत से अलग...किसी जलनौका पर कुछ घट रहा है...पर क्या?...अनुमान कर पाना कठिन!

किंतु श्री कृष्ण के अनुसार उसका स्पष्ट अनुमान है—बचाव के लिए छल!...और छल भी यादवों के साथ-साथ उसके अपने सहयोगियों के प्रति!...पर यह क्या आवश्यक है कि वैसा ही हो, जैसा गोपराज सोच रहे हैं?...

विचार के साथ ही वसुहोम की अपनी ही विचारशक्ति को झिंझोड़ता हुआ दूसरा विचार—वसुहोम कब से इतने क्षमतावान हो गए कि वह कृष्ण-नीति को समझ पाने की धृष्टता करें?...

"तुम्हें केवल इतना ही करना है वसुहोम कि पुणजन की उस छोटी नौका गतिविधि की पूर्णता से पूर्व तुम्हारी नौका भी जल पर उतर चुके!...

उस नौका में पुणजन हो या उसके साथी—उन्हें बंदी बना लेना ही यादवों के लिए काफी होगा!'' श्री कृष्ण मुड़कर पुनः अपने स्थान पर आ गए।

''जो आज्ञा, प्रभु!...'' वसुहोम ने सिर नवाया, चल पड़े। अगले ही क्षण यादव पोत से एक छोटी नौका उतारने की तैयारी के साथ-साथ सैनिकों का चुनाव प्रारंभ हो गया।

उस क्षण सब कुछ विचित्र और अस्वाभाविक लग रहा था...भला उस नौका को पकड़कर क्या लाभ होगा?

किंतु लाभ समझ में आया तब, जब कृष्ण की आज्ञानुसार चंद्रकिरणों का प्रकाश फूटते ही चुनिंदा यादव सैनिकों के साथ वसुहोम ने पुणजन और उसके विश्वस्त गण सैनिकों को बंदी बना लिया। पणि नौका से भारी मात्रा में स्वर्णभूषण, मुद्राएं एवं रत्नादि के साथ-साथ एक अद्‌भुत शंख भी प्राप्त हुआ. ..बंदी बन चुके पणि सैनिकों और वणिकराज ने प्रतिरोध तक नहीं किया था। केवल उनके चेहरे अंधकार से नहा भर गए थे। वसुहोम को अनुभव हुआ जैसे कुछ क्षण पूर्व जो गहन अंधकार था, वह केवल चेहरों पर आ ठहरा है और शेष सब कुछ प्रकाशित!...वह सब, जिसे वह छिपाना चाहते थे!...

बंदी पणियों को लेकर नौका जैसे ही पणि जलपोत के निकट पहुंची, वसुहोम नए अचरज से नहा गए!...श्री कृष्ण कुछ यादव योद्धाओं सहित उस जलपोत पर थे, उनके साथ दानव सेनानायक और वीर खड़े हुए!...

सभी बंदी पणि नौका को देखते हुए!...

वसुहोम को समझ नहीं आया था कि यह सब क्या है, क्यों है और किस तरह हुआ है। बाद में सब कुछ जानने को मिला...और जो जाना, उसने वसुहोम का यह विश्वास और दृढ़ कर दिया कि कृष्ण-बुद्धि को समझना तो दूर, उसकी विचारशक्ति तक पहुंचना भी असंभव है!...

बंदी लोगों को पणि जलपोत पर ही लाया गया। दानव सेनानायक विशाल देह और स्वभाव से अत्यंत उग्र दीखता था। जैसे ही पुणजन उसके सामने लाया गया, उसने एकदम प्रश्न किया था, ''दुर्भाग्य है वणिकश्रेष्ठ!

...आप पर विश्वास करके हम सभी ने अपने यशस्वी महाराज यम और अपनी जन्मभूमि से विश्वासघात किया और आप हमसे ही विश्वासघात करते रहे?..."

पुणजन भयभीत। बदन कांप नहीं रहा है, पर मन किस तरह शंकित और कंपित है—यह अनुभव वसुहोम भी कर पा रहे हैं, साधारण यादव सैनिक भी। श्री कृष्ण शांत, किंतु रहस्यमय मुसकान लिए हुए पणि जलपोत के एक भव्यासन पर इस तरह विराजमान हैं जैसे वह युद्ध-जय कर चुके हों!

"कुछ कहेंगे नहीं स्वामी?" सेनानायक ने पुनः प्रश्न किया। स्वर कुछ अस्त्रवत् प्रहार करता हुआ।

पुणजन ने सिर झुका लिया। अब कहने को कुछ शेष नहीं है!...यह स्पष्ट ही नहीं, सिद्ध भी हो चुका था कि पुणजन अपने साथियों को सागर में अकेला छोड़कर धन-धान्य सहित पलायन कर रहा था...इस छल से आहत हिंस्र होकर गण सेना अब उसकी ही शत्रु हो चुकी थी।

कोई कुछ कहे, इसके पूर्व ही श्री कृष्ण उठ खड़े हुए, कहा "दानव नायक!...हम आर्य लोग युद्धप्रेमी नहीं, शांति के उपासक हैं। अकारण युद्ध करना नहीं चाहते थे, अतः यही उचित समझा कि आप सबको वस्तुसत्य से परिचित करवा दें कि आप अपने नायक अथवा स्वामी के साथ नहीं, एक परमस्वार्थी मनुष्य के छलचक्र में उलझे हुए हैं!...हमारा अभिप्राय पूर्ण हुआ। अब ऐसे छली को दंडित करने का अधिकार केवल आपको ही है!..." वह मुड़े, "चलो, वसुहोम!..."

दानव सेनानायक ने आदरसहित रोक लिया था उन्हें, "नहीं, यादवेंद्र! ...इस प्रकार नहीं! आप यहां से अवश्य जाएंगे, किंतु दानव गणों से योग्य सम्मान पूजा प्राप्त करके!..." फिर उसने सेवकों को वैसी व्यवस्था का आदेश दिया।

श्री कृष्ण रुक गए थे। दानव नायक ने उनकी पूजा की फिर सम्मान सहित वह सभी धन-रत्नादि संपत्ति उनके सामने रखते हुए प्रार्थना की थी, "आपने हम दानवों पर उपकार किया है वासुदेव, अतः आप इस समग्र धन

के अधिकारी हैं!...उस छली पुणजन ने इस धनार्जन हेतु केवल आर्यजनों के प्रति नहीं, अपने देशवासियों के प्रति भी अन्याय किया है, अतः इसे प्राणदंड दिया जाएगा! इस तरह हम सभी महाराज यम की कृपा प्राप्त करते हुए उनसे क्षमायाचना प्राप्त कर सकेंगे!...आप कृपया यह सब इस दुष्ट के लिए दंडस्वरूप स्वीकार करें!"

वसुहोम ने एक क्षण देखा था रुक्मिणीपति को, फिर वह उस समय चकित हुआ, जब श्री कृष्ण ने उस प्रचुर धन-सामग्री में से केवल वह भव्य शंख उठा लिया, बोले, "दानव नायक!...इस धन के अधिकारी आप सब हैं, क्योंकि पुणजन ने आपके रक्तदान से ही यह सब कुछ अर्जित किया है... इस यात्रा के स्मरणार्थ मैं केवल यह कांतिमय शंख स्वीकार करके आनंदित होऊंगा!"

वे सभी प्रसन्न हुए!...दानव नायक ने बतलाया था, "यह पाञ्चजन्य है, दैव!..."

श्री कृष्ण एवं उनके साथियों को ससम्मान अपने यान से विदा किया था उन्होंने, फिर वे सब अपने जलपोत पर आ गए। न युद्ध हुआ, न रक्त की एक बूंद बही। कृष्ण ने परम चातुर्य से दानवों के मन में भी अपने लिए सम्मानजनक स्थान बना लिया था और अब आर्य जलपोत पूर्व कुशस्थली—वर्तमान द्वारका की ओर बढ़ रहा था...

द्वारका के सागरतट पर अभूतपूर्व स्वागत हुआ था श्री कृष्ण का! स्वयं महाराज उग्रसेन प्रमुख यादवगण संघ प्रतिनिधियों सहित इस स्वागत के लिए उपस्थित हुए। राजमार्गों पर विजयी यादवों और उनके नायक श्री कृष्ण तथा सेनापति वसुहोम पर पुष्पवर्षा की गई। राजभवन ही नहीं, समस्त नगर में उत्सवानंद भी मनाया गया। स्थान-स्थान पर पारंपरिक नृत्य-कलाओं आदि के प्रदर्शन हुए। श्री कृष्ण की जलयात्रा और वैवस्वतपुरी में महाराज यम द्वारा किए गए मान-सम्मान को समस्त आर्यावर्त के लिए गौरव प्रतीक के रूप में स्वीकारा गया।

इस विजय-यात्रा की चर्चा दूर-दूर तक सुगंध के झोंके की तरह समस्त देश में व्याप्त हुआ और उसके साथ व्याप्त हुई श्री कृष्ण की गौरव-गाथा! ...प्रतिक्रियाएं विविध थीं एक ओर यदि आर्य जन-समाज में उनकी अद्भुत शक्ति-सामर्थ्य और पराक्रम के साथ-साथ यौगिक उपलब्धियों और अलौकिक क्रियाओं को लेकर श्रद्धा बिखरी हुई थी, तो दूसरी ओर ऐसा वर्ग भी था, जो भयभीत भर नहीं हुआ, अपितु जिसकी निद्रा ही उड़ गई!...ऐसे लोगों को, जिनमें नितांत निजत्व के कारण भौतिक मोहों से ग्रस्त सत्ताधिकारी, सेनानायक और राजा आदि थे, अब अपनी स्वतंत्र शक्ति पर निश्चिंत नहीं रह पा रहे थे। उन्हें लगने लगा था कि यदि उन्हें अपनी निरंकुश सत्ता आर्यावर्त में चलाए रखनी है, तब किसी-न-किसी स्तर पर संगठित होना पड़ेगा...!

इस नई स्थिति ने एक ऐसे जटिल नीति-जाल की रचना की, जिसे अभी नहीं तो एक-न-एक दिन श्री कृष्ण और समस्त यादवगण संघ से दो-चार होना था! सर्वाधिक संतोष की स्थिति यह थी कि जन-समाज का समर्थन और श्रद्धा, सत्ता-विमुख श्री कृष्ण के माया-मोह मुक्त व्यक्तित्व को प्राप्त थी।

संपूर्ण आर्यावर्त एक राष्ट्र एक संस्कृति और एक विचार-धर्म नियमादि के होते हुए भी कुछेक व्यक्तिवादी और स्वार्थी शक्तियों के बीच अदृश्य रूप से विभाजित होकर जी रहा था। विभिन्न प्रमुख राजवंश नैतिक-अनैतिक अधिकारों के द्वंद्व में उलझे हुए महाशक्तिसंपन्न होते हुए भी, शक्तिहीन हो चुके थे। वैसे ही यादव शक्ति का अभूतपूर्व उदय तत्कालीन सामाजिक, राजनीतिक स्थितियों में सभी के लिए अपनी-अपनी तरह, अपने-अपने हित-स्वार्थों की दृष्टि से न सिर्फ चौंकाने का कारण बना, अपितु चिंता का भी।

विशेष चिंतित थे मगधपति जरासंध!...महाशक्ति संपन्न होते हुए भी उन्होंने यह आवश्यक समझा था कि एक बार अपने सभी समर्थक राज्यों के राजाओं से इस संदर्भ में भेंट-विचार कर लें!...जरासंध के मन में कृष्ण-वैमनस्य केवल यादव शक्ति-उदय के कारण भर नहीं था, बहुत सीमा तक कंस-वध के पश्चात् विधवा राजकन्याओं के पिता की पीड़ा और बार-बार चपल

कृष्ण-नीति के कारण मिलती रही पराजय भी था। असुरों और पणियों को लगभग समाप्त करके श्री कृष्ण ने यह भी सिद्ध कर दिया था कि उनकी अपार शक्ति के बावजूद नीतिगत योग्यता अनुभव ही नहीं, अलौकिकता है!...बहुत से विचारमस्तिष्क मिलकर भी इस इकलौते बुद्धि-चातुर्य का सामना करने में असमर्थ सिद्ध हो रहे हैं!...

एक ओर जरासंध और उनके समर्थक राजाओं, यथा—शिशुपाल, पौंड्रक, रुक्मी, काशीराज आदि की यह छटपटाहट थी, दूसरी ओर कुरुवंश में चल रहा कौरव-पांडव राजनीति-नाट्य भी इस सबसे कम प्रभावित नहीं हुआ। यदा-कदा कृष्ण को कौरव-पांडव राजनीतिक-कलह से भी अनचाहे ही जुड़े रहना पड़ता था!...बहुतेक कारण थे इसके। सामान्यतः लगता था कि कृष्ण, पांडवों के पक्षधर केवल इस कारण हैं क्योंकि पांडवमाता कुंती उनकी बुआ लगती हैं, अतः युधिष्ठिर, भीम, अर्जुन और नकुल-सहदेव उनके भाई हैं! पर वस्तुसत्य बहुत कम लोग जानते थे। कृष्ण-नीति में न तो संबंधों के लिए कोई स्थान था, न ही बंधु-बांधव के लिए। स्थान था—केवल धर्माधारित न्याय के लिए! फिर भले ही उस न्याय-अन्याय की कसौटी राजनीति की चौसर पर की जा रही हो, अथवा समाजस्थिति के चौराहे पर!...

कौरव-पांडव कलह आर्यावर्त के साधारण व्यक्ति का जाना पहचाना था। सत्तालोलुप और वैमनस्यग्रस्त कुंठा के परिणामस्वरूप राजा दुर्योधन ने अपने ही धर्म प्रिय भाइयों का न केवल राज्याधिकार छीना था, अपितु उन्हें तरह-तरह लांछित, पीड़ित, अपमानित और एक सीमा तक नर्कवत् दुख भोगने की स्थिति में पहुंचा दिया था। धर्म-अधर्म की सारी व्याख्या झुठलाकर ऐसे-ऐसे षड्यंत्र किए थे, जिनमें पांडव जीवन से ही हाथ धो बैठें!...संपूर्ण आर्यावर्त दो महाशक्तियों में बंटकर रह गया था। एक थी जरांसध का औपनिवेशिक राज-मानस और उद्दंड, अमर्यादित शक्ति, दूसरी—महाप्रतापी भीष्म के कौरव-पांडव कुल की वैमनस्यपूर्ण तथा गृह-कलह से दूषित होकर क्षीण होती जाती महाशक्ति!...

इन सारी स्थितियों में श्री कृष्ण ने यादवों की गणसंघीय राज-पद्धति को गौरवान्वित कर एक जनाशा का संचार किया था कि वही हैं, जिनके

माध्यम से आर्य-शुभ संभव हैं!...पर इस शुभार्थ नीति से लेकर रणनीति तक इतनी गांठें पड़ चुकी थीं, जिनका आदि-अंत तय करना कठिन।!

श्रीकृष्ण को हर क्षण, हर ओर से मिलते समाचारों पर न केवल नीति-विचार करना होता था, अपितु बहुत सीमा तक न चाहते हुए भी आर्यावर्त और उसके धर्माधर्म की रक्षार्थ उसमें सक्रिय भाग भी लेना पड़ता था...

यमपुरी की विजय-यात्रा के बाद दक्षिण दिशा ने तनिक-सा ही विश्राम लेने दिया। समाचार मिला कि महाराज युधिष्ठिर विशाल कुरु-राज्य से मिले एक भाग—इंद्रप्रस्थ पर संतुष्ट होकर राजसूय यज्ञ करने जा रहे हैं...श्री कृष्ण इस आयोजन में सम्मानपूर्वक आमंत्रित हैं!

तुरंत ही इंद्रप्रस्थ जाना पड़ा। पांडवों के साथ विचारविमर्श में लगा था कि महाराज युधिष्ठिर के साधुमन ने शांति और कुल-कलह की समाप्ति के नाम पर जो संतोष-प्राप्ति की है, वह धर्मानुकूल भी नहीं है और न ही न्यायांश है उसमें!...तिस पर जिस यज्ञायोजन से पांडव श्रेष्ठ बनने की चेष्टा कर रहे हैं, वह भी सहज नहीं। सब सुनने के बाद यशोदानंदन बोले थे, "...महाराज जरासंध की दुर्जय शक्ति के रहते हुए यज्ञ में सफलता सहज नहीं होगी, धर्मराज!...जब तक मगधपति जीवित हैं, तब तक संपूर्ण आर्यावर्त में किसी एक राजा के शक्ति अनुष्ठान की कोई संभावना नहीं!..." उन्होंने अनेक राजा बंदी बना रखे हैं।*

स्तब्ध सुनते रहे थे पांडव। भीष्म ने कहा था, "वीरत्व और पराक्रम केवल जरासंध की बपौती नहीं है!...उस दुष्ट के कारण हम अपने वीरत्व को अपमानित करें यह उचित नहीं होगा!..."

---

* जरासंध के बंदी श्री कृष्ण ने युधिष्ठिर को जरासंध की अपरिमित शक्ति बतलाते हुए कहा कि उसने 86 राजाओं को बंदी बना रखा है। उसे दिग्विजयी भी कहा है। अनुगत राजाओं की बड़ी संख्या भी बतलाई है। चेतावनी दी है कि जरासंध के जीवित रहते, युधिष्ठिर सम्राट नहीं कहला सकते और न ही कोई उन्हें मानेगा। उनहोंने स्वीकार किया है कि जरासंध की शक्ति-सत्ता पूर्व-पश्चिम, उत्तर-दक्षिण के सीमांत और सीमांत से बाहर यवन राजाओं तक बिखरी हुई है। सब उसके अनुयायी हैं उसका नाश आवश्यक है। (महाभारत सभापर्व : अध्याय 15 से 16 तक)

श्री कृष्ण मुसकुराए। भीम की सहजता से परिचित हैं यह भी जानते हैं कि महावीर भीम अपने शरीरबल के लिए जितने प्रसद्धि हैं, उतने ही प्रसिद्ध हैं अपने उतावलेपन के लिए!...उनका यह स्वभाव उनके मित्र, परिजनों और शत्रुओं तक के लिए अनजाना नहीं है। इस समय भी उनकी बात यही कुछ सिद्ध कर रही थी। कृष्ण ने शांति से सुना, फिर बोले, ''कुंतीपुत्र!...आपकी सरल सम्मति पर मुझे तनिक भी आश्चर्य नहीं है। आश्चर्य केवल इस विचार पर है कि जिस एक विषबेल की समाप्ति से अनेक की जन्म प्रक्रिया नष्ट होती हो, उसे लेकर मानापमान और वीरत्व को कसौटी बना लिया जाए? कैसा रहेगा यदि जरासंध* समाप्त हो और उसकी समाप्ति उन अनेक राजाओं को बलहीन कर दे, जो अब तक उसके समर्थक बने हुए हैं?...धर्मार्थ जरासंध का नाश आवश्यक है। उस नवीन आर्यावर्त की अनिवार्यता भी है, जो इस समय तक आक्रांताओं के लिए आश्रय-वट बना हुआ है!...निस्संदेह आप ही उसे समाप्त करेंगे, किंतु नीतिपूर्वक। सीधे-सीधे महाशक्ति संपन्न मगधराज जरासंध से जूझ जाना न तो राजनीति-चातुर्य होगा, न ही कुशल राजनीति!...''

भीम कुछ समझे, कुछ नहीं। जब-जब श्री कृष्ण इस तरह गूढ़-नीति-वार्ता करते हैं, तब-तब महाबली भीम को लगता है कि इस वार्ता के लिए युधिष्ठिर और अर्जुन ही उपयुक्त हैं। शब्दार्थों और उनके गूढ़ रहस्य-तत्वों तक पहुंचना उनका स्वभाव नहीं, अतः चुप हो रहे।

युधिष्ठिर बोले थे, ''तब किस तरह क्या होगा यदुश्रेष्ठ?...''

---

* "The Hercules of the Greek writters was, indafitally the BALRAMA of the Hindus." ('विष्णु पुराण' के अंग्रेजी अनुवाद की भूमिका में विल्सन का कथन) अंग्रेजी अथवा अन्य विदेशी लेखकों में हरक्युलिस को लेकर विभिन्न भ्रांतियां हैं। किसी ने हरक्युलिस को 'महाभारत' का जरासंध कहा है किसी ने भीम और किसी के अनुसार वह बलराम है। संभवतः हरक्युलिस ऐसा शक्ति प्रतीक रहा है, जिसे उपमा के तौर पर 'महाभारत' के शक्तिशाली पुरुषों के साथ जोड़ा जाता रहा। ऐसा कोई प्रमाण नहीं मिलता, जिससे सिद्ध होता हो कि हरक्युलिस से 'महाभारतीय' पात्रों का कोई नाम-काम संबंध है। यह अवश्य सिद्ध होता है कि प्राचीन सभ्यताओं का परस्पर मैत्री संबंध 'हरक्युलिस' और महाभारतीय पात्रों को करीब लाया होगा।

श्री कृष्ण ने योजना समझा दी थी, कहा, "जरासंध से त्रस्त, एक तरह से उसके कारण पीड़ित अनेक राजाओं ने कुछ समय पूर्व मुझ तक दूत पहुंचाकर जरासंध से मुक्ति-अनुनय किया था...अब लगता है कि वह समय आ पहुंचा! मैं, महाबली भीम और धनंजय-गिरिव्रज पहुंचकर युक्तिपूर्वक जरासंध का नाश करेंगे। वीर्य-बल के दंभ से ग्रस्त ब्रहद्रथ-पुत्र जरासंध ने वीरत्व से जन-प्रदर्शन के अपने मूल्य निर्धारित कर रखे हैं। हम उसी के मूल्यों, नियमों आदि की परिधि में रहकर उसे समाप्त करके उसके उस आतंक की समाप्ति कर देंगे, जिसके कारण विशाल आर्यावर्त का आधा भाग आतंकित, भयग्रस्त और पीड़ित हुआ है!..."

"सो किस तरह यदुनंदन?" अर्जुन ने प्रश्न कर दिया।

श्री कृष्ण ने योजना समझा दी। अंत में कहा, "दिग्-दिगंतर तक मगधराज जरासंध अपने अद्भुत शारीरिक बल और सामर्थ्य के लिए जाने जाते हैं। उनकी समाप्ति पांडवों की जनप्रियता में वृद्धि का कारण बनेगी, उससे यशोपलब्धि भी होगी!...कुरुराज दुर्योधन भी इस घटना से कम प्रभावित नहीं होंगे!...इस समय यज्ञ नहीं, मगधपति का नाश आवश्यक है! ...उन बंदी राजाओं की मुक्ति भी आवश्यक है, जो जरांसध* के भय और आतंक वश लगभग निर्जीव होकर श्री हीन जीवन जी रहे हैं। जरासंध की समाप्ति उन सभी को जीवन दान तो देगी ही, पांडवों के मान-सम्मान और राजप्रभाव में भी वृद्धि करेगी!"

---

1. मगध जरासंध और महाभारत काल को लेकर कैप्टन विलफर्ड ने अपने एक लेख में लिखा है– "Nounus, in his dionyri is calls the losd paramount of India Moraheus (महाराजा) and rays that this name was sands (जरासंध) with the title of hercules".
विलफर्ड का कथन किसी सीमा तक सच के करीब है, हालांकि विकृतिपूर्ण है। इसके बावजूद इस लेख में विदेशी लेखक ने यह स्वीकार किया है कि महाभारत काल पूर्णतः ऐतिहासिक और प्रमाणिक है हालांकि विलफोर्ड ने जरांसध को हरक्युलिस की पदवी देकर ऐतिहासिक दृष्टि से तिथि-विभ्रम पैदा कर दिया है। सामान्यतः प्राचीन इतिहासकारों ने हरकुलिस और हिरण्यकश्यपु को एक माना है। हो सकता है कि विलफोर्ड ने हिरण्यकश्यपु के शक्ति साधनों को देखते हुए जरासंध और हरकुलिस को एक समझ लिया हो पर जरासंध की विशाल शक्ति अवश्य ही विलफोर्ड के कथन से सिद्ध होती है।
–भ्रमर

बालक भाव से नकुल ने प्रश्न कर दिया था, "पूज्य!...जरासंध वध से केवल राजप्रभाव प्राप्त करना ही उद्देश्य है, तब क्या यह मानववध न्यायिक होगा?"

"न्याय-अन्याय किसी व्यक्ति-विशेष के जीवन-मृत्यु भर से नहीं जुड़े होते हैं, आर्यपुत्र!...उनका विचार और विश्लेषण समग्र के आधार पर होता है। जरासंध-वध को उसी दृष्टि से देखना-समझना होगा। वह मात्र कुंतीसुत भीम की जय नहीं, उन आसुरी शक्तियों के आश्रय की समाप्ति भी है जो आर्यावर्त के नैतिक मूल्यों को नष्टभ्रष्ट कर इस पवित्र धरती पर आसुरी संस्कृति बढ़ा रही हैं। इसका संबंध उन राजकुलों से भी है, जो जरांसध के बलवीर्य से आहत होकर राज-सम्मान खो चुके हैं। इसका प्रभाव कुरु-पांडव कलह की दृष्टि से भी है, जिसमें इस समय पांडव इंद्रप्रस्थ पाकर भी न्याय नहीं पा सके हैं। उस श्री वृद्धि से भी है, जो धर्मात्मा महाराज युधिष्ठिर के इस यज्ञ को सफलता प्रदान करेगी!...उन यादवों से भी है जो कंस के क्रूर शासन को झल चुके हैं और जिन्होंने जरांसध के कारण अपनी मातृभूमि त्यागकर द्वारका में आश्रय लिया है!..."

धर्मराज ने टोक दिया था श्री कृष्ण को, कहा, "देवकीसुत का विचार न्यायोचित ही है!...अब केवल उस योजना पर विचार होना चाहिए, जिसके अंतर्गत मगध की राजधानी गिरिव्रज पहुंचकर वह नीतिरूप में कार्यान्वित होनी है।"

सब चुप हो रहे। श्री कृष्ण ने कहा था, "महाप्रतापी महाराज जरासंध का वध केवल योजना नहीं, तात्कालिक स्थिति-परिस्थिति पर भी निर्भर होगा, धर्मेंद्र!...आप केवल भीम और अर्जुन को मेरे साथ वहां चलने की आज्ञा भर प्रदान करें?"

युधिष्ठिर ने अधिक नहीं सोचा-विचारा। कृष्ण पर विश्वास ही नहीं, श्रद्धा और भक्ति भी थी...भला श्रद्धा और भक्ति को लेकर संशय-कुसंशय का क्या प्रश्न? स्वीकृति दी।

तदनुसार तैयारी प्रारंभ हुई। दूत भेजकर द्वारका में समाचार दे दिया गया कि कुछ समय लग जाएगा...

दूत ने संदेश दिया उद्धव को...उद्धव पहुंचे राजमहिषी रुक्मिणी के पास। पहली दृष्टि में ही समझ लिया था रुक्मिणी ने—'निश्चय ही देवकीपुत्र के पुनः कहीं व्यस्त हो जाने का समाचार लेकर उद्धव आए हैं।' मन हुआ था कि उनके कुछ कहने से पहले ही कह दें—'...आर्यपुत्र को सूचित कर दिया जाए कि धर्माधर्म का निर्णय करते हुए वह संभवतः विस्मृत कर जाते हैं कि पतिधर्म भी कुछ होता है!...और यदि पतिधर्म निरर्थक होता है, तब उन्हें ऋषि भाव से संन्यास ग्रहण कर लेना था!...'

किंतु कहा नहीं। इस तरह कहने का अर्थ होगा कि रुक्मिणी स्वयं को ही पतिमित्र के समक्ष अपमानित कर बैठें!...कृत्रिम मुसकान चेहरे पर लाकर पूछा था, बोलो, "कृष्ण-सखा!...क्या समाचार है?...क्या तुम्हारे मित्र गोकुल पहुंचकर गोपी प्रेम में उलझ गए हैं अथवा नीतिचक्र के अंधड़ ने उन्हें आर्यावर्त के किसी और कोने पर जा पहुंचाया है?"

उद्धव सकपका गए। खीझ हुई कृष्ण पर! बार-बार उन्हीं के माध्यम से विदर्भसुता तक ऐसे-ऐसे समाचार पहुंचाते हैं कि उनके बजाय, उद्धव को ही सब व्यंग्य सुनना-सहना पड़ जाए? तय किया कि इस बार कृष्ण के आने पर उन्हें आड़े हाथों जरूर लेंगे। कहेंगे—'यह दायित्व तुम किसी और को सौंप दो!...स्वयं तो कभी भी, कोई भी कार्यक्रम बनाकर संन्यस्त-भाव से चल पड़ते हो और यहां जटिलतापूर्ण संवेदनात्मक स्थिति का सामना करना पड़ता है मुझे!...पर क्या कहें, क्या करें, कुछ समझ नहीं आता?'

उद्धव के सहसा चुप हो जाने से रुक्मिणी को अनुभव हुआ जैसे उन्हें अकारण ही व्यंग्य-बाण चुभा दिए हैं...सो बात सम्हाल ली, "जानती हूं उद्धव! वह अवश्य ही किसी आवश्यक कार्य में उलझ गए होंगे?"

"यही हुआ है, देवी!..." उद्धव ने मिनमिनाकर उत्तर दिया था, "गोपाल को बाल्यावस्था से देखा है मैंने। किसी की पीड़ा, किसी के प्रति अन्याय और किसी का कष्ट, कुछ भी तो नहीं सह पाते हैं वह?...जीवन का अर्धांश इसी तरह बीता जा रहा है। अब सुना है कि धर्मज्ञ महाराज युधिष्ठिर के किसी कष्ट का निवारण करने हेतु उन्हें कुछ समय लग जाएगा!..."

रुक्मिणी को उद्धव की दुविधा से अधिक उनकी सहजता और निष्कपटता ने सुख पहुंचाया। यादवेंद्र से ढेर शिकायतें मन में हैं...उन्हें उन्हीं के लिए सुरक्षित रखना उपयुक्त होगा। कुछ कहा नहीं।

"...किंतु सूचना दी है विदर्भसुता कि वह शीघ्र ही द्वारका आ जाएंगे!..यह भी कहलवाया है कि आपको शीघ्र आने का वचन देकर भी वह वचन न निबाह पाने के लिए वह दोषी हैं, अतः दंड के लिए तत्पर होकर ही यहां आएंगे!"

रुक्मिणी चुप हो रहीं। कुछ खीझी हुई और कुछ सीमा तक चिढ़ी हुई। पति का वाक्चातुर्य तो ठीक समय पर बोलने ही नहीं देता, तिस पर संदेश भी ऐसे विनम्रता की चाशनी में डूबे होते हैं, जिनकी मिठास मन का सारा दोषरोष धो डाले। कहा था, "मैं प्रतीक्षा करूंगी, उद्धव!...कोई और समाचार हो तो सूचित करना!"

"जैसी आपकी आज्ञा देवी!..." उद्धव ने कहा और इस तरह विद्युत गति से लौटे जैसे शब्द-ब्रह्मास्त्र उनका पीछा कर रहे हों!..."

न चाहते हुए भी रुक्मिणी के होठों पर मुसकान आ गई...

विचित्र थी जरासंध-जन्मकथा...!

भीम और अर्जुन दोनों ही चकित रह गए। द्वारिकेश कृष्ण ने मगध-मार्ग पर आगे बढ़ते हुए सब कुछ संक्षेप में कह सुनाया!...इस जन्मकथा से जरासंध की महाशक्ति का भी अनुमान किया जा सकता था और उस क्रूर स्वभाव का भी—जो उसके जन्म से ही जुड़ा था और अलौकिकता से भी पूर्ण था!...

पांडव-बंधुओं के मन में जरासंध जन्म को लेकर अनेक कौतूहल जागे ...बीच-बीच में पूछते भी गए थे वे। जन्मकथा की हर घटना केवल रोमांचक भर नहीं थी, जरासंध की अद्भुत शक्ति का अनुमान करा देनेवाली भी थी।

कृष्ण बोले थे, "धनंजय!...बृहद्रथ-पुत्र मगधराज जरासंध के संबंध में इसी समय सब कुछ जान लेना उचित होगा। अब मैं तुम्हें महावीर जरासंध

की वह अद्भुत जन्मकथा सुनाता हूं, जिसके कारण वह अपूर्व बलशाली और दुर्दांत शक्ति के स्वामी हैं!"

प्रारंभ में भीम ने बहुत रुचि नहीं जतलाई। कहा था, "मैंने यही सुना है यादवश्रेष्ठ कि मगधराज जरासंध मल्लयुद्ध में श्रेष्ठ योद्धा है!...और मल्लयुद्ध किसी भी श्रेष्ठ आचार्य और योद्धा से सीखा जा सकता है!..."

"नहीं, कुंतीसुत!..." कृष्ण बोले थे, "किसी भी व्यक्ति की दुर्जय शक्ति का अनुमान केवल उसकी अपनी शारीरिक बल-क्षमता भर से नहीं, अन्य प्राकृतिक कारणों से भी होती है!...तुम इसी दृष्टि से जरासंध के संबंध में युद्ध-पूर्व ही जान-समझ लो—यह परमावश्यक है!..."

"जैसी आपकी इच्छा, माधव!..." भीम चुप हुए।

कृष्ण ने कहा था, "मगधपति बृहद्रथ भी अपने पुत्र की ही भांति महान योद्धा और पराक्रमी राजा रहे हैं। पिता-पुत्र में मात्र इतना ही अंतर है कि वह अलग प्रकृति और अलग स्वभाववाले हैं!...यदि राजा बृहद्रथ न्यायप्रिय और प्रजापालक होने के साथ-साथ सद्स्वभाव और शांत मन वाले रहे हैं तो इसके विपरीत जरासंध घोर सत्तालोलुप, शक्तिमदांध और उपनिवेशवादी प्रकृति का राजा है। यही प्रकृति-दोष है जिसने उसे उस जैसी ही मानसिकता के अन्य राजाओं से जोड़ दिया। उस जुड़ाव के कारण उसने आर्यावर्त में अभूतपूर्व शक्ति प्राप्त करके अन्य राजाओं को बाध्य कर दिया कि वह उसके अनुसार चलें, उसकी अधीनता स्वीकारें!...इस हेतु जरासंध ने लगभग 100 राजाओं को अपने अधीन या एक तरह बंदी करने का निश्चय कर रखा है...अब तक छियासी राजा उसकी अधीनता वश अन्याय से समझौता करने के लिए बाध्य हुए हैं, जैसे ही उनकी संख्या सौ हो जाएगी, वह आर्यावर्त में भीष्म से भी अधिक शक्तिसंपन्न होकर सम्राट कहाने लगेगा!...उसके साम्राज्य में आर्य शुभ संभव नहीं है। सत्तालोलुपता उसे किसी भी दुश्कर्म की ओर प्रेरित कर सकती है!...यही कारण है कि कुछ समय पूर्व अनेक राजाओं ने मुझ तक जरासंध से मुक्ति की प्रार्थना पहुंचाई

थी!...* संभवतः इस कारण क्योंकि उन सभी को विश्वास है कि यादव शक्ति ने जिस तरह जरासंध और उसके समर्थकों का संहार किया, उस तरह और उससे पूर्व कभी भी वैसा नहीं हुआ था!...'' श्री कृष्ण कुछ थमे।

अर्जुन ने उत्सुकतापूर्वक प्रश्न किया, ''आप जरासंध के जन्म की कथा सुनाएं, आर्यश्रेष्ठ?...''

श्री कृष्ण ने बतलाया था, ''महाबली बृहद्रथ मगध देश के प्रलि प्रतापी राजा थे। उनकी दो रानियां थीं। राजा तेजस्वी, पराक्रमी, परमयोद्धा और न्यायप्रिय तो थे ही, ऋषि-मुनियों का आदर-सत्कार करनेवाले भी थे। अपार धन-वैभव और समृद्धि-सुख के होते हुए भी वह पुत्रहीनता की गहन पीड़ा भोग रहे थे। प्रतिपल चिंता सताती कि उनके बाद विशाल मगध साम्राज्य की देखरेख और साज-संभाल कौन करेगा? निपुत्री होकर वह भी नर्क को ही प्राप्त होंगे। राजा ने इस हेतु प्राप्ति के लिए विविध ज्योतिषियों, विद्वानों और वैद्यों आदि से परामर्श किया, किंतु सबने सम्मति दी कि संभवतः उनके भाग्य में ही कोई संतान नहीं है!...''

अनचाहे ही अर्जुन पूछ बैठे, ''फिर क्या हुआ, यशोदानंदन?''

''इसी बीच एक संयोग हुआ!...'' कृष्ण बोले, ''गौतमवंशी महात्मा चंडकौशिक गिरिव्रज क्षेत्र में आ पहुंचे। जैसे ही राजा बृहद्रथ को उनके आने का समाचार मिला, वैसे ही आर्य परंपरानुसार ऋषि-स्वागत में राजा अपनी दोनों रानियों सहित पाद्य अर्घ्य, नैवेद्य आदि लेकर महात्मा की सेवा में उपस्थित हुए। पूजादि के बाद जब उन्होंने देखा कि ऋषि संतुष्ट हुए हैं, तब कातर स्वर में अपना कष्ट कह सुनाया...दोनों रानियों की आंखें भी आंसुओं से भरी हुई थीं। सब कुछ सुन-जानकर तपस्वी चंडकौशिक ने रानियों को आशीष दिया एवं राजा से कहा कि उन्हें अवश्य ही संतान प्राप्ति

---

* बंदी राजा 'सूरसागर' में वर्णित है कि जरासंध के यहां बंदी राजाओं ने श्री कृष्ण तक उनकी मुक्ति के लिए प्रार्थना भिजवाई—

''दीनबंधु, दयासिंधु, असरन-सरन, सत्य, सुखधाम, सर्वज्ञ, स्वामी।
इहि जरासंध मद-अंध हममान मथि, बाधि बिनु-काजबल इहां आने।''

होगी!...उसी अवसर पर एक आम्रफल ऋषि की गोद में आ गिरा। वे आम्रवृक्ष के नीचे ही विश्राम कर रहे थे...ऋषि ने उस फल को राजा को दिया और कहा कि वे रानी को यह फल खिला दे। यही फल ऋषि-तपस्या से उन्हें संततिप्रदान कर देगा!..." श्री कृष्ण सुनाते जा रहे थे और दोनों कुंतीपुत्र आश्चर्यपूर्वक सब कुछ सुनते हुए...

प्रसन्नमन राजा राजभवन लौटे। पूजा-अर्चना के पश्चात् उन्होंने उक्त फल रानियों को दिया और उसे श्रद्धासहित बांटकर खा लेने को कह दिया।

पति आज्ञा के अनुसार दोनों रानियों ने उस फल को दो भागों में विभाजित कर यथासमय खाया। ऋषि के आशीर्वादरूप में वे यथासमय गर्भवती हुईं और फिर निश्चित कालावधि के पश्चात् दोनों ही रानियों ने दाइयों और सेविकाओं के बीच रहकर गर्भगृह में संतति जन्मी!...

...पर संतति हुई खंडित!...देखने मात्र से वीभत्स!...एकदम राक्षसी रूप! आधा-आधा फल खाने के परिणामस्वरूप जो संतान उनके गर्भ से जन्मी थी, वह भी विभक्त रूप में ही जन्मी। एक टुकड़ा पहला रानी से पैदा हुआ, जिसमें एक पैर, आधा पेट, एक आंख, आधी नाक, एक हाथ और आधा वक्ष था...जबकि दूसरी रानी ने दूसरे भाग को जन्म दिया—वह भी इसी विकृत रूप में!...

अपनी ही संतान का वह वीभत्स रूप देखकर दोनों रानियां भयग्रस्त होकर कांप उठीं। सेविकाएं सन्नाटे में आ गईं और दाइयां भयग्रस्त होकर मूकभाव से भाग खड़ी हुईं। रानियों को बालक के उन अलग-अलग लोथड़ों से चिढ़ होने लगी थी। उन्होंने आंखें मूंदकर सेविकाओं को आज्ञा दी कि बालक के उन दोनों टुकड़ों को राजभवन के बाहर फेंक दिया जाए!...

कांपती, सहमी हुई सेविकाओं ने यही किया। दोनों ही टुकड़े राजभवन से तनिक दूर बने घूरे पर फेंक दिए गए!...दोपहर का सूर्य ढल रहा था उस समय—सांझ का प्रारंभ!...

नित्यप्रति के नियमानुसार एक वृद्धा राक्षसी ने सांझ ढलते ही भोजन-व्यवस्था हेतु नगर-क्षेत्र की ओर प्रस्थान किया। हर रात्रि वह यही करती थी। तंत्र-क्रिया का ज्ञान उसका अंश-वैशिष्ट्य था। मानव-शरीर के विविध अंगों की सूक्ष्म जानकारी थी उसे। उसकी जठराग्नि प्रबल थी और यही कारण था कि उसे नगर-ग्रामों में जरा नाम से जाना जाता था। मानव-भक्षिणी जरा चोरों की भांति विभिन्न रूप धारण कर नगर में जहां-तहां घूमती रहती थी। सद्यजात मृत बालक-बालिकाओं का भक्षण करने के लिए कुप्रसिद्ध इस तंत्रज्ञानी राक्षसी से नर-नारी सदा ही भयग्रस्त रहते। यही कारण था कि सांझ होते-होते माताएं अपने जीवित बच्चों को भी घर में बुला लिया करतीं। जरा का आतंक दूर-दूर तक बिखरा हुआ था। राजा बृहद्रथ ने भी इस क्रूर स्त्री की बहुत खोज करवाई, किंतु गुप्तचर हर बार असफल रहे...

जरा का मांसभक्षी क्रम निरंतर चल रहा था...

इसी क्रम में सुंदर नारी रूप रखे हुए जरा राजमार्ग की ओर निकली। आज दूर-दूर तक चक्कर लगाने और श्मशानस्थल देखभाल लेने पर भी उसे मानव-मांस प्राप्त नहीं हुआ था। भूख के कारण आंतें सुलगती हुईं, मन खीझ और चिड़चिड़ाहट से भरा हुआ...लगता था जैसे गिरिव्रज त्यागना होगा उसे। अब यहां राजा बृहद्रथ के गुप्तचरों भर से नहीं, उस बुभुक्षा से भी उसे जूझना पड़ रहा था, जो जरा की जठराग्नि रोज ब रोज केवल सुलागए रखती थी, बल्कि अनेक बार उसे भूखे रहने पर भी बाध्य कर दिया करती थी!...

आज भी लगा था कि जरा भूखी ही रहेगी...कुछ समय पूर्व जिस उत्साह और शक्ति संयोजन के साथ उसके चरण नगर-पंथों और गलियारों से होकर निकले थे अब निराशा के कारण थकान से भर आए। मन दुखी! चित्त तिलमिलाया हुआ! जीवित मानव मांस की भक्षिणी नहीं थी वह, किंतु लग रहा था कि यही स्थिति रही तब उसे हत्या का जघन्य मार्ग चुनना होगा!...

रात के पहले प्रहर का आरंभ!...राजमार्ग पर जैसे-जैसे वह आगे बढ़ रही थी, वैसे-वैसे नागरिकीय चहल-पहल तो कम होती ही जा रही थी, किंतु

राजप्रहरियों की गतिविधियां भी तीव्र होती लग रही थीं। इस मार्ग पर भय भी लगता था जरा को...किंतु भूख ने उसे बाध्य किया था कि वह नगर के इस भाग को भी देख ले! अन्यथा सारी रात्रि उसे अपनी ही भूख से झुलसती आंतों का सामना तो करना ही था...

आशा धूमिल!...भला इस राजपथ पर शव-प्राप्ति कैसे हो सकती है? ...महाराज बृहद्रथ के भव्य राजनिवास क्षेत्र को न केवल दिन में कई-कई बार साफ किया जाता था, बल्कि उसकी धुलाई भी होती रहती थी। मार्ग शीशे की भांति जगमगाते और प्रकाश-व्यवस्था से राजमार्ग का हर कोना-कांतर प्रकाशित रहता!...पर जरा थी कि इस समय सोच-समझ से भी थकी हुई ...भूख ने मन ही नहीं, बुद्धि को भी असंयमित कर दिया! तिस पर राजभय! उसके पैरों की गति तीव्र...शीघ्रातिशीघ्र राजपथ पार कर जाने की कभी-कभी मन में इच्छा जन्मती, पर जल्द ही कहीं गुम भी जाती!...लग रहा था कि आज उसे भूखे ही रहना पड़ेगा!

अंधकार बढ़ता हुआ। उसके साथ ही बढ़ रही है जठराग्नि ज्वाला!.. .इस ज्वाला की जलन से झुलसा हुआ मनःआत्म!...जरा यंत्रवत् चली जा रही है। रूप बदला हुआ। सुना था कि दोनों ही रानियां गर्भवती हैं, अतः जरा ने धायवेष धारण कर रखा था...कितने ही प्रहरी मिले मार्ग पर, किंतु जरा के वेश ने उन्हें छल लिया। बिना कोई प्रश्न किए राजनिवास की ओर जाने के रास्ते दे दिए...जरा तीव्रगति से बढ़ती गई!...

सहसा उसके पांव ठिठके...नथुनों में हल्की फुसफुसाहट हुई...मांसगंध अनुभव कर रही है नासिका...पर यहां, इस स्वच्छ राजनिवास के मार्ग पर मांसगंध?...कहीं जरा की भूख ही तो उसे नहीं छल रही?...उसने अपने आप से प्रश्न किया।

किंतु प्रश्नोत्तर ढूढ़ लिया था दृष्टि ने। राजनिवास के कोने में बने कचराघर पर दृष्टि जा ठहरी। गंध उसी ओर से आ रही है...क्या इस कचराघर में कोई मांसपिंड पड़ा है? न चाहते हुए भी जरा उसी ओर बढ़ गई! प्रश्न मन में गहराकर दुविधा या आशंका से आगे बढ़कर संशय बने, इसके पूर्व ही दृष्टि कचराघर में जा ठहरी। गंध इतनी तीव्र हो उठी थी कि

न देखते हुए भी जरा की अंगुलियों में विद्युत-सी कौंधी। हाथ नीचे डालते ही वह मांसपिंड जरा को मिल जाएगा...

विचारशून्य होकर उसके शरीर ने काम किया। जरा ने हाथ बढ़ा दिया था गंध-दिशा में। अगले ही क्षण उसकी अंगुलियों ने कोमल बालक के शरीर का स्पर्श किया...राक्षसी का समूचा शरीर विद्युत की भांति बोध से कौंधता हुआ। आनंदातिरेक वश उसने उसे उठाया, पल भर दृष्टि यहां-वहां घुमाई, फिर एक ओट में होकर मांसपिंड बाहर खींच लिया!...

सद्यजात शिशु-शरीर का अर्धांश था वह...क्रूर प्रकृति जरा भी वह वीभत्व दृश्य देखकर सहसा सहम उठी—मांसभक्षिणी राक्षसी ने अनेक बार मानव शरीरांश को भोज्यपदार्थ के रूप में ग्रहण किया था, किंतु यह स्थिति, तनिक डरा देनेवाली थी...उस समय वह और चकित हुई जब उसने उस बाल-शरीर में हल्का जीवन-लक्षण भी महसूस किया...क्या इसका दूसरा भाग भी उसी कचराघर में पड़ा है! सहज औत्सुक्य से उठकर उसने उस कचरे के पात्र में पुनः हाथ डाल दिया...इस बार दूसरा भाग!...

विचित्र से कौतूहल, भय और जिज्ञासा में डूबी राक्षसी ने दोनों दाएं-बाएं हिस्सों को सहजता के साथ मिलाकर देखा...अरे?...विस्मय के एक थपेड़े ने पुनः सनसनाहट से भर दिया उसे! दो भागों में विभक्त जीवन लक्षण अब अपने संपूर्ण जीवनशक्ति के साथ बालक शरीर को स्पंदन से भी भरे हुए था!...

राक्षसी जरा मानव-शरीर के गुणों से सहज जानकार थी। उसने क्षण मात्र नष्ट न करके उन दोनों ही संयुक्त भागों को उसी तरह जुड़े हुए उठाकर आंचल में लपेटे हुए वहां से खिसक जाना चाहा, पर अनुभव हुआ जैसे उस बाल-शरीर में न केवल अपूर्व संगठन है अपितु वह अद्भुत भारवाला भी है। घबराकर राक्षसी ने वहीं तंत्र शक्ति का आश्रय ले लिया! ...पल भर बाद वे आंचल में शिशु को छिपाए हुए राजपथ से अपने गृह-मार्ग की ओर बढ़ी जा रही थी।...

दुश्चिंता, अद्‌भुत अनुभव और घबराहट ने बहुत कुछ सहमा दिया उसे! ...जीवन में ऐसा अनुभव पहली ही बार हुआ! विचित्र है कि दो विभक्त शरीरों में बालक का शव मिले और जीवनतत्वों का उसमें समावेश भी है?...

जरा तीव्रगति से अपने निवास की ओर बढ़ी जा रही है...जैसे-जैसे विचार कौंध रहे हैं, वैसे-वैसे गति और तीव्र होती जा रही है...

कुछ समय बाद ही वह नागरिकीय क्षेत्र से बाहर बने अपने छोटे से झोंपड़े में थी...उद्विग्न मन तनिक शांत हुआ!...

मनःस्थिति भूख-प्यास ने उड़ा दी थी। अब शेष केवल जिज्ञासा! बालक शरीर को एक चटाई पर लिटाकर उसने उसे दीये के मद्धिम प्रकाश में ध्यान से देखा। श्वांसें चल रही हैं और उन श्वांस गति के साथ ही उस बालक की विशाल, गौरवर्णी देहयष्टि दृष्टि के सामने किसी इंद्रधनु की तरह कौंध रही है...जरा की तंत्रशक्ति ने उसे क्षण मात्र में ही बोध करा दिया था कि वह किसी सामान्य कुल का बालक नहीं है!...

तब क्या महाराज बृहद्रथ का ही पुत्र है यह?...जरा के मन में विचार कौंधा फिर यह कौंध एक रोमांच बनकर सारे शरीर में बिखर गई!...बालक का शरीर, उसकी असामान्य दृष्टि, अद्‌भुत कांति और देह-रूप का हर अंश यही कुछ सिद्ध करता हुआ! निस्संदेह!...ऐसा ही कुछ है।

जिस स्थान से बालक शरीर को जरा ने जोड़ा था, उस पर विशेष औषधियां लगाना भी उसने प्रारंभ कर दिया था। भूख-प्यास से रिक्त हो चुका था मन, अब राक्षसी केवल एक रोमांच से भरी हुई कि यदि राजा बृहद्रथ को वह उनको मृत समझकर फिकवाए गए इस बाल-शरीर को संयुक्त करके दे सके तब न केवल उसे यशप्राप्ति होगी, अपितु मानव मांस भक्षण के दोष-अपराधों से मुक्ति भी मिल जाएगी...

उस सारी रात्रि जरा अपनी समूची तांत्रिक शक्तियों के साथ-साथ मानव शरीर के ज्ञान और औषधियों की जानकारी का उपयोग करके संधि से जोड़े गए बाल-शरीर को पूर्णतः स्वस्थ और सुघड़ बनाने में जुटी रही... दोपहर बीतते-न-बीतते वह अपने प्रयत्न में सफल भी हुई।

अब नीति का सहारा लेना था उसे!...और नीति यह कि राजा के पास इस तरह पहुंचना होगा कि वह संतान-मोह से इतर कुछ विचार ही न कर सके! ...बाद में जरा अपना परिचय देगी और वीर बृहद्रथ की कृपा भी प्राप्त करेगी।

योजनानुसार उसने सुंदर आकर्षक वस्त्र धारण किए, स्वस्थ-मन शरीर से मगध के राजनिवास की ओर बढ़ चली। वस्त्राभूषणों के अतिरिक्त उसने चाल-ढाल और रूपाकार में ऐसा कुलीन आर्य व्यवहार बनाए रखा था कि सहसा सामान्य सैनिक या राजनिवास का कोई अधिकारी उसे टोकने-रोकने का साहस ही न कर सके।

राजपथ पर सन्नाटा था। ऐसे, जैसे किसी ने सहसा सूर्यवत् प्रकाशित उस सुंदर मार्ग और उसके वातावरण को मेघाच्छादित कर धुंधलके में डुबो दिया हो। प्रहरियों से लेकर यहां-वहां निकलते स्त्री-पुरुष भी यही धुंधलका चेहरों पर समेटे हुए। उनकी दृष्टियां गांभीर्य से अधिक पीड़ा की पीलिमा और निरुत्साह में भरी हुईं।

एक पल के लिए जरा विस्मित हुई। मन में अनायास ही प्रश्न कौंध आया—'ऐसा क्यों?' फिर एक-दो जगह उभरी नर-नारियों की परस्पर फुसफुसाहटों ने कारण-संकेत भी कर दिया, राजनिवास में गर्भवती रानियों के मृत शिशु जन्म और विकृत रूप को लेकर जितनी पीड़ा फैली थी, उससे कहीं अधिक इस बात का कष्ट कि दोनों ही रानियों ने विकृत-रूप में एक बाल-शिशु को दो विभाजित भागों में जन्म दिया था...घबराकर माताओं ने दोनों ही शरीरों को धायों से फिंकवा दिया...और अब वे शरीर भाग भी वहां से अंतर्धान हो चुके थे!...महाराज बृहद्रथ सब सुन-जानकर जितने क्रुद्ध हुए, उससे कहीं अधिक पीड़ित कोमल राजपुत्र के शरीरांशों का सम्मान सहित संस्कार कर पाने का अवसर भी उन्हें नहीं मिला था!...यह महर्षि चंडकौशिक का शाप हुआ या वरदान?...

पर ऋषि-आशीष से प्राप्त वरदान, उनके शाप में बदल जाए—इसका कोई न कोई कारण तो अवश्य होगा?...विभिन्न आशंकाएं। संभव है कि महारानियों ने ऋषि-वचन को लेकर मन में कोई अविश्वासपूर्ण विचार किया

हो?...ऐसा भी हो सकता है कि राजा से ऋषि की पूजा-अर्चना में कोई शास्त्रीय त्रुटि रह गई हो?...यह भी संभव है कि मगध के सीमाक्षेत्र में किसी मगधवासी ने जटाजूटधारी साधु का अपमान कर दिया हो और परिणाम में राजा को दिया गया वरदान शाप में बदल गया हो?...

जो भी हुआ हो, किंतु मगध की महाशक्ति पर तो वज्रपात हो ही गया! वृद्धायु राजा संतति-प्राप्त करके भी संतान नहीं पा सके!...मगध की महाशक्ति भविष्य के लिए अंधकार भर बनकर रह गई। उसके गौरव सिंहासन पर शून्य आ ठहरा!...यह शून्य, मगधपति बृहद्रथ की पीड़ा को क्रमशः क्रोध और फिर छटपटाहट में बदलकर असंयम तक पहुंचाता हुआ।

राजा का स्वभाव नहीं था यह। अनेक विपरीत स्थितियों में भी घोर संयमित रहकर उन्होंने हर जटिलता को सरलता में बदला था, किंतु इस संवेदनात्मक घटना ने वृद्ध राजा को विदीर्ण कर डाला!...

इस विदीर्णता ने समूचे राजनिवास को ही नहीं, राजपथों से लेकर जनपथ तक पीड़ा के मेघाच्छादन से भर दिया है...इस प्रकाशित वातावरण में भी सब लोग अदृश्य अंधकार का बोझ ढोते हुए...

जरा ने हर बढ़ते चरण के साथ स्थिति को अपने अनुकूल भर नहीं, अत्यंत सुखद और संतोष से पूर्ण अनुभव किया। चरण-गति अधिक उत्साह से भर गई और फिर यह उत्साह मानसिक शांति के साथ-साथ भविष्याभिनय के लिए अनुकूल शब्दावली भी गढ़ता गया। थोड़ी ही देर बाद वह सुंदर, किंतु विशालदेह बालक को सीने से लगाए हुए महाराज बृहद्रथ के विशेष कक्ष तक जा पहुंची। यहां पहली बार उसे राजसैनिक ने टोका, "क्षमा देवी!... आप कौन हैं और किसलिए महाराज के इस विशेष कक्ष तक आ पहुंची हैं?"

जरा ने गरिमापूर्ण स्वर में उत्तर दिया, "मैं पीड़ित संतानविह्वल राजा के लिए सुसमाचार लेकर उपस्थित हुई हूं, अतः हे सेवक!...तुम तुरंत राजन् को सूचित करो कि एक आर्य नारी उनसे भेंट करना चाहती है!..."

"किंतु आर्ये, महाराज इस समय शोकाकुल स्थिति में हैं...वह संतानपीड़ा से व्याकुल हैं, वैसी स्थिति में तुम्हारा सुसमाचार उन्हें क्या सुख देगा मैं समझ नहीं पा रहा हूं?...अपनी सुभाषा के लिए तुम इस समाचार को राजा तक पहुंचाए जाने के पूर्व अच्छी तरह विचार कर लो!..." सैनिक प्रौढ़ था। सारे जीवन राजनिवास की सेवा में रहने के बाद उसने जान लिया था कि राजा की किस मानसिक स्थिति में किस तरह का समाचार पहुंचना उनके लिए संतुलनीय होता है और कौन-सी बात होती है जो उन्हें सहसा क्रोध से भरकर असंयम तक पहुंचा देती है।

जरा ने बहुत संक्षिप्त उत्तर दिया, बोली, "मेरा समाचार राजा ही नहीं, समस्त राज्य और रानियों का पीड़ाहरण भी कर लेगा!...मगध का शोक आनंद में नहीं, उत्सवों में बदल जाएगा!..."

सैनिक ने अब अधिक तर्कातर्क नहीं किया। यह उसका काम नहीं। यों भी राजमर्यादा के विरुद्ध है एक सीमा तक राजा से भेंट हेतु आए किसी नर-नारी से वार्ता या तर्कातर्क!...

वह कक्ष के भीतर गया। 'शोकाकुल महाराज बृहद्रथ और उनके आस-पास बैठी पीड़ाग्रस्त रानियों तक समाचार पहुंचाया कि कोई स्त्री उनसे इसी क्षण भेंट करना चाहती है।'

राजा ने शोकातुर दृष्टि उठाकर केवल सेवक को देखा।

सेवक कह रहा था, "महाप्रभु!...वह नारी एक सुदेह, गौरवर्ण, कुलीन और बलिष्ठ शिशु को गोद में लिए हुए है। कहती है कि उससे प्राप्त समाचार केवल आपकी ही नहीं, संपूर्ण मगध राज्य की पीड़ा हर लेगा!"

रानियां चौंकीं। शिशु?...राजा ऊहापोह में पड़ गए। मन नहीं था कि किसी से इस पीड़ा मनःस्थिति में बातचीत करें, किंतु सेवक का समाचार न केवल कौतूहल को जगाने वाला था, अपितु लगता था कि रहस्य-गांभीर्य भी लिए हुए है अतः बोल पड़े थे, "भेज दो उसे!..."

सेवक तुरंत लौटा फिर जरा को साथ लिए हुए वापस आया। राजा और रानियों की दृष्टि बालक पर जा ठहरी, इधर जरा ने आदरपूर्वक प्रणाम किया, कहा, "महाराजा बृहद्रथ की कीर्ति दिग्-दिगंत तक व्याप्त हो!...मैं

जरा हूं और आपके ही राज्य में रहकर जीवनयापन करती हूं। संयोगवश राजनिवास के पास से निकल रही थी कि मैंने इस बालक को दो भागों में विभक्त स्थिति में पड़े पाया। उत्सुकतावश उन भागों को उठाकर मैं अपने गृह ले गई और फिर उचित उपचार-क्रिया से इन्हें परस्पर संधित कर दिया! अब यह बालक पूर्ण स्वस्थ है और मुझे विश्वास है कि यह आपका वह बलशाली पुत्र है, जिसे विभक्त जन्म के दोषवश इसकी माताओं ने त्याग दिया था!...इसे मैंने जीवनदान दिया है। रक्षा भी की है, अतः कृपाकर मगध राज्य के हितार्थ और अपने संतति सुख हेतु आप इसे स्वीकार करें!...''*

...और इसके पूर्व कि महाराज कुछ कहें, अथवा रानियां भावविह्वल होकर बालक को जरा से लेने के लिए झपटे, जरा ने उस सुंदर किंतु बलिष्ठदेह शिशु को महाराज बृहद्रथ को सौंप दिया।

यांत्रिक भाव से राजा ने शिशु को गोद में लिया। दोनों रानियां आनंदातिरेक में अश्रु बहाने लगी थीं, जबकि राजा भावविह्वल होकर शब्दहीन हो उठे थे...केवल विस्मय से उस विचित्र शिशु का सुंदर नव-स्वरूप निहारते हुए!...

जरा शांत खड़ी थी।

कुछ पल इसी मौन, किंतु सुखानंद की स्थिति में बीते, फिर जरा ने कहा, ''राजन्! अब मुझे जाने की आज्ञा दें!...'' वह मुड़ी।

सहसा राजा की मोहतंद्रा भंग हुई, भर्राए गले से बृहद्रथ ने रोका था जरा को, ''हे देवी, पल भर रुको!''

जरा थम गई। वह समझ चुकी थी कि राजा पुत्र पाकर अतिप्रसन्न हैं और निस्संदेह उसे पुरस्कृत करना चाहते होंगे।

राजा ने उत्सुकतावश पूछ लिया था, ''तुमने अपना शुभ नाम तो बतलाया है देवी, किंतु संपूर्ण परिचय नहीं दिया? मगध को उत्तराधिकारी

---

* मूल महाभारत में बृहद्रथ से जरा का यह संवाद इस तरह वर्णित है—''...मुनि के आशीर्वाद से तुम्हारी दोनों रानियों के गर्भ से, अलग-अलग दो टुकड़ों के रूप में यह बालक उत्पन्न हुआ था। डर के मारे रानियों ने धाय के हाथों ये टुकड़े चौराहे पर फिकवा दिए। मैंने इसे जिलाया है, इसकी जीवन-रक्षा भी की है!...'' (महाभारत के सभापर्व में अध्याय 17वें श्लोक-क्रम 35 से 40 में वर्णित)।

भर नहीं दिया है तुमने एक संततिहीन पिता को उसकी संतान प्रदान की है। हम इस ऋण से कभी नहीं उबर सकते, किंतु तुम्हारा परिचय प्राप्त करके और शुभ करने के बाद हमें अतीव आनंद प्राप्त होगा!...''

जरा ने अपना सत्य परिचय देते हुए बतला दिया था कि वह राक्षसी है और तंत्रविद्या के अतिरिक्त औषधि ज्ञान भी है उसे, पर अपने गुण के लिए पर्व की अभिव्यक्ति न कर उसने कहा था, ''महाबली मगधराज!...यह सब केवल दैवेच्छा से ही संभव हुआ है, मैं तो इस बालक को केवल जीवन देने का माध्यम भर बन गई हूं। मांसभक्षी मेरी जिह्वा संयत रही, यह भी देव-चमत्कार ही है, जबकि मैं तो मनुष्य तो मनुष्य-सुमेरु पर्वत तक का भक्षण करने में समर्थ हूं, पर मैं तुम्हारे परिवार से प्रसन्न थी, अतः तुम्हें तुम्हारी संतति लौटाना ही अपना धर्म समझा!...अब, जबकि यह पुत्र मैंने तुम्हें लौटा दिया है, तब यह भी बतलाए देती हूं कि यह जगप्रसिद्ध होकर मेरे नाम से ही जाना जाएगा!...''

''निश्चित, जरा!...यही होगा और तुम्हारी कामना के अनुसार इसका नाम सदा तुम्हारे स्मरण से जुड़ा रहेगा!...तुमने इसके विभक्त भागों की संधि प्रदान करके इसे जीवन दान दिया है अतः आज से यह जरासंध कहलाएगा!...''

जरा प्रसन्न हुई। आशीर्वाद देकर लौट पड़ी...

"...और इस प्रकार महाबली जरासंध को नया जन्म मिला!...कालगति में जैसे-जैसे वह बड़ा हुआ, उसने अद्‌भुत बल प्राप्त अपने शरीर को विभिन्न अस्त्रास्त्रों से रक्षित करने की अद्‌भुत कलाएं भी सीखीं, मल्लयुद्ध भर नहीं गदायुद्ध में भी जरासंध ने महायोद्धा का पद-मान प्राप्त किया!...'' कथा का अंतिम अंश सुनाते गए थे श्री कृष्ण, ''ऐसे जरासंध का हम शीघ्र ही दर्शन करेंगे! कुछ समय बाद ही मगध के विशाल राज्य का सीमाक्षेत्र प्रारंभ हो जाएगा! जरासंध अब मगधराज हो चुका है। उसकी शक्ति, नीति और पराक्रम संपूर्ण विश्व में प्रसिद्ध हैं, साथ ही युद्ध हो या शांति, वह न्याय के

लिए भी पर्याप्त ख्याति और यशार्जन कर चुका है। ऐसे महावीर के सीमाक्षेत्र में चतुरतापूर्वक प्रवेश करना ही उचित होगा, कुंतीसुत!...'' श्री कृष्ण ने अपनी सम्मति का अंतिम अंश कह सुनाया था, ''यही कारण है कि हम ब्रह्मवेश धारण किए हुए हैं। महाबली जरासंध गौ, ब्राह्मण और नारियों पर दया करनेवाला है। वह जितना अलोकप्रिय अपनी क्रूरता के लिए है, उतना ही लोकप्रिय वह कुछेक मानवीय मूल्यों को लेकर भी है!''

जरासंध की विचित्र जन्मकथा और शक्तिगाथा सुनकर अर्जुन तो प्रभावित हुए थे, किंतु भीम उसी उपेक्षाभाव से आगे बढ़े जा रहे थे। केवल कहा था, ''मुझे लगता है यशोदानंदन!...आप मगधराज जरासंध को लेकर कुछ अधिक ही कह रहे हैं...महापराक्रमी हलधर और वीर दुर्योधन तथा स्वयं मेरे जैसे मल्लयुद्ध में पारंगत गदायोद्धा के सामने भी क्या जरांसध की शक्ति-गाथा बहुत महत्व रखती है?...आपकी कृपा हुई तो मैं उसे पहली ही बार में परास्त कर दूंगा!''

भीम की दंभोक्ति से पीड़ा हुई कृष्ण को, पर प्रतिक्रिया न देकर केवल यही कहा था, वह समय भी अब दूर नहीं है पांडुपुत्र, जब महाबली जरासंध तुम्हारे सामने होगा! कुछ समय पूर्व जब उसने मथुरा पर अपनी पुत्रियों और महाराज कंस की पत्नियों की पीड़ा के कारण हम लोगों पर युद्ध प्रहार किया, उस समय उसके दो महान सेनापति हंस और डिम्भक जीवित थे और मगधराज की महाशक्ति का अनुमान मुझे उसी क्षण हो गया था...मैं जान गया था कि जरांसध की शक्ति का सामना त्रैलोक्य में भी कोई नहीं कर सकता!...यही सब मैंने तुम्हारे अग्रज धर्मराज युधिष्ठिर को बतलाना उचित समझा और यही कारण है कि मैं जरासंध से मुक्ति एवं मगध की महाशक्ति की समाप्ति राजसूय यज्ञ की सफलता के लिए आवश्यक समझता हूं!...

भीम ने उत्तर नहीं दिया, किंतु उनकी उपेक्षापूर्ण मुद्रा जतला रही थी कि कभी-कभी वह स्वयं भी उस क्षण अभिमान से भर उठते थे, जब किसी बार किसी अन्य शरीर-बलशाली योद्धा का आख्यान उन्हें सुनने मिलता!

अच्छा अर्जुन को भी नहीं लगा, किंतु भीम हैं बड़े भाई, तिस पर जितने सरल, उतने ही जटिल! अभी अर्जुन कुछ कहें और प्रतिक्रिया में भीम उलटा

ही समझ बैठें तो क्या होगा?...भीम के उत्तेजनापूर्ण और असंयत हो जाने के व्यवहार को वह भली प्रकार जानते थे, अतः शांत ही रहे। वृष्णिवंशी कृष्ण ने भी कुछ न कहकर विषय बदल दिया, किंतु इस तरह ताकि भीम बुरा न मानें। बोले, "वीरवर!...जरासंध की शक्ति, समृद्धि और सामर्थ्य का बोध करा देना मेरा धर्म था, अतः मैंने वही किया है। साथ ही मैं यह बतला देना भी आवश्यक समझता हूं कि जिस समय तक जरांसध को उत्तेजित-क्रोधित नहीं किया जाता, वह धर्मानुसार आचरण करता हुआ, क्षत्रिय धर्मोचित मर्यादाओं का न केवल पालन करता है, अपितु अपने राज्य में आनेवाले हर ब्राह्मण और विद्वान को सम्मानित-पूजित भी करता रहता है। महात्मा गौतमवंशी चंडकौशिक के आशीर्वाद से जन्मा यह महाशक्तिशाली जरासंध उन सभी श्रेष्ठ योग्यताओं और संस्कारों से पूर्ण है, जिनके कारण राजा लोग पृथ्वी पर सम्मानित होते हैं।"

"तब हम ऐसे कृत्य करेंगे वासुदेव कि वह क्रोधित होकर उन्मत्तवश अदूरदर्शिता पूर्ण निर्णय ले बैठें!" भीम ने उत्तर दिया।

श्री कृष्ण ने उत्तर नहीं दिया, पर अर्जुन सोचते रहे। बड़े भाई भीम जरांसध की बल-शक्ति का विवरण सुनकर सावधान कम हुए थे, अपमानित अधिक! यह स्वभाव था उनका। इस स्वभाव में बालकवत सहजता थी, किंतु नीति-ज्ञान नहीं। स्मरण आया था, श्री कृष्ण का कथन, जब वह राजसूय यज्ञ को लेकर सम्मति देते हुए सबसे बड़े पांडव बंधु युधिष्ठिर से कह बैठे थे, "महाबली मगधराज जरासंध की शक्ति, बल, सामर्थ्य को जान-समझकर ही हम यादव वंशी, भोज, वृष्णि और अंधकों ने मथुरा से पलायन करने में ही कुशल समझा था!...* अतः हे युधिष्ठिर, जरासंध की समाप्ति के बिना निर्विघ्न रूप से यज्ञायोजन संभव नहीं है। मेरी सम्मति है

---

* श्री कृष्ण द्वारा जरासंध संबंधी विवरण देते हुए युधिष्ठिर से कृष्ण की वार्ता : "...जरासंध के सहायक हंस और डिम्भक दोनों ही नीतिशास्त्र में निपुणसम्मति देने में अद्वितीय और शस्त्र-प्रहार से न मर सकने वाले थे, अतः वह तीनों लोकों को जीत सकता था। दुर्बल को सबल से नहीं उलझना चाहिए यही विचारकर हम वृष्णि, कुक्कुर और अंधकवंशी यादवों ने जरासंध से भिड़ना ठीक न समझा!" (महाभारत में सभापर्व के 19वें अध्याय में श्लोक-क्रम 25 से 28 के बीच कृष्ण-कथन)।

कि आप इसी दृष्टि से विचार करके पहले जरासंध का नाश आयोजित करें! इस तरह हम आर्यावर्त के पचासों राजाओं का न केवल शुभ कर सकेंगे, अपितु उनके राज्यों में जनप्रियता भी प्राप्त कर लेंगे!...''

युधिष्ठिर सुनते गए। कृष्ण-सम्मति ने सदा ही पांडवों को प्रभावित भर नहीं किया था, विजय की ओर भी बढ़ाया था।

कृष्ण बोले थे, ''जब मैंने और पूज्य बलराम ने जरासंध के भय से मथुरा त्याग किया, उसी समय हम जान चुके थे कि उसका नाश हमारे वश में नहीं है। यह भी युद्ध नीति ही होती है कि यदि कोई दुर्बल हो तो उसे सबल का सामना नहीं करना चाहिए! वैसा करके वह जन-धन की हानि का कारण तो बनता ही है, उसकी वीरता भी व्यर्थ सिद्ध हो जाती है!...अतः हम यादवों ने द्वारका से चले जाना ही ठीक समझा।''

वे तीनों चलते जा रहे थे। कुछ समय के लिए विश्राम हेतु एक सघन वट-वृक्ष के नीचे आश्रय लेकर उन्होंने थकान मिटाई, फिर दोपहर के तीव्र सूर्य-प्रकाश के कम होते हुए भी यात्रा का अगला चरण प्रारंभ किया...

कुछ समय बाद ही मगध-राज्य का विशाल सीमा प्रदेश प्रारंभ हो जाना था...इस सीमा प्रदेश की प्रकृति, वातावरण, समृद्धि और नगर-ग्रामों में बिखरा उल्लास देखते ही भीम और अर्जुन यह समझ जानेवाले थे कि जरासंध केवल पराक्रमी भर नहीं, अति लोकप्रिय राजा है। ऐसा राजा, जिसके राज्य में धन-धान्य भर नहीं है, अपितु जनसाधारण सुखी है, प्रजा गौरवभाव के साथ रहती है और अपने राजा की असीम शक्ति के साथ-साथ न्यायप्रियता, धर्माचरण आदि के लिए भी पूर्णतः आश्वस्त है!...

कुछ पल बाद ही वह सीमाक्षेत्र आ गया!...एक छोटी-सी घाटी पार करते ही चकित भाव से अर्जुन और भीम ने वह समृद्धिशाली प्रकृति-संपन्न देश देखा...कृष्ण ने कहा था, ''पांडुपुत्र!...यहीं से मगधपति जरासंध की राज-सीमा आरंभ होती है...'' फिर पैर आगे बढ़ा दिया...

मुग्ध जितने हैं, उससे कहीं अधिक चकित!...कुछ समय पूर्व मार्ग में कृष्ण ने मगध राज्य को लेकर जो कहा-सुनाया है, वह संभवतः उतना नहीं है, जितना वह देख पा रहे हैं...यह तो शब्दातीत सुख-समृद्धि से संपूर्ण, शांत राज्य का स्पष्ट प्रमाण दे रहा है...

अपूर्व प्राकृतिक सौंदर्य और पुष्प गंधों से व्याप्त वातावरण, तरह-तरह के मन मोह लेने वाले वनचर और उनके बीच कुलांच लगाते हुए छोटे-मोटे गांवों-पुरों के बालक-बालिकाएं...वे सब प्रफुल्लित और आनंदित होने के साथ-साथ निश्चिंतता और भयमुक्ति के शक्ति-जल से नहाए हुए परम-आनंदित!...

क्षण-क्षण सिद्ध हो रहा है कि मगधराज जरासंध ने शक्ति और सत्तालोलुपतावश कुछ भी किया हो, किंतु उसकी प्रजा सुखी भर नहीं, संपन्न भी है। भला ऐसे राजा को जय करना सहज कैसे हो सकता है, जिसकी प्रजा शांति, सुख और समृद्धि के साथ-साथ आत्मशक्ति और बल की पूजक भी हो, जिसे किसी भांति का भय, दुश्चिंता और कष्ट-व्याधा न सताती हो? ...अर्जुन ने समझ लिया—कृष्ण जितना कुछ कह रहे थे, स्थिति उससे कहीं अधिक सुलझी हुई है! जरासंध से सामना होने पर यह अनुभव उसकी उत्तेजना बनने के पूर्व, उनकी अपनी लघुता और अक्षमता का बोध भी उन्हें करवा रहा है!...बहुतेक बातें समझ आने लगी थीं उन्हें। भला ऐसे संपन्न, सुखी राज्य के महाशक्तिशाली राजा के अनुयायी शिशुपाल, पौण्ड्रक, वासुदेव, शाल्व, वक्रदन्त आदि क्यों न होंगे?...

अनुयायी और अधीन होने का कारण केवल जरासंध का आतंक भर नहीं, उसकी वह महाशक्ति भी है जिसका दर्शन उसके राज्य की भूमि का कण-कण अनुभव करवा देता है। एक सफल राजा की राजनीतिक शक्ति का प्रमाण!...

किंतु क्या केवल यही कारण है?...अर्जुन ने सोचा, लगा कि यादवश्रेष्ठ श्री कृष्ण ने उनके मन-मस्तिष्क में बिचरती हर विचार तरंग को समझ लिया है, सहसा वह बोल पड़े थे, "हे कुंतीनंदन!...महाराज बृहद्रथ के प्रतापी पुत्र

जरासंध की महाशक्ति भर नहीं, इस राज्य की सुख-समृद्धि इस कारण भी है क्योंकि यहां वनवासियों और नगरवासियों में तनिक भी भेदभाव नहीं है। महाराज जरासंध के मगध का मूल है महर्षि काक्षीवान् का वह तापस-तेज, जिसके कारण ब्राह्मण, क्षत्रिय, वणिक और शूद्र का धर्म अब तक उसके कर्मानुसार ही जाना-पहचाना जाता है एवं उन सभी को सामाजिक मान-प्रतिष्ठा भी प्राप्त है। गौतमवंशी ऋषि काक्षीवान् ने शूद्र सुंदरी औशीनरी से नीतिपूर्वक विवाह करके उसे ब्राह्मणत्व प्रदान किया था। इस ब्राह्मणत्व तेज से औशीनरी ने नीति और ज्ञान से पूर्ण संस्कारी पुत्र जन्मे...इन पुत्रों ने अनेक वनवासी जाति-परिवारों को नेतृत्व दिया, वे संस्कार भी प्रदान किए, जिनसे मनुष्य श्रेष्ठ गुणों की प्राप्ति करता है और धर्मानुसार आचरण करके अपनी निष्ठा से अपने ही वर्ग में पूज्य तथा अन्य वर्णों में सम्मान प्राप्त कर लेता है!... इस क्षेत्र के बहुतांश में गौतमवंशी विभिन्न ऋषियों और अनुयायियों द्वारा स्थापित आश्रम हैं। इन सभी आश्रमों को अर्बुद, शत्रुदमन, शक्रवापी, मणि नामधारी विभिन्न वनवासी राजाओं द्वारा मान्यता और पूजा प्रापत होती है। ये सभी राजा नागवंशी कहलाते हैं और इन सभी का समर्थन महाराज जरासंध को प्राप्त है!...सम्राट से केवल इन्हें सुरक्षा और न्याय भर नहीं मिलता, वांछित राजसम्मान और गुण-वंश के अनुसार प्रतिष्ठा भी प्राप्त होती है। अतः स्मरण रहे, किसी भी व्यक्ति से वार्ता करते समय उसे यह अनुभव न हो कि हम मगधपति जरासंध का अशुभ करने जा रहे हैं...ये सब अन्य राज्यों से अपने क्षेत्र में आनेवाले लोगों की पूजा और मान-सम्मान कर मगध की प्रतिष्ठा ही बढ़ाते हैं..."

अभी यादवेंद्र के शब्द पूरे हुए थे कि कुछ वनवासी सैनिकों ने जहां-तहां झाड़ियों से निकलकर उनकी ओर आना प्रारंभ कर दिया। ब्राह्मणवेशधारी तीनों ही व्यक्ति थम कर उनकी प्रतीक्षा करने लगे।

वे पास आए। विविध अस्त्रास्त्रों से सज्जित वे वनवासी योद्धा नागप्रतीक धारण किए हुए थे। उनमें से एक ने शालीन किंतु गांभीर्यपूर्ण स्वर में प्रश्न

किया था, "आप लोग कौन हैं और महाराज जरासंध के राज्य-क्षेत्र में किस हेतु आए हैं?"

उत्तर कृष्ण ने दिया, स्वर में माधुर्य और ब्राह्मणोचित विनम्रता। कहा, "वीरो! हम स्नातक ब्राह्मण हैं और हमारी हार्दिक इच्छा है कि आर्यावर्त के इस सुंदर, संपन्न राज्य मगध देश के स्वामी जरासंध के दर्शन करें, उन्हें आशीर्वाद दें एवं उनका परिचय-लाभ भी प्राप्त करें!..."

"प्रसन्नता हुई!..." वनवासी योद्धा ने उतनी ही शालीनता और विनम्रता के साथ कहा, फिर बोला, "किंतु ब्राह्मण!...अब संध्या होने को जा रही है, अतः आप सब हमारा आतिथेय ग्रहण करें। हमें पूरा विश्वास है कि हम, जो गौरवशाली बृहद्रथ पुत्र जरासंध की प्रजा हैं एवं अपने कुलश्रेष्ठ और राजा स्वस्तिक के प्रभाव क्षेत्र में शांतिपूर्वक रहते हैं, आप सभी की पूजा व स्वागत करके प्रसन्न होंगे!..."

"तथास्तु!..." कृष्ण ने ब्राह्मतेज के साथ ही कहा फिर वे सब उन वनवासी वीरों के साथ हो लिए...

वन-संस्कृति के अनुसार उनका स्वागत हुआ। स्वयं जाति प्रमुख स्वस्तिक ने अपने निवास से बाहर निकलकर उनकी पूजा-वंदना की तथा उचित, स्वच्छ स्थान पर ठहराया। रात्रि होते ही एक भव्य वन-समारोह आयोजित हुआ, जिसमें वनकन्याओं ने उन सभी से आशीष प्राप्त किए। भोर होते ही ग्राम प्रमुख स्वस्तिक के आदेशानुसार दो वनवासी वीरों के साथ उन्हें मगध की राजधानी गिरिव्रज के मार्ग पर दूर तक सुरक्षित छुड़वाया गया।

अर्जुन, भीम और स्वयं कृष्ण ने अनुभव किया था कि महाराज जरासंध लोकप्रिय भर नहीं अपार जनश्रद्धा भी अर्जित किए हुए हैं...

ऐसी जनश्रद्धा और सम्मान प्राप्त राजा में सत्तालोलुपता का वह दोष कैसे जन्मा, जिसके कारण यादव कृष्ण भर नहीं, असंख्य आर्य राजा पीड़ित हुए?...मगध के सामान्य जनों और वनवासियों का जरासंध के प्रति सम्मान और श्रद्धा वह देख चुके हैं, तब वही जरासंध जिनकी कीर्ति सुनाते लोग थकते नहीं है, इस तरह कैसे और क्योंकर मृत्यु-योग्य अपराधी माने जा रहे हैं? सहज उत्सुकतावश पूछ लिया था अर्जुन ने, "गोपेश्वर?...मैं सहसा

निश्चित नहीं कर पा रहा हूं कि जरासंध जैसा जनप्रिय राजा अन्य राज्यों में उतना अलोकप्रिय और घृणा-पात्र कैसे बन गया?''

''मगधपति की जिस जनप्रियता का आज तुम दर्शन कर रहे हो, कौन्तेय—वह मेरे लिए बहुत पूर्व की जानी-पहचानी है।'' कृष्ण ने कहा,... और जो प्रश्न आज तुम्हारे मन-मस्तिष्क में अंकुरित हुआ है, बहुत समय पूर्व वह मेरे मन में भी जन्मा था...किंतु बाद में विश्लेषण करने पर ज्ञात हुआ कि श्रेष्ठ राजपुरुष नेतृत्वकर्ता और राजा का धर्म केवल पृथ्वी के एक विशेष सीमा क्षेत्र में अपने राजस धर्म का प्रस्फुटन और प्रकाशन भर नहीं होता। उसकी लोकप्रियता सर्वमान्य होनी चाहिए, मनुष्य मात्र के लिए आदर्श!...हर राजा के लिए अनुकरणीय और हर सत्तापुरुष की ज्ञान-ज्योति. ..जरासंध राजसतेज की पूर्णता तक बढ़कर भी अपने सहज मानवीय दोष के कारण राजधर्म से नीचे गिर गए हैं। यही कारण है कि वह बहुतेक गुणों से संपन्न होकर, धर्म और नीति के व्यापक मुक्ताकाश में वह अपराधी हैं। मृत्यु के पात्र बन गए हैं। उन्होंने यदि असंख्य जनों से अपूर्व श्रद्धा प्राप्त कर ली है, तब असंख्यों से ही घृणार्जन भी अर्जित कर लिया है।''

''तनिक स्पष्ट करें, वासुदेव?'' अर्जुन को लगा था कि धर्म और राजनीति के बीच की रेखा का विश्लेषण करते-करते कृष्ण शब्द-दृष्टि से कुछ अधिक ही सूक्ष्म-विवेचना कर बैठे हैं।

कृष्ण ने बात सहज की, ''जब-जब सत्ताधीश गुणी, ज्ञानी, तपस्वी और धर्मावलम्बी होते हुए भी सहज मनुष्य धर्म से परे हटकर व्यक्तिवादी और केवल सत्ता मोही होकर विचार करने लगता है, तब-तब उसकी ओर से समाज नीति और राजनीति में उसके अनजाने ही अनेक दोष जन्म जाते हैं। जरासंध के साथ भी यही हुआ। वह अच्छे, धर्मज्ञ, न्यायप्रिय, शक्ति संपन्न और सफल राजा होते हुए भी सत्तामोह की उस अंध मानसिकता से ग्रस्त हो गए हैं, जो उन्हें मानव धर्म से च्युत करके केवल सम्राट होने का बोध करवा बैठी है। वह विस्मृत कर गए हैं कि यह भूखंड अथवा इस विशाल आर्यावर्त के विभिन्न खंडों-अंशों में छोटे-बड़े अनेक राज्यों में राज कर रहे राजा भी उनके अपने-अपने

क्षेत्र और राज्यों में धर्मप्रिय, न्यायी, शक्तिसंपन्न और जनप्रिय राजा हैं। व्यापक मनुष्य समाज और जनहित की दष्टि से दूसरों को अक्षम समझकर अपने अधीनस्थ कर लेने अथवा पदच्युत करके अपने शक्तिकेंद्र में विलीन कर लेने की इच्छा ने जरासंध को इस सत्य से विमुख कर समग्र राष्ट्र का दोषी बना दिया है। इस सृष्टि में लघुतम चींटी से लेकर विशालदेह गजराज का भी निवास है। सबका अपना स्वतंत्र अस्तित्व और मर्यादाएं भी निश्चित हैं। जब गजराज वनक्षेत्र में विचरण करते हैं, तब चींटियां उनके मार्ग का न तो अनुसरण करती हैं, न ही विरोध, उसी तरह चींटी के अपने छोटे-से क्षेत्र में महाबली गज अकारण प्रभुत्व जमाने और स्थापित करके उनके स्वतंत्र अस्तित्व को भयग्रस्त करने की कुचेष्टा नहीं करते हैं...ठीक उसी तरह बड़े राजाओं को चाहिए कि वे छोटों का मान-सम्मान करें, उन्हें उनका वांछित प्राप्त होने दें!...जब-जब इस स्थिति में असंतुलन पैदा होता है, तब-तब वह अशांति का कारण बनता है, अधर्म का सूक्ष्म बिंदु कहलाता है और अनजाने ही निर्दोष को दोषी सिद्ध कर देता है। जरासंध के साथ भी यही हो रहा है। किसी राज्य और वहां की प्रजा का स्नेह-सम्मान पाने के लिए उसका दमन आवश्यक नहीं, न ही उसे अपने अधीनस्थ बनाने की आवश्यकता है—यदि आप अपना गौरव, उच्चता और धर्मानुसार आचरण करते रहें, तब वह राज्य और वहां की प्रजा सहज ही आपके प्रति श्रद्धालु हो जाती है। यह श्रद्धा ही असली विजय है, इसे ही पराक्रम और संपूर्णता में जय-प्राप्ति कहा जा सकता है।''

अर्जुन सुनते रहे...इतने मंत्रमुग्ध, जैसे किसी ऋचा का पारायण सुन रहे हों...धर्म और राजनीति का इतना सूक्ष्म ज्ञानबिंदु कभी उनके विचार में नहीं आया...अनायास ही मन कृष्ण के प्रति ओस के मीठे, शीतल जल-बिंदुओं के सागर को नहला गया...मन हुआ, झुकें और चरण छू लें, कहें, ''तुम अचिन्त्य हो, वासुदेव!...तुम्हारी जय-गाथा तुम्हारे पराक्रम से जितनी प्रमाणित है, उससे कहीं अधिक तुम्हारे ज्ञान से भी सिद्ध है!...और भी कुछ सोचते, पर ध्यान बंट गया...दूर, बहुत दूर कोई नगर-द्वार दीखने लगा है...हल्की चहल-पहल भी! विचारों की आंधी से विलग हुए और दृष्टि उस ओर गड़ा दी...

कृष्ण भी उधर ही देख रहे हैं—मदमत्त गज की भांति चलते रहे भीम भी...क्या गिरिव्रज के समीप पहुंच चुके हैं वे?...

संभवतः गिरिव्रज के मुख्यद्वार पर हैं। कृष्ण ने भी सोचा। इससे अधिक उन्हें भी कुछ निश्चित ज्ञान नहीं है, न ही मार्ग का अनुमान। यादव गुप्तचरों से जो कुछ सुना-जाना था, उसी के आधार पर मार्ग का अनुमान किए जा रहे हैं...गिरिव्रज!...महाशक्ति संपन्न सम्राट जरासंध के महान् मगध राज्य की राजधानी!...

गुप्तचरों की कही बातें स्मरण में इस तरह कौंध आई हैं, जैसे बरसों पूर्व मस्तिष्क-भंडार के विशाल स्मृतिसमूहों में गहरे, कहीं बहुत गहरे दबी रही स्मृति-की विद्युत तरंगें एकदम कौंधकर मन-आत्म को चकाचौंध कर गई हों यह बोध दृष्टि में भी भरी हुई, दृश्य में भी!...इसी कौंध के प्रकाश में सब कुछ स्पष्ट देखना-समझना होगा...शब्दाधार वह वर्णन, जो गुप्तचरों ने बखान किया था।

"...दैव!...बहुत विशाल द्वार है मगध की राजधानी गिरिव्रज के परकोटे का!...मदमत्त गजराजों और महान् मगधी योद्धाओं की विशाल सैन्य टुकड़ी उस द्वार पर सदा ही उपस्थित रहती है। नगर से बाहर जाने-आनेवालों का प्रति क्षण सूक्ष्म अवलोकन करने के साथ-साथ उनका ब्यौरा भी वहां दर्ज किया जाता है। धन-धान्य और बहुविधि खाद्य एवं खनिजों से भरे रथ एक ओर पंक्तिबद्ध विशाल संख्या में खड़े रहते हैं। इन सभी में लाए या ले जाए जा रहे सामान का सूक्ष्म अवलोकन करके ही उन्हें प्रवेश का राजाज्ञा-पत्र प्राप्त होता है!...गिरिव्रज के परकोटे की दीवारें बहुत ऊंची हैं और उन पर थोड़े-थोड़े अंतर से प्रहरियों के लिए नगर के बाहर दूर तक दृष्टि रखने के लिए स्थान बने हैं। उनके पास दूरदर्शी यंत्र भी होता है, जो पल-पल राज्यरक्षा के लिए उन्हें सतर्क रखता है, सुविधा भी प्रदान करता है!"

कृष्ण का नहीं, भीम और अर्जुन के आगे बढ़ते जाने की गति भी धीमी हो गई है। कारण यह कि गिरिव्रज के प्रवेश द्वार पर चल रही गतिविधि ने मन-मस्तिष्क अटका लिए हैं। इस अटक में विचारगति मंद होती हुई और अनजाने ही विचार मंदता के साथ-साथ चलने की गति भी धीमी...

श्री कृष्ण ने शब्दशः वे सभी सूचनाएं स्मरण की थीं, जो बहुत समय पूर्व मथुरा में कंस-वध के तुरंत पश्चात् जरासंध के निश्चित क्रोध एवं प्रतिक्रिया रूप में गिरिव्रज तक गुप्तचरों को दौड़ाकर जुटाई गई थीं...

एक और गुप्तचर ने बतलाया था, "भगवन्!...गिरिव्रज के मुख्य द्वार पर भारी मात्रा में सैन्यबल तो सदा उपस्थित रहता ही है, प्रवेश के तुरंत बाद कुछेक गदाधारी योद्धा एवं मल्लयुद्ध में पारंगत वीर भी उपस्थित रहते हैं। एक ओर विद्वान पंडितों और ज्ञानियों का शास्त्रार्थ कार्यक्रम चलता रहता है। कभी-कभी ये पंडित और ज्ञानी विशेष सैनिकों द्वारा महत्वपूर्ण संदेश राजा तक पहुंचाते रहते हैं!"

"कैसे संदेश?" कृष्ण ने चकित भाव से प्रश्न किया था।

"गिरिव्रज में साधु-संत भी आते रहते हैं...यदि ऐसा कोई विद्वान पुरुष, नीतिज्ञ, ब्राह्मण और ऋषि-महात्मा आदि आ पहुंचते हैं, तब ये पंडित तुरंत सक्रिय होकर समाचार राजा तक पहुंचाते हैं। उस समय तक उस महात्मा की तरह-तरह गिरिव्रज पधारने हेतु वंदना-आराधना की जाती है। स्वयं महाराज जरासंध पुष्पादि लेकर राजद्वार पर उपस्थित होते हैं और उस महात्मा का आदर करके सम्मान सहित उसके योग्य आतिथ्य गृह तक उसे पहुंचाकर आते हैं।..."

श्री कृष्ण को स्मरण है कि गुप्तचर से प्राप्त समाचार मुग्ध भाव से सुनते रहे थे वे। लगा था कि महाबली जरासंध की कथा नहीं, किसी महान् नीतिज्ञ, गुणग्राही राजपुरुष की गौरवगाथा सुन रहे हैं...मन में जरासंध के प्रति गहन श्रद्धा भी उत्पन्न हुई थी।

और उसी गिरिव्रज के द्वार तक पहुंच रहे हैं वे...श्री कृष्ण ने औत्सुक्य से देखा था वह दृश्य!...सच ही गुप्तचरों ने शब्दशः जो कुछ सुनाया था,

उससे कहीं अधिक ही दीखा...सहसा बोल पड़े थे वह, "एक पल रुकें, पांडव-बंधु!..."

भीम और अर्जुन थम गए।

श्री कृष्ण ने कहा था, "गिरिव्रज-प्रवेश के पूर्व नीति-विचार की दृष्टि से हमारा अंतिम विचार-विमर्श आवश्यक ही नहीं, अनिवार्य भी है!..."

दोनों पांडव श्री कृष्ण को देखने लगे।

दोपहर ढल आई थी उस समय...सांझ का झुकाव हुआ नहीं था, किंतु सूर्यदेव अस्ताचल की ओर बढ़ चले थे...

कृष्ण ने कहा, "मगध की राजधानी के अतिरिक्त एक और छोटा द्वार भी है, जिससे सामान्य जन आते-जाते रहते हैं। ऐसी व्यवस्था इसलिए की गई है ताकि साधारण प्रजाजनों एवं नगर-नागरिकों को नगर से बाहर जाने और आने में अधिक बाधा न पड़े..."

"किंतु प्रहरी, सैनिक आदि तो वहां भी रहते होंगे, कृष्ण?..." पहली बार भीम के स्वर में गंभीरता देख रहे थे वह। संभवतः गिरिव्रज प्रवेश के मुख्य द्वार वाले दृश्य ने उन्हें अनुभव करवा दिया था कि सम्राट जरासंध की राज-व्यवस्था कितनी कठोर और योजनाबद्ध ही नहीं, अनुशासित भी है।

"हां...अवश्य होंगे, किंतु वहां भी उनको निर्देश होगा कि ब्राह्मणों-महात्माओं, विद्वानों आदि का कैसे आदर-सत्कार किया जाए!..." कृष्ण कहे गए, "उचित तो यही होगा कि हम इस अति व्यस्त मुख्य द्वार से नगर में प्रवेश न करके उस दूसरे सामान्य द्वार से प्रवेश करें।"

"इससे क्या लाभ होगा?" भीम ने यूं ही पूछ लिया।

"अकारण लंबे-चौड़े क्रम, व्यवस्था-प्रश्नों आदि का सामना नहीं करना पड़ेगा।"

"तब?"

"तब यह कि हम व्यर्थ समय नष्ट न करके शीघ्र ही भीतर पहुंच जाएंगे और महाराज से भेंट का सुअवसर भी प्राप्त कर सकेंगे!"

"जैसी आपकी आज्ञा, यशोदानंदन!" अर्जुन बोले, "अग्रज ने हमसे यही कहा था कि आप सबकी सम्मति के अनुसार ही हम कार्य करें!..."

भीम ने इस मामले पर अधिक सोच-विचार आवश्यक नहीं समझा। टकटकी बांधे हुए वह गिरिव्रज के मुख्यद्वार पर हो रही गतिविधि देखे जा रहे थे। कृष्ण विचार कर रहे हैं जरासंध-पुत्र सहदेव* को लेकर। सूचनाएं थीं कि वह अपने पितामह की तरह योग्य व न्यायी है। जरासंध बहुत स्नेहिल है उसके प्रति। कृष्ण ने निश्चय कर लिया था कि पिता के बाद राजा** उसे ही होना चाहिए।

कृष्ण ने योजना समझाई, अंत में कहा था, "स्मरण रखें कौन्तेय कि महाराज जरासंध से भेंट के समय आप दोनों ही कुछ नहीं बोलेंगे। वार्तारंभ मैं ही प्रारंभ करूंगा और उसे इस तरह पूर्णता दूंगा कि वे महाबलशाली भीम से मल्लयुद्ध करके जय-पराजय का निर्णय कर लें!...क्योंकि मगधपति से रणयुद्ध में जय पाना असंभव है। यों भी यह धर्मोचित कर्म नहीं होगा कि एक मतिभ्रष्ट राजपुरुष के कारण असंख्य सैनिक निर्दोष ही हताहत अथवा मृत हों!"

"ऐसा ही होगा, प्रभु!..." अर्जुन ने उत्तर दे दिया।

श्री कृष्ण गहरा श्वास लेकर आगे बढ़ चले, कहते हुए, "तनिक चक्कर लेकर हम उस दूसरे द्वार तक पहुंच सकेंगे...संभव है कि उस समय तक सूर्यास्त भी हो जाए!"

---

* 'महाभारत में वर्णित भीम-जरासंध युद्धाख्यान में कहा गया है कि सहदेव (जरासंध का पुत्र) का राज्याभिषेक स्वयं महाराज जरासंध ने किया था। भीम से युद्ध करने के पूर्व ही सम्राट जरासंध ने सहदेव को राजतिलक करके अपने सिंहासन पर बिठला दिया था। यह उल्लेख महात्मा वैशम्पायन द्वारा महाभारत में किया गया है। ('सभापर्व' अध्याय-22, श्लोक-क्रम-30 से 36 पर)।

** सहदेव पांडव सहदेव नहीं—जरासंध के पुत्र का नाम भी सहदेव था। जरासंध का वध करवाने के बाद कृष्ण ने जरासंध-सुत सहदेव को ही मगधराज बनाया। (सूरदास)

कोई कुछ नहीं बोला। वे केवल श्री कृष्ण का अनुगमन करते गए।

सोचा था कि जरा-सा चक्कर लगाकर ही नगरकोट से कोई लघु-द्वार पा जाएंगे, पर जल्दी ही समझ में आ गया था—वैसा असंभव है!...कारण अनेक! एक तो नगरकोट की दीवारें विशाल थीं, दूसरे—नगरकोट में मुख्यद्वार के समीप ही एक छोटा-सा द्वार था, जिस पर बड़ी मात्रा में सैनिक लगे हुए थे। तीसरे—नगरकोट की परिक्रमा इस कारण असंभव थी कि गिरिव्रज बहुत विशाल नगर था...अनायास ही भीम बोल पड़े थे, "वासुदेव! यदि हम लोग अकारण ही इस तरह नगर कोट की परिक्रमा करते रहे, तब सूर्यास्त भर नहीं होगा, रात्रि भी बीत जाएगी और अगला दिवस भी...कोई अन्य मार्ग सोचो?"

कृष्ण को भी यही अनुभव हो रहा है, अर्जुन भी समझ रहे हैं—सत्य स्थिति वही है, जो क्षण भर पूर्व बड़े भाई भीमसेन ने कही है।

श्री कृष्ण ने निश्चय कर लिया था कि अब कोई और मार्ग ही विचारेंगे। तुरंत उनकी समझ में भी आ गया। नगरकोट से जुड़ा हुआ एक विशाल चैत्य (मंदिर) दीख रहा है। इस मंदिर के लिए नगरकोट से भी द्वार है और उसके भीतर तो विशाल प्रांगण होगा ही...एक-दो लोग भी जहां-तहां टहलते नजर आए। सभी ब्राह्मण लग रहे थे...चैत्य के उस छोटे से प्रवेश द्वार पर कुछ सैनिक उपस्थित। दोनों ओर विशालाकार नगाड़े रखे हुए। संभवतः देवपूजा के समय उन्हें बजाकर नगर ही नहीं, दूरदूरंत तक पूजार्चन की समय-सूचना भी दी जाती होगी!...

कुछ और आगे बढ़ने पर लगा था कि संभवतः यह मार्ग मंदिर क्षेत्र में दर्शनार्थ प्रवेश करनेवाले और नगर क्षेत्र से बाहर निवास करनेवाले वनवासियों एवं संयोग से उस ओर आ पहुंचे लोगों के लिए बनाया गया है, ताकि वे ईश्वर-दर्शन का सुख प्राप्त कर सकें!...पूजा पुण्य भी प्राप्त कर सकें। श्री कृष्ण ने तुरंत तय कर लिया—'बस, यही मार्ग उचित होगा!...' अगले

ही क्षण वे तीव्र गति से उस ओर बढ़ चले। भीम और अर्जुन उनके पीछे-पीछे!...

ब्राह्मण वेष ने बहुत सहायता की। सैनिकों को संभवतः ब्राह्मणों से अधिक पूछताछ की आज्ञा न थी। विशेषकर उस स्थिति में तो बिल्कुल ही नहीं, जब दर्शनार्थी अस्त्र-शस्त्र से हीन कोई स्नातक ब्राह्मण हो?...

तीनों ही निःशस्त्र थे! मात्र ब्रह्मवेश ही धारण नहीं किया था उन्होंने, अपितु बांहों तथा माथे पर चंदन-रोली के तिलक भी लगे हुए। गले में रुद्राक्ष व पुष्प मालाएं...चाल इतनी शांत और गांभीर्यपूर्ण कि संदेह अथवा शंका की कोई गुंजाइश नहीं। लगता था कि ब्राह्मण छात्र ही हैं...

जब चैत्य के द्वार से पूर्व नगरकोट से बने हुए उस छोटे से मार्ग पर पहुंचे, तब तीनों को ही मागधी सैनिकों ने आदरसहित प्रणाम किया।

"आयुष्मान भवः!" श्री कृष्ण का गांभीर्यपूर्ण शुभाशीर्वाद गूंजा।

"कहां से पधारे हैं, ब्राह्मण?" एक सैनिक ने, जो निश्चित ही उनका प्रमुख था, सहज उत्सुकता में प्रश्न कर दिया। न भीम तैयार थे इस प्रश्नोत्तर के लिए न अर्जुन, पर तीव्रबुद्धि गोपाल, त्वरित उत्तर देने की अद्भुत सामर्थ्य रखते थे, कहा, "हम कुरुजंगलवासी आर्य ब्राह्मण हैं, सैनिक! महर्षि गौतम के आश्रम क्षेत्र तक आए थे। किसी से ज्ञात हुआ कि महापराक्रमी महाराज जरासंध की सुंदर राजधानी में एक पवित्र चैत्य निर्मित हुआ है, अतः उत्सुकतावश उसके दर्शनार्थ आ पहुंचे हैं। क्या चैत्य क्षेत्र का मार्ग यही है।?"

"सुनकर आनंद हुआ..." सैनिक बोला, "गिरिव्रज में आप ब्राह्मणों का स्वागत है। पधारिए, चैत्य का मार्ग यही है और नगर प्रवेश करते ही कुछ दूर पश्चात् चैत्य क्षेत्र लग जाता है। महाप्रभु जरासंध और राज-परिवार के सभी प्रमुख इसी चैत्य में ईश्वराधना हेतु आते रहते हैं...। वे आप सबके दर्शन करके आनंदित होंगे!..." सैनिकों ने आगे हट कर मार्ग दे दिया।

"सुखी भवः!..." एक और संवाद छोड़ा श्री कृष्ण ने अगले ही पल तीनों चैत्य की ओर बढ़ चले। सैनिकों ने पास ही एक साधारण नगर-वासी

के वेश में खड़े व्यक्ति से कहा कि वह महाराज तक तुरंत सूचना पहुंचाए कि कुरुजंगल क्षेत्र से कुछ ज्ञानी ब्राह्मण संयोगवश चैत्य क्षेत्र में आ पहुंचे हैं!...''

नगर-सेवक सूचना लेकर राजनिवास की ओर लपक पड़ा। बहुत दूर नहीं था निवास। इधर कृष्ण, भीम और अर्जुन चैत्य के समीप जा पहुंचे थे। सबसे पहले उन्होंने विशाल नगाड़े देखे। फिर न जाने भीम को क्या सूझी कि अति-उत्साह में भरकर वह उन नगाड़ों के पास पहुंचे और जोर-जोर से उन्हें पीटने लगे!...

नगाड़ों की हुंकार, बिल्कुल रणभेरियों-जैसी थी...बीच-बीच में जो गुंजन बिखरता वह भी किसी सिंह की दहाड़-जैसा!...सैनिक लपके हुए आए, ''यह...यह आप क्या कर रहे हैं ब्राह्मण?'' उन्होंने भीम को टोका, ''ये विशाल नगाड़े तो केवल राजा के आगमन-समय पर ही बजते हैं। इन्हें इस तरह बजा देना, हमारी अयोग्यता और आपका अपराध माना जाएगा!'' सैनिक ने उन्हें सावधान किया।

पर भीम रुके नहीं। नगाड़े पर उनके हाथों के ब्रजप्रहार के साथ विशाल दंड गिरे, इसके पूर्व ही श्री कृष्ण ने उनका हाथ थाम लिया, बोले, ''ऐसा कुछ भी न करें मित्र, जिसके कारण निर्दोष सैनिकों पर कोई आरोप आए और उन्हें कष्ट पहुंचे!...''

भीम थम गए, पर जाने क्यों इस क्षेत्र-प्रवेश के साथ ही उनकी मांसपेशियों में युद्धपूर्व-जैसी कुलबुलाहट होने लगी थी।

सैनिक ने गहरा श्वांस लिया, पर आतंकित था। इसके विपरीत जहां-तहां, पूर्व-पश्चिम दिशाओं से चैत्य की ओर आ रहे या जा रहे अथवा वहां से निकल रहे नर-नारियों और बालक-बालिकाओं की भीड़ सहज औत्सुक्य से उन तीनों ही ब्राह्मण-पुत्रों के कांतिमय मुखों को घूरती हुई थम कर रह गई। लगा था कि कुछ अवांछित घट गया है। भले ही अज्ञान या अदोष के कारण वैसा हुआ हो, पर राजा और राजनियम के लिए तो वह सब अपराध की कोटि में ही आता था...

तीनों ही ब्राह्मणों के चेहरे सौंदर्याकर्षण से भरपूर...उससे कहीं अधिक मनमोहक और प्रभावी दृष्टि!...विशेषकर उन तीनों में एक की दृष्टि तो जादू करती-सी नजर आ रही थी। इतना सम्मोहन, इतना आकर्षण और इतनी सुंदर आंखें?...देखने वाली पचासों दृष्टियों को लगा था जैसे चैत्य से साक्षात् ईश्वर मूर्ति ने निकलकर ही मानव रूप धारण कर लिया है!...सब क्रोधित भी थे और चिंतित भी, किंतु सारी चिंता यह मोहिनी दृष्टि बहा ले गई। ऐसे, जैसे सहसा असंख्य अंगारों और झुलसनों से भरे धुएं को बारिश ने नहला दिया हो...

श्री कृष्ण ने कहा था, "हमें क्षमा कर दो सैनिक!...संभवतः यह धृष्टता सुंदर और भव्य नगाड़ों के संभावित स्वर को सुनने की उत्सुकता के कारण ही मेरे मित्र ब्राह्मणसुत कर बैठे!..."

पर सैनिक घबराए हुए। भीम ने नगाड़ों पर ऐसे वज्र प्रहार किए थे, जिनके कारण वे दो चोटों में ही फूट गए!...यह भी विस्मयकारक था। सबको लग रहा था जैसे वह बलिष्ठ और सुगठित देहवाला ब्राह्मण पुत्र असामान्य शक्ति का स्वामी भी है। आज तक इन विशाल नगाड़ों को इस तरह गीले कागज जैसा फटते नहीं देखा था उन्होंने!...सब तरफ एक नई चिंता बिखर गई! अब अवश्य ही महाराज के असाध्य क्रोध-पात्र बनेंगे वे!...

एक सैनिक ने घबराई आवाज में भी आशंका व्यक्त कर दी, "वह सब तो ठीक हुआ है, ब्राह्मण!...किंतु इस अपराध के लिए राज-नियमानुसार दोषी हमें माना जाएगा!...महाराज जरासंध, जितने कृपालु हैं, उतने ही उग्र स्वभाव के भी हैं। वे आपकी भूल के लिए नहीं, सेवाधर्म में हमारी उपेक्षा के कारण हमें दंडित कर डालेंगे!..."

स्वर सुनकर स्तब्ध नर-नारियों की भीड़ नगाड़ों के स्थान से नीचे आ खड़ी हुई थी, पर कृष्ण से हो रही सैनिकों की वार्ता ने उसे भी चौंका दिया। कृष्ण बोले थे, "अब नगाड़ों का यह जो ध्वंस हो गया है, उसके लिए हम तुम्हें दोषी नहीं बनने देंगे!...यदि महाराज क्रोधित भी हुए, तब हम लोग

स्वयं को इस अपराध के लिए उनके सामने प्रस्तुत कर देंगे!...वे हमें दंड दे सकते हैं। यह उद्दंडता केवल हमारे कारण ही हुई है!"

इसका मतलब है कि नगाड़ों का ध्वंस हो गया?...उत्सुक भीड़ नगाड़ों का ध्वंसितरूप देखने के लिए कौतूहलवश आगे बढ़ आई...

नगाड़े फटे हुए थे। भीम एक ओर शांत, पर सिर झुकाए खड़े हुए। उनकी बलिष्ठ भुजाएं असामान्य बलप्रतीक प्रमाणित करती हुईं। सबने महाराज जरासंध और अनेक बलशाली पुरुष शरीरों का अवलोकन किया है, किंतु यह ब्राह्मण तो सरलता वश अपने ही शरीर के अमानुषिक बल से अपरिचित है!...

तभी वाद्ययंत्रों के स्वर गूंजे। राजा इसी ओर आ रहे हैं...निश्चय ही नगर सेवक ने चैत्य मार्ग की ओर कुरुजंगलवासी ब्राह्मणपुत्रों के आगमन का समाचार उन तक पहुंचा दिया होगा और राजनियमानुसार वह उन्हीं की पूजा-अर्चना कर गिरिव्रज क्षेत्र में उसके स्वागतार्थ यहां आ पहुंचे हैं!...

सब नगाड़ों पर हर ओर से झुके हुए। उनका ध्वंसित रूप और चकित भाव से भीम का बलिष्ठ शरीर भौंचक्की निगाहों से देखते हुए!...कुछ नर-नारी सहमे हुए मागधी सैनिकों को देख रहे हैं...बेचारे!...अकारण ही यह राजदंड के भागी बनेंगे!...चैत्य के अद्भुत नगाड़े जो फूट गए?

सैनिकों में से एक ने तनिक उत्तेजित होकर कहा था, "ब्राह्मण! तुमने बहुत बड़ा अपराध किया है। देवपूजा के पवित्र नगाड़ों का ध्वंस महाराज को असंयत क्रोध से भर देगा!..."

"सच?" कृष्ण ने व्यंग्य से प्रश्न किया।

"निश्चित!..."

वाद्ययंत्रों के स्वर तीव्र होते हुए...जरासंध पास और पास आए जा रहे हैं...भीम अपने स्वभाव से लाचार। कहा, "क्या बहुत क्रोधी स्वभाववाले हैं तुम्हारे महाराज?..."

"हां!..." सैनिक ने कहा, कुछ लोग बोले, "वे महाबलशाली भी हैं। यदि तुम ब्राह्मण न होते तो वे इसके दंडस्वरूप संभवतः तुम्हारा वध ही कर डालते!...पर ब्रह्महत्या को पाप समझा जाता है यहां!"

"तब तो यह और भी मजेदार बात है!..." भीम जैसे अपने ही करतब का मजा लेते हुए बुद्धि-संतुलन भी खो बैठे। एक ओर बढ़े और विशाल चैत्य के दो प्रस्तरस्तंभों को अपनी विशाल भुजाओं से ऐसे धक्का दिया, जैसे किसी खिलौने से कोई बालक खेले! अगले ही क्षण एक भयावह स्वर उठा और चैत्य का एक सभागार भरभराकर नीचे आ गिरा!...चीखोपुकार और भगदड़ मच गई। निस्संदेह ही यह ब्राह्मण-पुत्र राजकोष के असीम-असंयम को बुलावा भर नहीं, चुनौती दे रहा था। एक तरह से गाली!...

महाराज जरासंध विशाल गज पर जब पधारे, तब चैत्य क्षेत्र और नगाड़ों की भयावह दुर्दशा देखी। सहमे-सकुचाए सैनिक, सेवक और नगरवासी स्त्री-पुरुष एक ओर खड़े हुए थे। राजा और उनके साथियों के सामने केवल तीनों ब्राह्मण उपस्थित!...

जरासंध कुछ पल चकित हुए, फिर उनकी भृकुटियां क्रोध और आवेश में तनने लगीं, किंतु ब्राह्मणों को सामने देखकर संयत रहे, केवल राजगौरव भरे स्वर में कहा था, "तुमने गिरिव्रज क्षेत्र में प्रवेश करते ही राज अपराध किया है, ब्राह्मण युवक!...किंतु राजधर्म के अनुसार हम तुम्हें दंड नहीं देंगे। पूजा-अर्चना के पश्चात् तुम सभी को आतिथ्य प्रदान किया जाएगा!...इस संध्या समय इससे अधिक वार्ता करना उपयुक्त नहीं है, अतः आप अभी विश्राम ही करें। प्रातःकाल राजसभा से पूर्व हम आपके दर्शन करेंगे!... जानना यह भी चाहेंगे कि आप किस कारण और किस अभीष्ट से हमारे नगर-क्षेत्र में आए हैं। हमें ज्ञात है कि जो कुछ आप चाहते हैं, वह केवल नगर भ्रमण अथवा ईश्वर दर्शन मात्र भर नहीं है!"

उत्तर श्री कृष्ण ने दिया था, "आपने उचित ही समझा है, मगधपति!..."*

---

* 'महाभारत' में वर्णित है कि जरासंध को भीम से युद्ध में थकते न पाकर और निरंतर उग्र होते देखकर कृष्ण ने भीम को एक तिनका चीरकर संकेत किया था कि वह जरासंध को बीच से चीर डाले! 'सूरसागर' में भी इस घटना को वर्णित किया गया है।

तत्पश्चात् राजा ने ब्राह्मणवेशधारी तीनों क्षत्रियपुत्रों की पर्याप्त पूजा अर्चना की। श्री कृष्ण ने इस सब औपचारिकता में यह लगातार स्मरण रखा कि जरासंध उनकी अगवानी और स्वागत करते हुए भी चेहरे और व्यवहार में क्षत्रियोचित गौरव ही बनाए हुए था।

सैनिकों से कुछ नहीं कहा या पूछा गया। नगरवासी स्त्री पुरुष स्तब्ध रहे। कृष्ण और राजा की वार्ता ने उन्हें जिज्ञासु भाव से कौतूहल-सागर के उस किनारे पर पहुंचा दिया था जहां से अंतिम छोर देखने की असीम चाह मन-दृष्टि में समा जाती है।

चैत्य-द्वार की घटना ने संपूर्ण गिरिव्रज क्षेत्र ही नहीं, दूर-दूर तक नगरवासियों में चिंता और चर्चा का वातावरण फैला दिया। स्पष्टतः उन तीन निःशस्त्र ब्राह्मण पुत्रों ने मगधपति जरासंध को चुनौती दे दी थी किंतु राजा की बाध्य स्थिति...! सब जानते थे कि धर्मज्ञ बृहद्रथ-सुत ब्रह्महत्या कभी नहीं करेंगे...

किंतु एक ब्राह्मण युवक और राजा के बीच हुआ संक्षिप्त प्रश्नोत्तर भी कम चौंकानेवाला नहीं था...राजा बोले थे–'...आप लोगों का यहां आगमन निश्चय ही नगर-भ्रमण अथवा ईश्वर दर्शन मात्र भर नहीं है!' इस तरह उस ब्राह्मण युवक ने उत्तर भी दे दिया था–यह कि 'राजा ने उचित ही समझा है!...'

वह सारी रात अजब-सी व्यग्रता और फुसफुसाहटों से भरी बीती। भोर होते ही वे सब रात को हुई घटना का रहस्य व सत्य जानने के लिए किसी-न-किसी बहाने राजनिवास की ओर एकत्र होने लगे।

निश्चित समय पर महाराज जरासंध पूजा-अर्चना करके राजसभा जाने के पूर्व जनसमाज से घिरे उस विशाल मैदान में जा पहुंचे, जहां तीनों ब्राह्मण युवकों से सभी नगरवासियों के समक्ष वार्ता होनी थी। राजा ने अपने अंगरक्षकों, सेनापति और मंत्रियों आदि को परे करके वार्तारंभ किया। तीनों ब्राह्मण युवक वही तेजस लिए उस समय भी सामने उपस्थित थे।

जरासंध ने कहा था, "हे ब्राह्मणवेशधारियों!...यह सत्य है कि मैं तुम तीनों को ही नहीं जानता और न ही इसके पूर्व आए मुझे किसी ऐसे प्रसंग का स्मरण है, जब तुम्हारा मैंने दर्शन किया हो?...मुझे ऐसा भी कुछ स्मरण नहीं, जब मैंने तुम्हारा किसी कारण कोई अहित किया हो...तब यह जानने की मुझे तीव्र आकांक्षा है कि वे कौन से कारण हैं जिनके वश होकर तुमने मगध की महाशक्ति को अपमानित किया?...किसलिए चैत्य-द्वार पर स्थित विशाल नगाड़ों को क्षति पहुंचाई और चैत्य के एक विशाल सभाभवन को, जिसमें ज्ञानी और विद्वान आदि साधारण जनों को अपने संभाषणों से ज्ञानोपलब्ध कराते रहे हैं—खंडित किया?..."

कृष्ण मुसकुराए। जरासंध ने जिस सहजता और सारल्य के साथ अपना कौतूहल व्यक्त किया था, उसी सहजता और सारल्य के साथ उन्होंने उसका समाधान भी कर डाला। बोले, "मगधपति की शक्ति, गरिमा और उनके राज्य-वैभव से हम तीनों ही अच्छी तरह परिचित हैं किंतु मेरे मित्र ब्राह्मण-सुत स्वभाव से तनिक विनोदप्रिय हैं, अतः उन्होंने आपके दर्शनों की त्वरित उत्कंठावश ही वह सब करके आपसे वार्ता का इतना बड़ा अवसर पाया!..."

जरासंध को कृष्ण की कुटिलतापूर्ण मुसकान जितनी अखरी, उससे कहीं अधिक उन चपल शब्दों ने आहत किया। सब ओर सन्नाटा बिखरा हुआ था। सब लोग जान रहे थे कि जरासंध के क्रोध को इस तरह के उत्तर जान-बूझकर उकसाने के लिए दिए जा रहे हैं। जरासंध ने कहा, "मुझे यह भी ज्ञात हो चुका है कि तुम्हारा यह ब्राह्मवेश छल मात्र है। सत्य तो यह है कि तुम लोग ब्राह्मण हो ही नहीं। तुम्हारे शरीर-गठन से लेकर वेशभूषा तक यह प्रमाणित करते हैं कि तुम केवल ब्राह्मवेश धारण किए हुए हो यह सब तो मैं उसीक्षण जान गया था, जब मैंने तुम्हारी पूजा-अर्चना की!...पर उस समय मैंने ब्राह्मणस्वरूप के तुम्हारे रूप का ही स्वागत-आदर किया...अब मैं यह भी जानना चाहता हूं कि तुम्हारा वास्तव्य क्या है, तुम कौन हो और किस उद्देश्य से मेरे राज्य में आए हो?"

"मुझे खेद है मगधराज!...मेरे साथी तुम्हें इस बारे में कुछ भी नहीं बतला सकेंगे क्योंकि इस समय इन्होंने मौन व्रत धारण कर लिया है। हां, पर मैं तुम्हारी हर जिज्ञासा का समाधान अवश्य करूंगा। तुम्हारे अधिकाधिक अनुमान केवल सत्य नहीं राजोचित चैतन्यता का उदाहरण हैं, हम लोग ब्राह्मण वेशधारी हैं, किंतु ब्राह्मगुण से हमारा कुछ भी लेना-देना नहीं है!" कृष्ण ने स्पष्ट उत्तर दे दिया।

नगरवासियों में फुसफुसाहटें तीव्र हुईं। एक ओर राजा के प्रश्न थे, दूसरी ओर श्री कृष्ण के निर्भीक निर्द्वंद्व और निश्चिंत उत्तर!...मोहक दृष्टि, आकर्षक व्यक्तित्व और रौबदार वाणी प्रमाण थी कि ब्राह्मण वेशधारी वह युवक असाधारण शक्ति और आत्मविश्वास से पूर्ण युवक हैं। अन्यथा क्या महाप्रतापी जरासंध से किसी सामान्य व्यक्ति द्वारा इस तरह की वार्ता संभव है।

जरासंध ने कहा, "अब मैं अधिक शब्दाडंबर में उलझकर अपना समय नष्ट नहीं करना चाहता, युवक!...तुम लोगों के स्वभाव, दृष्टि, वेशभूषा, चाल-ढाल और तेजस्विता...कुछ भी मुझे नहीं छल सकते! मैं जानता हूं कि स्नातक ब्रह्मचारी ब्राह्मण न तो शरीर पर चंदन लगाते हैं और न ही वे माला, अथवा रंगीन वस्त्र धारण करते हैं!...पर तुम यह सब किए हुए हो! तुम्हारा दृष्टि-तेज भी जतला रहा है कि तुममें ब्राह्मशांति नहीं, क्षत्रियत्व की उग्रता है, अतः तुरंत बतलाओ कि तुम कौन हो और मुझसे क्या चाहते हो?"

राजा के क्रोधित और निरंतर उग्र होते जाते स्वर ने कृष्ण के उत्तर को अधिक स्पष्टता प्रदान की, उन्होंने कहा, "हे जरासंध!...मैं तुम्हारे जामाता कंस का वधिक और तुम्हारा परम शत्रु देवकीपुत्र कृष्ण हूं और मेरे साथ आए हुए ये दोनों ब्राह्मण वेशधारी युवक पांडुवंश से संबंधित हैं। जिन महाबली ने तुम्हारे चैत्य का नाश कर दिया है, उसका नाम है भीमसेन और ये दूसरे धनुर्धारी अर्जुन हैं!...हम सब तुम्हारे वध की इच्छा से यहां आए हैं और चाहते हैं कि वीरोचित धर्म के अनुसार तुम हममें से किसी भी एक के

साथ मल्लयुद्ध करो!...तुम जिसे भी युद्ध हेतु चुनना चाहोगे, वह तुमसे युद्ध के लिए तुरंत प्रस्तुत होगा!...यह हमारा प्रण है!"

जरासंध ने सुना—पर मुख प्रतिक्रियाहीन रहा। असामान्य सह्यशक्ति से काम लेकर उसने अपनी पुत्रियों को विधवा करनेवाले श्री कृष्ण की उस दृष्टि को अपने सामने सह लिया। जबकि राजसेवकों, सैनिकों और मंत्रियों से लेकर आस-पास भीड़ में खड़े नर-नारी फुसफुसाने लगे...जिन श्री कृष्ण, भीम व अर्जुन का नाम वे लंबे समय से सुनते आए थे—तीनों ही दृष्टि के सामने इस तरह आ पहुंचे थे जैसे आकाश से तीन ज्योतिर्मय तारे सहसा नीचे उतर आए हों!...

तभी जरासंध का स्वर कौंधा, "मैं तुम्हारे दुस्साहस पर प्रसन्न हुआ, वासुदेव!...पर मुझे तुम जैसे वीर से इस तरह छल करके अपने राज्य में आने पर आश्चर्य से अधिक दुख हुआ है, किंतु इस सबके विचार का अब यह समय नहीं। निश्चय ही तुम्हारा अभीष्ट पूरा करके मुझे और संपूर्ण मगधवासियों को गौरव मिलेगा व आनंद प्राप्त होगा!..."

"तब घोषित करें राजन्, आप किससे मल्लयुद्ध करना चाहेंगे?"

"निश्चय ही तुमसे और धनंजय से तो कभी नहीं!..." जरासंध ने दंभोक्ति की, "हां, भीमसेन अवश्य ही मुझसे कुछ समय युद्ध करने के योग्य हैं। इनके बलवीर्य की चर्चा और प्रशंसा मैंने बहुत सुनी है। इनसे युद्ध करके मुझे तो आनंद मिलेगा ही देखने वालों को तृप्ति भी!..." फिर उनकी दृष्टि महाबली भीमसेन पर जा पहुंची।

"जैसी आपकी इच्छा, महाराज!" भीमसेन ने अपना मौन तोड़ दिया। एक कदम आगे बढ़कर चुनौती के भाव से जरासंध के सामने जा खड़े हुए, "मैं आपको युद्धार्थ आमंत्रित करता हूं!..."

"साधु!...साधु!..." कहता हुआ महावीर जरासंध अपने स्थान से नीचे उतर आया। उसने घोषणा की, "नगरवासियों को सूचित कर दिया जाए कि कुछ समय पश्चात् ही कुंतीपुत्र भीम से मैं मल्लयुद्ध करूंगा। जो देखना चाहे वह देख सकता है। वीरता की सत्य परीक्षा यही है!"

पल भर बाद समूचे नगरमार्गों से लेकर वन क्षेत्रों तक सूचनाएं पहुंचा दी गईं। भीम और जरासंध का मल्लयुद्ध देखने के लिए भय, उत्सुकता और आतंक से भरे हुए असंख्य नर-नारी उस सार्वजनिक स्थल की ओर दौड़ पड़े जो नगर के बीचोंबीच था।

विशाल सार्वजनिक स्थल के चारों ओर एवं नगर की विशाल इमारतों और झरोखों में असंख्य नर-नारी महाराज जरासंध और पुरुषसिंह कहलानेवाले महाबली भीमसेन का मल्लयुद्ध देखने जमा हुए। उनमें भांति-भांति की फुसफुसाहटें, संभावनाएं और आशंकाएं व्यक्त की जा रही थीं। किसी का विचार था कि जरासंध इस बार पराजित हो जाएंगे क्योंकि कुंतीपुत्र भीम अपरिमित बलशाही ही नहीं हैं, वह साक्षात् हनुमंत के अवतार भी माने जाते हैं जबकि कुछ कह रहे थे—जरासंध को युद्धामंत्रित कर अकारण ही कुंतीपुत्र भीम ने मृत्यु को आमंत्रित कर लिया है। अब तक मल्लयुद्ध में बृहद्रथसुत जरासंध कभी किसी से पराजित नहीं हुए। वे विभिन्न दांव जानते हैं और इन दांवों का तोड़ सामान्यतः योद्धाओं में नहीं पाया जाता।

जो भी हो, वीभत्स किंतु भयावह और रोंगटे खड़े कर देनेवाला महासंग्राम होगा वह! जिन आंखों ने दोनों ही महाबलियों के शरीर सौष्ठव को नहीं देखा है, वे अब किंवदंतियों की तरह सर्वत्र प्रसिद्ध और चर्चित योद्धाओं के शरीर भी दर्शन करेंगी।

सार्वजनिक स्थल के बीचोंबीच एक विशाल मैदानी क्षेत्र युद्ध हेतु खाली छोड़ दिया गया था। उसकी सीमा का भी निर्धारीकरण किया गया था। साधु-महात्माओं द्वारा प्रतिस्पर्धा के इस निर्णायक युद्ध से पूर्व राजा ने पूजा आदि की व्यवस्था भी करवाई। यथा समय, मुहूर्त समय पर दोनों ही महावीर जन-समुद्र के बीच उपस्थित हुए। उनके चेहरे तेजमय थे, दृष्टियां अग्निवत् प्रकाशित और देह-यष्टि मदमत्त गजराजों-जैसी। वे उसी भांति गौरवांवित चाल में पूजा हेतु अपने-अपने स्थानों पर गए, फिर पंडितों द्वारा

स्वस्तिवचन व आशीष आदि पाकर अपने-अपने आराध्य का स्मरण करते हुए युद्धस्थल में भी जा पहुंचे।

युद्धारंभ का मुहूर्त निश्चित था। समय आते ही दोनों ने एक-दूसरे के चरण छूकर परस्पर सम्मान व्यक्त किया और फिर उपस्थित जनसमूह ने दो गरजन ध्वनियों को सिहरते हुए सुना...भीम और जरासंध एक-दूसरे से भिड़ चुके थे।

दर्शकगण भयभीत हो उठे! कुछ ही क्षणों में भीम और मगधपति जरासंध परस्पर उत्तेजना की उस स्थिति तक जा पहुंचे, जब मारक प्रहारों का आदान-प्रदान प्रारंभ हो जाता है। अब वे केवल हुंकार भर नहीं रहे थे, दो विशाल पर्वतों की भांति उनके शरीर परस्पर टकराते, टकराहट के कारण होनेवाले वज्रस्वर भी गूंज उठते। वातावरण बुरी तरह दहल जाता। बच्चों की पहले विस्मय से आंखें फैलतीं, फिर उनकी माताएं उन्हें अपने-अपने आंचल में छिपा लेतीं!...ऐसा लगता था कि वे गजों की भांति टकराते हैं, सिंहगति से झपटते हैं और एक-दूसरे को इस तरह पछाड़ें देने लगते हैं, जैसे भयावह अंधड़ में तिनके उलटते-पुलटते हैं!...

बुरी तरह डरा देनेवाला दृश्य होता था वह! उस दृश्य से न केवल माताएं दहल जातीं, अनेक बार बालक चीख भी पड़ते किंतु योद्धा पूर्ववत् वह हिंस्र युद्ध करते हुए दिखते!

राजपुरुषों के लिए दूर कुछ-कुछ फासले पर आसन पड़े हुए थे। वे उस हिंस्र युद्ध के दर्शक भर नहीं, एक तरह निर्णायक भी थे...श्री कृष्ण और अर्जुन भी उन्हीं में थे। भीम और जरासंध के युद्ध-दर्शन में दोनों जिस-जिस दांव का प्रयोग करते, उस-उस दांव से जब दूसरा छूटता तब वे प्रसन्न भाव से तालियां बजाते, छूटनेवाले की प्रशंसा करते...रह-रहकर उनके मुंह से उनकी प्रशंसा में टिप्पणियां भी उछलती जातीं!

मागधी सैनिकों की एक बड़ी कतार ने सामान्य प्रजा और युद्ध-स्थल के बीच निश्चित फासला बनाए रखा था। कुछ ही प्रहरों में सिद्ध हो गया

था कि महाबली जरासंध को लेकर अब तक जो भ्रांतिपूर्ण विचार फैला हुआ था कि उनके समकक्ष कोई भी मल्लयोद्धा आर्यावर्त तो दूर, संपूर्ण विश्व में नहीं है—वह दूर हो गया। निरंतर दर्शनार्थ कौतूहलपूर्वक एक होते जाते असंख्य नर-नारियों ने समझ लिया कि यह युद्ध निर्णायक तो होगा ही, साथ ही दोनों योद्धा परस्पर शक्ति प्रदर्शन भर नहीं करेंगे, अपितु यह भी सिद्ध हो जाएगा कि उनमें श्रेष्ठ कौन है?

श्रेष्ठता का पहला चरण, पहले ही पहर में सिद्ध भी हो गया था अनेक लोगों ने मुक्तकंठ से यह स्वीकार किया था कि भीम और जरासंध का शरीर बल भर नहीं; युद्ध-कला भी टक्कर की है।

जिस दिन-क्षण युद्धारंभ हुआ, उस दिन थी कार्तिक बदी प्रतिपदा... और निश्चित समय-काल पर तनिक-तनिक थम कर भी वह निरंतर चलता जा रहा था। दोनों की ही टक्कर और बल एक-सा, दोनों ही अथकित, दोनों ही पूर्ववत् समुद्रशक्ति से भरपूर थाहहीन प्रदर्शन करते हुए! लोगों को शंका लगने लगी थी कि इसका कोई निष्कर्ष निकल भी सकेगा या नहीं?...इतना तय था कि कुंतीपुत्र भीमसेन ने स्वयं को जरासंध के समकक्ष भर नहीं, अनेक बार उससे श्रेष्ठ भी सिद्ध किया था—किंतु इस सिद्धता का अर्थ यह तो नहीं कि वह जरासंध को पराजित ही कर देंगे?

सर्वाधिक चिंतित और रोमांचित थे, वे छियासी राजा, जिन्हें महाबली जरासंध ने गिरिव्रज के कठोर कारागारों में डाल रखा था!...जहां-तहां बिखरी कृष्ण-कीर्ति के कारण मन में यह विश्वास जागा था कि संभवतः वासुदेव उन्हें जरासंध की दासता से मुक्ति दिलवा देंगे। यही कुछ विचारकर उन तक बहुत पहले संदेश भी पहुंचवाया था, पर श्री कृष्ण ने मगध आकर भी जरासंध को चुनौती देते हुए भी उसका स्वयं सामना नहीं किया! दासत्व में कृशकाय और आत्मबलहीन हो चुके राजाओं को गहरा आघात लगा। अनुभव हुआ कि अब उनकी मुक्ति संभव नहीं है! कुंतीसुत भीम महाबली और महापराक्रमी हैं—वह यह जानते थे, किंतु उनके माध्यम से जरासंध की समाप्ति हो सकती है—यह कल्पना कर पाना कठिन हो रहा!...

युद्ध-दर्शनार्थ उन्हें भी बंदीगृहों से बाहर निकालकर युद्ध-प्रदर्शन के स्थल तक लाया गया। वे एक ओर सहमे-सहमे खड़े देख भी रहे थे। मन विभिन्न शंकाओं के उतार-चढ़ाव झेलता हुआ किसी बार लगता कि भीम संभवतः जरासंध को मार गिराएंगे...और किसी बार दीखता कि यह कल्पनातीत है!...

सहज थी यह स्थिति!...कई प्रहर बीत चुके हैं, पर दोनों है कि न थकान ही दीखती है, न थमने जैसी कोई स्थिति!...बस, बीच-बीच में दोनों को ही विश्राम क्षण दिए जाते हैं। इन क्षणों में उनके गिने-चुने सेवक-समर्थक उन्हें अलग-अलग ले जाकर साहस बंधाते हैं, उनके शरीरों से पसीना पोंछते हैं, गाहे-बगाहे दो चार शब्दों में सलाह भी दे देते हैं...और फिर जब युद्ध प्रारंभ होता है, तब वही जोश, वही घात-प्रतिघात की शक्ति, वही दांव-पेच और वही विद्युत गर्जना!...आवेग-प्रत्यावेग की स्थिति! दिल दहला डालनेवाले दृश्य!...

बहुत समय यही सब चलता रहा, यही सब चल रहा है...न निर्णय की कोई स्थिति है, न संभावना!...लंबे समय पश्चात् वह क्षण भी आया था, जब उनके वेगों में तनिक धीमापन आया, किंतु धीमापन यह सिद्ध नहीं करता था कि युद्ध किसी निर्णायक स्थिति तक पहुंचेगा!...

युद्ध के समय-प्रहर निश्चित हैं। बीच-बीच में कुछ क्षण दोनों ही योद्धाओं के विश्राम हेतु निश्चित! इस विश्राम काल में दोनों ही वह शक्ति पुनः अर्जित कर लेते हैं, जो कुछ समय पूर्व उन्होंने क्षय की थी...यह पूरी तरह प्रमाणित हो गया है कि दोनों में न कोई उन्नीस है, न कोई बीस! अब निर्णय होगा तो उसी समय, जिस समय ईश्वरनिश्चित कोई पल आ पहुंचे!...

दर्शक खड़े-खड़े या बैठे-बैठे ऊब चुके हैं, पर जैसे ही दोनों योद्धा परस्पर उलझते हैं—यह ऊबन थप्पड़ से टूटी तंद्रा की तरह बिखर जाती है। फिर वही आतंक, भय, आशंका और वीभत्सता की स्थिति!...अब तक ऐसा कुछ भी नहीं दीखा, जिसके कारण उन योद्धाओं के शरीरों पर खरोंचें भी

आई हों?...जो कुछ घट रहा होगा, उनके बदन में भीतर होगा! रक्तस्राव, हड्डियों की टूटन या आंतरिक चोटें!...

अर्जुन चिंतित हुए। श्री कृष्ण की ओर देखा—'क्या बड़े भैया विजयश्री पा सकते हैं?' दृष्टि में शब्द अंकित थे। माथे पर बिखरी रेखाएं चिंता की अभिव्यक्ति करती हुई।

श्री कृष्ण प्रतिक्रियाहीन! ऐसे, जैसे कह रहे हों—'शांत हो, वीरवर!... ईश्वर यहां भी धर्माधर्म के अनुसार उचित निर्णय ही करेंगे!...'

पर इससे शांति मिल सकती है भला?...अर्जुन की चिंता गहरा गई।

चिंता जरासंध-समर्थकों में भी!

महाबलशाली पांडव भीमसेन से जय पाना सहज नहीं है!...

झरोखे में बैठी हैं जरासंध की बेटियां। वैधव्य पीड़ा से ग्रस्त और मन में कृष्ण के प्रति गहरी घृणा लिए हुए!...यादवपुत्र कृष्ण की छलनीति आदि-अनंत है। मन हुआ था कि पिता के धर्म-निर्णय से पूर्व उन्हें समझा दें कि इस तरह छलवेश में कृष्ण का गिरिव्रज आगमन निश्चय ही शुभ संकेत नहीं है!...

और शुभ-संकेत नहीं था, यह सिद्ध हो गया है—इस युद्ध से! महाबली भीम को जरासंध से भिड़ाकर गोपेंद्र इस तरह शांत और गंभीर बैठे हैं जैसे सबकुछ सामान्य है। कभी-कभी लगता है कि कृष्ण मनुष्य नहीं, साक्षात् छल का जन्म है! नीति के नाम पर केवल चपलता और चालाकी! युद्ध में क्षत्रिय की भांति बल-प्रदर्शन से अधिक ब्राह्मणवत् बुद्धि-चातुर्य!...शब्दों के साथ-साथ सम्मोहन-शक्ति का प्रयोग इस तरह होता है कि अग्नि की ज्वलनशक्ति और जल की शीतलता में भेद भी सामनेवाला विस्मृत कर बैठे!...

यही तो हुआ था उस क्षण, जब कृष्ण ने महाराज जरासंध को उत्तर दिया। स्वयं के परिचय में स्पष्टतः कह दिया था कि वे जरासंध के परमशत्रु

यादवपुत्र श्री कृष्ण हैं जबकि उनके साथ महाबली भीम और धनंजय भी आए हुए हैं।

पिता जरासंध जितने नीतिज्ञ हैं, उससे कहीं अधिक पराक्रम के प्रति आश्वस्त महावीर! क्षत्रियोचित गौरव से बोले थे कि वह भीम से युद्ध करेंगे!...यही न्यायिक होगा...और अब दोनों राजसुताएं स्पष्ट देख रही हैं कि भीमशक्ति का पूर्वानुमान करके ही जरासंध के लिए मृत्युरूप में श्री कृष्ण कुंती के इस बेटे को लेकर मगध आए हैं!...

चिढ़ और पीड़ा से भरकर दोनों राजसुताओं ने श्री कृष्ण को घूरा, उनकी दाढ़ें भी भिंचीं। मन हुआ कि उद्विग्न भावना दबाकर उठें और धिक्कार दें उन्हें–'हे गोपपुत्र!...तुमने सदा ही धर्म जय का नाम लेकर अधर्म का आश्रय लिया! शत्रुहत्या के लिए तुमने अपने छल-बल को रणनीति सिद्ध किया और युद्ध को केवल मूर्खता सिद्ध करके क्षत्रियत्व को भी अपमानित कर डाला!'

पर लगा कि उचित नहीं होगा। ऐसा कहकर वह अपने महाबली पिता की कीर्ति का अपमान ही करेंगी। यह भी तो हो सकता है कि श्री कृष्ण उत्तर में मुसकुराकर कह दें–'मैं आपके प्रति सम्मान व्यक्त करते हुए निवेदन करता हूं मामी कि क्या महाप्रतापी कंस द्वारा सद्यजात शिशुओं की निर्दोष बलि ले डालना उनका क्षत्रियोचित वीरकार्य था?...क्या देवी देवकी और ब्रह्म स्वभाव वाले वसुदेव को कारागार में डाल देना कंस के वीरत्व का प्रदर्शन था?...एक नहीं, अनेक बातें हैं जो कृष्ण भी कह सकते हैं...अतः चुप रहना ही ठीक!...'

मन मसोस लिया है। लगता है कि पीड़ा दबाने में बहुत कष्ट होता है–ऐसे जैसे ज्वालामुखी को अपने ही हृदय में थामा हो!...फिर उसकी ज्वलनशीलता, उनके अपने ही शरीरात्म को झुलसाती हुई!

युद्ध चल रहा है...और उसके साथ बढ़ रही है दर्शकों की हृदयगतियां! ...योद्धा भी कुछ-कुछ थकते हुए!...किंतु वेग, आवेश, क्रोध और उत्तेजना में

परस्पर प्रहारों में उनकी आत्मशक्ति क्षीण नहीं हुई है।

सुबह बीत गई। दोपहर ढली और अब सांझ...

फिर ऐसी ही कई सुबहें, कई दोपहर और कई शामें...

युद्धांत तो दूर—उसके आसार भी कहीं नहीं हैं। युद्ध-नियम के अनुसार विश्राम क्षण में दोनों ही योद्धाओं के समर्थक उनके अपने पास भी पहुंचते हैं। इस बार अर्जुन जाने को हुए, किंतु श्री कृष्ण ने रोक दिया, "तनिक ठहरें, पार्थ!...महाबली भीमसेन को इस समय पराक्रम के साथ-साथ नीति से भी कार्य लेना होगा, अन्यथा दुर्जय जरासंध को पराजित करना असंभव है!..." फिर वह उठकर धीमी किंतु शांत चाल में भीम के पास जा पहुंचे फुसफुसाकर कहा था, "कुंतीसुत!...युद्ध समय के बीच इस बार एक-दो दृष्टियां हम लोगों की ओर भी डाल लेना!...अनेक बार युद्ध-समय में केवल बुद्धि नहीं युक्ति का आश्रय लेना ही श्रेयस्कर रहता है!"

फिर चले आए। पूर्ववत् शांत और तटस्थ भाव से बैठकर युद्धस्थल की ओर दृष्टि गड़ा दी।

निश्चित समय पर पुनः दोनों योद्धा अपनी-अपनी दिशाओं से उठे और परस्पर जूझने चल पड़े। कृष्ण के शब्द भीम के कानों में—'बीच में उनकी ओर देखना होगा।' भीम को यह विस्मृत नहीं करना है, किंतु यह दृष्टि-बदलाव भी सहज नहीं। दुर्दांत मल्लयोद्धा जरासंध से युद्धकाल में तनिक भी ध्यान हटाने का अर्थ है—मृत्यु को आमंत्रित करना!...फिर जरासंध जैसा महाबलशाली, युद्ध-पारंगत और तीव्रगति पहलवान?...

किंतु भीम यह करेंगे। यादवेंद्र के शब्द 'यूं ही' नहीं होते। वे शब्द से अधिक होते हैं मंत्र! इन मंत्रों में असंभव को संभव और संभव को असंभव बना डालने की अपूर्व शक्ति निहित!

यही किया!...पहली बार केवल इतना अवसर मिला कि वह श्री कृष्ण के हाथ में थमे दूर्वा के एक तृण मात्र को देख सके!...

अगले ही क्षण बज्रहुंकार के साथ जरासंध का आक्रमण हुआ और भीम को तुरंत उससे बचाव करना पड़ा। बचाव के बावजूद भीम धरती पर

आ गिरे—औंधे और जरासंध का विशाल शरीर किसी वटवृक्ष की तरह उनके ऊपर!...अब इस असामान्य वजन के बीच से सरकना होगा! और सरकाव के लिए संपूर्ण शक्ति भी लगानी होगी, पर जरासंध है कि धरती पर रगड़ते हुए उनके बदन को मुष्टि प्रहारों से बुरी तरह आहत किए दे रहा है...

दर्शकों को लगा था कि हो गया निर्णय!...संभवतः मगधपति कुंतीपुत्र का नाश कर डालेंगे! अब बचना असंभव!

भीम की अकुलाई हुई दृष्टि जरासंध की विशाल देह के नीचे दबे-कसमसाते हुए भी कृष्ण पर जा ठहरी!...फिर उस संकेत को ध्यान से देखा उन्होंने।

श्री कृष्ण के हाथों में थमा दूर्वा तृण हिला, अंगुलियों में विद्युतवत् गति पैदा हुई और अगले ही क्षण उस तृण को एक कोने से दूसरे तक चीर डाला उन्होंने!...ऐसे कि उसकी दो फांकें भीम को स्पष्ट दीखीं!...

महाबली जरासंध की वज्रदेह के नीचे दबे भीम ने अपनी संपूर्ण महाशक्ति का अर्जन किया और अगले ही पल जरासंध को ऊपर से इस तरह उछाल फेंका जैसे किसी गीले अंगौछे को फटकार कर परे कर दिया हो!...जरासंध गिरा नहीं, थम गया...पर लड़खड़ाता हुआ। भीम अवसर दिए बिना तीव्रगति से उसकी ओर लपके। उन्होंने उसे कमर से उठाया और धरती पर पछाड़ दिया। मगधराज का भारी शरीर जिस समय पृथ्वी पर गिरा एक तीव्र टंकार-सी उठी!...भीम की गति में अब भी कमी नहीं थी। उन्होंने उसी गति से जरासंध के एक पैर पर पैर रखा और दूसरे पैर को पकड़कर जोरों से विपरीत दिशा में खींचना प्रारंभ कर दिया!...

अकुलाकर कराहा महावीर बृहद्रथ-सुत!...जरा द्वारा की गई संधि का शरीर भाग तिलमिलाकर चिरने-सा लाग। असह्य पीड़ा!...

पर भीमसेन थमे नहीं। अपार शक्ति से दोनों पैरों को चीरते ही गए! ...जरासंध की शक्ति इस तरह ढह गई जैसे अनायास ही किसी ने उसकी संपूर्ण क्षमता को ओसबिंदु की भांति बहा दिया हो।

अब वह युद्ध न कर केवल कराह रहा था, छटपटा रहा था, चीख रहा था...और भीमसेन थे कि निरंतर उसके शरीर को बीच से चीरते हुए!...

विस्मय के साथ सहस्रों नर-नारियों ने महाबली जरासंध की शक्ति का वह दुखद पतन देखा। रक्त के अनेक फव्वारे छूट पड़े थे।! स्वयं भीमसेन उस रक्त से नहा गए!...चीखें अब दर्शकों की चीखों में बदल गईं। अनेक गर्भवती महिलाओं के गर्भ उस समय गिर पड़े जब शक्तिसंपन्न जरासंध ने मृत्युसमय पर अंतिम चीख मारी!...यह चीख ऐसी थी जैसे बिजली कौंधी हो ओर देर तक उसका गर्जन पृथ्वी-आकाश गुंजाता चला गया हो!...

युद्ध-निर्णय हो चुका था। अनेक दर्शक भाग खड़े हुए! मागधी सैनिक सिर थामकर बैठे रहे। महाराज के मंत्री, सेनापति, सम्मतिकार और पंडितों आदि की स्थिति मरणासन्न हो गई! कुछ जयकार हुए, कुछ रुदन स्वर उठे! ...झरोखे में बैठीं जरासंध की बेटियां चीत्कार मारकर बेसुध हो गईं!

रक्त स्नान किए हुए भीम अब युद्धस्थल पर अकेले खड़े हांफ रहे थे। उनका चेहरा इतना भयावह दीखने लगा था जैसे लोग किसी ब्रह्मराक्षस को देख रहे हों!

दोपहर ढल रही थी उस समय! अर्जुन और श्री कृष्ण अपने-अपने स्थान से उठे और भीम को दाएं-बाएं से सहारा देकर राजनिवास के अपने कक्ष में ले गए!...

देर तक बाहर से कोलाहल के स्वर उठते रहे फिर धीमे-धीमे सब कुछ शांत हो गया। मगध के महाप्रतापी और बलशाली राजा जरासंध के वध के साथ-साथ बंदी राजाओं को अभी मुक्ति तो नहीं मिली थी—किंतु मुक्ति मिलना है—यह तय हो गया था। राजाओं को पुनः बंदी गृह पहुंचा दिया गया।

राजमहल में मंत्रणाओं के दौर चल रहे थे। नए महाराज सहदेव के राजतिलक की तैयारियां प्रारंभ हो गईं। रात ढलते-ढलते श्री कृष्ण, अर्जुन

और महाबली भीमसेन को संदेश मिला कि वह भी नए मगधपति के राजसमारोह में उपस्थित हों!

तीनों समारोह में पहुंचे। नियमानुसार नए राजा की पूजा-अर्चना की फिर श्री कृष्ण ने मगध से प्रस्थान हेतु स्वीकृति चाही।

वृद्ध राजमंत्री से सम्मति करके राजा ने सहर्ष यादवेंद्र को द्वारका जाने की स्वीकृति प्रदान की और कहा, "द्वारिकेश!...मगधपति महाराज जरासंध ने वीरमृत्यु प्राप्त की है। वह सदा ही न्याय और धर्म के अनुसार कार्य करने का प्रयत्न भी करते थे, अतः मेरी हार्दिक इच्छा है कि जिन महाबली भीम ने महाराज को युद्ध में हत किया है, वह योग्य पुरस्कार भी प्राप्त करें!... क्षत्रियोचित व्यवहार का यही नियम है और यही राजधर्म!..."

भीम खड़े हुए, "महाराज सहदेव की जय हो!...इस अवसर पर मैं अपने लिए कुछ न मांगकर केवल यही चाहता हूं कि राज्यलिप्सावश आपके पूज्य पितृ ने जिन श्रेष्ठ आर्य राजाओं को बंदी बना लिया था, अब आप उन्हें मुक्त कर दें! इस तरह आपका यश बढ़ेगा और दूर-दूर तक जन-समाज आपके न्याय-निर्णय की प्रसंशा भी करेंगे!...स्वयं वे बंदी राजा भी कम उपकृत अनुभव नहीं करेंगे, जिन्हें आपके राज्यादेश से मुक्ति प्राप्त हो जाएगी!..."

"तथास्तु!..." सहदेव ने कहा और बंदी राजा मुक्त कर दिए गए।

भीम द्वारा महाबली सम्राट जरासंध के मल्लयुद्ध में हत होने का समाचार विद्युत गति से संपूर्ण आर्यावर्त और दूर असुर राजाओं तक भी फैल गया। जरासंध का नाश इस तरह होगा—कल्पनातीत था...किंतु उस समय उसकी नई ही राजनीतिक प्रक्रिया हुई, जिस समय यह समाचार फैला कि जरासंध-वध के समय भीम और अर्जुन के साथ यादववंशी श्री कृष्ण मौजूद थे!... धीमे-धीमे राज परिवारों से लेकर साधारण जनों तक यह पूरा समाचार भी जा पहुंचा...किस तरह बिना युद्ध किए ही जरासंध को मृत्यु मार्ग पर ले

जाया गया, कैसा भयावह उनका अंत हुआ और किस तरह महान् आर्यावर्त की एक महाशक्ति समाप्त न करते हुए भी समाप्त कर दी गई। राजा सहदेव के राजतिलक और श्री कृष्ण द्वारा उन्हें वरद् प्रदान किए जाने की सूचना ने कृष्ण-नीति को अपूर्व जनस्तुति का रूप दिया। सच ही तो श्री कृष्ण वे मोहमुक्त मनुष्य हैं जिन्हें राजपद, मान-मर्यादा और सम्मान में तनिक भी रुचि नहीं! वह केवल उद्धारक हैं, केवल शुभकर्ता, केवल श्रेष्ठ के धारक!...

जरासंध के शक्ति-मद से आक्रांत अनेक राजाओं को भयमुक्ति ही नहीं मिली, वे अपरोक्ष रूप से श्री कृष्ण के अनुयायी भर नहीं, पूजक भी बन गए!...पांडवों की शक्तिसंपन्नता और श्रेष्ठता को सर्वत्र सराहा गया। कुरुराज दुर्योधन के लिए जरासंध शत्रुशक्ति ही थे, किंतु जिस तरह उनका नाश हुआ था, उसने उन्हें भी कम अपमानित और असुरक्षित होने का अनुभव दिया!...

कुल मिलाकर दुर्दांत जरासंध का वध ऐसी घटना थी—जिसने आर्यावर्त ही नहीं—समूची सुर-असुर राजनीति को बुरी तरह हचमचा डाला!...

विविध प्रतिक्रियाएं हुईं...

आनन-फानन में महाराज शिशुपाल ने अपने स्वर्गवासी मगधपति के समर्थक राजाओं की एक आपात् सभा आमंत्रित की। विचार-विषय था—कृष्ण के बढ़ते प्रभाव को रोकना और पांडवराज युधिष्ठिर का राजसूय यज्ञ असफल करना!...उपरोक्त दोनों ही स्थितियों में इन सभी राजाओं की नीति और उनकी सफलता और असफलता सिद्ध करने वाली थी!

सभा में बहुतेक राजा उपस्थित हुए। वे सब, जो कृष्ण से भयभीत भर नहीं थे, उनके बढ़ते प्रभाव से आतंकित और एक सीमा तक वैयक्तिक घृणाभाव भी रखते थे।

सभा में पौंड्रक वासुदेव, सौभराज शाल्व, विदर्भपति रुक्मी, महारा दंतवक्र, असुर सेनापति मुर के अतिरिक्त अंग-बंग आदि के राजा भी उपस्थित हुए। सभी एकमत थे कि निश्चय ही जरासंध का वध कृष्ण की

कुटिल नीति के कारण हुआ होगा। फिर यह भी कि जरासंध-वध के परिणामस्वरूप कृष्ण-विरोधी सभी राजा और राज्य आर्यावर्त में कम प्रभावशाली हो गए हैं और यह भी कि यदि शीघ्र ही यादवराज श्री कृष्ण को किसी तरह अपमानित और पराजित नहीं किया गया तब निश्चय ही इन सभी राजाओं के शक्ति-संगठन को भारी हानि उठानी पड़ सकती है। जनसामान्य पर से तो उनका प्रभाव कम होता ही जाएगा, अधीनस्थ छोटे राजा जो कर आदि देकर इन सभी को समृद्ध बनाते थे, निरंकुश-सत्ता-घोषणा कर देंगे!...जिस तरह 86 बंदी राजाओं ने जरासंध वध के कारण मुक्ति प्राप्त कर ली थी, वे सभी कृष्ण के अनुयायी और भक्त हो गए थे। द्वारका की यादवशक्ति संपन्न होती जा रही थी और कुरुवंश के प्रतापी राजा दुर्योधन धीमे-धीमे स्वयं को शक्तिहीन अनुभव करते हुए अपने भाई पांडवों के सामने थकने से लगे थे!...

इस थकान और घबराहट का वर्णन स्वयं महाराज कर्ण ने इस सभा में उनकी ओर से उपस्थित होकर किया, बोले, "महानीतिज्ञ शकुनि भी इस घटना से कम चिंतित नहीं हुए हैं, तिस पर कृष्ण की यादव शक्ति के समर्थन ने पांडवों के वीर्य-बल को बढ़ाया है। आवश्यकता श्री कृष्ण की यादव शक्ति को कम करने की नहीं और न ही उनका वैयक्तिक प्रभाव कम करने की है—आवश्यकता है किसी तरह पांडवों की बढ़ती शक्ति रोकने की ...यदि वे इसी भांति शक्ति संपन्न होते गए तब जरासंध की ही तरह किसी दिन महाराज दुर्योधन को भी क्षति पहुंच सकती है!..."

शिशुपाल ने उग्रतापूर्वक कहा था, "वस्तुस्थिति में आशंका का कारण पांडव नहीं हैं नंदलाल कृष्ण हैं!...यदि हम किसी तरह उन्हें समाप्त कर सकें या बंदी बना सकें तब सारी समस्या ही समाप्त हो जाएगी!"

कर्ण को तनिक भी नहीं रुची थी शिशुपाल की दंभोक्ति! कुछ चिढ़कर कहा था, "कृष्ण कोई सामान्य व्यक्ति नहीं है चेदिराज!...वह योगी, पराक्रमी और धर्मधारी योद्धा हैं! उन पर जय-कल्पना करना केवल मूर्खतापूर्ण दंभ है!..."

"क्या अंगराज कर्ण आतंकित हैं उनसे?" व्यंग्यपूर्ण पौंड्रक ने पूछा।

कर्ण ने उन्हें इस तरह घूरा, जैसे कहा हो कि वह अपनी सीमा से अधिक बढ़कर बोला है। पौंड्रक सह गया। कर्ण ने केवल इतना ही उत्तर दिया था—"मैं यादवेंद्र कृष्ण के विरुद्ध किए जानेवाले किसी भी निर्णय का समर्थन नहीं करूंगा, हां, मैं आप लोगों के साथ उसी समय हूं जबकि आप महाराज दुर्योधन का राज्यशुभ और पांडव-नाश हेतु सन्नद्ध हों!...जहां तक श्री कृष्ण से भय की बात है पौंड्रक! मैं तुम्हें यह बतला देना आवश्यक समझता हूं कि कृष्ण, न किसी राज्य के राजा हैं, न कहीं के राज्य में उनकी रुचि है, अतः उन्हें लेकर राजाओं द्वारा अपने मन में रखा गया शत्रुता का भाव केवल राजाओं की कुंठा का परिणाम है!...इस ओछेपन में मैं तनिक भी भागीदार नहीं हूं!"

सूर्यपुत्र कर्ण के शब्द, स्वर और उनमें व्यक्त भावों में श्री कृष्ण के प्रति श्रद्धा की ऐसी अभिव्यक्ति थी, जिसका विरोध कर पाना सहसा किसी भी राजा में न हुआ। हालांकि जरासंध-वध के लिए वे सभी किसी-न-किसी स्तर पर यादवेंद्र को ही कारण और माध्यम मानकर चल रहे थे...

शाल्व ने नीति से काम लिया, सीधे श्री कृष्ण को लेकर विरोध की अभिव्यक्ति न करते हुए शांत स्वर में बोले थे, "क्षमा करें सूर्यसुत! पांडव बलशाली तो हैं, किंतु नीतिज्ञ नहीं। केवल कृष्ण के कारण ही वे समस्त आर्यावर्त में अपना प्रभाव फैला रहे हैं...अतः हम लोगों की नीति केवल पांडवों से कृष्ण-नीति को विलग करने की चेष्टा होनी चाहिए!...निज-विरोध की दृष्टि से हम कृष्ण का अहित नहीं करना चाहते!"

"आप सब मिलकर कृष्ण का अहित कर भी नहीं सकते हैं सौभराज! ..." कर्ण ने कहा था, "जब-जब कोई महान् योद्धा और राजा दंभवश कृष्ण या ऐसे ही किसी योगी का विरोध करता है, तब-तब वह केवल स्वार्थांध में बहकर उस जनस्नेह को खो बैठता है, जिसे योगी, पराक्रमी, मोहमुक्त और नीतिज्ञ लोग प्राप्त कर लेते हैं विगत की संपूर्ण घटनाओं पर यदि आप क्रमपूर्वक विचार करेंगे तो यह समझने में कठिनाई नहीं होगी कि कृष्ण के

साथ न सैन्यशक्ति है, न राजदंड!...उनकी असली शक्ति और समर्थन है वह साधारण प्रजा, जो अर्यावर्त के हर राज्य, राजा और जन-वन में निवास करती है। ऐसी महाशक्ति पर अंकुश लगाना व्यर्थ है। अच्छा तो यह होगा कि हम उस जन-स्नेह को प्राप्त करने का प्रयत्न करें, जिसे कृष्ण ने पाया है...कृष्ण-जय का एकमात्र मार्ग यही है और केवल यही उपचार हो सकता है!...''

शिशुपाल को बार-बार कृष्ण स्तुति असह्य होने लगी। कहा, ''राधेय! ...देखता हूं कि श्री कृष्ण के प्रति कुछ विचित्रं-सा स्नेह है आपके हृदय में? अपने आप में इस स्थिति पर मुझे ही नहीं, किसी को भी विस्मय होगा कि हस्तिनापुर महाराज दुर्योधन के सर्वाधिक प्रिय और अभिन्न मित्र अंगराज, उनकी ही शत्रु-शक्तियों के समर्थक मूल के प्रति श्रद्धावान् हैं!...''

''तुमने उचित ही कहा है चेदिपति!...'' कर्ण ने उतना ही अक्खड़ उत्तर दे दिया था, ''श्री कृष्ण, पांडवों और कुरुराज दुर्योधन के बीच राजनीति से कहीं अधिक उनका पारिवारिक कलह वैमनस्य का कारण है, पर इससे मैं मित्र अथवा शत्रु के वैयक्तिक गुणों का स्वीकार-अस्वीकार करूं, यह न मुझे उचित लगता है और न ही यह धर्मानुसार नीतिपूर्ण है!...'' कर्ण कुछ थमें, फिर निर्णायक स्वर में बोले थे, ''कृष्ण-नीति का विरोधी होना एक बात है, पर कृष्ण-विरोध दूसरी बात है!...मैं पांडव-कौरव वैमनस्य में कृष्ण-नीति का विरोधी तो हूं, किंतु कृष्ण को लेकर मेरे मन में व्यक्तिगत वैमनस्य नहीं है। अतः मैं श्री कृष्ण के किसी भी अशुभ आयोजन में भागीदार बनना नीतिपूर्ण ही नहीं, अधर्म भी मानता हूं!...''

''यह जानते-मानते हुए भी कि उसने महाराज दुर्योधन के परममित्रों और समर्थक राजाओं को बलहीन किया है, उनका वध कर डाला है या फिर किसी-न-किसी तरह उन्हें क्षति पहुंचा दी है?'' दंतवक्र भी तर्क कर उठे थे, किंतु कर्ण के रुख में तनिक भी बदलाव नहीं आया। जब-जब कृष्ण की चर्चा उठती है, तब-तब मन विचित्र-सी श्रद्धा से भर आता है...यादवेंद्र की संपूर्ण जीवन-कथा से परिचित हैं कर्ण...उससे कहीं अधिक परिचित हैं

उनसे, उनके विचारों, व्यवहार और सहजता से। लगा था कि वे सब श्री कृष्ण की जनप्रियता से उखड़े हुए हैं, और कृष्ण की जनप्रियता किसी राजा की नहीं, राजा बनानेवाले एक न्यायकर्मी की भी है। निरंतर कृष्ण को लेकर उनकी नीति से अरुचि व्यक्त करना एक बात है और इस अरुचि को कृष्ण के प्रति शत्रुता का भाव बना लेना दूसरी बात है। यहां आप सभी श्रेष्ठ, बुद्धिमान और पराक्रमी राजा उपस्थित हैं तथा चर्चा इस बात को लेकर कर रहे हैं कि उन कृष्ण का अहित करें, जिन्होंने अपने यादव गणसंघ के शुभार्थ मगधपति के जामात्र कंस का नाश किया था?...आप उन श्री कृष्ण को अपना शत्रु मान रहे हैं, जिन्होंने महाराज शिशुपाल के पूज्य ओर परिजन होने के नाते उन्हें गोद में खिलाया भर नहीं था, बल्कि अपनी योग्यशक्ति से उन्हें सुहृदकर सुंदर शरीर का स्वामी भी बनाया?...आप उन श्री कृष्ण को लेकर अकारण क्रोधित हैं जो न स्वयं राजा हैं और न जिनकी इच्छा में आपके राज्य अथवा राजपद को क्षतिग्रस्त करने का अभिप्राय निहित है? ...आप उन वासुदेव के विरोध में एकत्र हुए हैं, जिन्होंने आर्यावर्त के बंदी राजाओं को मुक्त कर स्वातंत्र्य प्रदान किया है?...अब आप स्वयं ही निर्णय कीजिए कि आप कृष्ण के प्रति न्याय कर रहे हैं अथवा अन्याय?...उन कृष्ण का नाश करके आपको क्या प्राप्त होगा, जिन्होंने आर्यावर्त के सागरतटों से असुर और पणि शक्तियों को हटाकर आप सभी राजाओं को एक तरह संपूर्ण सुरक्षा प्रदान कर दी है?" कर्ण के स्वर में अब धीमे-धीमे श्री कृष्ण समर्थन से कहीं अधिक श्री कृष्ण विरोध में एकत्र हुए इस राजा-समुदाय के प्रति घृणा अभिव्यक्ति होने लगी थी जो निरंतर 'कृष्ण! ...कृष्ण कृष्ण!' चीखते हुए केवल क्रोध और कुंठावश वैयक्तिक शत्रुता का प्रदर्शन भर कर रहे थे। कर्ण ने अंतिम शब्द कहकर बात समाप्त की, "श्री कृष्ण का नहीं, विरोध उन नीतियों का होना चाहिए जो वैयक्तिक हितवश सर्वजन हित को विस्मृत कर बैठती हैं!...यदि आप सब ऐसा कोई निर्णय लेंगे, तब उसे जानकर और उसका समर्थन करके मुझे ही नहीं, महाराज दुर्योधन को भी प्रसन्नता ही होगी!"

कर्ण की किसी बात का कोई उत्तर नहीं था उनके पास! शिशुपाल ने सहमकर रुक्मी को देखा...शाल्व, दंतवक्र, पौंड्रक आदि बगले झांकने लगे थे। सब जानते थे कि महापराक्रमी कर्ण से युद्ध तो दूर तर्कातर्क करने की क्षमता भी उनके पास नहीं है!...वही होती, तब क्या वह कर्ण की तरह जनप्रिय और जनश्रद्धा के पात्र न हो जाते?...फिर सब यह भी भलीभांति जानते थे कि कर्ण से कुतर्क का अर्थ होगा—महाराज दुर्योधन की महाशक्ति से वैर मोल लेना! कर्ण हस्तिनापुर के कौरवों की शक्ति भर नहीं, संपूर्ण विश्वास, श्रद्धा और निष्ठा के स्वामी बने हुए थे!

सबके मन की मन में ही रह गई! श्री कृष्ण-नाश के लिए सम्मिलित सहयोग की यह सभा जिस तरह विखंडित-मन एकत्र हुई थी, उसी तरह खंडित मन-विचार लिए हुए विसर्जित भी हो गई।

जरासंध-वध ने आर्यावर्त की समूची राजनीति को बहुस्तरीय स्तरों पर बहुआयामों से प्रभावित किया। एक ओर निजत्व में डूबे राजाओं की निरंकुश शक्तियां सहम गईं, दूसरी ओर कौरव-पांडवों के बीच चल रहे छायायुद्ध में सहसा पांडव-शक्ति जनप्रभावी सिद्ध हुई। तीसरा पक्ष था श्री कृष्ण का वह बढ़ता हुआ जनप्रभाव, जिसने शत्रु राज्यों के बीच भी जन-साधारण में वासुदेव को श्रद्धा और विश्वास का पात्र भर नहीं बनाया, उनकी एक ऐसी जनमूर्ति स्थापित कर दी, जिसमें न जनसाधारण में उनके लिए संकोच था, न राजा से भय की मनःस्थिति, न ही राज-मोह वाली लिप्सा!...इस तीसरी स्थिति ने समग्र आर्यावर्त में श्री कृष्ण को ऋषिवत् श्रद्धा का पात्र बनाया, न्यायी महापुरुष की श्रद्धा दिलाई, संपूर्ण आर्य जाति का शुभाकांक्षी सिद्ध किया, दूर-दूरंत तक आर्यविरोधी शक्तियों का दमनकर्ता स्वीकार करवाया...कुल मिलाकर निष्पाप, निर्मल गंगाजल-जैसी आस्था और पूजा का पात्र प्रमाणित कर दिया, जिसके स्पर्श तो दूर दर्शन मात्र से मनुष्य स्वयं को कृतकृत्य अनुभव करता है!

सब ओर कृष्ण नाम की स्तुति व्याप्त हैं...पर कृष्ण न राजा हैं, न ऋषि न निजत्व-दोष से ग्रस्त कोई साधारण मनुष्य...वे अपूर्व शक्ति-बल के स्वामी होते हुए भी किसी निजता में अपनी शक्ति-बल का प्रयोग नहीं करते...कोई भी ऐसी घटना नहीं है जब कृष्ण ने अपनी कीर्ति से लाभ उठाकर किसी के सम्मान के प्रति अरुचि दिखाई हो...? कोई ऐसा प्रकरण नहीं, जब यशोदासुत किसी से कटुतापूर्ण वचन बोले हों, कोई ऐसा दुर्योग नहीं, जब उनके कारण मनुष्य तो दूर, पशु-पक्षी मात्र को भी कष्ट हुआ हो।

...पर ऐसे कृष्ण के भी अनेक शत्रु!...दूसरी ओर अनगिनत श्रद्धालु, अनगिनत भक्त, असीमित अनुयायी! पर वे सभी शक्तिसंपन्न लोग शत्रुभाव से पीड़ित हैं जो कृष्ण की बढ़ती जनप्रियता मान-सम्मान और नीतिज्ञता से वैयक्तिक चिढ़ पाले हुए हैं!...सबके विरोध, असंतोष और शत्रुता के अपने कारण!...सब निजी! सब स्वार्थांधता की परिणति-परिणाम!...

किंतु कृष्ण निर्भय!...निर्द्वंद्व और निश्चिंत!...सब जानकर भी सब से अजाने! उनकी असावधानी में सावधानी उपस्थित और उनकी मोहिनी में रहस्यमय नीतिचक्र का कभी न समझ आनेवाला महाजाल!...

यह कृष्ण रूप और उकसाता है विरोधियों को! और उन्मत्त कर अविवेकपूर्ण निर्णयों से लेकर असंयमित शब्दावली तक पहुंचा देता है!... उसकी शांति में घोर अशांतिपूर्ण कोलाहल अनुभव करते हैं ऐसे लोग!... विचित्र प्रभाव है वासुदेव का! उनका दर्शन असंख्यों के लिए परम सुखकारी और अनेक के लिए घोर पीड़ादायक!...

इस कृष्ण को अनेक स्तरों पर अनेक लोग पहचानने जानने की चेष्टा करते रहे हैं, कर रहे हैं, या शायद सदा करते रहें? पर लगता है कि कभी समझ नहीं आएगा वह नंदलाल?...ऋषियों-महात्माओं के लिए उनकी चर्चा-विचार, जीवन-मरण से लेकर चेतन और जड़ तथा नश्वर-अनश्वर के अनंत समुद्र में, मोक्ष का महामंथन करने की तरह! उनके मोहक शब्दों और व्यवहार से लेकर दृष्टि तक ममता, स्नेह, सखाभाव, ज्ञान, सारल्य, जटिलता और न जाने क्या कुछ समाया हुआ...कभी लगता है कि उनका सत्य उनकी उपस्थिति में है, कभी उनकी अनुपस्थिति ही उनका वास्तव्य! कभी उनकी

निकटता उन्हें स्वयं के पास रहते हुए भी स्वयं से दूर होने का अहसास कराती है और कभी सामीप्य का न होना भी निरंतर समीप होने का बोध कराता हुआ...

कितनों से जुड़े कितने क्षण हुए—पर लगता है कि एक युग का सान्निध्य प्राप्त हो गया! और कितने हैं जिनसे वर्षों का सामीप्य स्नेह—इस तरह अनुभव होता है कि एक स्वप्न था, जो सत्य होते हुए भी मिथ्या सिद्ध हो गया!...

गोकुलवासी हों या मथुरा में शेष रह रहे अनेक नर-नारी, बालक-वृद्ध ...सभी की यही स्थिति, यही मानस!...स्वयं बाबा नंद और माता यशोदा भी तो इस बोध से परे नहीं? कभी उस ऊखल को देखते हैं, जिससे गोपाल को बांध दिया जाता था, कभी गोपियां वह ब्रजवन निहारती हैं, जिसमें हरियाली का समुद्र तो बिखरा हुआ है पर कृष्ण की अनुपस्थिति मरुस्थल बनकर बरस पड़ी है...कितनी बार पलकों ने अश्रु नहीं बहाए? कितनी बार उस निष्ठुर को स्मरण नहीं किया और कितनी बार वह स्मरणों में आकर हौले से छूता हुआ कह नहीं गया—मिलूंगा!...बहुत शीघ्र मिलूंगा!...कितने समय बाद समंतपंचक* में वह अवसर आया...उसी का कथांश...जब स्वप्न बिखरा तो केवल स्मरण शेष रह गया था—'गोविंद!...गोपाल!...छलिया!...'

ऐसे स्वप्न और स्वप्न विचार अनेक बार तो आते हैं पर किसी बार सत्य नहीं हुए। खीझ से अधिक क्रोध से भर उठता है मन-शरीर। चिढ़ रूठने के लिए लाचार कर देते हैं। अब कृष्ण किसी संयोग या दुर्योग से आ भी पहुंचें तो बात नहीं करेंगे उससे...यहां तक कि देखेंगे भी नहीं, उसकी

---

* समंतपंचक कुरुक्षेत्र का ही एक नाम है। महाभारत के अनुसार तेजस्वी ब्रह्मर्षि परशुराम ने अपने पिता की हत्या किए जाने पर क्रोधित होकर क्षत्रियों का भयानक विनाश किया और उनके रक्त से इस स्थान पर पांच रक्तकुंड भर डाले बाद में इन्हीं रक्त कुंडों के रुधिर से परशुराम ने अपने पितरों का तर्पण किया। सूर्य ग्रहण के समय समंतपंचक में पहुंचने की एक धार्मिक परंपरा भारत में युगों से चली आई है।

'सूरसागर' के अनुसार श्री कृष्ण ने इसी स्थान पर यशोदा-नंद और गोपियों से उस समय भेंट की, जबकि कृष्ण गोकुल छोड़कर अनेक बरसों तक पुनः गोकुल लौट नहीं सके थे। श्री कृष्ण ने यहां दर्शन किए थे।

ओर!...जिस पल गोकुल से चला था, सबको स्मरण है कि मुड़कर भी वापस नहीं देखा और उसके बाद केवल नाम सुनते रहते हैं गोविंद का!...हर बार एक नई कथा, नई घटना, नया चमत्कार, या नया कौतुक!...सब कुछ वैसा ही चपल, चतुरतापूर्ण और छलभरा जिस पर सहसा विश्वास नहीं होता, पर कहा जाता है कि वही सच है!...

निश्चय ही सच होता होगा! गोकुल के किसी गोपगृह में जब माखन चोरी होती थी और उस चोरी की विलक्षणता सुनने मिलती, तब भी वैसा ही अविश्वास घेरता था ग्रामवासियों के मन को—न! यह असंभव है! कन्हैया ठहरा तनिक-सा छौना? उतनी ऊंचाई पर बंधे छींके से भला माखन कैसे निकाला होगा?...सब झूठ!..."

पर सिद्ध हो जाता था कि सब सत्य है! वह भी, जो सुन रहे हैं और वह भी जो नहीं सुन पाए!

ठीक उसी तरह कुछ राजनीति और युद्ध से लेकर ऋषि-मुनियों की वार्ता और भयावह योद्धाओं से हुए संग्रामों की घटनाओं में भी सुना जाता है!

कितने बरस तो हो गए?...अब पल-छिन भी स्मरण नहीं—केवल स्मरण है गोपाल! यशोदा अक्सर रो पड़ती हैं। बार-बार नंद बाबा से लेकर गांव के वृद्धजन-वृद्धाएं समझाते-बुझाते हैं। उनके आंसू थमते भी हैं तो एक पीड़ाभर कराह लेकर—'देवकी से क्या मिला, कान्हा मुझे विस्मृत ही कर बैठा?'

कितने साल तो हो गए? कितने आंसू नहीं गिरे? लगता है कि असंख्य वर्ष बीत चुके और अश्रु हैं कि सागर की तरह किसी बार नहीं सूखते, किसी बार नहीं रीतते। कब तक चलेगा यह क्रम?...

जरासंध-जय के बाद जब दोनों पांडव-बंधुओं को साथ लेकर इंद्रप्रस्थ लौटे तब अनायास ही कृष्ण असंदर्भित ही बोल उठे थे, "धनंजय!...माता यशोदा और नंद बाबा बहुत स्मरण आ रहे हैं!..."

अर्जुन ने चकित होकर उन्हें देखा। इंद्रप्रस्थ के नर-नारी जरासंध-जय के हर्षोउल्लास में न केवल जय-जयकारों का कोलाहल कर रहे थे, पुष्प-वर्षा से भी उनका ध्यान बंटाए हुए थे, किंतु इस मान-सम्मान से परे कृष्ण को यशोदा और नंद स्मरण हो आए?...यह तो ऐसे ही हुआ जैसे छप्पन भोजनों की थाली सामने हो और उससे विरक्त होकर सहसा ग्राम-भोर का कलेवा स्मरण हो आए?...

आनंद के बीच से निकलकर भी कृष्ण पीड़ा से भरे हुए!...लग रहा है जैसे पुष्प नहीं बरस रहे हैं, माता यशोदा के गरम-गरम आंसुओं की बूंदें उनके बालरूप को रह-रहकर नहलाने लगी हैं। जाकर शांत भाव से विश्राम कक्ष में लेट रहे...भीम और अर्जुन-जरासंध का वध कथा का बखान करने के लिए महाराज युधिष्ठिर, नकुल और सहदेव तथा द्रौपदी के बीच घिरे हुए ...पर अर्जुन के कानों में रह-रह कर कृष्ण शब्दों का गुंजन—'माता यशोदा और नंद बाबा बहुत स्मरण आ रहे हैं धनंजय!'

सहसा वह उठ पड़े थे। एक ओर जाकर अपने विश्वस्त सेवक को आज्ञा दी फिर घोषणा कर दी कि अगले ही दिन समंतपंचक की ओर प्रस्थान करेंगे!...इंद्रप्रस्थ क्षेत्र में ही था वह स्थान! कारण बतलाया था कि यह निर्णय तेजस्वी ब्रह्मर्षि परशुराम द्वारा क्षत्रिय-नाश पर उनके रक्त से पांच कुंड भरे जाने और उनसे पितृ-तर्पण करने की स्मरण-तिथि पर उस देवस्थान दर्शन के अभिप्राय से यह यात्रा की जा रही है!...महाबली जरासंध-वध के पश्चात् इस स्थान पर पहुंचकर पांडव यादवेंद्र कृष्ण के नेतृत्व में क्षत्रिय पितरों का स्मरण करेंगे!...इस तरह सूर्यग्रहण के दोष से तो मुक्ति मिलेगी ही, साथ ही जरासंध-वध में वीरत्व छल से हुआ पाप-दोष भी नष्ट हो जाएगा!

अर्जुन का निर्णय कृष्ण-कक्ष में भी पहुंचा। अनायास ही मुसकुरा उठे थे वह। विधिविधान भी विचित्र है। उन्होंने विचारा, पर अगले ही क्षण इस विचार को ताड़ दिया था—मां यशोदा के स्मरण ने!...जाने क्यों इतने व्यग्र हो उठे हैं वह?...किस कारण नंद-स्मरण हो रहा है, उससे कहीं अधिक

गोप-बंधुओं से भेंट की इच्छा मन में उबल-उफन आई है?...कैसे?...कहां से ...? लगा था कि सब कुछ समयायोजित है। बहुत समय पूर्व बलभद्र ने समंतपंचक क्षेत्र की यात्रा की थी। इस यात्रा में ही उन्हें ज्ञात हुआ था कि कुरुवंश के प्रथम पुरुष राजा कुरु ने वहीं कहीं सरस्वती तटक्षेत्र पर विशाल कुरुराज्य के लिए बीज-नींव डाली थी...इसी बीज-नींव स्थल पर कुरुवंश का भी भविष्य निर्णय होगा! यह भी किसी राजर्षि से सुना-जाना था कृष्ण ने!

द्वारका लौटना आवश्यक होते हुए भी एक दिन में वापसी संभव न थी। कारण है—सूर्यग्रहण! द्रौपदी ने कहा था, यादवेंद्र द्वारा प्रस्थापन करें, किंतु सूर्य ग्रहण के समय नहीं! उसके दो प्रहर बाद!..."

और दो प्रहरों का उपयोग अनायास ही अर्जुन ने इस प्रकार निकाल दिया है। इंद्रप्रस्थ से बहुत दूर नहीं है समंतपंचक! महातीर्थ के रूप में विख्यात्! फिर उनके अपने वंश की जड़ भी है वह!

अगली भोर ही समंतपंचक की ओर प्रस्थान किया था सभी पांडवों और द्रौपदी के साथ वासुदेव ने!...जाने क्यों फिर-फिर नंद-यशोदा और समस्त गोकुल ही याद आने लगा...ईश्वरायोजित कारण समझ में आया था समंतपंचक क्षेत्र पहुंचकर!...जैसे ही महाबली पांडवों को लिए हुए राजरथ वहां पहुंचे, वैसे ही तटक्षेत्र पर एकत्र ग्रामवासियों की भीड़ में जय-जयकार हो उठा था—"वासुदेव की जय!..."

चकित हुए कृष्ण!...पास खड़े अर्जुन मुसकुरा रहे हैं...श्री कृष्ण कुछ समझने की चेष्टा करें अथवा समझ पाएं, इसके पूर्व ही अनेक गोप बंधुओं ने रथ को घेर लिया...उनकी आंखें आंसुओं से भीगी हुई थीं। अनेक नर-नारी...

कृष्ण अकुलाकर उतर पड़े थे रथ से...

उनके पीछे-पीछे अर्जुन...

मनसुखा उतना ही कृशकाय...पर चाल में वही चपलता, एकदम सामने आ खड़ा हुआ। कृष्ण ने उसे गले लगा लिया, "पूछा, कैसे हो तुम?"

"तुझे मर्म-अनुमान नहीं है क्या कन्हैया?" मनसुखा ने पूर्ववत् शिकायत कर दी।

कृष्ण निरुत्तर हो रहे पर आंखें बोलती हुईं, उससे भी कहीं अधिक दृष्टि का मर्म! इस मर्म में पीड़ा है या पछतावा...? तय कर पाना कठिन ही नहीं, असंभव!...पर सभी को अनुभव हुआ कैसे कान्हा तनिक भी नहीं बदला है। अपार कीर्ति, राजसुख और यश-वैभव के बाद भी उनका कान्हा वैसा ही...वह एक-एक कर सभी से मिल रहे हैं। लग रहा है कि सरस्वती के निर्मल, पवित्र जल जैसा उनका हृदय लहरों की भांति सभी के मनों को अपने में आत्मसात् करता हुआ...कितने ही गोप बंधु...समायु, अल्पायु, वृद्ध-वृद्धाएं और प्रौढ़...उन गोपियों को भी कम विस्मय नहीं है, जिन्हें कृष्ण एक-एक कर नाम ले-लेकर पुकार रहे हैं...आश्चर्य। इतने बरसों बाद बदले हुए चेहरों को भी कृष्ण ने इस तरह पहचान लिया है जैसे वे कभी उनके अजाने-अनेदेखे रहे ही नहीं थे? तिस पर सर्वाधिक चौंका रहा है उनका स्वर...इस स्वर-शब्दों की मोहिनी ने आर्यावर्त ही नहीं, सात समुद्र पार यमपुरी तक की राजनीति को भी प्रभावित किया है—पर वही स्वर-शब्द हैं, जो आज तनिक भी बदले नहीं लगते?...इसके विपरीत लगता है कि वही छलिया कन्हैया उन सबसे वार्तारत है, जिसे कभी माखन चोरी और कभी ग्राम में जहां-तहां खेलते समय शरारत करते देखा जाता था...

थोड़ी ही देर बाद लगा था कि कृष्ण की आंखें कुछ खोज रही हैं...ऐसे खोई हुई जैसे उनकी बांसुरी से कोई लय गुम गई हो...

मनसुख ने समझ लिया, "मन जसोदा मैया से मिलने को कर रहा है न कान्हा?"

"हां...कहां हैं वह?...और नंद बाबा?" कृष्ण ने इस तरह अकुलाकर उत्तर दिया जैसे मन और दृष्टि भी बल से सूखे गले की अतृप्ति से भरे हुए हों..."किधर चलूं मनसुख?...जल्दी ले चल ना!"

उत्तर न देकर मनसुख आगे बढ़ चला। पांव में उसी तरह का हल्का-हल्का लंग हैं। चलते समय हिचकोले-से खाता बदन...पर फुर्ती वही।

दोनों की चाल इतनी अकुलाई हुई जैसे किसी समुंदर स्वप्न से साक्षात्कार करने जा रहे हों...स्वप्न भी ऐसा, जो रूई के फाहे की तरह मन शरीर सभी को स्पर्शानुभव दे रहा है...बिल्कुल बादलों-जैसा। ये बादल छू जाते हैं मन-शरीर को...शरीर पर केवल छोड़ देते हैं वे स्मृतियां जो नम बिंदुओं की तरह मन-प्राण को नहलाती हुई...

मां यशोदा...नंद बाबा? कैसे हो गए होंगे वह?...कितने युग-बरस तो बीत चुके? लगता है कि स्मरण में ऐसे बैठे हुए हैं जैसे श्री कृष्ण का अपना हृदय वही बालबोध अनुभव कर रहा है...माता यशोदा की स्नेहिल डांट, नंद बाबा से पल-पल मिलती क्षमा उस क्षमा के लिए माता से उनका यह कहना, "छोड़ दे इसे, जशोदा!...बालक है, अब भूल नहीं करेगा!..."

और जसोदा कहती हैं, "न, इस बार इसे नहीं छोडूंगी!...इतने अति कर रखी है समग्र ग्राम क्षेत्र में! कौन-सा ग्रामगृह नहीं है, जहां इस छलिया ने उत्पात न मचाया हो? और हर बार कहता है कि दोषी यह नहीं!..."

बांधे ही जाती हैं ऊखल से...कभी बरामदे के किसी प्रस्तरस्तंभ से... बांधते-बांधते सहसा उन्हें लगता है जैसे अधिक कस गई है रस्सी...उसे धीमी करती हैं, पर मुख वैसे ही क्रोध जतलाता हुआ और बालकृष्ण देख रहे हैं—क्या सच ही वह जसोदा का क्रोध है?...जी होता है कि मुसकुराएं। क्रोध होता तो भला ऐसे डर-डर कर बांधती? बिल्कुल इतनी घबराई हुई जैसे उनका अपना ही बदन बंध रहा है...?

कृष्ण जान जाते थे कि इस तरह बांधे गए हैं जिससे निकलना कठिन नहीं होगा! फिर धीरे से निकल भी जाते थे...

अब क्या उन माता जसोदा की हथेलियों और अंगुलियों में वही पकड़ शेष रह गई होगी? झुर्रियां पड़ गईं होंगी सारे शरीर पर...? आंखों से ममता उसी तरह रिस बरस रही होगी, पर उसे अपने भीतर थामकर कन्हैया को देखने की चेष्टा भी करेंगी...

वही कुछ करेंगे बाबा नंद!...

और कृष्ण स्वयं क्या करेंगे?...क्या कहेंगे?...क्या उत्तर देंगे, जिस क्षण दोनों की नेहभरी आंखें एक साथ उनसे असंख्य प्रश्न कर बैठेंगी?...कितने ही प्रश्न, कितनी ही तरह के प्रश्न...हर प्रश्न इतना जटिल जिसका उत्तर न कृष्ण की कूटबुद्धि के लिए देना संभव है, न परम सरलता के लिए!...

वही हुआ...

जैसे ही उनके सामने पहुंचे, वैसे उनकी आंखों से असंख्य प्रश्न बरस पड़े...हर अश्रु-छलकाव में समुद्रवत् गांभीर्य...फिर लहरों की तरह उमड़ते एक नहीं, अनेक प्रश्न...

खड़े हुए तब लगा था कि अनंत सागर-तल पर ही जा खड़े हुए हैं... हर पल उसमें डूबते हुए, गहरे और गहरे उतरते हुए...जसोदा और नंद बाबा को देखा—अनुभव हुआ कि मन के भीतर भी वही सागर-जल उतर आया है...लगातार उन्हें ही डुबोता हुआ...कितने कृशकाय हो गए हैं दोनों?...आंखें भी कितनी कमजोर...वृद्धावस्था जैसे बदरी की तरह उतर पड़ी है उनके तन-मन पर...कृष्ण अपने ही भीतर गहन पीड़ा से भर उठे...

पहले तो वे निरंतर कृष्ण को देखे गए थे...उस कृष्ण को, जिसे कभी गोद में लिए घूमे थे, कभी पैंजनिया डाले गांव-डगर में अंगुली थामें हुए साथ घुमाया था...कभी कोप कर ऊखल से बांधा था और कभी कान्हा की ढेर-ढेर शिकायतें गोप महिलाओं से सुनी थीं...

सब शिकायतें एक-सी होती थीं...कोई कहती—'जसोदा, आज तुम्हारे इस छलिया ने मेरी गागर फोड़ी और भाग आया—अब तुम्हारे आंचल में ऐसे बैठा है, जैसे इसने मुझे कहीं देखा ही न हो?'...

कोई कहती—'जसोदा! अगर यही सब करता रहा कान्हा, तो इस गांव में हमारा रहना ही कठिन हो जाएगा!...मैं तो बाबा नंद से कहनेवाली हूं कि या तो इसे डाटो-सम्हालों या हमें गांव छोड़ने की आज्ञा दे दो?'

कोई बोलती—"बुरा न मानना जसोदा माई, यह कान्हा भोला नहीं, परम धूर्त है। वैसा न होता तो स्नान करते समय भला मेरे कपड़े छिपाता?"

और हर बार जशोदा याचक भाव में उनसे क्षमायाचना कर बैठतीं, नहीं-नहीं मैं इसको डांटूगी! न हुआ तो इसे बांधकर ही रखा करूंगी! घर की देहरी से बाहर नहीं निकलने दूंगी—देखती हूं कि कैसे कष्ट देता है तुम्हें?...

फिर वह कृष्ण को थपड़िया भी देतीं, 'क्यों रे, तूने यह सब किया?...'

और कृष्ण इस तरह बन जाते कि आरोप लगानेवाली स्वयं भी संशय में पड़ जाया करतीं, 'क्या सच ही तुमने मुझे देखा था...' फिर जसोदा की ओर मुड़ते, मइया, मैं तो यों ही लांछित हो गया हूं...अब कोई छल से मेरे जैसा वेष रखके यह सब कर दे तो ये समझती हैं—कि मैंने किया है?...भला तुम्हीं कहो, ऐसा मैं कर सकता हूं? देख, मेरी आंखों में, क्या तुझे लगता है कि तेरा कन्हैया ऐसा करेगा?...घर में रहूं तब भी कोई-न-कोई शिकायत लेकर आ जाती हैं तुम्हारे पास?...अब बता मइया, क्या करूं मैं? क्या कहूं मैं?'

जसोदा धर्मसंकट में...

कन्हैया की आंखों में ऐसा कुछ भी तो नहीं जो उसके शब्दों से अलग भावाभिव्यक्ति करता हो?...

कृष्ण भोली निगाहें माता पर टिका देते...ये निगाहें मां को जितना भटकातीं, उससे कहीं अधिक शिकायतकर्ता को सहमा देतीं? सच ही तो! कहीं किसी और को कान्हा समझकर वही तो भूल नहीं कर बैठीं?...

जसोदा न उधर कुछ कह पाती, न इधर!...

कान्हा को यों ही डांटना तो ठीक नहीं? कैसा भोला बालक है? न-न, सच ही कहता है। इसने कुछ नहीं किया होगा!...

पर वह सब बीत गया। उसके साथ बीत गए वे पल...वे शिकायतें, वे झुठलाव, वे नखरे और वे सच-झूठ!...सब! अब जो सामने हैं—सिर्फ सच! सच यह है कि ममतामयी जसोदा की धुंधलाई दृष्टि कृष्ण को निहारते-निहारते अश्रुजल से भरकर और धुंधला गई है...सच यह है कि नंद बाबा लड़खड़ाते हुए उठकर कान्हा को गले लगाने की चेष्टा कर रहे हैं...उससे भी बड़ा सच

यह है कि कृष्ण उनकी दृष्टि में भरे हजारों-हजार प्रश्नों का आज कोई भी उत्तर देने में असमर्थ हैं!...

एक नहीं हजार प्रश्न हैं—

जसोदा—जैसे शब्दहीन रहकर भी बोल रही है, झुर्रियों भरी निगाहों से 'क्यों कान्हा, क्या अब भी कह देगा कि यह असत्य है—तू मुझसे मिला ही नहीं? बिसरा बैठा मुझे?'

'यह भी असत्य है क्या कि तूने कोई सुधि ही नहीं ली अपनी मइया की कि कैसी है वह? जीवित है या मर गई?'

"क्या यह भी असत्य है कि तेरे साथी-सखा और गोप बालाएं केसी हैं, तुझे कुछ भी याद नहीं?...यह भी कि नंदगांव के वे वन सूने हो गए हैं?.. .यह भी कि उन वनों, वहां के जल, वहां के गांव-क्षेत्रों की तुझे कभी याद नहीं आई? तूने गोकुल क्या छोड़ा—पूरा ग्रामकुल ही बिसरा दिया?...कैसा निष्ठुर हो गया तू?...हम वृद्धों को ही बाध्य होकर तुझसे भेंटने के लिए यहां दूर समंतपंचक तक आना पड़ा...बोल, क्या-क्या झुठलाएगा अब? किस तरह झुठलाएगा?..."

आंसू सहसा ही झर आए हैं जसोदा की पलकों से नीचे...जितने-जितने नीचे उतर रहते हैं, उतने-उतने कृष्ण को रुंधातें हुए...अब न शब्द हैं उनके पास, न तर्क, न दृष्टि का वह बालछल काम करने में समर्थ रहा है जिसकी अभिनय-शक्ति से सबको छल लेते थे...केवल निःशब्द सफाई—'माते! क्षमा!...केवल क्षमा! पितृ नंद, तुम्हारा कान्हा दोषी है, अब जो चाहो दोष-दंड दे दो!...'

नंद शरीर कंपन के साथ ही सही पर उठ आए थे, किंतु कृष्ण ने एक भी कदम आगे अपनी ओर उन्हें नहीं बढ़ने दिया। एकदम थमा, फिर झुके हुए चरण छू लिए उनके, "बाबा!..." आगे वह शब्दहीन हो रहे।

फिर उसी तरह मां जसोदा के पैरों में जा झुके..."मइया?..."

और सब शिकायतें ऐसे गुम, जैसे थी ही नहीं। उनकी जगह उभर आए असंख्य आशीषों के सूर्यवत् प्रकाशित वरदान!...'तुम सदा सुखी रहो

वत्स!...तुम्हारा यशोगान सुनकर अनुभव होता है, जैसे हमें ही वह सब प्राप्त हो रहा है?...तुम्हारी हर सफलता, हर चमत्कार, हमारा आत्मगौरव और गरिमानुभूति!...बस, यही सब तो चाहते हैं माता-पिता?...यही उनकी सर्वोपलब्धि!...वह सब हमने पा लिया। संपूर्णतः पा लिया।'

वे गले मिले, आनंदाश्रुओं से नहाए हुए। माता जसोदा की हथेलियां आयु के साथ अब तनिक शुष्क हो गई हैं, पर कृष्ण को लगा था कि उन हथेलियों से अमृतजल बहकर उन्हें नहलाए जा रहा है...एक पल के लिए यह भी लगा कि वह, नंदगांव के कान्हा हो गए हैं...बिल्कुल वही कान्हा, जिन्हें कोमल अंगुलियों से जसोदा भोजन का ग्रास खिलाया करती थीं...

शब्दहीन होकर भी कितना कुछ कह-सुन लिया है उन्होंने?...जसोदा मां ने अनुभव किया फिर कांपते हाथों एक ओर रखी पोटली खोली, सत्तू लाई थीं उसमें, पूछा "खाएगा न तू?"

"यह सब खाकर तो तेरा कान्हा—कृष्ण बन सका है?..." श्री कृष्ण ने उत्तर दिया, फिर जसोदा की कांपती अंगुलियों से सत्तू की पोटली लेकर सत्तू खाने लगे...इतनी जल्दी, इतनी उतावली से, इतना रस लेते हुए कि जसोदा में फिर वही चिढ़ झलक आई, कहा, "धीमे, तनिक धीमे खा!...गले में लग जाएगा यह!...लगता ही नहीं है कि तुझे गोकुल के बाद कहीं ठीक तरह भोजन मिल सका होगा, आज यह देखकर तो विश्वास ही नहीं हो रहा कि तू राजनिवासों में शांति-सुख से खा सका?"

"सच कहती है मइया!...राजनिवास हो या स्वर्ग—माता से न मिल पाया भोजन भला ब्रह्म को भी आनंद दे सकता है?...कभी नहीं!...यही मान ले कि तेरा कान्हा कभी शांति और उस आनंद से किसी स्वर्णथाल में भी भोजनतृप्ति नहीं पा सका जो तेरी हथेलियों में सहेजकर आए इस सत्तू से आज प्राप्त हो रहा है?...इसी भूख ने तो मुझे बुलवा भेजा यहां? यही भूख तो है, जिसे सब कुछ पाकर भी कभी पूर्ण नहीं कर पाऊंगा!"

यशोदा की आंखें भर आईं। मनसुखा लपका हुआ नदी से जल ले आया था। कृष्ण ने उसे हाथों में भरकर ही पिया। डकार ली, फिर बोले,

"अब तेरी गोद में सिर रखकर सोने की इच्छा है। थक तो नहीं जाएगी, माता?"

"न, जल्दी कर!..." जसोदा ने श्री कृष्ण का माथा सहेजा फिर उन्हें हौले से अपनी गोद में लिटा लिया...

किस पल नींद आ गई, ज्ञात ही नहीं हुए। इस वृक्ष की छांह में उतना आनंद मिल रहा है जितना राजमहलों की सुखद शय्या पर। यह छांहवाली शीतलता असंभव न ही माता की गोद-जैसा दुलार, अतीत आनंद और नेह की तरलता से पूर्णस्पर्श...

सांझ तक कई घंटे गोप बंधुओं और गोपियों के बीच बिताकर माता-पिता से प्रेमाश्रुपूर्ण विदा ली...जब लौटे तो लगा था कि शक्ति-मन अपार शक्ति-सामर्थ्य से भर गए हैं। परम आनंदित, परम सुखी, पूर्ण तृप्त!...

समंतपंचक क्षेत्र के कुरुक्षेत्र मार्ग पार करते हुए इंद्रप्रस्थ में महाराज युधिष्ठिर व अन्य पांडव बंधुओं से विदाई लेकर लौट पड़े थे द्वारका! अत्यंत व्यस्त जीवन-क्रम की पल भर पूर्व आनंदमोह से जुड़ी घड़ी अब बिसर गई ...अब है केवल भविष्य-कर्म का विचार, निर्णय और उसकी पूर्णता का महालक्ष्य!

पांडवज्येष्ठ महाराज युधिष्ठिर ने राजसूय यज्ञ की तिथि निर्धारित कर दी है...उस समय श्री कृष्ण को औपचारिक निमंत्रण तो पहुंचेगा ही, पर अनौपचारिक निमंत्रण रूप में यह सूचना पहले दे दी गई है कि उनकी उपस्थिति परमावश्यक होगी!...उसके बिना यज्ञ संपन्न नहीं हो सकेगा! श्री कृष्ण ने निमंत्रण सहर्ष स्वीकार कर लिया।

यज्ञ-काल और वर्तमान समय-काल के बीच बहुत कुछ किया जा सकता है...यही विचार कर चले थे द्वारका, पर जीवन जैसे एक स्थान पर, एक समयावधि से अधिक ठहरने का न तो अवसर देता है, न कर्म-धर्म कृष्ण को उसकी स्वीकृति दे पाते हैं...

द्वारका पहुंचे। रुक्मिणी से अपूर्ण स्नेहानंद मिला...एक-दो दिन ही बीते होंगे कि एक नई समस्या आ खड़ी हुई। कल्पना तो थी, किंतु इतनी शीघ्र यह कल्पना सत्य हो जाएगी—यह नहीं सोचा था।

यादव-गणराज्य की पुनर्स्थापना भर हो जाने से मनुष्य की उन मानवीय दुर्बलताओं की मुक्ति तो हो नहीं जाती जो यादवों में भी मौजूद है। उपनिवेशवादी राजसत्ता हो या गणतंत्र—व्यक्तिवाद मानवीय दुर्बलता है। इससे न गणतंत्र मुक्त होते हैं, न किसी भी तरह की राजसत्ताएं!...

ठीक है कि कृष्ण द्वारकापति कहलाकर भी द्वारकापति नहीं हैं—द्वारिकेंद्र हैं महाराज उग्रसेन! कृष्ण-बलभद्र आदि विभिन्न यादवश्रेष्ठों की भांति राजसभा में मानित-सम्मानित मंत्री या सामंत भर!...

और यह कैसे संभव है कि कोई सामंत—अन्य सभासदों या गणसंघ-श्रेष्ठों से अधिक मान-सम्मान पा जाए?...पा जाए, तब भी क्या उसकी गणसंघीय परिवार दंभ यह स्वीकारने को बाध्य कर पाता है उसे? स्वीकार करवा भी दे तो क्या उसके अस्तित्व को सह पाना संभव है?...

द्वारका के यादवश्रेष्ठों में अनेक की मनःस्थिति भी श्री कृष्ण को लेकर ऐसी ही है!...जिनकी नहीं थी, धीमे-धीमे हुई जा रही है। यह प्रसिद्धि, यश और मान-सम्मान अब प्रतिस्पर्धा नहीं, शत्रुभाव के जन्मदाता बन गए हैं!...

इस शत्रुभाव ने कितने ही यादवश्रेष्ठों के मन में यह विचार जगाया है कि किसी तरह देवकीसुत का वह जनसम्मान कम हो, जनाभा धूमिल पड़े, जनप्रभाव क्षीण हो जाए!...प्रतिहिंसा और प्रतिशोध के इस भाव ने यादवों में ही छल-षड्यंत्रों के बीज बो दिए हैं। कृष्ण इस भाव से अनजाने नहीं, पर यह उनके लिए कल्पनातीत था कि इस सबका विष-विस्फोट इतनी शीघ्र आरंभ हो जाएगा?

संयोग मानें योगायोग या केवल दुर्योग?...

पर यह हुआ है!

उद्धव से सूचना मिली थी, "नंदलाल!...सुना है कि सत्राजित और प्रसेनजित जहां-तहां किसी-न-किसी रूप में आपको छली और यादव वंश का कलंक कहते रहते हैं..."

कृष्ण ने सुना—मुसकुरा भर दिए। उत्तर नहीं दिया।

उद्धव को चिढ़ होती है किसी महत्वपूर्ण सूचना पाकर श्री कृष्ण की इस उपेक्षित प्रतिक्रिया पर! कहा, "तुम यह समझने की चेष्टा क्यों नहीं करते कि ये लोग द्वारका में कुछ-न-कुछ ऐसा घटा सकते हैं जो अकारण ही तुम्हारे और पूज्य रोहिणीसुत के लिए लांछन या कलंक का कारण बन जाए?"

"ऐसा करके भी उन्हें कोई लाभ तो होगा नहीं, उद्धव!" कृष्ण ने उत्तर दे दिया। रुक्मिणी सुन रही थीं। बिलबिलाकर उद्धव ने कहा था, "अब आप ही इन्हें कुछ समझाएं विदर्भसुता!...यह उपेक्षा अपने ही कुलजनों के प्रति बरतना बहुत हितकर नहीं है। सोच नहीं पाता हूं कि इसे कृष्ण-नीति के प्रति दुर्भाव माने या केवल कृष्ण का उपेक्षाभाव?...देवी, अपने ही गृह में षड्यंत्र करनेवाले जातिबंधु, शत्रु से भी कहीं अधिक घातक होते हैं!... पांडव-कौरव कुल में जो कुछ घटित हो रहा है, क्या अब वह किसी से अजाना-अनपहचाना रहा है?"

रुक्मिणी ने एक गहरा श्वास लिया। कृष्ण निश्चिंत भाव से शय्या पर अधलेटे होकर उद्धव की चिढ़ देख-समझ रहे थे।

उद्धव के चेहरे पर झुंझलाहट है। उससे कहीं अधिक पीड़ा!...कृष्ण के साथ रहते-रहते भी कृष्ण को उस तरह कभी नहीं समझ सके हैं, जिस तरह बहुतेक अन्य लोग जानते-पहचानते हैं। कारण एक ही—अक्सर गुणातिरेक से पूर्णसखा के सदा सामीप्य में सहसा उसकी असाधारणता का अनुभव नहीं हो पाता यह भी कि मानवीय योग्यता और क्षमताओं का बाहुल्य कहां अधिक है, कहां कम?...कृष्ण के साथ ने दूसरों की कम और उनकी अधिक क्षमताओं का अनुभव भी कभी नहीं होने दिया!...

पर यह सहजता और समर्पण के साथ-साथ श्रद्धा व स्नेह का सर्वोच्च भाव इस भावानुभूति का अनुभव परम सुखद...कृष्ण को तनिक भी बुरी

नहीं लगतीं उद्धव की बातें बल्कि लगता है कि वह जितने व्यग्र और चिंतित होकर हर छोटी-बड़ी घटना के संदर्भ में सोचने लगते हैं—वही कृष्ण के प्रति उनका संपूर्ण समर्पण और मित्रभाव है!...भला उस व्यक्ति पर चिढ़ और क्रोध क्यों किए जा सकते हैं, जिसे लेकर स्नेह और प्रेम ही मन में न हो? ...अतः यह सब उद्धव भर का नहीं, उन सबका अधिकार है, जो कृष्ण के अपने हैं, उनके प्रति कृष्णमय हैं, कृष्ण जिनका विश्वास हैं और वहीं है आराध्य!...भक्ति की इस शक्ति से परिचित भर नहीं है यादवश्रेष्ठ, इसके प्रति समर्पित भी उतने ही हैं।

बात-बात में संकेत भी दिया था उद्धव ने...प्रसेनजित और सत्राजित यहां-वहां जिस तरह की चर्चाएं करते रहते हैं, वे स्पष्ट संकेत देती हैं कि बलभद्र और वासुदेव की बढ़ती महत्ता ने उन्हें ही नहीं उनके यादव समस्याओं को कुंठित कर दिया है...फिर उनका यह कुंठाभाव बढ़कर किसी विषबेल-जैसा रूप ले सकता है। यह विषबेल कृष्ण-महत्व और उनके सम्मान को चोट पहुंचाते और आहत करते देर नहीं करेगी!

कृष्ण ने शांत कर दिया था उद्धव को। बोले, "यह सब जान चुका हूं और तुम निश्चिंत रहो मित्र, वैसा अवसर नहीं आने दूंगा! आया भी तो तुम्हारी स्नेहशक्ति से सत्राजित और उसके यादव बंधु को अपने दोष का दंड भी झेलना होगा!"

उद्धव प्रसन्न हो गए। चिढ़-आवेश और क्रोध से ही सही—पर श्री कृष्ण ने उनकी सम्मति का मान तो किया—यही उनके लिए परम संतोष और आत्मगौरव का सुखानुभव!...

बाद में रुक्मिणी ने भी यही कुछ कहा था। लगभग उद्धव की ही बात, उद्धव की ही तरह नेह और चिढ़ से भरी हुई थीं।

"क्षमा करें आर्यपुत्र!...देखती हूं कि जनहित में आप असंख्य कठिनाइयों का सामना करते रहते हैं, किंतु क्या कभी स्वयं को लेकर सोचने-विचारने का अवसर भी मिलता है आपको?...या आपके अपने लिए, अपने निज का कुछ महत्व ही नहीं है?"

कृष्ण ने स्नेहपूर्वक स्वर में उत्तर दिया था, "देवी! उसे स्वयं को लेकर चिंतित होने या उसका विचार करने की क्या आवश्यकता, जिसे लेकर तुम और उद्धव जैसे परिजन प्रतिक्षण चिंतामग्न रहते हो? देख रहा हूं कि तुम सबका यह स्नेहार्पण ही मेरी शक्ति है और यही समर्थन मेरी नीतिशक्ति को गतिवान भी बनाता है!"

रुक्मिणी को सहसा सूझा नहीं कि क्या कहें और क्या उत्तर दें? केवल यही बोली थीं, "आपसे तर्कातर्क करना असंभव है, यशोदानंदन!..."

कृष्ण की मुसकान और मीठी होकर रुक्मिणी के मन-मस्तिष्क को चाशनी की तरह भिगो गई...वही स्नेहानुभूति...

वह रात्रि बीती, उसके पश्चात् कुछ और दिन-रात्रियों...बहुत समय बाद, सहसा कुछ समय ऐसा आ जाता था, जब कृष्ण अपने परिवार के साथ-सामीप्य में रह पाते...उन गिने-चुने दिनों में भी दिन रात्रि एक निश्चित नियम में बंधे-संवरे चलते...भोर हुए राजसभा के लिए कृष्ण तैयार होते, दोपहर ढलते भोजन के लिए निवास तक आते फिर संध्या समय समुद्र तट पर चल रही यादव वाणिज्य-क्रियाओं का अवलोकन करते...कभी-कभार उधर न जाकर महाराज उग्रसेन के कक्ष में भी पहुंच जाया करते। अनेक यादव-वंशी श्रेष्ठ राजपुरुषों के साथ महाराज को चौपड़ खेलने में आनंद आता था...उसी दौर में चालों के साथ-साथ नीति-चर्चाएं भी होती जातीं...

ऐसे ही एक दिन की बात है। दोपहर भोजनादि के पश्चात् राजनिवास में महाराज उग्रसेन द्वारा कृष्ण को चौपड़ खेलने का आमंत्रण मिला...

पांसे फेंकते-फेंकते अनायास ही श्री कृष्ण पूछ बैठे थे, "दैव, सत्राजित नहीं दीखते सभा में? इन दिनों कहां व्यस्त हैं वह?"

महाराज ने बतलाया था, "सूर्योपासना का क्रम चल रहा है उनका!..."

"ओह्!..." कृष्ण ने जैसे अनायास स्मरण हो आने का अभिनय-सा किया, "हां-हां, मैं यह तो विस्मृत ही कर बैठा था कि यादवकुलवंशी सत्राजित और उनके बंधु प्रसेनजित दोनों ही भगवान सूर्य के परम भक्त

हैं!...पर सूर्योपासना के दिन तो पूर्ण हो रहे हैं राजन्? अब तो कृष्णपक्ष का समय समीप है?..."

शब्द पूरे हों, उसी समय सेवक ने आकर समाचार दिया था, "महाराज की जय हो!..." उग्रसेन ने झुर्रियों भरा चेहरा ऊपर उठाया, जैसे प्रश्न किया हो, "समाचार बोलो, सेवक?"

सेवक ने सूचना दी, "आपके दर्शनार्थ भगवान सूर्य स्वयं ही चले आ रहे हैं प्रभु! उसके स्वर से लेकर शरीर तक रोमांच ही रोमांच बिखरा हुआ था! कृष्ण ने भी चकित भाव से उसे देखा, फिर अनचाहे ही होठों पर रहस्यमय मुसकान बिखर आई...लगा कि किसी असामान्य शक्ति से वह दूर तक देख सके हैं—समाचार का सत्य!..."

उग्रसेन व्यग्र, उससे कहीं अधिक उत्तेजित, "स्वयं भगवान सूर्य?...मुझ अकिंचन के पास? तुम कहीं भूल तो नहीं कर रहे हो, राजसेवक?"

सेवक उत्तर दे, इसके पूर्व ही कृष्ण बोल पड़े थे, "इसका तनिक भी दोष नहीं है राजन्! उनका भी नहीं, जो सहसा इस सत्य को समझ नहीं पाए हैं। मैं अनुभव कर सकता हूं कि राजनिवास में बिखरता जा रहा यह दिव्य सूर्य-प्रकाश भगवान सूर्य की उग्र तेजस्विता का नहीं, केवल उस अपूर्व कृपाशीष भर का प्रभाव है, जिसे सूर्यभक्त सत्राजित ने भगवान की कृपा से प्राप्त कर लिया है।"

"कैसा कृपाशीष देवकीपुत्र?" उग्रसेन और अधिक चकित हुए।

"राजनिवास के उस गलिआरे की ओर देखिए, महाराज...उधर, जिधर से तेजस्वी सूर्यप्रकाश साक्षात् इसी ओर बढ़ता चला आ रहा है..."

राजा की वृद्धायु-दृष्टि ने देखा। आंखें चौंधिया गईं। कृष्ण उसी तरह पांसों को दोनों हथेलियों में रगड़ते हुए कहा, "चौंकिए मत, राजन्!...ये भगवान सूर्यदेव नहीं, केवल उनके कृपाशीष से सत्राजित को प्राप्त हुए उस मणि का प्रकाश है, जिसे उसने सूर्याराधना के परिणामस्वरूप भगवान सूर्य से ग्रहण कर लिया है!...वही मणि धारण किए हुए वीर सत्राजित आपके दर्शनार्थ चले आ रहे हैं। सूर्यकृपा प्राप्ति पर उन्हें आशीर्वचन देकर सुखी करें!" कृष्ण ने पांसे फेंक दिए।

उग्रसेन स्तब्ध थे। न दृष्टि पांसों पर, न ही चौपड़ में उनकी कोई रुचि शेष रही है। विस्मित आंखें उस तेज भर का दर्शन कर रही हैं जिसे उनके यादव सभासद ने सूर्यकृपा से प्राप्त कर लिया है।

सत्राजित गर्वोचित चाल में बढ़े आ रहे हैं...जैसे-जैसे आगे आ रहे हैं, वैसे-वैसे वह प्रकाश राजमहल के हर भाग को असामान्य कौंधभरी चमक से नहलाता हुआ...उत्सुक दास-दासियां, राजनिवास के अनेक सेवक-प्रहरी एवं यादवराज महिलाएं आश्चर्यचकित और आभासित सूर्यतेज में गुम सत्राजित के बढ़ते हर चरण के साथ उस मणिप्रकाश की यात्रा देखती हुईं...शरीर सनसनी से भरे हुए, पर कृष्ण बिल्कुल अप्रभावित!

सत्राजित का तो चेहरा ही छिप गया है इस प्रकाश में! केवल उसके वक्ष पर चमकते वस्त्राभूषण दीख रहे हैं, सो भी प्रकाश के कारण अपूर्व आभा से आभासित!...सब दर्शक स्तब्ध, शब्दहीन और विस्मृत।

सत्राजित पास आ खड़े हुए। गरिमामय दंभ के साथ श्री कृष्ण को देखा, फिर राजा को प्रणाम किया, कहा, "यादवराज उग्रसेन के आशीष से मुझे सूर्य भगवान ने प्रसन्न होकर यह दिव्य मणि प्रदान की है। यह मणि धन-धान्य से पूर्ण करनेवाली और मन-आत्म को शांति देने के साथ-साथ चमत्कारिक और अलौकिक प्रभाव करनेवाली भी है!"

श्री कृष्ण ने मणि-प्रभाव से आभासित सत्राजित का गर्वपूर्ण चेहरा देखा, फिर मंद-मंद मुसकुरा पड़े। कृष्ण की इस रहस्यमय मुसकान ने सत्राजित को तनिक चिढ़ से भर दिया, वह कहे जा रहा था, "हे यादवपूज्य! ...अनेक यादववंशी श्रेष्ठों से अनेक प्रकार के यादवों को इस पृथ्वी पर मान-सम्मान दिलाया है। यह सब ईश्वरकृपा और विधि-विधान से ही संभव हुआ। उसी भांति मैंने भी द्वारका में यह मणि लाकर यादवों की प्रतिष्ठा-वृद्धि की है। अब आपके आशीष प्राप्ति की इच्छा से ही यहां आया हूं।"

"शुभम् सत्राजित!..." राजा ने सरल स्वर में कह दिया, "यादव गणसंघ को तुम पर सदा ही गर्व रहेगा, तुम्हारी कीर्ति भी सभी यादवों की तरह इस आर्यावर्त में स्मरणीय बनी रहेगी!"

"आभार राजन्!..." सत्राजित ने झुककर राजा को प्रणाम किया और वापस हो लिया। उसकी वापसी के समय श्री कृष्ण ने लक्ष्य किया था कि उसका चलना और बोलना सभी कुछ केवल वसुदेव सुतों को अपमानित करने भर की दृष्टि से था अथवा उसका लक्ष्य था कि उसकी योग्यता को भी उनके समकक्ष स्वीकार लिया जाए।

कृष्ण-मन आहत हुआ। यादव गणसंघ के प्रमुखों में इस तरह की स्पर्धा उचित नहीं, अशुभकर भी हो सकती है। इसी दृष्टि से चौपड़ के बाद राजनिवास से उठकर वह सीधे सत्राजित के निवास पर जा पहुंचे थे। तरह-तरह उनकी प्रशंसा की, फिर मीठे स्वर में कहा था, "हे यादववीर!... आप सूर्योपासना कर निस्संदेह ही द्वारका के लिए गौरव का कारण बने हैं। यह गौरव अतीत प्रशंसनीय और सदा सर्वदा चर्चित भी रहेगा यदि तुम इस अपूर्व और कांतिमय स्यमंतक मणि* को अपने महाराज उग्रसेन को प्रदान कर दो!...इस तरह द्वारका तो समृद्ध होगी ही, यादव सभासदों की गणसंघ-प्रतिष्ठा व निष्ठा भी समग्र आर्यावर्त में चर्चित हो जाएगी!..."

---

* स्यमंतक मणि—श्रीमद्भागवत पुराण (दशम स्कन्द) के अनुसार इस मणि के वैशिष्ट्य को लेकर अनेक चमत्कृत करनेवाली बातें कही गई हैं। पुराण के अनुसार, 'यह मणि प्रतिदिन चार मन सोना उगलती थी तथा जिस दिशा में यह पूजित मणि रहती थी, वहां दुर्भिक्ष नहीं पड़ता था, चिंता नहीं व्यापती थी और न ही नर-नारियों पर मायाधारियों की माया चल पाती थी—

उपरोक्त प्रतीकात्मक कथन किस सीमा तक वैज्ञानिक अथवा चमत्कारिक शक्ति से पूर्ण है, इस विवाद में जाए बिना यह स्वीकार किया जा सकता है कि यह मणि निश्चित ही अमूल्य और बहुगुण प्राकृतिक प्रभावों की जनक अवश्य रही होगी।

'महाभारत' के मौसल पर्व में भी इसकी चर्चा आई है, हालांकि इसके प्रभाव को लेकर उसमें अधिक नहीं लिखा गया। वेदव्यास के अनुसार स्यमंतक मणि यादव कुल में आगे हुए संघर्ष का कारण अवश्य बनी। इसे लेकर यादवों में जो हत्याएं-प्रतिहत्याएं हुईं तथा कृष्ण-प्रतिक्रिया भी हुई, इसका वर्णन भी किया गया है। मौसल पर्व में वर्णित है—'सात्यकि ने स्यमंतक मणि का उल्लेख करके बतला दिया कि कृतवर्मा और अंकुर द्वारा किस प्रकार महाराज सत्राजित का विनाश हुआ था। सत्राजित-पुत्री सत्यभामा यह सब सुनकर श्री कृष्ण की गोद में मूर्च्छित होकर गिर पड़ी और फिर उनका क्रोध बढ़ाने लगी।'

स्यमंतक मणि को लेकर यादवों में हुए कलह से कृष्ण भी प्रभावित हुए थे। इसी अंश में (महाभारत) वर्णित है कि क्रोधोन्मत्त श्री कृष्ण ने सत्यभामा के शब्द सुनकर कहा कि वह शपथ लेकर कहते हैं कि कृतवर्मा का, (जो द्रौपदी के पांच पुत्रों का भी वधिक था) केवल अंत कर देंगे, अपितु उसकी कीर्ति भी समाप्त कर देंगे! (मौसल पर्व, तृतीय अध्याय, श्लोक-क्रम—21 से 28 के बीच)।

पास खड़े हुए थे सत्राजित के छोटे भ्राता प्रसेनजित!...कांतिमय मणि की प्राप्ति ने एक ओर दोनों ही भाइयों को गर्वोंमत्त बना दिया था, दूसरी ओर धन-मोह में भी उलझा दिया था। बहुमूल्य मणि के कारण वे सभी सभासदों में सर्वाधिक धनाढ्य और कीर्ति यश वाले स्वीकारे जाते थे अतः राजहित का विचार न कर वे पूर्णतः निजत्व-मोह के वश हो गए। सत्राजित ने व्यंग्यपूर्वक उत्तर दिया था, "कृष्ण, तुम हमें भी क्या मूर्ख समझते हो!...छल-कपट से पूर्ण नीति से तरह-तरह आर्यावर्त में मान-सम्मान का अर्जन करके अब तुम हमें इस तरह बहलाने आए हो कि हम यह मणि वृद्ध राजा उग्रसेन को देकर अपने गौरव-मान में कमी कर लें?...यह कभी नहीं होगा!"

कृष्ण कुछ और कहें या समझाएं, इसके पूर्व ही उनसे कहीं अधिक उग्र स्वर में प्रसेनजित ने दंभोक्ति की, "वासुदेव!...यह मणिमय धन अब केवल हमारे कुलवंश की ही उपलब्धि है। इस पर राज्यसत्ता का अब कोई अधिकार नहीं। हम इसे यादवेंद्र उग्रसेन को कभी नहीं देंगे!..."

"किंतु तुम भूलते हो यादवश्रेष्ठ!..." कृष्ण ने उन दोनों को समझाने की अंतिम चेष्टा की, "यादव गणसंघ, तुम्हारा भी उतना ही है जितना मेरा या अन्य किसी साधारण यादववीर का! अतः जो धन किसी व्यक्ति या परिवार के लिए अतिरिक्त हो जाए, वह राजकोष में दे देना ही धर्म होता है।"

"धर्माधर्म की व्याख्या हम तुमसे अधिक समझते हैं कुटिल कृष्ण!..." सत्राजित ने तनिक बौखलाकर कह दिया था, "अब तुम जा सकते हो। सम्मति के लिए धन्यवाद!..." फिर वह वहीं नहीं थमा, उसने कृष्ण को खुले द्वार से निकल जाने को संकेत भी कर दिया।

कृष्ण ने गहरा श्वास लिया, बुदबुदाए, "तुम माया के वश में होकर अपना शुभाशुभ नहीं सोच-समझ सके हो सत्राजित। अतः तुम लोगों पर दया ही की जा सकती है!" फिर वह चले गए।

मणि के रूप में अपूर्व धन-प्राप्ति ने सत्राजित और प्रसेनजित—दोनों ही यादवों को मदांध कर दिया। इसी मदांधतावश सत्राजित ने अपने भाई प्रसेनजित को वह मणि देकर कहा, "बंधु!...तुम इसे धारण कर जब द्वारका नगर-क्षेत्र में विचरण करोगे तो गौरव और समृद्धि का यशवर्णन और दूर-दूरंत बिखर जाएगा। हमें श्रेष्ठ यादवों में स्वीकारा जाएगा! वसुदेव-पुत्र बलभद्र और कृष्ण की कांति भी धूमिल हो जाएगी!...सूर्य कृपा से हमें यह शुभावसर मिला है, अतः तुम इसे गले में धारण कर लो!"

"जो आज्ञा, अग्रज!" कहकर प्रसेनजित ने एक बहुमूल्य स्वर्ण-कड़ी में उस मणि को जड़ा तथा अपने गले में डाल लिया। फिर वह द्वारका के जनपथ और राजपथ से गौरवपूर्वक घूमता मित्रों से घिरा उत्साहवश वनक्षेत्र की ओर निकल गया! आज उसकी मन-शक्ति में विचित्र-सा उल्लास और आनंद अनुभव करने के साथ-साथ गर्व भी भरा हुआ था।

सांझ ढल आई थी...प्रसेनजित ने वन्य जंतुओं का शिकार करने की दृष्टि से अंधेरे के बावजूद निरंतर वन-यात्रा जारी रखी। अब वह नगर-भाग से दूर एक ऐसे हिस्से में निकल आया था, जहां हिंस्र सिंहों का निवास था. ..जैसे ही अंधकार में उनकी दहाड़े गूंजीं, वैसे ही प्रसेनजित के साथी भाग खड़े हुए जबकि वह गर्वोक्ति और शक्तिमद से चूर होकर निरंतर आगे बढ़ता ही गया! उसका विचार था कि मणि प्रकाश के कारण संभवतः हिंस्र बाघ भी सहमकर एक ओर हो जाएंगे, पर हुआ इसके विपरीत!...

एक विशालकाय सिंह ने जब मणि को निरंतर अपनी ओर बढ़ते देखा तो वह यह जानकर कि कोई अग्निपिंड उसकी ओर चला आ रहा है, मृत्युकाल सन्निकट समझकर स्वयं को उस बलिज्वाला में झोंक देने के लिए आमादा हो गया। परिणामतः पहले ही झपट्टे में उसने घोड़े पर सवार प्रसेनजित को तो धरती पर गिराकर फाड़ ही डाला, साथ ही मणि को भी अपने गले में लटका लिया।

थोड़ी देर वहीं बैठा हुआ वह पशु प्रसेनजित का मांसभक्षण करता रहा और जब प्रसेन यादव के शरीर पर हड्डियों के अतिरिक्त कुछ नहीं बचा तब एक डकार लेकर अलसायी चाल से अपनी गुफा की ओर बढ़ गया।

मणि गले में अटकी हुई थी और उसका दिव्य प्रकाश केवल उसके शरीर को ही प्रकाशित नहीं कर रहा था अपितु गुफा का अंधकारपूर्ण क्षेत्र भी उसके कारण जगमगा उठा था...

सिंह-गुफा के समीप ही था रक्षवान् जाम्बवंत* का निवास!...दुस्सह और अजेय शक्ति स्वामी जाम्बवंत का प्रभाव समग्र वनक्षेत्र ही नहीं, उससे भी आगे तक बिखरा हुआ था। वह महावीर रक्षों के एक बड़े समूह का स्वामी तथा आदर्श राजा माना जाता था। न तो उसे यह भाता था कि वह वनक्षेत्र में पहुंचकर किसी अन्य वनजाति और उसके राज्य पर आक्रमण करे या उसे दास बनाए और न ही उसे यह स्वीकार था कि रक्षों की स्वतंत्र सत्ता को कोई भी नगरवासी आर्यवीर, जाति या अन्य वनवासी अधिकार करने की चेष्टा करें!

वन्य-जीवों के बीच प्रतिपल सशंक और सावधान रहनेवाले रक्षसमूह ने जैसे ही हिंस्र सिंह की दहाड़ सुनी थी, वैसे ही सावधान होकर और अपने पारंपरिक अस्त्रास्त्रों से सज्जित होकर राजा के निवास पर जा पहुंचे। रक्षवान् जाम्बवंत पहले ही बाहर निकल आए थे।

किस ओर से आया स्वर?...यह स्वर-स्वर में व्यक्त आक्रोश और हिंसात्मक ध्वनि भी भलीभांति जानते हैं वे सब। समझ गए थे कि वनपशु ने किसी को या तो अपना आहार बनाया है, अथवा आहार बनाने को है

---

* जाम्बवान्—ऋक्षपति जाम्बवान् का वर्णन 'रामायण' के पश्चात् 'महाभारत; में भी आया है और 'श्री मद्भागवत पुराण' में भी। संभवतः हर काल और युग में जाम्बवान का मूलनाम कुछ और ही रहा होगा, किंतु रक्षो (यानी रीछों जैसी) किसी वनवासी जाति में जन्मे और उसका मुखिया बनने के बाद उन्हें रक्षराज जाम्बवान् ही संबोधित किया गया। श्री कृष्ण ने जाम्बवान की पुत्री जाम्बवती को अपनी पत्नी स्वीकार कर वन वासियों-गिरिजनों से तत्कालीन नगर-संस्कृति को न सिर्फ ज़ोड़ा बल्कि राष्ट्रीय एकात्मता की दृष्टि से जाति-पांति, आड़े-पिछड़े के भेदभाव को भी अस्तित्वहीन सिद्ध किया। स्यमंतक मणि की कथा इस कारण भी महत्वपूर्ण है क्योंकि श्री कृष्ण की सात रानियों में से दो—सत्राजित पुत्री सत्यभामा और जाम्बवान की पुत्री जाम्बवती—दोनों का ही अनेक पौराणिक ग्रंथों में महत्व के साथ वर्णन आया है। द्वारका के यादव वंश में इन रानियों के पुत्रों की भी बहुत चर्चा मिलती है।

...दिशाज्ञान की भी अद्भुत प्राकृतिक देन थी उनके पास। तुरंत ही लपक पड़े थे उस ओर...

वह-क्षेत्र का हर दुर्गम पथ, पर उनका जाना-पहचाना, हर जीव-जंतु की गतिविधि भी उसी तरह उनकी परिचित। उसका सामना करने की कला में भी वे पारंगत!...भयमुक्त रक्षों का समूह जहां-तहां बिखरा हुआ उस सिंह की तलाश में चारों ओर से बढ़ चला। कुछ ही पल बाद वे सब सिंह की कंदरा के समीप थे...

कंदरा की ओर दृष्टि गई तो सब चकित हुए, उससे कहीं अधिक हतप्रभ!...इतना प्रकाश? क्या उस अंधी सिंह-कंदरा में आग लग गई है? ...पर ज्वालाओं जैसी ज्योतियों की कम-बढ़त उसमें नहीं थी। सिद्ध था कि वह न तो अग्नि-प्रकाश है, न दावानल की ज्वालाओं का प्रकोप! कुल मिलाकर यही लगा था जैसे कोई अद्भुत चीज उस कंदरा में किसी कारण जा पहुंची है या प्रकट हो गई है, जिसने सिंह की कंदरा को ही नहीं, अलसाए बैठे हुए सिंह को भी प्रकाशित कर रखा है।

पर वह वस्तु कंदरा में प्रकट न ही हुई, न ही प्रकृति की देन है!... प्रमाणित किया उस मानव के ताजा नरकंकाल ने जो गुफाद्वार के समीप ही एक ओर पड़ा हुआ था...जहां-तहां मांस के लोथड़े और उनकी दुर्गंध!... वस्त्रों की चिंदियां सिद्ध कर रही हैं कि सिंह का आहार बने उस मनुष्य का किसी राजकुल या धनाढ्य परिवार से गहन संबंध था!...सोने के कड़े, बहुमूल्य रत्नजड़ित खंग और अन्य अस्त्रास्त्र भी जहां-तहां बिखरे हुए।

महाबली रक्षवान् ने समूची स्थिति पल भर में ही समझ ली। निश्चय ही विशाल सिंह का आहार बन गया था वह मनुष्य!...जाम्बवंत इस विचारमात्र से सशंक हो उठे। जानते हैं कि एक बार सिंह या ऐसे ही किसी वन्यप्राणी को मनुष्याहार की लत पड़ जाए तब वह वनवासी या नगरवासी का भेद न कर केवल मनुष्य मात्र को खोजने लगता है...और वही उसका रुचिकर आहार बन जाता!...

अतः इस सिंह का वध आवश्यक!...

पल भर में निर्णय ले लिया था रक्षराज ने! फिर निर्णय क्रियांवित भी कर डाला! इसके पूर्व कि हिंस्र बाघ चैतन्य हो सके—संपूर्ण शक्ति से महाशक्तिवान् जाम्बवंत ने उस पर आक्रमण किया। सिंह ने दहाड़ मारी और लपके इसके पहले ही जाम्बवंत का वज्रशक्ति से चला भाला उसके मुंह में प्रवेश कर अंतड़ियों तक को भेद गया!...एक भयावह चिंघाड़ उभरी, फिर सिंह गुफाद्वार पर ही गिरकर छटपटाने लगा। तभी जाम्बवंत ने आगे बढ़कर उस पर तीव्र खंग से अनेक प्रहार कर डाले!...कुछ ही समय में सिंह का शरीर निष्प्राण हो गया!...पर मणि अब भी उसके गले में कौंधती हुई... उसका प्रकाश दूर-दूर तक बिखरा हुआ!...जाम्बवंत मृत पर झुके, जहां-तहां से उसके गले को टटोला...लगा कि कोई चीज उसके गले में अड़ी हुई है। उसी स्थान से ज्योतिपुंज ठीक सूर्य की तीव्र प्रकाश किरण जैसा कौंधता हुआ!...आश्चर्यचकित होकर उत्सुकता में उन्होंने उसका शरीर फाड़ डालने की आज्ञा रक्ष सैनिकों को दी!

सैनिकों ने तुरंत आज्ञापालन किया। कुछ ही देर में सिंह के मृत शरीर से मणि बाहर निकल आई। सभी उसे आश्चर्य से देखते रहे, फिर जाम्बवंत ने अगली आज्ञा दी, "चलो!..." वे सब चल पड़े। मणि का दिव्य प्रकाश उन सभी को विस्मित और आनंदित किए हुए था...किंतु उसके मूल्य आदि में उन्हें कोई रुचि नहीं, न ही किसी भांति का कोई मोह!...प्रकाशित मणि को उत्सुकतावश उठाकर ऋक्षराज अपने निवास पर ले गए...उनके पुत्र और उसके समवयस्क बालक-बालिकाओं ने उस प्रकाशित मणि से खेलने में रुचि दिखाई, अतः जाम्बवंत ने उसे अपने बालक को सौंप दिया।

स्यमंतक मणि, जिसे लेकर द्वारका के अनेक यादवों में अपूर्व मोह-माया जागी थी, अब वह उन वनवासियों के लिए मात्र मनोरंजन की वस्तु बनी हुई थी।

सत्राजित तक भागकर पहुंचे प्रसेनजित के साथियों ने हांफते हुए सब कुछ सुनाया शब्दशः...! यह भी कि किस तरह प्रसेनजित उस मणि को धारण

किए हुए गर्वोन्मत्त होकर नगर के हर पथ-मार्ग पर घूमते हुए वन की ओर गए थे...फिर किस तरह सहसा एक सिंह की दहाड़ आई थी और किस तरह भयभीत होकर वे सब जहां-तहां भाग निकले थे...सुनाने में अतिरेक किया था तो मात्र इतना कि भागनेवालों में यादववीर प्रसेनजित भी शामिल थे, किंतु जंगल में ही न जाने कहां भटक गए?

सारी रात्रि, सब उनकी प्रतीक्षा करते रहे...सबको लग रहा था कि वह आ पहुंचेंगे, पर लौटा केवल उनका घोड़ा...सो भी आहत!...काठी खाली थी उसकी!...सत्राजित असंख्य शंकाओं से भर उठे। कहीं भागता हुआ छोटा भाई, जंगल से बचकर किसी ऐसे स्थान पर तो नहीं जा पहुंचा, जहां कृष्ण मिल गए हों?...और कृष्ण वह मणि चाहते थे!...मणिलोभ में उन्होंने प्रसेन का वध ही कर डाला हो?...

शंका व्यक्त भी की थी उन्होंने पर इस शंका से सहसा सहमत होते हुए भी सहमति व्यक्त कोई नहीं हो पा रहा था! यदि सत्राजित का यह कथन सिद्ध है कि कृष्ण ने मणि चाही थी, तब यह भी संभव है कि उन्होंने ही प्रसेनजित को मार डाला हो!...

पल भर में यह बात नगर-क्षेत्र में बिखर गई! शोकाकुल सत्राजित ने अपने साथियों सहित यहां-वहां प्रसेनजित की खोज करवाई, किंतु वह कहीं नहीं मिला। आशंका संदेह तक बदलती हुई धीमे-धीमे विश्वास बन गई। सत्राजित ने निश्चय कर लिया कि श्री कृष्ण के इस कुकृत्य पर न्याय हेतु राजसभा में भी गुहार लगाएंगे!...यही किया।

महाराज उग्रसेन ने सभा में शांतिपूर्वक वह सब सुना, जो प्रसेनजित की हत्या को लेकर श्री कृष्ण पर आरोपित किया जा रहा था...भव्य सिंहासन के दाएं-बाएं गणसंघ-क्षेत्रों के विभिन्न भोज, अंधक और वृष्णिवंशी यादव सभासद बैठे थे। उन्हीं में श्री कृष्ण...

भाई की हत्या हो जाने के कारण उत्तेजित सत्राजित की वाणी भर्राई हुई थी, फिर श्री कृष्ण से भयभीत भी था वह बोला, "महाराज!...कृष्ण ने द्वारका ही नहीं, संपूर्ण आर्यावर्त के लिए बहुत कुछ शुभ किया है किंतु उस मणि प्राप्ति के लिए निर्दोष प्रसेनजित की हत्या करके हम सभी को दुख भी

बहुत पहुंचाया है और अपरोक्ष रूप से हमें असम्मानित भी कर दिया है। ऐसी स्थिति में मेरी प्रार्थना है कि अपराधी वासुदेव को राज्य न्यायानुसार दंडित और लांछित किया जाना चाहिए!..."

सभासदों ने सुना। सहसा विश्वास नहीं कर पा रहे हैं कि मोहमुक्त कृष्ण मणि के प्रति अनुरक्त हुए होंगे?...पर अविश्वास भी कैसे करें? आरोप सुनाते समय सत्राजित ने यह भी तो स्पष्ट कर दिया था कि कृष्ण वह मणि लेना चाहते थे और इसके लिए उन्होंने दोनों भाइयों से प्रार्थना भी की थी। शतधन्वा, अक्रूर, व्रसुहोम, स्वयं कृष्ण के पिता वसुदेव और अग्रज बलभद्र की दृष्टियां भी शंकित भाव से कृष्ण की ओर उठ गई थीं...हर दृष्टि एक कुरेदने जैसी–ऐसे, जैसे अंतरभेद कर भी सब कुछ जान लेना चाहती हो?...क्या सचमुच ऐसा ही हुआ है कृष्ण?...

और कृष्ण चुप!...एक ओर बैठे थे उद्धव। सभासद हैं, पर दूसरी कोटि के। जी हुआ था कि कह दें–'असत्य है यह!...कृष्ण पर इस तरह के आरोप का स्पष्ट संदर्भ है यादवों में परस्पर जन्मा कलह भाव!...कृष्ण के लिए समर्पण से अधिक मूल्यवान और महत्वपूर्ण कुछ भी नहीं! जिस पर यह तो एक तुच्छ माया-मणि का आरोप भर है?...समग्र के लिए समर्पित कान्हा निजात की ऐसी लघुता में कैसे बांधे जा सकते हैं?...झूठ!...सब कुछ झूठ है!...'

पर नहीं! वह सब यह कह नहीं सकेंगे। राजसभा के नियमों में ऐसी अमर्यादित स्थिति नहीं चल सकती। जो कुछ कहना होगास्वयं कृष्ण कहेंगे। उन्हें कहना भी चाहिए...पर वह हैं कि अब तक चुप...

बलभद्र को असह्य हो गया आरोपरूपी यह कलंक!...कहा था, "क्या तुम कुछ भी नहीं कहोगे, अनुज कृष्ण?...बतलाओ कि सत्य क्या है? क्या यह सब सत्राजित का दुष्टतापूर्ण अनुमान भर नहीं है?"

कृष्ण उठे, विनम्रता से महाराज उग्रसेन को प्रणाम किया, फिर सफाई के तौर पर कुछ न कहकर केवल निवेदन कर दिया था, "...महाराज भली प्रकार जानते हैं कि इसमें सत्य क्या हो सकता है और असत्य कितना है?..."

उग्रसेन दुविधाग्रस्त!...क्या कहें और क्या निर्णय दें?...श्री कृष्ण को लेकर जो कलंक लगाया गया है—वह तनिक भी विश्वसनीय नहीं, किंतु कलंक लगानेवाला कोई साधारण व्यक्ति नहीं, यादवश्रेष्ठ राजसभासद ही है। उनका अपना ही वंशज! यादवों का अशुभ उसके लिए भी अकल्पनीय! सहसा उग्रसेन तय नहीं कर पा रहे हैं...

बलभद्र को अच्छा नहीं लगा था कृष्ण का उत्तर। यों भी उनका स्वभाव नहीं है, गोलमोल बातें सुनने या कहने का!...तनिक तिलमिलाकर उठ खड़े हुए, "कान्हा!...तुम्हें स्पष्ट उत्तर देना होगा कि सत्राजित का आरोप सत्य है अथवा असत्य?..."

"भइया!..." कृष्ण अकुलाकर बोले थे, "आरोप सिद्ध हुए बिना सत्यासत्य निश्चित नहीं हो जाते, अतः इस समय मैं केवल यही कह सकता हूं कि मैं निर्दोष हूं।"

"तुमने मणि मांगी थी या नहीं?" इस बार वसुदेव का स्वर कौंधा।

"यह सत्य है!" श्री कृष्ण ने उत्तर दे दिया।

"तब क्या यह संभव नहीं कि उस मणि को न पाकर तुमने क्रोधवश प्रसेनजित का वध कर डाला हो?" बलभद्र ने चिढ़ से कहीं अधिक क्रोध में भरकर कह डाला।

"सामान्य बुद्धि व्यक्ति के लिए ऐसे विचारना सहज है, किंतु सत्य केवल वही नहीं होता जो किसी विशेष परिस्थिति के कारण दीख रहा हो. ..सत्य वह भी होता है जो व्यक्त भी नहीं किया जाता और सहसा दृष्टि अथवा विचार में भी नहीं आता!" कृष्ण ने सफाई दी।

वृद्ध यादवराज ने हर शब्द सुना निस्संदेह श्री कृष्ण निर्दोष ही हैं...किंतु इस न्यायवेला में सामने आ खड़ी हुई दुविधा का क्या करें?...

"हमें आपके निर्णय की प्रतीक्षा है, राजन!" सत्राजित ने सारी स्थिति अपने अनुकूल पाकर दबाव और बढ़ा दिया।

श्री कृष्ण समझ चुके थे कि शंकाग्रस्त यादव सभासद दुविधा में ही सही, किंतु एक जैसी ही मानसिकता में जी रहे हैं...पल भर में निर्णय लिया था उन्होंने। उठे और गंभीर स्वर में कहा, "प्रसेनजित की हत्या का आरोप

अनुचित ही नहीं, अधर्मपूर्ण भी है!...अतः मैं वृष्णिवंशी वसुदेव पुत्र श्री कृष्ण इस सभा में प्रतिज्ञा करता हूं कि जब तक स्वयं को निर्दोष सिद्ध नहीं कर देता, इस सभा तो दूर द्वार के नगर-क्षेत्र तक में पांव नहीं रखूंगा!...''

कृष्ण का यह उद्‌घोष सभाकक्ष में इस तरह गूंज उठा था कि वे सब भयग्रस्त होकर दहल गए! क्रोधपूर्ण स्वर के बावजूद श्री कृष्ण के मुख पर तेजस्विता और दृष्टि में वही चमक मौजूद थी। उत्तेजना की कोई भी किरन उनके मुख पर नहीं चमकी, इसके विपरीत दृढ़ निश्चय अवश्य ही झलकने लगा।

अनेक सभासदों का मन हुआ था कि श्री कृष्ण को रोकें। शब्द पूरे करते ही वे सभा से उठकर महाराज उग्रसेन को प्रणाम करते हुए चल पड़े ...स्थिति ऐसी जटिल थी कि कोई चाहकर भी, कुछ नहीं बोल सका।

श्री कृष्ण सभाद्वार से बाहर निकल गए। पीछे-पीछे उद्धव, वसुहोम व उनके अन्य अनुयायी...सभा विचित्र-से सन्नाटे से भर गई...फिर महाराज उग्रसेन ने अधिक देर तक सभा कार्य आगे चलाया नहीं। मन उनका भी खिन्न हो गया था। कहा, ''...यादव श्रेष्ठ, वीर कृष्ण पर लगे आरोप के पश्चात् अब मैं इस मनःस्थिति में नहीं रहा हूं कि अन्य किसी विषय पर विचार कर सकूं...अतः आप सभी लोग विश्राम करें! आज के लिए सभा विसर्जित की जाती है।''

बलराम को पछतावा हुआ था। श्री कृष्ण कूटनीति का कितना ही बड़ा चक्र क्यों न चलाते रहे हों, किंतु अपने पूज्यों के समक्ष असत्य भाषण कभी नहीं कर सकते! किंतु उस क्षण उत्तेजना में न जाने क्या हुआ था बलभद्र को? सब बिसरा बैठे...! यहां तक कि दुखी मन कृष्ण को उस समय भी नहीं रोका, जब वह सभा से प्रस्थान कर रहे थे...

मन में एक पीड़ा धारा—जैसे ज्वलनशील लावा होकर जलने लगी... लपके हुए कृष्णनिवास तक गए, पर प्रहरियों से ज्ञात हो गया था कि कृष्ण, अपने निवास की ओर आए ही नहीं हैं!...

तब कहां गए होंगे?

बलभद्र को शब्द स्मरण हो आए हैं उनके। क्षुब्ध होकर ही उन्होंने उतनी बड़ी प्रतिज्ञा कर डाली थी और संभवतः यही कारण है कि कान्हा ने सभा से ही द्वारका का परित्याग कर दिया। जहां-तहां, अनेक स्थानों पर खोजा गया उन्हें—पर केवल इतना ही ज्ञात कर सकते थे कि श्री कृष्ण नगरकोट से बाहर कहीं चले गए...कहां, किधर, किस दिशा में—किसी को कुछ भी ज्ञात नहीं!

लौट आए थे बलराम! मन कष्ट और पश्चाताप से भरा हुआ। हृदय विदीर्ण!...कृष्ण को अकारण ही बहुत कुछ कह बैठे, जबकि अच्छी तरह जानते-मानते हैं—श्री कृष्ण अपने बड़े भाई से असत्य-संभाषण तो दूर तर्कातर्क भी नहीं कर सकते!...ऐसे अनुशासनप्रिय और स्नेहिल लघुभ्राता के साथ इतना बड़ा अन्याय कैसे कर बैठे हलधर?...न चाहते हुए भी उनकी आंखें भर आईं थीं। कुछ समय बाद जब पिता वसुदेव आए, तब भी यही मनःस्थिति रही थी बलराम की। वसुदेव धैर्य की साक्षात् प्रतिमूर्ति हैं। उन्हीं ने धीरज बंधाया, बोले, "व्यग्र मत हो पुत्र!...कृष्ण शीघ्र ही स्वयं को निष्कलंक सिद्ध कर देंगे!...वह विलक्षण आत्मशक्ति से पूर्णभर नहीं, आश्चर्यजनक आत्मबल के स्वामी भी हैं, अतः उन्हें लेकर स्वयं को इतना कष्ट मत दो!..."

"पर पूज्य..." बलराम ने आहत स्वर में कहा था, "उस क्षण संभवतः मुझसे दोष तो हुआ!...कान्हा की बात हमें पूरी तरह सुननी-समझनी चाहिए थी। उतावली में, मैं उन्मत्तभाव से विवेकहीन होकर बोलता ही चला गया ...? यह अच्छा नहीं हुआ!"

"ऐसा कुछ भी नहीं होता वत्स, जो अच्छा न हो!..." वसुहोम ने कहा था, "ईश्वर की हर इच्छा में शुभ ही निहित होता है...कभी उसका प्रारंभ रुचिकर प्रसंग से नहीं हो पाता और कभी वह केवल शुभ प्रसंग से होता है!. ..इसे ईश्वरायोजित संयोग मात्र समझे कि परमप्रिय कृष्ण पर ऐसा कलंक

लगा है...किंतु शीघ्र ही वह समय भी आएगा, जब इस कलंक से मुक्ति के पश्चात् सहसा उन पर भविष्य में कोई भी इस तरह का क्षुद्र आरोप कभी नहीं लगा सकेगा!..."

बलराम शांत हो रहे, पर मन से व्यथा छंट नहीं पा रही है...बार-बार एक पीड़ापूर्ण प्रश्न मन को साल जाता है—"कहां होंगे कृष्ण?...कलंक मुक्ति के लिए क्या-कुछ कर रहे होंगे?..."

कृष्ण हैं द्वारका से बाहर वनक्षेत्र में!...कलंकमुक्ति का एक ही मार्ग है कि सर्वप्रथम यह ज्ञात करें—यादव प्रसेनजित कहां गया था, किसके साथ गया था और किस दिशा में गया था?...कलंकमुक्ति के लिए यही कुछ करना होगा...

ज्ञात करना कठिन है...असंभव तो कदापि नहीं! सभागार से निकालकर सीधे नगर-क्षेत्र से बाहर चले आए थे। वसुहोम, उद्धव व अन्य कुछ विश्वस्त यादव सैनिक उनके साथ, पूछा था, "तुम लोग किस कारण मेरे पीछे चले आए हो?"

"तुमसे रिक्त द्वारका सोने की होकर भी हमारे लिए मूल्यहीन और नर्कवत् अनुभूति देगी, कन्हैया!..." उद्धव ने उत्तर दिया मन हुआ था कि आगे भी कह डालें—'परिवार-कलह इस घृणित आरोप तक पहुंचेगा—इसकी हमें कल्पना भी नहीं थी!...' पर कहा नहीं। आहत कृष्ण के मन को और आहत करने का यह समय नहीं। यह समय है केवल मैत्री के कर्तव्य निर्वाह का। मित्रधर्म के पालन का! उद्धव वहीं करेंगे।

श्री कृष्ण कुछ पल सोचते रहे, फिर सहसा बोले थे, "वसुहोम?"

"आज्ञा यादवेंद्र?"

"ज्ञात करो कि प्रसेनजित के मित्रजन कहां हैं?...वही बतला सकते हैं कि प्रसेन जब सत्राजित के यहां से गया तो किस दिशा में और कहां गया था?"

"जैसी आपकी इच्छा, प्रभु!..." वसुहोम ने उत्तर दिया। कृष्ण कुछ कहें, इसके पहले ही उद्धव ने जाते-जाते उसे सूचना दे दी थी, "यहां से तनिक दूर पर किसी वृक्ष की छांह में रुके हुए हम सब तुम्हारे आने की प्रतीक्षा करेंगे!"

वसुहोम चला गया। वे सब वृक्ष-छाया में आ बैठे...वसुहोम की बहुत प्रतीक्षा नहीं करनी पड़ी थी। कुछ समय बाद ही लौट आया था वह। सूचना भर नहीं, सूचना देनेवाले को भी साथ ही लाया। कहा, "यह प्रसेनजित का विश्वसनीय सैनिक कृप है, महाप्रभु!...इसे ज्ञात है कि इसने मणि धारण किए हुए यादव वीर प्रसेन को कहां और किस स्थान पर छोड़ा था!"

कृप से बहुत प्रश्न करने की आवश्यकता नहीं पड़ी। उसने स्वयं ही सारा विवरण दे डाला, फिर कहा था, "देवकीनंदन!...वह रात्रि बड़ी भयावह थी। उत्साहातिरेक में प्रसेनजित उस गहन वनक्षेत्र की ओर बढ़ते ही चले गए थे...उस समय भी सावधान नहीं हुए, जिस समय वह हिंस्र बाघ का कंपा देनेवाला स्वरघोष हुआ! वह इतना भयावह था कि हम शेष साथियों का सारा साहस-संयम जलभरी कच्ची गागर की तरह टूट गया था। बस, हम भयभीत होकर जहां-तहां भाग निकले थे...इसके पश्चात् क्या हुआ, कैसे हुआ, क्या घटा—हमें कुछ भी ज्ञात नहीं। इतना अवश्य जानते हैं कि प्रसेनजित उस समय भी उसी ओर बढ़े जा रहे थे! जाते-जाते उनके शब्द भी सुने थे हम लोगों ने। दंभोक्तिपूर्वक कहा था उन्होंने कि वह उस सिंह का वध कर देंगे!...उनके गले में पड़ी मणि अद्भुत प्रकाश छोड़ रही थी!..."

कृष्ण ने सुना फिर कृप की ओर इतनी तीखी दृष्टि से देखा कि वह सहम उठा, पर यह सहम और भय सिद्ध कर रहे थे कि वह जो कुछ कह रहा है, उसमें तनिक भी असत्य नहीं है। कुछ थमकर श्री कृष्ण ने पूछा था, "हमें उस स्थान तक ले चल सकते हो यादववीर?"

"अवश्य देव!..." वह तत्पर हो गया।

श्री कृष्ण और उसके साथी तुरंत तीव्रगति अश्वों पर सवार हो गए। अब वे कृप को आगे कर उस दिशा में बढ़ रहे थे, जिधर प्रसेनजित को उस

सैनिक और उसके साथियों ने छोड़ा था...संध्या बीती और धीमे-धीमे रात्रि का अंधकार वनक्षेत्र को गहरी कालिख से नहलाने लगा। कृप जैसे-जैसे आगे बढ़ रहा है, वैसे-वैसे भय भी बढ़ता जा रहा है...वसुहोम उसके साथ हो लिए हैं। धीमे से आश्वासन देते हैं, "निश्चिंत रहो यादव कृप!...मैं ही नहीं, साक्षात् ब्राह्मणशक्ति तुम्हारे साथ है!"

कृप का शरीर कंपन थमता है...पानी की बूंदों-जैसा बिखरा हुआ साहस अनायास ही एकत्र हो जाता है...

एक स्थान पर थमकर कृप ने कहा था, "प्रभु!...संभवतः यही स्थान है वह, जहां हमने महाराज प्रसेनजित को छोड़ दिया था?..."

"संभवतः नहीं, अपने विचार पर निश्चित होकर बोलो, कृप!" उद्धव ने तनिक कड़े स्वर में कहा।

कृप ने सारी स्थिति पुनः देखी, अश्व की वल्गा को कठोरता से थामे रखा, फिर कहा, "हां, निश्चय ही यह वही स्थान है..."

"पर यहां तो कहीं उस बाघ का स्वर सुनाई नहीं पड़ता?" संशक भाव से प्रश्न किया वसुहोम ने। किंतु श्री कृष्ण उन सबकी चर्चा से परे, कहीं और देखते हुए, कुछ और विचारते हुए...मांसगंध से भरा हल्का-सा झोंका उन्होंने अपनी नासिका के समीप अनुभव किया है...अब एक अनुमान यह भी है कि या तो बाघ ने प्रसेन का भक्षण कर लिया या फिर बाघ को प्रसेन ने समाप्त कर डाला!...एक-सा ही कुछ हुआ होगा!

"अब क्या विचार रहे हैं, नंदलाल?" उद्धव ने समीप ही अश्व की वल्गा को पूर्ण संयम के साथ साधे हुए और यहां-वहां देखने-ढूंढ़ने का प्रयास करते हुए कृष्ण को देखा, पर उन्होंने जैसे सुना ही नहीं। उद्धव को लगा था कि वह दिशानुमान भर कर रहे हैं...बिल्कुल सामान्य मनुष्य की तरह? ...अच्छा नहीं लगा। यह सामान्यता भला श्री कृष्ण में क्यों होनी चाहिए? वैसे तो कभी रही नहीं? न ही कभी उद्धव ने देखी?...वह अद्‌भुत कृष्ण कहां है, जिसे लेकर सब सदा यही सोचते रहे हैं कि कृष्ण मनुष्य नहीं है—महामानव हैं!...अपितु मानव से भी कहीं आगे...

उद्धव ने मन ही मन बेचैनी अनुभव की, जी हुआ पूछ ले—'कहां है वह कृष्ण? वह—जिसे सब अपरोक्षतः ईश्वर तत्व स्वीकार चुके हैं? वह अलौकिक तेज और दृष्टि-पार तक देखने की अद्भुत, असामान्य क्षमता?...'

पर लगा कि कहीं कुछ नहीं है। कृष्ण पूर्ववत्, जैसे प्रसेनजित को खोज रहे हों या उस बाघ को ही—जिसे लेकर अभी-अभी कृप ने कहा था...

बीच में एक बार दृष्टि फिर मुड़ी। उद्धव को देखा था उन्होंने। लगा कि मुसकुराए हैं। इस तरह जैसे व्यंग्य कर रहे हों?...उद्धव और चिढ़ उठे! इच्छा हो रही है कि चीखकर बरस पड़े अपने बालमित्र पर—'कितना विश्वास करता हूं तुम पर?...मैं ही क्यों, वसुहोम, बलभद्र, पांडवपुत्र यहां तक कि स्वयं भीष्म भी कि कृष्ण असामान्य हैं। मनुज होकर भी मनुज से इतर कुछ और!...यह 'कुछ और' अब क्यों नहीं प्रकट हो रहा है? क्या वह जान नहीं सकते कि उस दिव्य स्यमंतक मणि को लेकर क्या कुछ घटा होगा? किस तरह? और प्रसेनजित जीवित भी है या मर गया?

सब जानते हुए भी इस तरह अनजान बनने का नाट्य कर रहे हैं, जैसे बिल्कुल सामान्य मनुष्य हैं। चिढ़ और बढ़ गई जब कृष्ण ने पूछा था, "क्या प्रसेन मारा गया या उसने बाघ का शिकार कर डाला?...यदि अब तक वह द्वारका नहीं पहुंच सका है तो यह भी तो संभव है मित्र कि वह घायल हो गया हो?...हताहत, असहाय स्थिति में पास ही कहीं पड़ा हो? मानव मांसगंध तो आ रही है?...क्या तुम्हारी नासिका ने नहीं अनुभव किया?"

उद्धव सकपका उठे, "नासिका?"...लगा कि ठीक कहा है श्री कृष्ण ने—सच ही तो एक वही क्यों, साथ आए सभी लोगों को उस गंध की पहचान हो जानी चाहिए जो निश्चित रूप से मानव की ही है...या हो सकती है?...

सब कुछ विस्मृत करके कहा था, "हां, कुछ-कुछ यही लगता है यादवेंद्र! गंध तीव्र है, संभवतः यहीं कहीं पर कुछ होना चाहिए!"

और फिर वे सभी महसूसने लगे, "हां-हां..." एक-स्वर एक ही बात!

कृष्ण ने मुसकुराकर कहा था, "फिर हम लोग क्यों प्रतीक्षा कर रहे हैं? हमें वह स्थान ढूंढ़ना चाहिए, जहां से यह दुर्गंध आ रही है!...संभवतः वही स्थान हमारा लक्ष्य है!" उन्होंने वल्गा में हल्का-सा झटका दिया—एक ओर हट गए! वे सभी जहां-तहां, सतर्क और सावधान!...

कुछ समय तक ऋक्षराज जाम्बवंत के बालक के इर्द-गिर्द रहे थे सब ...उसी के हमउम्र, उसी बालक की तरह दिव्य मणिप्रकाश से अभिभूत और चमत्कृत!...

थोड़ी देर बाद रात्रि में भी वह उनके लिए खेलने का कारण बन गई थी! जिस ओर पृथ्वी पर लुढ़का दी या उछाल दी जाती है, उस ओर अद्भुत प्रकाश बिखर जाता है। इस अद्भुत प्रकाश में उस ओर ही नहीं, दूर-दूर तक का अंधकार इस तरह गुम हो जाता है जैसे वहां रात्रि कौंधी-गिरी ही नहीं!

यह कौतुक कई दिवस से चल रहा है...प्रारंभ में सभी रक्ष-परिवारों को इस दिव्य मणि के प्रकाश ने चौंकाया था, पर अब अभ्यस्तता का विषय ...इसके बावजदू आते-जाते, रक्षों को चौकाता तो है ही। न चाहते हुए भी स्त्री हो या पुरुष—कुछ पल ठहरकर देखने लग जाते हैं। उसी भांति जाम्बवंत के परिवार को भी प्रभावित किया मणि ने!...रक्षराज की सुंदर कन्या जाम्बवती अद्भुत सुंदरी और कोमलांगी तो हैं ही, बालकवत् उत्साह और कौतूहल उनके स्वभाव में भी भरे हैं...

अनेक बार उस मणि को देखने के लिए आ ठहरी जाम्बवती ने इसी कौतूहल के कारण स्वयं को भी उस खेल का भागीदार भी बना लिया है, जो बच्चे खेलते हैं!

पर आज की रात्रि विलक्षण!...बालकों में खेलते-खेलते ही यह मणि झगड़े का कारण बन गई। जाम्बवंत सुत से एक साधारण रक्ष बालक ने, जो उससे आयु में बड़ा था—मणि को छीन लिया!...फिर अगले ही पल वह लपककर अपने झोंपड़े में जा घुसा!

भाई रोता हुआ जा पहुंचा था जाम्बवती के पास...अगले ही क्षण क्रोधित बहन उस रक्ष नागरिक के निवास पर थी। राजसुता को देखकर बुरी तरह सहम गए पति-पत्नी। डपटकर बालक से मणि वापस दिलवाई...क्षमा मांगी। जाम्बवंती सहृदय! क्षमा-दान देकर अपनी राजगुहा की ओर लौट रही थी कि एक ओर से आती अश्व-गति ने थाम लिया। प्रकाशित मणि उसके हाथ में थी और छोटा भाई अंगुली थामें हुए साथ।

अगले ही क्षण जाम्बवती क्या, अनेक रक्ष सैनिक भी अपनी-अपनी निवास गुहाओं से बाहर निकल आए! सभी के हाथों में शस्त्र और सभी सावधान!...मणि ने समूचा वातावरण ज्योतित कर रखा था। संभवतः यह ज्योति ही इस दिशा की ओर खींच लाई है उस अश्वारूढ़ सैनिक को....

वे सभी सैनिक को घेर कर खड़े हो गए हैं। एक रक्ष नायक ने आगे बढ़कर कहा था, "यह महाराज जाम्बवंत का क्षेत्र है राजसैनिक!...तुम किस उद्‌देश्य से यहां आए हो, तुरंत कहो?"

अश्वारूढ़ थे वसुहोम...सावधानी और सतर्कता से सब ओर देखते हुए। जानते हैं कि वनवासी रक्षों की शक्ति अधिक नहीं है, किंतु उनसे अकारण विवाद करें या झगड़ा मोल लें, उचित नहीं होगा। यह निर्णय करना श्री कृष्ण का दायित्व!...और श्री कृष्ण हों या अन्य यादव....थोड़ी ही देर बाद यहां आ भी पहुंचेंगे। जाम्बवती* के प्रकाशित चेहरे पर दृष्टि थमी रह गई थी वसुहोम की! अपूर्व सुंदर वनकन्या सौष्ठवमयी देह की स्वामिनी होने के साथ-साथ उसके हाथों में प्रकाशित मणि की ज्योति सिद्ध कर रही है कि संभवतः सूर्यतेज से प्रकाशित वह अद्‌भुत ज्योतिपुंज की स्रोत-स्यमंतक मणि ही है...एक उलझन। यदि स्यमंतक मणि वनवासी रक्षजनों के हाथ है, तब प्रसेनजित और बाघ का क्या हुआ?...

---

* जाम्बवती सहित सात रानियां—रुक्मिणी के अतिरिक्त श्री कृष्ण ने सात विवाह और किए। नाम-क्रम है—मित्रविंदा, कालिंदी, जाम्बवती, (क्रमशः सूर्यवंशी किसी अवनितराज, कुलीन की कन्या व जाम्बवान की बेटी) सत्या, सुशीला, भद्रा-रोहिणी, सत्यभामा और लक्षमणा। (क्रमशः अवधराज नग्नजित की बेटी, मद्रपति की कन्या, कैकय के राजा की दो पुत्रियां सत्राजित और शैव्यराज की बेटी)।

उत्तरपूर्व अन्य यादव सैनिक, उद्धव व स्वयं श्री कृष्ण भी आ पहुंचे। वसुहोम निश्चिंत हुए। अब जो भी स्थिति हो, कृष्ण उपस्थित हैं...

श्री कृष्ण के भव्य व्यक्तित्व, सुंदर देह और आकर्षक व्यक्तित्व के साथ-साथ राजकीय वेशभूषा ने सभी को भली प्रकार समझा दिया है कि उच्च कुलीन, राजपद के अधिकारी या कोई राजा ही है...जाम्बवती ने भी देखा। लगा कि आगंतुक श्यामवर्णी युवक का संपूर्ण व्यक्तित्व मोहता भर नहीं, बांध भी लेता है। अनचाहे ही उनकी दृष्टि झुक गई...मन रोमांच से भरा हुआ? श्री कृष्ण ने अपना परिचय दिया, फिर प्रश्न किया था, "रक्षराज से भेंट करके हमें आनंद होगा!..." उनकी दृष्टि जाम्बवती की हथेली पर रखी स्यमंतक मणि के अद्‌भुत प्रकाश पर ठहरी थी।

एक रक्ष सैनिक तुरंत ही जाम्बवंत की विशाल गुहा तक पहुंचा। भीतर जाकर सूचना दी, "भगवन्...एक राजपुरुष अपने वीर सैनिकों सहित हमारे क्षेत्र में उपस्थित हुए हैं। आने का क्या उद्‌देश्य है—यह तो ज्ञात नहीं, किंतु आपसे तुरंत भेंट चाहते हैं।"

जाम्बवंत विश्राम कर रहे थे। तनिक अलसाया हुआ बदन, किंतु 'राजपुरुष' शब्द ने सतर्क किया। स्वयं क्षेत्रस्वामी होने के नाते बाहर पहुंचकर उस व्यक्ति विशेष से भेंट अवश्य करनी होगी!...उठ पड़े। विशाल देह, कठोर वनवासी जीवन-पद्धति के कारण वज्रवात् शक्ति...राजदंड रूपी विशेष अस्त्र अपने हाथ में लिया, कहा, "चलो सैनिक!..." फिर वह गुफाद्वार पर आ पहुंचे।

समूचा क्षेत्र अब भी स्यमंतक मणि के कारण प्रकाशित था!...यह प्रकाश अवश्य ही वनवासियों के लिए आनंदकर और सुखदायी के साथ-साथ रोमांचक है, किंतु इस मणि-विशेष को लेकर धनमोह उनकी मानसिकता में नहीं! या यों कि वह सब उनकी जीवनपद्धति के प्रतिकूल!

श्री कृष्ण व उनके साथी अश्वों से उतरकर एक ओर खड़े हुए। जैसे ही रक्षराज को देखा, वैसे ही उन्होंने समझ लिया था कि वनवासी राजा आ पहुंचे हैं। रक्ष सैनिक सावधान हुए। रक्षराज आगे बढ़े, इसके पूर्व ही श्री

कृष्ण ने अपना परिचय दिया, फिर कहा था, ‘‘रक्षवीर! आपके सीमाक्षेत्र और राजसत्ता से हमारा कुछ भी लेना-देना नहीं है। हम केवल अपने यादव बंधु प्रसेनजित का वध हो जाने के कारण ही यहां आ पहुंचे हैं। अब हमें उस वधिक की खोज तो करनी ही है, साथ ही उसे दंड भी देना है। वीर प्रसेनजित के पास वही दिव्य सूर्यमणि थी, जिसकी आभा से आपका यह क्षेत्र दैदीप्यमान हो रहा है। यह मणि द्वारकापति महाराज उग्रसेन की संपत्ति है। इसे उन तक पहुंचाना ही हमारा धर्म है! इसी हेतु हम यहां पहुंचे हैं!’’

रक्षराज की उपस्थिति के साथ ही समूचा वातावरण गांभीर्य से भर उठा। बालक, वृद्ध, नर-नारियों से लेकर स्वयं रूपवती जाम्बवंती भी चकित थी। श्री कृष्ण के स्वर में भी उतना ही माधुर्य और आकर्षण था, जितना उनके व्यक्तित्व दर्शन में!...

रक्षराज ने अपना नाम बतलाकर कहा, ‘‘देखो युवक!...हम लोग किसी के नगर-क्षेत्र में कोई विशेष रुचि नहीं रखते। कठोर श्रम द्वारा जीवन-पालन करके अपनी वन-संस्कृति और संपदा की शुभेच्छा पूर्ण रक्षा ही हमारा उद्दृष्टि है। जहां तक इस मणि और इसके धारणकर्ता यादव वीर की बात है, उसके जीवन-मरण का कारण हम लोग नहीं, वह बाघ है, जिसकी मृत देह तुमने इस ओर आते हुए मार्ग में अवश्य ही देख ली होगी। वह मणि देहभोज के साथ नरभक्षी सिंह ने ग्रास कर ली थी। जिसका वध करके हमने यह चमत्कारी वस्तु अपने बालक के मनोरंजनार्थ प्राप्त कर ली है। अब यह हमारी संपत्ति है, अतः हम तुम्हें इसे नहीं दे सकते!...वीरता और धर्मानुसार प्राप्त किया गया धन, ऐश्वर्य सत्ता तथा वस्तुविशेष पाप कर्म की कोटि में नहीं आते, अतः हमें खेद है कि हम तुम्हारे राजा की इच्छा पूरी नहीं कर सकेंगे!’’

श्री कृष्ण ने उत्तर दिया, ‘‘आप अपनी जगह उचित और सत्य ही कह रहे हैं, रक्षपति! किंतु अभी-अभी जैसा कि आपने कहा—वीरता और धर्मानुसार प्राप्त किया गया धन, ऐश्वर्य और सत्ता या वस्तुविशेष की प्राप्ति

पाप नहीं है—मैं स्वयं भी यही मानता हूं। अतः मैं धर्मानुसार आपको युद्ध के लिए आमंत्रित करता हूं और प्रतिज्ञाबद्ध होता हूं कि यदि आपने जय प्राप्त की, तब इस मणि के अधिकारी आप होंगे अन्यथा यह मणि द्वारकापति यादवेंद्र उग्रसेन की हो जाएगी?...आप वीर हैं, मुझे पूरा विश्वास है कि आप इस आमंत्रण को अस्वीकार कभी नहीं करेंगे!"

"मैं तुम्हारे साहस से प्रसन्न हुआ कृष्ण!..." जाम्बवंत ने उत्तर दिया, "पर सावधान करता हूं तुम्हें!...यह युद्धामंत्रण तुम्हारे अथवा तुम्हारे किसी भी साथी के लिए अशुभ हो सकता है!...जहां तक आमंत्रण का प्रश्न है—वह मुझे स्वीकार है!"

जाम्बवंत का स्वर वीरत्व और ओज से सराबोर इतना प्रभावशाली था कि दोनों ही पक्षों के एकत्र वीरों में चिंता व्याप्त हो गई।

श्री कृष्ण ने सहज भाव से कहा, "आपके शब्द वीरोचित गरिमा से पूर्ण हैं महाराज जाम्बवंत, मैं आभारी हूं और आपको पुनः युद्धार्थ आमंत्रित करता हूं! शब्द समाप्त करके वह दो कदम आगे बढ़े और जाम्बवंत के ठीक सामने जा खड़े हुए!"

वीर जाम्बवंत ने मुसकुराकर स्वागत किया, कहा, "तथास्तु यादववीर! ...आओ, हम इसी क्षण निर्णय किए लेते हैं!..." कहते ही वह जूझ पड़ा।

वनवासी वीर और यादव सैनिक एक ओर हो गए। जाम्बवंत ने निपुणता से श्री कृष्ण की युद्धकला का सामना करते हुए चीख-चीख कर अपने रक्ष सैनिकों को निर्देश दिया, "यह दो वीरों के बीच निर्णायक स्थितिवाला युद्ध है, अतः कोई भी बीच में न आए!..." और यही कुछ कहकर श्री कृष्ण ने भी अपने साथियों को रोक दिया।

मदमत्त गजों की तरह परस्पर जूझते हुए दोनों ही महावरी उस स्थान से आगे पहाड़ियों और फिर धीमे-धीमे कंदरा के भीतर चले गए।

रक्षकन्या जाम्बवती और बालक-बालिकाएं एक ओर हटकर छोटी गुफा में जा छिपे थे। कंदरा के भीतर प्रवेश कर चुके वीर जाम्बवंत और श्री

कृष्ण के युद्ध की हुंकारें बाहर तक आ रही थीं, पर दोनों ही पक्षों के नेतृत्व-निर्देशानुसार किसी भी यादव अथवा रक्षसैनिक ने उस ओर जाने का साहस नहीं किया!

वे हुंकार रहे थे...उनके विशाल शरीरों के परस्पर टकराने और एक-दूसरे पर प्रहार करने का वज्रटंकार जैसा स्वर बाहर तक आ रहा था...

सब सहमे हुए और व्यग्र!...क्या होगा निर्णय? क्या महावीर जाम्बवंत या श्री कृष्ण के बीच कोई निर्णायक स्थिति बन भी सकेगी?

विशालाकार कंदरा के बाहर बैठे हुए थे वे। संध्या से भोर हो चुकी थी ...पर दोनों युद्धजों की पराक्रम लीला का अनुमान सभी को है...भयंकर चीत्कारें और फिर एक-दूसरे पर हिंस्र आक्रमण की ध्वनियां जो गुफाद्वार के बाहर तक आ रही हैं?...

देर तक चला था वह सब...चलता ही रहा...

जाम्बवंत ने शीघ्र ही समझ लिया था कि वे अमानवीय शक्ति से संपन्न किसी दुर्धर्ष योद्धा को चुनौती दे बैठे हैं!...

जिस समय कृष्ण-काया देखी, उस समय सहसा अनुमान नहीं हुआ था इसका, पर अब जब युद्ध करते हुए काफी समय बीत चुका है, तब यह ठीक तरह उनकी समझ में आ जा चुका है। इसके साथ-साथ यह भी कि यदि यही स्थिति रही तब बहुत देर तक यह सब नहीं चल सकेगा!...जाम्बवंत को श्री कृष्ण से पराजय मानकर उन्हें प्रणाम करते हुए स्वयं को बिना शर्त उन्हीं की कृपा पर छोड़ देना पड़ेगा!...मुष्टि प्रहारों से लेकर कठोर देहवाले अनेक धक्कों की मार को भी कृष्ण ने इस तरह झेला है, जैसे किसी बालक की बालचेष्टा को युवा-शक्ति सहन कर लेती है जबकि उनसे बहुत कम आयुवाले कृष्ण के हर प्रहार ने उन्हें या तो पृथ्वी पर लगभग गिरा दिया है या फिर उनका सिर चकराकर थोड़ी देर स्थिति और दृश्य को धुंधलाया हुआ देखता-समझता रह गया है...अनायास ही कृष्ण ने रक्षराज के मस्तिष्क पर एक शिलावत् वज्रप्रहार करके उन्हें बेसुध कर दिया। एक ओर गुफा में

सहमी हुई उसकी पत्नी रक्षी ने जब पति को मूर्च्छित देखा तो चीख मारकर वह भी सुधि खो बैठी।

श्री कृष्ण गहरा श्वास लेकर थम गए। उन्होंने जहां-तहां दृष्टि डालकर जल-गागर ढूंढ़ी, फिर क्रमशः रक्षी और रक्षराज जाम्बवान के चेहरों पर कुछ छींटे मारकर उनकी चेतना लौटाई...

अब वे दोनों भयभीत हो चुके थे। यह आभास भी हो गया था कि उनका सामना निश्चित ही किसी दैवीय शक्ति से हो गया है! जाम्बवान शिव भक्त थे। उसने ध्यान लगाकर शिव-स्मरण किया तो उसे लगा कि शिव और श्री कृष्ण में अंतर नहीं है। तब क्या वह साक्षात् अपने कुलदेवता से युद्ध करके महापाप का भागी बन रहा था?...उसका मन घबराहट से कहीं अधिक इस आत्मपीड़ा के कारण विह्वल हो उठा...आंखें खोलते ही उसने जैसे-तैसे उठकर श्री कृष्ण के चरण पकड़ लिए और कांपते स्वर में कहा, "प्रभु!...मुझसे बड़ा दोष हुआ है। मैं नहीं जानता था कि मैं भूलवश अपने विधाता से ही जूझ बैठा हूं। इस दोष के लिए मुझे क्षमा कर दें और आज्ञा करें कि मैं किस प्रकार आपका क्या शुभ करूं?"

श्री कृष्ण ने रक्ष-दंपति को क्षमादान देते हुए स्नेहपूर्वक कहा, "हे रक्षराज!...मेरा लक्ष्य केवल उस मणि की प्राप्ति भर है! उस बहुमूल्य मणि के कारण यादव सभा में मुझ पर अकारण ही कलंक लग गया है। अतः मेरी इच्छा है कि वह मणि ले जाकर महाराज उग्रसेन के समक्ष प्रसेन के बड़े भाई सत्राजित को सौंपते हुए कलंक-दोष दूर करूं!...मेरा आपसे कोई वैयक्तिक विरोध नहीं है। यह तो केवल इस कारण हुआ कि अकारण ही आपने अपने लिए अनुपयोगी एक वस्तु को रक्ष-प्रतिष्ठा का प्रश्न बना लिया?..."

जाम्बवान ने क्षमायाचना की, फिर रक्षी को संदेश देकर बाहर भेजा कि वह शीघ्र ही गुफा के बाहर जाकर रक्ष सैनिकों, अधिकारियों तथा यादव वीरों को भीतर ले आए। जाम्बवान चाहते हैं कि वह मणि भगवान कृष्ण को देकर क्षमायाचना करते हुए अपनी सुंदर कन्या जाम्बवंती को भी कृष्ण सेवा

हेतु उनकी पत्नी रूप में उन्हें दान कर दें ताकि अकारण उनसे हुआ दोष मिट जाए!"

रक्षी गई, लौटी तब मणि लिए हुए जाम्बवंती अपने लघुभ्राता सहित और रक्षनायक उसके साथ थे...यादव वीरों के संबंध में उसने कहा था, "स्वामी!...वे बड़ी देर तक यादवेंद्र कृष्ण के बाहर आने की प्रतीक्षा करते रहे और अब निराश होकर द्वारका की ओर लौट चुके हैं!"

जाम्बवान ने केवल इतना ही कहा, "मुझसे बड़ा दोष हुआ!..." फिर वह श्री कृष्ण की ओर मुड़े, "प्रभु!...क्या मेरी सुंदरी कन्या जाम्बवंती आपको इस मणि के साथ स्वीकार है?"

कृष्ण ने रक्षराज को आशीर्वाद दिया, "राजन्!...रक्षजनों के इस स्नेह को मैं वसुदेव पुत्र कृष्ण सदा स्मरण रखूंगा!..." ठीक उसी समय जाम्बवन्ती ने आगे बढ़कर लज्जासहित दृष्टि नीची किए हुए मणि उन्हें सौंप दी।

श्री कृष्ण के उचित आदर-मान सहित, जाम्बवंती से उनके पाणिग्रहण की तैयारियां होने लगीं। विवाह रक्ष-संस्कृति के अनुसार हुआ।

वसुहोम, उद्धव व अन्य यादव वीर लौटे। सबके चेहरे पीड़ा, निराशा और थकान से भरे हुए थे। उनकी समझ में नहीं आ रहा था कि वे द्वारकावासियों से क्या कहेंगे? विदर्भसुता रुक्मिणी को क्या उत्तर देंगे और महाराज उग्रसेन, वसुदेव और अक्रूर आदि श्रेष्ठ यादव प्रमुखों की दृष्टि का सामना कैसे करेंगे?

उद्धव ने कहा था, "हम लोगों ने भूल की है, वसुहोम!...श्री कृष्ण अद्वितीय शक्ति और पराक्रम भर के नहीं अलौकिक क्षमताओं के स्वामी भी हैं...न जाने किस असंयमित विचारदोष की लहर का थपेड़ा खाकर हम लोग रक्ष-ग्राम से लौट पड़े?...हमें कुछ और प्रतीक्षा करनी चाहिए थी!"

वसुहोम को उत्तर नहीं सूझा संभवतः इस कारण कि उत्तर कुछ है ही नहीं। वह भी तो देर से ही सही, पर ऐसा ही कुछ अनुभव कर रहे हैं।

जाम्बवान अद्भुत रूप से बलशाली होते हुए भी कृष्ण-जय कर सकता है—यह कल्पना से परे!...भला किस मानवीय दुर्बलता के क्षण में साधारण निराशा की एक लहर से हारकर वे सब वहां से चलने का निर्णय कर बैठे?...और अब समस्या यह है कि किससे क्या कहें? किसकी दृष्टि का कैसे सामना करें?...मन सहम से भरा हुआ।

नगर-द्वार में प्रवेश किया, उस समय भोर ही हुई थी। राजसभा कुछ देर पश्चात् प्रारंभ होगी और उन सभी को सभा में उपस्थित होकर कृष्ण-समाचार देने होंगे?...कहां हैं यशोदापुत्र! क्या घटा था उस बीच?...और वे कहां तक, किस तरह उनके साथ रहे थे?...

उत्तर में शून्य है सबके पास। गुफा से बाहर देर तक श्री कृष्ण के लौटने की प्रतीक्षा करते रहे वे सब फिर परिणाम में उस शून्य की प्राप्ति पाकर लौट आए हैं? यह केवल राजदोष ही नहीं पाप भी हुआ। एक सीमा तक विश्वासघात भी, उद्धव ने पश्चाताप पूर्वक कहा था, "वसुहोम! यह सब ठीक नहीं हुआ?"

"किंतु यादवराज!...कब तक उनकी प्रतीक्षा की जाती?...तिस पर वह हमें निर्देश भी दे गए थे कि हम लोग उनमें परस्पर चल रहे वीरोचित युद्ध में किसी भी तरह के भागीदार न हों?"

"हमने वह धर्म पूरा किया किंतु उसके साथ-साथ हमसे यह दोष भी हुआ कि हम उनकी प्रतीक्षा ठीक तरह नहीं कर सके!..." उद्धव ने उत्तर दिया, "हम यह कैसे विस्मृत कर बैठे कि महाशक्ति कृष्ण को पराजित करने की क्षमता उस साधारण रक्षराज में कदापि नहीं हो सकती! देर से ही सही, पर श्री कृष्ण निश्चित बाहर आने थे...किंतु..."

शब्द पूरे हों, इसके पूर्व ही राजपथ की ओर बढ़ते जाते उनके थके हुए अश्वों की ओर प्रजाजन एकत्र होने लगे...सब दृष्टियों में एक ही प्रश्न ऐसे, जैसे सब यह पूछने जानने का प्रयत्न कर रहे हों, कि कृष्ण कहां हैं?...कैसे हैं?...

उत्तर देने से पूर्व ही सहम उठे, पर उत्तर मुखर हो, इसके पूर्व ही राजपथ पर उनके पीछे की ओर एक हर्षपूर्ण कोलाहल उठा...चौंककर सबने देखा—श्री कृष्ण तीव्रगति अश्वरथ पर सवार उन्हीं की ओर चले आ रहे हैं ...उनके गले में मणिमाला—इस माला में प्रकाश की अपूर्व सूर्यतेज भरी ज्योति बिखरी हुई...कृष्ण के साथ खड़ी थी वनवासी वेष में सजी वधूरूपी जाम्बवंती! आस-पास चल रहे थे रक्ष सैनिक! सब सज्जित, सब प्रसन्न!...

वसुहोम, उद्धव व यादववीरों के पल भर पूर्व मुरझाए चेहरों पर जैसे जीवंतता के असंख्य कमल-दल खिल उठे...

श्री कृष्ण का रथ उनके पास आ पहुंचा था। सारथी ने वल्गा थामी, कृष्ण ने उन सबको देखा, जैसे पूछा हो—"तुम सब तो कुशलपूर्वक हो ना? ...भला इतनी जल्दी भी क्या थी? थोड़ी और प्रतीक्षा भी नहीं की?"

सब केवल प्रणाम ही कर सके उन्हें। सबके गले रुंधे हुए हैं। शब्द हैं उनके पास, किंतु शब्दाभिव्यक्ति व्यक्त कर पानेवाला स्वर कहीं खोया हुआ. ..! सब देख पा रहे हैं, किंतु श्रद्धा और प्रेम के साथ-साथ पश्चाताप के अश्रुओं ने दृष्टि धुंधला दी है उनकी...सब समझ रहे हैं, किंतु समझ में आ रहा है केवल यह कि जो कुछ हुआ होगा, वह अविश्वसनीय कम, सुखद अधिक रहा होगा—उस सबका आनंद-सुख लेने से वंचित हो गए वे!

कृष्ण रथ ने राजपथ की ओर मुड़कर एक स्थान पर और मोड़ लिया. ..अब रथ और रथ सैनिकों से रक्षित राजसुता जाम्बवंती संभवतः श्री कृष्ण निवास की ओर जा रही है...उद्धव और वसुहोम ने परस्पर एक-दूसरे को देखा, फिर चुपचाप उन सभी के पीछे हो लिए! प्रजाजनों की भीड़ देर तक श्री कृष्ण का जय-जयकार करती रही।

कृष्ण-निवास पर स्वयं महारानी रुक्मिणी ने अपनी दासियों सहित उपस्थित होकर मंगलाचरण के साथ पति एवं अपनी सह-सखी का द्वार पर ही स्वागत किया...फिर वे सब भीतर गए। जाते समय श्री कृष्ण ने केवल एक दृष्टि उद्धव पर डाली, बोले थे, "मित्र!...कलंक-दोष से मुक्ति के लिए निश्चित समय पर राजसभा में पहुंच जाना!..."

उद्धव कुछ बोल नहीं सके!...वही क्यों—कोई भी कुछ नहीं बोला!...

जिस क्षण राजसभा में श्री कृष्ण अपने साथियों सहित उपस्थित हुए—उग्रसेन को यही अनुभव हुआ था जैसे साक्षात् सूर्य ने ही यादव सभा में प्रवेश किया है! मणि का दिव्य प्रकाश उन्हें ही नहीं संपूर्ण सभागार को ज्योति का प्रकाशपिंड बनाए हुए था!...

बलभद्र, अक्रूर, शतधन्वा, सत्राजित, वासुदेव और अन्य यादवश्रेष्ठों के चेहरों पर विस्मय झलकने लगा था। श्री कृष्ण ने राजा को प्रणाम किया व मीठे स्वर में कहा, "हे यादवेंद्र!...जैसा कि मेरा पूर्व प्रण था, मैं यह स्यमंतक मणि लेकर आपके सामने उपस्थित हूं एवं यह बहुमूल्य मणि सूर्यभक्त सत्राजित को सौंपता हूं। "फिर उन्होंने मणि-प्राप्ति की संपूर्ण कथा सुनाते हुए प्रसेनजित के सिंह आहार बन जाने की दुर्घटना भी बता दी व मणि सत्राजित को सौंपते हुए विनम्रतापूर्वक बोले, "यादवश्रेष्ठ!...आप अपनी मणि स्वीकार करें और अपने हृदय से यह कुंठापूर्ण विचार निकाल दें कि वसुदेव पुत्र कृष्ण माया-मोह में उलझकर कभी अधर्मपूर्ण आचरण कर सकता है!..."

लज्जा से सत्राजित ने सिर झुका लिया। उस समय उन्हें अनुभव हुआ कि उग्रतावश वह यादव-कुल के हितकारी कृष्ण भर का नहीं, महाराज उग्रसेन का भी अपमान कर बैठे थे, जब उन्होंने स्यमंतक मणि को लेकर कृष्ण पर दोषारोपण किया था। अपने ही भीतर शब्द खोजने की चेष्टा करते हुए उन्हें अनुभव हो रहा था कि वे शब्द-शून्य हो चुके हैं...समझ में नहीं आ रहा है कि वह किस तरह और किस भाषा में अपने दोष हेतु क्षमायाचना करें!

उनके फैले हुए हाथ पर कृष्ण ने ज्योतित मणि इस प्रकार रख दी थी जैसे इसके पूर्व उनके पास अस्तित्वहीन रेतकण भर था, जो अनचाहे अनायास ही उनकी हथेली से चिपक गया था...अब वह इस कण से हथेली को मुक्त करके निश्चिंत भर नहीं हुए हैं, बल्कि मन से भी हल्के हो गए हैं!...

एक ओर उद्धव, वसुहोम आदि अनेक कृष्ण-समर्थक यादव वीर बैठे हुए गौरवपूर्वक सारी राजसभा को देख रहे हैं। कितना भला लगता है जब उनका स्वामी पल-पल यह सिद्ध करता जाता है कि राज्य सत्ता, धन-संपन्नता आदि सब उसके लिए कितने बौने और महत्वहीन हैं?...अनायास ही मन श्रद्धा से कहीं अधिक गौरवानुभूति भी करने लगता है...वैसा ही कुछ इस बार हो रहा है।

"संकोचग्रस्त न हों, महाराज!..." श्री कृष्ण ने सत्राजित से कहा था, "आप मेरे ही नहीं, अनेक यादवों के पूज्य और बड़े हैं। यह स्यमंतक मणि सूर्यसेवा से प्रसन्न होकर भगवान ने आपको प्रदान की थी, अतः आप ही इसके स्वामी हैं। राज्यशुभ में मेरी इच्छा यही है कि इस मणि से आपको जो धन, पूजास्वरूप जनसामान्य से प्राप्त होता रहे, उसे आप द्वारका के जनशुभार्थ राजकोष में देते रहें!...इस तरह आपकी भक्ति भी सम्मानित होगी और आपकी कीर्ति भी बनी रहेगी!..."

सत्राजित को अब भी शब्द नहीं सूझे कि किस तरह वह कृष्ण पर लगे दोष-पाप से मुक्त हों? केवल आंखें छलछला आईं थीं उनकी। महाराज उग्रसेन, वसुदेव आदि अनेक वृद्धायु यादव प्रमुखों ने उनकी यह दुविधा और कष्ट देखा, अतः उग्रसेन बोले, "सत्राजित! अब तुम शांत हो जाओ और वसुदेव पुत्र कृष्ण को लेकर मन में आनेवाले विचारों से स्वयं को मुक्त कर लो!...यह तुम्हारे ही नहीं, समस्त यादवों और मानव मात्र के लिए सदा शुभ ही विचारते हैं!...इनका मन, सरस्वती की निर्मल जलधारा की भांति पवित्र है!...ये द्वारका के गौरव हैं और आर्य जाति के उन्नायक!..."

सत्राजित चुपचाप बैठ रहे। सभा में अन्य विषय उठे और उन पर विचार-विमर्श होने लगा, किंतु सत्राजित न कुछ सोच पा रहे थे, न समझ पा रहे थे...केवल एक ही विचार है, जिसने इस मणि-प्राप्ति के बावजूद मन को पीड़ा से भर रखा है—कैसे मुक्त हों कृष्ण के प्रति हुए दोष से? किस प्रकार क्षमा याचना करें?...और क्षमारूप में स्वयं को किस तरह दंडभागी मानकर दोषमुक्ति का प्रयास करें?

सभाकाल यूं ही बीत गया था...

स्यमंतक मणि के कारण सहसा द्वारका के उच्चवर्ग से लेकर साधारण जन तक उभर आया ज्वार थमकर बैठ चुका है। ऐसे जैसे सागर ने गांभीर्य ओढ़कर श्वास लहर लेना भी बंद कर दिया हो, पर सत्राजित अशांत!...सब कुछ पाकर भी सब कुछ खो चुके! कृष्ण पर आरोप लगाकर उन्होंने इतनी सामान्यता का परिचय दे दिया है, जितना सामान्य तो साधारण नगरसेवक भी नहीं हो सकता? ऐसी क्षुद्र मानसिकता?...और यही मानसिकता लेकर वह यादव सभा के सम्मानित सदस्य बने हुए हैं?...धिक्कार है उन पर!

कृष्ण ने यादव-सभा में मणि लाकर जिस प्रकार स्वयं को कलंक मुक्त किया है, उसके कारण वह तो मुक्ति पा चुके—पर सत्राजित इस वृद्धायु में अपमानित हो गए हैं! एक तरह से पाप दोष लग गया है उन पर!...अब जब तक वह कृष्ण से क्षमायाचना नहीं कर लेंगे, तब तक न उनका मन शांत हो सकेगा, न ही खोया हुआ जन-सम्मान पुनः प्राप्त किया जा सकेगा?

रात्रि देर तक नहीं सो सके थे वह। कितनी ही बार युवाकन्या सत्यभामा ने आकर पूछ लिया था, "क्या कारण है पितृ?...आपका मन इतना अशांत क्यों है?"

सत्यभामा के स्वर-शब्द माधुर्य से भरे होते हैं। उसमें कहीं अधिक सत्यभामा का अपूर्व सौंदर्य स्यमंतक मणि के प्रकाश की तरह ही भीतर-बाहर सभी ओर बिखर जाता है। पिता से जब बात करती है तो लगता है कि साक्षात् ममता की शक्ति ही उनसे प्रश्न कर रही है...

ऐसी सत्यभामा से भी असत्य भाषण किया था उन्होंने, बोले, "बस, मन अशांत हैं लगता है कि स्वास्थ्य ठीक नहीं!"

"तब प्रातः ही किसी वैद्य को दिखला लीजिए, पूज्य!" सत्यभामा ने उत्तर दिया था, सत्राजित ने कुछ नहीं कहा। मन का विषाद चेहरे पर स्पष्ट दीख रहा है। सत्यभामा लौट पड़ी थीं।

सत्राजित ने एक करवट ली। मन में वही सोच। किस तरह मुक्त हों श्री कृष्ण पर लगाए दोष-अपराध से?...सहसा एक युक्ति सूझी थी उन्हें—'सत्यभामा!...' ऐसी सौंदर्यमयी पुत्री श्री कृष्ण को दान कर वह अपने पाप से प्रायश्चित करेंगे! इस तरह प्रायश्चित तो होगा ही, श्री कृष्ण से आत्मीय संबंध भी बन जाएंगे!...

पर यह विचार भी सहज नहीं! कुछ समय पूर्व यादवों में परम सम्मानित अक्रूर उनके पास सत्यभामा का संबंध मांगने उपस्थित हुए थे। शतधन्वा उनके साथ। वे चाहते थे कि सुंदरी सत्यभामा से उनके परिवार में ही कोई संबंध हो जाए। इस तरह सत्राजित भी गौरवांवित होंगे, कृतवर्मा और शतधन्वा भी!

सत्राजित ने प्रसन्नता व्यक्त कर दी थी, "निस्संदेह!...श्रेष्ठ यादव कुल में अपनी कन्या का दान देकर मुझे निश्चित ही प्रसन्नता प्राप्त होगी!..."

वे चले गए थे...बहुत समय नहीं बीता है इस बात को!...अब कहीं वे सब इसी बात को लेकर सत्राजित से वैमनस्य न पाल बैठें? सत्राजित ने सोचा, फिर लगा कि नहीं! सत्राजित ने ऐसा तो कुछ कहा नहीं था, जिसके अर्थ में यह व्यक्त होता हो कि उन्होंने सत्यभामा से कृतवर्मा अथवा शतधन्वा का संबंध स्वीकार लिया है?...इससे अधिक स्पष्ट तो कोई बात नहीं हुई?

सत्राजित ने पलकें मूंद लीं। निश्चिंत हो गए हैं। सत्यभामा का दान करके ही वह पाप-मुक्ति पाएंगे!...

कब, किस समय, कहां...यह प्रस्ताव उचित रहेगा—यह भी निश्चित कर लिया था उन्होंने! शीघ्र ही व्यग्रता गुम गई, न्रिदा ने शांति दी मन को।

अगले ही दिन पाप का प्रायश्चित कर लिया था उन्होंने।

राजसभा में सबके सामने बोले थे सत्राजित, "राजन्!...देवकीनंदन के निर्मल मन-व्यवहार ने मुझे परम आह्लादित किया है। अब मेरा भी कर्तव्य है कि मैं उनके उपकार के प्रतिकार स्वरूप कुछ निवेदित करूं?..."

सब चकित। क्या कहने वाले हैं यादवश्रेष्ठ सत्राजित?

उग्रसेन ने स्वीकृति दी।

सत्राजित ने कहा था, "हे श्री कृष्ण!...मुझसे यह बड़ा दोष हुआ जो मैंने अकारण ही अपूर्व सूर्यकृपा से प्राप्त इस मणि की चोरी का अभियोग अविवेकपूर्ण ढंग से तुम पर लगा दिया? अतः अब मैं चाहता हूं कि इस पाप से मुक्ति प्राप्त करूं।...कृपाकर तुम मेरी कन्या सत्यभामा को पत्नीरूप में स्वीकार करते हुए यह स्यमंतक मणि भी स्वीकार करो! इस तरह मैं इस दोष से मुक्त होकर स्वयं को सहज और शांत अनुभव कर सकूंगा!"

अक्रूर ने शतधन्वा की ओर देखा...वह भी उन्हें ही देख रहा था। सत्यभामा के कन्यादान की सत्राजित द्वारा की गई यह घोषणा उन्हें अपना ही नहीं, अपने समस्त कुल और अनुयायियों का अपमान अनुभव हुई।

श्री कृष्ण—बलराम और पिता की ओर देख रहे थे—जैसे स्वीकृति-सम्मति मांग रहे हों? महाराज उग्रसेन ने कहा, "क्या विचार रहे हो यशोदानंदन?. ..सत्राजित अपनी भूल का परिमार्जन करना चाहते हैं, उन्हें उसका अवसर दो और उनका मन हल्का करो!...धर्मानुसार यही उचित होगा!"

श्री कृष्ण ने गहरा श्वास लिया। उग्रसेन की सम्मति-सम्मति से अधिक राजाज्ञा थी। वसुदेव और बलभद्र ने भी संकेत से उसे स्वीकार लेने की राय दी। श्री कृष्ण अपने स्थान से उठे, कहा, "आपका शुभ हो यादवराज सत्राजित!...मुझे देवी सत्यभामा से विवाह संबंध करके प्रसन्नता होगी, किंतु मैं यह मणि स्वीकार नहीं कर सकूंगा! इसे आप अपने पास ही रखें!..."

सभा में अधिकांश लोग यादव प्रमुखों ने हर्षध्वनि की!...पर कुछ हैं, जिन्हें लग रहा है कि कृष्ण की मानप्राप्ति और सत्राजित द्वारा प्रायश्चित किए जाने में उनका अपना कुछ खो गया है। कारण-अकारण?...

इन अकारणों में हैं—कृतवर्मा, शतधन्वा और अक्रूर!...

सुंदरी सत्यभामा न जानते हुए भी इस सबका कारण बनी हुई है। सत्राजित ने विचार अवश्य किया था, विगत-चर्चा पर—किंतु ऐसा और इस सीमा तक नहीं, जिस सीमा तक प्रतिक्रिया हुई है।

प्रतिक्रिया हुई और घृणित सीमा तक षड्यंत्र प्रतिक्रिया हुई!...उद्धव को उसी क्षण संदेह हुआ था, जब उन्होंने अनायास ही सत्राजित द्वारा प्रायश्चित घोषणा किए जाते समय कृतवर्मा को देखा...लगा था कि उसके सुगठित और शरीर के बाजुओं में तनिक कसाव आया है। फिर यह कसाव बहुत सीमा तक तनाव की तरह उसकी दृष्टि से लेकर चेहरे तक दिखा। जिस ढंग से वह वृद्ध अक्रूर को देख रहा था, लगा था कि जैसे वह कुछ कह रहा है ...ऐसा कुछ, जो शुभकर या प्रसन्नतादायक कदापि नहीं है।

जी हुआ था कि श्री कृष्ण को सावधान रखें—पर कृष्ण का स्वभाव-स्मरण आड़े आ गया! गंभीर से गंभीर बात को भी बड़ी सहजता से लेने की उनकी आदत उद्धव के लिए अरुचिकर...यादवकुल में कृष्ण-प्रतिस्पर्धा कर श्रेष्ठता और शालीनता के साथ-साथ नीति-गुण प्राप्ति के प्रतीक न रहकर साधारण वैमनस्यपूर्ण मानवीय दुर्बलता के कारण बन गए हैं। यह दुर्बलता कितने ही यादव प्रमुखों में व्याप्त है! बिना सोचे-विचारे कि समग्र शुभ के लिए समर्पित व्यक्ति-व्यक्ति नहीं, व्यक्ति से इतर उस अमानवीय शक्तिस्रोत के कारण होते हैं, जिनसे सभी को प्रेरणा ली जानी चाहिए! पर हुआ है इसके विपरीत!...कृष्ण को देख-जानकर भी कोई ठीक तरह उन्हें समझने की चेष्टा नहीं करता। सान्निध्य की सर्वाधिक क्लेषकारी स्थिति तब होती है जब अतिरेक गुणों से पूर्ण कोई स्वजन, मित्र या संबंधी सदा ही पास या उपलब्ध रहे—तब सहसा उसके गुणों का मूल्यांकन न कर पाना ही साधारण मनुष्य की अति सहज-बुद्धि!...यह साधारणतया तो किसी असाधारण को समझ नहीं पाती या असाधारणता उसके लिए जलन या बैर का कारण बन जाया करती है।

बहुसंख्य यादवश्रेष्ठों, कुलपुरुषों और कृष्ण के बीच यही स्थिति है। न कृतवर्मा पराए हैं और न अक्रूर...न ही अन्य!...पर किसी-किसी बार लगता है कि कृष्ण-कीर्ति उन्हें निरंतर पराया किए जा रही है। इतना पराया कि वे शत्रु से कहीं अधिक, भयावह शत्रु बन गए हैं!

बहुत सोचा उद्धव ने, पर निश्चय किया कि कहेंगे नहीं। केवल देखते रहेंगे, उस समय तक, जब तक कि श्री कृष्ण स्वयं यह अनुभव नहीं कर लेते?

अनुभव?...उद्धव को लगा कि बालवत् बुद्धि से विचार कर रहे हैं—श्री कृष्ण की अलौकिक बृद्धि-क्षमता और चातुर्य के लिए यह लौकिक सत्य अजाना हो—यह असंभव!...

फिर भी श्री कृष्ण ऐसा क्यों करते रहते हैं? आपत्ति और विपदा जानकर भी अनजान बने रहने का यह नाट्य क्यों?...

वसुहोम ने एक बार यही कुछ पूछ भी लिया था उद्धव से और ज्ञात नहीं, उद्धव किस तरह, किस अनुभव या तर्कशक्ति के आधार पर उत्तर दे बैठे थे। कहा था, "यही तो अंतर है मित्र, हम सबमें और वासुदेव में। वह उस चमत्कृत को घटाते हैं जो मानवशक्ति में असंभव है और उस संभव को अभिव्यक्त करते रहते हैं—जो नितांत मानवीय है!...यही कारण तो है कि वे समझ सीमा से होकर ही सहसा हमारी समझ में नहीं आते!"

एक बार उद्धव को लगा था कि फिर वैसा ही कुछ घट रहा है। सत्राजित द्वारा प्रायश्चित रूप में सत्यभामा का श्री कृष्ण को दान-कृष्ण ने सहजता से स्वीकार लिया है और उस असहज प्रतिक्रिया की ओर से इस तरह असावधानी दिखा रहे हैं, जो अक्रूर, कृतवर्मा व अन्य यादवों पर दीख रही है—जैसे कुछ जानते ही नहीं!

क्या सच ही वह कुछ नहीं जानते होंगे?

सब कुछ जानते हैं!

स्मरण हो जाता है वह दिन, जब रुक्मी* की कन्या सुभागी के स्वयंवर की सूचना आई थी। कोई काम न होते हुए श्री कृष्ण कतरा गए थे वहां

---

* रुक्मी—(रुक्मिणी के भाइ) को लेकर बहुतेक विवादास्पद बातें लिखी-गई हैं, किंतु एक बात निर्विवाद है, वह यह कि रुक्मी का अंत बलराम के हाथों ही हुआ और उस समय जबकि रुक्मी की कन्या शुभागी से प्रद्युम्न का विवाह हुआ। विवाहोत्सव में जुआ खेलते हुए भी अनेक राजा झगड़ पड़े जिसमें बलराम के हाथों रुक्मी और कालिंगराज मारे गए!

जाने से...बलभद्र से कहा था, "भइया! कुलश्रेष्ठ के नाते इस अवसर पर आपका जाना ही उचित होगा!..."

"पर कृष्ण, तुम्हारा प्रिय पुत्र प्रद्युम्न भी इस स्वयंवर में भाग लेना चाहता है?" बलराम ने कहा था, "यों भी सुकन्या सुभागी उसी वयः आयु की है। अतः उसे अकेला ही जाने दो!"

"नहीं प्रभु!...प्रद्युम्न युवा होते हुए भी स्वभाव से सरल बुद्धि बालक की तरह है।" कृष्ण ने कहा था, "आपका सान्निध्य उसे प्रतिक्षण यादवोचित गौरव स्मरण दिलाए रखेगा। एक सीमा तक संयमित भी रख सकेगा!... "बलराम मान गए। फिर सुभागी के स्वयंवर में प्रद्युम्न के साथ वही गए थे। रुक्मी-पुत्री ने प्रद्युम्न को ही वरा...पिता को तनिक भी अच्छा नहीं लगा था यह। अनुभव हुआ था जैसे कृष्ण ने जिस तरह उनकी भग्नि रुक्मिणी को प्राप्त किया था, उसी क्रम में कृष्ण-सुत ने रुक्मी की पुत्री को पाकर उनका पुनः अपमान कर दिया है! शत्रुभाव ने संतुलनहीन बना दिया था उन्हें। यही असंतुलन था, जिसके वश होकर विवाहोत्सव के पश्चात् रुक्मी से चौपड़ खेलते हुए हलधर की कहासुनी हो गई। रुक्मी ने कुछ ऐसे शब्द कहे, जो बलभद्र के लिए असह्य हो उठे। परिणामतः दोनों में हुए युद्ध और रुक्मिणी-बंधु रुक्मी, हलधर के हाथों मारे गए!"

श्री कृष्ण विरोधी राजाओं के दल में से एक और समाप्त हो गया था! ...समाप्ति की नाटकीयतापूर्ण स्थिति ने रुक्मिणी को भी एक सीमा तक आहत किया था। समाचार द्वारका आया तो वह बहुत रोईं, विलाप किया।

श्री कृष्ण इस तरह चुप मार गए थे, जैसे सब कुछ उनके लिए अजाना और सभी सुननेवालों की तरह हतप्रभ करनेवाला हो!...केवल इतना ही कहा था, कि "शांत हो जाओ विदर्भसुता!...वीर रुक्मी के इस असमय अंत से मुझे भी बहुत कष्ट पहुंचा है, किंतु इस समय उस सौभाग्यवती सुभागी का स्वागत करें!...यथासंभव पितृशोक से उसका मन मुक्त करने का प्रयत्न करें!...यही हम लोगों के लिए उचित होगा। यदि ऐसे अवसर पर आप ही

अपना संतुलन खो बैठेंगी तो वह बालिका भला स्वयं को कैसे सम्हालेगी? ...किसके सहारे सम्हालेगी?"

रुक्मिणी नाराज थीं। बोलीं, "मुरलीधर!...यह न्यायोचित नहीं हुआ है! रुक्मी से रुष्ट थे पूज्य बलभद्र, किंतु यह अवसर नहीं था ज़ब उसका वध किया जाता! मुझे इससे बहुत कष्ट हुआ। जानती हूं कि आपके अनुसार राजनीति में संवेदन का कोई स्थान नहीं है, किंतु मेरा नारी-हृदय संवेदनहीनता की राजनीति को सहने के लिए बाध्य नहीं है और न ही मुझे यह स्वीकार है..." आज भी उद्धव स्मरण कर पाते हैं बोलते-बोलते उस दिन देवी रुक्मिणी का गला भर्रा आया था। आंखों में भी आंसुओं की हल्की परत। भाई के स्वभाव से अप्रसन्न होते हुए भी उसका वध असह्य हो उठा था उन्हें...घोर पीड़ा का कारण!

और उद्धव ने देखा था कृष्ण को...इतने तीखे, मन को गहरे तक चुभो जानेवाले शब्दों को सहना उनका स्वभाव नहीं है, किंतु अद्भुत आत्मशक्ति से सहज बने हुए हैं वह!...उत्तर बहुत संक्षिप्त था उनका। बोले थे, "जानता हूं देवी कि करुणा, दया, क्षमा आदि स्वभाव ही आपकी शक्ति और स्वत्व है, किंतु राजनीति में संवेदनशीलता नहीं होती—मैं यह नहीं स्वीकारता। संभव है कि मैंने ऐसा कभी कहा हो, किंतु उसका संदर्भ और संदर्भ का सूक्ष्म समझना उससे पहले आवश्यक है! हो सकता है कि बड़े भैया ने इस अवसर पर महाराज रुक्मी का वध करके दोष किया हो, किंतु हर गुण-दोष का विवेचन बहुत सूक्ष्मता से किया ज़ाना चाहिए!...वही सब आप करें, और यही आप-जैसी ज्ञानी और नीतिमती स्त्री के लिए शोभाजनक भी है!... धर्माधर्म की विवेचना और विचार के अनुसार भी दोष, गुण, धर्म, अधर्म और पाप-पुण्य के निष्कर्ष निकलते हैं। कभी मृत्यु अधर्म होती है और कभी धर्म!...उस सबका निर्णय बीत चुके, बीत रहे और बीतनेवाले आगताधार पर किया जाना चाहिए!...आप शांत मन से कृपया वैसा ही करें!"

स्तब्ध हो उठी थी रुक्मिणी—उससे कहीं अधिक भौंचक्के उद्धव!... श्री कृष्ण का उत्तर सहज भी था और दुष्कर भी!

यह सहजता और दुष्करता ही तो कृष्ण हैं!...इसी का नाम है वासुदेव! ...यही उनका ईश्वरत्व!...

यह न होता तो विदुर और भीष्म जैसे महामानव भी उन्हें ईश्वररूप में कैसे स्वीकारते?...पर उद्धव हैं कि सदा ही कन्हैया को लेकर दुविधाग्रस्त हो उठते हैं...

आज पुनः दुविधा हुई है। जिस तरह यादव-वंश में चल रहे वैमन्य-जाल को वह समझ पा रहे हैं, क्या कृष्ण उससे अनभिज्ञ होंगे?...

असंभव!...

तब भी इस असंभव को संभव बनाए हुए हैं वह। ऐसे, जैसे बिल्कुल अनजान हो—अनभिज्ञ!...

दुष्कर है यह अभिनय और उससे भी दुष्कर है इस अभिनय को समझ पाना! उद्धव ने सोचा। फिर लगा कि बेकार ही मगजमारी कर रहे हैं...यह उनका विचार-विषय नहीं। उनका विचार-विषय है केवल कृष्ण के प्रति सखाभाव! सहज नेह!...

पर यह नेह और सखाभाव ही तो है जो उनके अधिक कष्ट का कारण बना है? वैसा न होता तो क्यों कर इतना सोच रहे होते?...यह सोच अब चिढ़ तक जा पहुंचती है...और चिढ़ कभी-कभी कान्हा से लड़ पड़ने की इच्छा बन जाती है।

पर कान्हा से लड़ना क्या सहज है? तिस पर उनसे वाक्युद्ध करना? ...वह तो कभी कोई कर सका हो—उद्धव को याद नहीं। बालकृष्ण के समय से लेकर वर्तमान चक्रधारी कृष्ण तक याद नहीं! स्वयं पर ही कभी-कभी झुंझलाहट हो आती है...

धूमधाम के साथ सत्यभामा से विवाह हुआ था कृष्ण का!...समारोह में समस्त द्वारका सजाई गई। असंख्य दीपमालिकाएं जलीं, पर असंख्य यादव वंशियों के ही हृदय भी जले...कृतवर्मा, अक्रूर और शतधन्वा की ओर तो रह-रह कर ध्यान चला जाता था उद्धव का। लगता था कि सारे स्वागत-समारोह की दीपजलन और ज्वालाएं उनके मन-शरीर में उतरकर उन्हें झुलसाए

डाल रही हैं...जितने बेरौनक चेहरे थे उनके, उतने ही बेरौनक उनका शब्द-व्यवहार!...

तीनों कहीं विवाह स्थल के विशाल-समारोह से परे होकर परस्पर फुसफुसाहटों में उलझे रहे। उद्धव का जी चाहा था कि उस समय ही कृष्ण को सूचित करें...पर फिर थम गए! कृष्ण सब कुछ जानते होंगे...संभवतः अधिक ही जानते होंगे।

उद्धव ने चुप रहना ही उचित समझा था!...

उद्धव ने उन तीनों में हुई बातें नहीं-सुनीं, किंतु वसुहोम के कानों में कुछ शब्द अनायास ही पड़ गए थे। उन शब्दों के टुकड़े-टुकड़े होते हुए भी एक अर्थ स्पष्टतः सामने आता था कि भीतर-ही-भीतर कुछ पक रहा है और निश्चित रूप से यशोदानंदन के विरुद्ध ही पक रहा है। जितने सावधान हुए, उससे कहीं अधिक व्यग्र और चिंतित!

उद्धव से परामर्श किया और उद्धव ने उत्तर दिया था, "मैं भी कुछ-कुछ जान-समझ रहा हूं, किंतु इस समय वासुदेव से कुछ कहना उचित नहीं होगा!...'यूं ही' के भाव से लेकर जिस तरह बात उड़ाएंगे मुझे अच्छा नहीं लगेगा!...उचित हो यदि कृतवर्मा पर निरंतर दृष्टि रखी जाए!"

यही हुआ! वसुहोम ने अपने गुप्तचर कृतवर्मा पर लगा दिए...

सत्यभामा से विवाह कर श्री कृष्ण केवल उसी रात्रि द्वारका रुक सके थे। अगला दिन इंद्रप्रस्थ जाने के लिए नियत था। पांडवश्रेष्ठ युधिष्ठिर द्वारा आयोजित राजसूय यज्ञ की तिथि पूर्व निर्धारित थी।

बहुत विशालायोजन!...

युधिष्ठिर ने तो राजकोष ही रिक्त कर डाला है! जन हितार्थ इंद्रप्रस्थ में इतने कार्य हुए हैं कि हर वर्ण, हर वर्ग को अपने धर्मज्ञ राजा से स्नेह भर

नहीं श्रद्धा और उसके प्रति भक्ति-भाव है। यही भक्तिभाव था, जिसने यज्ञ-व्यय को देखते हुए सभी को यथाशक्ति, यथासंभव द्रव्यादि दान के लिए प्रेरित भी किया। परिणाम यह कि युधिष्ठिर ने जितना व्यय किया था उससे कहीं अधिक कोषागार में एकत्र हो गया!

जन-सहयोग से प्राप्त द्रव्य ने यज्ञ और उसमें भाग लेनेवाले महाज्ञानियों, ब्राह्मणों और राजपुरुषों के स्वागत-सम्मान में तनिक भी कमी न रहने दी। दूर-दूर राजधानी के बाहर तक राजाओं व ऋषियों के निवास हेतु विशालाकार और सुसज्जित शिविर बने। शिविरों में सेवकों-सुविधाओं की व्यवस्थाएं हुईं।

व्यवस्था संबंधी हर कार्य की देखरेख सभी पांडव बंधुओं ने स्वयं की। अतिथियों के पास दिन में बार-बार पहुंचते और ज्ञात करते कि उन्हें कहीं कोई कष्ट या असुविधा तो नहीं है? आर्यावर्त के हर छोटे-बड़े राजा ने उसमें भाग लिया।

निश्चित, मुहूर्त-समय पर विशाल पंडाल में भव्य यज्ञायोजन-समारोह प्रारंभ हुआ। सभी राजाओं को उनके मान-पदानुसार संस्थान व सिंहासन दिए गए। कुरुवंशी महाराज दुर्योधन व उनके बंधुओं के अतिरिक्त पितामह भीष्म, द्रोणाचार्य, कृपाचार्य, अश्वत्थामा, कर्ण आदि भी उपस्थित हुए। मद्रपति, शल्य, सौभराज शाल्व, पौंड्रक, काशीराज और शिशुपाल आदि अनेक श्रेष्ठ राजाओं को उचित मान-सम्मान देकर जहां-तहां पदासीन किया गया। उनकी पूजा हुई।

फिर समय आया यज्ञ में प्रथम अर्घ्य प्राप्त करने योग्य श्रेष्ठ पुरुष के चुनाव का! महाबली वृद्धायु और ब्रह्मचर्य तेज से प्रभावशील भीष्म ने अपने आसन से उठकर युधिष्ठिर को संबोधित किया, कि वह इस समय ऐसे महान्, श्रेष्ठ और धर्मज्ञ राजपुरुष को प्रथम अर्घ्य हेतु आमंत्रित करें जो सभी में न केवल गुणों से श्रेष्ठ हों, अपितु जिसका पराक्रम तीनों ही लोगों तक फैला हुआ हो!...

महाराज युधिष्ठिर ने यादवेंद्र श्री कृष्ण को आमंत्रित किया!...

सभागार में फुसफुसाहटों से अधिक एक वर्ग विशेष कोलाहल करने लगा। बहुतेक राजा थे जो युधिष्ठिर के इस निर्णय को अनुचित मानते थे।

जिस सिंहासन पर श्री कृष्ण बैठे थे, उसी के पास खड़े थे उद्धव! अच्छा नहीं लगा उन्हें। उत्तेजना वश अनेक राजा मर्यादाहीन शब्द भी बोल गए थे। ये शब्द न केवल यादवपति को अपमानित करनेवाले हैं, बल्कि पांडवों को भी!

पर संयत रहना पड़ा उन्हें। यह संयम बाध्यता थी...श्री कृष्ण जो शांत बैठे हैं? ठीक तभी दमघोष-सुत शिशुपाल ने अपने आसन से उठकर तीखे स्वर में कृष्ण की आलोचना करते हुए तरह-तरह से धर्मराज युधिष्ठिर को धिक्कारना प्रारंभ कर दिया। कृष्ण के प्रति वैमनस्यग्रस्त चेदिराज क्रोधवश यह भी विस्मरण कर बैठे कि उस श्रेष्ठ यज्ञ के समय संपूर्ण देश के छोटे-बड़े राजा भर नहीं महात्मा, ब्राह्मण, विद्वान आदि सभी उपस्थित हैं। वीर पांडवों को भी यह बात बहुत अरुचिकर और कष्टदायक लगी कि सर्वमान्य श्री कृष्ण का अपमान करते-करते शिशुपाल उद्विग्नता में महाराज युधिष्ठिर, यहां तक कि भीष्म जैसे महापुरुष को भी अपमानित करनेवाले कठोर शब्द कह बैठे थे। यह शब्द न तो कहनेवाले के राजोचित गुण को दर्शाते हैं न ही सुननेवालों के लिए सह्य!...

नीच, अकुलीन, मूर्ख, धूर्त, पापी, कलंकी और न जाने क्या कुछ बोलते जा रहे हैं शिशुपाल! यह शब्द यदि उन्होंने भीष्म के लिए कहे हैं तो श्री कृष्ण के लिए भी अतिरेकपूर्ण उद्दंडता का प्रदर्शन करते हुए अनाप-शनाप बक डाला!

उद्धव सुलग उठे, पर श्री कृष्ण शांत!...

किसलिए इतने शांत हैं—समझ में नहीं आ रहा?...या इसमें भी कोई नीतिगत रहस्य निहित है?

बीच में बहुत धीमे से फुसफुसाकर पूछ भी लिया था, "यह क्या प्रभु?..." आप चुप हैं?...दुष्ट चेदिराज अमर्यादित होकर जिस भाषा को बोल रहा है, वह शत्रुतापूर्ण नहीं, युद्ध को चुनौती देनेवाली है?

कृष्ण ने कहा, "देखते जाओ मित्र!...बहुत बार ऐसा समय आता है, जब यह सब देखना-सुनना पड़ता है, क्योंकि संयम कभी सीमाबद्ध नहीं होता—सीमा होती है असंयम की! और जब वह सीमा टूट जाती है, तब मनुष्य स्वयं ही विनाश को आमंत्रण दे बैठता है!"

उद्धव-जैसा बात समझने की चेष्टा कर रहे थे, ठीक उसी समय भीम उठ खड़े हुए। क्रोधोंमत्त होकर वह शिशुपाल को मारने के लिए चल पड़े, चीखते हुए, "कायर चेदिराज!...क्या तू भूल बैठा है कि यह वीरों की सभा है, नपुंसक वाक्योद्धाओं की नहीं?...तनिक ठहर! मैं तुझे इसी क्षण तेरी सीमा-मर्यादा का बोध कराए देता हूं! तेरी मृत्यु ही सभवतः इस यज्ञ की प्रथमाहुति होगी..."

क्रोध से कांपते और वायुवेग की तरह बढ़ते हुए भीम को देखकर अनेक राजा, जो पल भर पहले तक उग्रबुद्धि शिशुपाल की हां में हां मिला रहे थे, सहसा सहम गए। भीम की महाशक्ति जानते थे वे, पर भीष्म उठे और उन्होंने लपककर भीम को थाम लिया, कहा, "शांति! पांडुसुत! ...शांति..."

"किंतु पितृ?..." भीम की भुजाएं फड़क रही थीं।

"किसी दुर्योगवश राजा शिशुपाल की बुद्धि ऐसी हो गई है। अन्यथा वह कभी यह भूल न करते!...संभवतः देवकीपुत्र कृष्ण की योगशक्ति और अमानवीय बल की उन्हें अब तक कल्पना नहीं है, इसी कारण वे ऐसा कह सके?...अल्पबुद्धि और असंयमित मानस के लोग क्षमा के पात्र होते हैं महावीर!...अतः तुम शांत हो जाओ और अपना स्थान ग्रहण कर लो!"

भीम थम गए। भीष्म का समझाना, थमना और रोकना केवल एक वृद्ध का अनुभव और सम्मति भर नहीं थी—अपितु वह पूज्य कुलपुरुष की आज्ञा थी...

किंतु शिशुपाल उसी तरह बहकते-बमकते हुए!...अब वे श्री कृष्ण के वीरत्व की पूर्वकथाएं सुना-सुना कर भरी सभा में तरह-तरह से उन्हें अपमानित करते हुए अधर्म और अनाचार का प्रतीक बतलाए जा रहे थे...

कृष्ण ने सहसा उठकर कहा था, "बंधु!...स्मरण रखो कि मैंने तुम्हें तुम्हारी धृष्टताओं के लिए जन्म के समय ही तुम्हारा जीवन एक सीमा* में बांध दिया था...ऐसा न हो कि तुम वह सीमा विस्मृत कर बैठो!...

शिशुपाल और उग्र होकर प्रलाप कर उठे।

कृष्ण सुनते रहे। समस्त सभा में बैठे राजाओं, ब्राह्मणों, विद्वानों आदि में बिखरता हुआ आतंक उस विस्फोट की प्रतीक्षा करने लगा, जो अब किसी भी समय संभावित था।

युधिष्ठिर ने चेदिपति के क्रुद्ध और असंयत प्रलाप से व्यग्र होकर बीच में अनुनय भी की थी, "शांत हो जाइए, दमघोष सुत!...आप जिस भाषा का प्रयोग कर रहे हैं, वह आपके कुल, मर्यादा और राज्योचित गौरव के तनिक भी अनुकूल नहीं है। मैं कुंतीपुत्र युधिष्ठिर आपसे प्रार्थना करता हूं कि स्वयं को संयत करें और हम पांडवों द्वारा आयोजित इस शुभकार्य में विघ्न न डालें! युधिष्ठिर के शांत वचनों ने शिशुपाल के हृदय में जलती बैर की विषाग्नि को द्विगुणित कर दिया। वह और असंयत होकर बकवास करता ही गया। इस बकवास में वह विस्मृत कर बैठा कि उसने देवकी नंदन द्वारा दी गई जीवन-सीमा को लांघ दिया है। मूर्खतावश वह दुर्वचनों और गालियों का ऐसा प्रलाप कर रहा था कि उनकी संख्या सौ से अधिक हो चुकी थी। इस संख्या के पूरे होते ही कृष्ण अपने आसन से उठे और उन्होंने चक्र सुदर्शन निकालकर शिशुपाल को सावधान किया।

---

* शिशुपाल के जन्म समय पर जीवन-सीमा—महाभारत में वर्णित शिशुपाल के जन्म-आख्यान में कहा गया है कि जिस समय उसका जन्म हुआ, वह असामान्य रूप से विकृत जन्मा था। शिशुपाल यादववंशी कृष्ण की बुआ का बेटा था और इस नाते उनका भाई भी लगता था। उसके जन्म के साथ ही उसकी शरीर विकृति का समाचार जब दूर-दूर तक फैला तब कृष्ण और बलभद्र भी उसे देखने गए। कहते हैं कि शिशुपाल के चार हाथ, और तीन आंखें थीं। इनमें अतिरिक्त अंग मृत थे, किंतु वे शरीर से जुड़े हुए थे। जब कृष्ण ने उसे अपनी गोद में लिया तब ये अतिरिक्त अंग गिर पड़े और राजसुत सहज-सामान्य रूपवाला हो गया। ज्योतिषियों ने कहा था कि जिस किसी के उपचार से यह असंभव-संभव हो जाएगा, वही उसका वधिक भी होगा, अतः शिशुपाल की माता ने श्री कृष्ण से शिशुपाल के जीवन की भीख मांगी। श्री कृष्ण ने वचन दिया कि वह शिशुपाल के सौ अपराध क्षमा कर देंगे। इस तरह उसका जीवन समय-सीमा में बंध गया। ('सभापर्व' के 43वें अध्याय में श्लोक क्रम 10 से 20 तक वर्णित उपकथा)

“चेदिराज!...” श्री कृष्ण का गरिमामय स्वर संपूर्ण सभामंडप में इस तरह गूंजा जैसे कोई युद्धघोष हुआ हो, “मैंने तुम्हें चेतावनी दी थी किंतु दुख है कि तुम सत्य नहीं समझ सके!...असंयमित होकर विचारसीमा का त्याग कर देनेवाला व्यक्ति, राजत्व अथवा जन-प्रतिनिधित्व के तनिक भी योग्य नहीं होता!...अब मैं तुम्हें तुम्हारी मर्यादाहीनता, अशिष्टता और असभ्य शब्दावली के लिए मृत्युदान करता हूं!...”

शब्द पूरे करते ही चक्र गति से घूमता हुआ शिशुपाल की ओर बढ़ा। भयभीत शिशुपाल चीखा, किंतु चीख मुंह से बाहर निकल सके इसके पूर्व ही वायुगति शस्त्र ने उसका सिर धड़ से इस तरह उतार लिया जैसे स्वच्छ जल से काई की परत उतार दी जाए!...अब चेदिपति का धड़ धरती पर पड़ा हुआ छटपटा रहा था...जबकि सिर एक ओर—बहुत दूर जा गिरा था! सभा में सन्नाटा फैल गया। क्रोधित कृष्ण की मुद्रा देखकर वे अनेक राजा भी सहमे, दुबके हुए इस तरह शांत होकर बैठ गए—जैसे उस अलौकिक चक्र ने शिशुपाल का वध नहीं किया था, उनके अपने सारे विरोध, वैमनस्य, चिढ़ और अमर्यादित होने की आदतों को ही समाप्त कर डाला था!

उद्धव स्तब्ध खड़े रह गए थे। पल भर पूर्व देखे हुए श्री कृष्ण और इन श्री कृष्ण में जमीन-आसमान का अंतर था! श्री कृष्ण की शांत, स्निग्ध दृष्टि और व्यवहार अनायास ही किसी ज्वालामुखी के विस्फोट की तरह लावा उगल सकते हैं—यह उन्होंने पहली बार देखा!...दुर्जय शिशुपाल इस तरह समाप्त हो जाएगा—कोई कल्पना भी नहीं कर सकता था!

सुदर्शन चक्र लौटकर पुनः कृष्ण के पास आ चुका था...कुछ क्षण स्तब्धता, भय, आतंक और उससे कहीं अधिक विचारशून्यता की स्थिति ने समस्त उपस्थित राजा-महाराजाओं और विद्वानों को सहमाए रखा...एक चुप सब ओर इस तरह बिखर गया था जैसे अनायास ही आसमान का हृदयबोध कर कोई अग्निशिखा पृथ्वी पर आ गिरी हो...सब कुछ झुलसाती हुई...

फिर सब सहज हुआ...बहुत धीमे-धीमे...सेवक शिशुपाल का शव उठाकर एक ओर ले गए...अंतर्धान हो गए...वधस्थल की साफ-सफाई हुई।

उसे पवित्र किया गया तथा राजसूय यज्ञ की तैयारियां पुनः प्रारंभ हो गईं। कुछ पल पश्चात् ही दूसरी मुहूर्त बेला थी...श्री कृष्ण की पूजा कर पांडवों ने अपनी महाशक्ति और श्रेष्ठता सिद्ध की!...कृष्णाशीष उनके साथ था! ...और यह कृष्णाशीर्वाद जन-जन का हार्दिक समर्थन...इसकी शक्ति अमोघ! अस्त्र-शस्त्रों की महाशक्ति से कहीं आगे, अनंत तक व्याप्त...!

इंद्रप्रस्थ से वापस होते समय प्रसन्न थे यादवेंद्र!...उद्धव का मन हुआ था, पूछ ले—'क्या कारण है सखा?...आपने अपने लिए कभी कुछ प्राप्त करके प्रसन्नता और आनंद का वह बोध नहीं किया, जो इस क्षण आपके मुखारविंद पर देख रहा हूं? यह शांति, संतोष और सुखांकन किस वैशिष्ट्य की प्राप्ति का संकेत है?'

पर नहीं पूछा। क्या कृष्ण से सब कुछ पूछा जाना आवश्यक है? लगा कि नहीं! सत्य केवल यह है कि श्री कृष्ण से जानकर कुछ जाना नहीं जा सकता और बिना जाने हुए बहुत कुछ जाना जा सकता है!...यह कि श्री कृष्ण प्रश्न के लिए उत्तर होते हुए भी अनुत्तर हैं और अनेक बार जड़-चेतन, व्यवस्था-अव्यवस्था और धर्माधर्म के लिए केवल उत्तर हैं...प्रश्न के लिए वहां कोई स्थान नहीं!

तभी श्री कृष्ण के अमृतवत् शब्द कानों में रिस आए, "क्या विचार रहे हो, मित्र?"

"कुछ नहीं, कन्हैया...! यूं ही।" सकपकाकर उद्धव ने उत्तर दिया।

"क्या सच?" कृष्ण ने रथ-वल्गा हौले से सम्हाले हुए उद्धव की ओर मुड़कर इस तरह देखा—जैसे उनके भीतर बहुत गहरे तक उतर गए हो... इतने गहरे कि उद्धव के अंतरमन के हर कोमल विचारतंतु तक का स्पर्श कर चुके हों!...कहा था, "अब आर्यावर्त का वह महासत्य प्रारंभ होगा, जिससे भरतखंड—महाभारत युग कहलाएगा!...पांडुपुत्र धर्मराज युधिष्ठिर इस यज्ञशक्ति से केवल राजा-महाराजाओं में लोकप्रिय नहीं होंगे—उनकी श्रेष्ठता, धर्म-साम्राज्य के योग्य सामर्थ्य और न्यायप्रियता स्वीकार कर ली

जाएगी!...यह धर्मजय का श्रीगणेश था बंधु!...इस पवित्र यज्ञ को पृथ्वी की मातृपूजन की तरह देखा-स्वीकारा जाना चाहिए!"

"किंतु प्रभु?..." उद्धव के मन में प्रश्न उभरा...फिर सहसा शब्द लोप हो गए। प्रश्न के साथ ही मन में एक दुविधापूर्ण विचार भी उभर आया था—क्या कृष्ण की दूरदर्शी नीति संबंधी किसी बात को लेकर अतिरिक्त जिज्ञासा व्यक्त किया जाना उचित है?...सहसा यह भी ध्यान हो आया था कि पल भर पूर्व मन में जो जिज्ञासा उभरी थी, वह शब्द बने इसके पहले ही कृष्ण ने उत्तरित भी कर दी। आश्चर्य हुआ! क्या वह, उस सबको पहले ही जान-समझ लेते हैं, जो सामनेवाला जानना पूछना चाहता हो?...उसमें भी चुनाव कर लेते हैं कि क्या उत्तर देने के योग्य है और क्या नहीं?...और कहां, किस सीमा तक?...

कृष्ण पुनः जैसे सब कुछ जानते हुए बोल पड़े थे, "जानना चाहते हो न बालमित्र कि यादवेंद्र महाराज उग्रसेन और यादव महाशक्ति द्वारका भी क्या धर्मराज के नेतृत्व को स्वीकार करेंगे? उस केंद्रीय सत्ता को मानेंगे, जो संपूर्ण भरतखंड के योग्य प्रशासनिक और सांगठनिक क्षमता रखती हो? जिसमें सभी के प्रति समानदृष्टि से न्याय और आदरभाव हो?...तो सुनो! यादवशक्ति को उसे मानना होगा, यही धर्म और धर्माचरण होगा!...केवल द्वारका ही नहीं, समस्त करहाट, गोमांतक, चेदि, अंग-बंग और महाशक्तिसंपन्न जरासंध के सुयोग्य पुत्र सहदेव के लिए भी यही हितकर होगा!...निजत्व के मद में धृतराष्ट्रभाव का राजनीतिक अंधत्व लेकर विशाल भरतखंड की राष्ट्रीय मर्यादा नष्ट न हो जाए—इसके लिए महायुद्ध भी हो सकता है, किंतु अनेक बार युद्ध शांति और मर्यादा-सीमा के निर्धारक बनते हैं, इसलिए उनको भी उचित और धर्मानुसार ही जाना माना जाना चाहिए!...जरासंध, शिशुपाल, कंस, रुक्मी और पुणजन आदि धृष्ट शक्तियों की समाप्ति से अब महाराज दुर्योधन कुरु-नीति के संचालन में सावधान होकर राज्य एवं राजा की दृष्टि से नहीं, समग्र आर्यावर्त के शुभ दृष्टि से विचार करें—यही उनके लिए उपयुक्त और उचित होगा!"

उद्धव ने बहुत कुछ समझा...जो नहीं समझा जा सका, उसे समझने की चेष्टा की। रथ तीव्रगति से द्वारका की ओर बढ़ा जा रहा था...तब क्या कृष्ण देवी कुंती के प्रति मात्र परिवार संबंध नहीं, धर्म संबंध ही निबाह रहे हैं?...लगा कि कृष्ण ने कभी रक्त संबंधों को धरिणी के मातृसंबंधों से श्रेष्ठता प्रदान नहीं की...उनके निजत्व को समझने के लिए समग्र की परिभाषा समझना पहले आवश्यक है!...

पांडवों के राजसूय यज्ञ की सफलता इसी दृष्टि से देखी जानी चाहिए! ...पल भर पूर्व ही तो स्पष्ट कर दिया है कान्हा ने—'...यह यज्ञ धर्मजय का श्रीगणेश था!...' धर्मजय यानी संपूर्ण भरतखंड में एक महाशक्ति का जागरण और उसका स्वीकार!...इस महाशक्ति के नेतृत्वकर्ता—धर्मराज युधिष्ठिर!

और धर्मराज के अधीन स्वयं योगेश्वर कृष्ण?...उद्धव विस्मित हैं! उससे कहीं अधिक चकित?...क्या यशलिप्सा का अंशमात्र भी नहीं है कन्हैया में?... सत्ता की यशलिप्सा उनके भीतर उस पराजित, मृत या बेसुध दानवी शक्ति की तरह पड़ी हुई है, जिससे बड़े-बड़े आक्रांत हो जाते हैं! एक सीमा तक आहत भी!

किंतु कृष्ण उस सबसे मुक्त!...उद्धव श्रद्धा से देखे जा रहे हैं मित्र को! लगता है कि जैसे उनका सामीप्य उन बादलों जैसा है, जिनके बीच होने का आनंदबोध कर पाना तो संभव है—पर उसे पकड़ पाना असंभव!...इस असंभव में भी कितना आनंद निहित है?...कितना तृप्ति?...कितना स्नेह? ...कितना सुख?...

सब कुछ अरूप! सब कुछ निराकार!

वैसे ही, जैसे कृष्ण हैं—कृष्ण का स्मरण होता है। सब कुछ होते हुए भी आकारहीन, असीम, अनंत और अनादि...

रथचक्र चल रहा है...उसके साथ चलता जा रहा है—काल-चक्र!...इस चक्रयुग के पल-पल बोधकर्ता अथवा दर्शक बनकर उद्धव ने कितना कुछ तो पा लिया है—उनकी अपनी कल्पना से परे!...

●●●

उपसंहार

अब लगता है कि बहुत समय पहले सोचा हुआ, बहुत कुछ पा लेना—बहुत अधूरा था!...उसके बाद कितना कुछ तो घटा है...? उस सबका सिलेवार स्मरण कर पाना भी वृद्ध उद्धव की स्मरण शक्ति में नहीं! ...जितना, जैसा भी स्मरण हो पा रहा है—वही कर रहे हैं...

उस दिन जब राजसूय-यज्ञ में शिशुपाल वध के पश्चात् द्वारका वापसी ली, तब यही लगा था कि बहुत कुछ देख लिया...पर इससे कई गुना शेष है? और उसके साथ शेष हैं श्री कृष्ण के मनुष्यावतार की असंख्य छोटी-बड़ी महागाथाएं—कहां जानते थे उद्धव? उतनी तो कल्पनाशक्ति भी नहीं थी उनमें!...

द्वारका अब केवल यादवंशियों के श्रेष्ठ गणसंघ की राजसत्ता भर नहीं है—वह महाशक्ति बन चुकी है, जिसके कूल-कगारे तक सूर्यवत् स्वर्ण और रत्नादि-संग्रह से भरे हुए हैं! अद्भुत, आश्चर्यजनक तथा विस्मयकारक उपलब्धियां प्राप्त की हैं द्वारका और द्वारका के यादवों ने! साधारण जनों के घर में देश-विदेश की असंख्य स्वर्णमुद्राओं के भंडार हैं।* नाविकीय जलशक्ति और व्यापार ने विदेशी पणियों को भी पराजित कर दिया है। अब वे आर्यावर्त में साम्राज्य-विस्तार की कल्पना लेकर नहीं, केवल वाणिज्योपलब्धि की कल्पना संजोकर आते हैं। सीमाबद्ध और मर्यादित!...

---

* In course of time, the yadava-families devoted their attention and energy to achieving prosperity. Some of the adventurous young yadavas took to shipbuilding and trading with neighbouring countries. Ships came from the persian Gulf and the Horn of Africa, from combodia, Java and sumatra and anchored at the port of Dwarka. Sea-leanes opened the gates to fabulous wealth and many traders who were formerly cattle gorazers became rich with gold and jewels" 'Krishna : Myth Or Reality' By pratap R. parekn Page : 68.

महान् यादव-प्रमुखों का परिवार विशालाकार अट्टालिकाओं और महलों में रहते हैं। धन-धान्य और समृद्धि से पूर्ण!...धन-धान्य की इस उपलब्धि ने उन्हें बहुत सीमा तक अंकुशहीन भी बना दिया है। यह निरंकुशता उस समय कुछ काल के लिए थम-सहम गई थी, जिस समय कौरव-पांडव महासंग्राम हुआ। उस अद्भुत किंतु महाविनाशकारी युद्ध ने कितने ही स्तरों पर जल, प्रकृति, वायु और पृथ्वी को प्रभावित किया—वह सब कल्पनातीत! उसका स्मरण किसी और क्षण, कहीं बाद में...

विशाल सागर-तट पर खड़े होकर अनायास ही कभी-कभार सागर पर उठती तरंगों जैसी स्मृतियां मन में उभरने लगती हैं...यह सागर-तट उस समय भी था, जिस समय उद्धव और कृष्ण ही नहीं, अनेक यादवप्रमुखों के बाल काले थे, मुखमुद्राएं अजस्र यौवनशक्ति से नहाई रहती थीं...और अब भी उपस्थित है, जब इन बालों ने श्वेत धवल रंग ग्रहण कर लिया है। अनुभव, गौरवगरिमा और ज्ञानतेज से चेहरे जगमगाते हैं...लगता है कि सागर-काल के समय-खंड का वह भाग पूरा हो गया है, जब समुद्र केवल पृथ्वी को छूकर हर लहर के साथ अपनी असीम शक्ति से पिछली सीमारेखा को तोड़ दिया करता था...पर अब? अब इस सागर को महान् द्वारका के उस तटक्षेत्र ने बांध लिया है जो मानवीय निर्माण-शक्ति और वैद्यानिक उपलब्धि का साक्षात् सत्य हैं!...*

---

* बेंगलूर, 7 फरवरी, 1989 (वार्ता) अरब महासागर में चल रही द्वारका की खोज के दौरान पत्थर की विशाल इमारतें तथा कई अन्य अवशेष मिले हैं। ऐसा विश्वास किया जाता है कि इनमें से एक इमारत का महाभारत काल में सभाकक्ष के रूप में उपयोग किया जाता था।

खोज के दौरान तीन छेद वाले कई लंगर मिले हैं, जो ठीक उसी प्रकार हैं जैसे ईसापूर्व तेरहवीं और चौदहवीं शताब्दी में सीरिया तथा सायप्रस में उपयोग में लाए जाते थे। खोज के दौरान हिंदू देवी-देवताओं की प्रतिमाएं भी मिली हैं।

'राष्ट्रीय समुद्र विज्ञान संस्थान' के प्रसिद्ध समुद्री पुरातत्ववेत्ता एस.आर. राव ने बताया कि समुद्र तल में मिली इमारतों में से एक नौ मीटर लंबी है तथा उसमें कुछ दीवारें भी हैं। इनका सभाकक्ष के रूप में इस्तेमाल किया जाता होगा।

श्री राव ने कहा कि प्राप्त प्रमाणों से पता चलता है कि ईसापूर्व 15 हजार वर्ष पूर्व पानी में समा जाने के बाद 1 हजार वर्ष तक द्वारका नगरी उजड़ी रही। अवशेषों से पता चलता है कि बाद में यह नगरी

Cont. to Next Page

सागर की अनंत जलराशि...विस्तार का अनादि-अछोर अंत...

वैसे ही मन में स्मृतियों की अनंत घटनाएं...उनके सत्य...उनके अनादि-अछोर अंत या प्रारंभ!

यह सब उद्धव के पास। इस तरह जैसे इन आंखों में समुद्र धाराएं भी कैद हैं, वे घटनाएं भी, उन घटनाओं के सत्य भी!...

सत्य का वही एक कयांश देखा था उद्धव ने—राजसूय यज्ञ से वापसी पर!...उद्धव ने याद किया और रोमांचित हो उठे!...वह कारुणिक दृश्य और उसके बाद का सारा घटनाक्रम इस तरह स्मरण में उतर आया, जैसे उनके स्मृति-कोष में असंख्य कसकों का एक भंडार है!...उसी भंडार में एक स्मृति-अंश सुरक्षित!...

Cont...

व्यस्त बंदरगाह शहर के रूप में एक बार फिर बसी। उन्होंने बताया कि शंख लिए हुए विष्णु की मूर्ति तथा काले पत्थर की एक अन्य मूर्ति भी मिली है जिसका ऊपरी हिस्सा गायब है। इसके साथ में एक हाथी बंधा हुआ है, जिससे लगता है कि यह मूर्ति लक्ष्मी की हो सकती है।

उन्होंने कहा कि गोमती नदी के बाएं किनारे पर पहली बार खोज का कार्य किया गया। इससे पहले छह बार खोज का कार्य दाहिने किनारे पर किया गया था। अध्ययन से पता चलता है कि द्वारका नगरी गोमती नदी के दोनों ओर दो किलोमीटर तक फैली हुई थी। किले के दो बुर्ज नदी के बाएं किनारे पर तथा दो बुर्ज दाएं किनारे पर थे।

डॉक्टर राव ने कहा कि गोमती नदी की गाद से पता चलता है कि इसमें बहुत अधिक पानी रहता था। ऐसा बहुत अधिक वर्षा होने से हो सकता है। पिछले 35 सौ वर्ष में समुद्रतल 12 मीटर ऊंचा हो गया है। नदी के दोनों किनारों पर मकान बने हुए थे। बंदरगाह में बड़े जहाजों को लाने की सुविधा थी। जिन्हें रोकने के लिए लगभग 250 किलोग्राम वजन के लंगरों की जरूरत होती रही होगी। प्रागैतिहासिक काल में बंदरगाह समुद्र नारायण मंदिर के निकट जहां लोहे के कड़े चट्टानों में फंसे देखे जा सकते हैं। उन्होंने बताया कि शंखधार के पूर्वी किनारे और मध्य तट में हुई खोज के दौरान प्रागैऐतिहासिक काल के बर्तन मिले हैं। प्रमाणों से इस बात की पुष्टि हो गई है कि शंखधार बंदरगाह नगरी थी।

डॉ. राव ने कहा कि समुद्र के गर्भ में डूबी द्वारका नगरी का बालापुर के निकट के इलाके का खुदाई का कार्य अत्यंत जटिल है। क्योंकि वहां की गाद अत्यधिक चिपचिपी है और बहाव बहुत तेज है। उन्होंने कहा कि अनेक महत्वपूर्ण वस्तुएं इस क्षेत्र में मिल सकती हैं।

उन्होंने बतलाया कि पहली बार तीन युवा पुरातत्वविदों और एक फोटोग्राफर को गहरे समुद्र में गोताखोरी और पानी के अंदर खोज का प्रशिक्षण दिया जा रहा है। उन्होंने खेद व्यक्त किया कि फेलोशिप दिए जाने के बावजूद मुश्किल से कुछ युवा पुरातत्वविदों ने इस प्रशिक्षण में रुचि दिखाई है। (जनसत्ता 'दिल्ली')

द्वारका प्रवेश के साथ ही मार्ग में अनेक ग्रामवासी नर-नारियों ने देखा था उन्हें, पर दृष्टियों में अजब-सा रूखापन और रिक्तता!...उद्धव चौंके थे—क्या इस बीच कुछ ऐसा घट गया है, जिसके कारण वे तनावग्रस्त दीख रहे हैं? यह तनाव और बढ़ा हुआ, चूंकि कृष्ण-प्रवेश हुआ है।

द्वारका के राजपथ तक यही कुछ था, बिल्कुल इसी तरह, इसी भाव में. ..साधारण प्रजाजन हों, या राजसेवक—सबकी मुद्रा एक-सी, एक ही भावाभिव्यक्ति करती हुई! अनेक रोमांचित भी थे। कृष्ण आ पहुंचे हैं...

किंतु कृष्णागमन तो सुखानंद और उत्साह का अमृतनद होता था और यह आगमन तो आशंका का कारण दीख रहा है?...उद्धव ने विचारा।

उत्तर राजनिवास में प्रवेश के साथ मिल गया। सौंदर्यमयी महारानी सत्यभामा विलाप-कक्ष में थीं। कृष्ण को जैसे ही बतलाया गया, वैसे ही वह उसी ओर बढ़ चले थे। सत्यभामा का रूप-सौंदर्य उखड़ा हुआ, चेहरे के तेज की जगह पीड़ा की बदली और आंखों पर लगातार रोदन के कारण जन्मी सूजन!

ज्ञात हो गया था! किसी ने छल से महाराज सत्राजित की हत्या कर दी!...पितृहत्या की शोक में सत्यभामा रह-रहकर बेसुध हो जाती हैं...कई दिवस-रात्रि बीत चुके। बीच-बीच में रुक्मिणी उसकी सेवाटहल करती हैं, सांत्वना भी देती हैं, किंतु कृष्ण की अनुपस्थिति में यह सांत्वना व्यर्थ सिद्ध हो जाती है।

कितनी ही बार सुध में आकर बेसुध हो चुकी हैं सुंदरी सत्यभामा!...

कृष्ण ने जैसे ही रानी के विशेष कक्ष में प्रवेश किया, वैसे ही रुक्मिणी को छोड़कर सभी सेविकाएं एक ओर हो गईं। सबके चेहरे पीड़ा और तनाव से भरे हुए। सब शोकग्रस्त! रुक्मिणी सत्यभामा को गोद में लिए बैठी थीं, पति को सामने पाकर हौले से सत्यभामा का शीश सरहाने पर तकिए के ऊपर रखा और एक ओर हो गईं। कृष्ण से कुछ कहने की आवश्यकता नहीं थी। वह झुके, जैसे ही स्नेह से हथेली सत्यभामा के माथे पर फिराई वैसे ही रानी ने पलकें खोल दीं, "अच्युत!..." उनके होठों से शब्द बह निकले। गला रुंधा हुआ था, शब्द अस्पष्ट। आंखों से अश्रुधारा बह चली!

एक फासला बनाकर उद्धव भी थमे रह गए। पीड़ित और दुखी।

सत्यभामा ने आगे केवल इतना ही कहा था, "पितृ सत्राजित!... मणि-मोह में न जाने किस दुष्ट ने उनका वध कर डाला स्वामी!..."

वह पुनः बेसुध हो रहीं। कृष्ण ने एक गहरा श्वास लिया। गंभीर होकर रुक्मिणी को देखा। रुक्मिणी ने कक्ष के कोने में ले जाकर सब कुछ कह सुनाया!...

उद्धव देख रहे हैं। शांत, चुप और गंभीर भाव से सुने जा रहे हैं नटवर!...सहसा वह मुड़ते हैं, केवल दो शब्द, "आओ, उद्धव!..."

उद्धव पीछे। कृष्ण के चरणों की वह गति अब भी स्मरण है उद्धव को। लगता था कि जैसे हर चरण धरती को कंपाता हुआ पड़ रहा है...वेग आंधी जैसा...और इस वेग का परिणाम स्पष्ट है कि सत्राजित के वधिक को कठोर दंड मिलेगा!...वही सत्यभामा की शांति और सुख! वही मानवीय न्याय और धर्म!...अविवेकी के लिए विवेकशिक्षा!

गुप्तचरों से सब कुछ ज्ञात हो गया था! गोकुलेश ने इस तरह पूछा-जाना, जैसे माखन किस घर में है—यह ज्ञात कर रहे हों!

अंतर मात्र यह कि यह माखन का पता लगाना नहीं बल्कि बधिक का पता लगाना है—अभीष्ट है वांछित की प्राप्ति!...

"एक सूचना थी, महाप्रभु!...मुझे केवल इतना ही ज्ञात है कि यादवश्रेष्ठ अक्रूर किसी कारण महाराज सत्राजित से रुष्ट थे! उन्होंने कृतवर्मा को भड़काया था कि सत्यभामा को लेकर सत्राजित ने उससे छल किया है अतः कुल-आन के लिए उन्हें दंडित करना आवश्यक हो जाता है।"

और एक अन्य गुप्तचर की सूचना के अनुसार, सत्राजित को उग्र कृतवर्मा ने विवेकहीनतावश मार डाला!...रात्रि के समय सोते हुए यादव वृद्ध पर खंग-प्रहार हुए और बधिक ने उन्हें जीवन रक्षा का अवसर भी नहीं दिया! फिर वह मणि लेकर वहां से भाग खड़ा हुआ...

"कहां गया होगा?...कुछ अनुमान है?"

उद्धव को सूचनाएं अन्य गुप्तचरों से मिलीं। मिथिला क्षेत्र की ओर भाग खड़ा हुआ था वह...पर एक अन्य सूचना ने पिछली सूचनाओं का सत्य झुठलाकर एक नए सत्य का उद्घाटन कर दिया। अक्रूर और कृतवर्मा ने सत्राजित के वध में बड़ी चालाकी से काम लिया। शतधन्वा नामक एक मूर्ख यादव वीर के हाथों उसका वध करवाया, फिर कृष्ण-भय दिलाकर उससे मणि प्राप्त कर ली। अब मणि कृतवर्मा के पास है या अक्रूर के पास यह निश्चित नहीं था, किंतु बधिक शतधन्वा मिथिलापुरी की ओर भागा था—यह निश्चित!

गुप्तचर उस समय भी उसके पीछे थे। बहुत प्रतीक्षा नहीं करनी पड़ी थी माधव को। समय पर तुरंत सूचना मिल गई थी कि वह कहां है? श्री कृष्ण तुरंत उसी ओर लपक गए थे। लौटे, तब निराश थे। उद्धव प्रश्न करें, इसके पूर्व ही बतलाया था उन्होंने, "उसके पास स्यमंतक मणि नहीं है!..."

"वह तो यहीं है प्रभु!" एक सेवक ने बतलाया, "पूर्व सूचना पूर्णतः सत्य थी वीर कृतवर्मा ने वह अपूर्व मणि वृद्ध यादव प्रमुख अक्रूर को इस कारण दी है ताकि उसकी अपनी प्राणरक्षा हो जाए और मणि भी बची रहे!..."

अक्रूर!...दुविधा में पड़ रहे थे श्री कृष्ण! श्वफलक वंशी अक्रूर की अनेक कृपाएं हैं उन पर। उन उपकारों के पश्चात् निश्चय ही श्री कृष्ण अब अपना क्रोध उन पर नहीं बरसा सकते!...सत्यभामा केवल यह सुनकर ही संतोष पा चुकी थीं कि पिता के बधिक शतधन्वा को उनके पति ने समाप्त कर दिया है।

पर अक्रूर जान रहे हैं—श्री कृष्ण शांत दीखते हुए भी उस सागर की तरह हैं जो अपने भीतर असंख्य रहस्यों को छिपाए चुप रहता है।

और, यह शांति प्रलयपूर्व की शांति!...सिद्ध हुआ था उस दिन, जब सहसा अक्रूरजी के द्वारका आगमन पर श्री कृष्ण की ओर से सम्मान सहित उन्हें बुलावा भिजवाया गया। सहमते हुए वह आए। श्री कृष्ण ने यथोचित मान-सम्मान देकर बात-बात में सत्य उगलवा लिया था वृद्ध यादवप्रमुख से।

कहा था, "वह मणि आप ही रखें पूज्य!...किंतु कृतवर्मा ने वैमनस्यवश सूर्यभक्त राजा सत्राजित का वध करवाकर महापाप किया है। इस पाप का दंड समय पर उसे अवश्य ही प्राप्त हो जाएगा!...संभवतः इस समय उसका अंत नहीं लिखा है। मेरी इच्छा है कि यादववंश में कलह की विषबेल यहीं थम जाए, अतः इस प्रकरण को भी यहीं समाप्त करता हूं..."

अक्रूर को न कुछ स्पष्टीकरण देते बना था, न ही खेद के लिए शब्द मिले थे उन्हें। केवल युवा श्यामसुंदर की ओर देखते रह गए थे वह?...चुप और भौंचक्के!

श्री कृष्ण ने उन्हें इधर-उधर की बातों से सहज करके लौटा दिया था ...उद्धव को अच्छी तरह याद है—वृद्ध और ज्ञानी अक्रूर घोर पश्चाताप से ग्रस्त होकर लौटे थे उस दिन...

कुछ समय शांतिपूर्वक बीता। श्री कृष्ण नियम से नगर-स्थिति का अवलोकन करते। कभी उद्धव उनके साथ, कभी वसुहोम! यादव-वाणिज्य निरंतर बढ़ता जा रहा था। असुरों की भांति श्रेष्ठ जलनौकाओं के अतिरिक्त पोतों का निर्माण भी होने लगा था...उनसे कहीं अधिक संख्या में द्वारका तट क्षेत्र पर युद्धपोत बन रहे थे। विध्वंसक सामग्रियों का अथाह भंडार भी एकत्र था। इस भंडार के अतिरिक्त बढ़ते व्यापार-वाणिज्य ने आर्यों में केवल यादवों भर को नहीं, समस्त आर्यावर्त की प्रजा को समृद्धि दी। राजकाज सुविधा से चल रहा था और उससे भी कहीं अधिक सुविधा से चल रहा था आर्य जन-समाज!

आर्थिक और भौतिक उपलब्धियों ने मानव को सुखी-समृद्ध तो किया, किंतु लगता था कि जैसे-जैसे यह सब बढ़ रहा है, वैसे-वैसे लिप्सा भी बढ़ती जा रही है। बढ़ती लिप्सा कभी-कभी सामाजिक और पारंपरिक मर्यादाएं तोड़ती हैं और इन सबकी टूटन से परस्पर छल, वैमनस्य और धन-स्पर्धा की पैशाचिक भावना बलवती हो उठती हैं। चमकते महल-कंगूरे और अट्टालिकाओं के गगनचुंबी माथों पर दैहिक सुख बहुत फैला है, अतः आत्मिक आनंद उसी

तुलना से कम होता जा रहा है। यह विडंबना साधारण जनों को ही घेरे हुए हो—ऐसा नहीं है, धीमे-धीमे उच्च प्रशासकीय परिवारों और जन-समाज में भी फैलती जा रही है!

एक बार पूछ बैठे थे उद्धव, "गोपीनाथ!...क्या यह सब शुभकर ही हो रहा है?"

मुसकुरा पड़े थे श्री कृष्ण, "मानुष-जीवन की यही विडंबना तो है, बंधु!...मुनष्य अभावों में भी अतृप्ति भोगता है और समृद्धि उसकी अशांति का कारण बन जाती हैं इन्हीं के बीच ऋषि जनमते हैं और इन्हीं में से दानवों को प्राकट्य भी होता है। यह सब स्वर्ग-नर्क का ऐसा सूक्ष्म साक्षात् है, जिसे ज्ञान दृष्टि से ही देखा जा सकता है और अज्ञानतावश यह अदर्शित ही रह जाता है!..."

"यह सब जानते-समझते हुए भी तुम इस सबको पनपने देते हो, दामोदर?" उद्धव ने तनिक चिढ़कर पूछा था, "क्यों नहीं इसे इसी समय थाम लेते!..."

श्री कृष्ण मुसकुराए। वही रहस्यमयी मुसकान। बोले, "यदि यह सब नहीं होगा, तब धर्माधर्म को कैसे समझ सकेगा मनुज?...सत्यासत्य की व्याख्या कैसे निश्चित होगी? नश्वर-अनश्वर किस तरह विवेचित किए जा सकेंगे?"

"किंतु..." उद्धव चिंतित होने लगे थे। लगता था कि यादवेंद्र कृष्ण आगत के वीभत्स सत्य की ओर संकेत कर रहे हैं...पर निश्चिंत, निर्लिप्त, निर्भीक!...पूछा इस कारण, क्योंकि उद्धव सामान्य व्यक्ति हैं। सहज और केवल सारल्य की प्रतिमूर्ति!...

श्री कृष्ण ने उत्तर में हंसकर कह दिया था, "यह सब भय का कारण नहीं है उद्धव!...केवल अनुभव है और वह भी मात्र जड़ का भौतिक, किंतु अस्तित्वहीन अनुभव!...यह अनुभव भी असत्य! मात्र पृथ्वी का अस्तित्व ही सत्य है!...और पृथ्वी पर जो कुछ घटता है, घट रहा है वह असत्य है—सत्य केवल है—पृथ्वी का होना!...

उद्धव बहुत कुछ जानना चाहते हैं। हर उस बार जान लेने के लिए व्यग्र हो उठते हैं, जब मुरलीधर कुछ बोलने-समझाने की मनःस्थिति में हों। लगता है कि उस समय कृष्ण के पास नहीं होते वह—वह होते हैं केवल सत्य के पास! केवल अनुभव के सान्निध्य में! केवल ऋषि-ऋचाओं के तत्व-समग्र में!

अक्सर होता यह है कि जितने गूढ़ उत्तर आ रहे होते हैं, उन पर तुरंत जिज्ञासा जन्म कर भी शब्द रूप में प्रश्नाकार नहीं ले पाती। जब तक आकार लेती है, तब तक स्थिति बदल चुकी होती है। कुछ नया, चौंकानेवाला या तुरंत कृष्ण को कर्तव्यरत कर देनेवाला कोई भौतिक सत्य सामने होता है...उस दिन भी यही हुआ। जिज्ञासु भाव से उद्धव ने प्रश्न-शब्द संजोए ही थे, कि एक चिंतातुर यादव सैनिक सामने आ खड़ा हुआ...

"प्रभु?..." सैनिक के कातर शब्द फूटे।

श्री कृष्ण ने शांतिपूर्वक उसे देखा। सैनिक ने सूचना दी थी, "अभी-अभी प्राग्ज्योतिषपुर* से एक युवती आई है...बहुत व्यग्र, चिंतित और थकी हुई है। चाहती है कि यदुनंदन के दर्शन उसे शीघ्रातिशीघ्र प्राप्त हो जाएं?"

"हमें उससे भेंट कर प्रसन्नता होगी, प्रहरी!..." शांत भाव से माधव बोले थे, "भेजो उसे!..."

सैनिक तुरंत लौट गया। कुछ पल पश्चात् ही युवती को लेकर उपस्थित हुआ...

युवती सुंदर थी, पर चिंता के कारण व्यग्र भाव से सहमी-डरी हुई। इस सहम और भयग्रस्त मनःस्थिति ने जैसे आयु बढ़ा दी है। बाल भी ठीक तरह संवरे हुए नहीं। काया का रह-रह कर कांप उठना सिद्ध करता है कि निश्चय ही इस समय भी वह स्वयं को संकटमुक्त अनुभव नहीं कर पा रही है। कृष्ण ने आदरसहित उसे यथास्थान बैठने को कहा, फिर बोले थे, "भयमुक्त हो, देवी! कहो कि यह यादव कृष्ण आपके शुभार्थ क्या कर सकता है?"

---

* प्राग्ज्योतिषपुर—वर्तमान आसाम स्थित गोहाटी का पौराणिक नाम।

युवती को सहज होने में कुछ पल लगे। फिर कहा था, "दैव!...दूर आर्यावर्त के छोर से मुझे एक विश्वास और आशा संजोकर अनेक राजकन्याओं और कुलीन महिलाओं ने आप तक पठाया है। अनेक अवरोध पार करके जैसे-तैसे दुष्ट नरकासुर और जघन्य पापी दानव मुर से बचते हुए आप तक मैं आ सकी हूं..."

श्री कृष्ण गहन ममत्व भाव से उसे देख फिर धीमे से साहस बंधाया था उसे, "तुम अब पूरी तरह निश्चिंत और आश्वस्त हो जाओ बहिन!...यह यादव श्री कृष्ण वचनवद्ध है कि वह तुम सभी के विश्वास और आशा को पूर्ण करेगा!...कहो, क्या कष्ट है?"

संकोचपूर्वक, दृष्टि झुकाए हुए उस महिला ने जो कष्ट सुनाया, उसे सुनकर उद्धव भी बुरी तरह सहम गए थे, किंतु यादवेंद्र बिल्कुल अप्रभावित। ऐसे, जैसे यह सब बहुत पहले से ही वह जानते रहे हों।

युवती ने बतलाया था कि सैकड़ों सुंदर राजकन्याएं और कुलीन आर्य देवियों को क्रूरबुद्धि मुर ने अपनी शक्ति से विलासप्रिय दानवेंद्र नरकासुर के विलास हेतु अपहरित भर नहीं किया है, एक तरह से बंदी बनाकर सदा-सदा के लिए उन्हें दासत्व में पकड़ लिया है...श्री कृष्ण की यशगाथा वहां तक भी पहुंची हुई है और अब वे सभी चाहती हैं कि श्री कृष्ण न केवल उन्हें मुक्ति दिलाएं बल्कि किसी तरह दानव शक्तियों से आर्यावर्त का पश्चिमांचल पवित्र कर दें!...योग्य और प्रतापी आर्य राजा न्यायपूर्वक उस क्षेत्र का प्रशासन-शासन चलाएं ताकि जन-जन का शुभ हो और धर्मरक्षा संभव हो सके!

श्री कृष्ण सुनते रहे, फिर उद्धव की ओर मुड़कर कहा था उन्होंने, "इस देवी के उचित निवास और विश्राम की व्यवस्था करवाओ, उद्धव!...शीघ्र ही हम नरकासुर-नाश के लिए महान् आर्यावर्त के पश्चिमांचल की ओर प्रस्थान करेंगे।"

यही किया गया। युवती का शरीर-कंपन अब सहज हो गया था... उसके साथ-साथ वह शांत और निश्चिंत भी लगने लगी थी। श्री कृष्ण ने

उसे जाते समय आश्वस्त किया था, "निश्चिंत हो, देवी!...कृष्ण आप सबकी शुभेच्छा धूमिल नहीं होने देगा!..."

और फिर वही कर्मरत जीवन का अगला चरण...उन चरणों की ही तरह निरंतर, अथकित और वायुगति कर्मयात्रा!...कभी-कभी आश्चर्य होता है उद्धव को! क्या मनुष्य के लिए यह उस तरह कर्म संभव है, जिस तरह श्री कृष्ण की यह कर्मयात्रा चलती रहती है...असंख्य लोगों को देखा है उद्धव ने। उनसे भी कहीं अधिक राजपुरुषों को—यह किसी बार नहीं देखा कि केवल जनहित की दृष्टि से मानव-कर्मयात्राएं चली हों?...यह कर्मयात्राएं कही जाएं या धर्मयात्राएं?

क्या यही एकमात्र मानवीय सत्य है?

और यदि यही सत्य है, तब जो कुछ बहुलता में दीखता है—क्या वह असत्य है? कृष्ण के शब्द स्मरण हो आते हैं...एक बार बोले थे—'उद्धव!...जो कार्य सर्वजनहिताय हो, समग्र के लिए शुभकारी हो—वही केवल सत्य होता है और वही कहलाता है धर्म!...शेष सब केवल असत्य है, केवल स्वछल!...अतः उस सबका अस्तित्व दीखते हुए भी नितांत अस्तित्वहीन!...

...पर इस घोर कर्ममय जीवन में क्या कुछ समग्रार्थ और कितना निजत्वपूर्ण? सहसा इसका निर्णय कर पाना क्या सहज है? अनेक बार जो अत्यंत निजतापूर्ण लगता है, उसकी मोहशक्ति भी परम आकर्षक होती है—उसे भी कृष्ण सहसा समग्र के लिए परिवर्तित कर देते हैं!...

क्या पश्चिमांचल की यह यात्रा भी समग्र हेतु ही होगी?...क्या इसमें भी निजत्व कुछ नहीं? पुनः कृष्ण की ही बात फिर याद हो आती है—'मित्र! ...बहुत बार निजता और समग्रता का निर्णय उसी स्थिति में हो पाता है, जब बहुआयामी मोह तुम्हारे सामने हों और इसमें से उचित-अनुचित का चुनाव तुम करो!...इस चुनाव का निर्णय ज्ञान करें!'

उद्धव ने पूछा था, "उचित-अनुचित का निर्णय कैसे होगा, यदुश्रेष्ठ?"

श्री कृष्ण मुसकुरा भर दिए। उत्तर नहीं।

"तुमने कुछ कहा नहीं, कान्हा!"

"उचित-अनुचित मनुष्य का आत्म ही निर्णय करते हैं उद्धव!...आत्मा का अनित्य रूप ही परमतत्व अथवा परमात्मा है। वही है सत्य, सिद्ध और अनित्य!...उसी के विवेचन और निर्णय शक्ति से मनुष्य इहलोक में रहकर भी परलोक को साध पाता है!"

उद्धव को अनचाहे ही बाध्यता की स्थिति में चुप रह जाना पड़ा। कारण है कृष्ण की वार्ता का वह गूढ़ तत्व, जो सहसा समझ नहीं आता, सहसा साधारण बुद्धि से उसका विवेचन भी नहीं हो पाता!

पश्चिमांचल की यात्रा का समय निश्चित हो गया था। प्रस्थान के समय के निर्णय पूर्व श्री कृष्ण ने समस्त आर्यावर्त संबंधी विविध सूचनाओं को सुना-जाना। सर्वाधिक महत्वपूर्ण थीं—कुरु वंश में चल रहे पारिवारिक कलह की सूचनाएं। यह कलह भीषण महासंग्राम की ओर समग्र भरतखंड को खींचे ले जा रहा है। भीष्म, द्रोण, विदुर आदि श्रेष्ठ राजपुरुष भी इस संग्राम को टालते-टालते अब असमर्थ होते जा रहे हैं...गंधारनरेश और महाराज धृतराष्ट्र के साले शकुनि ने कौरव-बंधुओं को अपने पांडव बंधुओं का विरोध करवाते-करवाते घृणा के उस चरमबिंदु तक पहुंचा दिया है, जहां से केवल विनाश-रचना ही संभव रह गई है।

एक सूचना के अनुसार दोनों ही पक्षों द्वारा युद्ध संबंधी मानसिक तैयारियां हो चुकी हैं। यह तैयारियां शीघ्र ही महायुद्ध का स्वरूप धारण कर लेंगी, इसमें तनिक भी संदेह नहीं! कुरु-पांडव वैमनस्य से समग्र आर्यावर्त की राजनीति प्रभावित है। यहां तक कि यादव गणसंघ द्वारका भी उससे अलग नहीं है। एक बार यह भी जानना चाहा था उद्धव ने, "क्या केवल इस कारण इस सबसे यादव जुड़ गए हैं कि आप-जैसा नीतिज्ञ पांडवों का पक्षधर कहलाता है?"

उत्तर में कृष्ण ने स्पष्ट किया था, "पक्ष-विपक्ष की बात नहीं है, उद्धव!...बात है धर्माधर्म की! पांडुपुत्र युधिष्ठिर केवल आयु-मर्यादा भर से नहीं, बड़े भाई की सबसे बड़ी संतान होने के कारण भी विशाल कुरुराज्य

के स्वामी होने चाहिए! योग्य राजा और मानवीय गुणों की दृष्टि से भी भरतखंड को जिस सुयोग्य शासक की आवश्यकता है—वह केवल युधिष्ठिर ही हो सकते हैं। धर्मराज सामाजिक-धार्मिक और मानव मूल्यों भर के रक्षक नहीं, न्याय, सत्य और अहिंसा आदि सद्गुणों के कारण भी सम्राट पद के योग्य हैं। उनके केंद्रीय नेतृत्व में भरतखंड के समग्र राजा, राजपुरुष और राज्य धर्म-न्याय के साथ आर्यशक्ति बढ़ाते रहेंगे, इस कारण भी उनका नेतृत्व भारत के लिए शुभकर है। केवल रक्त संबंधों के कारण मैं उनके साथ नहीं, उनके गुणों, न्यायिक अधिकार और आर्य संस्कृति के रक्षार्थ उनका साथी हूं। दुर्बुद्धि दुर्योधन ने निजतापूर्ण स्वार्थ और मदांध शक्ति की प्राप्ति हेतु वीर पांडवों के साथ जैसा अकुलीन व्यवहार किया है, छलपूर्वक उनका वध करने के प्रयत्न किए हैं, वे सब पांडुसुतों के लिए केवल मात्र मेरी ही नहीं, अन्य अनेक राजाओं ऋषियों और महात्माओं की सद्भावनाओं और सहानुभूति का कारण बने हैं।

"किंतु देव, आप स्वयं भी तो यही मानते हैं कि युद्ध कभी कल्याणकर नहीं होता?" उद्धव ने प्रश्न किया था, "यदि कौरव-पांडवों में युद्ध होता है तब वह निश्चय ही दोनों के समर्थक राजाओं का सहयोग पाकर महायुद्ध में बदल जाएगी!...उस भयावह युद्ध के विनाशक परिणामों को समस्त मानवजाति भोगेगी...वैसी स्थिति में क्या युद्ध टालना उचित नहीं होगा?"

"युद्ध कोई नहीं चाहता, पर अनेक बाद युद्ध ही सत्यासत्य और धर्माधर्म के निर्णय-मार्ग रह जाते हैं यदि वैसी स्थिति आती है, तब युद्ध ही निर्णायक सिद्ध होगा! यह न हो, इसके लिए ही तो मैं उद्दंड दुर्योधन की राजसभा में भी पांडव-दूत बनकर पहुंचा था। यह भी चाहा कि वह पांडवों को पांच ग्राम देकर संतुष्ट कर दें...किंतु खेद है, दुर्दांत कुरुराज ने मुझसे भी छल करने की चेष्टा की!"

कृष्ण सहसा चुप हो रहे।...और उसी तरह चुप हो रहे थे उद्धव। सच ही तो श्री कृष्ण ने कुछ समय पूर्व हस्तिनापुर में उपस्थित होकर शांति-दूत का धर्म-निर्वाह करने की चेष्टा की थी, किंतु दुर्योधन ने उन्हीं से छल करना

चाहा! वैसी स्थिति में वासुदेव बाध्य हो गए थे कि अपनी विशाल शक्ति का प्रदर्शन कर दें! वह विराट रूप दिखाएं, जिसकी कल्पना मात्र से मनुष्य की हर अहंशक्ति धूल-धूसरित हो सकती है!...

उद्धव को सब कुछ याद है...याद हैं वे कौरव छल-गाथाएं भी जो संपूर्ण भरतखंड में कुंतीसुतों द्वारा समय-समय पर सही जाती रही हैं...लगा था कि कृष्ण ने सच ही कहा है। अनेक बार धर्माधर्म और न्याय-अन्याय के बीच युद्ध ही निर्णायक स्थिति बनकर रह जाते हैं।

वह बात आई-गई हो गई है...कितनी ही बार, कितनी ही तरह उभर कर यह विषय अब सभी के लिए अरुचिकर भी होने लगा है। सब जान-समझ रहे हैं कि कुरु-पांडव वैमनस्य की राजनीति एक दिन संपूर्ण आर्यावर्त को युद्ध के दावानल में झुलसने के लिए बाध्य कर देगी!...यादव गणसंघ के राजपथों से लेकर जनपथों तक यह विषय चर्चित भी है और चिंता का कारक भी! पर निष्कर्ष कुछ भी नहीं...

केवल समाचार...ऐसे समाचार, जो पल-पल यह अहसास तीव्र करवाते रहते हैं कि महायुद्ध सन्निकट है...

पर कृष्ण अप्रभावित! इस तरह जैसे इस सबको जान बूझकर ही अनजान बने हुए हैं...यही कारण तो है कि एक बार हंसकर कह दिया था, "...जो घटनेवाला है, या भवितव्य में घटेगा, उसे लेकर वर्तमान का सत्य और सुख दूषित करने की क्या आवश्यकता है मित्र? अतः इस समय केवल वही हमारा धर्म है जो वर्तमान का निर्वाह करता हो?"

और वर्तमान का धर्म है प्राग्ज्योतिषपुर के दानवेंद्र नरकासुर का नाश!. ..इस नाश-अभियान से पूर्व भी द्वारका में अनेक सूचनाएं थीं। कृष्ण को यह भी ज्ञात था कि महाबली जरासंध के मैत्री संबंधों ने नरकासुर को अधिक शक्तिशाली भर नहीं, दुस्सह आतंक बना दिया था। एक वही क्यों, अनेक राजा बने हुए थे इस तरह के आतंक...क्रमशः कृष्ण ने सभी को अलग-अलग स्थितियों में अलग-अलग समाप्त या परास्त करके आर्य-चेतना जागृत की। स्व-संस्कृति और धर्मशक्ति का महत्व जतलाया...

यही महत्व तो है, जिसने थके हुए पराजित मनों को शक्ति संपन्न बनाया है, सोई राष्ट्रशक्ति को जागृत किया है...धीमे-धीमे विस्मृत होती जा रही धर्मचेतना को शक्ति दी है...कृष्ण-कथा और कथा-कर्म का सिलसिलेवार विवेचन, वस्तुसत्य में इसी जागरण की अनंत गाथा...और इस अनंतगाथा में जुड़ता हुआ एक और अध्याय...दानव नरकासुर की महाशक्ति की ओर कृष्ण की कोप-दृष्टि...

युवती का नाम था—अमृता!...बात-बात में सेविकाओं ने बहुतेक सूचनाएं एकत्र कर ली हैं। अमृता अंग देश के कुलीन परिवार की एक कन्या के साथ वन-विहार हेतु गई थी, उसी समय दुष्ट नरकासुर के सेनापति मुर ने उसका अपहरण कर लिया। इस अपहरण से अंगराज्य में बहुत खलबली मची थी, पर सब व्यर्थ!...सूचनाओं ने सहमा दिया था अंगराज को। प्राग्ज्योतिषपुर के महादानव नरकासुर की महाशक्ति भी सबकी जानी-पहचानी है!...

कुलीन कन्या सुष्मिता के साथ-साथ अमृता भी अपहरित हुई। वह उसकी विश्वस्त सखी और सेविका थी। दुष्ट नरकासुर के विशाल रनिवास में सुष्मिता का कौमार्य-भंग हुआ तथा बाद में उसे भी सहस्रों अन्य राजकन्याओं के साथ रनिवास के विशाल स्त्री समूह की साधारण सदस्या बना दिया गया। अब वह भी उन्हीं में से एक है जो नरकासुर, मुर आदि दुष्ट दानवों की उद्‌दंड कामवासना का आए दिन शिकार बनती रहती हैं...

नरकासुर की विशाल सैन्य-क्षमता और शक्ति के साथ-साथ दुर्ग संबंधी अनेक जानकारियां भी अमृता ने दी है...यह सभी जानकारियां युद्ध-समय पर पर्याप्त उपयोगी सिद्ध होंगी! सब जानकारियां सिलसिलेवार श्री कृष्ण तक पहुंचाई जाती रही हैं...और फिर कृष्ण ने प्राग्ज्योतिषपुर की ओर प्रस्थान का निर्णय लिया...

उद्धव, वसुहोम आदि अनेक यादव प्रमुखों के साथ श्री कृष्ण ने उचित मात्रा में यादव सैनिकों सहित प्राग्ज्योतिषपुर की ओर प्रस्थान कर दिया था...

विविध सूचना-साधनों से विविध जानकारियां जुटा ली थीं कृष्ण ने... नरकासुर का पूर्वप्रचलित नाम रहा है—भौमासुर!...उसने प्राग्ज्योतिषपुर के विशाल दुर्ग में असंख्य स्त्रियों और विलाससुख-सुविधाओं को जुटा रखा है। इन सुख-सुविधाओं के बीच निरंतर मस्त रहना ही भौमासुर ने राजधर्म समझ लिया है। इस सभी का मूल कारण बने हैं उसके शक्ति संपन्न दानव सेनापति औध और मुर!...इन्हीं की दुर्दांत शक्ति से जनसामान्य भर नहीं, अन्य राजाओं में भी सहम और भय व्याप्त रहता है।

विशालाकार नगर-क्षेत्र की रथार्थ छह हजार दानव सैनिक निरंतर सतर्क रहते हैं। संपूर्ण राजनिवास तीक्ष्ण धारवाले लोहे के परकोटों से सुरक्षित है...इस सुरक्षा-पंक्ति के बाद दानव सैनिकों की एक बड़ी संख्या भी सदा उपस्थित रहती है। यह दानव-शक्ति राज्य की ओर आनेवाले हर खतरे या कि आक्रमण से राज्य और राजा को सुरक्षित रखती हैं...दोनों ही पंक्तियों के दो महाशक्ति संपन्न सेनानायक हैं। पहली पंक्ति को सम्हालता है दैत्य औध और दूसरी का रक्षक है—मुर!

औध और मुर दोनों ही महाबली होने के साथ-साथ अद्‍भुत और अलौकिक शस्त्रों के संचालन में पारंगत मायावी दानव हैं।

श्री कृष्ण सब सुन-जानकर विश्वस्त सैनिकों सहित प्राग्ज्योतिषपुर की ओर बढ़ते गए थे। नगर-प्रवेश के पूर्व सभी ने अस्त्रास्त्रों को गुप्त रूप से अपने कपड़ों में छिपा लिया था फिर यात्री वेष में अलग-अलग परिचय देकर अलग-अलग मार्गों से भीतर प्रवेश किया।

अमृता ने बतलाया था कि नरकासुर के राज्य में रहनेवाले नागरिकों में इतना असंतोष व्याप्त है कि वह जरा-सा सहारा पाते ही राजा के विरुद्ध

विद्रोह कर सकते हैं। राजनिवासों में उथल-पुथल मचाने के लिए वे हज़ारों स्त्रियां काफी होंगी, जिन्हें दानवों ने अपनी वासनावश कष्टमय और असम्मानजनक जीवन जीते रहने के लिए बाध्य कर दिया है। अमृता से सब सुन-जानकर श्री कृष्ण ने उसे काम सौंपा था, "देवी!...तुम उन असहाय महिलाओं को विश्वास दिलाकर विद्रोह के लिए तैयार करो जो भौमासुर का आतंक सहने के लिए बाध्य हुई हैं...उनसे कहो कि यादव श्री कृष्ण उनकी मुक्ति और सहायतार्थ प्राग्ज्योतिषपुर आ पहुंचे हैं!"

अमृता ने यही किया...

इस गुप्त युद्ध की योजना कृष्ण ने असाधारण नीति-क्षमता से बनाई है। नगर-प्रवेश कर चुके यादव सैनिकों के नगर-नागरिकों से भेंट में श्री कृष्ण के आ पहुंचने के साथ-साथ उचित समय तक प्रतीक्षा करने के लिए कहा था, जब तक कि संगठित आक्रमण का समय निश्चित नहीं हो जाता। उधर राजनिवास से अलग आर्य नगरों एवं वनवासी स्त्रियों ने जब अमृता से अपने उद्धारक के आ पहुंचने की सूचना पाई, वैसे ही वे सब मारने-मरने पर उतारू हो गईं! नर्कवत् जीवन जीते हुए उन्हें स्वयं से ही घृणा होने लगी थी, अतः मृत्युभय शेष नहीं रहा था।

स्वयं श्री कृष्ण, वसुहोम सहित ब्राह्मण वेष में एक मंदिर में ठहरे हुए थे। देवपूजा के समय नर-नारियों की एकत्र भीड़ में यादव सैनिकों और गुप्तचरों से हर समाचार उन्हें मिलता रहता। उसी समय सारी योजनाएं भी बनाई जातीं...युद्ध-समय व तिथि-निर्धारण भी यहीं हुआ! यहीं से अमृता के माध्यम से राजनिवास तक सूचनाएं पहुंचीं!...

तदनुसार सैनिक तैयारियां प्रारंभ हुईं और अर्धरात्रि के समय प्राग्ज्योतिषपुर का आकाश असंख्य आवाजों से भर उठा। सारा नगर केवल कोलाहल का सागर बन गया! राजनिवास में भी ऐसी चीखोपुकार मची, जिसने समूचा वातावरण घोर आर्तनाद से भर दिया!...

नागरिकों के पास इतने अस्त्रास्त्र होंगे—दानव सैनिकों ने स्वयं कल्पना नहीं की थी। फिर जिस तरह आंधी की तरह वेगपूर्वक उन्होंने आक्रमण

किए थे, उससे दानव अकचकाए भर नहीं, असमंजस और भय के ऐसे शिकार हुए, जिसके परिणाम में भागते-भागते भी मृत्यु का ही परम सत्य स्वीकारना पड़ा उन्हें!...

राजनिवास की पीड़ित स्त्रियों ने अधिकाधिक दानवों को समाप्त कर दिया था। अब महाराज नरकासुर स्वयं भी एक तरह अपनी सेविकाओं के बंदी बनकर रह गए! मुर और औध ने अवश्य भयंकर, युद्ध किया किंतु चुने हुए यादव सैनिकों और श्री कृष्ण की विलक्षण युद्ध-कला के समक्ष अंत में उन्होंने भी मृत्यु वरण किया।

रक्तरंजित खंग लेकर श्री कृष्ण ने विजयी यादव सैनिकों और नागरिकों के साथ राजनिवास में प्रवेश किया। नरकासुर सशस्त्र स्त्रियों का बंदी भले हो गया था, किंतु उसका वीरत्व प्रचंड था। चुनौती देते हुए उसने कहा था, "हे कृष्ण! तुमने छलपूर्वक दानवों को परास्त तो कर दिया है किंतु इससे दानवशक्ति समाप्त नहीं हो जाएगी!...अभी मैं जीवित हूं।"

कृष्ण ने उसे युद्धामंत्रण दिया। साथ ही आदेश भी कि कोई बीच में न आए! नरकासुर ने जीवन की अंतिम श्वास तक कृष्ण से युद्ध किया, अंत में मृत्यु प्राप्त कर मोक्ष पाया। श्रेष्ठ आर्य-कुलों के द्वारा चुने गए प्रतिनिधियों को प्राग्ज्योतिषपुर का राज्य संचालन सौंपकर जब कृष्ण वहां से विदा होने लगे, तब नरकासुर की बंदी राजकन्याएं एवं आर्य सुंदरियां रोती हुईं उनके सामने आ खड़ी हुईं। अमृता के माध्यम से उनकी पीड़ा सुनी थी वासुदेव ने। जो कुछ सुना, उसने काफी कुछ उलझन खड़ी कर दी। उद्धव और वसुहोम विचार रहे थे कि कृष्ण अब इस विकट समस्या का निराकरण किस तरह करेंगे?...

समस्या सचमुच ही विलक्षण थी! अमृता बोली थी, "प्रभु!...आपने दुष्ट नरकासुर का वध करके हमारा उद्धार तो किया है किंतु हमारे लिए एक सामाजिक समस्या भी खड़ी कर दी है। अब उसका निराकरण भी आप ही करें?"

कृष्ण ने चकित होकर देखा था उन्हें, जैसे पूछा हो—'क्या?'

समस्या जटिल थी। अमृता ने कहा था, ''करुणानिधि!...हम सब कुलीन घरों और श्रेष्ठ मर्यादा प्राप्त परिवारों की लड़कियां हैं...भौमासुर की पापेच्छा का हम सभी शिकार हुई हैं...अब समस्या यह है कि अब जब प्राग्ज्योतिषपुर से हमारी मुक्ति के साथ-साथ वह घृणित आश्रय समाप्त हो चुका है—हम कहां जाएं?...हमारे परिवारजन तो हमें स्वीकारेंगे नहीं? स्वीकार भी लें तो क्या उनका मान-सम्मान पूर्व की भांति सुरक्षित रह पाएगा, प्रभु?''

कृष्ण कुछ पल विचारग्रस्त हुए, फिर शांत स्वर में कहा था, ''देवियो!. ..मनुष्य की अवशतावश जो उसके साथ घट जाए, जिसमें उसकी अनिच्छा समाविष्ट हो, वह पाप का अपराध नहीं होता, अतः आप सभी अपने मन को शांत और सहज करें!...ऐसा कुछ भी नहीं है, जिसके लिए आप सभी को प्रायश्चित-जैसी मनःस्थिति और पीड़ा भोगनी पड़े!...''

''किंतु सामाजिक स्थिति और समस्या की जटिलता को आपकी तरह, हर साधारण मानव तो हल नहीं कर लेता मुरारी?'' उनमें से एक ने कहा था, ''उचित यही होगा कि अब इस दुविधापूर्ण स्थिति से मुक्ति हेतु आप ही हमें कोई मार्ग बतलाएं?''

वसुहोम और उद्धव ही नहीं, सभी शांत और उससे कहीं अधिक बेचैन खड़े थे। देखें, अब गोविंद का उत्तर क्या होगा।

और जो उत्तर मिला, वह चौंकानेवाला नहीं, स्तब्ध कर देनेवाला भी था! सच ही कृष्ण विलक्षण हैं, अलौकिक...साक्षात् ईश्वरावतार!...जैसा उत्तर साधारण मानव के मुख से संभव नहीं। न संभव था उस तरह का समाधान!...इस समाधान में नीति, धर्म, कर्तव्य और समग्रशुभ का वह परमसत्य छिपा है, जिसकी प्राप्ति योगबल द्वारा ही संभव है!...बिल्कुल ऋषिवत्, दृष्टि और विचार...!

कृष्ण ने कहा था, ''देवियों!...आपकी मनःस्थिति समझ रहा हूं मैं, अतः आप सभी का द्वारका में स्वागत है। आप वहां सभी प्रकार की सुख-सुविधाएं भोगती हुई पूर्ण स्वतंत्रता के साथ निवास कर सकेंगी, इसके लिए मैं वसुदेव सुत श्री कृष्ण वचनवद्ध होता हूं!...''

श्रद्धा के साथ सैकड़ों नारियों ने सम्मिलित स्वर में श्री कृष्ण का जय-जयकार किया था...

नरकासुर वध और मुर-संहार की घटना से कहीं अधिक व्यापक सामाजिक-राजनीतिक परिणाम हुए थे—उन नारियों के सामाजिक स्वीकार के कारण! ...उनमें अनेक पुत्रवती थीं, अनेक सामाजिक-पारिवारिक स्तर पर परित्यक्ताएं और अनेक वे जो स्वलज्जा के कारण अपने गृहों तक नहीं लौटना चाहती थीं। कृष्ण द्वारा द्वारका में उनके पुनर्स्थापन ने उन असंख्य आर्य नारियों के हृदय में कृष्ण के प्रति अपार श्रद्धा और सम्मान जगाया था, जिन्होंने संस्कृति-विकृति के कारण आए आर्य राजाओं के ही मानवीय दोषों, सामाजिक-राजनीतिक दुर्बलताओं तथा अनार्यों द्वारा उत्पीड़न की स्थितियां या तो देखी थीं, या फिर सही-भोगी थीं...

विद्वानों से लेकर ऋषियों तक ने इस महापुण्य की सराहना की। इसे कृष्ण का धर्माचरण निरूपित करते हुए आदर्श रूप में व्याख्यायित किया। उद्धव, वसुहोम और अनेक यादव समर-शास्त्री चकित हुए थे। कृष्ण-निर्णय के पश्चात् बहुत सहमें हुए थे वह...क्या प्रतिक्रिया हो सकती है वासुदेव के इस निर्णय की?...लगता था कि संभव है कि बहुसंख्य पुरातनपंथी इसे कृष्ण की उसी दुर्बलता से जोड़ दें, जिसे लेकर गोपी-कृष्ण संबंधों की भ्रांतियां फैलाई गई थीं...

किंतु वैसा कुछ न होकर इस घटना ने और ही परिणाम दिए। ऐसे परिणाम, जिनके कारण कृष्ण समाज में पूजित हुए, नारी श्रद्धा के प्रतीक बने, नारी शक्ति से मान मिला उन्हें!...इसके पूर्व भी अनेक घटनाओं ने सिलसिलेवार श्री कृष्ण को उस स्थिति तक पहुंचाया था जब मानव, महामानव और फिर ईश्वरत्व की कोटि में जा पहुंचता है...सुना था कि महात्मा विदुर ने सब कुछ जान-सुनकर भी कुरु-सभा में श्री कृष्ण के व्यक्तित्व को लेकर टिप्पणी की थी—'वह मनुष्य नहीं ईश्वर है!...उन पर श्रद्धा और भक्ति रखकर ही सृष्टि-सागर से मुक्ति प्राप्त की जा सकती है!'

बहुत चिढ़े थे कौरवेंद्र दुर्योधन। कुछ बहके भी, किंतु भीष्म ने शांत कर दिया था उन्हें। द्रौपदी के चीरहरण की कथा सुनाकर कहा था, ‘‘क्या तुम्हें स्मरण नहीं पुत्र? वासुदेव ने द्रौपदी के वस्त्र हरण की तुम्हारी कुचेष्टा को जिस तरह विफल किया, उसने समग्र स्त्री-समाज में उनकी छवि क्या बनाई है...दंभोक्तिपूर्ण स्वभाव त्यागकर विचार करो उस पुरुष सिंह की समग्र जीवनयात्रा पर...तुम्हें भली भांति ज्ञान हो जाएगा कि क्यों वह सभी के प्रिय, स्नेहपात्र, श्रद्धाबिंदु और मानव मात्र के शुभैषी स्वीकारे जाते हैं? किसलिए राजा न होकर भी राजाओं से अधिक सम्मानित और पूजित हैं। किस कारण ऋषियों और ज्ञानियों में उन्हें आदर-सम्मान प्राप्त होता है?...’’

कर्ण की भी यही सम्मति थी। मित्र को शांत किया था उन्होंने, ‘‘नहीं-नहीं मित्र!...रुक्मिणीपति को लेकर विचार करते समय हमें उनकी असाधारणताएं भी स्मरण रखनी चाहिए।’’

दुर्योधन चुप हो रहे थे।

पर इस चुप में गहन असंतोष और उससे भी अधिक पीड़ा थी। अमानवीय शक्तियों के स्वामी होते हुए भी गांधारी पुत्र चाहकर भी श्री कृष्ण की सत्ता सह नहीं पाते थे। कारण केवल यह कि कृष्ण को पांडवों का मित्र, शुभैषी और शुभचिंतक माना जाता था...

कौरव-पांडव युद्ध पूर्व जितनी भी घटनाएं घटी थीं, उनमें गोविंद किसी-न-किसी रूप और अर्थ में निरंतर उपस्थित रहे। उनकी ऐसी उपस्थिति ने दुर्योधन ही नहीं, दुःशासन, दुःसह, दुकर्ण आदि अनेक कौरव बंधुओं को कृष्ण के प्रति, पांडव बंधुओं की तुलना में कहीं अधिक वैमनस्य और घृणा का पात्र बना दिया था।

स्थिति यहां तक पहुंची कि कृष्ण, कौरवों के लिए पांडवों से कहीं अधिक बड़े शत्रु बन गए। उनके बढ़ते जनप्रभाव और महात्माओं में स्नेहादर और ऋषियों में मान-सम्मान ने कौरवों की घृणा को बैर की चरम स्थिति तक पहुंचाया। विशेषकर उग्रता की इस मनःस्थिति को गांधारपति

शकुनि निरंतर प्रज्ज्वलित रखते...हर बार उन्हें लगता था कि कृष्ण न होते तब पांडवों को बड़ी सुविधा के साथ, दुर्योधन की राजनीति के कंटक रूप से हटाया जा सकता था।

उद्धव को स्मरण है कि उस समय तक कुरुक्षेत्र के संभावित महायुद्ध की राजनीति चरम पर पहुंच चुकी थी। कौरवेंद्र महाराज धृतराष्ट्र को अनेक तरह, अनेक स्तरों पर परिजनों, मित्रों व शुभचिंतकों ने सावधान किया था कि पारिवारिक कलह को युद्ध सीमा तक न ले जाएं, किंतु दुर्मति और दुःसाध्य पुत्र दुर्योधन के निरंतर राजनीतिक कुचक्रों ने ऐसा हर प्रयत्न असफल सिद्ध किया। स्वयं श्री कृष्ण यदाकदा कह देते थे—'अब वह समय बहुत निकट है मित्र, जब आर्यावर्त एक ऐसे महासमर का सामना करेगा, जिसके परिणामस्वरूप कई पीढ़ियां कष्ट झेलेंगीं। अनेक महायोद्धा प्रायश्चित करेंगे और बहुसंख्य जीवों को प्राणदान देना होगा!...'

उद्धव कुछ व्यग्र हो उठे थे, पूछा, "तब तुम इस सबको रोक क्यों नहीं देते कन्हैया?"

हंस दिए मुरलीधर, बोले, "भवितव्य को रोकने की चेष्टा व्यर्थ होती है और ऐसी चेष्टाएं करनेवाली अपनी सीमाएं लांघ जाते हैं मित्रवर!...अतः उचित केवल यह है कि जो घटनेवाला है, उसे घटने दिया जाए...संतुलन रखा जाए केवल उन परिणामों पर जो अधिकाधिक घातक हो सकते हैं!...कुरुक्षेत्र के जिस महायुद्ध का आयोजन दुर्योधन कर रहे हैं, वह धर्माधर्म का निर्णायक युद्ध होगा, अतः उस युद्ध से मनुष्य को सीखने दो!... उचित-अनुचित का विवेचन इसी महायुद्ध की अंतर्कथाएं सदा करती रहेंगी! यह आनेवाली असंख्य पीढ़ियों के लिए उन असंख्य प्रश्नों का उत्तर भी बनेगा, जो सदा-सदा मानव-इतिहास के पृष्ठों पर प्रश्नाकार खड़ी होती रहेंगी!..."

उसी दिन जान लिया था उद्धव ने—महायुद्ध अवश्यंभावी नहीं, निश्चित है। उद्धव याद करते हैं—सुसमृद्धि के चरम पर था आर्यावर्त...उससे कहीं अधिक भौतिक और यौगिक शक्तियों के अभूतपूर्व एकत्रीकरण को मनुष्य

स्वयं ही जैसे सम्हाल पाने में असमर्थ-सा सिद्ध होने लगा था। इस स्थिति को लेकर भी उद्धव ने अवसर पाकर अनेक बार कृष्ण के समक्ष जिज्ञासाएं रख दी थीं और उनकी हर जिज्ञासा का समाधान कान्हा ने इस तरह किया था, जैसे बालक किसी खिलौने से खेल रहा हो...

गोपाल कहने लगे थे, "यह एक अनादि-अनंत क्रम है उद्धव कि जब-जब मनुष्य भौतिक शक्तियों का एकत्रीकरण कर केवल प्रकृति-द्रोह करने लगता है, तब-तब चिरंतन प्राकृतिक शक्तियों से ही उसे जूझना पड़ता है। प्रकृति ईश्वरीय है, सहज, सरल और स्वाभाविक है, अतः कभी कृत्रिम शक्तियां उस पर जय नहीं पा सकतीं!...ज्ञानी-महात्मा और ऋषि-मुनि इस महासत्य को भलीभांति जानते हैं। वे समय-समय पर ऐसे दुराग्रही मानवदंभ को चेतावनियां भी देते रहते हैं, किंतु दुर्मति और अहंकार से ग्रस्त लोग निरंतर उनकी अवहेलना करते हुए केवल अपने निर्मित किए हुए विचार-संचार से विलग नहीं हो पाते—तब होता है विनाश!...वह समय अब दूर नहीं है. ..और यह उन सभी के लिए सौभाग्य-प्रद भी है जो इसके स्वयं साक्षी बनते हैं!...धर्माधर्म के सूक्ष्म तत्वों से उनका साक्षात्कार होता है। यह साक्षात्कार ही सनातन की उस प्रक्रिया को निरंतर चलाए रखता है जिसकी कृपा और आशीर्वाद में मनुष्य मात्र का नहीं, जीवनमात्र का हित सुरक्षित है। अतः दुर्योधन द्वारा आयोजित किए जा रहे इस महासमर को लेकर मन को अशांति, चिंतित और व्यग्रता से मुक्त कर दो!..."

उद्धव ने फिर कुछ नहीं पूछा था...

उस समय तक नहीं पूछा था, जब तक कि वह सब घट नहीं गया!...

पर जो घटा, उसने बुरी तरह सहमा डाला था उन्हें...इतना वीभत्स, घृणित और असह्य!...कुरुक्षेत्र के महासमर ने कृष्ण-विचार को शब्दशः सत्य सिद्ध कर दिया था...उसकी स्मृति तक चौंकाती है...चौंकाने की यह प्रक्रिया कितने दिन-रात्रि चलती रही—उद्धव के लिए यह भी स्मरणीय नहीं!...या यों कि उद्धव में उस सबकी सामर्थ्य नहीं थी!

वह समर्थ थे, केवल सत्यदर्शन के!...उस सत्यदर्शन के, जिसकी संकेत-सूचना, शब्दरूप में ही सही, किंतु उद्धव को बहुत पहले मिल गई थी।...

कृष्ण-शब्द स्मरण हो आते थे रह-रह कर...

ईश्वरकृत प्रकृति-शक्ति और मानवीय कृत्रिमता में निरंतर संघर्ष!... महाभारत के महासमर का एकमात्र सत्य!...

भयंकर विनाश देखा था बहुतों ने! उद्धव ने द्वारका में केवल उसके प्रभाव भर देखे। ये प्रभाव ही इतने भयावह थे, जो उस महायुद्ध की भीषणता का सत्य दर्शाते थे। ऋतुओं के रंग बदल गए। उससे कहीं अधिक सहज हुए प्राकृतिक प्रभाव...सूचनाएं मिलती थीं कि भयंकर हिमपातों के कारण पृथ्वी के अनेक नगर भूमिसात हो गए हैं। असंख्य जीवों ने अकारण, अदोष ही प्राण खोए! युद्ध में मृतकों और हताहतों की इतनी बड़ी संख्या हुई, जिसका अनुमान कर पाना असंभव था। न मृतकों की विकृत देहों को उठानेवाले शेष रहे थे, न ही हताहतों की सहायता करनेवाले! द्वारका के हर पहर, हर घर-द्वार पर केवल उस महायुद्ध के वायुवत् मिलते समाचारों की प्रक्रिया वीभत्सता का अंधकार बनकर गिरने लगी थी।...

रुक्मिणी, सत्यभामा, जाम्बवंती आदि विभिन्न रानियां श्री कृष्ण को लेकर समाचार सुनने-जानने के लिए व्यग्र रहा करती थीं। ज्ञात होता कि वह सारथी धर्म निबाहते हुए निरंतर पांडव-शुभ के लिए प्रयत्नरत हैं...आश्वस्ति मिलती, किंतु जब तक युद्ध-शेष न हो जाए पूर्ण शांति नहीं!

युद्ध शेष होने के पूर्व कितना कुछ घटा था—अब स्मरण कोष में भी उस सबके लिए स्थान शेष नहीं। स्थान है केवल उस सत्य साक्षात्कार के लिए, जो समग्र विश्व को भोगना है...उन अठारह दिनों के वीभत्स युद्ध में घटी हर घटना का अंश-अंश संपूर्ण जागृत को सीमाहीन समय तक झेलना है...

महाशक्ति संपन्न कौरव योद्धा एक-एक कर मरते रहे थे उन अठारह दिनों में! अजर-अमर भीष्म की देह ने भी सूर्य ने उत्तरायण होते तक जीवन थाम रखा था...अश्वत्थामा के ब्रह्मास्त्र की अमोघ शक्ति के क्रूर संहार से

बचने के लिए श्री कृष्ण ने शक्ति-सीमन करने में अपनी महाशक्ति व्यय कर डाली थी...

कौन-सा कोना है विश्व का जो इन अठारह दिनों के महायुद्ध से प्रभावित नहीं हुआ? कौन-सा प्रकृति-क्षण है, जिसने अप्राकृतिक परिवर्तनों को नहीं झेला? कौन-सा मानवजनित सत्य है, जो असत्य सिद्ध नहीं हो गया?...देह अमरत्व का कौन-सा वरदान है, जिसने शाश्वत परमात्मा के चिरंतन को स्थापित नहीं कर दिया?...

उद्धव सोचते हैं...सोचते ही चले जाते हैं...सीमाहीन...अनंत तक...और इस अनंत तक व्याप्त हैं श्री कृष्ण। उनके शब्द। समय-समय पर की गई धर्माधर्म की अतिसूक्ष्म-व्याख्याएं...

इन व्याख्याओं ने बहुत कुछ सिद्ध कर दिया है। यह भी कि प्रकृति चिरंतन है और जीव जन्म-मरण से पूर्ण सृष्टि का एक सहज-सामान्य क्रम ...यह भी सिद्ध हो गया है कि मानव निर्मित हर शक्ति केवल शक्तिछल है—स्वाभाविक सत्य नहीं! यह भी कि मनुष्य अपने अहं मोहवश, महासत्य के अंशमात्र को भी प्रभावित नहीं कर सकता!...

वह है केवल माध्यम...उस महाशक्ति और निराकार का माध्यम जो रूप, रस गंध से परे केवल आत्मानुभूति हैं कोई उसे ईश्वर कहता है, कोई प्रकृति, कोई नियम और कोई धर्म!...पर वह है केवल साम्यानुभूति! ऐसे सत्य का साक्षात्कार, जिसे वस्तु, दृश्य और दर्शित से परे केवल अनुभव किया जा सकता है!

राज्य, सुख, वैभव, ऐश्वर्य, कामनाएं, इच्छाएं...ऐसी ही कितनी मनःस्थितियां—केवल दर्शित सत्य या सत्याकांक्षाएं भर होती हैं—किंतु सत्य नहीं!

सत्य वह, जो अनित्य है, अविचल है, अविभाज्य है...

कृष्ण लौट आए हैं, द्वारका में। कुरुक्षेत्र का महाभारत युद्ध समाप्त हो गया। उसके साथ ही समाप्त हो गई है आर्यावर्त ही नहीं, समग्रविश्व में सदियों से चलती आ रही शस्त्रहोड़, शस्त्राधारित सत्य की प्राप्ति, राजमोह

की निरंकुश कामनाएं, वैभव के झूठे स्वप्न, ऐश्वर्य की बेसुध इच्छाएं...सब स्तब्ध हैं। सब सहमे हुए। सब चिंतित!

कारण है—कुरुक्षेत्र समर का परिणाम! इस परिणाम ने द्वारका के हर नगर-ग्राम में रत्नाभूषणों और स्वर्ण के साथ-साथ मुद्रा प्राप्ति की इच्छाओं को हल्का-सा ही सही, किंतु ऐसा धक्का दे दिया है, जिसके कारण विरक्ति से उसके मन भर आए हैं...सनातन सत्य की पहचान सूर्य किरण की तरह अंधेरे मानस में किरण बनकर कौंधी है। इस कौंध ने मन-आत्मा को ही नहीं, मस्तिष्क को भी झकझोर डाला है!...

यह झकझोर मन को एक उदासीनता से भरे हुए है। साधारण हो या असाधारण-व्यक्तिमात्र इस मानसिकता से ग्रस्त है। एक सीमा तक पीड़ित और आहत!...

पर एक वर्ग है, जिसने युद्ध परिणामों को देख-जानकर भी सत्य से साक्षात्कार नहीं किया, अपितु एक असंयमित विचार को जन्म दे दिया है। ऐसों का जीवन-सत्य यही है...वह—जो कुरुक्षेत्र के महायुद्ध का परिणाम बनकर सामने आया! तब संभवतः सत्य एकमात्र यह कि जो दीखता है, उसे पूरी तरह भोग लिया जाए। भोग की ऐसी अतृप्त आकांक्षा पूरी एक पीढ़ी के भीतर जन्म आई है, जिसने सभी कुछ झुठला दिया है। इस वर्ग का अधिसंख्य है वह यादव पीढ़ी, जिसका सत्य केवल दर्शित संसार भर बनकर रह गया है!...

मृत्यु के जघन्य और घृणास्पद रूप को देख जान लिया है उन्होंने! यह भी समझ लिया है कि मृत्यु ही उनका परमसत्य है...और इसकी प्रतिक्रिया में एक निरंकुश विचार यह जन्मा है कि जो जीवन है, उसे शीघ्रातिशीघ्र भोग लिया जाए...भोग का यह क्षण ही केवल सत्य! यह सुखानंद ही एकमात्र आकांक्षा, इसकी प्राप्ति ही परमानंद की प्राप्ति!

इस निरंकुश विचार ने सारी मर्यादाएं, सारे संकोच, सारे नियम और धर्माधर्म का विवेचन अस्वीकार कर दिया है। यही तो है, जिसका परिणाम कृष्ण, बलभद्र, वृद्ध उग्रसेन, श्वफलक, अक्रूर, कृतवर्मा और अनेक श्रेष्ठ यादव देख भोग रहे हैं...

बहुतेक स्तब्ध हैं। बहुतेक मानसिक संतुलन खो बैठते हैं। बहुतेक हिंसा पर उतर जाते हैं—किंतु केवल कृष्ण शांत। उतने ही सहज भी। ऐसी, जैसे कुरुक्षेत्र महायुद्ध का सत्य जानते थे कि परिणाम क्या कुछ होंगे, किस-किस रूप में, किस-किस प्रकार के होंगे?

उद्धव, वसुहोम, रुक्मिणी, सत्यभामा आदि सभी चिंतित और व्यग्र रहते हैं। अपूर्व वैभव, संपत्ति और सुख-साधनों के होते हुए भी दुश्चिंताओं ने उनके मन को व्याधिग्रस्त कर रखा है। यह व्याधियां उनकी मुद्रा से लेकर चेष्टाओं और व्यवहार तक में व्यक्त होने लगती हैं, पर कृष्ण सहज...

ज्ञानी-महात्माओं को अब भी आदर-सत्कार सहित श्री कृष्ण तथा अनेक यादवश्रेष्ठों तक लाया जाता है। तरह-तरह की जिज्ञासाएं और प्रश्न भी उठते हैं। वे उनका समाधान भी करते हैं, किंतु युवा पीढ़ी को न उन प्रश्नों में आस्था शेष रह गई है, न समाधानों से शांति प्राप्त होती है। इसके विपरीत कभी-कभी वे ऐसी उच्छृंखलतापूर्ण गतिविधियां करते हैं, जिनके कारण वृद्ध यादव राजपुरुषों को ही क्षमायाचक बन जाना पड़ता है...

बहुत वर्ष बीत चुके हैं कुरुक्षेत्र समर को।

पर समर-परिणाम शेष हैं। शेष हैं उनके प्रभाव और प्रतिक्रियाएं...शेष हैं वे शब्द, जो समय-काल की गति के साथ इतिहासचक्र की गाथाएं बनकर इतिहास में अंकित हो गए। इन गाथाओं में ही गांधारी का वह शाप है, जो कृष्ण को युद्ध में उनके समस्त पुत्रों के नाश के बाद झेलना पड़ा था...

एक बार जब उद्धव, रुक्मिणी, सत्यभामा आदि सभी ने एकत्र होकर श्री कृष्ण से व्यथा व्यक्त की थीं, कि यह सब जो यादव कुल-वंश में घटित होने लगा है, उस सबका परिणाम क्या होगा, देव? तो कृष्ण हंसकर बोले थे, "नाश का अंतिम सत्र पूरा होगा—इसके अतिरिक्त कुछ भी नहीं!"

"क्या यादववंशी भी कुरुओं की ही भांति..." रुक्मिणी का प्रश्न पूरा हो, इसके पूर्व ही कृष्ण ने कहा था, "हां, देवी!...साधनामयी गांधारी का अभिशाप व्यर्थ नहीं जाएगा!...यों भी यादववंश की विभिन्न शाखाओं यथा वृष्णि, अंधक और भोजों में जो कुछ घट रहा है—वह गांधारी के ही शाप

का पूरक अंश है!...अब केवल प्रतीक्षा है उस क्षण की, जब वह सब सत्य में घटित हो जाएगा!''

व्यग्र हो उठी थी सत्यभामा, ''आप इस सबको रोकते क्यों नहीं देवकीनंदन?''

''संपूर्ण योग्यशक्ति से दिया गया शाप कभी विफल नहीं होता, देवी! ...'' कृष्ण ने उत्तर में कहा था, ''...और फिर यादववंशी जिस समृद्धि और संपन्नता के चरम पर जा पहुंचे हैं—उससे मुक्ति केवल नाश ही हो सकती है! वही उसका सत्य!...''

स्वभाव से लाचार सत्यभामा चिढ़ गई थी, ''तब क्या यह माना जाए कि आप अशक्त हो गए हैं? आयु और अवस्था ने आपको अपने ही पुत्र, पौत्रों, प्रपौत्रों के समक्ष असहाय कर दिया है?''

''तुम जो भी समझो, सौंदर्यमयी...किंतु केवल इतना जान लो कि दुर्योधन मात्र एक राजपुरुष था, जिसने अहंवश नाश को आमंत्रित किया ...जबकि यादववंशी वे हैं जो धन-समृद्धि और शक्ति के कारण मात्र अहं नहीं, असाध्य मर्यादाहीनता, उच्छृंखलता और उद्दडंता के वशीभूत हो चुके हैं। इनका उपचार केवल नाश है—जब-जब मनुष्य अज्ञानताग्रस्त होकर संवेदनहीन हो जाता है, तब-तब प्रकृति ही उसे सत्यबोध करवाती है!...''

''आपकी बातें मैं कभी नहीं समझ सकूंगी, आर्यपुत्र!...'' सत्यभामा रूठकर चली गई थीं। रह गईं केवल रुक्मिणी...श्री कृष्ण के चुप ने सहसा उनसे भी कह दिया था कि वह जाएं।

कक्ष में व्याप्त सन्नाटे को थोड़ी देर सहकर रुक्मिणी भी चली गईं।

कृष्ण ने करवट बदल ली थी शय्या पर। प्रकट था कि अपरोक्षतः उन्होंने उद्धव को भी जाने के लिए कह दिया है।

लौट आए हैं उद्धव। नहीं चाहते कि उस सब पर सोचें-विचारें, जो कुछ घटते देख रहे हैं, किंतु मन है जिस पर उसका वश नहीं चलता। कृष्ण द्वारा गांधारी के जिस शाप की चर्चा किया गया था, उसका सत्य जानते हैं वह।

कितने बरस तो बीत चुके हैं महाभारत युद्ध हुए?...लगभग छत्तीस वर्ष! महामारियों, व्याधाओं और घोर विनाशकारी परिणामों से भरे वर्ष!... इन वर्षों में बहुत कुछ बीत चुका है। बहुत कुछ है, जो बीत रहा है...

अनेक बरसों तक सूर्याभा पृथ्वी पर पूर्णतः नहीं आ सकी है। महायुद्ध में प्रयुक्त हुए अस्त्रास्त्रों की मारक शक्ति के परिणामस्वरूप प्राकृतिक वातावरण और जलवायु में जो दोष उत्पन्न हुए, उनके परिणामस्वरूप सूर्य कबंधों से घिरे प्रकट होते हैं। प्रकाश के नाम पर पीली, लगभग मृत मद्धिम ज्योति धरती पर उतरती है। असामान्य शीत-प्रकोप निरंतर चलता रहता है. ...और इस सबके बीच मनुष्य ही नहीं, जीवनमात्र या तो मर-खप जाते हैं या मरणांतक वेदनाएं झेलते हुए असंख्य रोगों से ग्रस्त हो जाते हैं!

द्वारका भी इस प्रकृति-कोप से मुक्त नहीं रह सकी है तिस पर द्वारका को तो और भी महाकष्ट झेलना पड़ा है। अश्वत्थामा द्वारा चलाए गए भयावह ब्रह्मास्त्र को रोकने-थामने या उसकी दिशा बदलने की शक्ति श्री कृष्ण के अतिरिक्त किसी में नहीं थी! पांडवों का वंशनाश न हो और अभिमन्यु सुत सद्यजात परीक्षित जन्म सुरक्षित रहे, अतः कृष्ण ने उस ब्रह्मास्त्र की दिशा बदल दी थी!...

वह दिन स्मरण है उद्धव को! कारण उस समय ज्ञात न था। बाद में पता चला। उस समय केवल प्राकृतिक उपद्रव देखे थे उद्धव और असंख्य द्वारकावासियों ने। द्वारका से दूर क्षीर सागर के किसी भाग में जा गिरा था वह ब्रह्मास्त्र अर्धरात्रि में असंख्य विद्युत किरणों का-सा प्रकाश देखकर सहसा नर-नारी, बालक-वृद्ध ही नहीं जीवमात्र भयग्रस्त हो उठे थे। सागर की उत्ताल तरंगों ने उठकर आकाश को छूने का दुष्प्रयत्न करना प्रारंभ कर दिया था। विशालाकार पर्वतों के भहराकर टूट पड़ने की भयावह ध्वनियां आई थीं। समस्त द्वारका के विशाल भवन कुछपलों तक भयंकर भूकंप झेलते रहे थे...

भयग्रस्त होकर अनेक लोग राजपथों और जनपथों पर भाग निकले थे। वे चीख रहे थे, आर्तनाद करते हुए रो भी रहे थे...अनेक स्त्रियों के गर्भ गिर गए थे!...

स्वयं उद्धव भी क्या कम भयग्रस्त होकर राजभवन के बाहर नहीं निकल आए थे?...

बहुत बाद में युद्ध समाप्ति के पश्चात् उस दिन और उसके बाद से निरंतर अब तक चलती आ रही प्राकृतिक परिवर्तनों को लेकर कृष्ण द्वारा अश्वत्थामा के ब्रह्मास्त्र की दिशा बदलने संबंधी कथा जानने को मिली थी...

और भी अनेक उपकथाएं थीं, उन्हीं में से एक गांधारी की शाप कथा...* श्री कृष्ण संपूर्ण कौरववंशीय सौ धृतराष्ट्र-पुत्रों की समाप्ति के बाद जब गांधारी के सामने पड़े तो पुत्रशोक से विह्वल माता कह उठी थीं–'हे यदुनंदन!...जिस भांति तुम्हारी नीति से मेरे सौ बलवान पुत्रों का नाश हुआ है, उसी तरह एक दिन तुम भी निपुत्री-निर्वंश होकर मृत्यु प्राप्त करो, यह मेरा शाप है तुम्हें!...'

और न जाने कैसे कृष्ण ने कहा था–"माता!...तुम्हारा शाप शिरोधार्य करता हूं मैं!"

...तब क्या वह शाप पूर्ण होने का समय भी आ पहुंचा है? उद्धव ने सोचा। लगा था निश्चय ही श्री कृष्ण ने अपरोक्षतः कह दिया है और उस शाप को शिरोधार्य करने का वचन भी स्मरण है उन्हें।

तब से न क्षीरसागर शांत रहा है, न वैवस्वतपुरी अथवा असुर देश की सागरतटीय क्षेत्र सहज रह पाया है। व्यावसायिक पोत भले वह आर्यों के हों या अनार्यों के, सागर-तल पर आते-जाते हुए अनेक बार विभिन्न प्राकृतिक कोपों के शिकार हो जाते हैं...कितने ही जलयात्री धन-धान्य और वाणिकों व पणियों से भरे पोत जलसामधि ले चुके हैं। समृद्धि क्रम जारी है, किंतु उसके साथ-साथ जारी है प्राकृतिक उतार-चढ़ाव...असंयमित सागर-शक्ति और अनेक घटनाएं...

---

* गांधारी का शाप–"...उस समय कुरुक्षेत्र युद्ध के 36 वर्ष पूरे हो चुके हैं। उन्होंने (कृष्ण ने) सोचा कि पुत्रशोक से पीड़ित गांधारी ने जो कहा था, उसके सत्य होने का समय आ गया है।" (महाभारत) मौराल पर्व के दूसरे अध्याय में शलोक-क्रम 15 से 20 के मध्य।

छत्तीस वर्ष!...

एक सदी का चौथाई से अधिक भाग!...घोर अशांति, महामारियों और प्राकृतिक विपदाओं के बीच बीता है। इस काल में एक नए जीवन-दर्शन ने जन्म लिया है—'जियो, शीघ्र जियो, जितना श्रेष्ठ, सुखकर भौतिक आनंदों से पूर्ण जीवन जी सको जी लो!' इस दर्शन ने द्वारका की समग्र पीढ़ी को जकड़ लिया है। वह उच्छृंखल, मर्यादाहीन, अनियमित और घोर विलासी प्रवृत्ति की हो गई है!...पर कृष्ण हैं कि तटस्थ भाव से सब कुछ देखे-सहे जा रहे हैं। इस तरह जैसे आगत को जानते हुए भी नितांत सहज...

यह सहजता स्वाभाविक है?

अस्वाभाविक भी तो नहीं लगती? उद्धव विचारते हैं। कम-से-कम श्री कृष्ण के लिए बिल्कुल अस्वाभाविक नहीं!

सुंदर द्वारका का हर भव्य भवन मर्यादाहीन विलास-क्रीड़ा का स्थल बनकर रह गया है। वृद्ध यादव और वृद्धाओं के साथ-साथ कुल-वंश के श्रेष्ठ पुरुष भी रहते हैं वहां, किंतु इस तरह जैसे उनकी उपस्थिति-अनुपस्थिति अर्थहीन है। अर्थवान यदि कुछ है तो नई पीढ़ी, उसका उद्दंड अविवेकपूर्ण दुस्साहसी जीवन! कौतुकपूर्ण विलासमयी क्रियाएं, असीमित मदिरापान, नृत्यादि के निर्लज्जतापूर्ण वस्त्रमुक्त आयोजन!...

यह है नई द्वारका! महान् यादव गणसंघ की समृद्ध, सुंदर नगरी द्वारका!* उद्धव देखते हैं कि कभी-कभी जहां-जहां नगर के विभिन्न पथों पर वृद्ध-वृद्धाओं के समूह अपने-अपने दुखी और पीड़ित चेहरे लिए, वेदना संजोए परस्पर फुसफुसाते हुए बातें करते हैं। भूले-भटके कोई ज्ञानी, ब्राह्मण और ऋषि नगर-मार्ग पर निकल आता है तो उच्छृंखल और मर्यादा बिसरा

---

* सुंदर द्वारका—बेंगलूर, 21 जनवरी, 1991। भगवान कृष्ण की नगरी मानी जानेवाली द्वारका के तीन किलोमीटर उप-तटीय सर्वेक्षण कार्य का काम पूरा हो गया है। यह जानकारी जाने-माने पुरातत्ववेत्ता डॉ. एस.आर. राव ने दी।

श्री राव हिंद महासागरीय देशों में समुद्री पुरातत्वीय विषय पर कल यहां आयोजित दूसरे भारतीय सम्मेलन में मुख्य भाषण दे रहे थे। उन्होंने कहा कि सर्वेक्षण से प्राप्त आंकड़ों का विश्लेषण किया जा रहा है। *Cont. to next page*

चुके कुलीन यादव युवक-युवतियां उससे अशिष्टतापूर्ण संभाषण या उसका उपहास करते हैं...

ऐसे अवसरों पर अक्सर ज्ञानी पुरुष घोर पीड़ा सहते हुए वहां से कतराकर निकल जाने में ही कुशल समझते हैं। सारे नियम, मर्यादाएं और लज्जा-संकोच छोड़कर शरीर-संबंध केवल निर्लज्ज वासना का प्रदर्शन भर बनकर रह गए हैं।

पर कृष्ण?...उसी तरह शांत-सहज!

बलभद्र?...उपेक्षा बरतने की गरज से सदा मद्यपान कर रेवती के कक्ष में पड़े रहते हैं। जानते हैं कि उनका उग्र स्वभाव यह सब सहन नहीं कर

Cont. ...

उन्होंने कहा कि सर्वेक्षण से गोमती नदी के समुद्र में मिलने के स्थल पर कुछ अन्य प्रमुख निर्माण कार्यों के संबंध में कुछ नई जानकारी मिलने की आशा है।

श्री राव ने कहा कि पुरातत्ववेत्ता और भारविद् गहन विचारविमर्श करने के बाद इस नतीजे पर पहुंच गए हैं कि प्राचीन भारतीय महाकाव्य 'महाभारत' है, यद्यपि युद्ध की तिथि के संबंध में अब भी मतभेद बने हुए हैं। श्री राव ने कहा कि आम राय के अनुसार युद्ध संभवतः 15वीं शताब्दी ईसापूर्व में हुआ था।

द्वारका के उपतटीय क्षेत्र अरब सागर तथा बेंट द्वारका (कच्छ की खाड़ी) में किए गए सर्वेक्षण का जिक्र करते हुए श्री राव ने कहा कि द्वारका में समुद्रनारायण मंदिर से 300 से 1200 मीटर दूर समुद्र में आयताकार पत्थरों के चार प्रकोष्ठ मिले हैं। इन पर थोड़ी-थोड़ी दूर पर गोलाकार तथा अर्ध गोलाकार बुर्ज भी बने हुए हैं। यह प्रकोष्ठ संभवतः समुद्र तट पर बसे शहर की सुरक्षा के लिए बने थे। पत्थर के ये प्रकोष्ठ एक दीवार का काम देते थे, जो शहर को न केवल समुद्री ज्वार से बचाती थी बल्कि आक्रमणकारियों से भी इसकी रक्षा करती थी।

श्री राव ने कहा कि द्वारका एक सुनियोजित तरीके से बसा किलेबंद शहर था। शहर में कुछ सीढ़ीनुमा मकानों का भी पता चला है।

उन्होंने कहा कि बेंट द्वारका से प्राप्त शिलालेखों से यह पता चलता है कि सिंधु घाटी की लिपि के ब्राह्मी लिपि में विकसित होने का संदर्भ उपस्थित है।

बेंटा द्वारका से प्राप्त अवशेषों से पता चलता है कि उस समय लोगों को धातु की वस्तुएं बनाने की तकनीकी जानकारी थी। 'महाभारत युद्ध' के दौरान लौह हथियारों का प्रयोग भी इस बात की पुष्टि करता है।

श्री राव ने कहा कि इस बात को काल्पनिक ही माना जाना चाहिए कि श्री कृष्ण ने विशिष्ट 'चक्र' इस्तेमाल किया था। हड़प्पा सभ्यता के लोगों के पास एक गोलाकार दांतेवाला हथियार या जिसके दांते भीतर की ओर थे, इसलिए एक ऐसा गोलाकार हथियार बनाना आसान था, जिसके दांते बाहर की ओर रहे हों। (वार्ता)"

सकेगा। न कर सका तब किसी-न-किसी स्वजन का ही वध कर डालेंगे! ...अतः अपने से ही भयभीत! स्वयं से स्वयं को छिपाए हुए!

गोकुल स्मरण आता है उद्धव को...गोपियां, माता यशोदा, नंद बाबा की स्नेहभरी दृष्टि...क्या श्री कृष्ण भी उस सबका स्मरण करते होंगे? एक बार तो मन हुआ था, जाएं और कृष्ण से कह दे—"मैं गोकुल लौट जाना चाहता हूं, मित्र? पर विचार त्याग दिया। यह कहकर श्री कृष्ण को और अधिक पीड़ित नहीं करेंगे। मित्र-स्वभाव से बहुत अच्छी तरह परिचत हैं उद्धव। श्री कृष्ण अपनी पीड़ा, वेदना, सुख, दुख, हर्ष अथवा विषाद किसी भी स्थिति को कभी चेहरे से व्यक्त नहीं होने देते!...यही वासुदेव की एक और असाधारणता! बालपन से यही देखा है उद्धव ने!...या यों कि श्री कृष्ण इन सभी स्थितियों से परे हैं...मुक्त!"

यह मुक्त होना है या उपेक्षा बरतना? उद्धव के मन में प्रश्न कौंधता है।

पर उत्तर भी अंतर से ही—'श्री कृष्ण अंतरयामी हैं, जिन्हें ज्ञात है कि मुक्त होने की स्थित और अमुक्त होने की स्थिति—कब, कहां, कैसे, कितनी और किस कारण होनी चाहिए?'

फिर यह पृथ्वी लोक और यहां का भौतिकीय सुख-सुविधासंपन्न दैहिक जीवन मुक्त होते हुए भी वही लोग अमुक्त रख सकते हैं, जिनमें ऋषिबल सामर्थ्य और ऋषिबुद्धि है!...

स्मरण आते हैं विदुर के शब्द। संयोगवश श्री कृष्ण के साथ हस्तिनापुर में महात्मा विदुर के दर्शन हुए थे। चर्चा के दौरान विदुर बोल पड़े थे, "हे यादवसुत!...ऋषिवत् जीवन जीने की साधना अनेक स्तरों पर अनेक प्रकार की जाती है। ब्रह्मचर्य व्रत धारण करके, घोर वन-तपस्या में भी यह साधना संभव है और गृहस्थ धर्म का पालन करते हुए, समग्र सुविधाओं के बीच अलिप्त भाव से जीवनयापन में भी यह साधना संभव है! विलक्षण वही साधना है, जो लिप्तता के समग्र आकर्षण होते हुए भी अलिप्त रहकर की

जाए?...मर्यादा पुरुषोत्तम राम के काल में राजा जनक ने यही सिद्ध किया था। अतः वे महात्मा स्वीकारे गए।''

ऋषित्व की यह परिभाषा सदा स्मरण रही है उद्धव को! और इसके साथ ही उन्होंने बहुतों को इसी कसौटी पर देखा-परखा भी है...इसी देख-परख में श्री कृष्ण का सत्यदर्शन हुआ है उन्हें। निस्संदेह संपूर्ण भोग-विलास के बीच रहकर भी नितांत अलिप्तता से जीवनयापन ही कृष्ण की विलक्षणता है!...कितने राज्य जय नहीं किए? कितना जन-सहयोग और सम्मान नहीं पाया?...कितनी यश और प्रतिष्ठा प्राप्त नहीं की? कितने अमूल्य स्वर्ण-रत्नादि जीवन में नहीं आए, पर श्री कृष्ण को कभी उनके प्रति रंचमात्र रुचिभाव से देखते-विचारते तक नहीं पाया उद्धव ने। स्त्री, पुत्र, पौत्रों के असीम मोहाकर्षण के अतिरिक्त रक्तसंबंधों का एक विस्तृत संसार भी सदा उपस्थित रहा है वासुदेव के सामने—किंतु किसी बार, किसी के प्रति उन्हें मोहग्रस्त नहीं देखा। यही असामान्य स्थिति है!...

और इसी असामान्यता को उस समय देखा है, जब महायुद्ध के बरसों बाद द्वारका प्राकृतिक नाश के बीच जैसे तैसे स्थिर है!...

न चिंता, न व्यग्रता, न बहुत अधिक उस पर सोच-विचार!...कृष्ण के लिए सब कुछ सहज भाव से चल रहा है जीवन, व्यवहार और दैनंदिन क्रम...

सब कुछ पूर्ववत्। सब नियम, मर्यादा और धर्मानुसार व्यवस्थित!...

औरों के लिए सब कुछ ध्वस्त हो चुका है, पर श्री कृष्ण के लिए सब कुछ ज्यों-का-त्यों! पूर्ववत्!...

ब्राह्मण, ऋषि, महात्मा और विद्वान् अब भी कभी-कभी द्वारका की ओर पहुंचते हैं। कृष्ण दर्शन की चाह होती है उन्हें...और कृष्ण उन्हें इस तरह आदर सत्कार देते हैं, जैसे कहीं कुछ भी ऐसा नहीं हुआ है—जिसे परिवर्तित कहा जाए? पृथ्वी के रक्तरंजित महायुद्ध से लेकर प्रकृति के असाधारण परिवर्तनों तक!...उनके लिए सब कुछ उसी तरह, अपरिवर्तित! सहज और स्वाभाविक!

सूर्य सदा की तरह अनंत आकाश की गहराइयों पर जन्मता है, प्रकाशित होता है किंतु उसका कबंधयुक्त प्रकाश क्षितिज पर महायुद्ध के कारण व्याप्त धुएं, अंधकार और शीतप्रकोप के कोहरे से छनता हुआ बीमार हालत में पृथ्वी तक आ पाता है...पर श्री कृष्ण अप्रभावित् सूर्याराधना का क्रम पूर्ववत्!...सूर्य के अखंड, अमर और नित्य होने का विश्वास भी अखंडित!

उद्धव ने तो अनेक की तरह अनेक बार विचार भी किया है—कभी कुछ पहले जैसा सहज और स्वाभाविक हो सकेगा या नहीं...

किंतु कृष्ण-विश्वास तनिक भी आशंका से आहत नहीं। सूर्य, पृथ्वी, जल, आकाश और वायु...सभी की निरंतरता और उनका अस्तित्व उनका एकमात्र सत्य!...इसी सत्य के आराधक हैं वह। इसी सत्य के पूजक-अर्चक!...

द्वारका ही क्यों, अनेक धन-संपन्न परिवारों की पीढ़ियां क्षणजीवी होकर रह गई हैं। जीवन से लेकर जगत और प्रकृति तक अविश्वस्त, पर वासुदेव उन सबको देख-जानकर भी निश्चिंत! एक बार कहा था उद्धव से, "यह सब जो दृष्टि के सामने चल रहा है मित्रवर!...सब असत्य है। केवल मिथ्या! और मिथ्या को लेकर चिंता-मोह अथवा भय का क्या कारण? इस सबका होना आश्चर्यजनक नहीं है, न ही असहज। इसलिए कि यह सब कहीं हैं ही नहीं!..."

"किंतु इन सबका देहअस्तित्व भी असत्य है क्या माधव?"

"देह जहां है, वहां साक्षात् असत्य ही है!..." वह बोले थे, "दैहिक, भौतिक सत्य केवल खुली आंख का सत्य होते हैं...जबकि सत्य केवल आत्मानुभव! आकारहीन! अतः जो कुछ भी परिवर्तित होने की प्रक्रिया में है—वह सत्य नहीं है। सत्य केवल स्थिर है...सदा एकरूपता! अतः न जीवन सत्य रह जाता है, न मरण!..."

आश्चर्य होता है उद्धव को कभी केवल कर्मयात्रा में अथकित चलते रहे ये चरण, अब जब शांत हो रहे हैं तब भी कृष्ण विचार वही जो आज हैं...

उस दिन कृष्ण ने जब अपने ही पुत्र साम्ब द्वारा ऋषि-महात्माओं को लेकर की गई अशिष्टता का समाचार सुना था, तब भी वह यही कुछ बोले थे, "अहं और मर्यादाहीनता जब-जब सीमाएं तोड़ देते हैं तब-तब इसी प्रकार की दुर्मति उत्पन्न होती है...और इस दुर्मति से ही नाश को आमंत्रण मिलता है! यादव नाश के चरम तक आ पहुंचे हैं—यह स्पष्ट देख पा रहा हूं मैं!..."

उद्धव ने सोचा था, संभवतः साम्ब को बुलाकर कुछ कहेंगे कृष्ण, यह भी हो सकता है कि उसे उसकी अशिष्टता के लिए डाटें-फटकारें, किंतु इस सबसे अरुचि व्यक्त करते हुए उन्होंने उत्तर दिया था। "अब इस सबको लेकर चर्चा करना व्यर्थ और निरुद्देश्य है। थोड़ा कुछ उद्देश्य हो भी सकता है, तो उन कारणों की यथासंभव समाप्ति का प्रयत्न, जिनसे ऐसी दुर्मति जन्मती है..."

उस समय उद्धव कुछ नहीं समझे थे। समझे तब, जब कृष्ण ने संध्या-समय श्रेष्ठ यादवों से सम्मति-विचार के पश्चात् एक निर्णय लिया था, "सभा में आहुक, बभ्रु, बलदेव, अक्रूर आदि सभी उपस्थित थे। कृष्ण बोले थे, "...महर्षियों के साथ द्वारका में जो कुछ घटा है, उसका बहुत बड़ा कारण समृद्धिवश उत्पन्न हुई निरंकुशता और घोर मदिरापान आदि हैं...उचित यही होगा कि संपूर्ण गणसंघ में कठोर आज्ञा प्रसारित की जाए कि आज से कोई मदिरापान न करे, अपने उन्मत्त आचरण पर अंकुश लगाए...जो कोई ऐसा करेगा तब उसे घोर दंड भोगना होगा! यह दंड उसे ही नहीं, उसके बंधु-बांधवों को भी सूली पर चढ़ा देना हो सकता है!"

आज्ञा प्रसारित हो गई है!...पर इस शासनाज्ञा को भी बहुत प्रभावशाली ढंग से लागू नहीं किया जा सका!...

उद्धव कारण जानते हैं। जिन्हें आज्ञा प्रसारित करनी है, वे स्वयं भी वहां उस आज्ञा का निर्वाह कर सकते हैं?...ऐसे महान् यादव वंश भी तो

उसी वैभव-समृद्धि के वशीभूत होकर मदिरापान और विलासिता के आश्रित हो चुके हैं?

उद्धव ने एकांत में कहा भी था, "कान्हा!...यह आज्ञा प्रसारित होकर भी क्या प्रभावी सिद्ध होगी?"

वह मुसकुराकर रह गए, जैसे बोले हों—जानता हूं!...कुछ नहीं होगा! होगा वही जो निश्चित है और निश्चित है ऋषियों द्वारा यादवों को दिया गया शाप! निश्चित है महादेवी गांधारी का वह शाप, जो युद्ध-समाप्ति के बाद शोकाकुल होकर उन्होंने मुझे दिया था!...निश्चित है वह महाप्रलय, जो मात्र युद्ध के कारण नहीं भौतिकता के अतिरेकवश मनुष्य को प्रकृति के माध्यम से झेलनी होगी!

ऋषियों ने शाप दिया था यादव वंशियों को। कारण बने—साम्ब, सारण आदि अनेक वृष्णि, भोज और अंधकवंशी यादव!

उद्धव वह घटना बार-बार स्मरण कर बैठते हैं। महर्षि विश्वामित्र, कण्व और नारद संयोगवश द्वारका के नगरक्षेत्र में आ पहुंचे थे। द्वारपालों ने तुरंत समाचार पहुंचाया था कृष्णसुत साम्ब को। नगर-रक्षा का दायित्व उन्हीं पर था।

साम्ब मदिरापान कर रहे थे उस समय। सारण, कृतवर्मा आदि विभिन्न यादवश्रेष्ठ उनके साथ थे। असुरदेश से आई एक सुंदरी का अर्धनग्न नृत्य चल रहा था...साम्ब को उस अवसर पर ऋषि-आगमन व्यवधान की तरह लगा। मदिरोंमत्तता की स्थिति में उन्होंने एक धृष्टता कर डाली थी उनके प्रति।

ब्रह्मज्ञानियों का सत्कार करने के बजाय उन्होंने उन्हें अपमानित करने का दुःनिश्चय कर डाला था। नर्तकी के वस्त्र लेकर साम्ब ने स्त्रीवेष धारण किया, गर्भवती की मुद्रा में अनेक यादववीरों से घिरे हुए महात्माओं के सामने जा पहुंचे, कहा था, "देव!...ये महापराक्रमी बभ्रु की पत्नी हैं और बभ्रु संतति न होने के कारण परमदुखी हैं। पुत्र-प्राप्ति की असीम लालसा है

उनके हृदय में। इन्हें आपकी सेवा तक हम केवल इस कारण लाए हैं ताकि आपके आशीष से इन्हें पुत्र प्राप्ति हो!..."

एक अन्य यादव वीर ने कहा था, "बतलाइए महात्मन्, इस देवी के गर्भ से क्या उत्पन्न होगा—पुत्र या पुत्री?"

ऋषियों ने एक-दूसरे को देखा। सहसा क्रोधित हो उठे थे वह। उनमें से एक ने शाप दे डाला था यादव युवकों को उनकी धृष्टता पर, "महामूर्खों, संपन्नता और वैभव के मद में अंधे होकर तुमने हम ऋषियों का घोर असम्मान ही नहीं किया, परमधृष्टता भी की है, अतः हम तुम्हें शाप देते हैं कि इस धूर्त यादव साम्ब के गर्भ से वह विनाशक मूसल* उत्पन्न होगा, जिससे समग्र द्वारका नष्ट हो जाएगी! तुम यादवों का नाश होगा! इस नीचकर्म का परिणाम धर्मज्ञ कृष्ण और बलदेव तो नहीं भोगेंगे, किंतु तुम सभी यादवों को अपना भयावह वंशनाश देखना होगा!..."

कांप उठे थे वे सभी!...पर उससे भी कुछ लोग बहुत प्रभावित नहीं हुए। मदांधता के कारण उत्पन्न दुर्बुद्धिवश वे इतने उद्दंड और मूर्ख हो चुके थे कि उन्होंने ऋषिशाप को भी हंसकर उड़ा दिया। बोले थे, "आप लोग सदा ही लोगों को इसी प्रकार भयभीत कर अपनी सत्ता जतलाते आए हैं, पर हम इससे तनिक भी प्रभावित होनेवाले नहीं!..."

ऋषिगण उठ पड़े थे अपने स्थान से। उनमें से एक ने केवल इतना ही कहा था, "शीघ्र ही सत्य से साक्षात्कार के पश्चात् तुम्हें अपनी भूल का ज्ञान हो जाएगा!...केवल इतना जान लो कि यादवों में केवल बलदेव और कृष्ण ही हैं, जो इस शाप से मुक्त होकर सहज मृत्यु प्राप्त करेंगे...वह मृत्यु भी

---

* मूसल-गर्भ 'महाभारत'—मौसल पर्व के प्रथम अध्याय में ऋषियों के प्रति कृष्णपुत्र साम्ब व अन्य यादवों द्वारा की गई अशिष्टता और उद्दंडता की संपूर्ण घटना विस्तार से वर्णित है। संभवतः हजारों वर्ष के रचनाकाल में जो शाब्दिक अपभ्रंश हुए, उनके कारण ही महाभारत का मूसल पर्व मोसल पर्व व्याख्यायित हुआ। उल्लेखनीय है कि मौसल, मूसल आदि शब्द वर्तमान मिसाइल शब्द से बहुत मिलते-जुलते हैं। क्या यह संभव नहीं कि यादव प्रगति के उस कालखंड में वैज्ञानिक समृद्धि, मारक अस्त्रास्त्रों के निर्माण में चरम तक जा पहुंची हो? आगे 'महाभारत' में जिस प्रकार मूसल से उत्पन्न हुई 'एरका' नामक घास द्वारा यादव-नाश का वर्णन आया है, उससे लगता है कि वह अति-रूपकात्मक विवरण हो गया है। संभव है कि विनाशक अस्त्र मिसाइल के दुष्परिणामकारी प्रभावों अथवा अंशों से ही यादवों का नाश हो गया हो!...

उनकी इच्छानुसार एवं स्वयं के निर्णय पर ही होगी!...प्राकृतिक-कोप उन्हें भी व्यग्रता और अशांति ही देगा!...तुम शीघ्र ही ऐसी प्रलय का सामना करनेवाले हो जिससे मुक्ति असंभव है!..."

कुछ ने क्षमायाचना भी करना चाहा था, किंतु क्रोधित ऋषियों ने कुछ भी नहीं सुना। वे तुरंत द्वारका से प्रस्थान कर गए थे।

समाचार साधारण प्रहरियों और सेवकों आदि के माध्यम से राजनिवासों तक जा पहुंचा था...सुनकर रुक्मिणी, सत्यभामा, रेवती, जाम्बवती, भद्रा आदि अनेक महिलाएं रुआंसी हो गई थीं। यादव परिवारों के अनेक पुरुष भयग्रस्त होकर क्रमशः हलधर और श्री कृष्ण तक जा पहुंचे...

उद्धव सत्यसाक्षी हैं—उस व्याकुल मनःस्थिति और वातावरण के...फिर उस सत्य के भी जब श्री कृष्ण पूर्णतः अप्रभावित होकर बिना कोई उत्तर दिए, केवल यही कह पाए थे, "दुर्मति के कारण प्राप्त हुए परिणामों को भोगना नियति-सत्य है!...इस सत्य से विमुख होने का न कोई कारण है, न ही वैसा होना चाहिए!..."

घोर अशांति, चिंता और भयग्रस्त वातावरण का वह क्षण अच्छी तरह स्मरण है उद्धव को...और फिर स्मरण है अगली घटनाएं...

राज्यादेश और आदेशों की अवहेलनाएं...

नए-नए निर्णय...

उन निर्णयों के अनुसार सहमे, सकुचे और घबराए हुए द्वारकावासी स्त्री-पुरुष और अंत में वह दिन—जब प्राकृतिक उथल-पुथल प्रारंभ हुई...

द्वारका के सागरतट तक जल-प्रलय* पूर्व की स्थितियां पैदा होने लगी थीं। अनेक विद्वानों, ब्राह्मणों और प्रकृति-ज्ञानियों ने सावधान किया था यादवों

---

* जल-प्रलय की कथा—'शातपथ-ब्राह्मण' व 'महाभारत' में थोड़े बहुत अंतर के साथ इस जल-प्रलय का वर्णन आया है। 'महाभारत' में वर्णित कथानुसार राज्य-समाज की परिस्थिति का जो रूप वर्णित है, उसमें जलप्रलय से ही सृष्टि के सभी जीवधारियों का उपयुक्त न्याय ब्रह्मा करते हैं। अंगरेज दार्शनिक होक्स के अनुसार जब ऐसा समय आया कि सबल, निर्बल का नाश करने लगा, चारों ओर अराजकता

Cont. ... on Next Page

को, "यहां से समय रहते निकल जाने में ही कुशल है।" बलदेव और श्री कृष्ण ने भी यही उपयुक्त समझा, हालांकि उद्धव को प्रभासतीर्थ क्षेत्र की ओर से यह निर्देश देकर भेजते हुए कि वह वहां के अधिक सुरक्षित सागरतटीय क्षेत्र में यादववंशियों के निवास की उपयुक्त व्यवस्था करें, अपरोक्षतः यह संकेत भी कर दिया था कि अब विनाश क्षण आ पहुंचा है जब सभी शाप फलीभूत हो जाएंगे!

उद्धव ने कुछ नहीं कहा था। केवल कृष्णादेश के पालन हेतु चल पड़े थे। प्रभासक्षेत्र में अनेक भवन बने, अनेक विशालाकार सभामंडपों एवं साधारण निवास शिविरों की व्यवस्था की गई। निश्चित समय पर श्रेष्ठ यादव परिवार अपने धन-धान्य और परिजनों सहित भव्य रथों में सवार होकर नगरक्षेत्र से विदा हेतु तत्पर हुए...

सागर तट पर भयावह आंधी-जैसी गति से लहरों का प्रचंड क्रोध बिखरा हुआ था। विभिन्न जल-नौकाएं एवं बंदरगाह के महत्वपूर्ण व्यावसायिक एवं

Cont. ...

फैल गई, तब यह विनाशकारी बाढ़ आई। डॉ. भगवतशरण उपाध्याय के अनुसार यह स्थिति 'मात्स्य न्याय' की है। परस्पर संहारक स्थिति उत्पन्न होने पर वैसा हुआ। तब कहीं जाकर एक नए युग का पुनारंभ हुआ।

जलप्रलय की ऐसी ही कहानी तनिक से हेर-फेर व उपकथाओं को समेटे हुए अन्य अनेक प्राचीन संस्कृतियों और देशों के इतिहासों में भी आई है। प्राचीन सुमेर-कावुल (लियोनाई वूली की इराक में दजला-फरात नदियों के बीच) में जो खुदाई हुई है, उसमें धरती से 6 से 8 फुट नीचे मीलों तक जल-प्रवाह के प्रमाण तथा मृत-जीवा-शेष मिले हैं। इतिहासज्ञों और पुरातत्ववेत्ताओं के अनुसार 'जल-प्रलय' प्रामाणिक ऐतिहासिक घटना है। अधिकतर खोजियों के अनुसार यह घटना सुमेर में घटी। ईसा-पूर्व जलप्रलय की यह दुखद गाथा सबसे पहले गीली ईटों पर कीलाक्षरों में अंकित की गई। काल था—ई.पूर्व लगभग 2000 वर्ष! (ऐसी ईंटें असुर राजा बेनिपाल के जिनावे) के ग्रंथ-संग्रह में भी उपलब्ध हैं।) इनका एक रूप ब्रिटिश म्यूजियम में भी सुरक्षित है जबकि दूसरे का संग्रह लेनिनग्राद में सोवियत पुराविदों ने किया है।

कहा जा सकता है कि 'महाभारत कालीन' वैज्ञानिक उपलब्धियों के चरम ने जिस जल-प्रलय को जनम दिया, वह सुमेरियन सभ्यता ही नहीं, विभिन्न सभ्यताओं के नाश का कारण भी बना! 'महाभारत' काल को लेकर जो प्रमाण मिले हैं, वे सिद्ध करते हैं कि यह संभवतः संसार का वह दूसरा जल-प्रलय था। सोवियत वैज्ञानिक डॉ. गोर्बोवस्की ने यह काल ईसा से लगभग 2000 वर्ष पूर्व वर्णित किया है। (हालांकि इसमें मत-विभेद हैं।) पर साथ-साथ उन्होंने कहा है कि आज से चार हजार साल पहले की जो मनुष्य अस्थियां मिली हैं, उनमें आज की तुलना में कई गुणा रेडियोऐक्टिविटी मौजूद है।

रक्षात्मक पोत या तो डूब रहे थे या डूबने की स्थिति तक जा पहुंचे थे। निराश, बेबस खड़े यादववंशी स्त्री-पुरुष इस विध्वंस की भयावह विनाश लीला को देखते और भव्य द्वारका को अश्रुपूर्ण दृष्टि से निहारते हुए अपने-अपने रथों, अश्वों तथा अन्य यात्रा साधनों पर सवार होते जाते। अधिसंख्य स्त्री-पुरुषों ने अब भी समयगति से मुक्ति प्राप्त नहीं की थी। उनके साथ बड़ी मात्रा में विलासिता की सभी सामग्रियां भी जा रही थीं। नगरवासियों का बहुत कुछ हिस्सा यातायात के अभाव में अभी जाना शेष था...

निश्चित समय पर वे सभी प्रभास क्षेत्र की ओर चल पड़े। जनसंख्या इतनी बढ़ चुकी थी कि स्वामियों की तुलना में दास-दासियों और सेवक-सेविकाओं के अतिरिक्त बड़ी मात्रा में नर्तकियों व सुंदरियों के भी विशाल समूह उनके साथ थे!...फिर भी अधिसंख्य लोग द्वारका में ही छूट गए। इनमें ऐसे भी अनेक थे, जिन्हें विश्वास था कि विशालाकार परकोटों से सुरक्षित द्वारका भयावह प्राकृतिक परिवर्तनों के बीच भी सुरक्षित ही रहेगी।

उद्धव ने निश्चित समय पर प्रभासक्षेत्र में सभी उपयुक्त राजपरिवारों की निवास व्यवस्था करके वापसी ली। श्री कृष्ण तक समाचार पहुंचाया। वह प्रसन्न हुए, कहा—'तुम कुछ क्षण बैठो, मित्र! द्वारका से प्रस्थान के पूर्व एक महत्वपूर्ण पत्र वीर धनंजय तक पहुंचना आवश्यक है।' फिर वह हस्तिनापुर में पत्र पहुंचवाने के लिए एक द्रुतगति अश्वारोही दूत की व्यवस्था करके पत्र लिखवाने लगे।

प्रभास तीर्थ क्षेत्र में एक सुंदर नगर-जैसा वातावरण बन गया था। निश्चित यह किया गया था कि यह क्षेत्र प्राकृतिक-उत्पातों से ग्रस्त सामुद्रिक हलचल में बहुसंख्य यादववंशियों की सुरक्षा का स्थान बन सकेगा, किंतु प्रभावशाली श्री कृष्ण की इस नीति के विरुद्ध अधिसंख्य यादव युवक-युवतियों ने तीर्थक्षेत्र को राजनिवासों की सज्जा भर नहीं, विलासगृहों जैसी स्थिति में

परिवर्तित कर दिया। श्री कृष्ण, बलभद्र व अन्य यादव प्रमुख बहुत व्यग्र और चिंतित हुए। श्री कृष्ण ने तो यहां तक कह डाला था, ''वह समय आ पहुंचा है, जब द्वारका भर नहीं, प्रभास में शरण ले रहे इन यादववंशी वीरों को मृत्युवरण करना पड़ेगा!...यही है इनके अतिविलास की नियति और यही एकमात्र सृष्टि-सत्य!''

उद्धव और वसुहोम अक्सर पास रहते। रुक्मिणी शांत। महिलाओं में जो उच्छृंखलता बिखर गई थी, उसके कारण भी वे निराश थीं। श्री कृष्ण कह चुके थे एक बार, ''देवी!...जब मनुष्य निर्माण और प्रगति की सीमा लांघ जाता है, तब इसी प्रकार का प्रकृति-कोप होना अत्यंत सहज और स्वाभाविक होता है, अतः तनिक भी शोकग्रस्त न होकर तटस्थ भाव से जीवन-मृत्यु का यह खेल देखती रहो!...शीघ्र ही ये सब उस सनातन जय का साक्षात्कार करेंगे, जो जीवन-मरण से मुक्त—एक मात्र सत्य है!...और सत्य की जय निश्चित ही होती है!''

न कुछ पूछा था रुक्मिणी ने, न ही जानने में रुचि शेष थी उनकी। श्री कृष्ण के साथ संसार ने जैसे बहुत कुछ अनकहा होते हुए भी सब कुछ कह डाला था...

कभी-कभी वसुहोम और उद्धव व्यग्र हो उठते। जिज्ञासा, प्रश्न बनकर होठों से बह निकलती, ''क्या अब सब कुछ समाप्त हो जाएगा, प्रभु?''

हंस देते थे कृष्ण, ''सृष्टि में न कुछ प्रारंभ होता है, न ही उसका अंत होता है—केवल घटित होते रहना ही उसका एकमेव सच है!...यह सब जो दीख रहा है, वह होना था—इसलिए होगा, अतः इसे लेकर व्यग्र, चिंतित या अकारण दुखी होने की आवश्यकता नहीं है। यह सब उन्हीं के लिए दुखदाई हैं, जो इस सबके सुख को सुखद मानते थे या सत्य समझते थे...पर सत्य तो वही होगा—जिसे अब ये साक्षात् झेलेंगे!...यह सप्ताह पूर्ण होते न होते न इनका दृश्य सुख शेष रहेगा, न ही उस सुखानुभव की स्मृतियां!...इस सबके बाद ऐसी परमशांति प्रारंभ होगी, जो एक नई सृष्टि, नए जीवन और नए सत्यांवेषण का प्रारंभ बनेगी!''

"किंतु कन्हैया," उद्धव का स्वर भर्राया हुआ था, "यह पृथ्वी असंख्य वीरों, ऋषियों, महर्षियों और ज्ञानियों से परिपूर्ण है। वे महानतम और प्रकृति-प्रदत्त शक्तियों के स्वामी भी हैं...क्या उनके होते हुए भी यह सब नष्ट हो जाएगा?..." वह आतंकित थे। सागर की उत्ताल तरंगों का पर्वतवेग उन्होंने देखा था। इस प्रभासतीर्थ यात्रा और इसके पूर्व थोड़े से अंतर पर ही बसी हुई सुंदर द्वारका नगरी की ओर महाकाल की तरह वेगगति से बढ़ते जल विध्वंस का संभावित परिणाम वह अनुभव कर पा रहे थे।

कृष्ण कुछ पल उद्धव की ओर ममत्वपूर्ण दृष्टि से देखते रहे...उद्धव ने अनुभव किया जैसे यह स्नेहिल दृष्टि उसी कन्हैया की है, जिसे बालपन में उन्होंने अनेक बार यशोदा माता के आंगन में बालक्रीड़ाएं करते देखा है...

कृष्ण का उत्तर अमृतजल की शीतल बूंदों जैसा उनके कानों में झर उठा था, "तुम्हारे प्रश्न में ही उसका उत्तर भी निहित है, बालसखा!...जिन प्रकृतिप्रदत्त शक्तियों की बात अभी-अभी तुमने की है, वे सभी प्रकृति ही तो दान करती हैं, अतः प्रकृति को यह अधिकार भी है कि जब उन शक्तियों का अधर्म हेतु उपयोग होने लगे, तब वह उन्हें वापस ले ले?...तुम शीघ्र ही देखोगे कि ये सभी शक्तियां उस अनंत शक्तिस्रोत में ही समा जाएंगी—जो इसकी जनक हैं!...अतः जो दाता है, वही यदि पुनः प्राप्त कर लेता है—तब उसका पश्चात्ताप कैसा और क्यों?...किसके लिए?...इस हेतु शोक, विलाप, पीड़ा और दुख किस कारण?" शांत होकर सहसा वे प्रभास क्षेत्र में एकत्र कुलीन यादववंशी नर-नारियों की ओर देखने लगे थे।...दृष्टि में एक शून्य! यह शून्य कुछ भी नहीं व्यक्त करता। न जीवन का सुख, न मरण की पीड़ा!...

पर उद्धव पहचान रहे हैं यह शून्य!...यह शून्य ही तो सत्य है, जय है, सनातन है...यही उस अनादि-अनंत और अछोर का प्रारंभ, जिसे लेकर सदियों से श्रेष्ठ विद्वानों, ब्रह्मज्ञों, ज्ञानियों और महात्माओं में चर्चा-परिचर्चाएं चलती रहती हैं...मनुष्य ही नहीं निरंतर जीवमात्र को यह समझने-समझाने का अवसर मिलता रहता है कि इस शून्य के सत्य को पहचानें! शून्य...। जो

प्रारंभ के साथ-साथ अंत भी है! ज्ञान-अज्ञान एक ऐसा सनातन युद्ध जिसे मनुष्य-मात्र सारे जीवन भोगता रहता है। जन्म पाता है, मरण तक पहुंचता है...जन्म-मरण के कालखंड में कितने अंक नहीं जुड़ते-घटते इस शून्य के आगे-पीछे?...वे सब मिटते-बनते रहते हैं—पर यदि कुछ मिटता बनता नहीं है तो यही शून्य!...अनंत, अजस्र, सदाजीवी और सदासत्य!

और यह शून्य-दर्शन उद्धव कर पा रहे हैं...श्री कृष्ण में ही कर पा रहे हैं। देख रहे हैं कि इस शून्य से आगे-पीछे जुड़े रहे यश, युद्धजय, जीवन-मरण और असंख्य सुख-दुख से भरी घटनाओं के संसार-सत्य ने अनेक आंकड़े जोड़े-घटाए...पर यह शून्य सदा अप्रभावित, अखंड और प्रभावहीन रहा!... न सत्ता इसे मोह सकी, न वैभव रिझा पाया, न अंधकार इस पर प्रभावी हुआ, न सूर्य-तेज से प्रज्वलित किसी प्रकाश ने इसे चकाचौंध ही किया!...

कृष्ण!...उस जय का सत्य-सनातन मानव रूप!...इस मानवरूप का जो लोग दर्शन कर पाए हैं—वे परमभाग्यशाली!...और जो दर्शन न कर केवल बोध कर सके हैं—वे अनंत सुखी!...

उद्धव, अर्जुन, युधिष्ठिर, विदुर, भीष्म कितने ही हैं या थे—जिन्होंने इस शून्य को सत्य सान्निध्य पाया। सनातन जय का साक्षात् दर्शन किया!...

...और वे भी अनेक होंगे, सदियों तक होते रहेंगे जो इस शून्य का बोध कर सकेंगे, इसका सत्य समझ पाएंगे और जिनकी निरंतर तापसक्रिया इस साक्षात् का दर्शन कर सकेगी!

श्रद्धा ने शब्द थाम लिए हैं। पलकें अश्रुओं पर बांध लगाए हुए... हृदय—उस जलप्रलय में भी महाशांति का बोध कराता हुआ, जो इस समय पल-पल द्वारका और प्रभासक्षेत्र की ओर मृत्युमुख फाड़े हुए वीभत्स, विकराल हास्य-प्रलय करती हुई बढ़ती आ रही है...

कृष्ण-उत्तर ने शांत कर दिया है उद्धव को!...अब वह व्यग्रता, बेचैनी, पीड़ा, चिंता और भय...कुछ भी शेष नहीं!

वह सब देख रहे हैं...पर अप्रभावित, रोमांचहीन, इस तरह तटस्थ—जैसे जड़ हो गए हों...

सदासत्य शून्य के ही दर्शक तो बने हैं वह?...और शून्य के इर्द-गिर्द आंकड़े जोड़ते-घटाते रहने से शून्य की महत्ता समाप्त नहीं हो जाती—अपितु अधिक सत्य सिद्ध होती है। यह कि सत्य मान जनित कोई आंकड़ा नहीं, सत्य है केवल शून्य!...

इस शून्य में अथाह, अनंत सागर की शांति भी थी और इसी शून्य में महाप्रलय का यह महासंहार जुड़ गया है...न शांति स्थायी थी, न यह महाप्रलय स्थायी रहेगी...स्थायी रहेगा केवल शून्य!...

शून्य-सत्य!...शून्य-जय!...

शून्य से पूर्व आंकड़ों या तथाकथित 'उपलब्धियों' का एक कोष जुटा लिया था द्वारकावासियों ने! वह स्वर्णरूप में चमकता था, रत्न बनकर चौंधियाता था, विलास बनकर देहानंद का छल बन गया था,...मदिरा रूप में मोह भी बन गया था मानस का!...

यही सब प्रभास-तीर्थ के उस दृश्य में भी दीख रहा है...

पंडालों में नट-नटनियों का नृत्य-गान चल रहा है। उसके साथ चल रहा है नृत्यायोजन! मदिरापान से उन्मत्त सैकड़ों यादव युवक-युवतियां मर्यादाहीन होकर इस नृत्यायोजन में भागीदार बने हुए हैं...वाद्ययंत्रों के कोलाहल में सागर-प्रलाप को झुठलाने की हास्यास्पद चेष्टा हो रही है, जिसने जड़-चेतन को केवल नाश के अट्टाहास से भर दिया है!...

दूर एक ओर बैठे हैं बलभद्र, कृष्ण, रेवती, रुक्मिणी, सत्यभामा, सात्यकि...आदि...किसी की दृष्टि में स्तब्धता, किसी में विस्मय, किसी में केवल शून्यवत् निस्पृहता और किसी में आगत-आशंका की अशांति-चिंता...

सेवकों द्वारा बहुविधि व्यंजन बनाए गए हैं। इन व्यंजनों का भोग भी हो रहा है, अवमानना भी! अन्न का असंख्य भाग मदिरोंमत्त यादवसुतों ने

जहां-तहां बिखरा दिया है...परस्पर उत्तेजनापूर्ण वार्तालाप करते हुए वे असभ्य संभाषण और शरीर-चेष्टाएं भी करते रहते हैं...

उद्धव देख रहे हैं—इस सबसे तनावग्रस्त बलभद्र ने अनेक बार कृष्ण की ओर देखा है, जैसे कह रहे हों, "देखते हो तुम?...यह सब क्या है? क्या यही सब देखने के लिए हम जीवित थे?...इसी सबके लिए आर्यावर्त के महान् उत्कर्ष उत्सव का आयोजन हमने किया था?...क्या यही मानवोपलब्धि है?..."*

किंतु कृष्ण का उत्तर कुछ नहीं। उत्तर है वह शून्य जो शांत भाव से केवल मानव की कृत्रिम-उपलब्धियों पर उपेक्षित भाव से मुसकुराहट बनकर कृष्ण की आंखों के कोनों पर जा ठहरा है...

सहा नहीं गया था बलभद्र पर! उठे और उस ओर बढ़ चले। उधर, जिधर मदिरोंमत्त यादव युवतियां और युवक पूर्णतः मर्यादाहीन होकर, वस्त्रों से लापरवाह परस्पर उच्छृंखल शरीर-चेष्टाएं करते हुए केवल देह बन गए हैं...

बलभद्र के जाते ही सात्यकि ने भी उत्तेजना में उन्हीं के पीछे राह ली। न कृष्ण ने उन्हें रोका था, न किसी और ने...

सागर की निरंतर तीव्र और निगल जाने को आतुर होती लहरें सागर तट को लांघकर अब पृथ्वी का अधिकांश जलमग्न कर उठी थीं!...उनका भयावह स्वर दिशाओं को झकझोरता हुआ।

पर वे सब, इस शून्य-सत्य से लापरवाह! केवल अपने आप में केंद्रित! केवल अपने आंकड़ों में जकड़े हुए!

श्री कृष्ण ने देखा कि पल भर पूर्व मदिरोंमत्त होकर उच्छृंखल व्यवहार करते वे स्त्री-पुरुष अगले ही क्षण एक-दूसरे से चीख-चीखकर वार्तालाप करने लगे...फिर यह वार्तालाप तटक्षेत्र तक बलभद्र और सात्यकि के पहुंचते-पहुंचते एक-दूसरे पर प्रहार भी बन गया!...प्रहारों ने उत्तेजना ली

---

* उस समय प्रभास तीर्थ में नटों, नाचनेवालों और मतवाले पुरुषों का जमघट था और बाजे बजते रहते थे। श्री कृष्ण के सामने ही बलदेव, सात्यकि, गद, बभ्रु और कृतवर्मा मदिरा पीने लगे...(महाभारत—'मौसल पर्व' के तृतीय अध्याय में श्लोक-क्रम 15 से 20 के बीच)।

और वे मारक हो गए!...सागर-क्षेत्र अलौकिक अस्त्रवत् घास से भरा हुआ था। वे उस तीक्ष्ण धारवाली घास को ही उखाड़-उखाड़कर एक-दूसरे को मारने लगे...रक्तधाराएं बहीं, फिर यह धाराएं क्रमशः एक-दूसरे को नहलाने लगीं और बाद में वह समय भी आया, जब वे एक-दूसरे की समाप्ति बनने लगीं! असंख्य मृत देहों से तट-क्षेत्र भरने लगा...

इसमें सात्यकि को भी देखा कृष्ण ने...प्रद्युम्न को भी, गद को भी और सात्यकि को भी...वे सभी विद्युतगति से परस्पर एक-दूसरे पर प्रहार करते हुए न पुरुष-भेद कर रहे थे, न स्त्री-भेद!...उनमें से अनेक के सुंदर, स्वस्थ तेजमय शरीर अब केवल मांस के लोथड़े बनकर जहां-तहां गिरते या लड़खड़ाते जा रहे थे...

बलभद्र, सात्यकि और कृतवर्मा आदि भी उन्हीं में जा मिले!...सहसा बलदेव का क्रोधोंमत्त स्वर सुना था कृष्ण और उद्धव ने, "ठहरो दुष्टों!...मैं तुम्हें अभी इस क्षुद्रता और अमर्यादित व्यवहार के लिए दंडित करता हूं! ..." अगले ही क्षण महावीर हलधर ने उसी अस्त्रवत् घास से उन सभी का भयावह संहार प्रारंभ कर दिया। उद्धव कुछ पल के लिए व्यग्र और चिंतित हुए, किंतु उसी क्षण श्री कृष्ण पर दृष्टि जा ठहरी...यह शांति?...अपने-पुत्र-पौत्रों, परिजनों के जीवन-मरण से मुक्त यह शून्य भाव?

लगा कि कृष्ण के कुछ समय पूर्व कहे गए शब्द उद्धव के कानों में झर उठे हैं—झरने की तरह...'मित्र!...यह सब सत्य नहीं है। न वह सत्य था जो कुछ समय पूर्व दीख रहा था, न यह सत्य है जो रक्तरंजित होकर सामने है, अतः इस सबसे अप्रभावित और मुक्त हो जाओ!

उद्धव सहज हो गए हैं...

...और दूर सागर-तट पर असहज हुए बलभद्र भी सहज हैं!...उनके इर्द-गिर्द केवल मृत देहों का एक लंबा-चौड़ा घेरा बिखरा हुआ है...और वे बढ़े जा रहे हैं महासागर की ओर...फिर सबने देखा था कि उस महासागर की ओर बढ़ते-बढ़ते बलभद्र विलीन हो गए थे...शेष रह गई है आकाश को छूने के लिए उठी महासागर की प्रलयंकारी उछाल, जिसका शीश सूर्यतेज से प्रकाशित, केवल दृष्टि में कौंध बनकर चमका है!...

पर तट का एक क्षेत्र अब भी अशांति का वही मदिरोंमत्त दृश्य झेलता हुआ...कृष्ण ने उसी शून्य भाव से देखा उसे...सत्यभामा सहसा शोकाकुल होकर उनकी गोद में आ गिरी थीं, "प्रभु!...उस दृष्ट कृतवर्मा ने जो उद्दंड भाव से अपने ही बंधु-बांधवों का वध करने में लगा हुआ है, मेरे पूज्य पिता को भी मारा था...उसी ने द्रौपदी के सोए हुए पुत्रों का वध किया था...अब भी यह पापी अपनी उसी प्रकार की उद्दंडताओं का प्रदर्शन निर्भीक भाव से करता जा रहा है!"

"सब देख रहा हूं, देवी!...और यह भी देख रहा हूं कि उसके साथ-साथ अनेक अनिंद्य कार्यों में लिप्त रहे यादव भी वही कुछ कर रहे हैं!..." सहसा वह उठे, फिर वायुगति के तटक्षेत्र की ओर बढ़ गए!

क्या करेंगे वह?...उन सबने विचार मात्र ही किया था, इसके पूर्व ही कृष्ण ने भी बदलेव की ही भांति अस्त्ररूप में उस घास से सबका संहार प्रारंभ कर दिया था...शून्य! शून्य!...केवल शून्य!...

कुछ समय में ही वे सब समाप्त हो गए! कृष्ण मुड़े और एक ओर चल पड़े...रुक्मिणी, सत्यभामा आदि अनेक रानियां उस दिशा में देखती भर रहीं। चाहा था कि उन्हें पुकारें, किंतु न जाने किस मनःस्थति ने ऐसी चेष्टा करने से रोक लिया था उन्हें! वे उठीं।

मृत देहों से भरे विशाल तटक्षेत्र को सागर क्रमशः निगलता जा रहा है...

वे सब द्वारका नगरी की ओर बढ़ रहे हैं...कोलाहल निरंतर बढ़ता हुआ...यह कोलाहल केवल उस शून्य की मानसिकता में पहुंचाए हुए जो कुछ समय पूर्व कृष्ण कथन के अनुसार सृष्टि का एकमात्र सत्य है! एक विचार अवश्य ही रह-रहकर कौंधता है मन में—कहां होंगे कृष्ण?

पर कहां नहीं हैं कृष्ण?

वे वैभवहीन कंसयुग में भी थे, वे वैभवयुक्त द्वारका में भी थे...वे युद्ध-पूर्व भी थे और वे युद्ध के पश्चात् भी हैं...

शांत समुद्र की हर लहर के स्वर में उनकी उपस्थिति निरंतर रही है। अब उसके उबाल गर्जन में भी उनकी उपस्थिति निरंतर है!...

द्वारका की ओर बढ़ते हुए उद्धव से कहा था उन्होंने, "...मैं विश्राम चाहता हूं मित्र!...इसका अवसर ही नहीं दिया कर्म-धर्म ने!..."

बात चली थी महायुद्ध के पश्चात्। द्वारका लौटकर श्री कृष्ण ने किसी संदर्भ में ऐसा ही कुछ कहा था...

सागर का कोलाहल और तटक्षेत्र की टूटती भूमि का महागर्जन निरंतर चल रहा है पर उद्धव न चिंतित हैं, न व्यग्र...सोचते हुए वह भी अनंत यात्रा पर चले जा रहे हैं...कृष्ण कहां होंगे इसका उत्तर है, केवल उनका कुछ विश्राम...अन्यथा वह कहां नहीं हैं? वह जड़ में उपस्थित हैं, चेतन में! उनका अस्तित्व पराजय में है, जय में!...हर सत्य उनका साक्षात्कार, हर असत्य उनका बोध!...

वह सदा रहे हैं...सदा रहेंगे! देह-ममत्व केवल मोह और छल होता है, पर वह हैं मोह-छल से मुक्त! और जो देह-मुक्त है, मोहमुक्त है, छलमुक्त है, मात्र अनुभव है...वह कहां नहीं है?

अतः यह प्रश्न व्यर्थ कि कृष्ण कहां हैं?

वह सदा सर्वदा हैं...सर्वत्र हैं...आवश्यकता है केवल बोध की! वह बोध प्राप्ति हो जाए तो सहजता से समझ आ सकेगा—कृष्ण कहां नहीं हैं? वे साकार होकर, निराकार हैं वे निराकार होकर सर्वत्र साकार!...

कृष्ण!...सदाजयी, सर्वत्र, सर्वस्व!...

केवल जय!...समग्र और निजत्व से मुक्त कृष्ण की यह जयप्राप्ति—अजेय है! पराजय-मुक्त! मोक्ष! उद्धव की यात्रा जारी है...कितनों की ही यात्रा जारी रहेगी...जारी रही है!...सबके साथ होते हैं कृष्ण।...और कृष्ण का साथ—केवल जय!

●●●